U0848064

جۇڭگو از ۇلت ادەبيەتىن كوركەيتۋ قۇرىلىسىنىڭ اۋدارمانى دەمەۋ نىسانى

جۇڭگو وسى زامان ادەبي تۋىندىلارىنان تاڭدامالىلار

دەرەكتى ادەبيەتتەر

2016 - جىلى

جۇڭگو جازۋشىلار قوعامى قۇراستىردى

جازۋشى باسپاسى

中国当代文学作品选粹编译委员会名单

主　任: 丹增（藏族）　　白庚胜（纳西族）

副主任: 包明德（蒙古族）、叶梅（土家族）、乌热尔图（鄂温克族）

委　员:（以姓氏笔划为序）

扎西达娃（藏族）、尹汉胤（满族）、石一宁（壮族）、布仁巴雅尔（蒙古族）、艾克拜尔·米吉提（哈萨克族）、艾克拜尔·吾拉木（维吾尔族）、叶尔克西·胡尔曼别克（哈萨克族）、冯霄（傣族）、安国贤（朝鲜族）、吉米平阶（藏族）、狄力木拉提（维吾尔族）、吾尔买提江（乌孜别克族）、玛波（景颇族）、南永前（朝鲜族）、哥布（哈尼族）、特·官布扎布（蒙古族）、贾瓦盘加（彝族）、梅卓（藏族）、崔国哲（朝鲜族）、朝戈金（蒙古族）

秘　书: 张绍锋　郑函

«جۇڭگو وسىزامان ادەبي تۋىندىلارىنان تاڭدامالىلار» اتتى كىتاپتى اۋدارىپ - قۇراستىرۋ القاسى

القا باستىقتارى: دانزىڭ (زاڭزۋ)　　باي گىڭشىڭ (ناشي)

القا باستىعىنىڭ ورىنباسارلارى: باۋ ميڭدى (موڭعۇل)، يە مەي (تۋجيا)، ۇرىلتۋ (ەۋەنكى)

القا مۇشەلەرى: (حانزۋشا ٴبىرىنشى ٴارىپتىڭ سىزىق سانى بويىنشا):

زاشي داۋا (زاڭزۋ)، يىن حانيىن (مانزۋ)، شى ي - نيڭ (جۋاڭزۋ)، بۇرىنبايىر (موڭعۇل)، اكبار ٴماجيت ۇلى (قازاق)، اكبار عۇلام (ۇيعۇر)، ەركەش قۇرمانبەك قىزى (قازاق)، فىڭ شياۋ (دايزۋ)، ان كۋكحيان (چاۋشيان)، جىگمەلپەجي (زاڭزۋ)، ٴدىلمۇرات (ۇيعۇر)، ۇرمەتجان (وزبەك)، ما بو (جيڭپو)، نان يۇڭچيان (چاۋشيان)، گى بۋ (حاني)، تى. گۋانبوجاب (موڭعۇل)، جيا ۋاپانجيا (يزۋ)، مەي جوۋ (زاڭزۋ)، سۇي گۋوجى (چاۋشيان)، چاۋ گجين (موڭعۇل)

حاتشىلار: جاڭ شاۋفىڭ، جىڭ حان

中国当代文学作品选粹分卷编译委员会名单

主　　编：叶尔克西·胡尔曼别克（哈萨克族）

副 主 编：阿拉提·阿斯木（维吾尔族）

成　　员：艾布（东乡族）、狄力木拉提（维吾尔族）、哈那提古丽·木哈什（哈萨克族）

«جۇڭگو وسىزامان ادەبي تۋىندىلارىنان تاڭدامالىلار» اتتى كىتاپتى قازاق ـ ۇيعۇر تىلدەرىنە اۋدارىپ ـ قۇراستىرۋ القاسى

باس رەداكتور: ەركەش قۇرمانبەك قىزى (قازاق)

ورىنباسار باس رەداكتور: عايرات اسىم (ۇيعۇر)

القا مۇشەلەرى: ايبۋ (دۇڭشياڭ)، ٴدىلمۇرات (ۇيعۇر)، قاناتگۇل مۇقاش قىزى (قازاق)

جوٴرەكتەردى جالعايتىن التىن كوبىر سالايىق

دانزىڭ، باي گىڭشىڭ

جوٴڭگو جازۋشىلار قوعامى جاۋاپتى بولىپ اتقارىپ وتىرعان جوٴڭگو از ۇلتتار ادەبيەتىن كوركەيتۋ قۇرىلىسىنىڭ اۋدارمانى دەمەۋ نىشانى مازمۇنىنىڭ باي دا الۋان تۇرلىلىگىمەن جوٴرت نازارىن اۋداردى. بۇل جوٴڭگو جازۋشىلار قوعامى شىعاراتىن «ۇلتتار ادەبيەتى» جۋرنالىنىڭ موڭعۇل، تيبەت، ۇيعۇر، قازاق، چاۋشيان تىلدەرىندەگى باسىلىمىنىڭ جارىق كورۋى نەگىزىندە اتقارىلعان، جوٴڭگو از ۇلتتار ادەبيەتىنىڭ 60 نەشە جىلدان بەرگى ساندىق جاقتان كوبەيۋى مەن ساپالىق جاقتان مارقايۋ تابىسىن كورسەتەدى ٴارى ەلىمىزدىڭ سوتسياليستىك رۋحاني وركەنيەت، ۇلتتىق اۋدارما، ۇلتتىق ادەبيەت جاسامپازدىعىن ٴوزارا ۇشتاستىرعان يگى باستاما مەن ىزدەنىستىڭ جەمىسى.

ەلىمىزدە از ۇلتتاردىڭ كوركەم شىعارمالارىن حانزۋ تىلىنە اۋدارۋ جوسىنى ەرتە جارىققا شىققان. ماسەلەن، بايىرعى «يۋەرىن جىرى» مەن «اق قاسقىر باللاداسىن» جانگو داۋىرىنەن چين، حان پاتشالىقتارى داۋىرىنە دەيىنگى كوركەم اۋدارمانىڭ ەڭ العاشقى ۇلگىسى دەۋگە بولادى. سونان كەيىن، مەيلى جوٴڭگو ادەبيەتىندە از ۇلتتار ٴتىلى مەن حانزۋ تىلىندەگى تۋىندىلاردى ٴبىر ـ بىرىنە اۋدارۋدا بولسىن نەمەسە حانزۋشاعا اۋدارىلعان شەتەلدەردىڭ كوركەم شىعارمالارىن از ۇلت تىلدەرىنە اۋدارۋى بولسىن، بۇل ٴۇردىس ٴۇزىلىسسىز جالعاسىپ، ەلىمىزدەگى ۇلتتار ادەبيەتىنىڭ، ٴتىپتى، جوٴڭگو ادەبيەتى مەن الەم ادەبيەتىنىڭ ٴوزارا ٴتۇسىنىسۋى، ٴبىر ـ بىرىنەن ەستەتيكالىق ٴلاززات الۋى، ۇلگى ـ ونەگە قابىلداۋى، ٴبىرىن ـ ٴبىرى دەمەۋى جونىندە ماڭىزدى رول اتقاردى. ارينە، تاريحي سەبەپتەردەن از ۇلتتار ادەبيەتىندە اۋدارما ونەرى كەنجەلەپ، كەندەلەپ قالىپ، كوركەم اۋدارما

جاسايتىن قوسىن قۇرىلماي، از ۇلت كوركەم اۋدارما جۇيەسى قالىپتاسپاي كەلگەن ەدى. بۇگىنگى تاڭدا رەفورما جاساپ، ەسىك اشۋ ىستەرىنىڭ ۇزدىكسىز تەرەڭدەۋى مەن مەملەكەتتىڭ جالپىلىق قۋاتىنىڭ كۇشەيۋىنە بايلانىستى، بۇكىل ەلدەگى ٴار ۇلت حالقىنىڭ ورتاق رۋحاني وركەنيەت باقشاسىن قۇرىپ شىعۋ تىلەگى ۇدەدى، ىشكى - سىرتقى مادەنيەت اۋىس - كۇيىسى جيىلەي ٴتۇستى. از ۇلتتار ادەبيەتىن كوركەيتىپ، كوركەم اۋدارما قىزمەتىن ٴوز ارناسىمەن وركەندەتۋ مادەنيەتتە قۋاتتى سوتسياليستىك مەملەكەت قۇرۋدىڭ كەزەك كۇتتىرمەيتىن تالابىنا اينالدى.

ٴداۋىردىڭ ۇندەۋىنە ٴۇن قوسىپ، ەلىمىز ادەبيەتىنىڭ دامۋ جاعدايىنا سايكەسۋ ٴۇشىن، ورتالىق كوميتەتتىڭ ۇگىت ٴبولىمى، قازىنا مينيسترلىگى، سونداي - اق، ورتالىقتاعى ليۋ يۇنشان سىندى باسشى جولداستاردىڭ زور كۇشپەن قولداۋىندا جانە كوڭىل بولۋىندە، ٴوزىنىڭ 8 - قۇرىلتايىن اشقانىنان كەيىن، جۇڭگو جازۋشىلار قوعامى «جۇڭگو از ۇلتتار ادەبيەتىن كوركەيتۋ قۇرىلىسىن» ۇيىمداستىرىپ، اتقارۋعا كىرىستى. اۋدارمانى سۇيەمەلدەۋ نىشانىن ماڭىزدى مازمۇن رەتىندە قاراپ، تۋىندىلاردى از ۇلتتار تىلىنەن حانزۋ تىلىنە، حانزۋ تىلىنەن از ۇلتتار تىلىنە، حانزۋ تىلىنەن شەتەل تىلدەرىنە، شەتەل تىلدەرىنەن از ۇلت تىلدەرىنە اۋدارۋ سىندى ٴتورت سالا بويىنشا اتقاردى. «جۇڭگو از ۇلتتار ادەبيەتىن كوركەيتۋ قۇرىلىسىنىڭ» ماقساتى — از ۇلتتاردىڭ انا تىلىندە جازىلعان تاڭداۋلى شىعارمالارىن حانزۋ تىلىنە اۋدارىپ، حانزۋ وقىرماندارىنا جەتكىزۋ؛ «حانزۋ تىلىنەن از ۇلت تىلدەرىنە اۋدارۋ قۇرىلىسىنىڭ» نىساناسى — حانزۋ تىلىندە جارىق كورگەن پوۆەست، اڭگىمە، ولەڭ، شالقىما، دەرەكتى ادەبيەت سىندى جانرشالارداعى شىعارمالاردىڭ تاڭداۋلى ۇلگىلەرىن از ۇلت تىلدەرىنە اۋدارىپ، از ۇلت وقىرماندارىن سۋسىنداتۋ؛ «حانزۋ تىلىندەگى شىعارمالاردى شەتەل تىلدەرىنە اۋدارۋ قۇرىلىسىنىڭ» كوزدەگەنى — حانزۋ تىلىندە جازىلعان از ۇلت قالامگەرلەرىنىڭ تاڭداۋلى شىعارمالارىن شەتەل تىلدەرىنە اۋدارىپ، حالىقارالىق ادەبيەت سالاسىنا تانىستىرۋ؛ «شەتەل تىلدەرىندەگى شىعارمالاردى از ۇلتتار تىلىنە اۋدارۋ قۇرىلىسىنىڭ» تياناعى — شەتەلدەردىڭ سارا تۋىندىلارىن، تارتىمدى كوركەم شىعارمالارىن از ۇلت تىلدەرىنە تىكەلەي اۋدارۋ بولدى.

دارىندىلار قوسىنى، قازىنالىق قۋات، ماتەريالدىق كۇش جانە از ۇلتتار ادەبيەتىنىڭ اياسى مەن اۋدارما امالياتىنا نەگىزدەلگەندە، ٴبىزدىڭ قىزمەتىمىز تەك حانزۋ تىلىندە جازىلعان شىعارمالاردى موڭعول، تيبەت، ۇيعۇر، قازاق، چاۋشيان تىلدەرىنە اۋدارىپ جانە تاجىريبە - ساباق توپتاپ، «ۇلتتار ادەبيەتى» جۋرنالى سىندى بەس از ۇلت تىلىندە شىعاتىن وسى باسىلىمدى ٴوزارا سايكەستىرۋ بولىپ كەلدى. شەتەل تىلدەرىندەگى شىعارمالاردى اۋدارۋ جاعىندا، قازىرشە جۇمىس از ۇلتتاردىڭ انا تىلىندە جازىلعان شىعارمالارىن شەتەل تىلدەرىنە اۋدارۋمەن عانا شەكتەلەدى ٴارى مۇندا اۆتوردىڭ قالاۋى مەن حالىقارالىق اۋدارما سالاسىنىڭ قاجەتىن ويلاستىرۋعا تۋرا كەلەدى؛ ونان قالسا، از ۇلتتاردىڭ انا تىلىندە جازىلعان شىعارمالارى مەن حانزۋ تىلىندە جازىلعان شىعارمالاردى ٴبىر - بىرىنە اۋدارۋ، از ۇلتتاردىڭ انا تىلىندە جازىلعان شىعارمالارىن ٴبىر - بىرىنە اۋدارۋ جانە شەتەل تىلدەرىندە جازىلعان شىعارمالاردى تىكە از ۇلت تىلدەرىنە اۋدارۋ قىزمەتىنىڭ اياسىن كەڭەيتۋدە ۋاقىتتى مىقتى يگەرىپ، جابال ات سالىسۋعا تۋرا كەلىپ وتىر.

مۇنداي قىزمەتتى ورىستەتۋدىڭ ماڭىزدىلىعىن جوڭگونىڭ جاعدايى بەلگىلەگەن. بۇل سوتسياليستىك وركەنيەتتى دامىتۋدىڭ ناقتى قاجەتى ٴارى تۇرلىشە مادەنيەتكە قۇرمەت ەتىپ، ادامزاتتىڭ تەلەگەي تەڭىز وركەنيەت جەمىسىنەن ورتاق يگىلىكتەنۋگە قولاش ۇرۋدىڭ زارۋلىگى بولىپ تابىلادى. جوڭحوا ۇلتى كوپ نەگىزدىڭ بىرىگۋىنەن تۇلعالانعان، ٴبىز ۇلتتارى بىتىراي قونىستانعان، ٴوندىرىس فورماسى ٴار قيلى، تىرشىلىك فورماسى تۇرلىشە، قوعامدىق فورماتسياسى سان الۋان، ۇلتتىق جۇيەسى پارىقتى بولعانىمەن، تەرريتورياسى بىرلىككە كەلگەن، ۇلتتارى تاتۋ، قوعامى بەرەكەلى مەملەكەتپىز؛ تاريحىمىز ۇزاق تا شۇعىلالى، كوپ ٴتۇرلى ٴدىن قاتار ٴومىر سۇرەدى، ٴتىلىمىز باي دا كەنەۋلى، مادەنيەت - كوركەمونەرىمىز گۇلدەنىپ - كوركەيگەن، تاماشا ادەت - عۇرپى بار، ٴار ۇلت حالقى مادەنيەتىنە ٴوزارا قۇرمەت ەتەتىن، دۇنيە ٴجۇزى بويىنشا ٴتورت ۇلكەن تاپقىرلىقتى تاپقان ەلمىز؛ ال، ادەبيەت جاعىندا، ۇلتتارىمىز ۇلتتىپەن، رايونىمەن شەكتەلىپ قالماي، ٴتىپتى، نەشە مەملەكەتكە تارالىپ قونىستانعان، كەمەلدى دە قۇندى ادەبي ٴداستۇر مەن ادەبي مۇرالارى جارىققا شىعارعان مەملەكەتپىز. از ۇلتتاردىڭ اۋىز ادەبيەت مۇراسى مول، ودان حانزۋلاردىڭ جازبا

قۇندىلىقتارى، ٴتۇرلى فورما، جانر، تاقىرىپ، ستيل، نۇسقالى كوركەم شىعارمالاردىڭ نە ٴبىر جاۋھارى تابىلادى. ٴبارى ٴوز ەرەكشەلىگىمەن جوڭگو ادەبيەتىنىڭ اسىل قازىناسىن بايىتىپ، دۇنيە ادەبيەتىنە ەسەلى ۇلەس قوسىپ وتىر. الايدا، جاعراپيالىق ورتا، قوعامدىق قيمىل، ۋاقىت پەن كەڭىستىك، مادەني ٴداستۇرى، اسىرەسە، ٴتىل - جازۋ جاقتاعى كەدەرگىلەردەن ولاردىڭ اراسىنداعى قارىم - قاتىناس ٴالى دە اسا شەكتى بولىپ كەلەدى. مۇنداي بايلىقتان پايدالانۋ جەتكىلىكتى ەمەس، مۇنداي قۇندىلىقتى ٴالى دە ساۋلەلەندىرە تۇسۋگە تۋرا كەلەدى. قازىر از ۇلت تىلدەرىندەگى قوماقتى ادەبيەت مۇرالارى تولىق اشىلا قويعان جوق، حانزۋ ادەبيەتىنىڭ كوپتەگەن كلاسسيكالىق شىعارمالارى دا از ۇلت وقىرماندارىنا بەيتانىس. ونىڭ ۇستىنە، مۇنداي جايت كۇننەن كۇنگە اۋىرلاپ، جوڭگو ادەبيەتىنىڭ تۇتاستىعى مەن بىرلىگىنە كەرى ىقپال كورسەتۋدە. ەگەر، ولاردىڭ كومەسكى جاتقان كوزدەرىن اشىپ، كادەگە جاراتا الساق، ادەبيەت باقشامىز سارقىلماس قايىنارعا يە بولارى ەدى! بۇل ماقساتقا جەتۋ ٴۇشىن، ٴبىز ادەبيەت جاسامپازدىعىنان قول ۇزە المايمىز، الۋان ٴتۇرلى، باي مازمۇندى كوركەم اۋدارمادان ٴتىپتى دە قول ۇزە المايمىز. ۇيتكەنى، كوركەم اۋدارمالاردا ەستەتيكالىق تەرەڭدىكتەن، مادەنيەت اياسىنان، وسكەلەڭ رۋحي دەڭگەيدەن ۇلتتار ارا تۇسىنىكتى ارتتىرىپ، مادەني اۋىس - كۇيىسىن جەدەلدەتىپ، قوعامدى دامىتاتىن كۇش - قۋات بار. اۋدارما جۇرەكتەرگە التىن كوپىر سالىپ، كۇمان مەن كۇدىكتەن ارىلتىپ، ارازدىق پەن الاۋىزدىقتى الاستاپ، يدەيانى ازات ەتىپ، وزگەلەردىڭ ارتىقشىلىعىن قابىلداي بىلەتىن دارقاندىقتى، كىشىپەيىلدىكتى جانە كوركەمونەردەن بىرگە ٴلاززاتتانۋدى ۇيرەتە الادى.

شىن مانىنەن العاندا، ەلىمىز — كوپ ۇلتتى سوتسياليستىك مەملەكەت. وسى ۇلى شاڭىراقتا ٴار ۇلت حالقىنىڭ تەرەزەسى تەڭ. ۇلتتار ادەبيەتىنىڭ قاتار دامۋى، بىرگە گۇلدەنۋى وسىزامانعى جوڭگو ادەبيەتىنىڭ تارتىمدى تاريحي داستانىن جازۋدا. ٴداۋىر مەن حالىق ادەبيەتى رۋحاني جاسامپازدىقتى جانداندىراتىن، ٴمورال قۇرىلىسىن ىلگەرلەتەتىن، قوعامدىق ورتاق تانىمعا ۇيتقى بولاتىن، تۇتاس حالىقتىڭ ساپاسىن كوتەرەتىن مىندەتتى ۇستىنە الۋعا ۇندەدى. ازاتتىقتان بەرى، پارتيا مەن ۇكىمەت كوپ قۇلشىنىستار جاساعانىمەن، ٴتۇرلى سەبەپتەرگە بايلانىستى، جوڭگودا از

ۇلتتار ادەبيەتىنىڭ بولمىسى مەن دامۋ دەڭگەيى بىركەلكى بولمادى. كەيبىرەۋى دامىعان جازبا ادەبيەت داستۇرىنە يە بولسا، كەيبىرەۋىندە اۋىز ادەبيەتى عانا بولدى؛ كەيبىرەۋى انا تىلىندە عانا جاسامپازدىق جاساسا، كەيبىرەۋى قوس تىلدە شىعارما جازا ٴبىلدى؛ كەيبىرەۋلەرىنىڭ جازبا ادەبيەتىنىڭ تاريحى ۇزاق بولسا، كەيبىرەۋلەرىنىڭ جازبا ادەبيەتى جاڭا جۇڭگو قۇرىلعاننان، اسىرەسە، رەفورما جاساپ، ەسىك اشقاننان كەيىن عانا جارىققا شىقتى؛ كەيبىرەۋلەرىنىڭ ٴوز انا تىلىندە جازۋ سالىستىرماسى جوعارى بولسا، كەيبىرەۋلەرىنىڭ باسىم كوپشىلىگى، ٴتىپتى، بۇكىلدەي باسقا ۇلت تىلىندە شىعارما جازدى؛ كەيبىر ۇلتتاردان بەلگىلى قالامگەرلەر كوپ شىقسا، ەندى كەيبىرەۋلەرىندە قالامگەرلەر ەندى - ەندى جەتىلىپ كەلەدى. سوندىقتان، ٴبىز تۇرلىشە ادىستەر قولدانىپ، قولداۋ تەبىنىن ارتتىرىپ، جاپپاي بىلگەرلەتۋ قىزمەتىن كۇشەيتىپ، باستى تۇيىندەردى كورنەكتىلەندىرۋگە ٴمان بەرىپ، جاڭاشا ۇلتتىق قارىم - قاتىناس ورناتىپ، مەملەكەت جونىندەگى وسكەلەڭ مۇراتتاستىقتى جۇزەگە اسىرىپ، قوعامدىق كۇشتەردى شوعىرلاندىرۋعا بارىنشا قۇلشىنىپ، ادەبيەتتىڭ وزىندىك ٴمانى جاعىنان كوپ تىلدە جاسامپازدىق جاساۋدى قولداپ جانە دارىپتەپ، از ۇلتتار كوركەم اۋدارماسىنىڭ دانەكەر بولۋى مەن قولداۋىنان پايدالانىپ، ىشكى - سىرتقى تۇرلىشە ۇعىم - تۇسىنىكتەردى توعىستىرىپ، ۇلتتار ارا تاڭداۋلى تۋىندىلار اۋىس - كۇيىسىن كۇشەيتىپ، بارلىق ۇلت جازۋشىلارىنىڭ ەستەتيكالىق دەڭگەيى مەن جاسامپازدىق قابىلەتىن ونان ارى جوعارىلاتىپ، ٴتۇرلى ۇلگىلەر مەن تاجىريبەلەر اۋىستىرىپ، قارىم - قاتىناس بارىسىندا ٴنار قابىلداپ، بەرىك سەنىم ورناتىپ، وزىندىك ەرەكشەلىك ساقتاۋىمىز، وسى بارىستا ٴوز ويىن جەتكىزۋدى، باسقالاردىڭ جۇرەك ٴۇنىن تىڭداۋدى، وزگە تۋىندىلاردان ٴلاززاتتانۋ مەن وزگەنى ٴلاززاتقا بولەۋدى ۇيرەنىپ، ادامداردى ۇزدىكسىز العا باسۋعا، ىزگىلىككە، سۇلۋلىققا جەتەلەپ، مەملەكەتتىڭ باي دا قۋدىرەتتى بولۋىن، ۇلتتىڭ گۇلدەنۋىن، حالىقتىڭ باقىتتى بولۋىن وزەك ەتكەن جۇڭگو ارمانىن جۇزەگە اسىرۋ ٴۇشىن كۇرەسۋىمىز كەرەك.

حالىقارالىق ادەبيەت اۋانى جايلى ٴسوز بولعاندا، جۇڭگودا از ۇلتتار ادەبيەتى جۇڭگو ادەبيەتىنىڭ تەڭ جارتىسىن قۇرايدى، سونداي - اق، ول كۇن ساناپ دۇنيە ادەبيەتىنىڭ ٴبىر بولەگىنە اينالۋدا. ول ٴوزىنىڭ رۋحاني ٴتۇپ تۇركىنىن ساقتاپ ٴومىر ٴسۇرۋى كەرەك. جۇڭگو ادەبيەتىنەن قول

ۆزبەي ەسەيۋى، دۇنيە ادەبيەتىنىڭ گۇلدەنۋىنەن قاعىس قالماي كوركەيۋى ٴتيىس. رەالدىق بۇگىنگى ادەبيەت شەبىندەگى ٴارقانداي ٴبىر ايتۋلى ٴارى جانكەشتى از ۇلت قالامگەرىنىڭ ٴوز ۇلتىنىڭ ادەبيەتىنەن ٴنار الۋدان، ٴتول كەشىرمەسى، ٴومىر تاجىريبەسى بولۋدان، رۋحاني جاقتان تولىسۋدان سىرت، باسقا ۇلت ادەبيەتى مەن دۇنيە ادەبيەتىنەن سۋسىنداپ ەسەيگەندەر ەكەنىن تالاسسىز ايعاقتايدى. بۇگىنگى دۇنيە جۇزىلىك قارىم - قاتىناس، ۇلكەن تورعىسۋ مەن قيان - كەسكى باسەكەگە تولى حالىقارالىق مادەنيەت ورتاسىندا، از ۇلتتار ادەبيەتى مەملەكەت الدىنداعى جاۋاپكەرلىگىنە، دۇنيە جۇزىلىك كوز اياعا، ادامزاتتىق قامقورلىققا، بارلىق وركەنيەت جەتىستىكتەرىنە قۇرمەت ەتىپ، ٴوز قالاۋىن تارتىمدى جەتكىزىپ، ۇلتتىق دارا جاسامپازدىق ەرەكشەلىگىن ساقتاپ، مەملەكەت وبرازىن سومداپ، ادامزاتتىڭ بەيبىتشىلىك ىستەرىن ورتاق ىلگەرلەتۋى كەرەك. ەلىمىزدەگى كوپتەگەن از ۇلتتار نەشە ەلگە ٴبولىنىپ قونىستانعاندىعى سەبەپتى، از ۇلتتار ادەبيەتى مەن اۋدارماسى حالىقارالىق باتالۋداي دارا ابزالدىق پەن ەرەكشە ٴمان - ماڭىزعا يە ٴارى جۇڭگو مادەنيەتىن شەتەلدەرگە تانىستىرۋدا، تاراتۋدا تاتۋ - ٴتاتتى، بەرەكەلى، باي كورشىلەرمەن ىنتىماق قوسۋداي ماقساتتى ۇستانا وتىرىپ، ىرگەلەس ەلدەرمەن مادەنيەت، ديپلوماتيا قىزمەتتەرىندە زور مەملەكەتشىلدىككە قارسى تۇرۋ، مەملەكەتتەر اراسىنداعى كورشىلىك، دوستىق قارىم - قاتىناستى نىعايتۋ، مەملەكەتتىڭ وركەندەۋ ۇقىعىن قورعاۋ، مەملەكەتتىڭ وركەنيەت حاۋىپسىزدىگىن قامتاماسىز ەتۋ جاقتارىندا كەملدى رول اتقارا الادى.

اۋدارما ەلىمىزدىڭ ەرتە زامانىندا «تىلدەن تىلگە قوتارۋ» دەپ اتالعان. بۇل سول كەزدىڭ وزىندە - اق، جازبا ماتەريالداردا قولدانىلعان. مۇنداعى اۋدارىپ جەتكىزۋشىنىڭ اۋىزشا دا، جازباشا دا جەتكىزۋىنە تۋرا كەلگەن. تاراتىپ اۋدارۋدىڭ بارلىق مازمۇنى ەرتەدە كوبىنەسە ساياسي، ساۋدا - ساتتىق، ٴدىن، اسكەري ىستەر مەن كەيبىر كوركەم شىعارمالاردى نەگىز ەتكەن. بەرتىنگى زامانعا كەلگەندە عانا عىلىم - تەحنيكا، فيلوسوفيا، يدەيا، زاڭ - زاكۇن سياقتى مازمۇندار قوسىلعان ٴارى اۋدارما بارعان سايىن ماڭىز الا تۇسكەن، سونىمەن «كوركەم اۋدارما» دەگەن ۇعىم جارىققا شىققان. كوركەم اۋدارما باسقا اۋدارمالار سياقتى يان فۋ دارىپتەگەن «ٴدال»، «ۇعىنىقتى»، «كوركەم» بولۋ پرينسيپىنە ياعني مازمۇنى شىندا ٴدال، بەينەلەۋى

جاتتىق تا ايقىن، ٴسوز ـ سويلەمى كوركەم دە تارتىمدى بولۋ ولشەمىنە جۇگىنەدى ٴارى يدەيالىق مازمۇن، سيمولدىق ٴمان، سەزىمدىك بەينەلەۋ، كوركەمدىك ٴتاسىل سەكىلدى جاقتاردان اسىلىنان اسىلى سارالاپ، قالپى مەن اۋەزدىلىگىن ساقتاپ، اسقان شەبەرلىكپەن، كوركەمدىك تۇيسىك جانە تارتىمدىلىقپەن ەندى ٴبىر تىلگە جەتكىزۋ كەرەك. جيۋمو لوشى، فا شيان، شۋان زاڭ، يان فۋ، لين چىنىنان، فۋ لي، فاڭ جى، لي شيانلين سىندى اۋدارماشىلار مىنە، وسىنداي اسقان دارىندى، مول ٴبىلىمدى الىپ اۋدارماشىلار، مايتالماندار، اسا بيىك كوركەمدىك ەستەتيكاعا يە دارىندىلار. جۇڭگو از ۇلت ادەبيەتىن كوركەيتۋ قۇرىلىسىنداعى اۋدارمانى سۇيەمەلدەۋ نىشانىن مىندەتىنە الۋشىلاردىڭ دا دەنى بۇگىنگى جۇڭگو از ۇلت كوركەم اۋدارما سالاسىنىڭ ۇزدىك وكىلدەرى، ولاردىڭ ٴبارى ادەبيەتكە بار ىقىلاس ـ پەيىلىمەن بەرىلگەندەر، از ۇلت مادەنيەتىن دامىتۋداي اۋىر جاۋاپكەرشىلىكتى ارقالاعاندار، ٴمورالدى، ونەرلى، مۇراتتى، ۇلەس قوسۋعا ٴوزىن ارناعاندار. ولاردىڭ جان ـ تانىمەن ەڭبەكتەنۋىنىڭ جانە قۇمنان التىن شايقاۋداي قاجىر ـ قايراتىنىڭ ارقاسىندا، بۇل قىزمەت جوعارى ساپامەن ورىندالىپ، جۇڭگو از ۇلت كوركەم اۋدارما ىستەرىنىڭ تىڭ دا شۇعىلالى تابىستارىنا قول جەتتى. بۇل قىزمەتتى ىشكى موڭعۇل، شيزاڭ، شينجياڭ، چيڭحاي، گانسۋ، يانبيان سياقتى ولكەلىك، اۆتونوميالى رايوندىق، وبلىستىق جازۋشىلار قوعامى بار كۇشپەن قولدادى. ولاردىڭ «بۇل ٴبىزدىڭ ٴوز جۇمىسىمىز» دەگەن سەنىممەن ۇيىمداستىرىپ، بار ىنتاسىمەن اۋدارىپ، مۇقيات رەداكسيالاپ ـ سالىستىرىپ، زەر سالا جوبالاپ، كۇندىز كۇلكى، تۇندە ۇيقىسىن ٴبولىپ ەڭبەكتەنۋىنىڭ ارقاسىندا، حانزۋ وقىرماندارى از ۇلتتاردىڭ كوركەم شىعارمالارىنىڭ قىزىعىنا شومدى. سونىمەن بىرگە، انا تىلىنەن ەركىن سۋسىنداپ وتىرعان از ۇلت وقىرماندارى دا جۇڭگو ادەبيەتىنىڭ ەڭ جاڭا ينفورماتسياسىن قابىلداپ، ٴتىل ارقىلى ەڭ جاڭا ادەبيەت تابىستارىنان سۋسىنداۋ ارمانىنا جەتتى، قوس ٴتىلدىڭ تىزگىنىن بىردەي ۇستاعان وقىرماندار قوس قاناتىمەن، جۇڭگو ادەبيەتىنىڭ زەڭگىر كوگىندە سامعاۋعا مۇمكىندىك الدى.

وسى اۋدارما تۋىندىلارى باسپادان شىعار الدىندا، ٴار ۇلت كوركەم شىعارما اۋدارماشىلارى مەن تۋىندىلارى اۋدارىلعان قالامگەرلەردى شىن جۇرەكتەن قۇتتىقتاماي تۇرا المايمىز! اسقان ىنتامەن مۇقيات ۇيىمداستىرۋ

جاساپ، وسى اۋدارما تۋىندىلاردى باسپادان شىعارۋ قىزمەتىنە جەتەكشىلىك ەتكەن قاتىستى ولكەلىك، اۆتونوميالى رايوندىق، وبلىستىق جازۋشىلار قوعامىنىڭ باسشىلارىنا وسكەلەڭ قۇرمەت بىلدىرەمىز! جۇڭگو جازۋشىلار باسپا توبىنا، جازۋشىلار باسپاسىنا جانە قاتىستى ولكەلەردىڭ، اۆتونوميالى رايونداردىڭ، وبلىستاردىڭ باسپا ورىندارىنا رياسىز العىس جاۋدىرامىز! تاراپتاردىڭ كوڭىل ٴبولۋى، قامقورلىعى، قولداۋى، قاتىسۋىمەن از ۇلتتار ادەبيەتى قارىشتاپ دامۋ ورايىنا يە بولدى. بۇل ٴبىزدى جۇڭگو ادەبيەتىنىڭ جارقىن بولاشاعى مەن شۇعىلالى كەلەشەگىنە دەگەن تەرەڭ سەنىمگە بولەيدى.

مازمۇنى

جۇڭگونىڭ كوك ٴورمەنى

— تۋ يوۋيوۋدىڭ نوبەل سيلىعىن الۋىنىڭ سىرى

چىن يان - ي

اۋدارعان: جايىربەك مۇحامەتحان ۇلى

بەيجيڭ ۋاقىتى بويىنشا 2015-جىلى 10-ايدىڭ 5-كۇنى جۇڭگونىڭ ايەل عالىمى تۋ يوۋيوۋ نوبەل فيزولوگيا نەمەسە مەديتسينا سيلىعىن الىپ، 100 نەشە جىلدان بەرى جۇڭگونىڭ ۇلى قۇرلىعىنان تۇڭعىش نوبەل سيلىعىن العان عالىمعا اينالىپ، ەل كوزىنە ەرەكشە ٴتۇستى! تۋ يوۋيوۋ دوكتورلىق اتاق الماعان، شەتەلدە وقىماعان، اكادەميك مارتەبەسىنە دە يە بولماعان، سوندىقتان «ۇشتە جوق عالىم» اتانعان ادام. سوندا ول قالايشا نوبەل سيلىعى دەلىنەتىن التىن ٴتاجدى باسىنا كيە الدى؟ ونىڭ تابىسقا جەتۋىندە نەندەي سىر بار؟ ەندەشە، ٴبىز جازۋشى چىن يان-يدىڭ قالامىنا ىلەسىپ، تۋ يوۋيوۋنىڭ سىرلى عۇمىر جولىنا ٴۇڭىلىپ كورەيىك...

«بەيجيڭ ادەبيەتى» جۋرنالىنىڭ (تارتىمدى تۋىندى) ايدارىندا جاريالانعان 2016 -جىلعى 3-سانىنان الىندى.

كوك ٴورمەنىنىڭ حانزۋشا بايىرعى اتى «蔽». كوكتەمدە بۇرشىك جارادى، جاپىراعى جىڭىشكە، بالاۋسا كەزىندە، كوكونىس رەتىندە پايدالانۋعا كەلەدى، جازدا ٴتورت-بەس قارىستاي بوي تارادى، كۇزدە سارعىش گۇل جارادى... تامىرىن، ٴدىڭىن، جاپىراعىن ارالاستىرىپ

ەمگە ىستەدى. ول جاراقاتتى ەمدەۋدىڭ قاندى تيۋدىڭ، ەتتى جەتىلدىرۋدىڭ، ٴتىس قاقساۋىن باسۋدىڭ شيپالى ٴدارىسى.

— سولتۇستىك سۇڭ پاتشالىعى تۇسىنداعى سۋ سۇڭ قۇراستىرىپ جازعان «دارىلىك شوپتەر بايانىنان»

ٴبىرىنشى، تۋ يۋيۋمەن ديدارلاسۋ

كوكتەن تۇسكەندەي «تۋ يۋيۋ» دەگەن ەسىم اياق-استىنان جۇڭگونىڭ مەديالارىندا ٴجۇز ايتىلىپ، مىڭ جاڭعىرىپ جاتتى، بۇل نوبەل سىيلىعىنا «بەتالىس كورسەتەتىن بەلگى» اتانعان لاسكەر سىيلىعىن الۋشىلار ەسىمدىگىنە اتى جازىلعانىنان كەيىن، جۇڭگونىڭ ايەل عالىمى تۋ يۋيۋدىڭ نوبەل سىيلىعىن تاعىدا قورجىنىنا سالعانىنان بولار شاماسى.

2015-جىلدىڭ جۇڭگولىقتاردىڭ باعى جانعان جىل بولىپ، تاريحقا جازىلارى ٴشۇباسىز، وسى جىلى «ٴۇش دەنە» رومانى ۇلكەن ادەبيەت سىيلىقتارىنىڭ ٴبىرى بولعان — حۋگو سىيلىعىن الۋدان باستاپ، جۇڭگونىڭ فاشيزمگە قارسى سوعىس جەڭىسىنىڭ 70 جىلدىعىن اتاپ وتۋدەگى ايبىندى اسكەري پاراتىنا دەيىن كۇللى دۇنيەنىڭ نازارى ەدەل-جەدەل تەبىندەي باستاعان جۇڭگوعا اۋدى.

قۋانىش قوس-قوستان كەلدى، مەملەكەت مەرەكەسىنىڭ 5-كۇنى ياكي 10-ايدىڭ 5-جاڭاسىندا جۇڭگونىڭ ايەل عالىمى تۋ يۋيۋدىڭ نوبەل مەديتسينا سىيلىعىن العان شات حابارى تارالدى.

قارشادايىنان كەم ٴسوزى، بۇيىعى بولىپ وسكەن تۋ يۋيۋ ەسەيىپ-ەرجەتكەنىنەن كەيىن دە دىر-دۋلى ورتانى ۇناتپاعان، ەل كوزىنە تۇسكىسى كەلمەگەن، اتاعى الەمگە تانىلعانىنان سوڭ دا، جاي ۇسىنىس-شاقىرۋلاردان بارىنشا باس تارتىپ وتىرعان. جولىم بولايىن دەگەندە، قىزمەتتەسىم ارقىلى تۋ يۋيۋدىڭ تەلەفونىنا تەلەفون جالعاپ، ونىمەن از-كەم سويلەسىپ ەدىم، تىلشىلىك ىستەۋىمە اقىرى

زورعا ماقۇل بولدى.

بەيجيڭگە قىس كىرە بەرە العاشقى قار جاۋعان كۇنى تاڭەرتەڭ ىزعىرىق جەلگە قارسى ەت اسىم ۋاقىتتاي جول باسىپ، اقىرى تۋ يوۋيوۋ تۇراتىن الەۋمەتتىك اۋماقتى تاپتىم. بەيجيڭ قالاسىنىڭ كونە جۇرتىنداعى شاعىن رايوندا ەكەن، توڭىرەگىندەگى ىعى-جىعى بوي كوتەرگەن ٴزاۋلىم عيماراتتارعا قاراعاندا، 10 نەشە جىلدىڭ الدىندا سالىنعان بۇل ۇيلەر كونەلەۋ كورىندى. ٴبىراق شاعىن رايون اۋلاسى رەتتى، تىنىش سياقتى، تال-تەرەگى، ارشا-شىرشاسى ٴوز ورنىن تاپقانداي، عيماراتتاعى تىك قاتارلاردىڭ اراسى دا نەداۋىر قاشىق بوپ شىقتى، بۇل ارادا ٴجۇرۋ ادامعا جايلى، راحات بولاتىنداي سەزىلدى.

تۋ يوۋيوۋدىڭ ٴۇيى تۇراتىن عيماراتقا كىرەر ەسىكتىڭ اۋزىندا كوك پالتو كيگەن ٴبىر اماندىق قورعاۋشى وتىر، بۇل باسقا ەسىكتەردەن پارىقتالاتىن بولەكشە «ورنالاستىرۋ» بولسا كەرەك. شاعىن رايوننىڭ ونى وسىندا ورنالاستىرۋى «تۋ يوۋيوۋعا كەلەتىندەردى توسسىن» دەگەنى دە بەسەنەدەن بەلگىلى بولدى. مەن ٴجونىمدى ايتىپ، توكساتىمەن تۋ يوۋيوۋ تۇراتىن عيماراتقا شىقتىم.

بۇل قاباتتا جيىنى 6 وتباسى تۇرادى ەكەن، ٴۇش ٴۇيدىڭ ەسىگىنە ىلەۋ سوزدەرى جازىلعان بوساعالىق قاعازدار جاپسىرىلىپتى، قالعان ۇشەۋى تاپ-تازا كورىندى، قايسىسى تۋ يوۋيوۋدىڭ ٴۇيى ەكەنىن بىلمەيتىن ەدىم، ايتەۋ قانشىنشى قاباتتا ەكەنىنەن عانا حابارىم بار-دى.

بىرەۋىنىڭ ىشىنەن الدە كىمنىڭ تەلەفوندا سويلەسكەن داۋسى شىققانداي بولدى، ەسىككە قۇلاق ٴتۇرىپ ەدىم، «ٴيا، ٴيا، نەشە كۇننەن بەرى اماندىسا كەلۋشىلەردىڭ اياعى ۇزىلمەدى، راحمەت ساعان» دەگەنى ەستىلدى. جەڭىل نيڭبو اكسەنتى، سونىمەن وسى ٴۇي دەپ تون ٴپىشتىم.

ەسىك قوڭىراۋىن شالىپ ەدىم، تۋ يوۋيوۋدىڭ كۇيەۋى لي تيڭجاۋ ەسىك اشتى، ٴوزىمدى تانىستىرىپ ەدىم، ول:

— كىرىڭىز، ٴبىزدىڭ تۇكەڭ سۇحبات الام دەۋشىلەردىڭ تالايىن قايتاردى، — دەدى.

ٴۇي ٴىشى كەڭ دە رەتتى ەكەن، كىرە بەرىستەگى كىتاپ سورەسىندە ساقا عالىمنىڭ العان سىيلىق كۋالىكتەرى مەن لوكالارى قاز-قاتار ٴتىزىلىپ تۇر، كوزگە ەڭ الدىمەن تۇسەتىنى 2011-جىلى حالىقارالىق مەديتسينا ۇلكەن سىيلىعى بولعان — ا ق ش لاسكەر سىيلىعى بويىنشا وعان بەرىلگەن كىلىنيكالىق مەديتسينانى زەرتتەۋ سىيلىعى ەكەن. بايىزداپ قاراسام، ٴۇي ٴىشى وتە تازا ۇستالىپتى، جۇڭگوشا ۇلگىدە اشەكەيلەنىپتى، جيھازدارىنىڭ بوياۋى نەگىزىنەن قىزىلقوڭىر سەكىلدى. قوناق بولمەسىندەگى رويالدىڭ ۇستىندە بىرەۋى قىزىل، بىرەۋى سارى ەكى شەڭگەل پارسى شاشاقگۇلى تۇر. قوناق بولمە مەن بالكوننىڭ اراسى ۇلكەن اينەكپەن ٴبولىنىپتى، بالكونعا ىيق تىرەسە 8 ۇلكەن شارباق گۇل جايعاسىپتى، ٴبارى وسى بىرنەشە كۇندە اكەلىنگەن ٴتارىزدى.

اق سامايلى عالىم اپامىز قىزىل شاپان كيىپتى، رۋحى كوتەرىڭكى ەكەن، 85 جاسقا كەلگەن اجەي دەۋگە استە اۋىز بارمايتىنداي.

ول كىسى ساپادان اقىرىن تۇردى دا، كۇلىمسىرەي مەنى قارسى الدى، نوبەل سىيلىعىن العانىن قۇتتىقتاپ ەدىم، ول جىمىيىپ قانا قويدى، سونان تومەنشىكتەي سويلەپ:

— مەن دالانىڭ كوك ەرمەنىن جەۋدى اڭساپ ماڭىراعان مارال سياقتىمىن عوي. بۇل چيڭگاۋسۋ (ٴبىر ٴتۇرلى جاڭا گورمون) — ٴداستۇرلى جۇڭگوشا دارىگەرلىكتىڭ دۇنيە ٴجۇزى حالقىنا ارناعان سيى. ونىڭ تاپقىرلانۋى جۇڭگوشا دارىلەردى كوللەكتيۆ زەرتتەپ اشۋدىڭ تابىستى ۇلگىسى، ايتۋلى سىيلىقتى الۋ — جۇڭگونىڭ عىلىم ىستەرىنىڭ، جۇڭگوشا دارىگەرلىكتىڭ دۇنيە جۇزىنە بەتالۋىنداعى ٴبىر داڭق. ول استە مەنىڭ جەكە ەڭبەگىم ەمەس، — دەدى.

— شۋەتسياعا قاشان اتتانىپ، سيلىقتى قالاي الماقشىسىز؟ — دەپ سۇرادىم.

— جوسىن بويىنشا 12-ايدىڭ 10-كۇنىنەن ىلگەرى شۋەتسياعا بارىپ، سيلىق الۋىم كەرەك. ٴبىراق مىنا شوراياعىمنىڭ جىبەرەتىن ٴتۇرى جوق، قاقساپ اۋىرا بەرەدى، — دەدى تىزەسىن نۇسقاپ.

2011-جىلى ول كۇيەۋى لى تيڭجاۋدىڭ جولسەرىك بولۋىندا، ا ق ش-قا بارىپ، ول ەل-جۇرت نوبەل سيلىعىنداي كورەتىن «لاسكەر سيلىعىن» الىپ كەلگەن-دى، ال بۇل جولى شۋەتسياعا بارۋىم قيىنداۋ دەپ وتىر.

بيىل 6-ايدا وعان تاعى حەرۋەرت داشۋەسى باعالاعان مەديتسينا شۋەيۋاننىڭ حەنري اللپورد سيلىعى بەرىلگەن ەدى، ونى ا ق ش-تا تۇراتىن قىزى بارىپ تاپسىرىپ الىپتى. بۇل سيلىق قولىنا تيمەي جاتىپ، نوبەل سيلىعىن العانى جونىندە حابار كەلىپتى.

بۇل حابار جەتكەندە، ول جۋىنىپ جاتىپتى، ىلە-شالا قۇتتىقتاۋ تەلەفونداري جاۋىرشا جاۋىپ كەتىپتى، سوندا ول مۇنى حاۋۋەرت داشۋەسىنىڭ سيلىعى بولار دەپ ويلاپ ٴجۇرىپتى.

ٴبىزدىڭ سۇحباتىمىز ٴبىر ساعاتتان ارتىق ۋاقىتقا سوزىلدى، ساعات 10 عا تاياعاندا، تۋ يوۋيوۋدىڭ جۇبايى باسىن كوتەرە تامداعى اسپالى ساعاتقا قارادى دا ماعان:

— تاعى باسشىلار كەلمەكشى ەدى، — دەدى.

تۋ مۇعالىم تۇراتىن عيماراتتىڭ ەسىگىنەن شىققانىمدا، كۇن قاق توبەگە كەلىپ قالىپتى، جەرگە تىك تۇسكەن كولەڭكەمە قاراپ، ويعا باتتىم. تۋ يوۋيوۋ دەگەن اتى «ماڭىراعان مارالداي» دەگەن تاماشا ماعىناسىمەن عانا ەمەس، ونىڭ ۇستىنە «دالانىڭ كوك ەرمەنىن جەگەنى» ٴۇشىن دە ادامزاتتىڭ ماڭگى ەسىندە قالادى. ول ٴوز اتىنا جاسىرىنعان گۋمانيتارلىق قۇپيا شيفردى عۇمىرلىق كاسىبىنىڭ جەتەر كومبەسىنە بالاعاندا، «چيڭگاۋسۋ» جونىندەگى ميفولوگيالىق اڭگىمەلەر جۇڭگونىڭ عىلىم سالاسىنداعى نوبەل حيكمەتىنە — ٴار

كىمگە جۇمباق قۇپيا سيفرعا اينالىپتى ـ اۋ، تەگى!

ەندەشە، بۇل ماقالانى ارى قاراي وقي بەرىڭىز، ول ٴسىزدى تۇ يۋيۋۋدىڭ جان دۇنيەسىنە باستاپ، جۇڭگو دارىگەرلىك عىلىمىنىڭ جارتى عاسىردان استام ۋاقىتتان بەرى باسىپ وتكەن جولىن كورسەتەدى، نوبەل سىيلىعىنىڭ سىرىن اشىپ، تۇ يۋيۋۋدىڭ قازىرگىلەر مەن كەيىنگىلەرگە سالعان ويىن سەزدىرەتىن بولادى...

ەكىنشى، «مارالدىڭ ماڭىراعانىنداي» ليريكالى

جۇڭگو كارتاسىنا ۇڭىلسەڭىز، نيڭبونىڭ تەڭىز جاعاسىنداعى پورت قالا ەكەنىن بىلەسىز.

نيڭبونىڭ تاريحى 7000 جىلدىڭ الدىنداعى حىمۋدۋ مادەنيەتىنەن باستاۋ الادى. شيا بەكتىگى زامانىندا نيڭبو ورنالاسقان جەر يىن دەپ اتالعان. تاڭ پاتشالىعى داۋىرىندە ميڭجوۋ دەپ ات بەرىلگەن. سونىمەن بىرگە، نيڭبو جاعراپيالىق ابزالدىلىعىنا سۇيەنىپ، مەملەكەت بويىنشا ەڭ ۇلكەن اشىق كەمەجايعا اينالىپ، جاپونيامەن، كورەيامەن جيى ساۋدا ـ ساتتىق جاساسقان، سىرتقى ساۋدانىڭ اناعۇرلىم وركەندەۋى نيڭبونى تەڭىزدەگى جىبەك جولى دەڭىنە ايالاندىرعان. يۋان پاتشالىعى تۇسىندا نيڭبو تۇستىك پەن تەرىستىك زات قويماسى بازاسى جانە مەملەكەت بويىنشا ەڭ ماڭىزدى پورتتاردىڭ ٴبىرى بولعان. چيڭ پاتشالىعى كەزىندە نيڭبودا بۇكىل ەلگە ايگىلى ٴبىلىمي اعىم ــ شىعىس جىجياڭ تاريح عىلىمى جارىققا شىعىپ، باتىس ەلدەرىمەن بارىس ـ كەلىس جاساي باستاعان. اپيىن سوعىسىنان كەيىن، 1844 ـ جىلى نيڭبو اشىق پورت بوپ اشىلعان. شەتەل قارجىسىنىڭ قۇيىلۋىمەن بيڭبونىڭ جەرگىلىكتى شارۋاشىلىعى اۋىر سوققىعا ۇشىراعان. وسى تۇستا نيڭبو ساۋداگەرلەرى تاياۋ زامان ساۋداگەرلەرىنە اينالىپ، تىڭنان كوركەيە باستاعان شاڭحايدى باستى قيمىل ورنى ەتىپ، شاڭحايدىڭ قالا قۇرىلىسى مەن مادەنيەتىنىڭ

دامۋىنا ۇلكەن يگى ىقپال كورسەتكەن. جوڭحۋا مينگو كەزىندە نيڭبو سوعىس بىلىقپالىعىنىڭ قويىنا باتىپ، ەكونوميكاسى كۇرت قۇلدىراعان. 1916-جىلى 8-ايدىڭ سوڭىندا سۇن ۋىن نيڭبودا قىزمەت تەكسەرگەندە، سول تۇستاعى جىجياڭ ولكەلىك (بۇگىنگى نيڭبو قالالىق) 4-ورتا مەكتەپتە ٴسوز سويلەپ، ساۋداگەرلەردى ساۋدانى كوركەيتۋگە، نيڭبونىڭ قالا قۇرىلىسىن جاقسارتۋعا شابىتتاندىرعان. ٴبىراق ٴدال سول مەزگىلدە اسكەري ميليتاريستەردىڭ ىشكى قاقتىعىسى اسقىنىپ، نيڭبونى دۇرلىكتىرە بەرگەن. 1917-جىلى ميليتاريس جياڭ زۇنلان، جوۋ ليانچيلەر نيڭبودا «وزدەرىن-وزدەرى باسقاراتىندىعىن» جاريالاپ، جىجياڭ ولكەسىنىڭ اسكەري ۇلىعى ياڭ شاندىنىڭ قوسىنىمەن قىرقىسقان، اقىرى جوۋ ليانچيدىڭ جەڭىلگەن قوسىنى نيڭبوعا كىرىپ، تالان-تاراجىلىق ىستەگەن. 1927-جىلى 1-ايدان 2-ايعا دەيىن گومين توڭكەرىستىك ارمياسى ميليتاريس سۇن چۋانفاڭنىڭ قوسىنىن جەڭىپ، نيڭبوعا كىرگەن. سول جىلى 3-ايدان 7-ايعا دەيىن گومينداڭ پارتيانى تازالاۋ ناۋقانىن جۇرگىزگەندىكتەن، نيڭبودا گوميندaڭ مەن كومپارتيا اراسىندا تالاي رەت قاقتىعىس بولعان، سونىڭ ىشىندەگى كەيبىر قاقتىعىسقا جياڭ جوڭجىڭ باسشىلىق ەتكەن. مۇنداي قاقتىعىستار 20-عاسىردىڭ 30-جىلدارى عانا باسىلعان.

تۋ يوۋيوۋ مىنە وسىنداي دۇربەلەڭ جىلدارى نيڭبودا جارىق دۇنيەگە كەلەدى.

1930-جىلى 12-ايدىڭ 30-كۇنى، ەلەڭ-الاڭدا، نيڭبو قالاسىنىڭ تىنىق اسپانىن اندا-ساندا اتىلعان تارس ەتكەن مىلتىق داۋسى ٴتىلىپ ٴوتىپ تۇرعان كەز ەدى. نيڭبو قالاسىنىڭ كايميڭ كوشەسىندەگى 508-ٴنومىرلى اۋلاعا ورنالاسقان تۋ اۋلەتى شاڭىراعىنان ىڭگالاعان بوبەكتىڭ داۋسى شىعادى.

بۇل تۋ اۋلەتىنەن ٴۇش «قويشىدان» كەيىن تۋىلعان «جىلقىشى»

بالا ەدى.

نارەستەنىڭ ىڭگالاپ شىعاتىن داۋىسى مارالدىڭ ماڭىراعان داۋىسىنا ۇقساپ كەتەدى.

ىڭگالاعان داۋىسقا ەلىتكەن اكەسى قۋانعانىنان باقىت سەزىمىنە بولەنەدى. ونىڭ اۋزىنا كەنەت «جىرناما. بيازىلىق» تومەنداعى «ماڭىراعان مارالشا، ەرمەن جەگەن تاماشا» دەگەن ولەڭ جولى تۇسەدى.

«قىزعا ‹جىرنامادان›، ۇلعا ‹چۋ بايتەرىنەن› ات تالداپ قويىۋ» — جۇڭگولىقتاردىڭ بايىرعى زاماندان جالعاسىپ كەلە جاتقان ات قويىۋ داعدىسى. سونىمەن وتاعاسى بولعان اكەسى قىزىنا يوۋيوۋ دەپ ات قويادى. اكەسىنىڭ قىزىنا سۇيىنگەنىن، ونى تويلاعانىن، الدا اتى اڭىزعا اينالا تولىسىپ-جەتىلۋىن ارمانداعانىن بىلدىرەتىن يوۋيوۋدىڭ ىڭگالاعانداعى ٴتاتتى داۋىسى اكەسىنىڭ ساناسىندا ماڭگى قالىپ قويادى. تۋ يوۋيوۋدىڭ اڭىزعا ايلانعان ءومىر جولى اكەسىنىڭ ميىق سىپەتتى كۇتكەن ٴۇمىتىنىڭ ٴىزىن قۋالاپ وتىردى، قايتالانباستاي، ٴمىنسىز سولاي بولدى

اكەسى «ماڭىراعان مارالشا، ەرمەن جەگەن تاماشا» دەگەن ولەڭ جولدارىنا ايىزى قانباي، «جاپ-جاسىل بالاۋسا، وسەسىڭ كوكتەممەن تالاسا» دەگەن جولدى دا ىشىنەن ۇيقاستىرا قايتالايدى. وعان وسى جول ولەڭ ماعىنالى، كەمەلدى بولعانداي سەزىلەدى. ەرتەگىدەي دۇنيەنى كوز الدىعا اكەلەتىن وسى ٴتورت جول ولەڭ تۋ يوۋيوۋدىڭ بالالىق شاعى مەن كىسىلىك ءومىرىن باقىتتى دا ٴماندى وتكىزۋىنە قۇدىرەتىن باعىشتاعانداي بولادى.

اسىرەسە، «جاپ-جاسىل بالاۋسا، وسەسىڭ كوكتەممەن تالاسا» دەگەن ولەڭ جولىنداعى، «جاپ-جاسىل بالاۋسا» تۋ يوۋيوۋمەن بولىنبەستەي قاتىناس ورناتادى.

تۋ يوۋيوۋدىڭ تۇتاس بالالىق شاعى قالانىڭ وزەگىنە ورنالاسقان، تال-تەرەگى قۇلپىرىپ، ٴمولدىر سۋى سىلدىراپ، شاعىن كوپىرلەرى

ايقاسىپ جاتاتىن، تىنىسى كەڭ، ىرىسى مول جياڭنانىنىڭ لەبى ەسەتىن، جانعا جايلى باۋ-باقشا سيپەتتى كايميك كوشەسى اۋماعىندا وتەدى.

جياڭنان — تەگىنىنەن ءول ءبىر كورۋدى اڭسايتىن جەر، ال سول جياڭنانداعى بايىرعى نيڭبو قالاشىعى جەرۇيىق دەسە دەگەندەي ەدى. ول ارانىڭ ادامى كەلبەتتى، ادەپتى، سۋى تۇنىق، اۋاسى تازا، ودان ادامنىڭ الىستاعىسى كەلمەيدى.

بۇل ارادا ءار ءۇيدىڭ بوگەناي-بەلگىسى مەنمۇندالايتىن، سان قيلى ادەت-عۇرىپتىڭ ەرەكشەلىگىن توعىستىرعان «شاڭحاي ءتۇنى»، «كەشكى قوش ءيىس» سەكىلدى مينگو زامانىنداعى ءان-كۇيلەر، الەم-جالەم بەزەندىرىلىپ، ءتۇرلى تۇسكە بويالاتىن جالاۋلى سىرىق ويىنى، قارىنمەن اربا سۇيرەۋ سەكىلدى حالىقتىق ويىن ونەرى، اعاش قۋىرشاق تەاتر ويىنى، اتەش تەبىستىرۋ، ءيت تالاستىرۋ سىقىلدى باسەكە-جارىس قىزىقتارى ورتانى دىر-دۋمانعا بولەپ، كورەرمەنىن تاڭداي قاقتىراتىن. ساۋدا-ساتتىق جاسايتىن جايماشىلار كوشەسىن ارالاساڭىز، قاعاز جاساۋ، اراق اشىتۋ، ماي تارتۋ، تەمىر سوعۋ سەكىلدى ءداستۇرلى قولونەرگە كۋا بولاسىز. شاعىن جەكەشە اسپۇرىلدارعا باس سۇقساڭىز، الدىڭىزعا جياڭناننىڭ ءتۇرلى تاماقتارىنىڭ ءبارى كەلەدى. اسىرەسە تاڭ راۋاندا كوشە بويلارىنداعى ۇساق ساتۋشىلاردىڭ ايعايلاعان داۋىستارى الىستان قۇلاعىڭىزعا جەتىپ، ءسىزدى سول اراعا بارۋعا اسىقتىرادى. مۇندا ويىن قۋا ءجۇرىپ، گومين زامانىنداعى تىرلىك كورىنىستەرىن كورىپ، تارتىمدى دا تاتىمدى ويىنداردى تاماشالاپ قايتۋىڭىزعا ابدەن بولاتىن-دى. وسىنداي ءومىر شىندىعى ءسابي تۋ يوۋيوۋدىڭ ەسىندە ماڭگى ەلەس بوپ قالادى.

وسى ءبىر كورىكتى سۋلى مەكەنىنەن شىعىسقا 3 كيلومەتردەي جاياۋلاپ جۇرسەڭىز، 1930-جىلدارى نيڭبو قالاسىنىڭ تاعى ءبىر اسەم بەلگىسى بولعان، ءۇش وزەنىنىڭ تۇيىسكەن جەرى —

سانجياڭكوۋعا جەتەسىز. ياۋجياڭ مەن فىڭجياڭ وزەندەرىنىڭ ٴبىرى تەرىستىكتەن تۇستىككە، ەندى ٴبىرى تۇستىكتەن تەرىستىككە قاراي اعىپ كەلىپ، وسى ارادا توعىسادى دا، يۇڭجياڭ وزەنىنە بارىپ قوسىلىپ، جىنحايداعى جاۋباۋشان تاۋىن ايلانىپ ٴوتىپ، تەڭىزگە قۇياتىن اۋىزعا جەتكەن سوڭ، دوڭحاي تەڭىزىنە قاراي ارقىرايدى. قاس قاعىم ساتتە نيڭبولىقتار جۇڭگونىڭ تەڭ جارىمىن ٴوزىنىڭ ساۋدا اياسىنا ەنگىزەتىندەي كۇي كەشەدى. ۇيتكەنى سانجياڭكوۋداعى جياڭشيا كەمەجايى ٴبىر مەزگىل كۇرت تەبىندەپ، مىڭداعان ساۋدا كەمە-قايىقتارى وسىندا دامىلدايتىن بولعان، سونىمەن «جەر جاھاندى ارالاعانان، نيڭبونىڭ جياڭشياسىنا ٴبىر بارعان ارتىق» دەگەن ايتىلىم شىققان.

ايتسەدە، بالالىق شاعىندا تۋ يوۋيوۋدى كوركەيىپ-گۇلدەنگەن سانجياڭكوۋ ەمەس، قايتا ۇيلەرىنىڭ تاياۋ ماڭىنا ىرگە تەپكەن تيانيگى — قالا بويىنشا ەڭ ۇلكەن كىتاپحانا باۋراي ٴتۇستى، ول سول كىتاپ قويماسىندا ٴوزى قىزىققان ماتەريالدىڭ ٴبارىن وقىدى.

سونىمەن بىرگە، تيانيگى عيماراتىنىڭ ۇستىڭگى قاباتى كىتاپ ساقتاۋ بولمەسى بولاتىن، وندا تۋ يوۋيوۋدىڭ اۋلەتىنە قاتىستى ەكى ٴتۇپ-تۇقيان شەجىرەسى بار-دى، ٴبىرى، اكەسىنىڭ اۋلەتىنە ساياتىن «تۋ اۋلەتىنىڭ اتا شەجىرەسى»، ەندى ٴبىرى، شەشەسىنىڭ توركىنىنە ساياتىن «ياۋ اۋلەتىنىڭ اتا شەجىرەسى» بولاتىن. ەكى كىتاپتا وسى ەكى اۋلەتتەن 200 جىلدان بەرى تاراپ كەلە جاتقان شاڭىراقتاردىڭ جاي-جاپسارى، اتا كاسىبى، وزگەشەلىگى جازىلعان، ولاردان بۇل اۋلەتتەردىڭ ٴبىلىم ۇيرەنۋگە، تاربيەگە، ادەپ-يباعا جانە شىنشىل، سەنىمدى، ادام بولۋعا ٴمان بەرەتىنىن، ٴۇي ۇستاۋدىڭ، وتباسىن باسقارۋدىڭ، شارۋاشىلىقتى شالقىتۋدىڭ ٴتالىم-تاربيەسىن، ۇلگى-ونەگەسىن بىلۋگە بولاتىن ەدى. اتا-بابا شەجىرەسىن پاراقتاپ وقىعاندا تۋ يوۋيوۋ اۋلەتتەرىنىڭ تاربيە مەن ٴمورالعا ەرەكشە كوڭىل بولگەنى، سالت-انا، ادەت-عۇرىپ، كىسىلىك

جول-جوسىن ٴداستۇرىن ساقتاپ كەلگەنىمەن مۇندالاپ تۇراتىن.

نيڭبودا كەزىندە تۋ شاڭىراعى اتى ايگىلىلەر كوپ شىققان بىلىمدىلەر ورداسى سانالاتىن، ال تۋ يوۋيوۋدىڭ شەشەسىنىڭ توركىنى بولعان ياڭ اۋلەتى دە كىتاپقۇمار وتباسى ەدى. ەكى شاڭىراقتاعىلار دا ايگىلى وتباسىلارىنا جاتاتىن.

نيڭبو شەجىرەسىن زەرتتەۋشى يۋان لياڭجى مىرزانىڭ تانىستىرۋىنا قاراعاندا، تۋ اۋلەتىنىڭ اتا-بابالارى وڭتۇستىك سوڭ حاندىعىنىڭ چيڭيۋان جىلدارى جياڭسۋدىڭ چاڭجوۋ ايماعىنا قاراستى ۋشي اۋدانىنان نيڭبوعا كوشىپ بارىپ، ىرگە تەپكەنىنەن قازىرگە دەيىن 800 جىلدان ارتىق ۋاقىت بولعان. وسى ارالىقتا بۇل اۋلەتتەن بەكتەر ٴبولىمىنىڭ باس حاتشىسى، حان مۇراگەرىنىڭ قورعاۋشىسى تۋ يۋان، ادەبيەتشى ٴارى شيچۇيشى تۋ شياڭ، جاندىكتەر مەن وسىمدىكتەر زەرتتەۋشى عالىم تۋ بىنجۇن سەكىلدى قارۋ ۇستاعان تورەلەر دە، قالامگەرلەر دە شىققان.

تاريحتا ۇنەمى ادامدى قايران قالدىراتىن ۇندەستىك جاڭعىرىپ جاتادى.

تۋ اۋلەتىنىڭ اتا شەجىرەسىندەگى تۋ بىنجۇن دەگەن ەسىم كىسىنى تاڭعالدىرادى. نەشە ٴجۇز جىلدىڭ الدىندا ول بيولوگيالىق ٴداري-دارمەكتى زەرتتەۋ جۇمىسىمەن اينالىسادى. تەڭىزدە جانە وزەن جاعالاۋلارىندا جاسايتىن حايۋاناتتار مەن وسىمدىكتەرگە قاتىستى كوپتەگەن كىتاپ جازادى، ولار جۇڭگونىڭ ەڭ ەرتەدەگى تەڭىز حايۋاناتتارىن باياندايتىن شەجىرەسى بولىپ تابىلادى. ونىڭ اتى جىنجياڭ-جياڭسۋ وڭىرىنە ايگىلى بولعان.

كىتاپ وقۋعا ٴمان بەرۋ، زەرتتەۋگە اۋەستەنۋ گەنى ارادا جۇزدەگەن جىلدار وتكەن سوڭ، تۋ اۋلەتىنىڭ ٴداري-دارمەك زەرتتەيتىن ەكى بۋىنىندا ٴبىر رەت ٴتىلسىم كۇيدە قايتالانادى. وتانىمىزدىڭ مەديتسينا تاريحى اسپانىنداعى جۇلدىزدار اراسىنان تۋ يوۋيوۋ مەن ونىڭ ارعى باباسى تۋ بىنجۇن دە جارقىراپ كورىنىپ،

ەلىنە داڭق پەن دانالىق سىيلادى.

ال، نيڭبونىڭ كايميڭ كوشەسىندەگى 26-ءنومىرلى قورا-جاي تۋ يوۋيوۋدىڭ ناعاشى جۇرتىنىڭ شاڭىراعى بولىپ، ناعاشىلارىنىڭ اۋلى دا تۋ يوۋيوۋدىڭ ساناسىندا كوپتەگەن بالالىق داۋرەنىنىڭ ەلەسىن قالدىرادى. كايميڭ كوشەسىندە ساقتالىپ قالىنعان، مىڭگو تۇسىندا سالىنعان تيۋتىك ءۇي قۇرىلىسى بار، ول قازىر مادەنيەت مۇراسىنا ايلاندى، ونى تۋ يوۋيوۋدىڭ ناعاشى اتاسى ياۋ يۇڭباي سالدىرعان-دى.

بەتى تۇستىككە قاراتىلىپ سالىنعان وسى ءۇي قۇرىلىسىنىڭ الدىڭعى سارايى، زالى، ءتور ءۇيى، ارتقى بولمەسى بار. الدىڭعى سارايى مەن زالى ەكى قاباتتىق ۇيدەن قۇرالعان. اعاش ماتشالار مەن دىڭگەكتەردەن بوي كوتەرگەن بۇل ۇيدە ءداستۇرلى قۇرىلىس ناقىش-ورنەكتەرى مەنمۇندالاپ تۇرادى، قىزىل جاپىراقتى تەرەكتەرمەن كومكەرىلگەن شاعىن اۋلاسى سىزىپ قويعان سۋرەتتەي ساۋلەتتى دە سايالى كورىنەدى. تۋ يوۋيوۋدىڭ تالاي كۇنى دە وسى ارادان ءوتىپ، بالالىق شاعىنىڭ ءىزى قالعان.

ويلى وقىمىستىلار وشاعى اتانعان نيڭبودان قانات قاققان يۋ يوڭباي كەزىندە شاڭحاي زاڭتانۋ شۋەيۋانىنىڭ، فۋدان داشۋەسىنىڭ، شيامىن داشۋەسىنىڭ پرافەسسورى بولعان. تۋ يوۋيوۋعا ىلعي ۇزىن قاپتال شاپان، شۇپەرەك شاقاي كيىپ، جۇزىنەن مەيىرىم ۇشقىنداپ تۇراتىن ناعاشى اتاسىنىڭ ىقپالى تەرەڭ بولدى.

ءوز اكەسى تۋ لياڭگۇيدىڭ جەكە ارحيۆىندە، ونىڭ كەزىندە شاڭحاي تىنىق مۇحيت كەمەشىلەرى سەرىكتەستىگىندە جۇمىس ىستەگەنى، كەيىن بانكە قىزمەتكەرى بولعانى جازىلىپتى. تۋ يوۋيوۋدىڭ بالا كەزىندە، اكەسى كوبىنەسە شاڭحايدا جۇمىستا جۇرگەندىكتەن، شەشەسى ونى ۇنەمى ناعاشى اتا-اپاسىنىڭ ۇيىنە ەرتىپ بارىپ تۇراتىن. وسى ءبىر كەڭ تىنىستى اۋلادا بالا تۋ يوۋيوۋ تۋىس - تۋعاندارىمەن بىرگە دۇربەلەڭگە تولى جىلداردى وتكىزەدى،

سول شاقتا ولارعا جاپونيا سوعىس ۇشاقتارىنىڭ بومبىلاعان داۋىسى مەن ادامنىڭ ۇرەيىن ۇشىراتىن ساقتىق سيگنالى جيى ەستىلىپ تۇراتىن.

ياۋ شاڭىراعىنىڭ ىرگەسىندەگى كورشى-قولاڭدارى دا شەتىنەن اتى ايگىلى ادامدار ەدى، يۋان پاتشالىعى تۇسىنداعى «نيڭبونىڭ تۇڭعىش زيالىسى» اتانعان يۋان جياۋ، ٴبىر ٴداۋىردىڭ پوچتا ماركاسىن جوبالاۋشى ابىزى سۇن چۋانجى، نيڭبو توبىنىڭ اتامانى لي جيڭدي... سەكىلدى قاسقالار مەن جايساڭدار وسى ارادا تۇردى.

تۋ يوۋيوۋدان ىلگەرى، ياۋ شاڭىراعىندا ەڭ كوزگە تۇسكەن ادام ونىڭ ناعاشى اعاسى، كورنەكتى ەكونوميست ياۋ چيڭسان بولدى، ول — گومين ۇكىمەتىنە ىقپال كورسەتكەن قاھارمان قايراتكەر.

1911-جىلى دۇنيەگە كەلگەن ياۋ چيڭسان، 1929-جىلى فۋدان داشۋەسىن بىتىرگەننەن كەيىن، فرانسياعا بارىپ وقىپ، پاريج داشۋەسىندەگى ەڭ جوعارى ساياسي-ەكونوميا فاكۋلتەتىندە ٴبىلىم الادى. ەلگە ورالعاننان سوڭ، 1931-جىلدان باستاپ شاڭحاي قاتىناس بانكەسىنىڭ باس اكىمشىلىك باسقارماسىندا مىندەت اتقارىپ، جۇڭگونىڭ اقشاسىن زەرتتەۋگە ات سالىسادى. 1934-جىلى ياۋ چيڭسان «قازىنا عىلىمىنىڭ قاعيداسى» دەگەن مونوگرافياسىن باسپادان شىعارادى، بۇل — جۇڭگونىڭ ەڭ العاشقى قازىناعا قاتىستى وقۋلىق كىتاپتارىنىڭ ٴبىرى ەدى.

1934-جىلى 6-ايدا ا ق ش كۇمىس ساتىپ الۋ زاڭىن قابىلداعان سوڭ، حالىقارادا كۇمىستىڭ باعاسى قىمباتتاپ، جۇڭگونىڭ كۇمىسى كوپ مولشەردە سىرتقا اعىلادى. وسىعان مەڭزەس، نانجيڭدەگى گومين ۇكىمەتى كۇمىس ەكسپورت ەتۋدەن باجى الۋ ساياساتىن اتقارسا دا، بۇل ماسەلەنى شەشە المايدى. سونىمەن سول تۇستاعى ەكونوميا سالاسىندا، فينانس شەبىندە كۇمىس ماسەلەسىنە، اقشا ٴتۇزىمىن رەفورمالاۋعا قاتىستى زور تالقى باستالادى. باسقاشا كوزقاراستاعى ما يانچۋ مەن اقشا رەفورماسىن جۇرگىزۋدى

جاقتايتىن ياڭ چيڭسان قىزىل كەڭىردەك بولا ايتىسىپ، گوميننىڭ ٴبىلىم سالاسىن ٴدۇر سىلكىندىرەدى.

1935-جىلدىڭ 11-ايىنا جەتكەندە، ياڭ چيڭسان سياقتى وقىمىستىلاردىڭ كوزقاراسى قابىلدانىپ، اقشا رەفورماسى باستالادى، بۇل جوڭگونىڭ اقشا جۇيەسىن وسىزاماندانىدىرۋ بارىسىندا تاستاعان شەشۋشى قادامى بولادى.

ياڭ چيڭسان مەن باتىستىڭ اتاقتى ەكونوميستەرىنىڭ بايلانىسى دا قويىۋ بولعان. كەيىنستىڭ ٴبىلىم يدەياسىن جوڭگوعا اكەلگەن، ٴارى جوڭگونىڭ العاشقى توپتاعى كەينس نازارياسىن زەرتتەۋدىڭ نەگىزىن قالاعان ادام ٴدال ياڭ چيڭسان دەۋگە ابدەن بولادى.

1953-جىلدان باستاپ، ياڭ چيڭسان شينحۋا بانكەسىنىڭ شياڭگاڭ بولىمشەسىندە قىزمەت اتقارادى، سونداي-اق 1979-جىلى جوڭگو قۇرىلىس قازىنا شەكتى سەرىكتەستىگىنە (شياڭگاڭدا) اۋىسىپ بارىپ، 1985-جىلعا دەيىن قىزمەت ىستەيدى. وسى ەكى قۇرىلىم شياڭگاڭ جوڭيىن توبىنىڭ توركىنى ەدى، 42 جاسىنان 75 جاسقا دەيىن ياڭ چيڭسان وتانىمىزدىڭ شەتەلدەردەگى فينانس ىستەرىنىڭ كوركەيۋىنە كوپتەپ ۇلەس قوسادى. سونىمەن بىرگە، ياڭ چيڭسان تۋ يوۋيوۋدىڭ اكەسىن بانكە سالاسىنا باستاۋشى ادامعا اينالادى.

عۇمىر جولىن ٴساتتى باسىپ، قوماقتى ناتيجەلەر جاراتقان وسى ناعاشى اعاسىنا تۋ يوۋيوۋ ٴومىر بويى ىززەت-قۇرمەتپەن قاراپ، وزىنە ۇلگى-ونەگە تۇتتى.

بۇگىنگى تاڭدا ول 80 جاستى ەڭسەرىپ، نيڭبودان كەتكەنىنە 60 نەشە جىلدان اسسا دا، ٴالى نيڭبو اكسەنتىندە انىق سويلەي بەرەدى، مۇنان ونىڭ نيڭبونىڭ بەت-بەينەسى ٴجۇز وزگەرىپ، مىڭ قۇبىلسا دا، تۋعان جەر، اتا-مەكەنى مەن تۋىس-تۋعاندارىنا دەگەن سۇيىسپەنشىلىگىنىڭ وزگەرمەگەنىن ٴبىلۋ قيىن ەمەس.

ٴۇشىنشى، ىشكالاپ جىلاعانداعى داۋىسى ونىڭ ادەتتەگى ادام بولمايتىندىعىن اڭعارتاتىن

تۋ يوۋيوۋ ٴسابي كەزىندە جىلاۋىق بولادى.

جورگەكتەگى كەزىنەن باستاپ، ول شىرىلدايدى دا جاتادى، شولدەسە دە، قارنى اشسا دا، توڭسا دە، كوڭىلى دە باقىرىپ جىلايدى، قيت ەتسە بولدى، شىرىلداپ جىلاپ، توقتاماي قويادى، مۇنىسى كورشى-قولاڭدارىن قاتتى نازالاندىرادى. ولاردىڭ ٴبارى تۋ شاڭىراعىندا ومىرگە كەلگەن «جىلاۋىق بالا» مارالدىڭ لاعىنداي ماڭىرايدى دا جاتادى، وسى ٴوزى مارالدان وزگەرگەن بىردەڭە ەمەس پە دەسەدى.

مۇنى ەستىگەن اكەسى ىشتەي ٴماز بوپ جۇرەدى، ول ٴتىلسىم ايتىلىمعا سەنەتىن، تۋ يوۋيوۋدىڭ جىلاعانداعى داۋىسى مارال لاعىنىڭ ماڭىراعان داۋىسىنا ۇقساپ كەتەتىندىكتەن قىزىما وسىنداي ات بەرگەنىم دۇرىس بولعان دەپ تۇيەدى دە، ونىڭ جىلاعان داۋىسىنان ٴلاززات الىپ، ونى اۋەلى جيى ەستىگىسى كەپ جۇرەدى.

وعان قىزىنىڭ ماڭىراپ جىلاعان داۋىسى جاعىمدى مۋزىكاداي سەزىلىپ، جانى راحاتتانىپ، ٴبىر ٴتۇرلى ٴتاتتى سەزىمگە بەرىلەتىن بولادى. ٴوزىنىڭ الدى-ارتىنا جاڭعىرىپ ەستىلەتىن مۇنداي داۋىس ەلدى مازالاۋ ەمەس، جۇرتقا ٴبىر ٴتۇرلى جاراسىمدى باقىت سەزىمىن باعىشتايدى دەپ بىلەدى.

ال، بالانىڭ شەشەسى بۇلاي دەپ تون پىشپەيدى، بۇل ٴبىر جاماندىقتىڭ نىشانى، اۋرۋدىڭ بەلگىسى بوپ جۇرمەسىن دەپ ەسەپتەيدى. بالا ٴار جولى شىرىلداپ قويا بەرگەندە، كوزىنەن اتقاقتاعان جاسى بەتىن جۋىپ كەتەتىن، بۇعان شەشەسىنىڭ ۇرەيى ۇشىپ، بايىز تاپپايتىن. بالانى كوتەرىپ، شيپاگەردىڭ الدىنا بارسا، ول ىلعي جىلاۋ دەگەن بالانىڭ تابيعاتى ەمەس پە، دەنى ساۋ بالانىڭ

جىلاۋىق بولۋى جامان ىرىم ەمەس، قايتا ونىڭ كەلەشەكتە سالاۋاتتى ادام بولاتىنىنان دەرەك بەرەدى دەيتىن. بۇعان تۋ يۋيۋدىڭ اناسى قۋانعاننان جانارىنا شاتتىق جاسىن ىركەتىن.

وقىمىستى وتباسىندا جارىق دۇنيە ەسىگىن اشقان تۋ يۋيۋ، 5 جاسىندا اكە-شەشەسىنىڭ جەتەگىمەن ۇيلەرىنىڭ قاسىنداعى بالاباقشاعا بارادى، كەلەسى جىلى، نيڭبوداعى جەكەلەر اشقان چۇڭدى باستاۋىش مەكتەبىنىڭ رەسمي وقۋدان ىلگەرگى كىلاسىنا قابىلدانادى دا، قوس بۇرىمىن شوشايتىپ ونىڭ ٴبىر وقۋشىسىنا اينالادى. 11 جاسىندا نيڭبو ماۋشي باستاۋىش مەكتەبىنىڭ جوعارعى كىلاسىندا، 13 جاسىندا نيڭبو چيجىن ورتالاۋ مەكتەبىندە، 15 جاسىندا يۇڭجياڭ قىزدار ورتا مەكتەبىندە وقيدى.

مينگونىڭ العاشقى جىلدارىندا قىز بالالاردىڭ اياعىن تاڭۋ اقىرلاسىپ، سىرتقا شىعىپ وقۋىنا، قوعامعا ارالاسۋىنا ىرىق بەرىلەدى دە، ەر-ايەل تەڭدىگىنە بوگەت بولاتىن سەڭ سوگىلىپ، يگى سالت جەمىس بەرە باستايدى. اسىرەسە شاڭحايداعى سۇڭ اۋلەتىنىڭ اپەكەلى-ٴسىڭلىلى ٴۇش قىزى وزدەرىنىڭ جاساۋ-جابدىعىن، قىمبات دۇنيەلەرىن ساتىپ، اكەلەرىنىڭ رۇحساتىمەن مۇحيتتىڭ ارعى جاعالاۋىنداعى ا ق ش-قا بارىپ وقيدى، داشۋەنى بىتىرگەن سوڭ ەلگە ورالعان اقىلدى دا اجارلى ٴۇش بويجەتكەن ەل كوزىنە ەرەكشە تۇسەدى، ٴبىرى گۋاڭدۇڭداعى سۇن جۇڭشانعا، ٴبىرى نيڭبوداعى جياڭ جيەشىگە، ٴبىرى شانشيدەگى كۇڭ شياڭشيگە تيەدى. ولاردىڭ ۇلگى-ونەگەسى جياڭسۋ-جىجياڭ وڭىرىندە جىرعا اينالىپ، ەلدى تامساندىرادى. ۇيرەنۋگە، ىزدەنۋگە قۇشتار ەتەتىن ٴبىر ٴتۇرلى جىلى لەپ جياڭسۋ-جىجياڭدا جەلدەي ەسىپ، ىستىق اعىسقا ايلانىپ، تۇتاس نيڭبونى شارپيدى. اكە-شەشەسىنىڭ ورنالاستىرۋى بويىنشا، تۋ يۋيۋ دا ىزدەنىس جولىن باستايدى. قىز بالانىڭ وقۋعا ىنتىق بولاتىن مىنەز قالىپتاستىرۋىن، ارينە، تۋ شاڭىراعىنىڭ تاربيەسىنەن بولە قاراۋعا بولماس ەدى. تۋ يۋيۋدىڭ اكەسى تۋ

لياڭگوي دە وسى سالتتىڭ ىقپالىنا ۇشىراعان، قىز بالانى جۇيەلى وقىتۋ مەن تاربيەلەۋگە ەرەكشە ٴمان بەرەتىن. بۇل شاڭىراقتاعى جالعىز قىز تۋ يۋيۋۋ سونىمەن كەمەلدى تاربيە الۋ ورايىنا يە بولادى.

وكىنەرلىگى، تۋ يۋيۋۋدىڭ وقۋشىلىق ساپارى 1946-جىلى ٴۇزىلىپ قالادى. سول جىلى 16 جاستاعى ول جۇقپالى اۋرۋعا شالدىعۋداي ۇرەيلى سىنعا تاپ بولادى، دەنە قىزۋى ٴبىر باسىلماي، وقۋىن شاراسىز توقتاتادى.

باستابىندا ەمكوس وعان بەزگەك ەكەن دەپ دەگنوز قويادى. مۇنداي سىرقاتتى حالىق اراسىندا «دابايزى» دەيدى، بۇل ناۋقاستىڭ قوزۋ قاعيداسى بولادى، ادام بىردە كۇيىپ-جانىپ، بىردە مۇزداپ-توڭازيدى، ەلىمىزدىڭ تۇستىك وڭىرلەرىندە بۇعان شالدىققاندار كوبەيەدى، تەرىستىگىندە دە، دۇنيە ٴجۇزىنىڭ جەر-جەرىندە دە ۇشىرايدى، وتە-موتە شىعىس وڭتۇستىك ازيا ەلدەرى وسىنداي كەسەل ۇدەيتىن جەرلەر. تەز تارالادى، ەمدەلىپ جازىلاتىندار از بولادى، ودان جان ۇزەتىندەر كوپ كەزىگەدى.

ەمكوس قايتالاي قۇنتتاپ تەكسەرۋ ارقىلى تۋ يۋيۋۋدىڭ بەزگەك اۋرۋى ەمەس، قايتا وكپە تۇبىركۇلەز ناۋقاسىنا شالدىققانىن كەسىپ ايتىپ، ۇيىندەگىلەردىڭ جۇرەگىن ورنىنا تۇسىرەدى. ٴمۇبادا بەزگەك بولسا، ول تۇستا امان قالۋى قيىن ەدى. ۇيتكەنى جاندى قورعاپ قالاتىن «چيڭگاۋسۋ» ٴدارىسى ٴالى تاپقىرلانباعان-دى. قازىر ونداي ٴدارى بار، بۇل بۇكىلدەي تۋ يۋيۋۋدىڭ ەڭبەگى. سۇحبات بارىسىندا تۋ مۇعالىمنەن وسىنى سۇراعانىمىزدا، ول كىسى ٴازىل-شىنى ارالاس:

— بەزگەككە ەمەس، وكپە تۇبىركۇلەزىنە شالدىعۋىم باستىسى جان ساقتاعىش چيڭگاۋسۋ دەگەن دارىگە بايلانىستى بولدى، ۇيتكەنى ول ەگەر شىنىمەن مينەنگيت بولسام، قۇلاپ قالادى ەكەم، وندا بۇگىنگى چيڭگاۋسۋدىڭ دۇنيەگە كەلۋى دە قيىن بولاتىن سياقتى

مەنىڭ زەرتتەپ تاۋىپ شىعۋىمدى توسىپ تۇرعانىنان بولسا كەرەك، — دەدى كۇلىپ.

سول جولعى توسىنان جابىسقان اۋرۋدان شيپاگەرگە كورىنگەن 16 جاستاعى تۋ يوۋيوۋ، تۇڭعىش رەت «مينەنگيت» دەگەندى ەستيدى. ادامنىڭ ۇرەيىن ۇشىراتىن مۇنداي اۋرۋعا شالدىعۋ اجالدىڭ تايادى دەگەنىنەن دەرەك بەرەتىن. ول ٴوزىنىڭ «مينەنگيتكە» تاپ بولماعانىنا قۋانىپ عانا قويماي، ونان دا ماڭىزدىسى، «مەديتسينانى وقىپ، مينەنگيتتى جوعالتىپ، اۋرۋدى ەمدەپ، ادامدى قۇتقارۋعا، قوعامعا ۇلەس قوسۋعا» بەل بايلايدى.

ٴبىر ٴداۋىردىڭ ۇلى دارىگەرىندە تەگىنەن بار، نوبەل سىيلىعىن الۋعا جەتەلەگەن گەن «اۋرۋدى ەمدەپ، ادامدى قۇتقارۋعا» دەگەن قاراپايىم تىلەگىنەن باستاۋ السا كەرەك.

وتباسى تاربيەسىنىڭ شىڭداۋى تۋ يوۋيوۋدىڭ ٴدارى-دارمەكتى زەرتتەۋ ىنتاسىن تاستادى.

اكەسى تۋ ليانگۇيدىڭ جايشىلىقتا وقۋعا اۋەس بولۋى دا قىزىنا ۇلكەن ىقپال كورسەتەدى. باسپانالارىنىڭ جوعارى قاباتىنداعى بايىرعى كىتاپتار لىقسىپ تۇراتىن بولمە ٴارى اكەسىنىڭ كىتاپ ٴۇيى، ٴارى تۋ يوۋيوۋدىڭ جيى باراتىن ٴبىلىم ۇياسىنا ايلانادى. اكەسى كىتاپقا ۇڭىلگەندە، ول دا قاسىندا تۇرىپ، كىتاپتاردى سيپالاپ، وعان قاراعىشتايدى. كىتاپتاعى جازۋلاردى وقي بىلمەسە دە، مەديتسيناعا قاتىستى كىتاپتارداعى سىزبا سۋرەتتەردى كورىپ، استىنا جازىلعان تۇسىنىك سوزدەرىنىڭ حاتىنا قانىعا باستايدى.

ىنتا-ىقىلاس دەگەنىڭ ٴوزى ۇيرەنۋ بارىسىندا قالىپتاسادى. سول تۇستا كىتاپ بولمەسى ٴسابي تۋ يوۋيوۋدىڭ ٴوزىن الديلەپ-تەربەتەتىن ٴبىلىم بەسىگىنە ايلانادى. بۇل ارادان «پاتشانى ەمدەۋ شيپاشاعى»، «ٴدارى شوپتەر كاتولوگى»، «جەل-قۇز اۋرۋىن ەمدەۋ ٴتاپسىرى» دەگەن سىقىلدى ايگىلى كىتاپتاردىڭ ٴبارى تابىلاتىن، تۋ يوۋيوۋ ولارمەن سول كەزدەن باستاپ ٴتۇس تانىس

بولعان. كونەشە جازبالارداعى ارىپتەردى كوپ تانىپ كەتپەسە دە، ول نەشە ٴجۇز ٴشۋپ ٴدارىنىڭ اتىنا قانىعادى. سونىمەن قوسا، ٴوز اۋلەتىنىڭ بۇرىنعى ۇقىمىستىلارى مەن شەجىرەشىلەرى جازىپ قالدىرعان جەرگىلىكتى حالىقتىق ەمدەۋدىڭ جولدارى مەن ٴدارى-دارمەكتەردىڭ ٴتۇرىن اشالاپ ٴبىلىپ الۋعا كىرىسەدى، اتا-بابالارى سەكىلدى دارىگەر بولۋعا انت ىشەدى.

سۇحبات بارىسىندا، ول اكەسىنىڭ ٴوزىنىڭ مەديتسينا ۇقۋىن بارىنشا قولداعانىن، اۋلەتتەگىلەردىڭ مەدەت بەرۋى ۇزىنە تىڭ قوزعاۋشى كۇش باعىشتاپ، قوس قانات بىتىرگەندەي بولعانىن ايتتى.

ٴتورتىنشى، اۋرۋدىڭ قىرسىعىنان جول ورتادا ەكى جىل ۇقۋدان قول ٴۇزۋ

ۋاقىت 1948-جىلدىڭ كۇزىنە بارادى. ۇكپە تۇبىركىلەز اۋرۋىنان ەكى جىل ۇقۋدان قالعان تۋ يوۋيوۋ سىرقاتى تاۋىرلەنگەننەن كەيىن، نيڭبودا شياۋشى اتىنداعى جەكەلىك ورتا مەكتەپتە تولىق ورتا كلاسىنا قابىلدانىپ، سوندا ۇقيدى.

«جۇقالتاڭ كورىنگەنىنە قاراماستان، كوزىلدىرىك تاعىپ، شاشىن مارالدىڭ مۇيىزىندەي ۇزىنشاق قوس بۇرىم ەتىپ ٴورىپ الىپتى، نيڭبونىڭ جەتكىنشەك قىزدارى سياقتى بوپ كەتىپتى» دەيتىن ۇلكەندەردىڭ ٴسوزى ونىڭ جادىنان كوتەرىلمەيدى.

شياۋشى ورتا مەكتەبى — نيڭبوداعى ايگىلى مەكتەپ، كەزىندە اكەسى تۋ ليانگۇي دە وسى مەكتەپتەن تۇلەپ ۇشقان. ونىڭ ٴبىر كلاستا ۇقيتىن ساباقتاسى لي تيڭجاۋ ونىڭ كەلۋىن تاڭسىق كورىپ، كەيىن كەلە بىرتىندەپ ونى جاقسى كورىپ كەتەدى.

1912-جىلى 2-ايدا اشىلعان وسى ورتا مەكتەپتى جۇڭگونىڭ العاشقى فيزيكا عالىمى حى يۇيجيە، سونداي-اق يە فىڭلياڭ، چىن

شۇنجىڭ، چيان باۋكاڭ سەكىلدى ايگىلى عالىمدار نيڭبونىڭ جەرگىلىكتى ساۋدا-ونەركاسىپشىسى لي جيڭديمەن بىرلەسىپ قۇرادى. مەكتەپ «جەكە تۇلعالاردىڭ كۇشىنە سۇيەنىپ، شارۋاشىلىق جۇرگىزۋ، جۇيەلى تاربيە جۇرگىزىپ، حالىقتىڭ ساناسىن وياتۋ جولىمەن ٴجۇرۋدى» ٴتۇبىرلى ماقسات ەتىپ، مەكتەپتە ساباق وقىتۋدى باستاۋ قارساڭىندا، «وقۋ-اعارتۋ ٴىسىنىڭ قۇندىلىعى ونى سايكەستىرە، تالاپقا ۇيلەستىرە، سالتقا قابىستىرا، امالياتقا جاناستىرا الۋدا» دەگەن وقىتۋ تانىم-تۇسىنىگىن العا قويادى.

1917-جىلعا بارعاندا، مەكتەپتىڭ اتى الىس-جاقىنعا ٴمالىم بولادى. ايگىلى جوعارى مەكتەپتەر شاڭحاي فۋدان داشۋەسى، سان-جونسون داشۋەسى شياشى ورتا مەكتەبىمەن كەلىسىم جاساسىپ، وسى مەكتەپتى تاۋىسقان وقۋشىلاردى ەمتيحانسىز تىكە قابىلداۋعا كەلىسەدى.

1948-جىلى 2-ايدا تۋ يوۋيوۋ دارەجەلەس ماعلۇماتىمەن شياۋشى ورتا مەكتەبىنىڭ تولىق ورتا 1-جىلدىعىنا قابىلدانعان تۇستا، بۇل مەكتەپتىڭ جاپون شاپقىنشىلىعىنا قارسى سوعىستىڭ باسىنان وتكەرگەنىنە ەندى عانا ٴۇش-اق جىل بولعان ەدى. 1941-جىلى 4-ايدا نيڭبو جاۋ قولىنا وتكەنىنەن كەيىن، مەكتەپ جابىلىپ، 1945-جىلى 10-ايدىڭ 25-كۇنى وقۋ-وقىتۋدى قالپىنا كەلتىرەدى. وسى كۇن كەيىن كەلە شياۋشى ورتا مەكتەبىنىڭ قۇرىلعانىن قۇتتىقتاۋ كۇنى بولىپ بەلگىلەنەدى.

«ادالدىقتى، سەنىمدى، ىزەت-قۇرمەتتى» مەكتەپتىڭ ٴتالىمى ەتكەن بۇل ورتا مەكتەپتەن كەيىن اكادەميك اتانعاندار كوپتەپ قانات قاقتى. قازىرگە دەيىن بۇل مەكتەپتەن جۇڭگو عىلىم اكادەمياسىنىڭ، جۇڭگو قۇرىلىس اكادەمياسىنىڭ اكادەميگى بولعاندار 15 كە جەتتى. داڭقى تيانجيننىڭ نانكاي ورتا مەكتەبىمەن، بەيجيڭنىڭ 4-ورتا مەكتەبىمەن، حۇيۋن ورتا مەكتەبىمەن بىردەي دەڭگەيگە كوتەرىلدى.

1955-جىلى شياۋشى ورتا مەكتەبىندە وقىپ جەتىلگەن 3 عالىم جۇڭگو عىلىم اكادەمياسىنىڭ اكادەميگى بولىپ سايلاندى، ولار: حيميا عالىمى جي يۋيفىڭ، ول 1916-جىلى نيڭبو شياۋشى ورتا مەكتەبىندە كونە ٴتۇزىم بويىنشا وقىپ، 3-تۇپتا مەكتەپ بىتىرگەن؛ تاجىريبەلىك ەمبريون تانۋشى عالىم تۇڭ ديجوۋ، ول 1922-جىلى نيڭبو شياۋشى ورتا مەكتەبىندە كونە ٴتۇزىم بويىنشا 9-تۇپتا وقۋ بىتىرگەن؛ توپىراق اگرو حيميگى لي چيڭسۋ، ول 1930-جىلى شياۋشى ورتا مەكتەبىنىڭ تولىق ورتا ٴبولىمىن بىتىرگەن. 1980-جىلى كەزىندە وسى ورتا مەكتەپ وقىعان تاعى 5 ادام جۇڭگو عىلىم اكادەمياسىنىڭ اكادەميگى بولدى، ولار: جەر شارى فيزيكاسى عالىمى ۋاڭ ۋىنبو، توپىراقتانۋ حيميگى جۋ زۋشياڭ، تۇقىم قۋالاۋ عىلىمىنىڭ عالىمى باۋ ۋىنكۇي، يادروفيزيكا عالىمى داي چۋانزىڭ، مەديتسينا عالىمى چىن جۇڭۋي. 1995-جىلى وسى ورتا مەكتەپتىڭ تاعى 5 تۇلەگى جۇڭگو قۇرىلىس اكادەمياسىنىڭ اكادەميگى بولىپ، عىلىم شىڭىنا قانات قاقتى، ولار: ماتەريالتانۋشى عالىم شۇي زۋحۇي، ەلەكتر-ماگنيت ٴورىسى جانە ميكروتولقىن تەحنيكاسى ماماني چىن جىنشيۇڭ، يادرو تەحنيكاسىن قولدانۋ ماماني ماۋ يۇڭزى، نەورگانيكالىق حيميا ونەركاسىپ ماماني جوۋ گۋاڭحۇي، يادرولىق قارۋ-جاراق ينجەنەرياسى ماماني حۋ سىدى. 1997-جىلى وسى ورتا مەكتەپتەن كەزىندە ٴبىلىم العان تاعى 2 عالىم جۇڭگو عىلىم اكادەمياسىنىڭ اكادەميگى اتاندى، ولار: ەلەكترون ينفورماتسياسى سيستەما ينجەنەرياسىنىڭ ماماني تۇڭ جىپىڭ، ٴۇي قۇرىلىس قۇرىلىمى ينجەنەرياسى جانە الدىن الۋ، قورعاۋ ينجەنەرياسى ماماني چىن جاۋيۋان.

وسى 15 عالىمنىڭ شياۋشى ورتا مەكتەبىنەن شىعىپ، عىلىمنىڭ اسقارىنا شارىقتاۋى «اكادەميكتەر اۋىلى» اتانعان نيڭبونى ەڭ جوعارى ماقتانىش سەزىمىنە بولەدى.

اتاقتى مەكتەپتە جۇرسە دە، ورتا مەكتەپ ساتىسىنداعى تۋ

يوۋيوۋدىڭ جالپى ساباق ناتيجەسى كوڭىل كونشتەرلىكتەي بولمايدى. سول جىلى شياۋشى ورتا مەكتەبىندە وقىعان وقۋشىلىق ٴنومىرى A342 بولعان وسى قىزدىڭ تولىق ورتا مەكتەپتى ٴبىتىرۋ كەزىندەگى ساباق ناتيجەسى بىلاي بولدى. ناقتاپ ايتقاندا: ٴتىل-ادەبيەتتەن ورتاشا ٴنومىرى 71.25، اعىلشىن تىلىنەن ورتاشا ٴنومىرى 71.5، ماتەماتيكادان ورتاشا ٴنومىرى 70، بيولوگيادان ورتاشا ٴنومىرى 80.5، حيميادان ورتاشا ٴنومىرى 67.5 بولىپتى.

بيولوگيا ناتيجەسىنىڭ نەداۋىر جاقسى بولۋى تۋ يوۋيوۋدىڭ بيولوگيا ساباعىن ەرەكشە جاقسى كورەتىندىگىنە بايلانىستى ەدى. ٴار رەت بيولوگيا مۇعالىمى ساباق وتكەندە، تۋ يوۋيوۋ بار زەيىن-زەردەسىمەن بەرىلىپ تىڭدايتىن. ٴبىر جولى مۇعالىمى ازىلدەي كۇلىپ:

— ەگەر باسقالاردىڭ دا تۇگەل تۋ يوۋيوۋ سياقتى بۇل ساباقتى ىقىلاس قويا ۇيرەنسەڭدەر، دەن قويا تىڭداساڭدار، مەن قانشالىقتى قينالسام دا، كوڭىلدى بولار ەدىم، — دەيدى. مۇنى بۇل كۇندە تۋ يوۋيوۋدىڭ ٴوزى دە ويىنداپ:

— ول كەزدە مەن وتە ٴمۇلايىم، تومەن-تۇيىقتاۋ جان ەدىم، ورتا مەكتەپ وقىپ جۇرگەندە، ناتيجەم ونشا شىركىن-اي بولمادى، ايتسەدە ۇيرەنۋگە جانىممەن بەرىلدىم، — دەيدى. ونىڭ ساباقتاسى چىن شياۋجۋڭ كەزىندەگى جاعدايدى ەسكە العاندا:

— ول وتە قاراپايىم ەدى، جاي كيىمدەردى كيەتىن، ەشكىمنىڭ كوزىنە تۇسە بەرمەيتىن، ٴبىرتوعا بوپ وقشاۋ جۇرەتىن، — دەيدى.

شياۋشى ورتا مەكتەبىندە تۋ يوۋيوۋ ۇيرەنۋدەن سىرت، تاعى ٴبىر جاقتان ٴدام تارتىپ، وسى ارادا لي تيڭجاۋ ونىڭ ٴبىر كلاستاعى ساباقتاسىنا اينالادى. ايتسەدە سول كەزدە ساباقحانادا وتە از اڭگىمەلەسەتىن ەكەۋى، تالاي جىلدان كەيىن ەرلى-زايىپتى بولارىن ويلاماعان ەدى.

1950-جىلى 3-ايدا تۋ يوۋيوۋ نيڭبو قالالىق ورتا مەكتەپكە

اۋسىپ بارىپ، تۋلىق ورتانىڭ 3-جىلدىعىن وقىيدى، بۇل ونىڭ نيەتبوداعى وقۋشىلىق ٴومىرىنىڭ سوڭعى جىلى بولاتىن.

تۋ يوۋيوۋدىڭ نيەتبو ورتا مەكتەبىندەگى كىلاس جەتەكشىسى شۇي جيزى مۇعالىم، كەزىندە ول الەۋ-ەسكەرىپ كەتپەيتىن وسى قىزدى وقۋعا ىنتالاندىرۋ ٴۇشىن وعان: «تۇرمىستىڭ جايلى بولۋىن عانا ويلاپ جۇرە بەرمەي، نوسەرلى داۋىلعا قارسى جۇرەتىن جىگەرىڭ بولسىن» دەپ ارناۋ جازىپ بەرىپتى. سونىمەن ول ٴداري-دارمەك ارقىلى ەلىن قۇتقارۋ سەنىمىن قايتا تاۋىپ، الدا وقيتىن ماماندىقتى تاڭداۋ كەستەسىنە: «بەيجيڭ داشۋەسى مەديتسينا ٴبولىمىنىڭ ٴداري-دارمەك فاكۋلتەتى» دەپ جازىپتى. مۇنىسىنا كەزىندەگى ساباقتاستارى، كەيىن كەلە بەيجيڭ داشۋەسىنىڭ ۇنەملىك ىستەرگە جاۋاپتى ورىنباسار باستىعى ۋاڭ ي-زۇن، جۇڭگو عىلىم اكادەمياسىنىڭ اكادەميگى شى جۇڭسى، ايگىلى وقىمىستى، باسپاگەر فۋ شۋانزوڭدار تاڭدانا قاراعان ەكەن.

بىرىنشى، مەديتسيناعا بار ىنتاسىمەن بەرىلگەن بەيجيڭ داشۋەسىنىڭ تۇلەگى

1951-جىل — جاڭا جۇڭگو قۇرىلعاندىعىنىڭ ٴۇشىنشى جىلى ەدى، وسى جىلى تۋ يوۋيوۋ ۇزدىك ناتيجەمەن وزىنە اتى ٴمالىم بەيجيڭ داشۋەسىنىڭ ٴداري-دارمەك فاكۋلتەتىنە قابىلدانىپ، رەسپۋبليكامىزدىڭ العاشقى ۇرپاق تۇلەگىنە اينالادى.

شاقىرتۋ قاعازىن تاپسىرىپ العان كۇنى، اكەسى ونىڭ شەشەسىنە بالا ٴسۇيىپ جەيتىن تاماقتاردى كوبىرەك جاساتىپ، جاقىن دوستارىن شاقىرىپ، تۋ يوۋيوۋدىڭ جوعارى مەكتەپكە قابىلدانعانىن قۇتتىقتايدى. ازىراق شاراپ ىشكەن اكەسى توست كوتەرتۋ سوزىندە بالاسىنا ات قويعان شاقتاعى ولەڭ جولدارىن تاعى وقيدى. سونان:

— ٴبىزدىڭ يوۋيوۋ بەيجيڭ داشۋەسىنىڭ ٴداري-دارمەك

فاكۋلتەتىنە قابىلداندى، ەندى «ٴدارى شوپتەر كاتالوگىن» زەرتتەيدى، اتىنا زاتى ساي مىقتى دارىگەر بولىپ شىعادى. قارعام، بيىكتەن بيىككە سامعاي بەرسىن، ىزدەنۋدەن ماڭگى تىنباسىن، ٴبىز ساعان مىزعىماس تىرەك بولامىز، سول ٴۇشىن توست كوتەرىپ قويالىق، — دەيدى. سىڭعىرلاعان رومكالاردىڭ ٴۇنى ىشىندە تۋ يۋۋيۋۋ بەيجىڭگە بارىپ، ٴدارى-دارمەكتىڭ قىر-سىرىن يگەرۋگە بەل بايلاعانىن بىلدىرەدى، بۇعان كوپشىلىك ٴسۇيىنىپ، شاتىرلاتىپ شاپالاق سوعادى...

شاقىرتۋ قاعازىن تاپسىرىپ العان كۇنىڭ ەرتەسى، ول كلاستاس بىرنەشە ساباقتاسىنىڭ دا بەيجىڭدەگى جوعارى مەكتەپتەردەن قابىلداۋ ۇقتىرۋىن تاپسىرىپ العانىن ەستيدى. ولاردىڭ ىشىندە بولاشاق كۇيەۋى لي تيڭجاۋ دا بار-دى، ول بەيجىڭ ونەركاسىپ شۋەيۋانىنا، بۇگىنگى بەيجىڭ جاراتىلىستىق عىلىمدار داشۋەسىنىڭ بولات-تەمىر فاكۋلتەتىنە قابىلدانادى. سول تۇستا تۋ يۋۋيۋۋ جىگىتتى ۇناتۋ دەگەن سەزىمدە بولماعان. ولاردىڭ كوڭىل تابىستىرىپ، جۇرەك تۋعىستىرۋى كەيىنگى رومانتيكا ەدى.

50-جىلدارداعى بەيجىڭ داشۋەسىنىڭ مەديتسينا شۋەيۋانى نەشە مىڭ جىلدىق تاريحى بار ەجەلگى استانادا ەرەكشە كورىنەتىن. بەيجىڭ قالاسى شيچىڭ رايونىنداعى شيشىكۋ كاتالوك شىركەۋىنىڭ ماڭىنداعى مەكتەپ اۋلاسىن بۇرىن سالىنعان پاتشا اۋلەتىنىڭ ٴۇي قۇرىلىستارى قورشاپ تۇراتىن، ٴبىراق شاكىرتتەردىڭ كۇندە كورىپ جۇرەتىنى باتىستىڭ گەتە ۇلگىسىندەگى ٴۇي قۇرىلىسى ەدى. مەكتەپتەگى كەزىندە تۋ يۋۋيۋۋ مەن ساباقتاستارىنىڭ تاجىريبەحاناسى، جاتاعى سايىۋان تار كوشەسىندەگى 13-ٴنومىرلى اۋلاعا ورنالاسقان-دى.

تىزىمگە الدىرعان كۇنى تۋ يۋۋيۋۋ كەلەشەككە دەگەن ارمانىن ارقالاپ، اكەسىنىڭ كۇتكەن ٴۇمىتىن اقتايمىن دەگەن كامىل سەنىممەن مەكتەپتىڭ قىزىل قاقپاسىنان نىق قادامىن كىرەدى،

ٴارى سۋرەتكە تۇسەدى.

كەزىندەگى ساباقتاسى جوۋ شىكۇن وتكەن كۇندەرىن ەسىنە الىپ:

— ٴبىز وقىعان كلاستار وقۋشىلاردىڭ وقۋعا تۇسكەن جىل ٴتارتىبى بويىنشا، رەتكە تۇرعىزىلدى، ٴبىز 8-كلاسقا بولىندىك، جيىنى 70 — 80 وقۋشى ٴبىر كلاستا وقىدىق، تۇ يوۋيوۋ ەكەمىزدىڭ كلاسىمىزداعى وقۋشىلاردىڭ جاسى نەداۋىر ۇلكەن بولاتىن، جاسى ەڭ كىشى دەگەن وقۋشىلاردىڭ ٴوزى بىزدەن ٴۇش جاس قانا تومەن ەدى، — دەيدى.

4-جىلدىقتا شىققان جىلى، وقۋشىلار ٴپان ٴتۇرى بويىنشا كلاستارعا بولىنەدى، تۇرلىشە بەتالىسقا ساي، ٴدارى-دارمەك تولىمدىلىعىن تەكسەرۋ، ٴدارى-دارمەك حيمياسى، بوتانيكالىق ٴدارى-دارمەك سىندى ٴۇش ۇلكەن ماماندىقتا جىكتەلەدى. ٴدارى-دارمەك حيمياسىن تاڭداعان وقۋشىلار 40 تان اسىپ، ەڭ كوپ سالىستىرمانى ۇستايدى؛ بيولوگيالىق ٴدارى-دارمەكتى قالايتىن وقۋشىلار سانى ەڭ از بولادى، تۇ يوۋيوۋ وسى ماماندىقتى تاڭداعان از ساندىلاردىڭ ٴبىرى بولادى.

بيولوگيالىق ٴدارى-دارمەك دەگەنىمىز ەشقانداي وڭدەلمەگەن نەمەسە جاي عانا مانەرلەنگەن تازا دا تابيعي وسىمدىكتەردەن، حايۋاناتتاردان جانە مينەرال زاتتاردان الىناتىن ٴدارى ماتەريالدارىن كورسەتەتىن ەدى.

تۇ يوۋيوۋ مەكتەپ قۇشاعىنا ەنگەن كۇننەن باستاپ، دالانىڭ ادەمى مارالىنداي شالقار ٴدارى-دارمەك ايدىنىندا ٴجۇزىپ، اشقاراقتانا ٴبىلىم ٴنارىن جيىپ، اكەسى كۇتكەن جولدى بويلاي ىزدەنە بەرەدى. كەڭ دە تىنىستى كىتاپ وقۋ زالىندا ول ەرتەدەن ٴوزى تۇرعان داۋىرگە دەيىنگى ٴدارى-دارمەككە قاتىستى جازبالاردىڭ ٴبارىن ەرلىكتەي قالدىرماي وقىپ شىعادى.

جۇڭحۋا مەديتسيناسىنىڭ ايدىنكولىندە ەركىن جۇزگەن ول،

كوك ٴورمەن جونىندە ايتىلعان: «كوك ٴورمەن وسىمدىگىنىڭ بايىرعى اتى «菣». حالىق اراسىندا ساسىق ٴورمەن نەمەسە اشتى ٴورمەن دەپ تە اتالادى. كوكتەمدە بۇرشىك جارادى، جاپىراعى جىڭىشكە، بالاۋسا كەزىندە، كوكونىس رەتىندە پايدالانۋعا كەلەدى، جازدا ٴتورت-بەس قارىستاي بوي تارتادى، كۇزدە سارعىش گۇل جارادى... تامىرىن، دىڭىن، جاپىراعىن ارالاستىرىپ ەمگە ىستەتەدى. ول جاراقاتتى ەمدەۋدىڭ، قاندى تيۋدىڭ، ەتتى جەتىلدىرۋدىڭ، ٴتىس اۋرۋىن باسۋدىڭ شيپالى ٴدارىسى» دەگەن سەكىلدى انىقتامالاردى تابادى.

سونىمەن بىرگە، ول كوك ٴورمەننىڭ بەزگەكتى ەمدەۋگە شيپالى ەكەنىنە كوز جەتكىزەدى. ەلىمىزدىڭ دارىگەرلىككە قاتىستى ەڭ ەرتەدەگى جازبالارى سانالاتىن حان پاتشالىعى تۇسىنداعى 3-ٴنومىرلى وبادان قازىپ الىنعان «52 ٴتۇرلى اۋرۋدىڭ شيپاسى»، «سىرلى ٴشوپ ٴدارى ٴتاپسىرى» سياقتى كىتاپتاردا كوك ٴورمەن تۋرالى ازدى-كوپتى مالىمەت بار-دى.

ادامدى تاڭداندىراتىنى سول، بەينە «ماڭىراعان مارالشا، ٴورمەن جەگەن تاماشا» دەپ بايىرعى ولەڭدە ايتىلعانداي، ارادا تالاي زاماندار وتكەنىمەن كەيىن، تۋ يوۋيوۋ كوك ٴورمەنگە باۋىر باسىپ، ونى زەرتتەپ، قولدانىپ، ٴوزى جەپ كورىپ ٴجۇرىپ، كوك ٴورمەننىڭ ەمدىك رولىن تۇراقتاندىرىپ، دۇنيە ٴجۇزىن ٴدۇر سىلكىندىرەدى. سوندا مۇنداي مۇمكىندىك تۋ يوۋيوۋگە قالاي تۋدى؟ بۇل الدە اڭىز-افسانالاردا ايتىلاتىن كورىپكەلدىك ەمەس پە؟

كەزىندە تۋ يوۋيوۋمەن ۇقساس ٴبىر كاسىپتى تاڭداعان ۋاڭ مۋزوۋ زەينەتكە شىعاردان بۇرىن، جۇڭگو مەديتسينا عىلىم اكادەمياسى ٴدارى-دارمەك زەرتتەۋ ورنىنىڭ اعا زەرتتەۋشىسى بولاتىن. ول بىلاي دەدى: سول تۇستا بيولوگيالىق ٴدارى-دارمەك ماماندىعىن وقىعان وقۋشىلاردىڭ دەنى زەرتتەۋ ورىندارىنا بارىپ، جۇمىس ىستەيتىن، ال ٴدارى-دارمەك حيمياسى ماماندىعىن وقىعاندار كوبىنەسە بۇكىل مەملەكەتتەگى ٴىرى ٴدارى-دارمەك

26

زاۆودتارىنا ورنالاساتىن. بيولوگيالىق ٴدارى-دارمەك كاسىبىن وقىعان تۋ يوۋيوۋ جونىنەن ايتقاندا، بۇل كاسىپ بوينشا وقيتىن ساباقتار باسقا كاسىپتەردىكىنەن الدە قايدا كوپ ەدى، بۇلاردىڭ نەگىزگى مازمۇنى الۋان شيكىزاتتاردان الىنعان ٴدارى ماتەريالىن تۇرگە ٴبولۋ، ولاردى انىقتاۋ، ميكروسكوپ ارقىلى ىشكى تىكاندار وزگەرىسىن باقىلاۋ بولاتىن. ماعان ايتەۋ تۋ يوۋيوۋ ەشقاشاندا بولدىم، تولدىم دەمەيتىن، قاشان كورسەڭ، بىردەڭەگە ٴۇڭىلىپ وتىراتىن، شارشاۋ-بولدىرۋ دەگەندى بىلمەيتىن شاكىرت بولىپ كورىنەتىن.

سول تۇستا بيولوگيالىق ٴدارى-دارمەك عىلىمى كاسىبىن لۋ جىجين پرافەسسور اشقان، ول ۇلى بريتانيادا وقىپ، دوكتورلىق اتاق قورعاپ، 1951-جىلى ەندى عانا ەلگە ورالعان، ٴارى بيولوگيالىق ٴدارى-دارمەك عىلىمى بوينشا بىردەن-ٴبىر پرافەسسور بولاتىن. كەيىن كەلە جۇڭگو دارىگەرلىك ٴىلمي قوعامىنىڭ باس القاسى، جۇڭگونىڭ وسىزامانعى بيولوگيالىق ٴدارى-دارمەك عىلىمىنىڭ نەگىزىن قالاۋشىلاردىڭ ٴبىرى بولعان. تۋ يوۋيوۋ تۋرالى ول كىسى: بۇل قىز از ٴسوزدى، قيىنشىلىقتا اسا ٴتوزىمدى جاقسى شاكىرت ەدى، — دەدى.

تۋ يوۋيوۋ داشۋەدە وقىعان جىلدارى مەملەكەت جاعدايى بىلاي بولعان-دى: 1950-جىلى 8-ايدا دەنساۋلىق ساقتاۋ جونىندە مەملەكەتتىك ٴماجىلىس اشىلادى، ٴتوراعا ماۋ زىدۇڭ الىعا قويعان: «جۇمىسشىلارعا، شارۋالارعا، اسكەرلەرگە مەڭزەۋ، الدىن الۋدى نەگىز ەتىپ، جۇڭگوشا دارىگەرلىك پەن باتىسشا ەمدەۋدى ۇشتاستىرۋ» تالابى — جاڭا جۇڭگو دەنساۋلىق ساقتاۋ ىستەرىنىڭ ٴۇش نەگىزگى پرينسيپى سانالاتىن.

1953-جىلى 12-ايدا، ٴتوراعا ماۋ زىدۇڭ سول تۇستاعى دەنساۋلىق ساقتاۋ مينيسترىنىڭ ورىنباسارى حى چىڭنىڭ قىزمەتتەن بەرگەن مالىمەتىن تىڭداعاندا، جۇڭگوشا دارىگەرلىككە

جوعارى باعا بەرىپ: «ەگەر ٴبىزدىڭ جۇڭگونىڭ دۇنيە جۇزىنە قوسقان ۇلەسى بار دەسەك، مەنىڭشە، جۇڭگوشا دارىگەرلىك سونىڭ بىرەۋى بولادى. بىزدە باتىسشا مەديتسينانى يگەرگەن شيپاگەر از، وعان قالىڭ حالىق قاۋمى وتە ٴزارۋ بولىپ وتىر، قازىرشە ٴالى دە جۇڭگوشا دارىگەرلىككە سۇيەنەدى. جۇڭگوشا دارىگەرلىكپەن شۇعىلداناتىندار ىنتىماقتى كۇشەيتىپ، جۇڭگوشا، باتىسشا ەمدەۋگە دۇرىس تانىمدا بولۋى كەرەك»، — دەيدى.

جۇڭگوشا دارىگەرلىكتى جۇڭگونىڭ دۇنيە جۇزىنە قوسقان ٴبىر ۇلكەن ۇلەسى دەڭگەيىنە كوتەرۋىنەن، ماۋ زىدوڭنىڭ جۇڭگوشا دارىگەرلىككە توتەنشە ٴمان بەرەتىنىن ٴبىلۋ قيىن بولماسا كەرەك.

1954-جىلى ماۋ زىدوڭ جۇڭگوشا ٴدارى-دارمەك ماسەلەسىنە قاراتا تاعى نۇسقاۋ بەرىپ: جۇڭگوشا دارىگەرلىكتى بارىنشا جاقسى قورعاۋ جانە دامىتۋ كەرەك، ەلىمىز دارىگەرلىگىنىڭ نەشە مىڭ جىلدىق تاريحى بار، ول وتانىمىزدىڭ ەرەكشە قۇندى بايلىعى، ەگەر ونى قۇلدىراتساق، ٴبىزدىڭ اعاتتىعىمىز سانالادى. جۇڭگوشا شيپاگەرلىككە ساياتىن كىتاپتاردى رەتتەۋ، جۇڭگوشا دارىگەرلىك ماماندارىن ۇيىمداستىرىپ، كەيبىر سالالاردا جوسپارلى، ٴتۇيىندى پايدالانىپ، ەسكىشە جازبالاردى جاڭاشا تىلگە اۋدارىپ، وراي مەن ۋاقىت پىسىپ-جەتىلگەندە، ولاردى ٴوز تاجىريبەسىنە ۇشتاستىرىپ، جۇڭگوشا دارىگەرلىكتى مازمۇن ەتەتىن مەديتسينا تومدارىن جازۋعا جۇمىلدىرۋ كەرەك، — دەيدى.

تۋ يوۋيوۋ ٴدال وسىنداي تاريحي ارتقى كورىنىس استىندا داشۋەنىڭ نەگىزدىك ٴپان وقۋىن بىتىرەدى. ٴداۋىر كوشى ونى توقتاۋسىز ىزدەنۋگە قۇزايدى، تىپ-تىنىش مەكتەپ اۋلاسىندا ول ٴۇن-ٴتۇنسىز عانا ۇيرەنۋىن جالعاستىرىپ، موپ-موماقان بوپ جۇرەدى، الابوتەن كورىنۋگە، ەل كوزىنە تۇسۋگە قۇلىقتى بولمايدى. ساباقتان سىرتقى مادەنيەت، سپورت قيمىلدارىنا دا ونشا بەرىلىپ كەتپەيدى. ونىڭ سىرىنا قانىق جوۋ شىكۇن مەن ۋاڭ مۇزۋ تۋ

يوۋيوۋدىڭ داشۋە كەزىندەگى وبرازىن «توتەنشە قاراپايىم بولدى» دەگەنگە جيناقتايدى.

1955-جىلى جاڭا جۇڭگونىڭ 1-بەسجىلدىق جوسپارىنىڭ ٴۇشىنشى جىلى ەدى، 4 جىل ۇزبەي ىزدەنىپ، تىنباي تىرىسىپ وقىعان تۋ يوۋيوۋ داشۋەنى تامامدايدى.

ٴدال وسى كەزدە جاڭا جۇڭگونىڭ بارلىق كاسىپتەرى مەن سالالارى كوركەيتۋگە توتەنشە ٴزارۋ بولىپ وتىرعان-دى، دەنساۋلىق ساقتاۋ مينيسترلىگىنە توتە قاراستى جۇڭگوشا دارىگەرلىكتى زەرتتەۋ ينستيتۋتى — بۇگىنگى جۇڭگوشا دارىگەرلىك عىلىم اكادەمياسى شاڭىراق كوتەرە باستايدى، بۇكىل ەلدىڭ جەر-جەرىنەن وسى ماماندىقتى قانىق يگەرگەن ساقا دارىگەرلەر بەيجيڭگە الدىرىلىپ، جۇڭگوشا دارىگەرلىكتى زەرتتەيتىن ماماندار قوسىنى تولىقتانادى. مەكتەپتى ەندى عانا بىتىرگەن، جاستىق وتى جالىنداپ تۇرعان، قوس بۇرىمى ارقاسىندا تەربەلگەن تۋ يوۋيوۋ دا وسى اكادەميانىڭ زەرتتەۋ ورنىنا قىزمەتكە بولىنەدى.

1959-جىلى قىزمەتكە ارالاسقانىنا 4 جىل بولعان تۋ يوۋيوۋ ٴتوراعا ماۋ زىدوڭنىڭ ۇندەۋىنە بەلسەنە ٴۇن قوسىپ، دەنساۋلىق ساقتاۋ مينيسترلىگى ۇيىمداستىرعان ەكى جارىم جىلدىق «مەملەكەت بويىنشا باتىسشا وقىعان شيپاگەرلەردى قىزمەتىنەن قول ٴۇزدىرىپ، جۇڭگوشا دارىگەرلىككە باۋلۋ كۋرسىنا» قاتىناسۋعا تىزىمدەلىپ، جۇڭگوشا دارىگەرلىك، ٴدارى-دارمەك بىلىمدەرىن جۇيەلى، جان-جاقتى ۇيرەنە باستايدى. بەيجيڭ داشۋەسىندە تۋ يوۋيوۋ باتىس مەديتسينالىق ماماندىعىن ۇيرەنۋگە كوبىرەك دەن قويىدى دەسەك، وسى ەكى جارىم جىلدىق كۋرس ونىڭ جۇڭگوشا دارىگەرلىكتى جەتە يگەرىپ، جۇڭگوشا جانە باتىسشا دارىگەرلىك بىلىمدەرىن توعىستىرۋىنا نەگىز قالادى، ٴارى ونىڭ چيڭسۋ گورمونىن تاپقىرلاۋىنا مۇمكىندىك جاسادى، ٴسويتىپ وراي قاشاندا دايىندىعى بارلارعا كەلەتىنىن راستادى.

التىنشى، ماحاببات سەزىمىنىڭ ويانۋى، كومەكشى زەرتتەۋشىنىڭ قىزعىلىقتى كەشىرمەلەرى

داشۋە قويىنىندا جۇرگەندە، تۋ يوۋيوۋ «سىرتتاعى دىر-دۋعا قۇلاق تۇرمەيتىن، بار زەيىنىمەن ٴبىلىم ۇيرەنەتىن شاكىرت» بولسا، قوعامدىق قىزمەتكە شىققانىنان كەيىن، قىزمەت دەسە ىشكەن اسىن جەرگە قوياتىن بىرەۋگە ايلانادى.

1956-جىلى مەملەكەت بويىنشا قان سورعىش قۇرت اۋرۋىنىڭ الدىن الۋ جانە ونى تىزگىندەۋ ورلەۋى كوتەرىلەدى. تۋ يوۋيوۋ مەن ونىڭ داشۋەدەگى ۇستازى لۋ جىجين اۋرۋعا قارسى شيپالى ٴدارىنى زەرتتەۋ مىندەتىن بىرگە ورىندايدى. 1958-جىلى وسى زەرتتەۋ جەتىستىگى حالىق دەنساۋلىعىن ساقتاۋ باسپاسىنان شىققان «جۇڭگوشا ٴدارى-دارمەكتەردى ساراپتاۋدىڭ پايدالانۋ ماتەريالى» كىتابىنا ەنگىزىلەدى؛ سونان كەيىن، تۋ يوۋيوۋ سورتى نەداۋىر كۇردەلى ەبە قاڭباقتى بيولوگيالىق جولمەن زەرتتەۋ تاقىرىبىن ورىنداپ، 1959-جىلى وسى جەتىستىگىن «جۇڭگوشا دارىگەرلىك شەجىرەسى» تومىندا جاريالايدى... وسىنداي عىلمي زەرتتەۋ جەتىستىكتەرىنە جەتۋ جولىندا قۇلشىنىس جاساپ جۇرگەندە، جاسى 30 عا دا بارىپ قويادى، ايتسەدە ونىڭ ويىندا ماحاببات، ۇيلەنۋ، سەميا دەگەن ۇعىمدار بولمايدى. بۇعان نيڭبوداعى اۋىلىندا جاتقان اكە-شەشەسى اسىعادى، ٴبىراق اسىققانمەن نە پايدا، «قىزعا قىرىق جىگىت سويلەسەدى، بۇيىرعانى الادى» دەگەندەي، تۋ يوۋيوۋ اكە-شەشەسىنە: مەن قاراستىرمايىن دەگەم جوق، مەنى ۇناتقاندار مەنىڭ كوڭىلىمە تولمادى، ال ٴوزىم قالاعان ادامىمدى ٴالى كەزىكتىرمەدىم، — دەپ جاۋاپ قايتارادى.

جاسىرىپ-جاۋىپ قايتەمىز، تۋ يوۋيوۋدىڭ دوس-قۇربىلارىنىڭ ايتۋىنشا، ولاردىڭ نازارىندا ول بارىپ-تۇرعان اڭعال، اڭقاۋ، بەيعام قىز بولىپتى.

— تۋ يوۋيوۋ تۇرمىستا وتە سالاق بولدى، تارانىپ-جاسانۋدى بىلمەدى، بار ەسى-دەرتى قىزمەتكە اۋدى، — دەيدى تۋ يوۋيوۋدىڭ ورتا مەكتەپتەگى ساباقتاسى، چيڭحۋا داشۋەسى ماتەماتيكا فاكۋلتەتىنىڭ پرافەسسورى چەن شياۋجۇڭ تۋ يوۋيوۋدىڭ ەلگە جۇمباقتاۋ كەزىندەگى كەشىرمەسىن ەسكە الىپ.

— ٴبىر جولى ول ازاماتتىق كۋالىگىن تابا المادى دا مەن ىزدەستىم. شابادانىن اشىپ قالعانىمدا، سەلك ەتە ٴتۇستىم، ىشىندەگى دۇنيەلەرى قالايماقان شاشىلىپ جاتىر ەكەن، قىزدىڭ جيعان دۇنيەسى دەۋگە مۇلدە اۋىز بارمايدى.

— تاعى ٴبىر جولى بىرنەشەۋمىز نيڭبودا جيىنعا قاتىناسۋ ٴۇشىن ٴىسساپارعا شىقتىق، جيىننان كەيىن، ول ماڭىزدى شارۋام بار ەدى دەپ ٴبىر كۇن قالىپ، ەرتەسى پويەزبەن جالعىز ٴوزى بەيجيڭگە قايتاتىن بولدى. ٴبىز كەتە بەردىك، كۇلكىلى جاعداي قايتارىندا تۋىلىپتى، پويەز جول ورتاداعى ٴبىر بەكەتكە توقتاپ از-كەم ايالدايتىن كەزدە، ول دالاعا شىعىپ، اياق-قولىن جازباقشى بولىپ ٴجۇرىپتى، ناتيجەدە پويەز كەتىپ قاپ، ول قالىپ قويىپتى.

— ول قىزمەتكە تىم بەرىلىپ كەتكەندىكتەن دە ماحاببات پويەزىنان دا وسىلاي قالىپ قويدى.

— ٴبىر جاعىنان قاراساڭ، تۋ يوۋيوۋ جاس شاعىندا باقىتسىز بولعان سياقتانادى، ەندى ٴبىر قىرىنان ويلاساڭ، وعان بىرەۋ جاسىرىن ىنتىعىپ ٴجۇردى، سوندىقتاندا ول باقىتتى ەدى. ول باسقا ەشكىم دە ەمەس، ٴدال ٴوزىنىڭ نيڭبوداعى شياۋشى ورتا مەكتەبىندە ٴبىر سىنىپتا وقىعان ساباقتاسى لي تيڭجاۋ بولاتىن. سول تۇستا لي تيڭجاۋ دا اتى-زاتىنا ساي ىنجەنەرگە ايلانعان. ول بەيجيڭ ونەركاسىپ شۋەيۋانىن بىتىرگەننەن كەيىن، ما انشان بولات-تەمىر زاۋودىنا قىزمەتكە ٴبولىندى. كەيىن كەلە ول سوۆەت وداعىندا 5 جارىم جىل بولات-تەمىر مەتاللۋرگياسى ماماندىعىن وقىدى، جۇمىسىنىڭ ٴبارى بولات-تەمىر سالاسىمەن بىتە قايناسىپ كەتتى، سونىمەن ول ٴوز

ورتاسىندا نەداۋىر ابىرويلى مامان اتاندى. تۋ يوۋيوۋدىڭ قارشادايىنان ەل ٴۇشىن ەلپىلدەپ جۇگىرەتىنىن بايقاپ، ورتا مەكتەپتى ٴبىتىرىپ، ەكى جاقتا ٴبولىنىپ كەتكەن سوڭ دا، ونى ەسىنەن ەكى ەلى شىعارماعان، ايتسەدە ىڭكارلىعىن بىلدىرۋگە ۋراي بولماعان.

— جازمىش شىعار، ما انشان بولات-تەمىر زاۋودىنا قىزمەتكە بولىنگەن لي تيڭجاۋدىڭ بەيجيڭدە تۇراتىن ٴبىر اپەكەسى بار-دى، ٴبارى ٴبىر اۋىلدىڭ تۇلەكتەرى بولعاندىقتان تۋ يوۋيوۋ لي تيڭجاۋدىڭ اپەكەسىمەن ۇنەمى كەزدەسىپ ٴجۇرىپتى، ورتا مەكتەپتىڭ وزىندە تۋ يوۋيوۋدى وزىنە جاقىن تارتاتىن لي تيڭجاۋ دا ما انشاننان بەيجيڭگە اپەكەسىنە امانداسا كەلگەندە، بۇرىنعى ساباقتاسى تۋ يوۋيوۋدى كورىپ ٴجۇرىپتى. ەكەۋىنىڭ ٴبىر-بىرىنە قۇشتار ەكەنىن بايقاعان اپەكەسى جەڭگەتايلىقتا ٴجۇرىپ، ەكەۋىن تابىستىرىپتى. ورتا مەكتەپتە كوپ اڭگىمەلەسپەسە دە، داشۋە تۇسىندا قارىم-قاتىناسى مۇلدە ٴۇزىلىپ قالسا دا، ەكى جاس جۇرەك ٴبىرىن-ٴبىرى ماگينتتەي تارتىپ، اقىرى عۇمىرلىق قوساققا اينالدى.

— 1963-جىلى ولار بەيجيڭدە قايتا قاۋىشىپ، ارادا ەكى جىل وتكەن سوڭ، رەسمي ۇيلەنەدى. سونان ماحابباتتارىنىڭ جاۋھارى بولعان ۇلكەن-كىشى قىزدارى جارىق دۇنيەگە كەلدى.

كەيبىر دوس - قۇربىلارى لي تيڭجاۋ مەن تۋ يوۋيوۋدىڭ ۇشتاسۋى — ٴداستۇر (جۇڭگوشە دارىگەرلىك) مەن وسىزامانىنىڭ (بولات تەمىر) توعىسۋى، ولاردان تۋىندايتىن تۋىندى دۇنيە ٴجۇزىنىڭ نازارىن بۇرماي قويمايدى دەپ ازىلدەيدى.

تۋ يوۋيوۋ باس قۇراعان سوڭ، تۇرمىستىق ۇساق-تۇيەك ىستەردى ارناعا، تارتىپكە ٴتۇسىرۋ ٴوزى ٴۇشىن وڭاي بولماعانىن مويىندادى.

— تۇرمىستا يكەمسىز بولدىم، ۇيگە كەرەك-جاراق ساتىپ اكەلۋ، اس-سۋ دايىنداۋ سەكىلدى شارۋالاردىڭ ٴبارىن نەگىزىنەن لىكەك جونگە سالىپ كەلدى، — دەدى. ونىڭ لىكەك دەپ وتىرعانى، ارىنە، كۇيەۋى لي تيڭجاۋ ەدى.

ٴۇيلى-باراندى بولعانىنان سوڭ، ولار وتانعا ۇلەس قوسۋدى باستى ورنىنعا قويادى. تۋ يوۋيوۋ وسى بارىستاعى كەشىرمەلەرىن ماعان بىلايشا اعىتتى:

— مىرزام ەكەمىز كونە جۇڭگودا دۇنيەگە كەلگەنىمىزبەن، قىزىلتۋدىڭ استىندا ەسەيىپ-ەرجەتكەن 1-ۇرپاق ەدىك. قارشادايىمىزدان العان تاربيەمىز بىزگە ۇيمعا بويسۇن، ادال بول، ٴوزىڭدى ۇيمعا ارنا، سەنىڭ بارلىق ٴىسىڭدى ۇيىم باسقارادى دەگەندى ۇيرەتتى. مەكەمە باسشىلارى شاقىرىپ كەزدەسسە دە، ەڭ الدىمەن ايتاتىنى — سەن ٴوز جۇمىسىڭدى جاقسى تىندىرساڭ، ۇيىم وزىڭە جۇكتەگەن مىندەتتى قۇلشىنا ورىنداساڭ بولعانى، جەكەلىك ماسەلەڭدى ۇيىم ٴوزى ويلاستىرادى دەۋ بولاتىن. ساعان مىندەت تاپسىرىلسا، ورىنداۋىڭ شارت. مىندەت بولىنسە بولعانى، بالانى قايىرىپ قويىپ، سونى تىندىرۋعا كىرىسەسىڭ. سول تۇستا مەنى حاينان ارالىنا بارىپ، ٴدارى شوپتەر تاجىريبەسىن جاساۋعا جىبەردى، لىكەڭ يۇنناندىعى «5-ماي» كادرلار مەكتەبىنە كەتتى. جۇمىسىمىزعا ىقپالى تيمەۋ ٴۇشىن ٴتىسىمىزدى تىستەنىپ ٴجۇرىپ، 4 جاسار ۇلكەن قىزىمىزدى ياسلىگە بەردىك تە، جورگەگىنەن ٴالى شىقپاعان كىشى قىزىمىزدى مەن نيڭبوداعى توركىنىمە اپارىپ تاستادىم. ۇزاق ۋاقىت ٴبولىنىپ تۇرعاندىقتان ۇلكەن قىزىمىز ٴبىزدى جاتىرقاپ كەتتى، كورگەلى بارعان سايىن اكە-شەشە دەپ شاقىرعىسى كەلمەيتىن بولدى.

كىشى قىزى لي جۇنىڭ ەسىندە قالعان بۇلىڭعىر ەلەسىنە قاراعاندا، ٴوزى 3 جاستان اسقان كەزىندە ساناسىندا شەشەسىنىڭ پورترەتى شالا-شارپى قالىپتى، ٴبىر جولى ناعاشى اتا-اپاسىنىڭ ۇيلەرى الدىنداعى تار كوشەدە ويناپ ٴجۇرىپ، سونادايدان جۇك-بۇگىن كوتەرە وزىنە قاراي جىلدام باسىپ، كەلە جاتقان ٴبىر اپايدى كوزى شالىپتى. سونان ول قۇشاعىن جايىپ جىبەرىپ: شياۋجۇن، شياۋجۇن، مەن شەشەڭمىن...، — دەپ شاقىرىپتى.

ٴبىراق، شياۋجوُن توسىرقاپ، اڭقايا شەگىنشەكتەي بەرىپتى، ۆيتكەنى ول توُستا بالانىڭ ساناسىندا «مىناۋ شەشەڭ» دەگەن ادامنىڭ ەلەسى جوق ەكەن، ول الدىندا ٴوُستى-باسى شاڭ-توپىراق بوپ توُرعان ايەلدىڭ ٴوزىنىڭ ٴبىر كورۋگە سونشاما زارىققان اناسى ەكەنىن بىلمەپتى. سودان قازىرگە دەيىن شياۋ جوُن شەشەسىنىڭ سول توُستا ٴوزىن قالاي تانىپ قويعانىنا ٴالى تاڭعالاتىن سىڭايلى.

انا مەن قىزدارىنىڭ 3 تە 4 جىلدا زورعا ٴبىر رەت جوُزدەسەتىن ٴوُردىسى كوپ جىلعا سوزىلادى. سوندىقتان قىزى لي جوُن تالايعا دەيىن شەشەسىن توُسىنبەي جوُرەدى، ٴبىزدى تاستاپ كەتىپتى دەپ تون پىشەدى.

ٴار رەتكى «بوتەن» انالى-بالالى ەكەۋىنىڭ كەزدەسۋى كەيدە تۋ يوۋيوۋدى العاشقى تالعامى جونىندە وكىنىشكە دە قالدىرىپ وتىرادى. بوُگىنگىنىڭ كوزىمەن قاراعاندا، العاشقى تالعامى تاسباۋىرلىق سەزىلسە دە، بوُعان لاجى جوق-تى. سوندىقتاندا بوُل كوُندە اپا بولعان تۋ يوۋيوۋ ۆيىنە قىزدارىمەن جانە جيەن نەمەرەسىمەن توُسكەن سۋرەتتەرىن تولتىرا ٴىلىپ قويىپتى. بوُل شاراسىزدىقتان بولعان ٴىس ەدى، ۆيمىنىڭ ۆيعارۋىنا بويسوُنۋدان باسقا تالعام جوعىن سول توُستاعى كىسىلەر جاقسى بىلەتىن.

اكە-شەشەلەرىنىڭ اۋەلگى تالعامدارى سەكىلدى، ەكى قىزدارى دا بوُل كوُندە اكە-شەشەلەرىن اينا ەتىپ، وزدەرىنىڭ عوُمىرلىق ارماندارىن تاڭداپ، سوعان جەتۋدىڭ ۆلگى-ونەگەسىنە اينالىپتى.

جەتىنشى، اسكەرسىز قولباسى، «523» عىلىمي تاقىرىپ گرۋپپاسىنىڭ باستىعى

ايلار اۋناپ، جىلدار جىلجي بەرەدى.

ۋاقىت ستەرەلكاسى 1969-جىلدى كورسەتكەندە، ەلىمىزدە

«مادەنيەت زور توٴكەرسى» جۇرلە باستاعاننىڭ ٴدال ٴۇشىنشى جىلى بولادى.

زور دۇربەلەٴڭنەن جاپپاي وٴشاۋعا دەيىنگى مەزگىلدە، مەملەكەت بويىنشا توٴكەرىس توبىنداعىلار بارىنشا بىرىگىپ، اسىپ-تاسىدى... جۇڭگوشا دارىگەرلىكتى زەرتتەۋ ورنى «مادەنيەت توٴكەرىسى» قاتتى جۇرىلگەن ورىنعا اينالادى. ۇزىنشاق قاعازعا جازىلعان ۇراندار زەرتتەۋ ورنىنىڭ بۇرىش-بۇرىشىنا جاپسىرىلادى، عىلمي زەرتتەۋ جۇمىسى توقىراپ-توقتاۋعا بەتالادى.

سۇيتسەدە وسى جىلدىڭ 1-ايىنىڭ 21-كۇنى، كومەكشى زەرتتەۋشى تۋ يوۋيوۋدىڭ عىلمي زەرتتەۋ عۇمىرىندا ۇلكەن بۇرىلىس بولادى.

سول كۇنى جۇڭگوشا دارىگەرلىكتى زەرتتەۋ ورنىنا ٴبىرى ۇزىنتۇرا، ٴبىرى تاپال، ٴبىرى اسكەري كيىم، ٴبىرى جاي كيىم كيگەن ەكى سىرلى ادام كەلەدى. ولار ورتالىقتىڭ «523» كەٴڭسەسىنەن كەلگەندىكتەرىن ايتادى.

سوندا «523» اسا عاجاپ سەزىلەدى، ونىڭ قانداي قۇپيالىعى بار؟

تۋ يوۋيوۋ قانشا ويلانىپ-تولعانسا دا، مۇنىڭ بايىبىنا بارا المايدى، سوٴڭىنان بارىپ، ٴاسىلى بۇل ەشكىم ەستىمەگەن، مەملەكەت بويىنشا زور سەلبەستىك جاساپ، بەزگەكتى ەمدەۋدىڭ عىلمي زەرتتەۋ نىسانى، «523» ونىڭ قۇپيا شارتتى سيفرى ەكەنىن ۇعادى.

بۇرىنعى جۇڭگودا حالىق اراسىندا «دابايزى» دەپ اتالعان بەزگەك اۋرۋى، بۇگىنگى تاٴڭداعى جۇڭگودا نەگىزىنەن جويىلدى. جۇرتتىڭ دەنى بەزگەك تۋرالى سوعىس جىلدارىن نەمەسە ونان دا ۇزاقىراق ٴداۋىردى بەينەلەيتىن كينو-تەلەفيلىمدەردى كورىپ نەمەسە كوركەم شىعارمالاردى وقىپ، ازدى-كوپتى مالىمەت السا كەرەك. بەزگەككە شالدىققان ادام العاشىندا مۇزدى كولشىككە ٴتۇسىپ كەتكەندەي توٴڭعاندا، قالشىلداپ، ٴتىسى تىسىنە تيمەي ساقىلداپ كەتەدى، توٴڭعاعى ٴبىراز باسىلعاننان سوڭ، بەت-ٴجۇزى نارتتاي قىزارىپ،

دەنە تەمپەراتۋراسى كۇرت جوعارىلايدى، جايشىلىقتا نەعۇرلىم دىرىلدەپ توڭعان سايىن، دەنە تەمپەراتۋراسى سولعۇرلىم ورلەيدى، اۋەلى 40 سەلتسي گرادۋستان اسادى. بەزگەك بولعاندار كۇيىپ-جانىپ، قاتتى قينالادى. كەيبىرەۋى شىداي الماي اۋناقشىپ، اھىلاپ-ۇھىلەيدى؛ كەيبىرەۋى قۇرىسىپ-تارتىسادى نەمەسە ەس-اقىلىنان اداسادى، ٴتىپتى ٴولىپ كەتەدى؛ كەيبىرەۋىنىڭ باسى اۋىرىپ، كوزى قاراۋىتىپ، ىشكەنىن قۇسا بەرەدى؛ دەنەسى قىپ-قىزىل بولىپ، تىنىسى قيىندايدى؛ مۇنداي جايت ادەتتە 2 دە 6 ساعاتقا سوزىلادى، ٴىشىنارا احۋالدا 10 نەشە ساعاتقا ۇلاسادى. مۇنداي اۋرۋ ۇزدىك-سوزدىك قايتالايتىندىقتان ٴولىم-جىتىم سالىستىرماسى توتەنشە جوعارى بولادى.

تارىحتىڭ ۇزاق كوشىندە، بەزگەكتىڭ ادامزاتتى ەڭ ۇزاق تا قاتتى قيناعان اۋرۋلاردىڭ الدىڭعى قاتارىنا ەنگىزىلگەنى ارتىق ەمەس. سوناۋ جاڭا ەرادان بۇرىنعى 2-، 3-عاسىرلارداعى بايىرعى ريمنىڭ ادەبيەت تۋىندىلارىندا پەريودتى قايتالانىپ تۇراتىن وسى بەزگەك اۋرۋى جازىلعان. ەلىمىزدە ەڭ ەرتەدەگى جۇڭگوشا دارىگەرلىك نازارياسى تانىستىرىلاتىن كىتاپتاردا اۋىزعا الىنعان، الدىڭعى چين بەكتىگى تۇسىنداعى «پاتشانىڭ ىشكى ٴتاپسىرى» اتتى جازبادا بەزگەك تۋرالى ەگجەي-تەگجەيلى دەرەك بار.

ەجەلگى زامانداردا ادامدار مۇنداي اۋرۋدى ەمدەۋگە شارا تاپپاعان، اۋەلى ٴتاڭىردىڭ ادامدارعا اكەلگەن جۇتى دەپ ەسەپتەگەن. سۋمەرلەر بەزگەكتى وبا ٴتاڭىرى نەرگەل (nergal) جىبەرگەن دەپ تون پىشكەن، بايىرعى ۇندىلەر جۇقپالى ٴارى ٴولىم-ٴجىتىم توتەنشە كوپ بولاتىن مۇنداي اۋرۋدى «اۋرۋ اتامانى» دەپ اتاعان. ەرتەدەگى گرەتسيانىڭ يمپەراتورى الەكساندر مەن ادەبيەت-كوركەمونەردىڭ قايتا گۇلدەنۋ ٴداۋىرىنىڭ العاشقى شەنىندەگى يتاليانىڭ ايگىلى اقىنى دانتە توسىنىنان جابىسقان وسى بەزگەكتەن كوز جۇمعان.

دانتە قايتىس بولسا دا، ٴبىراق «سىرلى سىڭعىر داستانىنىڭ

تـوزاق تاراۋىندا» ٴوزىـنـىڭ بەزگـەكتەن شوشـىعان كوڭـىل كۇيـىن، وقىعان جانىنىڭ توبە قـۇيقاسـىـن شىمـىـرلاتاتىنـداي ەتىپ تەرەڭـدەي سۋرەتتەپ جازادى.

جۇڭگونىڭ ۇرىس-سوعىس باياندالاتىن كىتاپتارىندا بەزگەكتىڭ ٴجيى كەزدەسەتىن اۋرۋ ەكەنى ايتىلادى.

حان ۋ-دي پاتشا مـيـن، يۋە بەكـتـىكتـەرىنە جـورىـق جاساعانـدا، «اۋرۋ-سىرقاۋ اسقىنىپ، جـاساعىنـىڭ ٴبىرتـالايى ۇرىسقـا شىقپـاي جاتىپ، كەسەلدەن جەر قۇشادى»؛ شىعىس حان حاندىعىنىڭ قولباسى ما يۋان سەگىز مىڭ جاساقتىق قـولىن باسـتاپ، تۇستـىككە شـەرۋ تارتىپ بارا جاتقاندا، «قوسىنىنىڭ تەڭ جارىمى اۋرۋدان قىرىلادى»؛ چيڭ پاتشالىعىنىڭ چيانلۇڭ جىلدارى نەشە رەت بيرماعا جورىققا شىققان قولدىڭ دەنى بەزگەكتەن شىعىنعا ۇشىراپ، «سوعىس اشپاي جاتىپ، قالىڭ جاساۋىلدىڭ كوبى اۋرۋدان وپات بولادى».

بەرتىـنگى جىـلدارى ا ق ش قوزعـاعـان ۆيەتنـام سـوعىسى نـازار اۋدارۋعا تاتيدى.

ۆيەتنام سوعىسىندا ا ق ش باستاعان كاپيتاليستىك شەپتەگى مەملەكەتتەر تۇستىك ۆيەتنامدى قولپاشتاپ، كوممۋنيزم شەبىندەگى مەملەكەتتەر قولداعان تەرىستىك ۆيەتنامعا جانە ۆيەتنەمنىڭ وڭتۇستىگىندەگى ۇلت ازاتتىق شەبىنە قارسى سوعىس جۇرگىزەدى، سوعىس ٴورتى قىرعي قاباتتىق سوعىس مەزگىلىندەگى ۆيەتنامدى، لاوستى، كومبودجانى شارپيدى. ۆيەتنام سوعىسى — دۇنيە جۇزىلىك 2-سوعىستان كەيىنگى ا ق ش-تىڭ قاتىناسقان اسكەر سانى ەڭ كوپ، ىقپالى ەڭ ۇلكەن سوعىس، ەڭ كوپ كەزدە ا ق ش ارمياسى شايقاسقا 650 مىڭ اسكەرىن قوسادى، سوندا دا اقىر-اياعىندا ا ق ش جەڭىلىسپەن تىنادى.

ونداعان جىلدارعا جالعاسقان ۆيەتنام سوعىسى، ۆيەتنام سەكىلدى ەلدەردىڭ حالقىنا وراسان زور جاراقات سالادى، نەشە ۇرپاق ۆيەتنامدىقتارعا جادىنان ٴبىر كوتەرىلمەستەي ۇرەي اكەلەدى.

37

قيان-كەسكى اتىس-شابىستاردان سوڭ، شاھارلار قيراندىعا ينالادى، تۇتاس دالا قالا تۇرعىنداري مەن اسكەرلەردىڭ مايتىنە تولادى. سوعىستىڭ اسقىنۋىنا بايلانىستى ا ق ش پەن ۆيەتنام سىندى ەكى جاقتان دا ٴولىم-ٴجىتىم ارتا تۇسەدى.

كوپ ۇزاماي، مايداندا وق پەن وتتان دا ۇرەيلى، قورقىنىشتى «جالماۋىز»- ٴدارى-ۋكولعا دەس بەرمەيتىن بەزگەك وباسى تارايدى. ەكى جاقتىڭ ارمياسى كەسكىلەسكەن ازيانىڭ ىستىق بەلدەۋلىك ورمانىندا «ٴۇشىنشى ٴبىر جاق» بولعان بەزگەك دەرتى دەندەپ كىرەدى دە، ەكى جاقتىڭ دا اسكەرلەرىن قۇتىرىنا جايپايدى، ودان ولگەندەردىڭ سانى سوعىستا ولگەندەردەن دە اسىپ كەتەدى، بۇل اۋرۋ ەكى جاققا دا جاۋىنان الدە قايدا قاتەرلى بولادى.

حانوي دەنساۋلىق ساقتاۋ مەكەمەسىنىڭ ساناعىنا قاراعاندا، ۆيەتنام حالىق ارمياسىنان 1961-جىلدان 1968-جىلعا دەيىنگى مەزگىلدە اتىس-شابىستا ولگەن-جارالانعانداردىڭ سانىنان، بەزگەكتەن ولگەندەردىڭ سانى اسىپ كەتكەن؛ امەريكاعا قارسى تۇرىپ، ۆيەتنامعا كومەككە بارعان جۇڭگو زەڭبىرەكشى اسكەرلەرى دە اۋىر شىعىنعا تاپ بولعان، ايتۋلارعا قاراعاندا، اسكەرلەردىڭ 40% ى بەزگەكتەن قازا تاپقان. ال، ا ق ش ارمياسىنىڭ قاتىستى ماتەريالىنا قاراعاندا، ۆيەتنام سوعىسىندا 1964-جىلى بەزگەكتەن ولگەندەردىڭ مولشەرى ۇرىستا ولگەندەردەن 4 تە 5 ەسە كوپ بولعان. 1965-جىلى ۆيەتنامداعى ا ق ش ارمياسىنىڭ تەڭ جارىمى بەزگەككە شالدىققان. ا ق ش ونى ەمدەۋدىڭ شيپالى ٴدارى-ۋكولىن تابا الماعان.

ۆيەتنام ىستىق بەلدەۋگە ورنالاسقان، تاۋ-ادىرلى، جىنىس ورماندى كەلەدى، كليماتى ىستىق تا ىلعالدى، ٴتورت ماۋسىمىندا قۇرت-قۇمىرىسقا، جاندىكتەر تىرشىلىك ەتە الادى، جىل بويى بەزگەك تارالا بەرەتىن جەر. سول تۇستاعى بەزگەككە قارسى ٴدارى-دارمەكتەردىڭ ۆيەتنامدا تارالعان بەزگەكتەن ساقتانۋعا شاماسى جەتپەيدى.

«بەزگەك» اتتى جاۋدى جەڭۋ اۋەلى ۆيەتنام سوعىسىندا قىرقىسقان ەكى جاقتىڭ «جەڭىس-جەڭىلىسىن بەلگىلەيتىن قاندىقولعا» ايلانىپ كەتەدى.

ۆيەتنام كومپارتياسىنىڭ باس شۇجيى حۋ جىمين بۇل احۋالدى بىلگەننەن كەيىن، تاعاتى كەتىپ، ماۋ زىدۇڭعا ٴوز قولىمەن حات جازىپ، ەرەكشە ەلشىسىن بەيجيڭگە جاسىرىن جىبەرىپ، جۇڭگودان بەزگەككە قارسى تۇرۋدىڭ ٴونىمدى ٴدارىسى مەن امالى جونىندە كومەك بەرۋىن وتىنەدى.

توڭكەرىستىك سوعىس جىلدارى بەزگەككە شالدىققان، ونىڭ كەساپاتىن جاقسى بىلەتىن ماۋ زىدۇڭ، كونە دوسى حۋ جىميننىڭ حاتىن مۇقيات وقىپ شىققاننان كەيىن، حۋجىميننىڭ ەرەكشە ەلشىسىنە: سىزدەردىڭ ماسەلەلەرىڭىزدى شەشۋ ٴوز ماسەلەمىزدى شەشۋمەن بىردەي عوي، كونەكوز دوسىما ايتىپ بار، مۇنى مەن كوكەيىمنەن شىعارمايمىن، — دەيدى.

ەرەكشە ەلشىنى اتتاندىرىپ سالعاننان كەيىن، ماۋ زىدۇڭ بەكىتۋ جازىپ، حۋجىميننىڭ حاتىن جوۋ ىنلايعا بۇرىشتاپ بەرەدى. جوۋ ىنلاي بەزگەكتى ەمدەۋدىڭ ٴدارىسىن زەرتتەپ جاساۋ جونىندە ٴوزى ورىنالاستىرۋ جاسايدى. سونىمەن بۇل زەرتتەۋ ٴارى اسكەري ٴتۇس الاتىن مۇلدە قۇپيا مىندەتكە اينالادى.

1967-جىلى5-ايدىڭ 23-كۇنى، جۇڭگو حالىق ازاتتىق ارمياسىنىڭ باس ارتقى شەپ بۋى مەن مەملەكەتتىك عىلىم-تەحنيكا كوميتەتى بەيجيڭدە قاتەرلى بەزگەكتەن ساقتانۋدىڭ جانە ونى ەمدەۋدىڭ ٴدارى-ۋكولىن زەرتتەۋ قىزمەتى جونىندە مەملەكەتتىك ٴماجىلىس اشىپ، 60 نەشە عىلمي زەرتتەۋ ورىندى تىزە قوسا قامال الۋعا ۇيىمداستىرادى، ٴارى 3 جىلدىق عىلمي زەرتتەۋ جوباسىن بەلگىلەيدى. قاتەرلى بەزگەكتەن ساقتانۋدىڭ جانە ونى ەمدەۋدىڭ ٴدارى-ۋكولىن زەرتتەۋ شەتەلگە كومەكتەسۋگە قاتىستى اسكەري ونەركاسىپتىك شۇعىل نىسانى بولىپ بەلگىلەنىپ، 5-ايدىڭ

23-كۇنى جيىن اشىلعاندىقتان شارتتى بەلگىسى «523 مىندەتى» اتالادى دا، سول بويىنشا ورىستەپ، بەزگەككە قارسى ٴدارى-ۋكول زەرتتەۋ قىزمەتىنىڭ بەتاشارى باستالادى.

الدىمەن ارميا جاق بۇعان جول اشادى، سونان سوڭ جەرگىلىكتى ورىندار ىلەسەدى. ۋاقىتتىڭ وتۋىنە بايلانىستى 7 ولكە مەن قالادا بەزگەككە شيپالى ٴدارىنى جاپپاي تەكسەرىپ-زەرتتەۋ جانە ىرىكتەپ ساراپتاۋ قىزمەتى ىركەس-تىركەس ورىستەتىلەدى. 1969-جىلعا دەيىن ىرىكتەلگەن قوسپالار مەن كوك ەرمەندى قامتىعان جۇڭگوشا دارىلىك شوپتەردىڭ سانى 10 نەشە مىڭ تۇرگە جەتەدى، ٴبىراق كوڭىل كونشىتەرلىك ناتيجە بولماي، زەرتتەۋشىلەر ٴبىر مەزگىل شاراسىز قالىپ، تۇيىققا تىرەلگەندەي بولادى...

ٴدال وسى تۇستا «523» نىڭ ەكى «سىرلى» ادامى بەيجيڭدەگى دۇڭجىمىنىڭ ىشىنە ورنالاسقان جۇڭگوشا دارىگەرلىكتى زەرتتەۋ ورنىنىڭ باسشىلارىنىڭ كەڭسەسىنە كىرەدى دە، سالاۋاتتارىن ٴالىم ەتىپ، ٴسوزدىڭ شىنىنا كوشىپ:

— جۇڭگوشا دارىگەرلىك بويىنشا بەزگەكتىڭ شيپالى ٴدارىسىن تاپقىرلاۋ جونىندە قىرۋار جۇمىستار ىستەلدى، بەزگەك كەڭ تارالاتىن جەرلەرگە بارىپ، تەكسەرۋ جۇرگىزىپ، ٴدارى جاساپ، سىناق ەتتىك، بەلگىلى ناتيجەسى كورىلگەنىمەن، ٴبىراق قاناعاتتانارلىقتاي بولمادى، ٴدارى-دارمەك جاساۋ، پايدالانۋ جاقتارىندا ٴالى ماسەلەلەر بار. كوپتەگەن رەتسەپ دايىندادىق، ولاردىڭ دەنى ۇلكەن رەتسەپ، وسىنشاما كوپ ٴدارىنى ەندى قايتۋ كەرەك؟ قايسىسى شيپالى، قايسىسى باستى ەمدەۋ رولىن اتقارادى؟ بۇل جاعىندا تاجىريبەمىز، ٴادىس-امالىمىز كەمشىل. جوعارى ورىن باسشىسىنىڭ بەكىتۋى بويىنشا، سىزدەردىڭ مەكەمەنى وسى عىلمي-زەرتتەۋ نىسانىنا قاتىناسۋعا شاقىرامىز، — دەيدى.

كەلگەندەردىڭ وتىنە قاراعان جانارىن كورگەن مەكەمە باسشىلارى دەرەۋ بۇل مىندەتتى قابىلدايدى.

«523» كەڭسەسىنىڭ باسشىلارى قايتىپ كەتكەننەن كەيىن، مەكەمە باسشىلارى شۇعىل جيىن اشىپ، تەرەزە پەردەلەرىن جاۋىپ تاستاپ، «523» كەڭسەسىنىڭ «وسى ۇلكەن مىندەتتى كىم ارقالاي الادى» دەگەن تالابىنا ساي، زەرتتەۋ ورنىنداعى عىلمي زەرتتەۋ قىزمەتكەرلەرىن ەلەكتەن وتكىزەدى، 3 ساعات وتسە دە، تولىمدى بىرەۋىن تاڭداي الماعان زەرتتەۋ ورنىنداعى باسشىلار قاتتى ىڭعايسىز كۇيگە تۇسەدى.

«مادەنيەت زور توڭكەرىسى» ناۋقانى سۇراپىل جۇرىلگەن وسى زەرتتەۋ ورنىنداعى عىلمي زەرتتەۋ قىزمەتى سول كەزدە جاپپاي توقىراپ-توقتاۋ كۇيىنە وتكەن-دى. تاجىريبەلى ساقا مامانداردىڭ كەيبىرى سوققىعا ۇشىراعان، كەيبىرەۋى ەڭبەكپەن تاربيەلەۋ ورىندارىنا اكەتىلگەن، كەيبىرەۋىنە شەك قويىلىپ، ساياسي جاقتا كەلەلى مىندەت جۇكتەۋگە بولمايدى دەپ ايىپ تاعىلعان بولاتىن.

ولار ارى تاڭداپ، بەرى ىرىكتەپ، اقىرى 37 جاستاعى تۋ يوۋيوۋدى لايىق كورەدى.

مۇندا ونىڭ ەكى ۇلكەن ارتىقشىلىعى كوزگە تۇسەدى: ٴبىرى، ول سالماقتى، تاباندى ەدى، كاسىپتىك اتاعى ٴالى كومەكشى زەرتتەۋشى بولسا دا، ٴبىراق وسى زەرتتەۋ ورنىنا كەلگەن 14 جىلدان بەرى، جۇڭگوشا دارىگەرلىك پەن باتىسشا مەديتسينانىڭ بىلىمدەرىن تولىق يگەرىپ، مىعىم نەگىز قالاعان؛ ەندى ٴبىرى، جاس تا تەگەۋرىندى ەدى، وسىمدىكتەردەن ٴونىمدى حيميالىق قوسپا ٴبولىپ الۋدى زەرتتەۋگە كىرىسىپ، جۇڭگوشا دارىگەرلىكتى زەرتتەۋ ورنىنىڭ 2-ساتىداعى قوسىنىنا كانديدات بولعان-دى.

سول تۇستاعى زەرتتەۋ ورنىنىڭ جاعدايى بويىنشا، تۋ يوۋيوۋ ەڭ لايىقتى كانديدات تا ەدى. 20 نەشە جاسىندا تۋ يوۋيوۋمەن بىرگە جۇمىس ىستەگەن جۇڭگو جۇڭگوشا دارىگەرلىك اكادەمياسى جۇڭگوشا دارىگەرلىكتى زەرتتەۋ ورنىنىڭ بۇرىنعى باستىعى جياڭ تيڭليڭ وتكەندى ەسىنە الىپ، كەلەلى مىندەتتى تۋ يوۋيوۋعا

تاپسىرۋ دۇرىس بولعانىن، ونىڭ جۇڭگوشا، باتىسشا مەدىيتسينا ٴبىلىمى جوعارى، عىلمي زەرتتەۋ قابىلەتى كۇشتى ەكەنىن قىزمەتتەستەرى جاپپاي موينىنداعانىن ايتتى.

سول كۇنى كەشتە باسشىلار ونى تاۋىپ، مىندەتتى ايتقاندا، تۋ يوۋيوۋ قۋانا قابىل الادى.

— تاعى كىمدەر بار؟ — دەپ سۇراعان ونىڭ سۇراۋىنا باسشىلارى:

— قازىرشە سەن جالعىز كىرىسە تۇر، قالعاندارى كەيىن بەلگىلەيمىز، — دەيدى.

سونان باستاپ جۇرتشىلىق ونىڭ زەرتتەۋ ورنىندا، ماتەريال بولىمىندە، كىتاپحانادا، قارت شيپاگەرلەردىڭ ۇيىندە الما-كەزەك شاپقىلاپ، بايىرعى ەمدىك جازبالاردى پاراقتاپ وتىراتىنىن، اۋەلى بۇقارادان كەلگەن حاتتاردى دا ٴبىر-بىرلەپ اشىپ وقىپ جۇرگەنىن كورەدى.

بۇل 37 جاستاعى تۋ يوۋيوۋدىڭ تاقىرىپ گرۋپپاسىنىڭ باستىعى بولىپ تاعايىندالعانىنان كەيىن، بەزگەكتىڭ شيپالى ٴدارىسىن تابۋ جولىنا رەسمي تۇسكەندىگىنەن دەرەك بەرەتىن ەدى.

يىققا اۋىر جۇك ارتىلىپ، باسقا ۇلكەن جاۋاپكەرشىلىك مىندەتتەلەدى.

سول تۇستا ەشكىم دە باسشىلاردىڭ جاساعان وسى ۇيعارىمىنىڭ، «523 مىندەتتىن» ورىنداۋدا كەلەلى بىلگەرلەۋشىلىك بولىپ، ۇلكەن تابىسقا جەتۋدىڭ العاشقى قادامى تاستاعانىن مەجەلەي قويمايدى.

تاقىرىپ گرۋپپاسى دەگەن اتى بولعانىمەن، ەڭ العاشقى كەزەڭدە تۋ يوۋيوۋ «اسكەرسىز قولباسشىداي» شەپكە دارا شىعىپ، كەڭ دالاداعى شالعىن اراسىنان تاڭدايىنا تاتيتىن ٴشوپ ىزدەگەن جالعىز مارالداي زەرتتەۋگە ٴوزى عانا كىرىسەدى.

سەگىزىنشى، سان رەت ساتسىزدىككە ۇشىراپ، 190 رەتكى تاجىريبەدەن كەيىن تابىسقا جەتۋ

جايشىلىقتا جۇرت ابدەن جەتىلىپ جايقالعان گۇلگە كوز جىبەرگەندە، ونىڭ قۇلپىرعان بەينەسىن كورەدى دە، العاشقى بۇرشىك جارۋ، ٴوسىپ-ٴونۋ، تامىر تارتۋ كەزىندە قانشاما قيىندىقتارعا تاپ بولىپ، قانشاما اۋىر بوداۋ بەرەتىنىن بىلە بەرمەيدى!

باسشىنىڭ كەڭسەسىنەن شىعىپ، ٴوز بولمەسىنە كىرگەندە، قاس قارايىپ كەتەدى. قاتتى تولقىعان تۋ يۋۋيۋۋ بۇل ٴبىر وتە ماڭىزدى مىندەت ەكەنىن، وزىنە اۋىر جۇك ارتىلعانىن سەزەدى. وسىلايشا ونىڭ كوپ جىلدان بەرى اڭساپ كەلگەن عىلمي زەرتتەۋمەن شۇعىلدانۋ ارمانى جۇزەگە اسادى، باسشىلىقتىڭ سەنىم ارتۋى، مىندەتتىڭ شۇعىلدىعى ونى اسىقتىرادى، اسىرەسە ۆيەتنام سوعىس مايدانىندا بەزگەككە شالدىعىپ، قينالىپ جاتقان جاۋىنگەرلەر ودان كومەك تىلەپ، جاۋتاڭداپ قاراعانداي، كوزدەرىن باقىرايىپ، مولىيە تەسىلىپ قاراپ تۇرعانداي بوپ ەلەستەيدى. ول ەندى قاراپ وتىرمايىن، ۋاقىت مەنى توسپايدى دەپ عىلمي زەرتتەۋ اياق الىسىن تەزدەتەدى. باسقا جۇمىستارىن تۇگەل قايىرىپ قويىپ، «ٴدارى شوپتەر كاتالوگى» سەكىلدى ەجەلگى ەمدىك جازبالارعا قۇلاي بەرىلىپ، زەيىن-زەردەسىن سالا شابىت شاقىرادى.

«523» نىسانىنىڭ مىندەتى توتەنشە ايقىن ەدى، اتاپ ايتقاندا، ارميا مەن حالىقتىڭ سەلبەستىگى ارقىلى بەزگەكتەن ساقتانۋ جانە ونى ەمدەۋدىڭ ٴونىمدى ٴدارىسىن زەرتتەپ تابۋ بولاتىن، دەسەدە مۇنداي ٴدارى ٴوندىرۋ جونىندە ونىمدىلىگى جوعارى، شيپالىق قارقىنى تەز، ەم-دومدىق جۇعىمى جاقسى بولۋ، ٴدارىنىڭ ەمدىك رولى مەن ۋاقىتى ۇزاق بولۋ تالابى قويىلادى.

سۇحبات بارىسىندا، تۋ يوۋيوۋ بىزگە بىلاي دەدى:

— مەن جۇڭگوشا، باتىسشا مەديتسينا بىلىمدەرىن يگەرۋ نەگىزىندە، بايىرعى جازبالاردان ماسەلەنى شەشۋدىڭ جاۋابىن تابۋ كەرەكتىگىن ٴبىلدىم. سونىمەن ەجەلگى رەتسەپتەردى جۇيەلى تۇردە رەتتەپ جيناقتاي باستادىم. جۇڭگوشا دارىگەرلىككە قاتىستى ەمدىك شوپتەردى، جەرگىلىكتى ورىنداردىڭ ٴدارى-دارمەك شەجىرەلەرىن توپتاۋدان باستاپ، جۇڭگو دارىگەرلىك زەرتتەۋ ورنى قۇرىلعانىنان بەرى حالىقتان كەلگەن حات-ماتەريالداردى رەتتەدىم، ساقا ەمكوستەردەن اقىل-كەڭەس سۇرادىم، ٴارقانداي ورايدى قالت جىبەرمەۋگە جانتالاستىم. جارىم جىل ۋاقىت وتكەن سوڭ، سوڭىندا ٴدارى شوپتەر مەن ولاردىڭ ەمدىك رولى جازىلعان 2000 نەشە كارتوچكا دايىنداپ، بەزگەككە شيپا بولاتىن 640 نەشە ٴتۇرلى رەتسەپتى ىرىكتەپ الىپ، ولاردى باستى كۇش سالاتىن تۇيىندەر ەتىپ بەلگىلەپ، وسىلاردىڭ اراسىنان جاڭا ٴدارى تاپقىرلاۋدى ويلاستىردىم.

ارادا ٴبىر جىل وتەدى، ەكى جىل وتە شىعادى، ۋاقىت تا ونى مەن ونىڭ كومانداسىنداعىلار اسىققانداي اسىعىپ ٴوتىپ جاتادى. جاساۋعا ٴتيىستى تاجىريبەلەر جاسالادى، وسى 2000 نەشە ٴتۇرلى رەتسەپتەن كوك ەرمەندى قامتىعان 640 نەشە ٴتۇرلى دارىلىك ٴشوپ ىرىكتەلىپ الىنىپ، «بەزگەككە قارسى دارىلىك شوپتەردى تاجىريبەدەن وتكىزۋ جوباسى» دايىندالادى. ىراق العاشقى قادامدا حايۋانعا تاجىريبە جاساۋ بارىسىندا كوك ەرمەن تۋ يوۋيوۋدىڭ ويىنا كەلە قويمايدى، سونىمەن ول تەڭىزدەن تەبەن ىزدەگەندەي قالىڭ دارىلىك شوپتەردى ٴبىر-بىردەن سارالاپ اۋرە-سارساڭ بولادى. تاجىريبە جاساۋ بارىسىندا كەيدە ول زورىققاندا باسى ايلانىپ، كوزى قاراۋىتىپ، ىشكەن تاماعىن قايتا- قايتا قۇسادى، ٴزارلى شوپكە ۋلانىپ قالعان جوقپىن با دەگەن ويمەن شيپاگەرگە تەكسەرىلسە، ايتقانداي ۋلانۋ سپەتتى باۋىر قابىنۋ اۋرۋىنا شالدىققانى ٴمالىم بولادى. شيپاگەر

وعان جاقسىلاپ ەمدەلىپ، كوبىرەك دەمالۋدى ەسكەرتەدى. مۇندايدا ول قايدان دەمالا قويسىن؟ ۆيەتنامداعى زەڭبىرەك گۇرسىلى ونى تەز ارادا شيپالى ٴدارى تاپقىرلاۋعا قۋزاپ جاتسا، جانى مۇرنىنىڭ ۇشىنا كەلگەن جارالى جاۋىنگەرلەر مەنى مۇسىركەي كور دەگەندەي جالىنىشتى بەينەدە قاراپ وتىرسا، ول قايدان قولىنداعى تاجىريبەسىن دوعارا قويسىن؟ ول ٴدارى-ٴپارىسىن ىشە سالىپ، قاجەتتى ماتەريالدارىن الىپ، ساتىسىزدىككە ۇشىراعان سايىن جىگەرىن قايراپ، ىزدەنىسىن جالعاستىرا بەرەدى.

قىسى-جازى توقتاۋسىز تەكسەرىپ-زەرتتەۋمەن اينالىسىپ، سىناق جۇمىسىنا تىنباي كىرىسەدى، كەيدە دارمەنسىزدەگەندە اسقا تابەتى تارتپاي، قول-اياعىنان ٴال كەتىپ، تاياق تاستام جەردەگى جاتاعىنا ٴجۇرىپ بارۋعا قۋاتى جەتپەي قالادى. ٴۇمىتتىڭ شوعى ازايىپ، ٴوزى دە ارىقتاپ، قۇر سۇلدەرى قالادى. سوندا دا «جەڭىلىس-جەڭىستىڭ اناسى» دەگەن كوسەم ٴسوز ساناسىندا جاڭعىرعان سايىن تۇلا بويىنا قايتادان قۋات تولىپ، توسەگىنەن اتىپ تۇرىپ، تاجىريبەگە قايتا كىرىسەدى، شوپتەردى ىرىكتەيدى، تاعى ساتىسىزدىككە ۇشىرايدى. ٴبىر مەزەت ٴوزىنىڭ العاشقى تالعامىنان كۇدىكتەنىپ تە قالادى. سان مىڭ رەت ساتىسىزدىككە تاپ بولسا دا، ول قارا بۇلت كۇنىنىڭ كوزىن قانشا كولەگەيلەي السىن، جەڭىلىس ايتەۋ ٴبىر جەڭىسكە اپارماي قويمايدى دەگەنگە كامىل سەنەدى. قانشا ساتىسىزىككە ۇشىراعانىن ٴوزى دە بىلمەيدى، ايتەۋىر اقىر اياعىندا ٴوزىنىڭ اتى-جونىنە بەلگىلى بايلانىسى بار كوك ەرمەن دەگەن اتاۋ ونىڭ كوڭىل كوكجيەگىنەن كورىنە بەرەدى. تاجىريبە جاساپ كورەدى، ٴبىراق كوك ەرمەنىنىڭ ونىمدىلىگى كوڭىل كونشىتەرلىك بولمايدى، سونىمەن ول تاعى تىعىرىقتا تىرەلەدى.

ماسەلە قايدان شىعىپ وتىر؟ تۋ يوۋيوۋ قايتادان گى حوڭنىڭ «شۇعىل ەمدەۋ امالى» دەگەن بايىرعى دارىگەرلىك كىتابىن اقتارادى. بۇل كىتاپتى قانشا رەت پاراقتاعانى بەلگىسىز، ايتەۋ كىتاپ

اشىلا-جابىلا مۇجىرىلىپ، بەتى سارعايىپ كەتەدى.

«شۇعىل ەمدەۋ امالى» اتتى وسى بايىرعى دارىگەرلىك كىتاپتاعى اۋتوردىڭ ويىن ٴبىلۋ ٴۇشىن تۋ يوۋيوۋ كىتاپقا جالعاستى ۇڭىلەدى.

بۇل بايىرعى كىتاپتى ٴاسىلى شىعىس جىن حاندىعى تۇسىنداعى گى حۇڭ جازعان-دى. ايگىلى شيپاگەرلەردىڭ بارلىعى، دارىگەرلىك جونىندە جاپالى ىزدەنىس جاسايدى، ەلدەن ارتىق قاجىر-قايرات ارقىلى ٴبىلىم ۇيرەنەدى جانە زەرتتەۋ جۇرگىزەدى. ول قارداشادايىنان بىلىمگە تۇتەنشە زەرەك بولادى، ۇنەمى تومسىرايىپ جۇرەدى، ەشكىممەن قوسىلىپ الىپ، ويىنعا بەرىلمەيدى، توقتاۋسىز جازۋ جازادى، تۇنىمەن كىتاپ كوشىرەدى. 13 جاسىندا اكەسى قايتىس بولادى، ۇيلەرى وتە جوقشىلىقپەن وتەدى، تاۋدان ارقالاپ وتىن اكەپ، ونى قاعاز-قالامعا اۋىستىرىپ الادى. «شۇعىل ەمدەۋ امالى» دەگەن وسى دارىگەرلىك كىتاپتى جازۋ ٴۇشىن ول وزىنەن بۇرىنعى 100 دەن استام حالىقتىق ەمكوستىڭ قولدانىلمالى جازبالارىنان دايىن ٴادىس-امالداردى تاۋىپ جازادى، جوق امالداردى بىلەتىندەردەن سۇراپ ەنگىزەدى، كەيبىرەۋىن ٴوزى تاجىريبە جاساپ، سىناق ەتىپ، تابىستى بولعان سوڭ، كىتاپقا كىرگىزەدى. ول ىنەمەن ەمدەۋ امالىن تۇسىندىرگەندە، قولداناتىن ٴسوز-سويلەمدەردىڭ اشىق، تۇسىنىكتى بولۋىن، ەمدەۋشى ادامنىڭ ٴوزى قابىلداي الۋدى باسا دارىپتەيدى. گى حۇڭ كىتابىنىڭ العى سوزىندە:« اۋىل كەدەي، جەر شالعاي بولعاندىقتان كەيدە بىرەۋلەر امالى بولعانمەن، ٴدارىسى بولمايدى، مۇندايدا وسى كىتاپتان پايدالانىپ، ەل ىشىندەگى ۇنەمى كەزدەسەتىن ەمدىك ٴدارى شوپتەردەن پايدالانسا بولادى»، — دەيدى. سوندىقتان ەرتەدەن قازىرگە دەيىنگى شيپاگەرلەر بۇل كىتاپتى وتە ۇعىنىقتى، قولدانىلمالى، دۇرىس جازىلعان دەپ اۋىز جاپپاي القاپ كەلەدى.

بۇل كىتاپ جيىنى 8 تاراۋ، 70 بولەك. كەيىنگى پاتشالىقتار تۇسىندا كەيبىر ەمكوستەر وعان تاعى ٴبىرتالاي ەمدەۋ جولدارىن جازىپ ەنگىزگەن. بۇل كىتاپتا باستىسى شۇعىل اۋرۋلارعا جانە

كەيبىر سوزبلمالى اۋرۋلارعا ءم-دوم جاساۋ، ينەمەن ەمدەۋ، سىرتتاي ءداري جاپسىرىپ ەمدەۋ سەكىلدى امالدار بايانداعان، ءارى ءشىنارا اۋرۋلاردىڭ سىرقاتىن انىقتاۋ، سىرقاتىنا قاراي ەمدەۋ ادىستەرى ايتىلعان. كىتاپتا تاعى شەشەك داعى، شۋاش، قولاڭسا، ناسەكومدار شاعىپ الۋ سەكىلدى جايتتار جونىندە تۇڭعىش رەت تۇسىنىك بەرىلگەن، اسىرەسە قۇتىرعان ءيتتىڭ مي تىكانى ارقىلى قۇتىرعان ءيتتى ەمدەۋدى ايتقان، سوندىقتان بۇل كىتاپ جۇڭگونىڭ اۋرۋدان ساقتانۋ ويىنىڭ العاشقى وركەنى دەپ اتالعان. بۇل كىتاپتىڭ مىڭ، چيڭ پاتشالىقتارى تۇسىندا 10 نەشە باسىلىمى جارىققا شىققان، 1949-جىلدان سوڭ، ماي بوياۋلى باسپادا باسىلىپ وتىرعان.

تۋ يوۋيوۋ اقىرى نازارىن «شۇعىل ەمدەۋ امالىنداعى»: «كوك ەرمەندى سۋعا شىلاپ قانا ءسولىن ايىرىپ الىپ، اۋرۋعا پايدالانا بەرۋگە بولادى» دەگەنگە اۋدارادى. كەنەت ونىڭ كوز الدىندا «نوبەل سيلىعى دارەجەلى» شابىت كولدەنەڭدەن ءۇيىرىلىپ، بۇرىنعى جوعارى تەمپەراتۋرالى ىستىق سۋدا قايناتۋ ارقىلى كوك ەرمەننىڭ ءسولىن ءبولىپ الۋ جاڭساقتىق ەكەنىن، بۇل ونىڭ قۇرامىنىڭ دارەجەسىنە زيان جەتكىزەتىنىن سەزەدى دە، قايتادان سىناق - تاجىريبەگە كىرىسەدى. 190 نەشە رەت ساتسىزدىككە ۇشىراعان سوڭ، اقىرى تابىسقا جەتەدى.

تابىس دەگەن ءبىر عانا ويعا تىرەلەدى.

1971-جىلى تۋ يوۋيوۋدىڭ تاقىرىپ گرۋپپاسى بىقتىرىلىپ قايناتىلعان ءشوپ نىلىنە جاسالعان 191-رەتكى تاجىريبەدە، بەزگەككە ونىمدىلىگى اسا شيپالى 100% تىڭ ساپ ەرمەن ءسولىن بايقايدى. 1972-جىلى بۇل جەتىستىكتى ەل نىشىندەگىلەر موينىدايدى، زەرتتەۋشىلەر وسى ساپ ەرمەن سولىنەن بەزگەككە اسا شيپالى چيڭگاۋسۋ ءدارىسىن تاپقىرلايدى.

تۋ يوۋيوۋ قايتالاي تاجىريبەدەن وتكىزۋ جانە زەرتتەپ تالداۋ جاساۋ ارقىلى، چيڭگاۋ ءشوپ ماتەريالىنىڭ قۇرامىنداعى بەزگەككە

قارسى قۋاتتىلىڭ كەيبىرەۋى ونىڭ جاپىراعىندا ەكەنىن، باسقا بولەگى ەمەس، جاس جاپىراعىنىڭ قۇرامىندا دارىلىك قۋاتتىڭ مولدىعىن انىقتايدى. تاقىرىپ گرۋپپاسى تەكتەۋ ارقىلى ونى ٴبولىپ الۋدىڭ ەڭ تاماشا ورايى كوك ەرمەنىڭ گۇل جاراتىن تۇسى ەكەنىن، سول شاقتا جاپىراقتا چيڭگاۋسۋدىڭ وتە مول بولاتىنىن بايقايدى.

ٴارقانداي ٴىستىڭ جاي-جاپسارى ونىڭ ٴساتتى-ٴساتتى بولۋىن بەلگىلەيتىنى انىق ەدى.

شات حابار تارالىسىمەن تۋ يوۋيوۋ جانە ونىڭ كومانداسىنداعىلار قۋانعاندارىنان ويناقتاپ كەتەدى.

اپەكە-سىڭلىلەر شاتتانا قۇشاقتاسىپ، كوزدەرىنە جاس الادى، ۇزاقتان بەرى كوڭىل كوكجيەكتەرىنە قوناقتاعان قارا بۇلت لەزدە تارايدى، ولار قانشا شارشاپ-شالدىقسا دا، مۇنداي زور قۋانىشتا ٴبارىن ۇمىتادى، ولار اقىرى چيڭگاۋسۋدىڭ قۇپيا سيفرىن شەشەدى، زور جەڭىستى شايقاس جۇرگىزگەندەي كۇي كەشەدى، مىڭ كۇنى-تۇنىمەن زورىقسا دا، جەڭىس كەشىگىپ كەلسە دە، ولار نەگە قۋانباسقا؟

چيڭحۋا داشۋەسى مەديتسينا شۋەيۋانىنىڭ ۇنەمىلىك ىستەرگە جاۋاپتى ورىنباسار باستىعى لۋ باي ماعان بىلاي دەدى: ەتيل ەفيرىن باسقاشا جولمەن ٴبولىپ الۋ ـــ شەشۋشى قادام بولدى، ول ٴبىزدى قيىنشىلىق قىسپاعىنان قۇتقاردى. سونان كەيىن تۋ يوۋيوۋ مەن جۇڭگو عىلىم اكادەمياسىنىڭ بيولوگيا-فيزيكا ينستيتۋتى، جۇڭگو عىلىم اكادەمياسى شاڭحاي ورگانيكالىق حيميا زەرتتەۋ ورنى، جۇڭگو عىلىم اكادەمياسىنىڭ شاڭحاي ٴدارى-دارمەك زەرتتەۋ ورنى سەكىلدى مەكەمەلەر سەلبەسىپ، چيڭگاۋسۋدىڭ قۇرامىنداعى ٴونىمدى قۇرامداردىڭ حيميالىق قۇرىلىمىن مەجەلەدى جانە ونى كەمەلدەندىردى، سوڭىندا بەزگەككە قارسى ونىمدىلىگى جوعارى ٴدارىنى تاپقىرلادى. بۇل ەكى حيميالىق قوسپادان ٴدارى جاساۋدى مەملەكەت بەكىتتى، ٴارى جەر شارىنداعى ميلليونداعان ادامنىڭ

جانىن قۇتقارىپ قالدى. سوندىقتان تۇ يوۋيوۋ — «523» ىنسانىنداعى ٴبىر ۋاكىل ادام، سونداي-اق ەلٸ ۇلكەن ۇلەس قوسۋشىلاردىڭ ٴبىرى بولدى.

توعىزىنشى، جۇڭگونىڭ كوك ەرمەنى دۇنيە ٴجۇزىنىڭ شيپالى دارىسىنا اينالدى

كوك ەرمەن — جۇڭگونىڭ تۇستىگى مەن تەرىستىگىندە تۇگەل وسەتىن شوپتەسىن وسىمدىك، كوزگە جاي كورىنەدى، جىلدار بويى جىرا-جىلعالاردا كوكتەپ جاتادى، ٴساتى كەلگەندە بۇرشىكتەپ، گۇل جارادى، جىلىنا ٴبىر رەت عۇمىر كەشەدى. وسىنداي جاي ٴبىر وسىمدىك ٴوز ىشىنە ارىستانمەن ايقاسىپ، جولبارىستى جەڭەتىندەي كۇش-قۇدىرەت جيناعان، عاجاپ قۋاتىن جىم-جىلاس قانا ساقتاپ كەلگەن، ال بۇل كۇندە ول اسىلزات دەگدارداي سالاۋاتقا يە بولىپ، ەل قاقپاسىنان شىعىپ، جەر شارىن قۇتقاراتىن قيكىمەتتى دارىگە ايلاندى. سودان جۇڭگونىڭ ەلەۋسىز ٴبىر تال ٴشوبى سان مىڭداعان ادامعا قايتا تىرلىك سيلادى دەگەن ايتىلىم قالدى.

كەزەڭدىك جەڭىس تۇ يوۋيوۋدى ورنا جولدا توقىراتىپ توقتاتا المايدى. كوپشىلىك تەز ارادا كوك ەرمەننەن مەتيل ەفيرىن ٴبولىپ الىپ، ساپ تازا چيڭگاۋسۋ ٴدارىسىن جاساۋ قىزمەتىنە كىرىسىپ كەتەدى. ايتارعا بولماسا، بۇل داعى توتەنشە ماشاقاتتى جۇمىس ەدى.

بەيجيڭ توڭىرەگىندە وسەتىن كوك ەرمەننىڭ قۇرامىنداعى چيڭگاۋسۋ مولشەرى وتە از بولعاندىقتان ونى كوپتەپ ٴبولىپ الىپ، حايۋاناتقا سىناق ەتۋ، كلينيكالىق باقىلاۋ ٴدارىسى رەتىندە پايدالانۋ جۇمىسى تىعىرىققا تىرەلەدى، سونىمەن تۇ يوۋيوۋ تۇستىكتەگى ٴداري-دارمەك ورىندارىنان جاردەم تىلەيدى...

سول جولعى قامال الۋ كەزەڭىن ەسكە العاندا، تۇ يوۋيوۋدىڭ جۇبايى لي تيڭجاۋ ايەلىنە «ٴىشى قاتتى اۋىرعانىن اڭعارتىپ»، بىلاي

دەدى: ول تۇستا ونىڭ ويىندا كوك ەرمەنىنەن باسقا نارسە جوق-تى، ۇيگە بىلعي سپيرت ساسىپ كەلەتىن، اۋەلى ۋلانۋ سيپاتتى باۋىر قابىنۋ اۋرۋىنا شالدىقتى.

«مادەنيەت زور توڭكەرىسى» سەكىلدى ەرەكشە مەزگىلدە، زاۋودتاردىڭ جۇمىسى توقتاعان، تاجىريبەحانالار جابىلعان ەدى. تاجىريبە جاساۋ ٴۇشىن ولار نەشەلەگەن ۇلكەن كۇبى ساتىپ اكەلىپ، سول كۇبىلەرگە كوك ەرمەندى شىلاپ، سودان چيڭگاۋسۋدى ٴبولىپ الۋعا قامدانىپتى دا، كۇبىنىڭ باسىندا شىر اينالىپ ٴجۇرىپتى. قالايشا باۋىر قابىنۋ اۋرۋى بولادى؟ مۇندا مەتيل ەفيرى اۋىزدان اسقازانعا كىرگەن ەمەس، مۇرىننان ٴيىس بولىپ قولقانى ۇدايى قاۋىپ وتىرعان ەكەن، جالعىز تۋ يۋۋيۋۋ عانا ەمەس، سول تۇستاعى تاقىرىپ گرۋپپاسىنىڭ باسقا مۇشەلەرى دە سولاي بولىپتى.

تۋ يۋۋيۋۋدىڭ باۋىر قابىنۋ اۋرۋىن مەتيل ەفيرى سەكىلدى ورگانيكالىق گازعا، قاتتى دەنەگە، ەرتىندىگە ايلانا الاتىن قوسپالار تۋىنداتىپتى. سول تۇستى ەسىنە العان جياڭ تيڭليان:

— مەتيل ەفيرى سەكىلدى ورگانيكالىق گازعا، قاتتى دەنەگە، ەرتىندىگە ايلانا الاتىن قوسپالار ادام دەنەسىنە زياندى ەدى، سول كەزدە پايدالاناتىن جابدىقتار مەن قۇرىلعىلار تىم قاراپايىم بولاتىن، ۇيدە اۋا جاڭالاۋ جۇيەسى جوق-تى، تاجىريبەلىك ساقتىق كيىمدەرى قيالىمىزعا كەلمەيتىن، كوپشىلىك مىقتاعاندا اۋىزدارىنا ماسكى تارتاتىن، — دەدى.

كۇندەر سولاي وتە بەرەدى، عىلىمي زەرتتەۋ قىزمەتكەرلەرىنىڭ باسى اينالىپ، كوزى قاراۋىتىپ قانا قويماي، كەيدە مۇرىندارىنان قان دا اعادى، تەرىلەرى بۇزىلادى... ٴبىراق مۇنىڭ ٴبارى ولاردىڭ العا باسۋ قادامىنا بوگەت بولا المايدى.

مەتيل ەفيردەن قوسپا ٴبولىنىپ الىنادى، ٴبىراق ونى كلينيكادان بىلگەرى سىناق ەتۋدە ماسەلە شىعادى، ٴىشىنارا

حايۋاناتتارعا سىناق ەتكەندە، قوسپادا كۇماندى كەرى اسەر بايقالادى.

حايۋاناتقا نەشە رەت تاجىريبە ەتىلسە دە، كۇدىكتى ماسەلە شەشىم تاپپايدى.

ادام مەن حايۋان پارىقتى، تەك ادام دەنەسىنە تاجىريبە جاساپ ٴساتتى بولعاندا عانا ونى كەڭىنەن قولدانۋعا كەلۋشى ەدى.

191-ٴنومىرلى كوك ەرمەنىنىڭ قۇرامىنداعى مەتيل ەفيردەن ٴبولىپ الىنعان قوسپانى كلينيكادا تەز ارادا قولدانۋ ٴۇشىن جەر جۇزىندەگىلەر «جۇڭگونىڭ كيۋري حانىمى» اتاپ كەتكەن تۋ يوۋيوۋ باسشىلارعا مۇنى ٴوز دەنەسىندە سىناق ەتۋ ٴوتىنىشىن قويادى.

— ٴدارىنى سىناق ەتۋدىڭ قاتەرى جوعارى، ونىڭ ۇستىنە سەن تاياۋدا عانا ۋلانۋ سيپاتتى باۋىر قابىنۋ اۋرۋىنا شالدىققانسىڭ، — دەپ باسشىلار ونىڭ تالابىنا كونبەي قويادى.

— جوق، مەن گرۋپپا باستىعىمىن، بۇل ٴدارى مەنىڭ بالام ٴتارىزدى، ٴوزىم الدىمەن سىناق رەتىندە ٴىشىپ كورۋگە ٴتيىستىمىن، — دەيدى تۋ يوۋيوۋ.

سول جىلى ونىڭ ەمەۋرىنى بارلىق ادامدى قايران قالدىرادى، كوزىلدىرىك تاعىپ، ٴۇن-ٴتۇنسىز ٴوز شارۋاسىمەن باس الماي جۇرە بەرەتىن وسى ٴبىر تۇستىكتىڭ قىزى راسىندا ٴبىرمويىن بولىپ شىعادى.

— سول تۇستاعى ورتادا مۇنداي قىزمەتتى ورىستەتۋ قايتسەدە توتەنشە قاتەرلى ەدى، عالىمنىڭ ٴوز دەنەسىنە ٴدارىنى الدىمەن سىناق ەتۋى — ٴبىر ٴتۇرلى جانقيارلىق رۋح ەدى، ول سول تۇستا قاھارمانىنان دا ارتىق قاھارمان بوپ كەتكەن، ونىڭ ەرلىگىنە سۇيىنبەسكە شارا جوق-تى، — دەيدى چيڭحۋا داشۋەسىنىڭ ورىنباسار باستىعى شي يگۇڭ.

تۋ يوۋيوۋدىڭ ٴدارىنى ٴوز دەنەسىندە سىناق ەتۋ ٴوتىنىشىن تاقىرىپ گرۋپپاسىنداعى ەكى قىزمەتتەسى قولدايدى.

1972-جىلى 7-ايدىڭ سوڭعى شەنىندەگى ٴبىر كۇنى ول ەسىنەن

كوتەرىلمەس كوٴڭگە ايلانادى.

تۋ يوۋيوۋ جانە ونىڭ 3 قىزمەتتەسى ٴوٴي ىشىندەگىلەردىڭ سەرىك بولۋىندا، بەيجيڭ دوٴڭجىمىن شيپاحاناسىنا كىرىپ، العاشقى توپتاعى ٴدارىنى سىناق ەتۋشى «اق تىشقاندارعا» ايلانادى.

ولار ناۋقاس ادامدارشا كيىنىپ، وٴيىندەگىلەرگە قوش ايتىپ، ازىرەيىلمەن ايقاسۋعا بەتتەيدى، وٴرىسقا شىعاتىن سولداتتارداي كامىل سەنىممەن بالنيتساعا كىرەدى دە، توسەكتە تىم-تىرىس جاتىپ، شيپاگەرلەردىڭ دايىندالعان ٴدارى ۋكولىن وزدەرىنە قوٴيۋىن توسادى، ۋكول قوٴيىلعان سوڭ، ٴدارىنىڭ دەنەلەرىندەگى رەاكسياسىن بايقاۋعا بەل بايلايدى... بوٴل ٴبىر اسا قاتاڭ ٴزار سىناعى دەۋگە بولادى، الدا-جالدا ساتسىزدىك بولسا، ومىرلىك وكىنىش تۋىنداپ قالاتىن ەدى. ٴدارى-دارمەك قىزمەتكەرى بولعان تۋ يوۋيوۋ موٴنى جاقسى بىلەتىن، ايتسەدە ونى مەن ونىڭ قىزمەتتەستەرى مىقتى ەتپەستەن بوٴل تاجىريبەنى ورىندايدى، موٴنان ونىڭ ٴوزىن عىلىمعا قالتقىسىز ارناۋ رۋحى مەن ارمان قۋۋدى جانىنان ارتىق كورەتىن قاسيەتىن بىلۋگە بولادى، بوٴل قانشالىقتى وسكەلەڭدىك دەسەڭىزشى!

باقتا جاراي، شيپاحانانىڭ قاتاڭ باقىلاۋىندا، ٴبىر اپتالىق دەنەگە ٴدارى سىناعى جاسالادى دا، كوك ەرمەنىنەن ٴبولىپ الىنعان ٴدارىنىڭ ادام دەنەسىنە كەرى ىقپالى بايقالمايدى.

ٴدارىنىڭ حاۋىپسىزدىگىن تولىق ايگىلەۋ ٴوٴشىن عىلمي زەرتتەۋ كوماندا سىنداعىلار ٴدارىنى تاعى بەس رەت ادام دەنەسىنە قوٴيىپ سىناق جوٴرگىزەدى. كيلىنيكادا پايدالانۋ ونىمدىلىگى ويداعىداي بولماي قالعاندا، ولار تاجىريبە قىزمەتىن وٴزبەي جالعاستىرىپ، سەبەبىن تاۋىپ، سوڭىندا ىدىراۋ ماسەلەسى ورىن تەپكەنىن انىقتاپ شىعادى. كوك ەرمەنىنەن ٴبولىپ الىنعان ٴدارىنىڭ تابلەتكاسىن اۋىستىرىپ قولدانىپ، سوڭىندا چيڭگاۋسۋدىڭ سوٴزەككە قارسىلىق ونىمدىلىگى بارىن دەر كەزىندە دالەلدەيدى.

اقىرىندا سول جىلى 8-ايدان 10-ايعا دەيىنگى ۋاقىتتا ٴدارىنى

حاينان ارالىنداعى سوزەك تارالعان وڭىردە تاجىريبەدەن وتكىزۋگە بەكيدى.

بارعان جەرلەرىندە «ۇيدە ادام قالماعانىن، اتىزعا ەگىن سالىنباعانىن، دالانى ٴشوپ باسىپ كەتكەنىن، ولدى مەكەندەردىڭ قۋلازىپ قالعانىن» كورەدى، تۋ يوۋيوۋ ٴتوراعا ماۋ زىدۇڭنىڭ ولەڭىن ويىنا ورالتادى. ول ٴدارىنى ٴوزى الىپ، ناۋقاستاردى ىزدەپ، ٴوزىنىڭ «ٴتول تۋىندىسىنىڭ» سوزەك دەرتىن قىرىپ-جويعانىن سىناقتان وتكىزبەكشى بولادى.

العاشقى كلينيكالىق سىناقتا بارىنشا اباي بولۋ شارت ەتىلەتىن. ونان دا باعالىسى، تۋ يوۋيوۋ سوزەك اۋرۋىنا شالدىققان ناۋقاستارعا ٴوزى ٴدارى مەن سۋ اپارىپ، دوزاسىن بىرتىندەپ ۇلكەيتىپ، مولشەرىن ارتتىرىپ وتىرادى. ول ٴوزى ٴىشىپ، سىناق ەتكەن تاجىريبەسى بويىنشا، ٴدارى ىشكىزۋدى ٴۇش گرۋپپاعا بولەدى. ناۋقاستاردىڭ وزىنە تاڭداۋ جاساتىپ، يمۋنيتەت قۋاتى نەداۋىر كۇشتى جەرگىلىكتى ناۋقاس ادامداردان باستاپ، يمۋنيتەت قۋاتى نەداۋىر تومەن سىرتتان كەلگەن اۋرۋ-سىرقاۋدى قاتارعا تۇرعىزادى؛ سوزەك اۋرۋىنىڭ تۇرىنە قاراي، وقتا-تەكتە ۇستايتىن سوزەك جانە قاتەرلى سوزەك دەپ جىكتەيدى. ول اۋرۋ-سىرقاۋلارعا ٴوزى ٴدارى ىشكىزىپ، ٴدارى مولشەرىنىڭ قالىپتى بولۋىنا كەپىلدىك ەتەدى، ٴارى توسەكتىڭ قاسىندا وتىرىپ، اۋرۋ وزگەرىسىن باقىلايدى، دەنە تەمپەراتۋراسىن ولشەيدى، قان تەكسەرگەنىنەن كەيىنگى قانداعى سوزەك قۇرتىنىڭ سان وزگەرىسى سياقتى احۋالداردى ەگجەي-تەگجەيلى ەستەلىككە الادى.

اقىر اياعىندا، حاينان ارالىنداعى جوعارى تەمپەراتۋرا جاعدايىندا، تۋ يوۋيوۋ 21 رەت سوزەك اۋرۋىنا كلينيكالىق ەم-دوم جاساۋ، بارىسىن باقىلاۋ مىندەتىن ورىندايدى، ولاردىڭ 11 ى ۇستامالى سوزەككە، 9 ى قاتەرلى سوزەككە، ٴبىرى ارالاسپالى قابىنۋعا شالدىققان اۋرۋ ادام ەدى. كلينيكالىق ەمدەۋ ناتيجەسى ادامدى

قاناعاتتاندىرادى، ۇستامالى سۇزەككە شالدىققانداردىڭ ورتا ەسەپپەن قىزۋىنىڭ قايتۋ ۋاقىتى 19 ساعات، قاتەرلى سۇزەككە شالدىققانداردىڭ ورتا ەسەپپەن قىزۋىنىڭ قايتۋ ۋاقىتى 36 ساعاتقا جەتەدى.

وسى جىلى ولار تاعى بەيجيڭ 302-شيپاحاناسىندا سۇزەككە شالدىققان 9 ناۋقاسقا كوك ەرمەن ٴدارىسىن ىشكىزىپ سىناق ەتىپ، 100% تىك تابىسقا جەتەدى.

1973-جىلى جاڭا جىل قوڭىراۋى شالىنىسىمەن تۋ يوۋيوۋ چيڭگاۋسۋدىڭ سىرىنا قاتىستى حابارداڭ تەز تارالىپ كەتكەنىن بايقايدى، جۇڭگوشا دارىگەرلىكتى زەرتتەۋ ورنى جەر-جەردەن كەلگەن حاتتاردى تاپسىرىپ الىپ، ىزدەپ كەلۋشىلەردى قابىلدايدى. تۋ يوۋيوۋ ٴوزى جاۋاپ حات جازىپ، ماتەريال جىبەرىپ، ىزدەپ كەلۋشىلەردى كۇتىپ الادى، ٴارى ەشنارسەنى جاسىرىپ-جاپپاستان كوك ەرمەنگە، ودان وندىرىلگەن چيڭگاۋسۋ دارىسىنا قاتىستى احۋالدى، عىلمي زەرتتەۋ، تاجىريبە ەتۋ جاعدايىن ايتىپ بەرەدى. كوپ ۇزاماي، يۇننان، شاندوڭ سەكىلدى جەرلەردەگى ٴشىنارا زەرتتەۋ گرۋپپالارى ونىڭ ٴادىسىن اينا ەتە سىناق جۇرگىزىپ، كوك ەرمەننەن سۇزەككە قارسى شيپالى قوسپا ٴبولىپ الۋدا تابىسقا جەتەدى.

1973-جىلى 9-ايدىڭ سوڭىن الا، تۋ يوۋيوۋ چيڭگاۋسۋدى بيولوگيالىق تاجىريبەحانادا سىناق ەتۋدە ونىڭ قۇرامىنداعى پايدالى زاتتار كوبىرەك ساقتالىپ قالىپ، باسى ارتىق قالدىقتاردىڭ وزدىگىنەن جوعالىپ كەتەتىنىن بايقايدى. تاقىرىپ گرۋپپاسىنداعى جولداستار مۇنى قايتالاي دالەل-سپاتتان وتكىزىپ، ٴبىر اۋىزدى بەكىمگە كەلەدى.

1975-جىلى تاقىرىپ گرۋپپاسىنداعىلار چيڭگاۋسۋدىڭ باسقا حيميالىق قوسىلىستارمەن قاتىناسىن زەرتتەپ، كوك ەرمەننەن ٴبولىپ الىناتىن ٴدارىنىڭ شيپالىق ونىمدىلىگىن 10 ەسە جوعارىلاتادى. سونىمەن بۇل ٴدارىنىڭ سۇزەككە پايدالى جاعى بارىنشا

جوعارىلايدى.

ۋاقىت 1995-جىلعا جەتكەندە تۋىلعان ٴىس اڭىزعا بەرگىسىز اڭگىمەگە ارقاۋ بولادى.

وقيعا كەنيانىڭ سوزەك اۋرۋى اسقىنعان چيسوم ولكەسىندە تۋىلادى، اقسۇيەك اۋىراياق ايەل قاتەرلى سوزەككە دۋشار بولادى. شيپاگەر وعان توتەسىنەن ەگەر ٴداستۇرلى ٴدارى-دارمەكتەرمەن ەمدەلسە، ايەلدىڭ جانىن الىپ قالۋعا عانا بولاتىنىن، ىشتەگى نارەستەنىڭ تۇسىك بولىپ ٴتۇسۋ قاۋپى بارىن نەمەسە كەم بولىپ تۋىلۋى ىقتيمال ەكەنىن ايتادى.

جۇكتى ايەل شيپاگەردەن تاعى قانداي جاڭا ٴدارى بارىن سۇرايدى. شيپاگەر وعان جۇڭگودا «كىتايشين» دەپ اتالاتىن جاڭا ٴدارىنىڭ تاپقىرلانعانىن، ونىڭ كەرى ىقپالى جوقتىعىن، بىراق كەنياداعى شيپاحانالاردا ول ٴدارىنىڭ جوعىن جەتكىزەدى.

سونىمەن ەكى قابات ايەلدىڭ ۇيىندەگىلەر نازارىن سوناۋ قيىر شالعايداعى جۇڭگوعا اۋدارىپ، چيڭگاۋسۋدىڭ كومەگىنە ٴزارۋ ەكەنىن بىلدىرەدى. جۇڭگونىڭ كەزەكشى ايروپلانى قىسقا ۋاقىتتا ٴدارىنى كەنياعا جەتكىزەدى، جۇڭگونىڭ سوزەك اۋرۋىنا قارسى ٴدارىسى بولعان «كىتايشين» اتتى چيڭگاۋسۋدى الىپ ىشكەنىنەن كەيىن، عاجايىپ ٴىس تۋىندايدى، انا مەن بالا ەكەۋى دە امان قالادى! امان-ەسەن جەڭىلدەگەن ايەل بالاپاناقتاي بوبەگىن ايمالاپ ەمىرەنەدى، بالانىڭ اكەسى «كىتايشين» بالامنىڭ جانىن امان ساقتاپ قالدى، ونىڭ اتى «كىتايشين» بولسىن، جۇڭگونىڭ عاجاپ شيپالى ٴدارىسىنىڭ جاقسىلىعىن ۇمىتپاي ٴجۇرسىن دەيدى. بۇل قانداي جان تەبىرەنتەتىن اسەرلى جاعداي دەمەيسىز بە؟!

ارادا 20 جىل وتەدى، بۇل كۇندە «كىتايشين» اتتى بالا بويجەتكەن ادەمى ارۋعا ايلانادى، شىن مانىنەن ايتقاندا، «كىتايشين» شولپان اتانعان ەرەكشە ەلشىگە ايلانىپ، بۇل ٴدارىنىڭ شيپالىلىعىن ٴوز امالياتى ارقىلى دۇنيە ٴجۇزى ساحناسىندا ۇگىتتەيدى.

سونىمەن نەداۋىر ۇزاق ۋاقىتقا دەيىن، «كىتايشىن» ٴتىپتى جۇڭگونىڭ مەملەكەت باسشىلارىنىڭ افريكاعا ساپارلاي بارعاندا، الا جۇرەتىن باعالى بۇيىمىنا ايلانىپ، جەرگىلىكتى ورىنداردا «جۇڭگونىڭ كيەلى ٴدارىسى» اتانىپ كەتەدى.

«جۇڭگونىڭ كيەلى ٴدارىسى» اتانعان چيڭگاۋسۋ دۇنيە ٴجۇزىنىڭ جەر-جەرىندە سۇزەكتىڭ ٴورىبىپ-ٴورشۋىن تىزگىندەۋدە عاجاپ ەمدىك قۋدىرەتىن ايگىلەيدى. 2004-جىلى 5-ايدا دۇنيە جۇزىلىك دەنساۋلىق ساقتاۋ ۇيىمى رەسمي چيڭگاۋسۋدى سۇزەكتى تىزگىندەۋدەگى الدىمەن ويلاساتىن ٴدارى-دارمەكتەر قاتارىنا قوسادى. ۇلى بريتانيانىڭ بەدەلدى مەديتسينا جۋرنالىنىڭ ساناعى بويىنشا، چيڭگاۋسۋدىڭ قاتەرلى سۇزەكتى ەمدەۋدەگى شيپالىلىق مولشەرى 97% كە جەتەدى. وسى نەگىزىندە، سول جىلى دۇنيە جۇزىلىك دەنساۋلىق ساقتاۋ ۇيىمى سۇزەك اۋرۋى اسقىنىپ تۇرعان افريكا وڭىرىنە ٴبىر ميلليون قوراپ چيڭگاۋسۋ ٴدارىسىن ساتىپ اكەلىپ بەرەدى جانە تاراتادى، سونىمەن بىرگە ەندىگارى ٴونىمى جوق ٴدارى-دارمەك الماۋدى ۇيعارادى.

چيڭگاۋسۋدىڭ دۇنيەگە كەلۋى اتى زاتىنا ساي «جان ساقتاعىش دارىگە» ايلانادى.

بۇگىنگى تاڭدا ٴدارىنىڭ شيپالىلىق دەڭگەيىن جوعارىلاتۋ ٴۇشىن جۇڭگونىڭ عالىمدارى چيڭگاۋسۋدىڭ نەشە ٴتۇرلى جەلىلەس ونىمدەرىن زەرتتەپ جاساپ شىقتى. مۇندا ۋكول رەتىندە قان تامىردان قۇياتىن چيڭگاۋسۋ سۇيىق ٴدارىسى دۇنيە جۇزىلىك دەنساۋلىق ساقتاۋ ۇيىمى سۇزەك دەرتى اۋىر بولعان وڭىرلەردە بارىنشا دارىپتەيتىن شيپالى ۋكولعا ايلاندى، سونىمەن دۇنيە ٴجۇزى بويىنشا 30 نەشە مەملەكەت سۇزەك اۋرۋى سالماقتى بولعان 7 ميلليوننان استام ادامنىڭ جانىن قۇتقارىپ قالادى.

چيڭگاۋسۋدىڭ ونىمدىلىگى تۋتەنشە تەز بولعاندىقتان سۇزەك باكتەريا-ميكروبىنىڭ كوبەيۋ، دارىگە تۋتەپ بەرۋ مۇمكىندىگى ازايا

تۇسەدى. سوندىقتان قىزىل كلەتكاداعى سۇزەك ۆيرۋسى چيڭگاۋسۋعا تۇتەپ بەرە الماي قىرىلىپ، ناۋقاس ادامدار ىركەس-تىركەس سۇزەكتىڭ ازابىنان قۇتىلىپ ساۋىعادى.

بايىرعى «جۇڭگو ٴشوبى» دۇنيە ٴجۇزىن قايران قالدىرارلىقتاي دارەجەدە ٴوزىنىڭ دارالىعىن ايگىلەيدى.

40 نەشە جىلدان بەرى بۇل ٴدارى ٴوزىنىڭ كۇشتى شيپالىلىق رولىن ساقتاپ، سۇزەك اۋرۋىنا قارسى تۇرۋدا الابوتەن ونىمدىلىگىن تانىتىپ كەلەدى.

ونان دا تاڭعالارلىعى، سۇزەك اۋرۋىنا قارسىلىق كورسەتۋ قۋاتى بار جاي ٴدارى-دارمەكتەر ازايىپ، كۇللى جەر شارىنداعى سۇزەككە شالدىققانداردىڭ باسىنا كۇن تۋعاندا، چيڭگاۋسۋ بەينە ىرىس جاڭبىرىنداي ٴومىر تامشىلارىن سەبەزگىلەتىپ، جەر جۇزىندەگىلەردى سۇيىندىرەدى.

دۇنيە جۇزىلىك دەنساۋلىق ساقتاۋ ۇيىمى سۇزەكتى ايدس، قاتەرلى ىسىك (راك) اۋرۋلارىمەن قاتار ٴولىم-ٴجىتىمدى كوپ اكەلەتىن ٴۇش ۇلكەن اۋرۋدىڭ ٴبىرى ەتىپ بەلگىلەدى. جەر شارى بويىنشا 100 نەشە مەملەكەت، حالىق سانىنىڭ جەتىدەن ٴۇش بولەگى سانالاتىن شامامەن 3 ميلليارد 300 ميلليون ادام سۇزەككە شالدىعۋ حاۋپىندە؛ ٴار جىلى سۇزەككە شالدىعاتىن 300 دەن 600 ميلليونعا دەيىنگى ناۋقاس ادامنىڭ دەنى افريكاداعى وركەندەۋ ۇستىندەگى مەملەكەتتەردە.

نوبەل بيولوگيا نەمەسە مەديتسينا سىيلىعىن باعالاۋ القاسى فرسبوگ: «تۋ يوۋيوۋدىڭ تاپقىرلىعىنىڭ ادامزاتقا قوسقان ۇلەسى ولشەۋسىز بولدى. ٴار جىلى 500 مىڭداي ادام سۇزەكتەن ولەتىن، ولاردىڭ باسىم كوپ بولەگى بالالار ەدى... تۋ يوۋيوۋدىڭ چيڭگاۋسۋدى بايقاۋى سۇزەككە قارسى جاڭا ٴدارى-دارمەكتەردى زەرتتەپ جاساۋعا جانە دامىتۋعا جول اشتى، بۇل ٴدارى جەر ٴجۇزى بويىنشا نەشە ميلليون ادامنىڭ جانىن قۇتقارىپ قالدى، وتكەن 15 جىلدا

سۇزەكتەن كوز جۇماتىنداردىڭ تەڭ جارتىسى وسى ٴدارىنىڭ ارقاسىندا امان قالدى»، — دەدى.

دۇنيە جۇزىلىك دەنساۋلىق ساقتاۋ ۇيىمىنىڭ ساناعىنا قاراعاندا، جەر شارىندا 2 ميلليardتان استام ادام سۇزەك كۇشتى تارالاتىن ٴوڭىر ەسەپتەلەتىن افريكادا، شىعىس وڭتۇستىك ازيادا، وڭتۇستىك ازيادا، وڭتۇستىك امەريكادا جاسايدى ەكەن. 2000-جىلدان باستاپ ساحارا ٴشولىنىڭ تۇستىگىندەگى وڭتۇستىك افريكا وڭىرىندە 240 ميلليون ادام چيڭگاۋسۋمەن ەمدەلگەن، شامامەن ٴبىر ميلليون 500 مىڭ ادام چيڭگاۋسۋمەن ەم-دوم جاساتقاندىقتان اجالدان امان قالعان.

زىمبابۋەي دەنساۋلىق ساقتاۋ مينيسترلىگى سۇزەككە قارسى تۇرۋ نىسانىنىڭ جاۋاپتىسى مۋبيلكۋناش بىلاي دەدى: «زىمبابۋەيدىڭ دەنساۋلىق ساقتاۋ مينيسترلىگى 2010-جىلدان 2013-جىلعا دەيىن ورىستەتكەن وكشەلەي تەكسەرۋ قىزمەتىنىڭ ناتيجەسى چيڭگاۋسۋدى ٴىشىپ ەمدەلگەندەردىڭ سۇزەكتەن ساۋىعۋ مولشەرى 97% كە جەتكەنىن كورسەتتى. زىمبابۋەي 2008-جىلدان باستاپ چيڭگاۋسۋدى نەگىز ەتكەن قولدانىلمالى ٴدارى-دارمەكتەردى جالپىلاستىرا باستادى. وسى عاسىردىڭ باس شەنىندە بۇل ەلدە سۇزەكتەن ولەتىندەردىڭ سالىستىرماسى 15% كە جەتەتىن، 2013-جىلعا كەلگەندە، بۇل سالىستىرما ازايىپ، 2.2% كە ٴتۇستى، چيڭگاۋسۋدىڭ كەڭىنەن جالپىلاستىرىلىپ قولدانىلۋى ماڭىزدى رول اتقاردى».

وڭتۇستىك افريكانىڭ كوزۋلۋناتار ولكەسىندە جۇڭگونىڭ سۇزەككە قارسى شيپالى دارىسىمەن ەم-دوم جاساتقان سۇزەك اۋرۋىنا شالدىققانداردىڭ 78% ى اۋرۋدان ايىققان، ٴولىم-ٴجىتىم مولشەرى 88% ازايعان؛ باتىس افريكاداعى بەنيندە جەرگىلىكتى قاۋىم جۇڭگونىڭ ەمدەۋ اترەتى وزدەرىن ەمدەۋ ٴۇشىن قولدانعان مۇنداي ارزان باعالى شيپالى ٴدارىنى «قيىرداعى شىعىستان ەمپورت

ەتىلگەن عاجايىپ ٴدارى» دەپ اتايدى..

دۇنيە جۇزىلىك ساۋدا ۇيىمىنىڭ افريكا ىستەرىنە جاۋاپتى ادامى تەرسەدي مودي: چيڭگاۋسۋدىڭ سۇزەككە ەم بولاتىنىنىڭ بايقالۋى دۇنيە ٴجۇزى حالقىنىڭ دەنساۋلىعىن جاقسارتۋعا وراسان زور وزگەرىس اكەلدى، سۇزەك — افريكا حالقىن، اسىرەسە افريكاداعى بالالاردى دەنساۋلىقتان ايىراتىن باستى دەرت. كوپتەگەن جىلداردان بەرى چيڭگاۋسۋ افريكاداعى تالاي ادامنىڭ جانىن اجالدان قۇتقارىپ قالدى، افريكانىڭ ب م ۇ-نىڭ مىڭ جىلدىق دامۋ نىساناسىن جۇزەگە اسىرۋى ٴۇشىن ماڭىزدى رول اتقاردى، — دەدى.

ليبەريانىڭ دەنساۋلىق ساقتاۋ مينيسترى بونيس داەن: «ٴبىزدىڭ ەلدە سۇزەك — حالىق دەنساۋلىعىنىڭ باستى جاۋى، بۇدان بۇرىن ٴبىزدىڭ ەل چيۋنيننە سەكىلدى دارىلەر ارقىلى سۇزەككە قارسى تۇرىپ كەلگەن ەدى، ٴبىراق ونىڭ كەرى رولى ايقىن بولاتىن. ولاردىڭ ورنىنا چيڭگاۋسۋدى پايدالانعاننان بەرى، كەرى رولى بولۋ سەكىلدى الاڭنان ادا-كۇدە ارىلدىق، — دەدى.

سەنەگالدىڭ دەنساۋلىق ساقتاۋ مينيسترى اۋا ساك: مەن كەزىندە قىر-قىستاقتا كوپ جىل جۇمىس ىستەگەم، سۇزەكتى ەمدەۋ تاجىريبەم دە بار، چيڭگاۋسۋ ارقىلى ەم-دوم جاساۋ بارىسىن ٴوز باسىمنان كەشىرگەم، چيڭگاۋسۋدى زەرتتەۋ جەتىستىگى سۇزەكتىڭ قىسپاعىندا قالعان افريكاداعى بارلىق مەملەكەتكە ٴۇمىت اكەلدى، — دەدى.

— ٴبىزدىڭ ەلدە جىل سايىن سۇزەك وباسى تۋىندايتىن، — دەدى نيگەر دەنساۋلىق ساقتاۋ مينيسترىنىڭ ورىنباسارى ارزۋما دالەي.

— جۇڭگونىڭ ۇزاق ۋاقىتتان بەرى ٴبىزدىڭ ەلگە كورسەتكەن جاقسىلىعىنا بارىنشا العىس جاۋدىرامىن، نيگەر دە چيڭگاۋسۋ ارقىلى سۇزەكتى تىزگىندەۋگە كىرىستى، ٴارى كورنەكتى ناتيجەگە جەتتى.

گابون دەنساۋلىق ساقتاۋ مينىسترىنىڭ ورىنباسارى ساراستينا.

ب: جۇڭگو الەۋمەتتىك دەنساۋلىق ساقتاۋ سالاسىندا وراسان زور قۇلشىنىس كورسەتىپ، سۇزەككە قارسى ەم بولاتىن چيڭگاۋسۋدى بايقاۋى سۇزەكتى تىزگىندەۋدە ماڭىزدى رول اتقاردى، اسىرەسە دەنساۋلىق ساقتاۋ شارت-جاعدايى جەتەرسىز مەملەكەتتەر مەن رايوندارعا پايداسى كوپ ٴتيدى، — دەدى.

وتكەن عاسىردىڭ 60-جىلدارىنان باستاپ، جۇڭگو ەمدەۋ اترەتتەرىن افريكاعا جىبەرىپ، مەديتسينالىق تەگىن كومەكتەسۋ جانە اۋرۋ-سىرقاۋلاردى اقىسىز ەمدەۋ قىزمەتىن ورىستەتكەن. 2009-جىلدىڭ سوڭىنا دەيىن جۇڭگو افريكاعا جاردەمدەسىپ، 54 شيپاحانا سالدى، سۇزەكتىڭ الدىن الۋ جانە ونى ەمدەۋ ورتالىعىنان 30ىن قۇردى، افريكاداعى 35 مەملەكەتكە سۇزەككە قارسى تۇراتىن، قۇنى 200 ميلليون يۋاننان اساتىن ٴدارى-دارمەك كومەك ەتتى.

2015-جىلى 10-ايدىڭ 23-كۇنى ماۋرۇيتيۋستىڭ زۇڭتۇڭى امينا گۋريبول فاگيم جۇڭگوعا ساپارلاي كەلگەن كەزىندە، جۇڭگو جۇڭگوشا دارىگەرلىك عىلىم اكادەمياسىنىڭ ٴدارى-دارمەك زەرتتەۋ ورنىنا ارناۋلى بارىپ ارالادى. ٴوزى ايگىلى بيولوگ ەسەپتەلەتىن وسى ايەل زۇڭتۇڭ تۋ يوۋيوۋدىڭ نوبەل سىيلىعىن العانىن قۇتتىقتاپ، سيلىقتى ناعىز دارىنمەن العانىن جەتكىزدى. ول بىلاي دەدى: اعا زەرتتەۋشى تۋ يوۋيوۋدىڭ قىزمەتى دۇنيە ٴجۇزىنىڭ نازارىن قايتادان ٴداستۇرلى ەمشىلىككە اۋداردى، ول جۇڭگو ٴۇشىن ەرەكشە ماڭىزدى بولىپ قانا قويماي، وركەندەپ كەلە جاتقان مەملەكەتتەر مەن دۇنيە ٴجۇزىنىڭ ٴداستۇرلى مەديتسيناسى جونىندە دە ەرەكشە ماڭىزدى. مەن جۇڭگوشا دارىگەرلىككە تۋتەنشە قىزىعامىن، افريكانىڭ ٴداستۇرلى ٴدارى-دارمەك بايلىعى تۋتەنشە مول، جۇڭگومەن ٴداستۇرلى ٴدارى-دارمەك سالاسىندا سەلبەستىك قاتىناس ورناتۋعا بولەكشە ٴزارۋ، وسى ارقىلى «تۇستىك پەن تۇستىك سەلبەستىگى» تەكشەسىن كەڭەيتۋگە بولادى، ماۋرۇيتۋس جۇڭگوشا

ٴداري-دارمەكتىڭ دۇنيە جۇزىنە بەتالۋىنا تەرەزە بولۋعا دايىن. جۇڭگولىق باۋىرلاستارمەن بىرگە قۇلشىنىپ، ولاردىڭ بەس مىڭ جىلدىق جۇڭحۋا دارىگەرلىگى قامباسىنان اناعۇرلىم كوپ شيپالى ٴداري تاۋىپ شىعۋدى ٴۇمىت ەتەمىن.

ونىنشى، نوبەل سيلىعى دابىراسىنىڭ كوتەرىلۋ سەبەبى جانە ونىڭ ادامعا سالار ويلارى

2011-جىلى 9-ايدا، اسپاندى اياق استىنان نايزاعاي ٴتىلىپ وتكەندەي كوك مۇحيتتىڭ ارعى جاعالاۋىنان — امەريكا قۇراما شتاتتارىنان 81 جاستاعى تۋ يوۋيوۋعا لاسكەر سيلىعىن العانى جونىندەگى حابار جەتتى.

بۇل — جۇڭگو چيڭگاۋسۋدى تاپقان 30 نەشە جىلدان كەيىن عانا العان، حالىقارالىق مويىندايتىن ەڭ جوعارى سيلىق. باعالاۋ كوميتەتىنىڭ مۇشەسى لۋسي ساپيرو چيڭگاۋسۋدىڭ ماڭىزىنا باعا بەرگەندە: «ادامزاتتىڭ ٴداري-دارمەك تانۋ تاريحىندا چيڭگاۋسۋ سياقتى سان ميلليونداعان ادامدى اۋرۋ ازابىنان قۇتىلدىرىپ، جۇگىن جەڭىلدەتكەن، جۇزدەن استام مەملەكەتتەگى سان مىڭداعان ناۋقاس ادامدى اجالدان اراشالاپ قالعان مۇنداي علمي بايقاۋ ۇنەمى كەزىگە بەرمەگەن»، — دەدى.

ايتسەدە، ا ق ش-تىڭ لاسكەر سيلىعى جۇڭگونىڭ چيڭگاۋسۋ دارىسىنە حالىقارالىق داڭق اپەرۋمەن بىرگە، ەل ىشىندە چيڭگاۋسۋدىڭ تاپقىرلىق ۇقىعى تالاسىن قايتا تۋىنداتتى. تۋ يوۋيوۋ سونان بارىپ نوبەل مەديتسينا سيلىعىن العانان كەيىن، نوبەل سيلىعى ٴدۇمپۋى قوزدى. ٴبىر جاق جىلى مامىلە جاساپ، ماقتاپ-ماراپاتتاسا، ەندى ٴبىر جاق داۋ-شار تۋدىرىپ، بۇعان كەلىسپەيدى...

اشىعىن ايتقاندا، بۇكىل ەلدىڭ قۋاتىنا سۇيەنگەن، كوپ ادام،

كوپ سالا قاتىناسقان «523» بىرىككەن شايقاسى 1967-جىلى باستالىپ، 1981-جىلى اياقتاعان، 14 جىلعا جالعاسقان بولاتىن. شيپالى ٴدارى — چيڭگاۋسۋ ونىمدەرىنىڭ دۇنيەگە كەلۋى زور سەلبەستىك جاساپ، سۇزەككە قارسى تۇراتىن جاڭا ٴدارىنى زەرتتەپ جاساۋ جوسپارى بويىنشا باستالىپ، سول جوسپار بويىنشا اياقتاعان.

بۇل تۇستا ٴتوراعا ماۋ زىدۇڭ، جۋ جىميندەر عالامنان ٴوتتى؛ سۇزەك ازابىنان قۇتىلىپ، ورنىنان تۇرعان ۆيەتنام حالىق ارمياسى جاقسىلىققا جاماندىق ىستەپ، مىلتىعىن جۇڭگوعا كەزەدى، جۇڭگو-ۆيەتنام شەكاراسىندا ٴوزىمىزدى قورعاپ، قايتارما سوققى بەرۋ زور شايقاسى باستالدى، باياعى كەز كەلمەسكە كەتىپ، كەشەگى دوس بۇگىن جاۋعا ايلاندى. رەفورما جاساۋ، ەسىك اشۋ سىندى قوس دوگەلەكتى كولىك جۇڭگونىڭ بايتاق دالاسىندا جۇيتكىپ ٴوتتى، وسى تۇسقا كەلگەندە، كەيىنگى ماۋ زىدۇڭ زامانى باستالدى، ماتەريا وزگەرمەسەدە ادام جاڭالاندى. قۇن كوزقاراسى دا وسىلاردىڭ ىشىندە قامتىلىپ جاتتى...

«523» ىسانىنىڭ شىمىلدىعى اسىعىس-ۇسىگىس ٴتۇسىرىلدى دەۋگە بولادى، ٴتىپتى اۋەلى «ەڭ سوڭعى كەشكى استان» ٴدام تاتپاستان كوپشىلىك ەدەل-جەدەل تاراپ كەتكەن، ٴبارى سوڭعى «الگى قۇجاتتا» ٴۇمىت ەتىلگەندەي «رەت ٴتارتىبى تالاسى جونىندا بىرلىككە كەلە الماعان». ۇيتكەنى ول تۇس كوللەكتيۆيزم بارىنەن جوعارى تۇراتىن قاھارماندىق جىلدار ەدى، «داڭق پارتياعا، ماسەلە جەكە ادامعا تاۋەلدى» بولاتىن. كەزىندەگى «523» زەرتتەۋ گرۋپپاسىنداعى 600 نەشە مامانىڭ توككەن كوز جاسى، بەرگەن تۇرلىشە بوداۋى، كورسەتكەن كىشىلىگى وسى تاريحي كەزەڭنەن كەيىنگى ونداعان جىلداردا باز-باياعىسىنشا توتەنشە كومەسكى كۇيدە، ايقىنداۋ قيىن كۇيدە، تەكە-تىرەس كۇيدە، داۋ-شار كۇيىندە قالدى.

ال، 1986-جىلى تۋ يوۋيوۋ مەن بەيجيڭ جۇڭگوشا دارىگەرلىكتى

زەرتتەۋ ورنى تاپقىرلىقتا قاتىناسقان بارلىق مەكەمەنىڭ ورتاق زەرتتەۋ ماتەريالى بويىنشا مەملەكەتتىك دەنساۋلىق ساقتاۋ مينيسترلىگىنەن جەكە-دارا جاڭا ٴداري كۋالىگىن ٴوتىنىش ەتۋىنە كەلىسەك، بۇل ىستەن داۋ شىعىپ، تاباندا نەداۋىر ۋلكەن دابىرا تۋىلادى، باسقا بىرنەشە تاپقىرلىق مەكەمەسى مەملەكەتتىك عىلىم-تەحنيكا كوميتەتىنە، دەنساۋلىق ساقتاۋ مينيسترلىگىنە جانە مەملەكەتتىك ٴداري-دارمەك باسقارۋ مەكەمەسىنە مالىمەت جولداپ، نارازىلىق بىلدىرەدى، ونىڭ سوڭى كەيىن كەلە سوتتاسۋعا دەيىن تىرەلەدى، ٴار كىم وزىنىكىن ٴجون سانايدى، اقىرىندا تاتۋلىققا سىزات تۇسۋمەن بۇل ٴىس جابىلادى.

بۇل جولعى سوتتاسقان داۋ-شاردى چيڭگاۋسۋ تاريحىنداعى «توتەنشە كەلەڭسىز تالاس-تارتىس» دەپ ەسەپتەۋگە بولادى، ول ەل ىشىندەگى ٴوزى زورعا تەبىندەگەن چيڭگاۋسۋ كاسىبىنە اۋىر كەرى ىقپال تۋدىردى، بۇرىن زور سەلبەستىك جاساعان ۋلكەن كوللەكتيۆتىڭ ىشكى بولەگىنە ىرىتكى سالدى، اسىرەسە كەزىندەگى زور سەلبەستىك رۋحىنا سايىس جاريالادى.

ۋاقىت توقتاۋسىز جىلجىپ ٴوتىپ، كوللەكتيۆ قاھارماندىق جىلداردىڭ اۋىلى الىستا قالدى.

ونان قالسا، وتكەن عاسىردىڭ 80-جىلدارى «523» نىسانىن باستاۋشى، ۋيىستىرۋشى جوۋ كىديڭ مىرزا ىسساپارمەن چوڭچيڭگە بارعاندا، ارناۋلى تۇردە كەزىندە بۇل نىسانعا ۋلەس قوسقان ەرلى-زايىپتى لو زيۋاندارعا امانداسا بارادى، ٴارى ولارعا: «523» نىسانى ەرلى-زايىپتى ەكەۋىڭىزدىڭ چيڭگاۋسۋعا قوسقان ۋلەستەرىڭىزدى ۇمىتپايدى،-دەيدى. ايتسەدە لو زيۋان كەزىندەگى «523» نىسانانىڭ ساقا باسشىسىنىڭ، ساقا جولداستىڭ سول ٴبىر تاريحي شىندىقتى ايقىنداۋ ٴۇشىن سۇيت ٴجۇرىپ، جاپالى ساپارمەن جۇرگەنىن ەسكەرە قويمايدى.

2005-جىلى سىچۋان جۇڭگوشا دارىگەرلىكتى زەرتتەۋ ورنىنىڭ

پرافەسسورى ۋان ياۋدى عىلىم-تەحنيكا مينيسترلىگىنە «تاريحتىڭ اۋەلگى بەت-بەينەسىن وزىنە قايتارايىق» دەگەن حات جولداعان سوڭ، بۇل شۋ تاعى كوتەرىلەدى. ونىڭ وتكەندى ەسىنە الىپ، ايتۋىنا قاراعاندا، 1975-جىلعى زور بىرىككەن شايقاستىڭ شەشۋشى كەزەڭىندە، تۋ يوۋيوۋ «523» كەڭسەسى ارقىلى ەكى جولداستى سىچۋان جۇڭگوشا دارىگەرلىكتى زەرتتەۋ ورنىنا ۇيرەنۋگە جىبەرگەن. قىسقا عانا 21 كۇندە حيميا بولىمىندەگى ليۋ حۇڭميڭ بەيجيڭ جۇڭگوشا دارىگەرلىكتى زەرتتەۋ ورنىنا سايكەسىپ 800 گرام ساپ چيڭگاۋسۋدى اجىراتىپ الىپ بەرگەن. ىلە-شالا ولار تاعى 10 مىڭ يۋان اقشا جۇمساپ، سىچۋان جۇڭگوشا دارىگەرلىكتى زەرتتەۋ ورنىنان ٴبىر كيلوگرام چيڭگاۋسۋ ساتىپ العان. ونان كەيىن، كەزەككە، جىككە ٴبولىپ، «523» كەڭسەسى ارقىلى سىچۋان جۇڭگوشا دارىگەرلىكتى زەرتتەۋ ورنىنان چيڭگاۋسۋ الىپ تۇرعان. ول: «سىچۋانداعى «523» كەڭسەسىنىڭ باسشىلارى — تۇگەل ساقا توڭكەرىسشىلەر بولعاندىقتان، ٴبىزدى جەكە باستىق ويدا بولماڭدار، وزگەلەر قاجەت قىلسا، سەندەر بەرىڭدەر دەپ تاربيەلەگەن. شىنىن ايتقاندا، زيالىلاردىڭ ٴبارى الدە قانداي ىستەردەن الاڭدايتىن»، — دەدى.

وتكەن شاقتاردى ەسىنە العاندا، ۋان ياۋدى ٴبىراز تۇلان تۇتقانداي بولىپ: «ٴمۇبادا تۋ يوۋيوۋ چيڭگاۋسۋدى كوك ەرمەنىنەن الدە قاشان ٴبولىپ العان بولسا، قالايشا ىزدەن ۇيرەنۋگە ادام جىبەرەدى، نەگە ىزگە اكە-كوكەلەپ جالىنادى؟ بۇل قالجىڭ ەمەس شىعار؟» — دەدى.

2006-جىلى «523» نىسانىنىڭ بۇرىنعى ۇيىمداستىرۋشىلارى جاڭ جيانفاڭ، جوۋ كىديڭ، فۋ لياڭشۋ سەكىلدى اعا بۋىن قايراتكەرلەر «كەشىككەن مالىمەت: 523 نىسانى جانە چيڭگاۋسۋدى زەرتتەپ جاساۋ ەستەلىگى» دەگەن كىتاپ جازدى. ولار قىرۋار ساندى مالىمەتتەر ارقىلى چيڭگاۋسۋدىڭ بايقالۋ جانە زەرتتەلۋ بارىسىن

اڭگىمەلەپ، «مادەنيەت زور توڭكەرىسى» كەزىندە قالتقىسىز ۇلەس قوسقان تولىپ جاتقان زيالىلاردى جىرلادى، جۇرتشىلىققا بۇگىنگى تاڭدا دۇنيە ٴجۇزىنىڭ شيپالى دارىسىنە ايلانعان چيڭگاۋسۋدىڭ ۇلى وتانىمىزعا، ۇلى ارميامىزعا جانە وسى زەرتتەۋگە قاتىناسقان «523» نىسانى جاۋىنگەرلەرىنە تاۋەلدى ەكەنىن ۇعىندىردى.

شىنىندا كەلسەك، تۋ يوۋيوۋ سيلىق الۋدان ىلگەرى، ا ق ش عىلىم اكادەمياسىنىڭ اكادەميگى ميلىل لۋيس اشىق الاڭدا: «چيڭگاۋسۋدىڭ تاپقىرلانۋى ــ ٴبىر جاعادان باس، ٴبىر جەڭنەن قول شىعارۋ بارىسى، تۋ يوۋيوۋ تۇڭعىش رەت چيڭگاۋسۋدى كوك ەرمەنىنەن ٴبولىپ الۋدى بايقاپتى؛ لو زيۋان (يۇنىنان ولكەلىك ٴدارى-دارمەك زەرتتەۋ ورنى) تۇڭعىش رەت كۇردەلى گۇلدەر تۇقىمداسىنا جاتاتىن سارباس ەرمەنىنەن سۇزەككە قارسىلىق كۇشى بار چيڭگاۋسۋدى انىقتاپتى؛ لي گوچياۋ (گۋاڭجوۋ جۇڭگوشا دارىگەرلىك ينستيتۋتى) تۇڭعىش رەت چيڭگاۋسۋدىڭ شيپالىلىعىن كلينيكادا دالەل-سپاتتان وتكىزىپتى»، ــ دەيدى. بۇل ايتىلىمدى سول الاڭدا جۇرگەن «523» نىسانىنداعى باسىم كوپ ساندى عالىمدار مويىندايدى. ميلىل لۋيس تا وسىنداي دارىپتەلەتىن رەت ٴتارتىپ بويىنشا ا ق ش-تىڭ لاسكەر سيلىعىنا ٴوتىنىش بەرگەن بولاتىن.

تاعى ٴبىر اۋىزعا الا كەتۋگە تاتيتىن بۋىن، لاسكەر سيلىعىنىڭ كانديداتتارىن كورسەتۋ كەزىندە، لي گوچياۋ لو زيۋاندى كورسەتكەن. لي گوچياۋ: «چيڭگاۋسۋدىڭ قۇرامىندا جەتى ٴتۇرلى جاۋھار بار، ــ چيڭگاۋسۋ سولاردىڭ ٴبىر ٴتۇرى عانا» دەپ ەسەپتەگەن. ول تالاي رەت«مەن يۇنىنان ولكەلىك ٴدارى-دارمەك زەرتتەۋ ورنىنداعى سارباس ەرمەنىنەن پايدالانىپ، كلينيكادا تۇڭعىش رەت دالەل-سپاتتان وتكىزۋ قىزمەتىن ورىندادىم» دەگەندى بىلدىرگەن.

نەشە كۇننەن كەيىن، لاسكەر سيلىعىنىڭ ناتيجەسى جاريالانىپ، وسى ٴبىر-بىرىمەن بايلانىستى ٴۇش «ٴبىرىنشى» تۇگەل جالعىز تۋ

يوۋيوۋعا ٴتان بولاتىنىن ەشكىم ويلامايدى دا، ماسەلە بىردەن كۇردەلەنىپ كەتەدى. بۇل قۇددى جۇڭگونىڭ «تايقازان» مەزگىلىندە ايتىلاتىن: «شەتەلدە جەكە بىرەۋلەر الاتىن دۇنيە بولسا، جۇڭگودا ٴاركىمدەر الاتىن دۇنيە بار، الساڭ بەكەرگە الاسىڭ، الماساڭ قۇر قالاسىڭ» دەگەندەي كۇي تۋىندايدى. دوللارمەن بەرىلەتىن قوماقتى سىيلىق اقشانى كورگەندە، كىمنىڭ جۇرەگى دۇرسىلدەمەۋشى ەدى؟

تۋ يوۋيوۋدىڭ سىيلىق الۋى جونىندە، كەزىندە ٴىستىڭ باسى-قاسىندا بولعانداردىڭ كوپ ٴبولىمى كۇردەلى كوزقاراس ۇستاندى.

— مەنەن كوڭىل كۇيىڭىز قالاي دەپ سۇرايسىز، كوڭىلىمە ەشقانداي قاياۋ تۇسپەدى دەسەم وتىرىك بولار. قۇرالاقان قالعانىما وكىنىپ تۇرعام جوق، مەنىڭشە ٴبىر عانا ادامعا تاۋەلدەۋ تىم ورىنسىز، — دەدى لو زيۋان.

— ەگەر بۇل سىيلىقتى جالعىز ماعان بەرسە، مەن دە كوتەرە الماس ەدىم، ول شىنىمەندە ۇلكەن كوللەكتيۆتىڭ ەڭبەگى بولاتىن.

يۇنان ولكەلىك ٴداري-دارمەك زەرتتەۋ ورنى قۇرىلعاندىعىنىڭ 50 جىلدىعى كەزىندە، لو زيۋان چيڭگاۋسۋ تۋرالى ارناۋلى بايانداما جاسادى. «الاڭداعى 523 نىسانىنا قاتىناسقان كوپتەگەن ساقا جولداستار كوزىنە جاس الدى، ۇيتكەنى ول كوپشىلىكتىڭ ٴوز باستارىنان كەشكەن كەشىرمەسى ەدى»، — دەدى ول.

تۋ يوۋيوۋ سىيلىق العانىنان كەيىن، جۇڭگو عىلىم-تەحنيكا قوعامىنىڭ ٴتوراعاسى حان چيدى: «چيڭگاۋسۋدىڭ تابىلۋى، قاشاندا ەلىمىزدىڭ ماقتان تۇتاتىن عىلىم-تەحنيكا جەتىستىگى، ايتسەدە جەتىستىكتىڭ تاۋەلدىلىگىن ايقىنداۋ قيىن بولىپ كەلگەندىكتەن، تولىق ماداقتاپ سىلاۋ بولمادى»، — دەدى.

ٴباز ٴبىر زەرتتەۋشىلەر: «چيڭگاۋسۋ- ٴبىر مۇھجيزا، كۇرمەۋى كوپ كۇردەلى مۇھجيزا، ول تەك جۇڭگودا عانا تۋىندايدى...»، —

دەستى.

اشىعىن ايتقاندا، لاسكەر سىيلىعى ٴدۇمپۋى ماندىك جاقتان العاندا، جۇڭگو مەن باتىس ەلدەرىنىڭ تانىم جاعىنداعى پارقىنان تۋىلعان. بۇل قۇددى قان جولدان وتكەندە، باتىستا كولىك ادامعا، بىزدە بولسا، ادام اۋتوكولىككە جول بەرەتىنى سياقتى؛ ۇستەلدە دومالاپ بارا جاتقان شاپتولدى كورسە، باتىستىقتاردىڭ قاي جەردە دە تارتۋ كۇشى بار دەپ، ال ٴبىز بولساق، كۇڭرۇڭنىڭ اعاسى مەن باۋىرىنا شاپتول سىيلاۋىنداي دەپ ويلايتىنىمىز سەكىلدى؛ جانىپ تاۋسىلايىن دەپ قالعان بالاۋىزشامدى كورسە، باتىستىقتار دەرەۋ جاڭاسىن اۋىستىرا قوياتىنى، ال ٴبىز بولساق، ۇنەمدەم قالۋعا بولسا، ۇنەمدەپ قالۋدى ويلايتىنىمىز ٴتارىزدى نارسە. ٴسىرا، وسىلاي ەمەس پە؟

تۋ يوۋيوۋدىڭ لاسكەر سىيلىعىن الۋى ا ق ش مەملەكەتتىك دەنساۋلىق ساقتاۋ ىستەرىن زەرتتەۋ ينستيتۋتىنداعى ەكى عالىم ميلل لۋيس پەن سۋ شينجۋاننىڭ شاماسىنىڭ بارىنشا قولداعانىمەن تىكە بايلانىستى.

ىشكى سىرعا قانىق قايراتكەرلەردىڭ ايتۋىنا قاراعاندا، 2007-جىلى ميلل لۋيس پەن سۋ شينجۋان جۇڭگوعا ارنايى كەلىپ، چيڭگاۋسۋدىڭ زەرتتەلۋ تارىيحىن تەكسەرگەن، ٴارى «چيڭگاۋسۋ: جۇڭگو دارىلىك شوپتەر باعىنان بايقالعان جاڭالىق» دەگەن ماقالا جازعان. امەريكانداردىڭ لاسكەر سىيلىعىن نە ٴۇشىن تۋ يوۋيوۋعا بەرەتىنى تۋرالى ا ق ش-تا جۇرگەن سۋ شينجۋان جۇرەك ٴسوزىن ايتتى. ول: لاسكەر سىيلىعىن باعالاۋ كوميتەتىندە 24 مۇشە بار، ولاردىڭ ٴبارى امەريكالىق، تەڭ جارىمى نوبەل سىيلىعىن العاندار، ٴبارى ايگىلى عالىمدار، سىيلىقتى باعالاۋدىڭ سوڭعى ناتيجەسىن وسى 24 مۇشە داۋىس بەرىپ بەلگىلەيدى، — دەدى.

بۇل رەتكى سىيلىق باعالاۋدا، باستىسى ٴۇش جاقتا نازار اۋدارىلعان: ٴبىرىنشى، چيڭگاۋسۋدى 523 ىنسان گرۋپپاسىنا

الدىمەن الىپ كىرگەن كىم؛ ەكىنشى، سۇزەككە 100% تىك قارسىلىق قۋاتى بار چيڭگاۋسۋدى الدىمەن كوك ەرمەنىنەن ٴبولىپ العان كىم؛ ٴۇشىنشى، الدىمەن كلينيكالىق سىناق جۇرگىزگەن كىم.

ال، تۋ يوۋيوۋ بولسا، چيڭگاۋسۋدى تۇڭعىش رەت 523 نىسانىنا ەنگىزگەن؛ 100% تىك ساپ تازا چيڭگاۋسۋدى تۇڭعىش رەت كوك ەرمەنىنەن ٴبولىپ العان؛ تۇڭعىش رەت كلينيكالىق سىناق جۇرگىزگەن، وسى ٴۇش شارتتىڭ كەز-كەلگەن بىرەۋى دە ونىڭ وسى سىيلىقتى الۋعا ٴتيىس ەكەنىن راستايدى.

امەريكاندار سىيلىق بەرۋدە، عىلىمي بايقاۋ تۇرعىسىنان وي جۇگىرتۋگە كوڭىل بولەدى، ونى كىم اتقارعانىمەن قاقىسى بولمايدى. ولار سىيلىقتى ناقتى جۇمىس جۇرگىزگەن ادامعا بەرە قويمايدى، كەرىسىنشە مىنا جۇمىستى ىستە دەپ ايتقان ادامعا بەرەدى، بۇل ەلىمىزدىڭ ولشەمىنەن پارىقتى. مۇمكىن، كەيبىرەۋلەر تۋ يوۋيوۋدىڭ گرۋپپاسىندا تاجىريبە جۇرگىزگەن شىعار، بەلگىلى مانىنەن ايتقاندا، سولار عانا وسى ناقتى جۇمىستى وزدەرى ىستەگەندەر، ٴبىراق ولار تۋ يوۋيوۋدىڭ قول استىنداعى كومەكشىلەرى، ولاردىڭ تاجىريبە جاساۋ ويىن تۋ يوۋيوۋ العا قويعان.

مىنە دەگەنىمەن، لاسكەر سىيلىعى جۇڭگو مەديتسىناسىنا دەگەن تۇڭعىش رەتكى مويىنداۋ بولىپ تابىلادى، سونىمەن بىرگە، ول نوبەل سىيلىعىن الۋعا باعدار كورسەتتى.

ارادا تاعى 4 جىل ۋاقىت ٴوتىپ، 2015-جىلى 10-ايدىڭ 5-كۇنى كەلىپ جەتتى. مىنە وسى كۇنى. جۇڭگو عالىمى تۋ يوۋيوۋ لاسكەر سىيلىعىنان كەيىن، تاعى نوبەل سىيلىعىن الىپ، جۇڭگو عالىمدارى نوبەل سىيلىعىن الا الماي كەلگەن تاريحتى اياقتاتتى! جۇڭگولىقتار بۇعان الاقايلاي شاتتاندى، مەديالار مۇنىڭ حابارىن ەڭ كورنەكتى ورىندارىنا قويىپ جەتكىزدى، «بەيجيڭ كەشكى گازەتى»

داعدىسىن بۇزىپ، تۇتاس ٴبىر بەتكە قىزىل جازۋمەن حابار جازىپ قۇتتىقتادى! مىنە مۇنان جۇڭگولىقتاردىڭ قانشالىق قۋانعانىن بايقاۋعا بولادى.

ايتسەدە، جۇرتشىلىق شاتتانۋمەن بىرگە، كۇدىك-كۇماندى سۇراۋلار دا قاپتاپ كەتتى: ەلىمىزدە تۋىلىپ وسكەن، ەشقاشاندا شەتەلگە شىعىپ وقىماعان، اعىلشىن ٴتىلىن بىلمەيتىن عالىم، دوكتورلىق اتاق الماعان، اكادەميك ساۋالاتىنا يە بولماعان عالىم، زەرتتەۋ قىزمەتىنەن SCI ديسەرتاتسياسىن (حالىقارالىق مەرزىمدى باسىلىمدا) جاريالاماعان ايتىلمىس «ۇشتە جوق» عالىم قالايشا نوبەل سيلىعىن الادى؟ مۇنداي كۇدىكتى سۇراۋ تۋ يوۋيوۋدىڭ سيلىق العان حابارىمەن جارىسا توراپتا كەڭىنەن تارادى. كەيبىر باستى اعىمداعى سايتتار، ماسەلەن، حالىق سايتى، سامۇرىق سايتى سياقتىلار دا قاتىستى ماقالالاردى كوشىرىپ باستى، ال ۇنحاتتا بۇعان قاتىستى الىپ-قاشپا حات-حابارلاردىڭ كوپتىگىن ايتپا.

تۋ يوۋيوۋدىڭ دوكتورلىق اتاق الماعان جانە شەتەلدە وقىماعان جاعدايىن كوپشىلىكتىڭ تۇسىنۋىنە بولادى، بۇعان «مادەنيەت زور توڭكەرىسىنەن» بۇرىنعى تاريحي شارت-جاعداي سەبەپ بولدى. ٴبىراق ونىڭ اكادەميك كانديداتىنا نەشە رەت كورسەتىلسە دە، سايلانا الماعانىن تەكتەۋگە تۋرا كەلەدى. وسى ماقالالاردا تاعى «بۋدان كۇرىش اتاسى» يۋان لۇڭپيڭ، جۇڭگو عىلىم اكادەمياسى شاڭحاي جۇيەلىك زەرتتەۋ ورنىنداعى اعا زەرتتەۋشى لي ايجىن سياقتى حالىقارالىق مويىنداتارلىقتاي عىلىمعا ۇلەس قوسقان عالىمداردىڭ قالايشا اكادەميك بولا الماعانى، ونىڭ كەرىسىنشە نەداۋىر كوپ سالىستىرمانى ۇستايتىن جوعارى دارەجەلى ۇكىمەت كادرلارى مەن كاسىپورىن شونجارلارىنىڭ اكادەميك اتانىپ العانى، بۇل جۇڭگونىڭ عىلىم-تەحنيكا قۇرىلىمىنداعى كىناراتتى كورسەتەتىنى ايتىلدى، اسىرەسە اكادەميك ٴتۇزىمى قايتالاي قاراۋعا نەمەسە تالقىلاۋعا تاتيتىنى اتاپ كورسەتىلدى.

كوپتى كورگەن ادام رەتىندە، شياڭگاڭ داشۋەسى لي جياچەڭ مەديتسينا شۋەيۋانىنان جىن دۇڭيان پرافەسسور كەڭ كوڭىلمەن بىلاي دەدى: قىزىق كورەيىن دەگەن ويمەن تۋ يوۋيوۋ پرافەسسورعا قاتىستى تالقىعا قاتىناسايىن دەپ وتىرعام جوق. جۇڭگونىڭ اكادەميك سايلاۋى جانە ٴبىلىمي باعالاۋ جۇيەسىن كەزىندە مەن قاتتى سىن تەزىنە العان ەدىم. قازىرگى قولدا بار قۇجات ماتەريالدارىنا قاراعاندا، مەنىڭشە، تۋ پرافەسسور چيڭگاۋسۋدى بايقاۋعا وراسان زور ۇلەس قوستى، ول اكادەميك اتانۋعا لايىق، تۋ يوۋيوۋدىڭ اكادەميك ساناتىنا تاعى ىلىنبەي قالۋى جۇڭگونىڭ اكادەميك سايلاۋىندا راسىندا كىنارات-كەلتيپان بارىن تۇسىندىرەدى. مەن ىلگەرى جۇڭگونىڭ ٴبىلىم سالاسىمەن بايلانىس جاساپ، تۋ يوۋيوۋدىڭ كەزىندە اكادەميككە سايلانباي قالۋى تۋرالى ٴبىراز ماعلۇمات الدىم، ەندى ٴوزىمنىڭ سانامدا تالاي جىلدان بەرى سارتاپ بولىپ كەلگەن ولەستەرىمە ٴبىراز ارقاۋ ماتەريالىن ۇستەپ، ونى كوپشىلىكتىڭ تالقىسىنا سالايىن. مەنىڭشە، تۋ يوۋيوۋدىڭ كەزىندە اكادەميككە سايلانباي قالۋىنداعى ەڭ باستى سەبەپ — ونىڭ چيڭگاۋسۋدى بايقاۋ بارىسىنداعى شەشۋشى ۇلەسىنىڭ بەلگىلى دارەجەدە داۋ-شارعا قالۋىندا، تۋ يوۋيوۋدىڭ جالعىز ٴوزى تابىستى تۇگەل مەنشىكتەپ السا، راسىندا ۇيلەسىمسىز بولىپ قالار ەدى، ونان دا اۋىر كەتكەنى، تۋ يوۋيوۋ ٴوزىن ٴوزى تانىستىرعاندا، تىم اسىرا سىلتەپ جىبەرگەنى. وسىلاي بولا تۇرسا دا، ٴوز باسىم، چيڭگاۋسۋدى بايقاۋدا ول ٴتول شىعارمانى جازعانداي زور ۇلەس قوستى دەپ قارايمىن، ايتسەدە كوك ەرمەنىنەن سۇزەككە قارسىلىق قۋاتى بار زاتتاردى ٴبولىپ الۋ جۇيەسىن ونىڭ وي جەلىسى بويىنشا ەگجەي-تەگجەيلى اتقارعان، قۇرىلىمىن جاساعان قىزمەتتەستەرىنىڭ دە ەڭبەگى ودان ەش كەم ەمەس. كەزىندە ۇيىم زور سەلبەستىك ۇيىستىرعان تاريحي جاعدايدا، سەلبەستىك ۇيىمى ٴارقانداي جەكە ادام اتقارا المايتىن رول اتقاردى. جەكە ادام بولعاندىقتان ول باسقا دا كەلەلى ۇلەس

قوسۋشىلارعا اناعۇرلىم بەلسەندى باعا بەرۋى كەرەك ەدى. بۇل جاعىندا جوۋ ۋيشان مۇعالىم 2008-جىلى بەرگەن سۇحباتىندا كەم دەگەندە تۋ يوۋيوۋدان جاقسىراق ىستەگەن. ەسىمدە قالۋىنشا، كەزىندە باسشىلىق مۇقيات تەكسەرۋ جۇرگىزگەن، جيىن اشىپ قانا قويماي، جەكەلەي جۇڭگوشا دارىگەرلىكتى زەرتتەۋ ورنىنىڭ ٴىشى-سىرتىنداعى كوپتەگەن ادامداردان كەڭ كولەمدە پىكىر العان، اسىرەسە سەلبەستىك گرۋپپاسىنا قاتىناسقان، ىشكى احۋالدى بىلەتىن وقىمىستىلاردان اۋ-جاي ۇعىسقان. ٴبىراق تىڭداعاندارىنىڭ ٴبارى دەرلىك كەراعار باعا-بايلام بولعان، بىرەۋلەر جالپىنىڭ ەڭبەگىن جالقى جالمادى دەسە، بىرەۋلەر ٴوزىن زور، وزگەنى قور كورسەتتى دەپ داۋرىقتى، تاعى بىرەۋلەر ول اقىماق ٴارى ادىراقباي ەدى دەپ كۇڭكىلدەدى. كەزىندە باسشىلىق: تۋ يوۋيوۋدى كەزىندە سەلبەستىك گرۋپپاسىنىڭ ۋاكىلى سايلاۋ كوپتىڭ كوڭىلىنە تولماپتى... دەپ قورتىندى شىعارعان. كەزىندەگى جۇڭگو اكادەميگىن سايلاۋدىڭ داعدىلى ٴادىسى بويىنشا بولعاندا تۋ يوۋيوۋدىڭ سايلاۋدا ىلىنبەي قالۋى ٴشۇباسىز ەدى، ونى الدە قانداي ەرەكشە بەلگىلەنگەن ۇقىقتى ادامنىڭ تاقتان تايدىرۋىنىڭ ەشقانداي قاجەتى دە جوق-تى. عالىمدار ساپتاستارىنىڭ جۇرەگىندە، كوڭىلىندە بولادى، ساپتاستىڭ كوڭىل تارازىسىنداعى وبرازدان ارتىق تۇراتىن ەشقانداي سيلىق تا جوق. ٴبىر عالىم ەگەر ٴوزىن عانا ۇلى دەپ، وزگەلەردى تومەن كورسە، ەل-جۇرتتىڭ ىززەت-قۇرمەتىنە بولەنۋى ەكىتالاي. بۇل كۇندە كەيبىرەۋلەر دابىرا قوزعاپ، ٴتاڭىر جاساۋدىڭ جاڭا ناۋقانىن باستاپ، تۋ يوۋيوۋدى جاڭا ٴپىر ەتىپ تابىنباقشى، مۇنىسى قۇردالباسالىق، ٴتىپتى تىم ادىلدىك ەمەس.

جيىن دۇڭيان بىلاي دەدى: تۋ يوۋيوۋدىڭ اكادەميك بوپ سايلانا الماۋىنان جۇڭگونىڭ اكادەميك سايلاۋىنداعى ٴبىر كىنارات - عىلىم ۇلەسىنەن باسقا ماسەلەسىنە جابىسىپ الۋ ەكەنىن بىلۋگە بولادى، كەيدە ٴبىر تۇككە تۇرمايتىن، ىلىككە العىسىز شارۋالارىن دا

71

كولدەنەڭ تارتىپ تۇرىپ الادى، اۋەلى ادام بولۋدا دارالىق بولعىزباۋعا دەيىن بارادى. نازاردى ٴبىلىمى ناتيجەگە قالاي بۇرۋ ٴبارىن باسىپ وزاتىن باعالاۋ-سارالاۋ ولشەمى بولۋعا ٴتيىس، ەكى اكادەميانىڭ مۇنان بىلاي قۇلشىناتىن بەتالىسى بولۋى كەرەك. ادام ٴمىنسىز بولمايدى، اكادەميكتى باعالاۋدا ۇنامدى جاقتاعى ۇلەسىن تارازىلاۋ، ۇساق-تۇيەگىنە جابىسىپ الماۋ قاجەت. اكادەميكتى باعالاۋ ولشەمى كوڭىل كۇيگە قاراماۋى، مۇمكىندىگىنشە وبيەكتيۆ بولۋى شارت. ۇيرەنۋ ستيلىن باسا دارىپتەگەن عوي ٴجون، ٴبىراق كىشى-گىرىم اقاۋىنا جابىسىپ الۋ استامدىق بولادى. بىلگەرگى كەزدە اتاپ كورسەتكەنىمدەي، جۇڭگونىڭ اكادەميك سايلاۋىنداعى نەمەسە باسقادا ٴبىلىمي جەتىستىكتى باعالاۋىنداعى كىناراتتار جۇڭگونىڭ قوعامدىق سالتىمەن جانە جۇڭگو عالىمدارىنىڭ جەكە ساپاسىمەن تىعىز قاتىستى. اكادەميكتى سايلاۋ دەموكراتيالى بولادى، ونى بۇكىلدەي قازىرگى اكادەميكتەردىڭ ىقىلى بەلگىلەيدى، بۇدان باسقا ٴادىس-امال جوق. ەكى اكادەميانىڭ باسشىلارى قازىرگى اكادەميكتەردى مەملەكەتتىڭ جالپى جاعدايىن، عىلىمدى نەگىزگە الىپ، عىلىمي زەرتتەۋمەن شۇعىلدانىپ جاتقان جاستارعا بولعان ىقپالىن تولىق ويلاستىرىپ، شىن مانىندە مەملەكەت ٴبىلىمىنىڭ دامۋىنا كەسەك ۇلەس قوسا الاتىن جاڭا اكادەميكتەردى سايلاپ شىعۋدى بارىنشا ۇعىندىرۋى كەرەك. چيڭگاۋسۋدىڭ بايقالۋىنا قاتىستى ناقتى بارىسقا وتكەن زاماننىڭ تاڭباسى تەرەڭ باسىلعان، ونى تاريحي كوزقاراس پەن تۇرعىدان ٴتۇسىندىرۋ ٴتيىس.

ەڭ سوراقىلىعى قۇددى جوۋ حايبيڭ ايتقانداي، — جۇڭگودا بىرەۋلەردىڭ شىمىرىكپەستەن بىرلەسىپ نوبەل سىيلىعىن باعالاۋ كوميتەتىنە ارىز جازىپ، قول قويىپ، تۋ يويوۋدى سىيلىقتان قۇر الاقان قالدىرۋعا قامدانعانى، ونى ٴبىز سايلاعامىز جوق دەپ داۋرىققانى بولدى. كەيبىرەۋلەر نەگىزگى ساتىنىڭ ماقۇلداۋىن المادان، ساتىلار بويىنشا جوعارىعا مالىمدەپ وتىرماعان، مۇنى

ٴتىپتى مەملەكەتتىك عىلىم-تەحنيكا كوميتەتى، دەنساۋلىق ساقتاۋ مينيسترلىگى بىلمەيدى دەپ كوكىگەن، تاريحقا جازىلاتىن عىلىمنىڭ ەڭ جوعارى داڭقىن جوڭگولىق تۋ يوۋيوۋعا — اعىلشىن تىلىنەن تۇك بىلمەيتىن، اكادەميك تە اتانباعان، اۋەلى ٴجىبى ٴتۇزۋ عىلمي ماقالاسى جوق جوڭگولىق كەمپىرگە بەرگەندىكتەرىڭىز سىزدەردىڭ قاتەلىكتەرىڭىز بولدى دەپ ساندىراقتاعان.

نوبەل سىيلىعى جوڭگولىقتاردى ەسەلەپ داڭق پەن شاتتىققا بولەۋمەن بىرگە، كەيبىر جوڭگولىقتاردى جەرگە قاراتتى دەۋگە بولادى. ٴتورت جىلدىڭ الدىندا بىرەۋلەر اشىق-اشكەرە تۇردە: «بۇل سيلىققا مەن جولداعام جوق، مەنەن پىكىر دە الماعان. مەن ونىڭ جەكەلەي سىيلىق الۋىنا ماقۇل ەمەسپىن، مەن مەملەكەتتىك عىلىم-تەحنيكا كوميتەتى بەكىتكەن تاپقىرلاۋشى ورىنداردىڭ بارلىعىنىڭ سىيلىق الۋىن قولدايمىن»، — دەگەن. اۋەلى تاعى بىرەۋلەر نوبەل سىيلىعىن باعالاۋ كوميتەتىنە بىرلەسىپ قولدارىن قويىپ، «بۇل سىيلىقتى باعالاۋعا بوگەتتىك جاساماقشى بولعان».

ايتسەدە نوبەل سىيلىعى كەيبىر جوڭگولىقتاردىڭ دارىپتەگەن «ٴتارتىبى» دۇرىس بولۋ ولشەمىمەن جۇرىلە قويمايدى، الدە كىمدەردىڭ ورنىنىڭ جوعارى-تومەندىگىنە، ساقالىنىڭ اق-قارالىعىنا قاراي بەلگىلەنبەيدى. بۇل تۋرالى نوبەل سىيلىعىن باعالاۋ كوميتەتىنىڭ مۇشەسى حانس: «ٴبىز سىيلىقتى ٴداستۇرلى مەديتسينادان جاڭا ٴدارى تاۋىپ شىققان زەرتتەۋشىگە بەردىك»، — دەپ كەسىپ ايتتى.

نوبەل سىيلىعىنان ايرىلىپ قالساق تا، ونى جالعىز تۋ يوۋيوۋدىڭ جەكە-دارا يگىلىكتەنۋىنە جول بەرە المايمىز دەۋ قاراماققا ادىلەتشىلدىك رۋحقا باي ۇندەۋ سياقتانعانىمەن، ٴارى جوڭگونىڭ ەرەكشە بەلگىلەنگەن ورتاسىنداعى كەيبىر وي فورماسىنا ۇيلەسكەنىمەن، ٴبىراق ول لاسكەر، نوبەل سىيلىقتارىن باعالاۋ ولشەمىنە مۇلدە ۇيلەسپەيتىن ەدى. قۇن مەن قۇن كوزقاراسى

اراسىنداعى پارىق تۇ يۋيۋۋدىڭ كىسىلىك عۇمىر جولىندا كەزدەسكەن بولمىس بولىپ وتىر.

نوبەل سىيلىعىن باعالاۋ كوميتەتى جونىنەن ايتقاندا، تۇ يۋيۋۋ چيڭگاۋسۋدى بايقاۋ بارىسىندا شەشۋشى رول اتقارعان تاپقىر، ادامزات ونىڭ ەسىمىن ەستە ساقتاۋى، ۇلەسىن جادىنان شىعارماۋى ٴتيىس. ايتسەدە كەيبىر جۇڭگولىقتار ٴۇشىن ايتقاندا، بۇل داڭق تەك وتانعا، كوللەكتيۆكە، جۇڭگوشا دارىگەرلىككە ٴتان. بۇل — مىنبەگە كوتەرىپ شىعىپ، ىشتەگى قىجىلدى باسۋعا بولاتىن سەبەپ، بىراق مىنبەنىڭ ەتەگىندەگى قىجىل عانا شىن مانىندەگى كۇيىك ەسەپتەلەدى. شىن مانىندەگى رۋحاني كۇي مىنادا، جۇڭگودان تۇڭعىش رەت نوبەل عىلىم سىيلىعىن العان ناعىز «تازا قاندى» عالىمنىڭ تولىپ جاتقان جۇڭگو اكادەميكتەرىنىڭ اراسىنان شىقپاي، كەرىسىنشە ٴبىلىم ورداسى سىرتىنداعى «ۇشتە جوق عالىمنان» شىعۋى جۇڭگونىڭ سالاۋاتتى جوعارى ساناتتى عالىمدارىنىڭ، قوماقتى عىلمي زەرتتەۋ قاراجاتىن الىپ جاتقان «كوش باستار عالىمدارىنىڭ» بەتىنە شىركەۋ ٴتۇسىردى. انە سوندىقتان ىشىنە كۇيىك تۇسكەن كەيبىرەۋلەر ٴتىپتى وسى جولعى نوبەل سىيلىعىن باعالاۋشىلار قاساقانا بىلىقتىرىپ وتىر، بولماسا ٴبارى توپتىق تۇردە الجاسقان دەپ سوقتى.

نوبەل سىيلىعىن باعالاۋدىڭ ٴوزى دە ٴمىنسىز نارسە ەمەس. ٴبىراق نوبەل سىيلىعىنىڭ پاڭدىعى جۇڭگونىڭ اكادەميكتەردى سايلاۋ-باعالاۋ ٴتۇزىمىنىڭ پاڭدىعىنان دا، سونىمەن بىرگە جۇڭگو عىلىم سالاسىنداعى كەيبىر وزدەرىن قارا كوكتەن شىققانبىز دەپ قارايتىن قايراتكەرلەردىڭ پاڭدىعىنان الدە قايدا ٴباس ەكەنىن كورۋگە بولادى. ەگەر نوبەل سىيلىعى بولماي، باسقا ٴبىر جاي سىيلىق بولسا، الگىندەگى عايىباتتاۋشىلاردىڭ جازعان حاتىمەن-اق بىرلەسىپ قول قويعان تۇ يۋيۋۋ دەگەن اتتى بۇگىنگىدەي جۇڭگولىقتاردىڭ ساحنا تورىنە الىپ شىعۋ مۇمكىندىگىنەن ايىرىلعان بولار ەدى.

نوبەل سيلىعى از ساندى جۇڭگولىقتار دامەلەتكەندەي تۋ يوۋيوۋدىڭ ەسىمىن سيلاعاندار ەسىمدىگىنەن ٴوشىرىپ تاستاعان جوق. مىنە بۇل نوبەل سيلىعىنىڭ كوپتەگەن ادامدار دولبارلاعانداي التىن ٴتاجىن مولەكۋلالىق بيولوگيانىڭ زەرتتەۋ جەتىستىگىنە كيگىزبەي، قايتا ناسەكومداردى زەرتتەۋ سىندى سالىستىرمالى «ازشىلىق» سالاعا بەرگەنى سياقتى ٴىس، نوبەل سيلىعىنىڭ «ٴبىر بەتكەيلىگى» ادامداردىڭ پايدا-زياندى كوزدەگەن ارىز-شاعىمىنا بولا ٴىمىراعا كەلمەيتىنى.

رەالدىق مىنە وسىنداي قاتال بولادى، بىرەۋلەر عۇمىر بويى سالىمىن سىناپ وتەدى، ولار باستىعىنىڭ نە ويلايتىنىن ٴدال تابۋى، ٴوزىنىڭ قاي ٴسوزىنىڭ، قايسى ارەكەت فورماسىنىڭ جوعارىنىڭ كوزدەگەن جەرىنەن قالاي شىعاتىنىن ٴبىلۋى، وزىنە كەلەتىن عىلمي زەرتتەۋ ىنسانى مەن قاراجاتىن تۇسپالداي الۋى مۇمكىن، ولار كاسىپتىك اتاعىن، ٴمانسابىن، سيلىقتارىن مولشەرلەي العانىمەن، ٴبىراق نوبەل سيلىعىن الاتىن-المايتىندىعىن مولشەرلەي المايدى. ولار عۇمىرىنىڭ دەنىن سالتاناتپەن وتكىزدى، ەندىگى جەردە كوز الداعى سالتاناتتارىن، وزدەرىنە ەلەۋسىز «ۇشتە جوق عالىمنىڭ» ۇلكەن سيلىقتى جەكە-دارا الىپ كەتۋى، ولاردىڭ ىشتەرىنە شوق تۇسىرمەي قويسىن با؟!

تۋ يوۋيوۋدىڭ اكىمشىلىك شەنى، ماعۇلماتى، عىلمي اتاعى وزدەرىنە ساي كەلمەيتىندىكتەن ولاردىڭ ٴىشى كۇيدى، تۋ يوۋيوۋ شىن سويلەپ، ەشقانداي جاساندىلىق كورسەتپەي، توتەسىنەن ايتاتىن مىنەزى، وسى ٴبىر توبىردىڭ شەكىبەر مادەنيەتىنە سيماعاندىقتان ولاردىڭ شابىنا وت ٴتۇستى. ولاردىڭ كوڭىلگە تۇيگەنى ونىڭ جەكە بايقاۋى ەمەس. «وسى ٴبىر جول كورسەتۋشىنىڭ، قاتىناسۋشىنىڭ» سوڭعى زەرتتەۋ جەتىستىگىنىڭ سان ميلليونداعان ادامنىڭ جانىن اجالدان قۇتقارىپ قالعانى دا ەمەس، قايتا وسى ورتاداعى بەدەلدى ٴار جاقتىڭ مويىنداۋىنان وتكەن «سەگىز قىرلى، ٴبىر سىرلى» ادام عانا.

تۇ يوۋيوۋدىڭ ولاردىڭ ۇيىرىنە قوسىلمايتىنى ايقىن ەدى. جۇڭگو ءىلىم سالاسىنىڭ سالاۋاتتىلار سارايىنا كىرمەگەن بۇل ايەلزاتى قابىلەت پەن ۇلەس ماسەلەسىنەن ەمەس، قايتا اعىلشىنشا سويلەي المايتىنىنان، ءىلىمي ماقالا جازا المايتىنىنان، جاعىمسىتىن ءسوز سويلەي المايتىنىنان قاقپايلاندى. ونىڭ ادامزاتتىڭ ءومىر ءسۇرۋ بارىسىندا دەنەسىنىڭ اۋرۋعا قارسىلىق قۋاتىن وزگەرتۋگە قابىلەتى جەتكەنمەن، ءبىراق توبىر شەگىبەرىندەگىلەردىڭ پاڭدىعى مەن سىڭار ەزۋلىگىن وزگەرتۋگە شاماسى جەتپەيتىن ەدى. ول وقشاۋ كۇيدە بولاتىن. سالاۋاتتىلار توبى قاقپايلاعان وسى ايەلزاتى وتكەن عاسىردىڭ 70-جىلدارىنىڭ باس شەنىندە كوك ەرمەنىنەن سۇزەككە قارسى شيپالىق رولى بار ءدارىنى ءبولىپ الۋدى العا قويعانىنان كەيىن، 1977-جىلى ءوز اتىندا «چيڭگاۋسۋدىڭ قۇرىلىمىن زەرتتەۋ سەلبەستىك گرۋپپاسىنىڭ» ءبىر زەرتتەۋ ماقالاسىن، 2009-جىلى ءبىر ارناۋلى كىتاپ جازۋ ارقىلى، ايتەۋ ءوزىنىڭ جۇڭگونىڭ مەديتسينا سالاسىندا بار ەكەنىن اڭعارتقان بولاتىن. سونان تەك 2011-جىلعا جەتكەندە عانا وسى ءبىر جۇڭگوشا الابوتەن ەسىمدەگى ادامعا لاسكەر سىيلىعى بەرىلگەنىنەن كەيىن، جۇرت وعان دەن قويا باستاعان بولادى.

بۇل جۇڭگو ءىلىم سالاسىنىڭ ادام قولىنان جاسالعان سالقىندىعى، جۇڭگو دارىندىلار ءتۇزىمىنىڭ جەتەرسىزدىگى ەدى. بۇگىنگى تاڭدا دا ءار الۋان اشىنعاندار تۇرلىشە سىلتاۋ تاۋىپ، مۇنداي قايشىلىقتا قارسى داۋ ايتسا دا، جۇڭگودا تاريحتا تىم كوپ «جارامدىلاردىڭ» ناقاق قارالانعان اقيقات شىندىعىن بۇركەمەلەي المايدى. ەگەر ءبىز بۇگىنگى تاڭدا مۇنداي رەالدىقتا، سالدارعا بەتپە-بەت قاراماساق، ءىلىم-تەحنيكا سالامىز قانشالاعان جاڭ يوۋيوۋ، ۋاڭ يوۋيوۋلاردىڭ شەتكە قاعىلۋىنا سايكەس، ءوزىن-ءوزى الداۋسىراتقان ەسىزدىك شىندە جالعاستى اشىندىرىپ، جابىرقاتىپ كەتە بەرەتىن بولادى.

سىرتتىڭ ٴۇنى تۋ يوۋيوۋدىڭ قۇلاعىنا دا جەتىپ جاتتى، ول تەك «ٴار الۋان ايتىلىمداردىڭ بولۋىنا» ىرىق بەردى دە، قۇلاعىن ٴتۇرىپ وتىرا بەرەدى. عىلىمي زەرتتەۋ ىستەرىنىڭ التىن داۋىرىندە، تۋ يوۋيوۋ ونشالىقتى كوپ ماداق-ماراپاتقا يە بولماعان. ٴوزى ٴۇنسىز قالۋمەن بىرگە، حالىقارالىق مەديتسينا سالاسىنىڭ ٴمان بەرمەۋى قاتار ٴومىر ٴسۇرىپ كەلدى. ال بۇگىنگى تاڭدا جالپى قاۋىم نوبەل سىيلىعىن 85 جاستاعى تۋ يوۋيوۋ قولىنان كورىپ، دۋىلداسىپ، دۋمانداتىپ جاتقاندا، ونىڭ قارتايىپ قالعانىنا نازالانۋدان وزگە ىشكى سىرى جوق دەرلىكتەي ەدى.

«جانىپ ٴبىتىپ، سونۋگە تاياعان تۇعىر شامعا اينالدىم، ٴومىر بويى شىداستىق بەرە الادى دەيسىڭدەر مە؟ مەنىڭ حال-كۇيىم مىنە وسىنداي» دەگەن ونىڭ شاراسىزدىق بايقاتقان، ەشقانداي سالماعى جوق ٴبىر اۋىز ٴسوزى سىرتتا بولىپ جاتقان تالاس-تارتىستا ۇلكەن ٴبىر لەپ بەلگىسىن قويعانداي بولدى!

ون ٴبىرىنشى، ماڭگىلىك تۋ يوۋيوۋ

2015-جىلى 10-ايدىڭ 5-كۇنى، شۆەتسيانىڭ استاناسى ستوككولم، كالورين مەديتسينا شۆەيۋانىنىڭ نوبەل زالى.

بۇل ٴبىر اسا ساۋلەتتى دە كورىكتى زال.

كۇللى دۇنيە ٴجۇزىنىڭ نازارى شۆەتسياعا بۇرىلدى، وسى ٴبىر التىن سارى سارايعا شوعىرلاندى، جۇرەكتى دۇرسىلدەتەتىن نوبەل سىيلىعى لاۋرياتتارىنىڭ اتى-ٴجونى جاريالاناتىن كەز جەتتى.

نوبەل سىيلىعىن جىلدىق تاراتۋ جينالىسى دۇنيە ٴجۇزى بويىنشا ادامزاتتىڭ عىلىمىنىڭ الدىڭعى شەبىنىڭ بۇگىنى مەن ەرتەڭىنەن دەرەك بەرەتىن، سوندىقتان ەجەلدەن بەرى بارشا قاۋىمنىڭ نازارىن وزىنە اۋدارىپ كەلگەن.

جەر جۇزىندەگى ٴار ەلدەن كەلگەن اقپارات تىلشىلەرى، سان

قيلى كيىنگەن جاماعات وسى اراعا ەرتە كەلىپ جينالدى، اقپاراتشىلار وڭتايلى ورىندى قامتىپ قالۋعا قارمانىپ، اپپارات موسىلارىن جايىپ، تەحنيكا تەتىكتەرىن بۇراي باستادى، تۇرلىشە ولشەمدەگى فوتواپپارات كوزدەرىن زالداعى ٴتوراعالار مىنبەسىنە تۋرالاپ، جاندى جەلپىندىرەتىن شەشۋشى ٴساتتىڭ كەلۋىن توستى.

بيىك تە دوعالى توبەگە ورناتىلعان ۇلكەن التىن سارى ەلەكتر شام اسىلدى دا، ورتالىق زالعا التىن سارى جارىعىن ٴتۇسىرىپ تۇردى. وسى التىن سارى زالدا سان الۋان گۇلدەر قۇلپىرىپ، جاسىل جاپىراقتار جايقالا ٴتۇستى، جۇزدەگەن جۇڭگولىق، شەتەلدىك تىلشىلەر بىرلىكتە كەلەلى تاريحي ساتكە ــ تۇستەن بۇرىنعى ساعات 11 جارىمداعى مەرەيلى مەزگىلگە كۋا بولدى.

مۋزىكا اۋەنى باياۋ كوتەرىلدى. توپتى جاناردىڭ ەنتەلەي قادالۋىندا، نوبەل بيولوگيا نەمەسە مەديتسينا سيلىعىن باعالاۋ كوميتەتىنىڭ تۇراقتى حاتشىسى ۋربان ليندار جانە ٴۇش مۇشە جەڭىل باسىپ، ٴتوراعالار مىنبەسىنە شىعىپ، نوبەل سيلىعىنا قاتىستى اقپاردى جاريالاۋعا دايىندالدى.

ۋربان ليندار كوپشىلىككە كۇلىمدەي كوز جىبەرىپ العان سوڭ، شۆەتسيا، اعىلشىن تىلدەرىندە 2015-جىلعى نوبەل بيولوگيا نەمەسە مەديتسينا سيلىعىنىڭ جۇڭگونىڭ ٴدارى-دارمەك تانۋ عالىمى تۋ يوۋيوۋعا جانە ەرلانديا عالىمى ۆيلليام كانبەر مەن جاپونيا عالىمى داسۇنجىعا بەرىلگەنىن، ولاردىڭ پارازيت قۇرت اۋرۋىن ەمدەۋ زەرتتەۋى جاعىندا قول جەتكىزگەن تابىسى القاۋعا بولەنگەنىن جاريالادى. نوبەل سيلىعىن باعالاۋ كوميتەتى «تابىستارى ولشەۋسىز بولعان» دەگەن ماداقپەن 2015-جىلعى سيلاۋ ناتيجەسىن بىلاي باعالادى: «پارازيت قۇرت اۋرۋى ادامزاتتى نەشە مىڭ جىل ازاپتاپ، جەر شارىندىق ۇلكەن دەنساۋلىق ماسەلەسىن تۋىنداتقان ەدى. تۋ يوۋيوۋ بايقاعان چيڭگاۋسۋ ەمدەۋ سالاسىندا قولدانىلىپ، سۇزەكتەن ولەتىندەردىڭ مولشەرىن كورنەكتى ازايتتى؛ كانبەر مەن داسۇنجى

بايقاعان اۋي ٴدارىسى ريۋەر بلىندەس اۋرۋى مەن لينفا تامىر قۇرتىن تۇبىرىنەن تىزگىندەدى. بيىلعى سىيلىققا يە بولۋشىلار تۇگەل ەڭ زالالدى پارازيت قۇرت اۋرۋىن تۇبىرىنەن ەمدەپ جازۋ، جولىن زەرتتەپ شىقتى. وسى ەكى ٴتۇرلى سىيلىقتىڭ ناتيجەسى جىلىنا ۆيرۋس جۇقتىراتىن نەشە ميلليون ادامعا «ەمدەلۋدىڭ كۇشتى جاڭا ۇلگىسىن» كورسەتىپ، ادامزاتتىڭ دەنساۋلىعىن جاقسارتۋدا جانە اۋرۋ-سىرقاۋلاردىڭ ازابىن جەڭىلدەتۋدە ولشەۋسىز رول اتقاردى».

ليندار سىيلىق يەلەرىن جارىيالاعاندا، ونىڭ ارت جاعىنداعى ۇلكەن ەكراندا ولاردىڭ فوتوسۋرەتتەرى مەن قىسقاشا عۇمىر باياني شىعىپ تۇردى. تۋ يوۋيوۋ سۋرەتىندە كوزىلدىرىك تاعىپ، كۇلىمسىرەي قارادى. ونىڭ قىسقاشا عۇمىر بايانىندا: «1930-جىلى تۋعان، جۇڭگو جۇڭگوشا دارىگەرلىك شۋەيۋانىندا ىستەگەن، جۇڭگونىڭ بەيجيڭ قالاسىندا تۇرادى» دەپ جازىلدى.

وسى شاق بەيجيڭ ۋاقىتى بويىنشا 2015-جىلى 10-ايدىڭ 5-كۇنى تۇستەن كەيىنگى 5 جارىم مولشەرى ەدى. كۇللى جەر شارىنداعى اقپارات قۇرالدارى تىلشىلىك ىستەمەكشى بولعان وبيەكتىگە اينالعان 85 جاستاعى تۋ يوۋيوۋ مۇنان حابارسىز ەدى، ول ۇيىندە جۋىنىپ جاتقان-دى، قوناق بولمەسىندە تەلەۆيزور كورىپ وتىرعان جۇبايى وعان كەنەت: «سەن سىيلىق الىپسىڭ» دەپ قۋانىشتى حابار جەتكىزەدى.

العاشقى ساتتە تۋ يوۋيوۋ مۇنى كاپەرىنە ونشا الا قويمايدى. كوپ وتپەي، ونىڭ ۇيىنە قۇتتىقتاۋشىلار مەن بۋما-بۋما گۇلدەر جاڭبىرشا جاۋىپ كەتەدى، قاپتاعان قالىڭ تىلشىلەر ونىڭ ٴۇيىنىڭ ماڭىنا قارا قۇرتشا ۇيمەلەيدى، نوبەل سىيلىعىن الۋشى سالاۋاتىنا يە بولعان تۋ يوۋيوۋ جوپەلدەمەدە قايتەرىن بىلمەي، ىڭعايسىز كۇيگە تۇسەدى. جۇرت بىتكەن ونىڭ نوبەل سىيلىعىن العانىنا بولا مارە-سارە بولىپ كەتەدى، ۇيتكەنى تاريح ونىڭ وسى جولى سىيلىققا يە بولۋىمەن جۇڭگودا تۇڭعىش رەت ايەل عالىم نوبەل سىيلىعىن العانىن،

جۇڭگونىڭ مەدىتسىنا سالاسى كۇنى بۇگىنگە دەيىن ەڭ جوعارى سىيلىق العانى وسى ەكەنىن، جۇڭگوشا دارىگەرلىكتىڭ تابىسىنا بەرىلگەن ەڭ جوعارى سىيلىق تا وسى ەكەنىن ورگەرتىپ جازعان ەدى.

بەيجيڭ ۋاقىتى بويىنشا 2015-جىلى 10-ايدىڭ 5-كۇنى ياكي تۇ يوۋيوۋدىڭ سىيلىق العان حابارى جەتكەن كۇنى، ج ك پ ورتالىق كوميتەتى ساياسي بيۋروسىنىڭ تۇراقتى مۇشەسى، گو-ۋ-يۋاننىڭ زوڭلىيى لي كىچياڭ مەملەكەتتىك جۇڭگوشا دارىگەرلىكتى باسقارۋ مەكەمەسىنە حات جولداپ، جۇڭگونىڭ ايگىلى ٴداري-دارمەك عالىمى تۇ يوۋيوۋدىڭ 2015-جىلعى نوبەل بيولوگيا نەمەسە مەدىتسىنا سىيلىعىن العانىن قۇتتىقتادى.

بەيجيڭ ۋاقىتى بويىنشا، 2015-جىلى 10-ايدىڭ 6-كۇنى ساعات 13 تە تۇ يوۋيوۋ حاتشى ۋربان ليندارديڭ وعان سىيلىق العانىن ۇقتىرعان، قۇتتىقتاعان، ٴارى وعان 2015-جىلى 12-ايدا شۆەتسياعا كەلىپ، نوبەل سىيلىعىن تاراتۋ سالتىنا قاتىناسۋعا شاقىرعان رەسمي تەلەگراممانى تاپسىرىپ الدى. تۇ يوۋيوۋ ٴباز-باياعىسىنشا سالقىندىق تانىتىپ، قارتايعان شاعىندا وتكەندى ەلەستەتە وتىرىپ، قۇتتىقتاۋ ايتقاندارعا «بۇل جەكە ٴوزىمنىڭ عانا داڭقى ەمەس، ونان دا ماڭىزدىسى حالىقارالىق قوعامنىڭ جۇڭگونىڭ عىلىم قىزمەتكەرلەرىن مويىنداۋى» ەكەنىن قايتالاي بەرەدى.

ٴۇش كۇن وتكەننەن كەيىن ياكي 2015-جىلى 10-ايدىڭ 8-كۇنى جۇڭگو عىلىم-تەحنيكا قوعامى «عىلىم-تەحنيكا سالاسىنىڭ تۇ يوۋيوۋدىڭ نوبەل مەدىتسينا سىيلىعىن العانىن قۇتتىقتاۋ اڭگىمە ٴماجىلىسىن» وتكىزدى.

ٴبىر ايدان استام ۋاقىت وتكەننەن كەيىنگى 12-ايدىڭ 6-كۇنى نوبەل سىيلىعى كوميتەتىنىڭ شاقىرۋىمەن تۇ يوۋيوۋ ۇشاقپەن شۆەتسياعا سىيلىق الۋعا باردى. 12-ايدىڭ 7-كۇنى 2015-جىلعى نوبەل سىيلىعىن الۋشىلاردىڭ اقپار جاريالاۋ جينالىسىنا قاتىناستى، سونداي-اق «چيڭگاۋسۋدىڭ بايقالۋى: ٴداستۇرلى جۇڭگوشا

دارىگەرلىكتىڭ دۇنيە جۇزىنە ارناعان سيى» دەگەن تاقىرىپتا لەبىز ٴبىلدىرىپ، كوپشىلىكتىڭ ۇزاق ۋاقىت شاپالاق سوعىپ كورسەتكەن قۇرمەتىنە بولەندى. ول ٴسوزى اياقتالاردا: «جۇڭگوشا دارىگەرلىك تۋرالى تاعى ٴبىراز ايالداعىم بار. جۇڭگونىڭ دۇنيەدەن وتكەن كوسەمى ماۋ زىدۇڭ «جۇڭگوشا دارىگەرلىك — ٴبىر ۇلى اسىل قويما، ونى قولشىنا اشىپ، كادەگە جاراتۋ كەرەك» دەپ باسا دارىپتەگەن ەدى. چيڭگاۋسۇ مىنە وسى اسىل قويمادان الىنعان جاۋھار. سۇزەككە قارسى شيپالى ٴدارى چيڭگاۋسۇدى زەرتتەۋ ساپارىندا، مەن جۇڭگوشا، باتىسشا دارىگەرلىكتىڭ ٴوز ارتىقشىلىعى بارىن، ەكەۋىن ورگانيكالى ۇشتاستىرىپ، ٴبىرى ارقىلى ٴبىرىنىڭ كەم-كەتىگىن تولىقتاساق، ونى اسۋ كومەسكى كۇشى مەن دامۋ بولاشاعىنىڭ جارقىن بولاتىنىن جەتە تانىدىم»، — دەدى.

12-ايدىڭ 10-كۇنى — نوبەلدىڭ دۇنيەدەن وتكەنىن ەسكە ٴتۇسىرۋ كۇنى، ٴار جىلى نوبەل سيلىعى سالتاناتپەن تاراتىلاتىن كۇن ەدى. ايىندى دا اجارلى شۆەتسيا استاناسى ستوككولمىنىڭ مۋزىكا زالىندا تاعى ٴبىر رەت شىت جاڭا ورنالاستىرۋ بولدى.

جەرگىلىكتى ۋاقىت ساعات 16 جارىمدا، ۇستىنە كۇلگىن ٴتۇستى ۇزىن كويلەك كيگەن تۋ يويوۋ ەرەكشە رۋحتى، ادەمى كورىندى، باسقا دا سيلىق الۋشىلارمەن بىرگە سيلىق تاراتىلاتىن مىنبەگە شىعىپ وتىردى. نوبەل قور قوعامىنىڭ ٴتوراعاسى كارل حەنريك حەلدەن الدىمەن لەبىز ٴبىلدىرىپ، سيلىققا يە بولعانداردىڭ شۆەتسياعا سيلىق تاراتۋ سالتىنا قاتىناسۋعا كەلگەنىن قارسى الاتىندىعىن بىلدىردى.

نوبەل بيولوگيا نەمەسە مەديتسينا سيلىعىن باعالاۋ كوميتەتىنىڭ ۋاكىلى وسى سيلىققا يە بولعان تۋ يويوۋدىڭ سيلانۋداعى تابىستارىن تانىستىرعانىنان كەيىن، شۆەتسيا پاتشاسى كارل 16 گۇستاۆ تۋ يويوۋعا نوبەل سيلىعى كۋالىگىن، مەدالىن جانە سيلىق اقشاسىن ۇسىندى. سيلىق تاراتۋ سالتى ٴوتىپ جاتقان الڭدا سيلى قوناقتار

شاتىرلاتا ۇزاق شاپالاق سوقتى.

2015-جىلعى نوبەل بيولوگيا نەمەسە مەديتسينا سىيلىعىنىڭ سوماسى 8 ميلليون شۆەتسيا فرانيگى (شامامەن 920 مىڭ دوللار) بولىپ ورنالاستىرىلىپتى، تۋ يوۋيوۋعا سول سومانىڭ تەڭ جارتىسى بەرىلدى، قالعان جارتىسى باسقا ەكى سىيلىق الۋشى عالىمعا ٴبولىپ بەرىلدى.

2015-جىلعى نوبەل فيزيكا سىيلىعى، حيميا سىيلىعى، ادەبيەت سىيلىعى، ەكونوميكا سىيلىعى سياقتىلاردى الۋشىلار دا كەزەگىمەن مىنبەگە شىعىپ، ٴوز ەنشىلەرىن الىپ جاتتى، شۆەتسيا پاتشا ورداسىنىڭ جۇراعاتتارى، ساياسي سالاداعى باسشىلار جانە باسقا دا قايراتكەرلەر بولىپ، 1300 نەشە ادام سىيلىق تاراتۋ سالتىنا قاتىناستى.

تۋ يوۋيوۋ ٴسويتىپ داڭقپەن ورالدى.

بەيجيڭدە ول تىلشىلەردى تاعى قابىلدادى، تۇكەڭ سوندا توتەنشە قىزىق، يۋمەرلى، اشىق-جارقىن كورىندى، ادام قارتايعاندا ٴبىر بالا دەگەندەي الاڭداعى قاۋىمدى قىران كۇلكىگە شومدىردى.

— ٴسىز اكادەميك تولىمدىلىعىن الۋدى باستان-اقىر ٴوتىنىش ەتىپ كەلەسىز بە؟ — دەدى ٴبىر ٴتىلشى توتەسىنەن.

— سولاي، ٴالى ٴوتىنىش بەرىپ كەلەمىن.

— نەگە سايلانا المادىڭىز؟

— ۇيتكەنى مەنى نوبەل سىيلىعى توسىپ تۇرىپتى.

الاڭداعىلار شاتىرلاتا شاپالاق سوقتى، جۇرت قارتتىڭ كوتەرىڭكى رۋحى مەن تاپقىر تىلىنە ٴسۇيىندى.

— ٴسىز نوبەل سىيلىعىن الدىڭىز، ەندى تىكەلەي اكادەميككە كوتەرىلۋىڭىزگە بولادى، بۇعان ماقۇلسىز با؟

— جوق، ماقۇل ەمەسپىن، ۇيتكەنى اكادەميكتەر ٴتىرى ٴجۇرۋى كەرەك!

الاڭداعىلار تاعى شاپالاق سوقتى.

— ٴسىز بيىل 85 جاسقا كەلىپسىز، ۆنەمى سيىر ٴسۇتىن ىشەسىز بە؟

— جوق، مەن سيىر ٴسۇتىن ىشپەيمىن، ۆيتكەنى مەن دە ۆزاق جاساۋىم كەرەك.

الاڭداعىلار تاعى دۋ كۇلدى. سوڭىندا ٴبىر ٴتىلشى:

— تىلشىلىگىمىزدى قابىلداعانىڭىزعا راحمەت! — دەدى.

— يمەنبەي-اق قوي، ماعان ٴمالىم، سەن دە ٴتىرى جاساۋىڭ كەرەك قوي، — دەدى تۇكەڭ.

الاڭداعىلار قارقىلداپ كۇلىپ، شاپالاق سوعىپ، الاقايلاي بەردى.

نوبەل سيلىعى ٴبىر دۇنيە جۇزىلىك وراسان زور داڭق بولىپ قانا قويماي، ونان دا ماڭىزدىسى نەشە ونداعان جىلدار بويى ٴۇنسىز قالعان تۇ يۇيۇۇدىڭ ونەگەلى، عيباراتتى عۇمىرىنا ەڭ تاماشا جاۋاپ بولىپ، تۇسىنىك بەردى.

ادام ٴومىرى قىم-قۋىت بولادى-اۋ، ونداعان جىلدار بويى كورسەتكەن تاباندىلىعى، ۆنىسىزدىگى سوڭىندا تىرلىك كوكجيەگىنە كەمپىرقوساق بولىپ تارتىلدى، ونىڭ اتىن رەسپۋبليكا اسپانىنداعى جۇلدىزدار اراسىنا ماڭگى جازىپ قالدىردى، ەندى ول اي-جۇلدىزدارمەن قاتار ساۋلە شاشىپ، كوكتە ماڭگى جارقىرايدى. مۇنداي ماڭگىلىك قۇيرىقتى جۇلدىز سياقتى جۇڭگونىڭ عىلىم شەبىنە كوپ جىلداردان بەرى اڭساپ شولىركەگەن داڭق پەن ماقتانىش سيلادى، ونان دا ماڭىزدىسى جۇڭگونىڭ ٴىزباسار عىلمي زەرتتەۋشىلەرىنە قۇدىرەتتى سەنىم باعىشتاپ، عىلىم-تەحنيكا ارقىلى ۇلتتى كوركەيتۋ ارمانىن جۇزەگە اسىرۋعا شەكسىز قوزعاۋشى كۇش قوستى، ٴسىرا، وسىلاي ەمەس پە؟

12-ايدىڭ 22-كۇنى شي جينپيڭ جۇڭگو جۇڭگوشا دارىگەرلىك عىلىم اكادەمياسى قۇرىلعاندىعىنىڭ 60 جىلدىعىن قۇتتىقتاي حات جولداپ، 60 نەشە جىلدان بەرى جۇڭگو جۇڭگوشا دارىگەرلىك عىلىم اكادەمياسىنىڭ ٴورىس اشا العا تارتىپ، تاباندىلىقپەن ىلگەرىلەپ،

عىلمي زەرتتەۋ، ەمدەۋگە قىزمەت وتەۋ، دارىندىلاردى باۋلۋ، حالىقارالىق سەلبەستىك جاساۋ سەكىلدى جاقتاردا سۇبەلى تابىسقا جەتكەنىن، اعا زەرتتەۋشى تۋ يوۋيوۋدى ۋاكىل ەتكەن، جۇڭگوشا دارىگەرلىكپەن شۇعىلداناتىن قابىلەت يەلەرىنىڭ تۋعان تۇپىراققا تامىر تارتىپ، ەسە قوسىپ، ەڭبەك ٴسىڭىرىپ، جۇڭگوشا دارىگەرلىك ىستەرىن دامىتۋعا، ادامزاتتىڭ دەنساۋلىعىن جاقسارتۋعا ماڭىزدى ۇلەس قوسقانىن ماداقتادى. شي جينپيڭ مىنالاردى باسا دارىپتەدى: جۇڭگوشا دارىگەرلىك — جۇڭگونىڭ بايىرعى عىلىمىنىڭ جاۋھارى، ٴارى جۇڭحۋا ۇركەنيەت قويماسىن اشۋدىڭ كىلتى. كەزەكتە جۇڭگوشا دارىگەرلىكتى كوركەيتىپ-گۇلدەندىرۋ ٴىسى ۋاقىت، جەر، گۋمانيتارلىق جاقتارداعى اسا تاماشا ورايعا يە بولىپ وتىر، جۇڭگوشا دارىگەرلىكپەن شۇعىلداناتىن قالىڭ قىزمەتكەرلەردىڭ ۇلتقا بولعان سەنىمدى ارتتىرىپ، مەديتسينا عىلىمىنىڭ شىڭىنا قۇلشىنا قانات قاعىپ، جۇڭگوشا دارىگەرلىك قويماسىنىڭ جاۋھارلارىن تەرەڭدەي اشىپ، جۇڭگوشا دارىگەرلىكتىڭ دارا ابزالدىلىعىنان تولىق پايدالانىپ، جۇڭگوشا دارىگەرلىكتى وسىزامانداندىرۋ ىستەرىن جەبەپ، ونى دۇنيە جۇزىنە بەتالدىرۋىن؛ جۇڭگوشا دارىگەرلىك سىندى اتا-بابالارىمىز بىزگە قالدىرعان باعالى بايلىقتا جاقسى مۇراگەرلىك ەتىپ، ونى دامىتىپ، ودان جاقسى پايدالانىپ، اقاۋسىز جۇڭگو قۇرۋ، جۇڭگو ارمانىن جۇزەگە اسىرۋ ۇلى جورىعى بارىسىندا تىڭ داستان جازۋىن ٴۇمىت ەتتى.

بەيجيڭدەگى جۇڭگو عىلىم اكادەمياسىندا، اكادەميك چىن كايشيان مەنىڭ تىلشىلىگىمدى قابىلداعاندا، بىلاي دەدى: تۋ يوۋيوۋدىڭ ناتيجەسى جۇڭگونىڭ تۇتاس تۇلعالىق قوعامدىق عىلىمىنىڭ گۇلدەنىپ-كوركەيۋىنىڭ جيناقى كورىنىسى دەۋگە بولادى، ول ٴبىزدىڭ جۇڭگوشا دارىگەرلىكتىڭ رولى مەن كومەسكى كۇشىن قايتادان تانۋىمىزعا مۇمكىندىك تۋدىردى. شىنتۋايتىنا كەلگەندە، سوناۋ وتكەن عاسىردىڭ 50-جىلدارى ماۋ زىدۇڭ

جۇڭگوشا دارىگەرلىك ــ «ۇلى قويما» دەگەن بولاتىن، سونىمەن بىرگە ول كىسى «جۇڭگوشا دارىگەرلىكتى شەتەلگە بەتالدىرىپ»، ادامزاتقا ۇلەس قوسۋدى العا قويعان بولاتىن. بۇل داعى ماۋ زىدۇڭ مىرزانىڭ كورەگەندىگىن ايعاقتايدى.

تۋ يوۋيوۋدىڭ جۇڭگوشا دارىگەرلىكتىڭ جانە بايىرعى جۇڭگوشا دارىگەرلىك كىتاپتارىنىڭ الدىندا تۇرىپ، تابىسقا جەتۋىنىڭ ٴوزى ٴبىر ۇلگى ەتەتىن اينا، ول جۇڭگوشا دارىگەرلىكتە ٴوزىن قۇر سانايتىندار مەن ٴبىلىمى تايازداردى كىرەرگە تەسىك تاپپاستاي ەتتى، ٴارى بۇگىنگى تاڭداعى جۇڭگو حالقىنا اتا-بابانىڭ اقىل-پاراساتىنا مۇراگەرلىك ەتۋ جونىندە ٴبىر رەت تەرەڭ ماعىنالى ساباق ٴوتتى، ٴىس جۇزىندە بۇل نوبەل سىيلىعىن الۋدان دا ماڭىزدى ەدى.

ٴتوراعا شي جينپيڭ تاياۋدا جۇڭگوشا دارىگەرلىككە مۇراگەرلىك ەتۋ، جاڭالاۋ تۋرالى اسا تارتىمدى دا، ادامدى تەرەڭ ويعا شومدىراتىن ٴسوز سويلەدى. ول: «ٴبىز بۇرىنعىلاردى ونەگە ەتىپ، ٴوزىمىزدىڭ ٴورىسىمىزدى اشۋىمىز كەرەك»، ــ دەدى، بۇل مەملەكەتتىڭ جۇڭگوشا دارىگەرلىكتى دامىتۋعا وسكەلەڭ ٴمان بەرىپ، دامۋ بەتالىسىن كورسەتكەنىن تۇسىندىرەدى.

تىلشىلىك ىستەۋ بارىسىندا ٴبىز دە كەيبىر كەشىرمەلەردى ەسكە الدىق، سوندا الاسپىران جىلدارى كوكىرەگى سوقىر بىرەۋلەر بەس مىڭ جىلدىق تارىيحتى تەرىسكە شىعارىپ، جۇڭگوشا دارىگەرلىك وركەنيەتىن تالاق ەتپەكشى بولىپ، ەلدى تۇرشىكتىرگەن ەدى. اماليات ەلىمىزدىڭ جۇڭگوشا دارىگەرلىك وركەنيەتىندە دۇنيە ٴجۇزى بويىنشا تالايلاعان بىرىنشىلىكتەر جاراتىلعانىن ايعاقتادى. بۇل تابىستاردى ەگەر بۇگىنگى كۇننىڭ ولشەمىنە سالسا، ٴبارى نوبەل سىيلىعىن الۋعا ٴتيىس بولار ەدى. ايگىلى ەمشى حۋا تونىڭ دۇنيە ٴجۇزى بويىنشا تۇڭعىش رەت وسىمدىكتەن ناركوزدەۋ سۇيىقتىعىن ٴبولىپ الىپ، وپيراتسيا جاساعانىن كىم بىلمەيدى؟! گى حوڭنىڭ

«شۇعىل ەمدەۋ امالى» جازباسىندا چيڭگاۋسۋ اۋىزعا الىنىپ قانا قويماي، سونىمەن بىرگە، قۇتىرعان ٴيتتىڭ مي تىكانىن الىپ، ونى قۇتىرعان يت قاۋىپ العان جاراقاتقا جاعۋ ارقىلى قۇتىرعان يت اۋرۋىن جازۋعا بولاتىنى ەگجەي-تەگجەيلى جازىلعان، بۇل ٴبىز قۇتىرعان يت اۋرۋىن ەمدەۋدىڭ شاراسىن تابۋدان 1200 جىل بۇرىن ەستەلىككە الىنعانىن كىم بىلمەيدى؟! ەلىمىزدىڭ ەرتەدەگى كيەلى ٴتاۋىبى سۇن سىمياۋدىڭ ۇزىن سارىمساقتى نەسەپ جولى تۇتىكشەسى ەتىپ ىستەتكەنى باتىس مەديتسيناسىنان نەشە ٴجۇز جىل بۇرىن بولعانىن كىم بىلمەيدى؟! اۋرۋ ادامعا اۋىز بەن مۇرىن قۋىسىنان كەلەتىنىن ەڭ الدىمەن جۇڭگولىقتار العا قويعانىن كىم بىلمەيدى؟! تۋ يۋيۋۋدىڭ سيلىق الۋى ەجەلگى جۇڭگوشا دارىگەرلىك وركەنيەتىنىڭ گۇلىن ايگىلەدى، ٴالى تالاي نوبەل سيلىعىن الۋدىڭ مۇمكىندىگى بارىن اڭعارتتى، كوكتەم حابارشىسى قارلىعاشتاي كەيىنگىلەردىڭ دە بيىك مىنبەلەردەن، داڭق تورىنەن كورىنۋىنە وراي بارىن ەسكەرتتى، ٴوز باسىم ەندى ەكىنشى، ٴۇشىنشى تۋ يۋيۋۋلاردىڭ اعالاپ العا شىعاتىنىنا كامىل سەنەمىن. قۇددى تۋ يۋيۋۋدىڭ ەرتەدەگى ادامداردىڭ ەڭبەگىنە سۇيەنىپ، نوبەل التىن ٴتاجىن باسىنا كيگەنى سياقتى، ەندى كەيىنگىلەر دە تۋ يۋيۋۋعا ارقالانىپ، اناعۇرلىم كوپ التىن تاجەردى ەنشىلەيتىن، ادامزاتقا، ٴبىز جاساپ وتىرعان جاسىل شارعا اناعۇرلىم زور ۇلەس قوساتىن بولادى. مىنە، بۇل ماڭگىلىك ارمان ەمەس پە؟

بۇگىنگى جاهاندا جەڭۋگە ٴتيىستى ٴالى تالاي كۇردەلى اۋرۋ-سىرقاۋ بار، بەس مىڭ جىلدىق جۇڭحۋا دارىگەرلىك قامباسى بىزگە قاقپانى اشۋدىڭ قۇپيا سيفرىن نەمەسە كىلتىن كورسەتتى. ماركس: «عىلىمدا تەپ-تەگىس داڭعىل جول جوق، تەك كۇدىر سوقپاقتار مەن تار جول، تايعاق كەشۋلەردەن وتكەن ادام عانا ونىڭ شىڭىنا قانات قاعا الادى» دەگەن بولاتىن. تۋ يۋيۋ دا جۇڭگونىڭ جاس وقىمىستىلارىنا ادامزاتقا باقىت جاراتۋ ٴۇمىتىن ارتتى. ول

«مەن بۇل جولى العان نوبەل سيلىعىنىڭ ٴبىر ٴتۇرلى شابىتتاندىرۋ مەحانيزمىن قالىپتاستىرىپ، جاستاردىڭ اناعۇرلىم قۇلشىنىۋىنا، جاڭا تاپقىرلىقتار تابۋىنا، جاڭالىق اشۋىنا دەم بەرۋىن تىلەيمىن. ٴداستۇرلى جۇڭگوشا دارىگەرلىك — ۇلى قويما، ٴبىز وعان مۇراگەرلىك ەتىپ، ونىڭ دەڭگەيىن جوعارىلاتىپ، ادامزاتقا يگىلىك اكەلۋىمىز ٴتيىس»، — دەدى. قادىرلى جاس شاكىرتتەر ولاردىڭ ٴتالىمىن ەستە بەرىك ساقتاپ، امالياتتا ايگىلەپ، جەر بەتىنە ادامدى جادىراتاتىن جاقسىلىق جاساڭدار، جۇرت ٴالى بىلمەيتىن اناعۇرلىم كوپ قۇپيا جۇمباقتاردى شەشىپ، ادامزات وركەنيەتىنە تىڭ لەپ قوسا بەرىڭدەر! ەرتەڭگى كوز تارتاتىن كەمپىرقوساقتىڭ سەندەرگە ٴتان بولاتىنىنا سەنەمىن!

اۋتوردىڭ قىسقاشا احۋالى:

چىن يان-ي، ەر، اسكەري سالادان شىققان قالامگەر، جيلين داشۋەسى ادەبيەت فاكۋلتەتىن بىتىرگەن. قازىر جۇڭگو مەملەكەت جەر بايلىعى جازۋشىلار قوعامىنىڭ ورىنباسار ٴتوراعاسى، مەملەكەتتىك كەڭەستەن قوسىمشا الاتىن مامان. جۇڭگو دەرەكتى ادەبيەت ٴىلمي قوعامىنىڭ القاسى. 2005-جىلى جۇڭگوداعى ون تاڭداۋلى هيكايا جازۋشىسىنىڭ ٴبىرى بولىپ باعالانعان. «شۇي شيوۋ جونىندەگى اڭىز بەن اقيقات»، «سۇن جۇڭشاننىڭ تولىق ٴومىربايانى»، «سوڭ فاميليالى ٴۇش اپەكەلى-ٴسىڭلىلى» كىتاپتارى جەكە-جەكە 1997-، 1999-، 2003-جىلدارى اقپارات-باساسوز باس مەكەمەسى جاعىنان تاڭداۋلى ەڭ ٴوتىمدى كىتاپتار بولىپ ماراپاتتالعان. «كوك پەن جەر»، «تۋعان توپىراق» كىتاپتارى 3-، 4-كەزەكتى جۇڭحۋا جاقۇت دەرەكتى ادەبيەت سىيلىعىن العان؛ «رەسپۋبليكا جولى — سۇن جۇڭشاننىڭ ٴومىر بايانى» 2009-جىلى تۇڭعىش كەزەكتى جۇڭگولىق مۇهاجىرلار ادەبيەت سىيلىعىنىڭ

دەرەكتى شىعارمالار ٴتۇرى بويىنشا ەڭ ۇزدىك تۋىندى سيلىعىن العان؛ «ٴومىر مەن ٴولىم جەرگە بايلانىستى» دەگەن كىتابى «بەيجيڭ ادەبيەتى» جۋرنالىنىڭ «2011-جىلعى زامانىمىزداعى جۇڭگو ادەبيەتىنىڭ ەڭ ۇزدىك شىعارمالارى» تىزىمدىگىنە ەنگەن. «الىپ ەلدىڭ اشۋى» اتتى دەرەكتى رومانى جۇڭگو يانشى باسپاسىنان شىعۋ الدىندا تۇر.

دۇنيەنىڭ جوتاسىنداعى بەيجيڭدىك مىنبالار

لين ياۋ

اۋدارعان: جايىربەك مۇحامەتجان ۇلى

«دۇنيەنىڭ جوتاسىنداعى» شيزاڭ — كوركەم دە قاسيەتتى مەكەن، ٴبىراق بيىك ٴۇستىرتتى وڭىردە وتتەگى تاپشى بولۋ سەكىلدى سۇركەيلى جاراتىلىستىق ورتا سەبەبىنەن ەكونوميكاسىنىڭ دامۋى ىشكى ولكەلەردەن كوپ كەنجەلەپ قالعان ەدى. 1994-جىلى 7-ايدا ورتالىق شيزاڭ قىزمەتى تۋرالى 3-رەتكى اڭگىمە ٴماجىلىسىن اشىپ، شيزاڭعا باعىتتامالى كومەكتەسۋدىڭ باعىتىن ايقىن بەلگىلەدى. 20 نەشە جىلدان بەرى بەيجيڭ قالاسى جۇزدەن استام ەمدەۋ قىزمەتكەرلەرىن 7 توپقا ٴبولىپ، كومەككە جىبەردى، ولار بيىك ۇستىرتتە اۋرۋدى ەمدەپ، جارالىلاردى قۇتقارىپ، لحاسادا استانا ەمدەۋ قىزمەتكەرلەرىنىڭ سۇيىسپەنشىلىگىن قالدىردى، زاڭزۋ باۋىرلاستارمەن تەرەڭ دوستىق سۇيىسپەنشىلىك ورناتىپ، قاجىرلى ەڭبەكتەرى مەن اقىل-پاراساتتارى ارقىلى «ەل-جۇرتتىڭ شيپاگەرى بولۋ» رۋحىن ساۋلەلەندىرىپ، جان تەبىرەنتەتىن ٴومىر داستانىن جازدى.

بەتاشار بەيجيڭنەن كەلگەن مىنبالار

جۇڭگونىڭ كارتاسىندا شيزاڭ — كۇن شۇعىلاسى ەڭ ۇزاق تۇسەتىن جەر. بۇل ارانىڭ سان-ساناقسىز وزەن سۋلاردىڭ قاينارى، مىڭداعان تاۋلاردىڭ اتاسى دەگەن اتى بار، ول — دۇنيە جوتاسىنىڭ

جوتاسى، جەر شارىنىڭ ٴۇشىنشى ۋيەگى. شيزاڭ اۆتونوميالى رايونىنىڭ ورتالىعى لحاسا — كۇنگە ەڭ جاقىن قالا. ادىر-ادىر قارلى تاۋلار نەشە مىڭداعان جىلداردى باسىنان وتكەرسەدە، عاسىرلار بويى زاڭزۋ ۇلاندارىنىڭ قانشاما تىلەكتەرى مەن اڭسارلارى سول اسقار تاۋلاردىڭ تەرەڭ اعارلارىندا كومىلىپ قالا بەرمەدى دەيسىز. ولاردىڭ تىنىس تارتىسى، كۇبىرلەپ سويلەۋى تۇگەل سايىن دالادا بولماشى جاڭعىرىق قالىپتاستىرادى. مۇنداعى قاۋىمنىڭ جاسىل ارشا جاعۋى تاڭدى سالقىن دا مامىراجاي كۇيگە ٴتۇسىرىپ، قوس الاقانىن جۇپتاۋى دالانى كەڭ دە بەرىك ەتىپ وزگەرتكەندەي بولادى.

وسى ٴبىر كورىكتى دە قاسيەتتى جەر بيىك ٴۇستىرتتىڭ كليمات شارت-جاعدايى، سۇركەيلى جاراتىلىستىق ورتا سەبەبىنەن دامۋ جاعىندا ىشكى ولكەلەردەن كەندەلەپ قالعان-دى. سونىمەن، ورتالىق ۇكىمەت پەن ولكەلەر، قالالار كادىر، قارجى، تەحنيكا ت. ب. جاقتاردان شيزاڭعا جان-جاقتى كومەك بەرە باستايدى. 1994-جىلى7-ايدا، ورتالىق شيزاڭ قىزمەتى تۋرالى 3-رەتكى اڭگىمە ٴماجىلىسىن اشىپ، شيزاڭعا باعىتتامالى كومەكتەسۋدىڭ باعىتىن ايقىن بەلگىلەيدى. شيزاڭداعى جۇمىس ورنىنا، كاسىپ قاجەتىنە ساي، كادرلاردى تاڭداپ ٴوسىرىپ، كومەككە اتتاندىردى، ولار ادەتتە ٴۇش جىلدا ٴبىر كەزەك الماسىپ وتىردى. 1995-جىلى ورتالىق ۇكىمەت تۇڭعىش توپتاعى كادىرلاردى شيزاڭعا كومەككە جىبەردى، بەيجيڭ قالاسىنىڭ باعىتتامالى كومەكتەسەتىن ورنى ٴدال لحاسا قالاسى بولدى. 20 نەشە جىلدا بەيجيڭ قالاسى دەنساۋلىق ساقتاۋ كادرلارىن 7 توپقا ٴبولىپ، شيزاڭعا كومەككە اتتاندىرىپ وتىردى، ولار دەنساۋلىق ساقتاۋ ىستەرىن باسقاراتىن 10 قىزمەتكەردەن، 78 شيپاگەر — سەستىرادان ۇيىمداسقان قوسىن ەدى. ولار ٴۇستىرتتى وڭىردە زاڭزۋ باۋىرلاستاردىڭ دەنساۋلىعىن قورعاپ، استانا ەمشىلەرىنىڭ مەيىرىن لحاساعا توكتى، زاڭزۋ باۋىرلاستارمەن تەرەڭ دوستىق سۇيىسپەنشىلىك ورناتىپ، قاجىرلى

ەڭبەكتەرى مەن اقىل-پاراساتتارى ارقىلى «ەل-جۇرتتىڭ شيپاگەرى بولۋ» رۋحىن ساۋلەلەندىرىپ، جان تەبىرەنتەتىن ٴومىر داستانىن جازدى.

1995-جىلى 5-ايدىڭ 26-كۇنى بەيجيڭ قالالىق جۇڭگوشا دارىگەرلىك شيپاحاناسىنىڭ ايەل شيپاگەرى چاي نيانىنىڭ بەيجيڭ قالاسى تۇڭعىش توپتا شيزاڭعا كومەككە اتتاندىرعان 20 كادىردىڭ ٴبىرى بولۋ سالاۋاتىمەن لحاساعا اتتانادى.

ۇشاق چىڭدۋ اۋەجايىندا از-كەم كىدىرگەننەن كەيىن، ۇستىرتكە قاراي قالىقتايدى. ۇشاقتىڭ كىشكەنتاي عانا تەرەزەسىنەن سىعالاعان چاي نيانىنىڭ ون مىڭ مەتر كەلەتىن زەڭگىر كوكتەن جەر شارىنىڭ تەرەڭ قويناۋىنداعى وسى ٴبىر ەڭ جاس ۇستىرتكە كوز جىبەرەدى، يرەلەڭدەگەن جون-جوتالار، تەرەڭ شاتقالدار، قىرات-قىرقالار بىردە قارا جەردىڭ بەتىندە بەينە سان مىڭداعان قوسىن جوسىپ بارا جاتقانداي بوپ سەزىلسە، بىردە وركەش-وركەش تەڭىز تولقىنى جال-جال بوپ كوتەرىلگەندەي بوپ ەلەستەيدى. ونىڭ كوڭىلى قيىرلارعا الىپ ۇشىپ، بايىز تاپپايدى.

شيزاڭعا كومەككە جول العان وسى كادىرلار كەلۋدەن 6 اي بىلگەرى، شيزاڭدا كومەكتە جۇرگەن كۇڭ فانسىن ۇكىمەت جۇمىسى جولىندا، قىزمەت ۇستىندە قايتىس بولعان-دى.

كۇڭ فانسىننىڭ ىزگى ىستەرى اۋىزعا الىنعاندا، ونىڭ قولىنان ٴبىر تاستامايتىن ٴدارى قوبديى كوپ ايتىلاتىن. ۇيتكەنى شيزاڭنىڭ ەمدەۋ، دەنساۋلىق ساقتاۋ شارت-جاعدايى جەتەرسىز بولعاندىقتان، كۇڭ فانسىن ٴار جولى قىر-قىستاقتا تۇسكەن سايىن ەمدەۋ قوبدينا ۇنەمى پايدالانىلاتىن ٴدارى-دارمەك تولتىرىپ الىپ، وعان شۇعىل ٴزارۋ بوپ وتىرعان ەگىنشى-مالشىلارعا ۇلەستىرەتىن. كىشكەنتاي ٴبىر ٴدارى قوبديى بارلىق ماسەلەنى شەشىپ كەتپەسە دە، ەم-دوم قابىلدايتىن ناۋقاس ادام ٴۇشىن ايتقاندا، تابىلمايتىن شيپاشاق تاپقانداي اسەر ەتەتىن.

«ٴدارى قوبدينا» قاتىستى اڭگىمەلەر چاي نيانيڭنىڭ كوكەيىندە قالىپ قويادى، مەن شيپاگەر بولعاندىقتان مۇنداي رۋحتى بارىنشا جاۋاپكەرلىكپەن جالعاي ٴتۇسۋىم كەرەك دەپ ويلايدى. سونىمەن ول ۇنەمى پايدالانىلاتىن دارىلەر تولتىرىلعان قوبديشاسىن كوتەرىپ جۇرەدى. وعان قاراعاندا، ٴوزىنىڭ سەنىمىن تاپقانداي كۇيگە بولەنەدى، جول بويى ونى جانىنان ەكى ەلى الىستاتپاي، اۋەلى ۇشاقتان يىعىنا اسىپ تۇسەدى.

ورتالىقتىڭ شيزاڭعا كومەكتەسۋ اڭگىمە ماجىلىسىنەن كەيىن، تۇڭعىش توپتاعى كادرلار بولعاندىقتان شيزاڭ اۆتونوميالى رايونىنىڭ باسشىلارى ولارعا ەرەكشە ٴمان بەرەدى، بەيجيڭ قالاسىنىڭ لحاسا قالاسىنا كومەكتەسەتىن كادرلارى بولسا دا، اۆتونوميالى رايون باسشىلارى الدارىنان شىعىپ قابىلداپ، مۇقيات ورنالاستىرادى. ۇيىمداستىرۋ ٴبولىمىنىڭ ىڭعايلاۋى بويىنشا، چاي نيانىنىڭ لحاسا قالالىق دەنساۋلىق ساقتاۋ مەكەمەسىنىڭ ورىنباسار باستىعى بولىپ تاعايىندالىپ، قىزىل كرەست قوعامى، زاڭزۋشا ٴدارى-دارمەك ٴبولىمى، مەديتسينا قوعامى سەكىلدى تاراۋلاردىڭ قىزمەتىن باسقارادى.

1995-جىلعى لحاسانىڭ تۇرمىس شارت-جاعدايى، راسىندا، جاپالى ەدى، شيزاڭعا كومەككە كەلگەن كادرلاردىڭ ەڭ باسىن قاتىراتىن ەكى ٴىستىڭ ٴبىرى ۇنەمى توك توقتاپ قالۋ دا، ەندى ٴبىرى كوكونىس تاپشىلىعى بولاتىن. تاڭەرتەڭ ەكى ادام كەزدەسىپ جاتسا، اڭگىمەلەرى «كەشە كەشتە سەندەر جاقتا توك قانداي بولدى؟» دەپ سۇراۋ بولسا، وعان ىلعيدا «جەر كوكتىڭ ٴبارى شىرما-شاتۋ توك سىمى، قاراڭداعان قالىڭ ەلەكتر باعاناسى بولسا دا، ۇستەل بىتكەنىنىڭ بارىندە بالاۋىزشام عانا جانىپ تۇردى» دەگەن جاۋاپ الاتىن. ال كوكونىس تىپتەن تاڭسىق نارسەگە اينالعان، جەمىس-جيدەكتى قيالداۋعا دا بولمايتىن، ايتەسەدە مۇندا جەمىس جوق ەمەس-تى، الايدا باعاسى زاردەي قىمبات بولاتىن.

— تەڭىز دەڭگەيىنەن ورتا ەسەپپەن 4000 مەتردەن جوعارى كەلەتىن وسى ۇستىرتتە الدىمەن تىنىستاۋدى ۇيرەنىپ الۋعا، دەنەڭىنىڭ بارلىق مۇشەلەرىنىڭ قىزمەتىن رەتتەۋگە، سول ارقىلى كەز كەلگەن ۋاقىتتا مۇرىننان قان اقپايتىن ەتۋگە تۋرا كەلەدى، — دەيدى چاي نياننيڭ. ول ٴار جولى عيماراتقا شىققاندا ورتا جولدا دەمالىپ، تىنىستاپ الىپ، سونان كەيىن عانا جوعارى ورلەيدى، جورەگى دامىلسىز اينىپ، باسى ايلانىپ، بىرەۋدىڭ كىم ەكەنىن تانىپ تۇرسا دا، اتىن اتاي الماي داعدارادى، ەستە ساقتاۋ قابىلەتى اۋىر ىقپالعا ۇشىرايدى.

ول دەنساۋلىق ساقتاۋ مەكەمەسىنىڭ اكىمشىلىك كادرى بولعاندىقتان، قالانىڭ دەنساۋلىق ساقتاۋ ىستەرىن دامىتۋ جوباسىن جاساۋعا جاۋاپتى بولادى. سول تۇستا لحاسادا دارەجەگە بولىنگەن شيپاحانالار جوق-تى، تۇرلىشە ەمدەۋ جۇمىسى ورىستەتىلسە دە، ٴبىراق جابدىق-اسپاپ، دارىندىلار، عىلىم-تەحنيكالىق جەتەكشىلەر تاپشى ەدى، قىزمەت تاجىريبەسى دە كەمشىل ەدى. شيپاگەرلەر تۇگەل ورتا تەحنيكوم بىتىرگەندەر، دەنى ورتا دارەجەلى كاسىپتىك اتاق قانا العاندار بولاتىن، ٴبولىم-كەڭسەلەردىڭ جوباسى دا كەمەلدى ەمەس-تى، تەك نەگىزگى تەكسەرىلۋ، دياگنوز قويدىرۋ قاجەتىن عانا قاناعاتتاندىراتىن. لحاسا قالاسىنا قاراستى بىرنەشە اۋداندا اۋداندىق شيپاحانالار، ەمحانالار قۇرىلسا دا، ٴبىراق تەحنيكالىق دەڭگەيى وتە تومەن ەدى، ونداعى شيپاگەرلەر مەن سەستىرالاردىڭ ٴبارى جۇيەلى باۋلۋدان وتپەگەن، ۇزاعاندا سوقىر ىشەك وپەراتسياسىن جاساۋ عانا قولىنان كەلەتىن.

— سول تۇستا شىنىمەندە اپپاراتتىق قۇرالدار دا، قوسالقى بولشەكتەر دە جەتىسپەيتىن، ٴدارى-دارمەك تىپتەن از بولاتىن، — دەيدى، چاي نياننيڭ سول كەزدەگى جاعدايدى ەسىنە العاندا.

— قازىرگىدەن كوش ارتتا ەدى.

ول بەلسەنە قۇلشىنىپ، مەكەمەگە 420 مىڭ يۋان قارجى جانە

جابدىقتار اكەلىپ، كەيبىر اپپاراتتىق قۇرالدار شارت-جاعدايىن جاقسارتادى. 1998-جىلى لحاسا قالاسىنداعى شيپاحانالار تۇگەل ەمدەۋ، دەنساۋلىق ساقتاۋ قۇرىلىمىنىڭ ساراپتاۋىنان وتەدى، ٴارى تۇڭعىش رەت قۇتقارۋ-كۇتىمدەۋ كۋرسى ۇيىمداستىرىلادى، مەديتسينا قوعامى عىلمي ماقالا باعالاۋ قيمىلىن ورىستەتىپ، ٴبىلمي ساراپتاۋ جاسايدى.

ونىڭ بەيجيڭگە قايتۋ مەرزىمى تولعاندا، لحاسا قالاسىندا دەنساۋلىق ساقتاۋ ٴىسىن باقىلاۋ مەكەمەسى قۇرىلعالى جاتادى، تۇڭعىش توپتا شيزاڭعا كومەككە كەلگەن كادرلار تۇگەل قايتىپ كەتسە دە، چاي نيانىنيڭ قايتپاي تاعى ەكى اي تۇرىپ، بارلىق قىزمەتتى تولىق اياقتاتقانىنا دەيىن ايالدايدى.

چاي نيانىنيڭ ٴوزىنىڭ شيپاگەر ەكەنىن ەسىنەن ەكى ەلى شىعارمايدى، ويدان قىرعا بارسا دا، ٴدارى قوبديىن كوتەرىپ ٴجۇرەدى، كەزى كەلگەندە، ناۋقاس ادامداردى تەكسەرىپ، ٴدارى بەرىپ وتىرادى. ٴدارى تاۋسىلسا، ٴوز جانىنان اقشا شىعارىپ، ٴدارىنى تولىقتاپ، قوبديىن ەشقاشاندا بوس قالتىرمايدى.

1995-جىلى 8-ايدىڭ 30-كۇنى چۋيشۇي اۋدانى ساينا اۋىلىندا بۇرىندى-سوڭدى كەزىكپەگەن لاي كوشكىنى تۇسەدى. لايمەن بىرگە سىرعىعان قوي تاستار جەرگىلىكتى ەگىنشى-مالشى قاۋىمنىڭ ۇيلەرىن قيراتىپ، مالىن قىرىپ كەتەدى.

لحاسا قالالىق قىزىل كرەست قوعامى مۇنان حابار تاپقانىنان كەيىن، دەرەۋ چاي نيانىنيڭ باستاعان 4 ادامدىق شاعىن گرۋپپانى اپات بولعان جەرگە اتتاندىرادى. چۋيشۇي اۋدانى لحاسا قالاسىنىڭ تەرىستىگىندە، لحاسا وزەنىنىڭ تومەنگى اعارىندا، يالۋڭزاڭبو وزەنىنىڭ ورتا اعارىنىڭ تەرىستىگىندە بولاتىن، شاننان، رىكازى، الي، نەپال سەكىلدى جەرلەرگە باراتىن تاسجول وسى اۋداننان وتەتىن. شەلەكتەپ نوسەر جاۋعاندىقتان جول ٴجۇرۋ قيىندايدى، چاي نيانىنيڭ وتىرعان اۆتوكولىك سۋدان وتە الماي، ەكى ساعات

ىركىلەدى، نە ارى، نە بەرى كەتە الماي، داعدارىپ تۇرعاندا، باقتارىنا جاراي، وسى ارادان ٴوتىپ بارا جاتقان چۇيشۇي قارۋلى ٴبولىمىنىڭ جۇك اۆتوموبيلى كەلىپ، سۋدان شىعارىپ جىبەرەدى، سونىمەن ولار تۇستە عانا چۇيشۇيگە زورعا جەتەدى.

چاي نياننيڭدەر دامىلداۋعا مۇرشاسى تيمەي، دەرەۋ اۋىل كادىرلارىنىڭ جولسەرىك بولۋىندا، توتەسىنەن سايىنا قىستاعىنا تارتىپ، جارالانعان قاۋىمدى ەمدەۋگە كىرىسەدى. شيپاگەرلەر كەلگەنىن بايقاعان قالىڭ ادام ولاردى قورالاي قورشاپ الىسادى. ەكى-اق شيپاگەر ٴبىر مەزەت قالىڭ ادامدى تەكسەرۋگە ۇلگىرە الماي، قارا تەرگە تۇسەدى. مۇنداي احۋالدى بىلگەن چاي نياننيڭ ەرە جۇرگەن شوفەردىڭ اۋدارماشى بولۋىندا ٴوزى دە ەگىنشى-مالشىلارعا دەگنوز قويىپ، رەتسەپ جازۋعا كىرىسەدى.

بۇل — ونىڭ تۇڭعىش رەت زاڭزۋ باۋىرلاستارعا دەگنوز قويىپ، ٴدارى بەرۋى ەدى، ونىڭ ساناسىندا ماڭگىلىك ەلەس بوپ قالادى، بەيجىڭگە قايتىپ ورالعانان كەيىن دە، سول كەزدەگى جاعدايدى ويلاسا، كورگەن كورىنىستەرى كوز الدىنا كەلەدى.

— زاڭزۋ باۋىرلاستاردىڭ كوزى وتە ٴمولدىر دە وتكىر بولادى ەكەن، شيپاگەر سالاۋاتىڭمەن ناۋقاس ادامدى اۋرۋ ازابىنان قۇتىلدىرا السا، ول، راسىندا، ۇلكەن باق، — دەيدى چاي نياننيڭ.

زاڭزۋ باۋىرلاستار شيپاگەردى زاڭزۋشا «انگيلا» دەپ اتايدى. بۇل اعىلشىننىڭ angel دەگەن سوزىنەن كەلگەن، ۇلى بريتانيا ٴدىن تاراتۋشىلارى شيزاڭدا ٴدىن تاراتقان كەزدە، وسى اتاۋدى قالدىرىپ كەتكەن. ايتسەدە زاڭزۋدىڭ ٴداستۇرلى اتاۋى بويىنشا، شيپاگەر «مىنبا» دەپ اتالادى. مەنىڭ تۇسىنىگىمشە، «انگيلا» ٴبىز ايتىپ جۇرگەن «دوحتىر» دەگەندى كورسەتەدى دە، ال «مىنبا» شيپاگەر دەگەندى مەڭزەيدى. سونىمەن چاي نياننيڭ «بەيجىڭنەن كەلگەن مىنبا» اتانىپ كەتكەن.

لينجوۋ اۋدانىنىڭ تەرىستىگىندەگى پاڭدو اۋىلىندا چاي نياننيڭ

نەشە ٴتۇرلى سوزىلمالى اۋرۋ-سىرقاۋ مەڭدەتكەن 84 جاستاعى اجەيدى ەمدەپ ساۋىقتىرادى دا، كەرەك-جاراعىن جيىستىرىپ، قايتۋعا قامدانعاندا، الگى اجەي كەنەت ونىڭ قولىنان ۇستاي الىپ، ەندى ٴبىر قولىمەن ونىڭ ماڭدايىنان سيپاپ:

— قاراعىم، كومپارتيا جاقسى عوي، ٴتوراعا ماۋ زىدۇڭنىڭ شاپاعاتى شەكسىز-اۋ، كوپ جاسا مىنبا شىراعىم، — دەپ باتاسىن بەرەدى.

نيمۋ اۋدانى ماجياڭ اۋىلىنىڭ تاڭدۇي قىستاعىندا 80 جاستاعى جولا دەگەن اجەي چاي نيانىيڭگە تەكسەرىلگەننەن جانە ونىڭ جەكەلەي ٴوز قالتاسىنان بەرگەن 120 يۋان اقشا مەن ٴدارى-دارمەكتى العانان كەيىن، ەلجىرەي: «راحمەت ساعان، ٴوزىڭ ٴبىر مىڭ بولعىر جاقسى ادام ەكەنسىڭ» دەپ العىسىن جاۋدىرادى.

شيزاڭداعى كۇندەرى ساناسىندا جاڭعىرعاندا، چاي نيانىيڭ ەرەكشە تولقىپ كەتەدى.

— لحاسادا مەن ۇمىرىمدەگى ەڭ ۇمىتىلماس ساتتەردى وتكىزدىم، كەزىندە كوڭ فانسىن ٴدارى قوبدىسىن كوتەرىپ ٴجۇرىپ، تۇتاس الي ايماعىنىڭ تاۋ-تاسىن شارلاعان بولسا، مەن ونىڭ رۋحى ارقىلى ٴوزىمدى قايراپ، شابىتتاندىرىپ ٴجۇردىم، كىشكەنتاي ٴدارى قوبدىمەن پارتيانىڭ مەيىر-شاپاعاتىن جەتكىزدىم، حانزۋ-زاڭزۋ دوستىعىن نىعايتۋعا سەپ بولدىم، ٴوز باسىم ەگىنشى-مالشىلارعا قىزمەت وتەۋ بارىسىندا «ەل-جۇرتتىڭ شيپاگەرى» قالاي بولادى دەگەننىڭ ٴمانىن جەتە ٴتۇسىندىم، — دەيدى چاي نيانىيڭ.

لۋ مىڭ 2007-جىلى 6-ايدا لحاسا قالالىق دەنساۋلىق ساقتاۋ مەكەمەسىنىڭ ورىنباسار باستىعى بولادى. شيزاڭعا العاش بارعاندا، ول ارانىڭ سۋ-توپىراعىنا، اۋاسىنا ۇيلەسە الماي، باسى اۋىرادى، ۇيقىسى قاشادى، اۋەلى ٴىشى وتەدى. ايتسەدە ول سول جەرگە بارعان العاشقى كۇنى-اق مەكەمەسىنە جەتەدى، ٴبىر اي وتەر-وتپەستەن اۋىلعا ٴتۇسىپ، جەرگىلىكتى ورىننىڭ ەمدەۋ، دەنساۋلىق ساقتاۋ

احۋالىن تەكسەرەدى.

— لحاسا قالا رايونىنان ەڭ الىس اۋدان 200 كيلومەتر كەلەدى، وعان بارۋ ءۇشىن تاسجولدا اۆتوكولىكپەن ءبىراز جۇرگەن سوڭ، ويلى-شۇڭقىرى كوپ توپىراق جولدا كولىكپەن بىرگە سەلكىلدەپ تەربەلەمىز، وسىنداي جولداردى مەن اپتاسىنا كەم دەگەندە ءبىر رەت باسىپ وتىردىم، — دەيدى لۋ ميڭ.

2007-جىلى لحاسا قالاسىنداعى الەۋمەتتىك اۋماقتا دەنساۋلىق ساقتاۋ بويىنشا قىزمەت وتەيتىن پونكتتە شيپاحانا جىبەرگەن ەكى-اق شيپاگەر تۇراتىن، ونىڭ ۇستىنە ولار الەۋمەتتىك دەنساۋلىق ساقتاۋ نىسانىنا جاۋاپتى ەمەس ەدى. لۋ ميڭ لحاسا قالا رايونىنداعى بىتكەن الەۋمەتتىك اۋماقتاردى ارالاپ شىققانىنان سوڭ، «لحاسا قالاسىنىڭ قالاعا قاراستى الەۋمەتتىك اۋماقتارىنىڭ دەنساۋلىق ساقتاۋعا قىزمەت وتەۋدى اتقارۋ جوباسىن» جازىپ شىعادى. بۇل جوبانى لحاسا قالالىق ۇكىمەت پەن شيزاڭ اۆتونوميالى رايوندىق دەنساۋلىق ساقتاۋ مەڭگەرمەسى قابىل الادى. مەملەكەتتىك دامۋ جانە رەفورما كوميتەتى جوباعا ساي، قارجى بولەدى، سونىمەن لحاسا قالاسىندا الەۋمەتتىك اۋماقتا دەنساۋلىق ساقتاۋ بويىنشا قىزمەت وتەيتىن ولشەمدى 8 سەنتر قۇرىلادى. لحاسا قالالىق دەنساۋلىق ساقتاۋ مەكەمەسى پارتيا باسشىلىق گرۋپپاسىنىڭ شۋجيى سىدانلاڭجيە:

— لۋ ميڭ كەلگەنىنەن كەيىن، بۇرىن ورىستەتىلمەي كەلگەن كەيبىر قىزمەتتەر قولعا الىندى، قىزمەتىمىزدەگى جۇيەگە تۇسپەگەن تالاي بۋىندار جۇيەگە ءتۇستى، — دەيدى.

2009-جىلى A ءتيپتى 1N1 H جۇقپالى تۇماۋى تارالىپ، لۋ ميڭ قاتەر الدىندا لحاسا قالاسىنىڭ ەمدەۋ-قۇتقارۋ گرۋپپاسىنىڭ باستىعى بولۋ مىندەتىن ارقالاپ، مۇنداي كۇشتى تۇماۋدى تىزگىندەۋ، اۋرۋلاردى ەمدەۋ قىزمەتىنە ءبىرتۇتاس جوسپار جاسايدى.

لحاسانىڭ دەنساۋلىق ساقتاۋ ىستەرىنە قىزمەت وتەۋدى اناعۇرلىم جاقسارتتۋ، باعىتتامالى كومەكتەسۋ تەبىنىن ارتتىرۋ، حالىق تۇرمىسىنا بەيىمدەلۋ، لحاسا رايونىنىڭ ەمدەۋ تەحنيكاسىنىڭ دەڭگەيى تومەن بولۋ ماسەلەسىن شەشۋ ٴۇشىن بەيجيڭ قالاسى لۋ ميڭ مەن بىرگە شيزاڭعا كومەككە كەلگەن كادرلاردان باستاپ، كومەكشى قوسىنداعى شيپاگەرلەردى كوبەيتەدى. وسى شيپاگەرلەر جىلىنا ٴبىر رەتتەن دەنساۋلىق ساقتاۋدىڭ كاسىپتىك، تەحنيكالىق كادىرى بولىپ، ٴۇش مەرزىمگە ٴبولىنىپ، لحاسا قالالىق حالىق شيپاحاناسىندا، قالالىق ايەلدەر مەن بالالاردىڭ دەنساۋلىعىن قورعاۋ شيپاحاناسىندا، داڭشيوڭ، نيمۋ، تۇيلوڭدىچيڭ اۋداندىق شيپاحانالارىنا بارىپ، زاڭىزۋ باۋىرلاستارعا نەعۇرلىم جاقسى شيپاگەرلىك قىزمەت كورسەتەدى.

شەكتى ۋاقىت شيپاگەرلەردىڭ زاڭزۋ قاۋىمىنىڭ دەنساۋلىعىن ساقتاۋ جونىندە ۇزاق ۋاقىتتىق وي جەلىسىن تارتۋىنا بوگەت بولا المايدى.

— ٴبىز قىر-قىستاقتارعا ٴتۇسىپ، ەم-دوم جاساۋ بارىسىندا، ەگىنشى-مالشىلاردىڭ تۇزدى قالىپتان تىس كوپ تۇتىناتىنىن بايقادىق، ولاردىڭ قان قىسىمى تۇگەل جوعارى شىعىپ قانا قويماي، وتە حاۋىپتىلەرى دە انىقتالدى، — دەيدى جاۋ شيڭشان.

جيشۇيتان شيپاحاناسى جۇرەك ٴبولىمىنىڭ تەتە اعا شيپاگەرى جاۋ شيڭشانىڭ كومەك بەرەتىن ورنى داڭشيوڭ اۋداندىق حالىق شيپاحاناسى بولاتىن، ول مىناداي ٴبىر اڭگىمەنىڭ شەتىن سۋىرتپاقتاپ، بىلاي دەيدى:

— 60 نەشە جاستاعى ەگدەلەۋ ٴبىر ايەلدىڭ قان قىسىمىن ەلەكتروندى قان ولشەۋىشپەن ولشەم ەدىك، انىق بايقاي المادىق، سونىمەن ٴداستۇرلى قول كۇشىمەن قىسىم ٴتۇسىرىپ ولشەۋ بويىنشا تەكسەرىپ ەدىك، ونىڭ قان قىسىمى 140 — 245 ميلليمەترلىك دەڭگەيدى كورسەتتى! جوعارى قان قىسىمىنىڭ 245

كە كوتەرىلگۋى وتە ۆرەيلى سيگنال ەمەس پە! بۇرىنعى سان-ساناقتارعا نەگىزدەلسەك، مي-جۇرەك قان تامىرلارى اۋرۋىنىڭ ۆشتەن ەكى بولەگى، جۇرەك تالماسى، جوعارى قان قىسىم اۋرۋلارىنىڭ ەكىدەن ءبىر بولەگى وسىعان بايلانىستى بولاتىنىن ايعاقتادى.

ولار داڭشيۇڭ اۋدانى ياڭباجيڭ قالاشىعىنداعى 600 گە جۋىق وتباسىندا تۇراتىن، 40 جاستان اسقان 872 ادامنىڭ جوعارى قان قىسىمى اۋىرۋىنىڭ ءمان-جايىن، ولاردىڭ ازىقتانۋ احۋالىن العاشقى قادامدا تەكسەرە كەلىپ، جوعارى قان قىسىم اۋرۋىنا شالدىعۋ مولشەرى 52 6.% كە جەتىپ، جوعارى قان قىسىمدى تىزگىندەۋ مولشەرى نەبارى 3 3.% بولىپ وتىرعانىن؛ مالشىلاردىڭ ءار ءبىرىنىڭ كۇنىنە شامامەن 30 گرام تۇز تۇتىناتىنىن، بۇل دۇنيە جۇزىلىك دەنساۋلىق ساقتاۋ ۇيىمى ۇسىنىس ەتكەن مولشەردەن 5 ەسە جوعارى تۇراتىنىن انىقتايدى.

جاۋ شيڭشان وزىمەن بىرگە جيشۇيتان ەمحاناسىنان كەلگەن سەرىگى حى فىڭمەن بىرلەسىپ، «شيزاڭ ءۇستىرت رايونىنداعى قانىباسىم اۋرۋىنا بولعان جالپىلىق تەكسەرۋ جانە ونى قاراپايىم جولمەن ەمدەۋدى زەرتتەۋ» تاقىرىبىن ورتاعا قويادى، ءارى ونى اۆتونوميالى رايوننىڭ ءتۇيىندى عىلىمي نىسانىنا ءوتىنىش ەتەدى. بۇل نىسان شيزاڭ رايونىنىڭ تۇرمىس ەرەكشەلىگىن كوزدە ۇستاي وتىرىپ، تۇزدىڭ ورنىنا ىستەتىلەتىن زاتپەن از مولشەردەگى بۇيرەككە پايدالى سۇيىقتىقتى بىرىكتىرۋ ارقىلى قاراپايىم جولمەن ەمدەۋ جوباسىن جاساپ شىعىپ، وسى وڭىردە قاراپايىم دا ءونىمدى بولعان ءارى ارزان قولدانىلمالى قانىباسىم ەمدەۋ ءادىسىن قاراستىرادى.

باقىلا جاراي، تاجىريبەلەر اس تۇزىنىڭ ورنىنا باسقا قوسپالاردى ىشكىزىپ، قاراپايىم ەمدەۋ جوباسىنىڭ قان قىسىمىن تومەندەتۋدە ادامدى شاتتاندىراتىنداي ءونىمدى بولاتىنىن ايعاقتايدى. بۇل ەگەر

وسىنداي ەمدەۋ جوباسى ىشكەرىلەي دالەل-سپاتتان ٴوتىپ، لايىقتى جالپىلاستىرىلسا، ەگىنشى-مالشىلاردىڭ كوپ مولشەردەگى ەمدەلۋ قاراجاتىن ىركىپ قالۋىنا مۇمكىندىك تۋىلاتىنىنان دەرەك بەرەدى. بۇل ٴارى شيزاڭدا جوعارى قان قىسىمى اۋرۋىن جاپپاي تەكسەرۋ مەن قاراپايىم جولمەن ەمدەۋدەگى اقتاڭداقتىقتى تولتىرىپ، جوعارى قان قىسىمىن ۇتىمدى تىزگىندەۋ شاراسىن بەلگىلەۋگە تىرەك بولادى.

قوسىندى جاقسى باستاۋ ٴۇشىن لۋ مىڭ مەن كەيىن كەلە ونىڭ ٴىزىن باسقان شيە شياڭحۋي «شيزاڭعا ىنسان، قارجى، اقىل-پاراسات بويىنشا كومەكتەسۋ» سىندى ٴۇش جاقتى ەمدەۋ-دەنساۋلىق ساقتاۋ جوسپارىن ۇزبەي اتقارادى. ولار استانانىڭ ەم-دوم جاساۋداعى ابزالدىلىعىن ساۋلەلەندىرىپ، مەديتسينالىق ەمدەۋدىڭ «تەحنيكا ۇيرەتۋ، كومەكتەسۋ، شيپاگەر جەتىلدىرۋ ينجەنەرياسىن» ورىستەتىپ، شيزاڭ اۆتونوميالى رايونىنىڭ «قوس ٴجۇز ينجەنەرياسىن» بەلسەنە جەبەپ، تۇما جۇرەك اۋرۋى بار بالالاردى استاناعا اپارىپ، تەگىن ەمدەۋ سىندى حالىق تۇرمىسى ينجەنەريالارىن ناقتىلاندىرادى.

وسىلايشا بەيجيڭدىك مىنبالاردىڭ ٴبىر توبى قايتسا، تاعى ٴبىر توبى كەلىپ تۇرادى، ولار ەمدەۋ ونەرلەرىن جەرگىلىكتى شيپاگەرلەرگە ۇيرەتىپ، جەرگىلىكتى ورىننىڭ ەمدەۋ ورەسى مەن جالپى ساپاسىن كوتەرىپ، تابان تىرەپ تۇرا الاتىن ەمدەۋ قوسىنىن باۋلىپ جەتىلدىرەدى.

— بۇل دەگەن نە؟ بۇل — «بىرەۋگە بالىق ۇستاپ بەرگەنىنەن، بالىق ۇستاۋ ونەرىن ۇيرەتۋ ارتىق» دەگەندىك، مىڭ رەت وپيراتسيا جاساعانىڭىز، ٴبىر رەت ۇلگى كورسەتكەنىڭىزگە جەتپەيدى، سوندا ونەردى يگەرگەندەر ونى باسقا شيپاگەرلەرگە جەتكىزەدى، سونىمەن ۇيرەتۋ، كومەكتەسۋ، جەتىلدىرۋ اۋقىمى جارىققا شىعادى. ورتا جاس، جاس شيپاگەرلەردى باۋلۋ وتە ماڭىزدى، ولار كەم دەگەندە، الداعى ون جىلدىڭ تىرەگى بولادى، — دەيدى شيا شياڭحۋي.

بەيجيڭدىك مىنبالاردىڭ كوپ جىلدىق قۇلشىنىسىنىڭ ارقاسىندا، لحاسا قالالىق حالىق شيپاحاناسى ٴۇش A دارەجەلى شيپاحانا بولۋ سارايپتاماسىنان؛ لحاسا قالالىق ايەلدەر مەن بالالاردىڭ دەنساۋلىعىن قورعاۋ شيپاحاناسى ەكى A دارەجەلى شيپاحانا بولۋ سارايپتاماسىنان وتەدى، كومەك العان شيپاحانالاردا بەيجيڭدىك مىنبالار ايەلدەر ٴبولىمىنىڭ تۇراقتى ەمدەۋ ٴادىسى، اۋرۋلاردى كۇتىمدەۋ سەكىلدى 20 نەشە ٴتۇرلى باسقارۋ ٴتۇزىمىن بەلگىلەپ بەرىپ، جەرگىلىكتى ورىنىنىڭ ەمدەۋ، دەنساۋلىق ساقتاۋ ىستەرىن جۇيەگە تۇسىرەدى. ولار تاعى دانشيوك، چۇيشۇي، موجۋگوڭكا سىندى ٴۇش اۋداندا توسىن تۋىلاتىن اپاتتا جارالانعانداردى ەمدەۋ-قۇتقارۋ سەنترىن قۇرىپ، ەگىنشى-مالشىلاردىڭ، قالا-قالاشىق تۇرعىندارىنىڭ دەنساۋلىق تەكسەرتۋ، تۋما جۇرەك اۋرۋ بارلاردى ەمدەۋ قىزمەتتەرىنە ات سالىسىپ، وليمپيادا الاۋىن جۋمالاڭما شىڭىنا شىعارۋ، لحاسا قالاسىندا جالعاپ جۇرگىزۋ، شيزاڭنىڭ بەيبىت جولمەن ازات بولعانىنىڭ 60 جىلدىعىن اتاپ ٴوتۋ، لحاسا قالاسىنىڭ قار تازارتۋ مەيرامى سەكىلدى ٴىرى قيمىلدارعا قاتىناسۋ ارقىلى ەمدەۋ-دەنساۋلىق ساقتاۋ ىستەرىن قامتاماسىز ەتىپ، لحاسا رايونى مەديتسينا ىستەرىنىڭ ٴساتتى دامۋىن جانە قوعام ورنىقتىلىعىن جەبەدى.

قارلى ٴۇستىرت قانشاما بيىك بولسا دا، ٴبىراق ازىناعان سۋىق بوران بەيجيڭدىك مىنبالاردىڭ كوكىرەكتەرىندە جانعان تىرشىلىك جالىنى مەن ومىرگە دەگەن قۇرمەتىن ۇرلەپ سوندىرە المايدى، ولاردىڭ جەتىلگەن ەمدەۋ ونەرى مەن قالتقىسىز ۇلەس قوسۋ تىلەگى جارقىراعان جۇلدىزشا ٴۇستىرتتى الاپتىڭ كوگىندە جايناپ تۇرا بەرەدى.

ٴبىرىنشى تاراۋ، سارماي شامدى جەلدەن دالداۋ

ول جەر، بۇل جەردە وت ۇشقىنى جىلتىلداۋ، قاپتاعان جارىق جۇلدىزدار ساۋلە شاشقانداي ەلەستەۋ — شيزاڭداعى بۇدحانالاردا سانسىزداعان سارماي شامدار جانعاندا تۇڭىندايتىن سالتاناتتى كورىنىس. سارماي شام زاڭزۋلاردىڭ تۇرمىسىندا اسا ماڭىزدى ورىندا تۇرادى، بۇدحانالاردان سىرت، زاڭزۋلاردىڭ ۇيىندە دە ۇزاق ۋاقىت جانىپ تۇراتىن سارماي شامداردى كەزىكتىرۋگە بولادى. سارماي شام زاڭزۋلاردا تاراعان بۇددا ٴدىنى مۇريتتەرىنىڭ كوڭىلىندە رۋح شامى ىسپەتتى، ەگەر ادام عۇمىرى اياقتاعاندا، سارماي شام جاعىلماسا، جانى قاراڭعى تۇنەكتە اداسادى دەپ قارالادى.

شيزاڭنىڭ حالقى اراسىندا ايەلدەر مەن بالالاردىڭ سالىستىرماسى 66% تى ۇستايدى، زاڭزۋلاردا «ٴبىر بالالى بولۋ» دەگەن جوسپارلى تۋىت ساياساتى اتقارىلمايدى، ٴار ٴبىر زاڭزۋ ايەلى عۇمىرىندا كوپ بالا تۋادى. تۋىلۋ مولشەرى سالىستىرمالى جوعارى بولعانىمەن، ايەلدەردىڭ تۋىتتان ٴولۋ، نارەستەلەردىڭ شەتىنەۋ مولشەرى ىشكى ولكەلەردەن جوعارى تۇرادى.

اۋىراياق ايەلدەر مەن جاڭا تۋىلعان نارەستەلەردىڭ ٴومىرى بەينە جەل ۇرلەگەندەي ٴسونىپ قالا جازدايتىن سارماي شامداي قىل ۇستىندە تۇرادى. ون جىلدا بەيجيڭدەگى انالار مەن بالالار شيپاحاناسىنان شيزاڭعا كومەككە كەلگەن شيپاگەرلەر لحاسا قالاسىنداعى مەديتسينا قىزمەتكەرلەرىمەن تىزە قوسا وتىرىپ، سارمايشامنىڭ سونبەۋىنە دالدا بولىپ، جەلدى بوگەپ، تالاي-تالاي جاندى اجالدان قۇتقارىپ قالادى.

تۇيلۇڭدىچيڭ اۋدانىنداعى ديڭگا بۇتحاناسىنىڭ شايحىسى، شيزاڭعا كومەككە كەلگەن شيپاگەرلەر ادامنىڭ شىر ەتىپ جارىق دۇنيەگە كەلۋىنە داڭعىل جول اشقانىن ايتادى.

1. بالالاردىڭ ٴمولدىر قوس جانارى ٴۇشىن

لحاسا قالالىق ايەلدەر مەن بالالار دەنساۋلىعىن قورعاۋ شيپاحاناسى لحاسا قالا ورتالىعىنا ورنالاسقان، ونىڭ الدى-ارتىنداعى كوشەلەردىڭ بويى جىپىرلاعان قالىڭ كيم-كەشەك، اس-سۋ دۇكەندەرى، وتە اباي بولماسا، كەلگەندەر شيپاحانانىڭ قاقپاسىن وڭاي تابا المايدى. شاعىن اۋلانىڭ ىشىندەگى ەكى قاباتتىق كىشكەنە عيماراتتا ەمدەۋمەن شۇعىلدانادى، بولمەلەرىنىڭ شارت-جاعدايى وتە جاداعاي. ونى ولكە ورتالىعىنداعى ايەلدەر مەن بالالار دەنساۋلىعىن قورعاۋ شيپاحاناسى دەۋگە اۋىز بارمايدى، بۇل ارا وتكەن عاسىردىڭ 80-جىلدارىنداعى بەلگىلى ۇكىمەت مەكەمەسىنىڭ شاعىن اۋلاسىنا ۇقساپ كەتەدى. سۇيتسەدە مىنە وسىنداي ٴبىر شيپاحانا لحاسا قالاسىنداعى بىتكەن ايەلدەر مەن بالالاردىڭ دەنساۋلىعىن تەكسەرۋ، اۋرۋىن ەمدەۋ مىندەتىن ارقالاپ كەلەدى.

2007-جىلى بەسىنشى توپتا شيزاڭعا كومەككە كەلگەن كادرلار قوسىنىندا شيپاگەرلەردىڭ سانى ارتتىرىلادى. لو ليانرۇڭ، گو ۋي سەكىلدى ەمدەۋ قىزمەتكەرلەرى وتباسى، جەكە باستىق جۇمىس جاعىنداعى تۇرلىشە قيىنشىلىقتاردى جەڭىپ، جۇكتەرىن بۋىپ-ٴتۇيىپ، شيزاڭعا اتتانۋ ساپارىندا-اق حالىق تۇرمىسىنا، شيزاڭداعى ەگىنشى-مالشىلاردىڭ دەنساۋلىعىنا كوڭىل ٴبولۋدى ٴتۇبىرلى ماقسات ەتكەن مەديتسينا ارقىلى شيزاڭعا كومەكتەسۋ قىزمەتىن باستاپ كەتەدى.

ٴدال وسىنى باستاما ەتىپ، بەيجيڭنىڭ 3-A دارەجەلى دوحتىرحاناسىنان 20 نەشەگە كەلگەن سۇيەك شيپاگەرلەر ىركەس-تىركەس بيىك ۇستىرتكە اياق باسىپ، مالشىلىق رايوندارىنا باردى، ولار كاسىبىنە قالتقىسىز قۇرمەت ەتۋ رۋحى جانە وزىق ەمدەۋ تانىمى ارقىلى لحاسا رايونىنداعى شيپاحانالاردىڭ، شيپاگەرلەردىڭ، اۋەلى ناۋقاس ادامداردىڭ كوزقاراسىن وزگەرتەدى.

بەيجيڭ قالالىق تۋىت انالار شيپاحاناسى ايەلدەر اۋرۋى ٴبولىمىنىڭ اعا شيپاگەرى لو ليانرۇڭ — لحاسا قالالىق ايەلدەر مەن بالالار شيپاحاناسىنىڭ ايەلدەر اۋرۋى بولىمىنە كومەككە كەلگەن تۇٴعىش ەمشى ەدى.

ٴداستۇرلى ەمدەلۋ داعدىسىنىڭ ىقپالىندا، شيزاڭ رايونىنداعى قاۋىم دەنەسى جايسىزدانسا، كوبىنەسە وزدەرىنىڭ اردان كەلە جاتقان قاراپايىم امالدارى بويىنشا نەمەسە ٴجاي ٴداري-دارمەك ساتىپ الىپ ٴىشىپ قانا كۇتىنەدى، اۋرۋى ۇدەپ شىداتپاعاندا عانا شيپاحاناعا جۇگىرەدى، سونىمەن ۇنەمى اۋرۋدى ەمدەۋدىڭ ەڭ وڭتايلى ورايىن جىبەرىپ قويادى. بوسانۋ — شيزاڭنىڭ ەگىن، مال شارۋاشىلىق رايوندارىنداعى ايەلدەر ٴۇشىن ٴبىر «قىل كوپىر» ىسپەتتى، تولعاعى كەلگەن ايەلدەر قاتتى ازاپتانادى، ٴتىپتى كەيبىرەۋى تۋىت كەزىندە ٴولىپ كەتەدى.

لحاسا قالالىق ايەلدەر مەن بالالاردىڭ دەنساۋلىعىن قورعاۋ شيپاحاناسىندا كاسىبي قىزمەتكەرلەر وتە تاپشى، ەمدەۋ اسپاپ-جابدىقتارى ەسكى، جەتكىلىكسىز ەدى، ەمدەۋ ٴادىس-امالى جاڭارتىلماعان، اۋىراياق ايەلدەردىڭ دەنساۋلىعىن تەكسەرىپ تۇرۋدىڭ كەمەلدى ارحيۆى جاسالماعان-دى... وسىنداي سەبەپتەردىڭ سالدارىنان جۇكتى ايەلدەردىڭ ٴولىمى مەن نارسەتەلەردىڭ شەتىنەۋ مولشەرى ازايماي كەلگەن! ونان دا سوراقىسى، جەرگىلىكتى ورىنداعى ەكىقابات ايەلدەر جۇكتىلىك كەزىندە جانە ىشتەگى نارەستەنىڭ اي-كۇنى تاياعاندا دا كۇتىنبەيتىنى، اۋىراياق ايەلدەردىڭ شيپاحانالارعا جاتىپ، بوسانۋ سالىستىرماسى 40% كە جەتپەيتىن. شەت-شالعاي جەرگە قونىستانۋ، قاتىناسىنىڭ قولايسىزدىعى، ٴدىني سەنىم سەكىلدى سەبەپتەردەن زاڭعۋ باۋىرلاستاردىڭ كەيبىرەۋى تۋىلۋ، قارتايۋ، اۋرۋ، ٴولۋ بارىسىن اۋەلى ٴتاڭىردىڭ جازمىشى دەپ بىلەدى.

لحاسا قالالىق ايەلدەر مەن بالالار دەنساۋلىعىن قورعاۋ

شيپاحاناسىنداعى شيپاگەرلەر مەن سەستىرالار بار مۇمكىندىكتەرى بويىنشا قولىنان كەلگەنىن ىستەسە دە، ٴبىراق وزىق تەحنيكا، ونەر ۇيرەنۋ ورايى بولمايدى؛ كلىنيكالىق قىزمەتتى مۇقيات ىستەسە دە، ٴبىراق بوساندىرۋدا قولداناتىن قاعيدا ولشەمى جوق ەدى. تۇرلىشە رەال قيىنشىلىقتار شيزاڭعا كومەككە كەلگەن شيپاگەرلەرگە اۋىر قىسىم تۇسىرەدى.

لو ليانرۇڭ اۋىل-قىستاقتارعا بارعان سايىن ەگىنشى-مالشى ايەلدەرگە وسىزامانعى، عىلمي شيپاحانالاردا بوسانۋ ٴادىسىن ۇگىتتەيدى، تۋىتتان ىلگەرگى دايىندىق، تۋىت كەزىندەگى حاۋىپسىزدىك، تۋىتتان كەيىنگى كۇتىنۋ سياقتى جاقتاردى سالىستىرا ايتىپ، اۋىراياق ايەلدەردى ٴداستۇرلى تۋىت كوزقاراسىن وزگەرتىپ، شيپاحانالارعا بارىپ بوسانۋعا شابىتتاندىرادى. قۇرىلعىلار كەمەلدى بولماعان شارت-جاعدايدا دا، شيزاڭدا بار قاراپايىم جابدىقتار بويىنشا بوساندىرۋدىڭ ايىرىقشا ادىستەرىن بىرتىندەپ كەمەلدەندىرىپ، تالاي-تالاي جاس انالاردىڭ جانىن قۇتقارىپ قالادى.

ول نەگىزىنەن دەمالىس كۇندەرىندە دە تىنىقپايدى، ۇيالى تەلەفونى سوتكە بويى اشىق تۇرادى، ٴنومىرىن اۋرۋ-سىرقاۋلار مەن شيپاگەرلەرگە جاريا ۇستايدى، قانشا شارشاپ-شالدىقسا دا، ٴار كۇنى جۇمىستان قايتار الدىندا ناۋقاستاردىڭ حال-جايىن تۇگەل ٴبىر رەت ٴبىلىپ تۇرۋدى داعدىعا اينالدىرادى. لحاسا قالاسىنا قاراستى اۋداندىق، قالا رايوندىق شيپاحانالار قاتەرلى، شۇعىل، اۋىر ناۋقاستاردى قابىلداعان بولىپ، حابار بەرسە بولعانى، ول بارلىق جۇمىستى قايىرىپ قويىپ، الدىمەن سول اراعا بارىپ، اۋرۋدى ەمدەۋگە سەلبەسەدى.

2008-جىلى بەيجيڭ قالالىق انالار مەن بالالار دەنساۋلىعىن قورعاۋ شيپاحاناسىنان شيە دان دەگەن شيپاگەر كەلىپ، ونىڭ ورنىن باسىپ، «جالعاپ جۇگىرۋ» فورماسىنداعى قىزمەتتى وتكىزىپ

الىپ، تىندىرىمدى جۇمىستار ىستەدى، سونىمەن لحاسا قالالىق ايەلدەر مەن بالالار دەنساۋلىعىن قورعاۋ شيپاحاناسىنىڭ كاسىپتىك دەڭگەيى بارىنشا جوعارىلاپ، ايەلدەر مەن بالالار دەنساۋلىعىن قورعاۋداعى مەملەكەتتىك وزات كوللەكتيۆ، انا-بالالار دەنساۋلىعىن قورعاۋ ىسانىنا جەتەكشىلىك ەتۋدەگى اۆتونوميالى رايوندىق وزات كوللەكتيۆ سياقتى داڭقتى اتاقتار الدى. الدىڭعىلاردىڭ ٴىزىن باسقان شيپاگەر ۋاڭ شياۋرۇڭ دا بەيجيڭ قالالىق انالار مەن بالالار دەنساۋلىعىن قورعاۋ شيپاحاناسىنان كەلگەن-دى. ول لحاسا قالالىق ايەلدەر مەن بالالار دەنساۋلىعىن قورعاۋ شيپاحاناسىنىڭ سالىستىرمالى كەنجەلەپ قالۋ سىندى ٴىس جۇزىندىك احۋالىنا ۇشتاستىرىپ، شيپاحانانىڭ جاڭادان ىشتەگى بالانىڭ جۇرەگىن تەكسەرۋ اسپابىن ەنگىزۋىنە سەلبەسىپ، وسى اسپاپ ارقىلى ىشتەگى بالانىڭ جۇرەك سوعۋىن تەكسەرۋدى قولما-قول ۇيرەتىپ، ٴبولىم-كەڭسە شيپاگەر-سەسترالارىنا بۇل اسپاپتى مەڭگەرۋ تەحنيكاسىن يگەرتەدى. مۇنداي اسپاپ شيپاحانادا بىرەۋ-اق بولسا دا، ىشتەگى بالادا قانداي اقاۋ بارىن انىقتاۋ مەن نارەستەلەردىڭ شەتىنەۋ مولشەرىن ازايتۋدا ماڭىزدى رول اتقارادى. ايتسەدە، كوپشىلىكتى ىڭعايسىز كۇيگە تۇسىرگەنى، پايدالانا كەلە ٴبىر جىلدان كەيىن بۇل اسپاپتىڭ ٴوزى «سىر قاتتاتىپ» قالادى، بەيجيڭنىڭ حايديڭ رايوندىق ەمحاناسىنان كومەككە كەلەتىن مىڭ ران مەن جياڭ حۇڭچيڭ شيزاڭعا جەتكەنشە، شيپاحانا بۇل اسباپتى جوندەتۋگە جونەلتىپ، دوپلەر تىڭداعىش اسپابى ارقىلى ىشتەگى بالانىڭ جۇرەگىن تەكسەرتۋ جۇمىسىن جالعاستىرا بەرەدى.

2010-جىلى لحاسا قالالىق ايەلدەر مەن بالالار دەنساۋلىعىن قورعاۋ شيپاحاناسىنداعى وپەراتسيا جاساپ، ايەلدى بوساندىرۋ تەحنيكاسىن بىلەتىن جالعىز اعا شيپاگەر، مەڭگەرۋشى سىرىنچيوك دا زەينەتكە شىعادى، شيپاحانا باستىعى بارلىق جۇمىسشى – قىزمەتشىلەرىن باستاپ، شيپاحانا اۋلاسىنا اياق باسقان مىڭ ران مەن

جياڭ حوڭچيڭدى قارسى الادى، ٴارى كوپشىلىككە: «شاپالاق سوعىڭدار، مىنالار بەيجيڭدەگى ۇلكەن شيپاحانادان كەلگەن اتاقتى ماماندار...»، — دەپ تانىستىرادى.

مىڭ ران مەن جياڭ حوڭچيڭ شيپاحانا باستىعىنىڭ وزدەرىنەن ۇلكەن ٴۇمىت كۇتەتىنىن اڭعارىپ، يىقتارىنداعى جۇكتىڭ سالماقتى ەكەنىن بىلە قويادى. ٴارى ٴبارىن اماليات بارىسىندا كورمەيمىز بە، جۇمىسقا كىرىسەلىك، جەر باسقا بولعانىمەن، شيپاگەر جونىنەن ايتقاندا، شيپاحانا قاشاندا ونىڭ ٴۇيى دەپ بەلدى بەكەم بۋادى.

جۇمىس بولىستەرى جاسالىپ، جياڭ حوڭچيڭ بالىنيتسا بولىمىنە، مىڭ ران امبالاتورياعا بولىنەدى.

امبالاتورياداعى قىزمەتىنىڭ مىندەتى — قاتەرلى اۋرۋ-سىرقاۋى بارلاردى ەرتەرەك تەكسەرىپ انىقتاۋ ەدى. ايتسەدە ٴبىرتالاي زاڭىزۋ ايەلدەرىنىڭ اۋىراياقتىق جونىندەگى تانىمى تاياز بولعاندىقتان، مىڭ ران ۋاقتىنىڭ باسىم كوبىن ايەلدەرگە ەمدەلۋ بىلىمدەرىن ۇگىتتەۋمەن، ۇيرەتۋمەن وتكىزەدى.

— امبالاتوريادا كۇنىنە 30 نەشە ناۋقاس ادامدى قابىلدايمىن، بۇل ارادا شيپاگەر كەمشىل، سەستىرا جوق، ولاردىڭ ٴنومىر الىپ، تەكسەرىلىپ، اقىل-كەڭەس سۇراۋىنا دەيىنگى ىستەرىن تۇگەل شيپاگەر ىستەيدى. ناۋقاس ادامدار ونشا كوپ بولماسا دا، شيپاگەر تاپشىلىق ەتەدى، سويلەي-سويلەي تاماعىڭ قۇرعاعاندا، ٴبىر ۇرتتام سۋ ىشۋگە دە مۇرشا تيمەيدى، — دەدى مىڭ ران راحاتتانا كۇلىپ.

بيىك ۇستىرتتە جاسايتىندىقتان، لحاسا رايونىنداعى جۇكتى ايەلدەردىڭ تولعاق كەزىندەگى قان قىسىمى وڭاي ورلەپ كەتەدى، مۇنداي ناۋقاسى بار ايەلدەردىڭ قان قىسىمى ۇنەمى 200 دە 140 تى كورسەتەدى، مۇنىڭ اۋىراياق ايەلگە جانە ىشتەگى نارەستەگە كورسەتەر ىقپالى ەرەكشە زور بولادى، سونىمەن اۋىرياق ايەلدەر مي سۇلى ىسىگى، قۇرىسۋ، بۇيرەگى زاقىمدالۋ اۋرۋىنا شالدىعىپ، ىشتەگى نارەستەگە وتتەگى جەتىسپەۋ، بالا جولداسى جارىلۋ،

نارەستە نشتە تۇنشعىپ ٴولۋ سەكىلدى زارداپ تۋىندايدى.

باسىم كوپ ساندى جۇكتى ايەلدەردىڭ جوعارى قان قىسىم جونىندەگى تانىمى تاياز بولادى، وسىعان مەڭزەس، مىڭ ران ولارعا مۇنىڭ زيانىن اسقىپاي ٴتۇسىندىرىپ، كەيدە ٴبىر ايتقاندارىن كۇنىنە ون نەشە، ٴتىپتى جيىرما نەشە قايتالايدى. ونى بىرەۋلەر قابىلداسا، بىرەۋلەر قۇپ كورمەي، ۇيىنە قايتىپ جاتادى. مۇندايدا مىڭ ران تۇت بولىمىنە كەلگەن اۋىرياق ايەلدىڭ تۋىستارىن جۇمىلدىرىپ، اقىل ايتقىزادى، ٴتىپتى شيپاحانا باستىعىن شاقىرىپ كەلىپ، اۋىراياق ايەلدەردى بالنيتساعا جاتقىزۋعا قولقالايدى.

داڭشيۇڭ، ناچۇي اۋدانى سەكىلدى تەڭىز دەڭگەيىنەن جوعارى وڭىرلەردەن سالىپ ۇرىپ جەتكەن اۋىراياق ايەلدەر مىڭ راندى ەڭ نازالاندىرۋشى ەدى. قيت ەتسە، وعان ىلعي اتاسى، كۇيەۋى، قايىنى دەگەن سىقىلدى ٴبىر ٴۇيلى جان شۇبىرىپ ەرە كەلەتىن، مۇنان جۇرتتىڭ اۋىراياق ايەلگە باسا ٴمان بەرەتىنىن بايقاۋعا بولۋشى ەدى. ەگىن، مال شارۋاشىلىق رايوندارىنداعى اۋىراياق ايەلدەر قان ازدىق اۋرۋىنا دا جيى ۇشىرايتىن، كەيبىرى مۇلدە ەت جەمەيتىن، تارى-تالقان، ارپا عانا جەيتىن ايەلدەردىڭ ەكى بەتى قىپ-قىزىل بوپ تۇرعانىمەن، قان بوياعىش زاتىنىڭ مولشەرى نەبارى ٴتورت، بەس گرام عانا شىعاتىن. ولاردىڭ الۋان ٴتۇرلى ۆيتامين تولىقتاۋىنا تۋرا كەلەتىن، ايتسەدە مىڭ ران ولارعا تولىق ٴتۇسىندىرىپ بەرە الماي قالاتىن، اۋدارماشى بولعان كۇندەدە، ۆيتامين تولىقتاۋ دەگەنىڭ قيسىنىن تولىق بىلە بەرمەيدى.

— ولار ساعان سەنگەنىمەن، ٴبىراق سەنى تۇسىنبەيدى، — دەدى مىڭ ران نالىپ.

ٴار رەتكى وسىنداي شاقتا مىڭ ران ىلعي ىڭعايسىز كۇيگە تۇسەدى، تاماعى قارلىعىپ، ومەشەگى ٴۇزىلىپ كەتەردەي بولسا دا، بىرەۋىنە ٴىستىڭ قيسىنىن تولىق ۇعىندىرا السا، سونىسىنا ٴماز بولىپ، ٴبىر جاساپ قالادى.

108

مىڭ راننىڭ امبالاتوريادا ۇگىت-تاربيە جۇرگىزۋىنە جانە اۋىراياق ايەلدەردى الدىن الا تەكسەرىپ مەجەلەۋىنە سالىستىرعاندا، بالنيتسا اۋىرياق ايەلدەر وتەتىن سوڭعى وتكەل ەسەپتەلەدى. شيپاحاناعا كەلگەن كۇنى تۇستەن كەيىن، جارىم كۇنگە جەتپەيتىن ۋاقىتتا جياڭ حوڭچيڭ ٴوزىنىڭ «جاڭا وتباسىنىڭ» جاعدايىنا قانىق بولدى — اۋىراياق ايەلدەردىڭ دەنىنىڭ الدىن الا تەكسەرىلگەن ماتەريالى، نەگىزگى احۋالى جازىلعان ەستەلىگى جوق بوپ شىعادى؛ ولاردىڭ كالەندارىدى، جۇكتىلىك مەرزىمىن ەسەپتەي بىلمەيتىنى انىق بولادى؛ تۋىت بولىمىندە شات سۇيەكتى سىرتىنان تەكسەرۋ كەرەك بولسا دا، بولىمدە ونى تەكسەرەتىن اسپاپ جوق بوپ شىعادى دا، تەك كوزبەن مولشەرلەۋگە تۋرا كەلەدى.

قينشىلىقتار وسىلارمەن عانا تاۋسىلا قويمايدى. بەيجيڭدە جياڭ حۇڭچيڭنىڭ ارتىندا ٴبىر كاسىبي قوسىن بولۋشى ەدى، ٴبولىم-كەڭسەلەردىڭ تەحنيكالىق قۋاتى بىركەلكى، شۇعىل قۇتقارۋ شارالارى ساقاداي ساي بولاتىن، كۇدىكتى ماسەلەلەرگە تاپ بولسا، ماماندار جول سىلتەپ، ٴجون كورسەتەتىن. ال بۇل ارادا ٴسىز ٴوزىڭىز عانا مامانسىز، باسقا ەمدەۋ قىزمەتكەرلەرى اۋەلى ٴسىزدىڭ شەشىم جاساۋىڭىزعا قاراپ تۇرادى. قيلى رەال قيىندىقتار جياڭ حوڭچيڭگە اۋىر قىسىم تۇسىرەدى، جارىم ايعا جەتپەيتىن ۋاقىتتا شاشىنىڭ اعى كوبەيىپ كەتەدى.

ول تەكسەرىپ-زەرتتەۋ ناتيجەسىنە ساي، تالداۋ جاساپ، تۋىت ٴبولىمىنىڭ ەگجەي-تەگجەيلى قىزمەت جوسپارىن تۇزەدى، ەمدەۋ قىزمەتكەرلەرىنىڭ تۋىت بولىمدە ەم-دوم جاساۋعا قاتىستى نەگىزگى بەلگىلەمەنى شىعارىپ، بالنيتسانى ارالاۋ، اۋرۋ تاريحىن جازۋ، تەكسەرۋ لەنتاسى مەن ناتيجەسىن دايىنداۋ تۇزىمىن بەلگىلەۋىنە كومەكتەسۋدەن باستاپ كىرىسىپ، ۇلگى كورسەتۋ، نەگىزدىك بىلىمدەردى ۇيرەتۋ، تانىمدى جاڭالاۋ جاقتارىندا باستاماشى بولادى، سونداي-اق شيپاحانانىڭ جانە ەمدەۋ قىزمەتكەرلەرىنىڭ ٴىس

جۇزىندىك احۋالىنا قاراي، تۇت كاسىپتىك بىلىمدەرىن ۇيرەتۋگە قاتىستى 16 نىساندى بەلگىلەيدى.

— اپتا سايىن شيپاگەرلەردى جيىپ، ساباق ٴوتىپ، بىلەتىندەرىمدى، بۇل ارادا قاجەتتى ساۋاتتاردى ۇيرەتىپ تۇردىم، ٴبىراق ناتيجەسى كوڭىل كونشىتەرلىكتەي بولمادى، مۇمكىن، جوعارى ٴۇستىرتتى رايوندا وتتەگى جەتىسپەۋدەن كوپشىلىكتىڭ ەستە ساقتاۋ قابىلەتىنىڭ تومەن بولۋى مۇرىندىق بولدى ما ەكەن، — دەپ كۇلدى جياڭ حوڭچيڭ.

كەيىن كەلە ول ٴبىر امال تاۋىپ، ٴار كۇنى شيپاگەرلەردى باستاپ، بالنيتسانى ارالادى، ۇيرەتەتىن بىلىمدەرىن ٴار ٴبىر ناۋقاستىڭ اۋرۋ جاعدايىنا تالداۋ جاساۋ بارىسىنا ٴسىڭىرىپ وتىردى، مۇنىڭ ناتيجەسى كوپ جاقسى بولىپ، كوپشىلىكتىڭ بىردەڭە يگەرۋ، ٴبىلىپ الۋ ىنتاسى كۇشەيدى. جياڭ حوڭچيڭنىڭ توككەن تەرى، سىڭىرگەن ەڭبەگى باعالانباي قالمادى، ولار ونى «داۋاجۋوگا» (ۇستىرتتەگى كىرشىكسىز اي پەريزاتى) دەپ اتاپ كەتتى.

مىڭ ران امبالاتوريادا تۇت تۇسىندا قان قىسىمى جوعارى اۋىراياق ايەلدەردى بايقاسا بولدى، بالنيتساعا جاتۋعا ورنالاستىرىپ وتىردى. بوسانعاننان كەيىن قان كەتۋ — اۋىراياق كەزىندە قان قىسىمىنىڭ تىم جوعارى بولۋىنىڭ سالدارى ەدى، لحاسادا قان قايىنارى از، ٴداري-دارمەك تاپشى بولۋ — اۋىراياق ايەلدەردىڭ ٴولىم-ٴجىتىمىنىڭ باستى فاكتورى. وسىنداي وبيەكتيۆ قيىنشىلىقتا مەڭزەس، جياڭ حوڭچيڭ ٴبىر جاعىنان، وپەراتسيانى مۇمكىندىگىنشە ٴساتتى، تابىستى جاساپ، ۋاقىتىن قىسقارتىپ، قان كەتۋ مولشەرىن بارىنشا ازايتتى؛ ەندى ٴبىر جاعىنان، بار زەيىنىن جۇمساپ، شيراقى قيمىلداپ، داكى، ٴداري، ديزەنفەكسيالاۋ جابدىقتارىن تولىق دايىنداپ، ٴداستۇرلى ٴادىس-امالداردان دا پايدالانىپ، قان كەتۋىن تەجەدى. ول تاعى ٴوزى قاراپايىم ادام مودەلىن دايىنداپ، تۇتاس شيپاحاناداعى ەمدەۋ قىزمەتكەرلەرىنە

جاتىر وپەراتسياسىن جاساۋدان ۇلگى كورسەتىپ، ولاردى شەبەرلىككە باۋلىپ وتىردى.

2012-جىلدىڭ 12-ايىنداعى ٴبىر سەنبى كۇنى، شيپاحانا تەڭىز دەڭگەيىنەن 5000 مەتر بيىك ۇستىرتكە ورنالاسقان داڭشيۇڭ اۋدانى نيڭجۇڭ اۋىلىنىڭ ميلين قىستاعىنان كەلگەن اۋىراياق ايەل ساڭدانچۇيجىندى قابىلدايدى. اۋرۋ جانىنا قاتتى باتقان ول تەرگە مالشىنىپ، ٴوڭى سۇرلانىپ كەتەدى. اۋرۋ جاعدايىن سۇراپ، دەنەسىن تەكسەرگەننەن كەيىن، كەزەكشى شيپاگەر ونىڭ ناۋقاسى جۇۋردا وتكەن كۇدىكتى اۋرۋلارعا تالداۋ تالقىسىندا تۇراقتاندىرىلعان اۋرۋعا وتە ۇقساپ كەتەتىنىن، اتاپ ايتقاندا، بالا جولداسى جارىلۋ مۇمكىندىگى بارىن، ەگەر دەرەۋ وپەراتسيا جاساپ ەمدەمەسە، انا مەن بالانىڭ ومىرىنە قاتەر تونەتىنىن اڭعارادى.

شيپاحانا شۇعىل قۇتقارۋ جوباسىن ىسكە قوسىپ، ەمدەۋ قىزمەتكەرلەرىن دەرەۋ قىزمەت ورىندارىنا كەلۋگە شاقىرىپ، ٴوز جۇمىستارىنا جاۋاپتى بولۋعا ورنالاستىرادى، جياڭ حۇڭچيڭ مەن لحاسا ايەلدەر مەن بالالار دەنساۋلىعىن قورعاۋ شيپاحاناسىنداعى ساپتاستارى قىسقا ۋاقىتتا ٴساتتى وپەراتسيا جاساپ، ىشتەگى نارەستەنى امان-ەسەن الىپ شىعىپ، جاس انانى دا قۇتقارىپ قالادى.

ٴبىر ٴسات قاربالاستىقتا تۇسكەنىنەن كەيىن، ەمدەۋ قىزمەتكەرلەرىنىڭ كوڭىلى جادىراپ، جايشىلىقتا قايتالاي ۇيرەنۋدىڭ، باقىلاۋدىڭ، جاتتىعۋدىڭ ناتيجەسىن كورىپ، راقاتتانىپ قالادى.

مۇنداي جاعداي جياڭ حۇڭچيڭدى تىپتەن ماقتانىشقا بولەيدى.

— شيزاڭداعىلارعا تەحنيكالىق جاقتان كومەكتەسۋ ٴبىزدى بۇل اراعا ۇلكەن جۇككە تىرەك بولسىن دەپ شاقىرىپ كەلگەن جوق، قايتا ٴبىز ارقىلى وزىق تەحنيكانى، بىلىمدەردى، تانىم-تۇسىنىكتى وسىندا جەتكىزسىن دەپ اكەلسە كەرەك. مەن قايتقانىمەن، تەحنيكا، ونەر وسىندا قالادى، اۋلى جەرگىلىكتى ورىندا ٴوسىپ-ونەدى! مىنە

بۇل، شيزاڭعا تەحنيكالىق جاقتان كومەكتەسۋدەگى تۇبەگەيلى ماقسات بولسا كەرەك، — دەدى جياڭ حوڭچيڭ.

ونىڭ تاربيەلەپ باۋلىعان شاكىرتى ٴدال لاڭجيچۇيجىن ەدى.

— مەن ىشكى وڭىردەگى ۇلكەن شيپاحانادا ۇيرەنىپ جۇرگەنىمدە، كلينيكالىق جۇمىستار ىستەۋگە ۋراي بولماعان ەدى، 9-ايدىڭ باس شەنىندە لحاساعا قايتىپ كەلگەن سوڭ، جياڭ مۇعالىم مەنى قاسىنا الىپ، 20 نەشە رەتكى جاتىر وپەراتسياسىن جاساۋعا قاتىناستىردى، — دەدى لاڭجينچۇيجىن ەلجىرەي.

جياڭ حوڭچيڭدى ەڭ سۇيىندىرگەنى، ونىڭ بەيجيڭگە قايتاتىن مەرزىمى تاياعاندا، لاڭجينچۇيجيننىڭ نەگىزىنەن وپەراتسيانى دەربەس جاساي الۋ دەڭگەيىنە جەتكەنى بولدى.

تۋٴت ٴبولىمى شيپاگەرلەرىنىڭ جۇمىسى تۋتەنشە قاربالاس بولاتىنى راس، ۇيتكەنى ەكى جاننىڭ تاعدىرى الدىڭدا تۇرادى، توسىن تۋىلاتىن بەلگىسىز جايتتەردىڭ كوپتىگى ٴسىزدى ساسترماي قويمايدى. 2012-جىلى بەيجيڭ شۋان-ۋ شيپاحاناسىنان كەلگەن شيپاگەر ي حۇڭيان لحاسا قالالىق ايەلدەر مەن بالالار دەنساۋلىعىن قورعاۋ شيپاحاناسىندا جۇمىسقا شىققان العاشقى كۇنى-اق شوشىپ قالادى.

تۇستەن كەيىن ساعات 5 جارىمدا ي حۇڭيان جۇمىستان قايتۋعا دايىندالىپ، كەرەك-جاراعىن جيىستىرىپ جاتقاندا، ٴبىر شيپاگەر وعان: «ي مۇعالىم، تۋٴت بولمەسىندەگى تۇسەك تاستاعان اۋرۋ ادامنان قان كوپ كەتىپ جاتىر، بارىپ كورسەڭىز»، — دەپ حابار بەرەدى.

جۇكتى بولعانىنا 28 اپتا تولىپ، قاعاناعى الدە قاشان جارىلىپ تۇسەك تاستاعان بۇل كەلىنشەكتەن ٴبىر ساعات وتكەنىنەن سوڭ قان كەتە باستاپتى. تۋٴت بولمەسى ەمدەيتىن قاتەرلى اۋرۋ تۇرلەرىنىڭ ىشىندە بوسانعاننان كەيىنگى قان كەتۋ جايتى تۋٴت ٴبولىمى شيپاگەرى ٴۇشىن ايتقاندا، ۇنەمى كەزدەسەتىن اۋرۋ، ٴبىر جايلى ەتۋ

نەداۋىر وڭاي ٴتۇرى بولاتىن. الايدا ي حۇڭيان كەلۋدەن بىلگەرى، لاڭجيچۇيجىننىڭ ونى ەمدەۋگە كىرىسكەنىنە جارىم ساعات بولعان ەكەن.

— جاراقاتى بار ما ەكەن؟ — دەدى ي حۇڭيان.

— انىق ەمەس، — دەپ جاۋاپ بەردى لاڭجيچۇيجىن.

ساقتىق كيىمىن كيىپ، قولعابىنا ساۋساقتارىن جۇگىرتكەن ي حۇڭيان ەگجەي-تەگجەيلى تەكسەرگەنىنەن كەيىن، جاراقات جوعىن كەسىپ ايتتى.

— بالا جولداسى، شاراناسى ٴبۇتىن بە؟

— ٴبۇتىن، جاتىرىن تازالاعاندا، ەشقانداي قالدىق قالماعان، — دەپ جاۋاپ قاتادى لاڭجيچۇيجىن.

ي حۇڭيان قالعان ەكى قۇمىرا جاتىر تازالاعىش ٴدارىنى تۇگەل ىستەتتى، ٴارى جاتىردى ۋقالاۋعا ارناۋلى ادام ورنالاستىرادى. ناۋقاس ادام قان كەتۋ سەبەبىنەن ەسىنەن تانىپ، سۇلىق جاتادى. قان قىسىمى 50 دە 80 گە تومەندەپ، جۇرەك سوعۋى مينۋتىنا 100 رەت بولادى. ي حۇڭيان اسپالى ۋكول قۇيۋ قارقىنىن تەزدەتىپ، قىزىل قان بەلوگىن، قان قاتۋىن تەكسەرەدى ٴارى دەرەۋ جاڭالاپ قان قۇيادى.

سونىمەن داعدى بويىنشا مۇنداي ناۋقاس ادامعا قان قۇيۋعا تۋرا كەلەدى، ۇيتپەسە قان قاتا بەرۋ حاۋپى تۋىلاتىن ەدى. الايدا لحاسا قالالىق ايەلدەر مەن بالالار دەنساۋلىعىن قورعاۋ شيپاحاناسىندا تالشىقتى پروتەينوگەن، قان قويماسى دەگەندەر جوق بوپ شىعادى، مۇنىڭ ارتى ناسىرعا شاباتىن قاتەر تونەدى! قانشا حابارلاسسا دا، تۇتاس قالا بويىنشا قان پونكتتەرىنەن زورعا 200 ميلليلەتر عانا ساپ قان تابىلادى، بۇل مۇلدە جەتپەيتىن-دى.

بۇل تۇستا تۇت ٴبولىمىنىڭ مەڭگەرۋشىلىگىنە تاعايىندالعان لاڭجيچۇيجىن ي حۇڭياندى جۇباتا:

— ٴبىزدىڭ زاڭزۋلاردىڭ قان كەتۋ ناۋقاسىنا شىدامدىلىعى

كۇشتى، الاڭسىز بولىڭىز، ــــ دەدى.

بۇعان سەنەر-سەنبەسىن بىلمەگەن ي حۇڭيانىڭ كوڭىلى قان بىرتىندەپ توقتاعانىنان سوڭ بارىپ ساباسىنا تۇسەدى، ايتسەدە جاتاعىنا بارعانىنان كەيىن دە الاڭداپ، تەلەفوندا ناۋقاس ادامنىڭ حال-جايىن سۇراپ، تۇنىمەن جاقسى كوز ىلمەي شىعادى. ەرتەسى ي حۇڭيان شيپاحاناعا ەرتەرەك كەلىپ، ناۋقاس ادامنىڭ تاۋىرلەنىپ قالعانىن كورگەندە عانا كوڭىلى جاي تابادى. قىزىل قان بەلوگىنىڭ 89 g/L بولعانىن بىلەدى.

ٴبىراق نەدەگەن تەز جوعارىلاعان؟ بۇل ٴىسىرا قان قويىلىۋدىڭ سەبەبى بە دەپ ول وزىنە-ٴوزى سەنبەيدى. ەكى كۇننەن كەيىن تاعى كەلىپ تەكسەرسە، ناۋقاس ادامنىڭ قىزىل قان بەلوگى تاعى جوعارىلاعانىن انىقتايدى. ول سوندا بارىپ لاڭجيچۇيجىنىڭ زاڭىزۋ ايەلدەرىنىڭ قان كەتۋگە شىدامدىلىعى كۇشتى دەگەنىنە كوز جەتكىزەدى، قىزىل قان بەلوگىن جاساۋ قۋاتى ىشكى ولكەلەردەگى ناۋقاستاردىكىنەن الدە قايدا جوعارى ەكەنىنە سەنەدى. ۇلت، ٴوڭىر پارىقتى بولسا، اۋرۋدى ٴبىرجايلى ەتۋ جوباسى مەن ناتيجەسى دە پارىقتى بولادى ەكەن-اۋ دەگەن تۇسىنىككە يە بولادى.

مۇنداي شۇعىل قۇتقارۋ كەشىرمەسى شيزاڭعا كومەكتەسۋ ٴۇشىن لحاسا قالالىق ايەلدەر مەن بالالار دەنساۋلىعىن قورعاۋ شيپاحاناسىنا كەلگەن 11 شيپاگەر جونىنەن ايتقاندا، داعدىلى شارۋا سياقتى ەدى.ٴار كۇنى تولعاعى اشتى اۋىراياق ايەلدى قابىلداۋ، بوساندىرعان سوڭ، قان كوپ كەتۋ سەكىلدى توسىن جاعدايلارعا تاپ بولۋ، تاۋلىك بويى ناۋقاستاردى باقىلاۋ «بەيجيڭنەن شيزاڭعا كەلگەن مۇعالىمدەر» ٴۇشىن ايتقاندا، كۇندەلىكتى وتەيتىن راسمياتقا اينالعان، ولار جەرگىلىكتى شيپاگەرلەردىڭ ارقاسۇيەرى بوپ قالعان ەدى.

سۇڭ جيڭ بەيجيڭ قالالىق انالار مەن بالالار دەنساۋلىعىن قورعاۋ شيپاحاناسىنان كەلگەن بوساندىرۋشى دارىگەر بولاتىن، وعان تىلشىلىك ىستەي بارعانىمدا، تۋىت بولىمىندە اۋىراياق ايەلگە

قارايلاسىپ جاتىر ەكەن، ول بولىمدە جاتقان اۋىراياق ايەلدەردى، بوسانعان ايەلدەردى اۋىق-اۋىق شولىپ قاداعالاپ تۇراتىن سىياقتى، عيماراتتان ارى-بەرى قايتا-قايتا ٴتۇسىپ-شىعىپ ٴجۇر، تالدىرماش دەنەسىندە جۇمسالىپ بولماستاي كۇش بارداي بولىپ كورىندى.

تالاي ادام تۇۋىت بولىمىندە شىپاگەر بولادى ەمەس پە؟ ال بوساندىرۋشى دارىگەر نە ىستەيدى دەپ تاڭعالادى. شىنتۋايتىنا كەلگەندە، مەديتسينا كوزقاراسى بويىنشا، اۋىراياق ادام ناۋقاس ادام ەمەس، ٴبىر ٴتۇرلى ەرەكشە كۇيدەگى ساۋ ادام. بوساندىرۋشى شىن مانىندەگى شيپاگەر دە، سەسترا دا ەمەس، بىراق بوسانۋ بولىمىندە شيپاگەر مەن سەسترالار ٴدوپ كەلەتىن نەمەسە مۇلدە كەزدەسپەيتىن قۇبىلمالى جاعدايدى ٴبىر جايلى ەتەتىن قىزمەتكەر. تاجىريبەلى بوساندىرۋشىنىڭ اۋىراياق ايەلگە تيەتىن سەبى تۇۋىت ٴبولىمىنىڭ ەمكوسىنەن دە ارتىق بولادى، بوساندىرۋشىنىڭ جۇمىس سيپاتى ونىڭ نارەستەنىڭ كىندىگىن كەسۋ، ىڭعايلاۋ، قاراۋ سياقتىلاردى بىرگە ىستەۋىن بەلگىلەگەن. بوساندىرۋ بارىسىندا بوساندىرۋشىنىڭ اۋىراياق ايەلدەرگە قاراۋ ۋاقتى شيپاگەرلەردىكىنەن الدە قايدا ۇزاق بولادى، سوندىقتان اۋىراياق ايەلدىڭ بوسانۋ بارىسىنداعى فيزولوگيالىق، پسيحيكالىق جاقتارداعى وزگەرىستەرىن قاداعالاي، تاپتىشتەي يگەرىپ وتىرادى.

لحاسا قالالىق ايەلدەر مەن بالالار دەنساۋلىعىن قورعاۋ شيپاحاناسىندا بوساندىرۋشى دارىگەر دەگەن قىزمەت ورنى اتىمەن جوق-تى. سوڭ جيەڭ بيىك ٴۇستىرتتى وڭىرگە العاش بارعاندا، سۋ-توپىراعى مەن اۋاسىنا ۇيلەسە الماسا دا، 3 ايدان كەيىن، بوساندىرۋ ونەرىن باسقالارعا ۇيرەتۋمە قولايلى بولار دەپ ەسەپتەپ، قيىنشىلىقتى جەڭىپ، تۇنگى كەزەكشى مىندەتىن وتەۋدى ىرىقتى وتىنەدى.

پرينسيپتىك جاقتان شيزاڭعا كومەككە كەلگەن شيپاگەرلەر تۇنگى قىزمەتكە ورنالاستىرىلمايتىن، ۇيتكەنى زاڭعۇ ٴتىلىن

بىلمەگەندىكتەن، ەم-دوم جاساۋدا قيىندىقتا تاپ بولاتىن، ماسەلە بولسا، تەلەفوندا عانا تىلدەسىپ، ٴجونىن ايتاتىن. ٴبىراق سۇڭ جيىڭ تۇندە تولعاعى ۇستايتىنداردىڭ سانى كۇندىزگىدەن كوپ بولادى، بۇل تۋت ٴبولىمىنىڭ ەرەكشەلىگى، تۇندە كەزەكشى قىزمەتىن ىستەگەندە عانا اناعۇرلىم كوپ ايەلدىڭ امان-ەسەن بوسانۋىنا قولعابىس تيگىزە الامىن دەپ ەسەپتەيدى.

سوڭ جيىڭنىڭ نازارىندا، تىندىراتىن شارۋالارى وسىلار عانا ەمەس-تى. ەمدەۋ شارت-جاعدايى شەكتى بولعاندىقتان ىشكى ولكەلەردىڭ شيپاحانالارىندا بولاتىن كوپتەگەن قىزمەت وتەۋ تۇرلەرى لحاسادا ۇتىمدى اتقارىلمايتىن. ماسەلەن، اۋىراياق ايەلدىڭ جايىن ەرتە ٴبىلۋ، ەرتە ٴيتۋ، ومىراۋ ٴۇرپىن ەرتە اشۋ سەكىلدى شارالار ورتانىڭ شەكتەمەلىلىگىنەن كلينيكا امالياتى بارىسىندا قىسقارتىلعان-دى. سۇڭ جيىڭ ٴبىر مەزەت ويلانىپ-تولعانعانىنان كەيىن، تۋت بولىمىندەگى قۇرىلعىلاردى، جابدىقتاردى قايتادان ىڭعايلاپ، توسەك، نارەستە جاتاتىن بەسىك، تارازى سەكىلدىلەردىڭ ورنىن اۋىستىرىپ، ولاردىڭ ٴوز رولىن بارىنشا ساۋلەلەندىرۋىنە مۇمكىندىك جاساپ، تۋت ٴبولىمىنىڭ ورتا تەمپەراتۋراسىن بارىنشا جوعارىلاتادى. اسىرەسە جاڭا تۋىلعان نارەستەلەر بەسىك ورنىنىڭ جاڭالانۋى ولاردىڭ قالىپتى تەمپەراتۋرانى ساقتاۋىنا، قاتىستى كۇتىمدەۋ شارالارىنىڭ دەر كەزىندە اتقارىلۋىنا، انالاردىڭ بالالارىن ەمىزۋىنە قولايلىلىق اكەلەدى.

تۋت ٴبولىمىنىڭ بالنيتساسىندا سۇڭ جيىڭ سەستىرالارعا جاڭا تۋىلعان نارەستەلەردى عىلمي ٴادىس-امالدارمەن كۇتىمدەۋدى ٴوزى ۇيرەتىپ، ولارعا نارەستەلەردى ەمىزۋدىڭ ەڭ ۇتىمدى شارالارىن يگەرتەدى، ٴارى ولارعا قۇنى ەكى يۋان عانا تۇراتىن، ومىراۋ ٴسۇتىن ٴيتۋ ناسوسىن جاساپ كورسەتىپ بەرەدى. بولىمدە مەديتسينالىق جاڭا عىلىم-تەحنيكا جەتىستىكتەر جونىندە ساباق بەرىپ، تۇتاس كەڭسەدەگىلەردىڭ كوز اياسىن كەڭەيتەدى. بوساندىرۋشى

قىزمەتكەرلەردى ارنايى باۋلىپ قانا قويماي، ولارعا ناركوزدەۋ ٴادىسىن دە ۇيرەتىپ، مۇنداي ٴادىستىڭ كلينيكادا قىزمەت وتەۋگە، اۋىراياق جانە بوسانعان ايەلدەرگە قىزمەت وتەۋىنە مۇمكىندىك تۋدىرىپ، ايەلدەردىڭ بوسانۋ كەزىندە اۋىرسىنۋىن جەڭىلدەتەدى.

اۋىراياق كەزىندەگى قينىندىقتاردىڭ ايەلدەردى جايسىزداندىرۋ دەرتىن ازايتۋ ٴۇشىن، سوڭ جيڭ بەيجيڭ قالالىق انالار مەن بالالار دەنساۋلىعىن قورعاۋ شيپاحاناسىمەن بايلانىس جاساپ، لحاسا قالالىق شيپاحاناعا جەڭىل مۇزىكا قويۋ جابدىعىن اكەلىپ، اۋىراياق ايەلدەردىڭ اسا جاعىمدى ساز اۋەنى ىشىندە قينالعانىن ۇمىتىپ، ازاپتانباي بوسانۋىنا قولايلىلىق جاسادى.

2014-جىلى 6-ايدىڭ 10-كۇنى لحاسا قالالىق ايەلدەر مەن بالالار دەنساۋلىعىن قورعاۋ شيپاحاناسىنىڭ پارتيا مۇشەلەرى جينالىسى ٴبىر اۋىزدان ماقۇلداپ، سوڭ جيڭدى ج ك پ-نىڭ كانديدات مۇشەسى دەپ تانيدى. ول شيزاڭعا 7-توپتا كومەككە كەلگەن كادىرلار اراسىنان ج ك پ-نىڭ كانديدات مۇشەسى بولعان تۇڭعىش كادىر بوپ قالادى.

— لحاسادا رەسمي بوساندىرۋشى جوق ەكەن، قالا رايونىنا جاقىن، شارت-جاعدايى ٴبىرشاما جاقسى شيپاحانالاردا دا سەستىرالار عانا بوساندىرۋشى مىندەتىن وتەيتىن كورىنەدى. ال اۋدانداردا بوساندىرۋشى مىندەتى شيپاگەرگە قوسا جۇكتەلەتىن ٴتارىزدى، سوندىقتان شيزاڭدا بوساندىرۋشىلاردى كاسىپتىك باۋلۋدان وتكىزۋ تۋتەنشە ٴزارۋ بولىپ وتىر، وسىلاي ىستەۋ ارقىلى انا-بالانىڭ حاۋىپسىز بولۋ مولشەرىن جوعارىلاتىپ، نارەستەلەردىڭ شەتىنەۋ سالىستىرماسىن ازايتۋعا بولادى، — دەي كەلىپ، قولىنداعى قاعازدى كورسەتكەن سوڭ جيڭ كۇلىمدەي ٴسوزىن جالعادى.

— زاڭزۋ ٴتىلىن ۇزبەي ۇيرەنىپ ٴجۇرمىن، اۋىراياق ايەلدەرمەن سىرلاسقىم كەلەدى، سول ٴۇشىن ۇيرەنۋىم شارت، قازىر 40 نەشە سويلەمدى ايتا الاتىن بولدىم.

ٴبىر جىلدىق ۋاقىت انە-مىنە دەگەنشە وتە شىعادى، سۇڭ جيڭ تاعى ٴبىر جىل تۇرۋدى ٴوتىنىپ، ٴوزىنىڭ كلىنيكالىق تاجىريبەلەرىن بۇل اراداعى بوساندىرۋشى قىزمەتكەرلەرگە ۇيرەتىپ كەتۋگە بەل بايلايدى.

2007-جىلدان 2013-جىلعا دەيىن شيزاڭعا كومەككە كەلگەن شيپاگەرلەر مەن ولاردىڭ قىزمەتتەستەرى 7000 نان ارتىق ايەلدى امان-ەسەن بوساندىرادى، 800 نەشە وپەراتسيانى ٴساتتى جاسايدى، وپەراتسيانى جاساۋ بارىسىندا جاڭساقتىق، جاڭىلىس جىبەرمەيدى، مۇنداي سان-ساناق لحاسا قالالىق ايەلدەر مەن بالالار دەنساۋلىعىن قورعاۋ شيپاحاناسىنىڭ ايەلدەر مەن بالالاردى قامتاماسىز ەتۋ تاريحي رەكوردىن جاڭالايدى.

2. بيىك ۇستىرتتە شاتتىققا شومۋ

ۋان. گوگتىڭ توتەنشە ايگىلى، «كاچ شيپاگەر» اتتى سىزبا سۋرەتى بار. كاچ شيپاگەر — ۋان. گوگتىڭ دوسى. ۋان. گوگ سۋرەت سالۋدا سارى بوياۋ بەرۋدى وتە ۇناتاتىن، ٴبىراق بۇل سۋرەتتە ول كوك بوياۋدى وتە قانىق، وتە قويۋ بەرەدى. شيپاگەردىڭ كوزى دە كوك بوپ شىعادى، بۇدان ونىڭ وڭىنەن قاتتى قامىعۋدىڭ، ٴۇنسىز مۇڭايۋدىڭ لەبى ەسىپ تۇرعانىن بايقاۋعا بولادى. شيپاگەر ٴىس جۇزىندە اۋرۋ ادامداردى ەمدەپ قۇتقارۋ بارىسىندا ٴوزىنىڭ جان دۇنيەسىن شىڭايتىن كاسىپ سانالادى. سونىمەن قاتار، ولار وسى بارىستا ٴتۇرلى ەم قونبايتىن اۋرۋلارعا دا، تاعدىر تالكەگىندە قالعان تالايلاعان ادامدارعا كەزدەسەدى.

2013-جىلى 7-ايدا، گۋ چي، لي حۇڭشيا، داڭ شاۋلين، جاۋ ليبو تورتەۋى لحاسا قالاسىنا قاراستى دۇيلوڭدچيڭ اۋداندىق حالىق شيپاحاناسىنا جەتىپ، ەمدەۋ بويىنشا شيزاڭعا ٴبىر جىلدىق كومەكتەسۋ قىزمەتىن باستادى.

بۇل اۋدان لحاسا قالاسىنىڭ شەتىنە ىرگە تەپكەن، قالا ورتالىعىنان شامامەن 12 كيلومەتر قاشىق كەلەدى، شيزاڭىنىڭ ورتا باتىس بولەگىندە، يالۋزاڭبۋ وزەنىنىڭ لحاسا قالاسىنان اعىپ وتەتىن ورتا تۇسىنداعى وزەنىنىڭ ەكى تارماعىنىڭ جاعالاۋىندا بولىپ، تەڭىز دەڭگەيىنەن ورتا ەسەپپەن 4000 مەتر بيىك ورىندا. «دۇيلۇڭ» زاڭزۋشا «جوعارعى اعار»، «دىچيڭ» زاڭزۋشا «شاتتىق» دەگەن ماعىنادا.

لي حوڭشيا بەيجيڭ جانلانلۋ شيپاحاناسىنان كەلگەن، تۋت ٴبولىمىنىڭ تەتە اعا شيپاگەرى. تۋت ٴبولىمى — شيپاحانالاردا جۇمىسى ەڭ قاربالاس بولاتىن ورىن، نارەستەلەردىڭ تاڭعى ساعات ەكى-ٴۇش مولشەرىندە شىر ەتىپ، جارىق دۇنيەگە كەلۋ سالىستىرماسى نەداۋىر جوعارى بولادى. لي حوڭشيا كوبىنەسە كۇندىزگى قالىپتى قىزمەتى اياقتاعان سوڭ، كەشتەردە اۋىراياق ايەلدەردى بوساندىرىپ جاتادى، تاۋلىك بويى جۇمىس ىستەۋ ونىڭ قالىپتى داعدىسىنا اينالادى. ول ٴوزىنىڭ ەڭ قاربالاس كۇيگە تۇسكەن كەزىن ەسىنە ورالتا كەلىپ، ٴبىر تۇندە بەس ايەلدى بوساندىرىپ، نارەستەلەردى امان-ەسەن شۇپەرەككە وراعانىن، بەلىنىڭ قوزعالتپاي سىرەسىپ قاتىپ قالعانىن، سۇيتسەدە، انا مەن بالانىڭ امان ەكەنىن كورگەندە، شارشاپ-شالدىققانىن تاس ۇمىتقانىن، مۇندايدا ٴبىراز زورىعۋ تۇك ەتپەيتىنىن ايتتى.

— ازداپ جۇدەپ، سالماعىم بىرنەشە كيلوگرام جەڭىلدەدى، قانشا قاۋىرت جۇمىس ىستەسەم دە، ونىم قۇندى دەپ بىلەمىن، — دەدى ول.

شيزاڭعا كەلىپ، قىزمەتكە كىرىسكەن ٴبىر جىلدا لي حوڭشيا ٴوزىنىڭ جارىم تۇندە قانشالاعان تەلەفون قابىلداعانىن ۇمىتىپتى، اۋەلى بەيجيڭدە شاعان وتكىزىپ جاتقان تۇستا دا ونىڭ تەلەفونى بەبەۋلەۋىن ٴبىر توقتاتپاسا كەرەك. شيپاحانانىڭ شۇعىل قۇتقارۋ شارت-جاعدايى شەكتى بولعاندىقتان، ٴار جولى تەلەفون قابىلداعاندا،

قايتسەدە ٴبىر قيىن ماسەلە كەزىكتى-اۋ دەپ ويلاۋ ونىڭ تۇراقتى بولجامىنا اينالىپتى.

ٴبىر جەكسەنبى كۇنى تۇنگى ۋاقىت 11 گە تاياپ، لي حۇڭشيا ەندى دەمالۋعا ىڭعايلانىپ جاتقاندا، تەلەفونى شىرىلداپ الا جونەلەدى، بوسانعان ٴبىر كەلىنشەكتەن قان كەتىپ جاتقانىن ۇعادى دا، دەرەۋ كيىمىن كيىپ، شيپاحاناعا ۇشىرتادى.

بارىپ قاراسا، چوڭىرى اتتى 25 جاستارداعى كەلىنشەك ەكەن، دىچيىڭ اۋلى ديڭگا قىستاعىنان كەلىپتى، ەكىنشى بالاسىن بوسانىپتى، قان توقتاماعان سوڭ، كەزەكشى شيپاگەر تەكسەرىپ، ەم-دوم جاساسا دا، ٴتاۋىر بولماعان كورىنەدى. ول قاتتى ساسىپ ۇرەيلەنگەندىكتەن ەكى تىزەسىن تاس قىپ بۇگىپ الىپ، باستابىندا لي حۇڭشيانىڭ تەكسەرۋىنە ىرىق بەرمەي قويادى. ٴتىلىن بىلمەگەن سوڭ، لي حۇڭشيا ونىڭ تەر باسىپ، سۋ بولعان شاشىن تاراپ، بەتىن ٴسۇرتىپ، وعان كۇلىمسىرەي قارايدى. ٴتۇسى جىلىدان تۇڭىلمە دەگەندەي الگى كەلىنشەك الدىندا جىمىيىپ تۇرعان شيپاگەردى كورىپ، ساباسىنا ٴتۇسىپ، لەزدە جۇمسارىپ قالادى. لي حۇڭشيا دەرەۋ قولعابىن كيىپ، قان كەتۋ سەبەبىن تەكسەرەدى. سۇيتسە بۇل كەلىنشەك بوسانعاندا، قىناپ جولىنا جارا تۇسكەن ەكەن، شيپاگەر ٴدارى جاعىپ، تىگىپ، ەم جاساعانىنان سوڭ، قان تيىلادى، كوپشىلىك قاتەردىڭ بەتى قايتتى دەپ تۇرعاندا، ٴبىراق 15 مينۋتتان كەيىن، قايتالاي قان اتقاقتايدى.

دۇيلوڭدىچيىڭ اۋداندىق شيپاحانادا تۇندە حيميالىق انالىز جاساۋ، اپپاراتپەن تەكسەرۋ، قان قۇيۋ شارت-جاعدايى بولماعاندىقتان، مۇندايدا ناۋقاستىڭ قان كەتۋ جاعدايى مەن احۋالىن شيپاگەردىڭ تاجىريبەسىنە سۇيەنۋ ارقىلى تۇجىرىمداۋعا تۋرا كەلەتىن، ول ٴارى وتە حاۋىپتى بولاتىن. چوڭىرىنىڭ قالجىراعان حالىنە، سەنىم مەن ۇمىت ارتىپ، جاۋتاڭداعان جانارىنا قاراعان لي حۇڭشيا ەندى ونى باسقا شيپاحاناعا اپارساق، جانىن قاتتى قيناپ قويامىز دەپ

ەسەپتەپ، ونىڭ قاسىندا قالىپ، ونى ٴوزى ەمدەپ-دومداۋعا
كىرىسەدى. ٴبىر ساعاتقا جۋىق شۇعىل ەمدەۋ جاساۋدىڭ ارقاسىندا،
قان كەتۋ مولشەرى ازايادى. ەمدەۋ قىزمەتكەرلەرى ەندى ۋھ دەپ
تۇرعاندا، چوڭرى جۇرەگىنىڭ اينىپ، كەۋدەسىنىڭ قىسىپ تۇرعانىن
ايتادى.

لي حۇڭشيا بۇل شاراناسى توسىلىپ قالۋدان بولۋى بولعان
ىقتيمال، ٴدارىنىڭ كەرى اسەرىن تيگىزگەن بولۋى ٴتىپتى مۇمكىن
دەپ ويلاي قالادى. ەندى قايتكەن ٴجون؟ ول تولعانا كەلىپ، قان
تامىردان قۇيىلىپ جاتقان اسپا ۋكولدى دەرەۋ تەجەپ، وعان وتتەگىن
ٴسىمىرتۋ مولشەرىن ارتتىرادى. شاماسى 15 مينۋت وتكەن سوڭ،
چوڭرىنىڭ حالى تاۋىرلەنىپ، قان كەتۋ مولشەرى دە ازايادى.

ايتسەدە لي حۇڭشيا ونىڭ قاسىنان ەكى ەلى الىستاماي،
كەلىنشەكتىڭ بويىنداعى وزگەرىستى قاداعالاي باقىلاپ تۇرادى.

— لي مۇعالىم، تەرگە مالشىنىپ كەتتىڭىز، ٴبىراز دەمالىپ
الىڭىزشى، — دەيدى ونىڭ شاكىرتى سىدانلامۋ شىداي الماي.

— ەشتەڭە ەتپەيدى، تاعى ٴبىراز قاداعالايىن، — دەيدى لي
حۇڭشيا باسىن شايقاپ.

ول ارقاسىن كەڭگە سالۋعا دا، شيپاحانادان كەتۋگە دە باتىلدىق
ەتپەي، تاڭعى ساعات 2 گە دەيىن سول ارادا بولادى. قان ابدەن
توقتاپ، چوڭرىنىڭ ٴوڭى-ٴتۇسى جاقسارعانىنان كەيىن عانا لي
حوڭشيا تەرىن ٴسۇرتىپ، دامىلداۋعا بەتالادى.

جاعدايى قاتەرلى اۋىراياق ايەلدەرگە قارايلاسۋ ولاردىڭ امان-ەسەن
بوسانۋىندا توتەنشە ماڭىزدى، ايتسەدە لحاسا رايونىنىڭ دەنساۋلىق
ساقتاۋ ىستەرىنىڭ دامۋى ىشكى ولكەلەردىكىنەن كەنجەلەپ
قالعان-دى، باسقارۋ قىزمەتى دە ٴوز رولىن اتقارا المايتىن. ٴبىر
اۋىراياق ايەلدىڭ جايى لي حۇڭشيانىڭ ەسىنەن شىقپاستاي ورنىققان
بولاتىن.

اي-كۇنى تاياعان ٴبىر اۋىراياق ايەل شيپاحاناعا اكەلىنەدى، ونىڭ

تۇستارى لي حوڭشياعا ونىڭ ٴۇشىنشى بالاعا جۇكتى بولعانىن جەتكىزەدى. داعدى بويىنشا، بىلگەرى بالا تۋعان ايەلدەردىڭ بوسانۋ ۋاقىتى قىسقاراتىن، ٴبىراق مىنا ايەلدىڭ جاتىرى اشىلسا دا، بالا شىقپاي، ۋاقىتى كەشەۋىلدەي بەرەدى دە، لي حوڭشيانىڭ باسى قاتادى.

سۇيتسە قاعاناعى الدە قاشان جارىلىپ كەتكەن ەكەن. شاراناسى جارىلعانىنان كەيىن، ٴمۇبادا دەر كەزىندە شىقپاسا، وتتەگى جەتىسپەۋ سەبەبىنەن نارەستەنىڭ شەتىنەۋى ابدەن مۇمكىن ەدى. اۋىرىياق ايەل وپەراتسيا جاساۋ توسەگىندە زار يلەپ جاتادى، ىشتەگى نارەستە قىمىل ۇستىنىندە قالادى. قاتتى ابىرجىعان لي حوڭشيا ٴبىر ٴسات بۇل ايەلدى شىركىن دەرەۋ قالاداعى شارت-جاعدايى جاقسى شيپاحاناعا اپارار ما ەدى دەپ ويلايدى. ٴبىراق ولاي ىستەۋگە قايدان ۋاقىت جەتسىن، الدا-جالدا جولدا قاتتى تەربەلسە، ويلاماعان سۇمدىق تۋىنداپ، شۇعىل قۇتقارۋ مۇمكىن بولماي قالار دەپ ويلاپ، ٴتىسىن تىستەنە باسىپ تۇرىپ، ٴوزىنىڭ كوپ جىلدىق تاجىريبەسىنە سۇيەنە شۇعىل شارا قولدانۋعا بەكىدى. 4 ساعات تىنىم تاپپاي قيمىلداپ ٴجۇرىپ، اقىرى نارەستەنى امان-ەسەن جارىق دۇنيەگە اكەلەدى، بوساندىرۋ بارىسى قاتەرلى بولسا دا، باققا جاراي اقىرى انا مەن بالا ساۋ قالادى.

قيسىن بويىنشا تولعاعى اشتى مۇنداي جايت تۋىلماۋعا ٴتيىستى ەكەنى لي حوڭشيانى قايران قالدىرادى. ول بوسانعان ايەلدىڭ تۋىستارىن شاقىرىپ، ٴمان-جاي ۇعىسادى، تۋىستارى سوندا عانا بۇل ايەلدىڭ بىلگەرى ەكى رەت تۇسىك تاستاعانىن ايتادى. مۇنى بىلگەن لي حوڭشيا تۇرشىگىپ كەتەدى، بۇل ٴاسىلى وتە قاتەرلى تۋىت ەكەن! باسە، نەگە الدىڭعى ەكى رەتكى جۇكتىلىك بارىسى جازىلعان ەستەلىگى جوق دەسەم دەپ جاعاسىن ۇستايدى.

جوڭگو اۋىراياق ايەلدەر ٴبىتىمىن زەرتتەۋ عىلىمىنىڭ ارداگەرى لين چياۋيۋ شيپاگەر كەزىندە: «ايەلدەر ٴبولىمىنىڭ، اسىرەسە تۋىت ٴبولىمىنىڭ ٴتۇبىرلى مىندەتى — ساقتىق جاساۋ، ال بالا تۋۋ —

اۋرۋ ەمەس، بوساندىرۋ كەزىندە اۋرۋ-سىرقاۋدىڭ الدىن الۋ كەرەك. تولعاعى اشتى ايەلدەردى ٴبىر جايلى ەتۋدى عانا بىلەتىن، ٴبىراق بوساندىرۋ كەزىندە اۋرۋدىڭ الدىن قالاي الۋدى بىلمەيتىن تۋىت ٴبولىمى تولىمدى بوپ ەسەپتەلمەيدى» دەگەن-دى. سوندىقتان لين چياۋيۋ ايەلدەردى بوسانۋدان بىلگەرى تەكسەرىپ تۇرۋدى، ەڭ ٴتاۋىرى بوسانعاننان كەيىن جاقسى كۇتۋدى، مەرزىم بويىنشا دەنساۋلىعىن تەكسەرتىپ، قاداعالاي باقىلاپ، انا مەن بالانىڭ حاۋىپسىزدىگىنە كەپىلدىك ەتۋدى باسا دارىپتەگەن.

وسى ىستەن كەيىن، لي حۇڭشيا زەيىن-زەردەسىن قاتەرلى اۋىراياق ايەلدەرگە قاراۋ مەحانيزمىنە اۋدارىپ، دۇيلۇڭدىچيڭ اۋداندىق حالىق شيپاحاناسىندا قاتەرلى اۋىراياق ايەلدەرگە قاراۋ ٴتۇزىمىن شىعارىپ، امبالاتوريا شيپاگەرى قاتەرلى اۋىراياق ايەلدەردى تەكسەرىپ انىقتاسا، دەرەۋ تىزىمگە الىپ، ارناۋلى شيپاگەردى جاۋاپتاندىرۋدى، اپتا سايىن ونىڭ شيپاحاناداعى تەكسەرىلۋ احۋالىن ٴبىلىپ جانە باقىلاپ تۇرۋدى بەلگىلەيدى. ٴۇيى الىستا تۇراتىن، بوسانعان كەيبىر ايەلدەردىڭ اۋدانعا كەلىپ، تەكسەرىلۋگە شارت-جاعدايى كەلمەۋ احۋالىنا مەڭزەس، لي حۇڭشيا اۋىل-قىستاق ەمشىلەرىن باۋلۋدى، بالا كوتەرۋدە اقاۋى بار ايەلدەردى دە قاتەرلى اۋىراياق ايەلدەر قاتارىنا تىزىمدەپ، قاداعالاي تەكسەرىپ، قاتەرلى اۋىراياق ايەلدەر ەسىمدىگىن توراپقا شىعارىپ قويۋدى ۇيعارىپ، مۇنداي ايەلدەرگە نەلەرگە كوڭىل ٴبولۋدى، نەلەردەن الىس ٴجۇرۋدى ەسكەرتىپ، مۇمكىندىگىنشە ولاردىڭ دەر كەزىندە شيپاحاناعا كەلىپ، قايتالاي تەكسەرىلىپ تۇرۋعا ٴناسيحات بەرەدى.

وسىنداي شارالاردىڭ جالپىلاستىرىلۋىمەن دۇيلۇڭدىچيڭ اۋدانىندا ايەلدەردىڭ تۋىتتان ٴولۋ، نارەستەلەردىڭ شەتىنەۋ مولشەرى بارىنشا تىزگىندەلەدى. كومەككە كەلگەن شيپاگەرلەر مەن جەرگىلىكتى شيپاگەرلەردىڭ ۇزاق ۇگىت جۇرگىزۋىنىڭ ارقاسىندا، اۋىراياق ايەلدەردىڭ تەكسەرىلۋ تانىمى جوعارىلاپ، ساۋ دەنەلى

پەرزەنت كورۋ، بالانى جاقسى جەتىلدىرۋ اياق الىسى تەزدەدى.

2013-جىلى 8-ايدىڭ ٴبىر كۇنى لي حۇڭشيا تۋىت بولىمىندە قاربالاس جۇرگەندە، امبالاتوريا شيپاگەرى ٴبىر ناۋقاس ايەلدى وعان ەرتىپ كەلەدى. اتى چۇيجي دەگەن، گۋروك اۋلىنىڭ جيەبۋ قىستاعىنان كەلگەن 22 جاستاعى جاس كەلىنشەك ەكەن، ول جىنىس مۇشەسىنىڭ سىرتىنا وسپە شىققاندىقتان جول ٴجۇرىسى قيىنداعانىن ايتادى. لي حۇڭشيا تەكسەرىپ، ونىڭ ادەتتەگى وسپە ەكەنىن انىقتايدى. ونى بالنيتساعا جاتقىزىپ، ۋىتتى قايتارۋ ەمىن جاسايدى، ەرتەسى وسپەنى الىپ تاستاۋ وپەراتسياسىن جاسايدى. وپەراتسيا كەزىندە تۋىت بولىمىندەگى بارلىق ساپتاستارى ونىڭ وپەراتسيا توسەگىندە مۇقيات وپەراتسيا جاساعانىنا قاراپ تۇرادى. لي حۇڭشيا ولارعا مۇنىڭ جيى ۇشىرايتىنىن، ٴبىراق ونشالىقتى كۇردەلى دە قاتەرلى وسپە ەمەس ەكەنىن تۇسىندىرەدى. ساپتاستارى مۇنداي وپەراتسيانى تۇڭعىش رەت كورىپ تۇرعاندىقتارىن ايتىپ، ونىڭ ونەرىنە سۇيىنەدى. وپەراتسيا جاسالىپ، بەس كۇن وتكەن سوڭ، چۇيجي ساۋىعىپ، بالنيتسادان شىعادى.

بىرنەشە كۇن وتپەي جاتىپ، شۇعىل ارۋلاردى ەمدەۋ بولىمىنەن 76 جاستاعى بامۋ اتتى ٴبىر اجەيدىڭ جىنىس مۇشەسى قىزارىپ ىسكەندىكتەن ەمدەلۋگە كەلگەنى، دارەتكە وتىرسا بولدى، ەتەگى قاقساپ اۋىراتىنى، ەكى اپتا بويى ۋىتتى قايتارۋ ۋكولىن قويسا دا ساۋىقپاعانى جونىندە حابار كەلەدى. لي حۇڭشيا ٴبىر قاراپ-اق ٴدارىنىڭ كەرى اسەرىنەن تۋىندايتىن قىناپ قابىنۋى ەكەنىن بىلە قويادى. ول باكتەرياعا قارسى ٴدارى اتاۋلىنى قولدانۋدى توقتاتىپ، جۋىپ-تازالاپ، ٴدارى جاعىپ، كەمپىردىڭ اۋرۋىن ساۋىقتىرادى.

وسى ەكى رەتكى امالياتتى باسىنان كەشكەن لي حۇڭشيا، جەڭىل وپەراتسيا جاساۋ ارقىلى چۇيجيدىڭ اياعىن باستىرماۋ ماسەلەسى شەشىلدى، ٴبىر رەت ديزەنفەكسيالاۋ ارقىلى كارى كىسىنى اۋرۋ ازابىنان ايىقتىردىق، بۇلار قالايشا مۇنىڭ الدىندا شەشىلمەگەن دەپ

ويلانا كەلىپ، تۇپكىلىكتى سەبەبى ەمدەۋدىڭ جاداعاي، تەكسەرۋدىڭ كەمەلسىز، دەگنوز قويۋدىڭ جۇيەسىز بولۋىنان دەپ قورتادى.

مۇنداي احۋالدارعا مەڭزەس، لي حۇڭشيا امبالاتورياداعىلاردان تەكسەرىلۋگە كەلگەن ٴارقانداي ايەل زاتىن، ٴسوز جوق، ايەلدەر اۋرۋى بويىنشا اپپاراتپەن تەكسەرىپ، دۇرىس دەگنوز قويىپ، دۇرىس ەمدەۋدى تالاپ ەتەدى. ول امبالاتورياعا كەلەتىن ناۋقاس ايەلدەردى تەكسەرۋ بارىسىن مىسال ەتىپ، جەرگىلىكتى شيپاگەرلەر مەن سەستىرالاردى باۋليدى، ٴبىر مەزەت ۋاقىتتان كەيىن، ولار ايەلدەردە ٴجيى كەزدەسەتىن، كوپ ۇشىرايتىن اۋرۋلارعا ايقىن دەگنوز قويا الماسا دا، قالاي تەكسەرۋدىڭ ٴجونىن ٴبىلىپ، العاشقى قادامدا نەداۋىر دۇرىس دەگنوز قويىپ، ەم-دوم جاسايتىن، بارىسىن باقىلاپ، جايشا ٴبىر جايلى ەتە الاتىن بولادى.

لي حۇڭشيانىڭ تىرەك بولۋىندا، تۇت ٴبولىمىنىڭ قىزمەتى جاندانىپ، تۇڭعىش رەت جاتىردى جارىپ بالا الۋ وپەراتسياسىن جاسادى، دارىمەن تۇسىك ٴتۇسىردى، بۇرىن ٴبىر شيپاگەر جالعىز ٴوزى جاساۋعا باتىلدىق ەتپەيتىن تۇتتان تيۋ وپەراتسياسىن قازىر جالعىز جاساي بەرۋ قالىپتى جاعدايعا اينالدى.

جارىم جىل قۇلشىنۋ ارقىلى لي حۇڭشيا تۇت ٴبولىمىنىڭ ەمدەۋ ٴتارتىبى، اۋرۋ تاريحىن قولمەن جازۋ، بوسانۋ مەزگىلىندە كۇتىمدەۋ سەكىلدى جۇمىس بارىسىن جۇيەگە ٴتۇسىرىپ، كوپ جىلدىق ستاجى بار ۋاڭ شىحۋي شيپاگەردى 2-شەپتەگى شيپاگەر ەتىپ بەلگىلەپ، ٴۇش دارەجەلى تەكسەرۋ ٴتۇزىمىن بەلگىلەدى. وتە-موتە ونى سۇيىندىرگەنى، شاكىرتى سىدانلامۋ ونىڭ كومەگى مەن تاربيەسىندە، نەداۋىر جوعارى نومىرمەن باتىس جۇڭگو مەديتسينا داشۋەسىنە ماگيسترلىك وقۋعا قابىلدانعانى بولدى.

لحاسا قالالىق ايەلدەر مەن بالالار دەنساۋلىعىن ساقتاۋ شيپاحاناسىنىڭ باستىعى نيمادانزىڭ اۋداندىق شيپاحاناداعىلارعا:

— تاياۋدان بەرى سەندەردىڭ ٴبىزدىڭ شيپاحاناعا جونەلتەتىن

ناۋقاستارىڭ ازايىپ كەتتى، ــ دەيدى.

اۋداندىق شيپاحانانىڭ اۋرۋ تاسيتىن كولىك شوفەرى بيانبا ٴار رەت لي حۇڭشيانى جولىقتىرعان سايىن:

ــ لي شيپاگەر، ٴسىز شيپاحانامىزعا كەلگەلى، مەنىڭ تۇندە كولىك جۇرگىزۋىم بارىنشا سايابىرلاپ كەتتى، ــ دەيدى قۋانا.

ــ تۋىت ٴبولىمىنىڭ شيپاگەرىنە اۋىرلاپ ايەلدەردى امان-ەسەن بوساندىرۋدان، نارەستەلەردىڭ ىڭگالاپ جىلاعان جارقىن داۋسىن ەستۋدەن ارتىق باقىت بار ما؟! ــ دەپ كۇلىپ قانا قويادى بۇعان لي حۇڭشيا.

1961-جىلدىڭ تۋماسى بولعان گۋ چي استانا بالالار اۋرۋىن زەرتتەۋ ورنى بالالار سىرتقى اۋرۋلارى ٴبولىمىنىڭ تەتە اعا شيپاگەرى ەدى. شيزاڭعا كومەكتەسۋ مىندەتى استاناداعى وسى ورىنعا دا تۇسكەندە، ول جوعارى قان قىسىم، قان مايلانۋ، نەسەپ قىشقىلى ارتۋ سەكىلدى اۋرۋلارى بار جاعدايىمەن ساناسپاي، شيزاڭعا كومەككە بارۋعا بەلسەنە تىزىمدەلىپ، 7-توپتا بەيجيڭنەن شيزاڭعا كومەككە بارعان شيپاگەرلەر قوسىنىنىڭ ەڭ ەگدە مۇشەسىنە ايلانادى.

گۋ چي تاجىريبەسى مول، بۇكىل ەلگە تانىمال مامان ەدى، ول دۇيلوڭدىچيڭ اۋداندىق شيپاحانادا وپەراتسيا جاساۋدان، شاكىرت تاربيەلەۋدەن سىرت، باسقا اۋداندارداعى قاجەتتى تۇسسە، ەكى اۋىز سوزگە كەلمەي، تىزگىن ۇشىمەن سوندا جەتىپ، قولىنان كەلگەنىن اياماي، ەمدەۋ قوسىنىندا سەركەلىك رولىن ساۋلەلەندىرەدى.

2013-جىلى 9-ايدىڭ 17-كۇنى داڭشيۇڭ اۋداندىق حالىق شيپاحاناسىنا بەيجيڭنەن كومەككە كەلگەن سىرتقى اۋرۋلار شيپاگەرى گاۋ جىنشۋە وعان تەلەفون شالىپ، ٴىشى بۇراپ اۋىراتىن ٴبىر بالاعا بىرلەسىپ وپەراتسيا جاساۋعا تۋرا كەلىپ تۇرعانىن، ۋاقىتى بولسا، كەلىپ كومەكتەسىپ جىبەرۋگە قالاي قارايتىنىن ايتادى.

بۇل كۇن ٴارى لحاسا قالاسىنىڭ ۇلتتار ىنتىماعى مەرەكە كۇنى ەدى.

ــ بۇل شيزاڭعا كومەككە كەلگەن ٴبىز شيپاگەرلەر جونىنەن ايتقاندا، ماڭىزى اسا زور يگىلىكتى شارۋا ەمەس پە! ــ دەگەن گۇ چي ٴارى-ٴسارى بولماستان دەرەۋ جينالىپ، ىشكى سەكراتسيا بولىمىنە كومەككە كەلگەن شيپاگەر داڭ شاۋلينمەن بىرگە داڭشيۋڭ اۋدانىنا تارتادى.

اۋرۋ بالا وسى اۋداننىڭ مالشىلىق رايونىندا تۇراتىن 15 جاستاعى جەتكىنشەك قىز ەكەن، اۋرۋى جانىنا باتا بەرگەندىكتەن دەنەسى السىرەپ كەتىپتى، ون جاستارداعى بالاداي كورىنەدى ولارعا. ٴبىر جىلدىڭ الدىندا ىشەك جولى توسىلىپ، وپەراتسيا جاساتىپتى، ٴبىراق سونان كەيىن اۋرۋى 6 رەت قايتا ۇستاپ، تالاي رەت لحاسا قالالىق حالىق شيپاحاناسىنا بارىپ ەمدەلسە دە، ٴتاۋىر بولا الماپتى. بالا قالا مەن اۋدان اراسىنا قانشا رەت شاپقىلاسا دا، اۋرۋىنىڭ ادا-كۇدە جازىلماعانىنا نالىپ، بۇيىعى، كەم ٴسوزدى بولىپ كەتىپتى، جۇزىنەن مۇڭ لەبى ەسىپ، دەنەسى قۋشيا بەرىپتى.

شيپاحانانىڭ ورىنباسار باستىعى زاشيسىرىن بۇل بالانىڭ احۋالىن تانىستىرعانىنان كەيىن، گۇ چي مەن داڭ شاۋلين قايتالاي تەكسەرىپ، اۋرۋىنىڭ نەداۋىر كۇردەلى دە سالماقتى ەكەنىن اڭعارادى.

ــ زا باستىق، بالانىڭ اۋىرعانىنا ۇزاق ۋاقىت بولىپتى، وپەراتسيا جاساۋمەن ادا-كۇدە ساۋىقتىرىپ جىبەرۋگە كوز جەتپەيدى، وپەراتسيا جاساعانىنان كەيىن، تاعى توسىلاما دەپ الاڭدايمىن...، ــ دەيدى كۇرسىنىپ.

ــ گۇ ۇستاز، وسى اۋرۋ بۇل بالانى ابدەن مەڭدەتىپ بولدى، اتا-اناسى بەيجيڭنەن مامان كەلگەنىن ەستىپ، سىزگە وپەراتسيا جاساتۋدى ٴتورت كوزبەن كۇتىپ وتىر، مىڭ ايتقانمەن، ٴسىز بالالار اۋرۋىن ەمدەۋدىڭ مايتالمانى ەمەسسىز بە، ــ دەيدى زاشيسىرىن.

گۇ چي ٴۇنسىز ويلانىپ قالادى.

باسىن كوتەرىپ، ٴبىر قاراعاندا، اۋرۋ تيتىقتاتقان بايقۇس قىز

بالانىڭ جىلامسىراعان بەينەسى كوزىنە تۇسەدى، ونان باسىن بۇرعاندا، ونىڭ اتا-اناسىنىڭ جالىنىشتى بەينەدە ٴمولىيىپ تۇرعانىن كورەدى. ولار جانىڭ ٴتىلىن بىلمەگەندىكتەن جانارلارىمەن جانىنىڭ جابىرقاپ تۇرعانىن ۇقتىرادى.

كەزىندە اسكەري ادام بولعان گۋ چي شورت كەتەدى، شيزاڭداعى بالانى اۋرۋ ازابىنان قۇتىلدىرا الماسام، مۇندا نەسىنە كەلەم دەپ جۇدىرىعىن ٴتۇيىپ، وعان وپەراتسيا جاساۋعا بەل بايلايدى.

زاشيسىرىنىڭ سايكەسۋىندە، گۋ چي بالانىڭ ىشكى مۇشەلەرىن ەگجەي-تەگجەيلى تەكسەرىپ، ىشەك جولىنىڭ توسىلۋىنداعى سەبەپتى انىقتاۋعا كىرىسەدى. ٴىش قۋىسىن اشقانىنان كەيىن، سەبەبىن دەرەۋ تابادى. ٴاسلى بۇل جەتكىنشەك قىزعا تۇڭعىش رەت وپەراتسيا جاساعان جەرىندە جابىسقاق پايدا بولىپ، بالانىڭ ىشەكتەرى جابىسىپ، بايلانىپ. ۇنەمى توسىلىپ قالۋ جايتى سودان تۋىنداعان ەكەن. اياق-قولى جەڭىل گۋ چي گيتتارانىڭ ىشەگىن اۋىستىرعانداي بالانىڭ ىشەكتەرىن وڭاي عانا قايتا ورنالاستىرىپ، جابىسقاق زاتتار مەن ٴسولدى ارىلتىپ، ونىڭ قايتالانۋىنىڭ الدىن الاتىن ٴدارىنىڭ دوزاسىن ارتتىرىپ، ٴىش قۋىسىن قايتالاي تازالاپ، بالانى ۇزاقتان بەرى زار قاقساتقان دەرتتى تۇبەگەيلى جوعالتادى.

گۋ چيدىڭ داڭشيۇڭ اۋدانىندا بالانىڭ ىشەك جولىنىڭ توسىلۋ اۋرۋىنا وپەراتسيا جاساپ، تابىسقا جەتكەن حابارى نيمۋ اۋداندىق حالىق شيپاحاناسىنا دا جەتەدى. بۇل شيپاحانا جاڭادان سالىنعان بالنيتسا عيماراتىن ەندى پايدالانۋعا كىرىسكەندىكتەن ٴالى وپەراتسيا ٴبولىمى دايىن بولماعان-دى. ٴدال وسى كەزدە شاتى جارىق ەكى بالا سول اراعا كەلىپ، بالنيتساعا جاتقان بولاتىن. شيپاحانا باستىعى تان شىنچۋان سول تۇستا گۋ چيدى شاقىرىپ، بالالارعا وپەراتسيا جاساتساق كورىم بولار ەدى دەپ قالادى. مۇنى بىلگەن گۋ چي ويلانباستان ماقۇلدىق بەرەدى.

ول نيمۋ اۋداندىق حالىق شيپاحاناسىنا جەتكەن سوڭ، دەرەۋ

بالنيتسا بولىمىنا بارىپ، بالالاردىڭ احۋالىمەن تانىسىپ، تەكسەرۋ ناتيجەسىن كورىپ، ۆلكەن ماسەلە جوعىنا كوزى جەتكەن سوڭ، تاباندا وپەراتسيا جاساۋعا كىرىسەدى.

ول وپەراتسيا جاساپ بولعانىنان كەيىن عانا، بۇل جولعى وپەراتسياسى بۇل اۋداندا 14 جىلدان بەرى تۇڭعىش جاسالعان سىرتقى اۋرۋلار وپەراتسياسى ەكەنىن بىلەدى. ول قالجىڭداپ:

— تان باستىق قاراۋلاۋ ما قالاي؟ بۇل مەنىڭ وسى شيپاحانانىڭ وپەراتسيا جاساۋ ونەرىنىڭ ەسەبىن اشقانىم ەكەنىن دە ەسكەرتىپ قويماپتى، — دەيدى.

3. نيمۋداعى بۇرقىراعان ىزگىلىكتىڭ جۇپار ءيسى

لحاسادان ورالعاندا، مەنىڭ كىتاپ سورەم نيمۋ اۋدانىندا وسەتىن شيزاڭ جۇپار ءشوبى تولىپ كەتتى، مۇنداي يىسپەن قۇرت-قۇمىرسقا، شىبىن-شىركەيدى قۇرتۋعا، جۇقپالى اۋرۋدىڭ الدىن الۋعا بولاتىن-دى. نيمۋ اۋدانىنىڭ جون-جوتا، قىرات-قىرقالارىنا كەڭىنەن وسەتىن مۇنداي شيزاڭ جۇپار ءشوبى توتەنشە شىدامدى، ءوسىمتال كەلەدى، قار قىمتاپ، مۇز قۇرساعان جەرلەردە دە قۇلپىرىپ، تامىرىن تەرەڭگە تارتادى، ول زاڭزۋ باۋىرلاستاردىڭ كوڭىلىمەن قابىسىپ جاتاتىن، ال بەيجيڭنەن شيزاڭعا كومەككە كەلگەن شيپاگەرلەر جۇپار ءشوپ ءيىسى سياقتى زاڭزۋ باۋىرلاستارعا يگىلىكتىڭ جۇپار ءيىسىن اڭقىتتى.

2003-جىلى نيمۋ اۋداندىق حالىق شيپاحاناسىنا تۇڭعىش رەت بەيجيڭنەن كومەككە كەلگەن شيپاگەر ياڭ ايميننەن باستاپ، ءۇرتىس 19 شيپاگەر كەزەگىمەن نيمۋ اۋدانىنىڭ دەنساۋلىق ساقتاۋ ىستەرىنە كومەكتەستى. اسىرەسە 2007-جىلدان كەيىن، كومەكشى شيپاگەرلەر ساتىلى تۇردە ءبىرىنىڭ ءىزىن ءبىرى باسىپ، نيمۋ اۋداندىق حالىق شيپاحاناسىنىڭ دامۋىنا مىعىم نەگىز قالادى.

بۇل اۋدان شيزاڭنىڭ ورتا تۇستىگىندە، يالۋزاڭبۋ وزەنى ورتا اعارىنىڭ تەرىستىك جاعالاۋىندا، لحاسا قالاسىنىڭ تەرىستىك باتىسىنان 140 كيلومەتر قاشىقتىقتا. 2014-جىلى جازعاسالىم نيمۋ اۋدانى جاسىل تۇسكە بويالادى، مەن 7-تويپتا بەيجيڭنەن شيزاڭعا كومەككە كەلگەن لي مي، ليۋ شياڭمي سەكىلدى شيپاگەرلەرمەن بىرگە گوڭگا اۋەجايىنان شىعىپ، اۆتوكولىكپەن تۋنەل جولىنان ٴوتىپ، يالۋزاڭبو وزەنىن جاعالاي تاسجولدا زىمىراپ كەلەمىز. جول بويىنداعى قىستاق تۇرعىندارىنىڭ اتىز-ارىق بويلارىندا ەڭبەك ىستەپ جاتقانىن كوردىك. جول بويى يالۋزاڭبو وزەنىنەن سۋ بۋى ەسىپ، قىشىنىڭ الابوتەن ٴيىسى اڭقىدى، اتىزداردان ەڭبەك ٴانى قالىقتايدى، اۆتوكولىك بۇرما-بۇرما جولداردان ٴوتىپ، نيمۋ اۋداندىق حالىق شيپاحاناسىنا كەلىپ، تۇمسىعىن تىرەدى.

شيپاحانا باستىعى تان شىنچۋان حۋبيدىڭ ىنشى دەگەن جەرىنىڭ ادامى ەكەن، 2002-جىلى حۋبي ۇلتتىق مەديتسينا شۋەيۋانىن بىتىرگەنىنەن كەيىن، جوعارى مەكتەپ وقۋشىلارىن باۋراۋ ساياساتى بويىنشا شيزاڭعا كەلىپ، نيمۋ اۋدانىندا ىرگە تەۋىپ قالىپتى. بەيجيڭنەن شيزاڭعا كومەككە كەلگەن شيپاگەرلەردى اۋىزعا العاندا، ول قاتتى تولقيدى، ىركەس-تىركەس كەلىپ -كەتكەن شيپاگەرلەر ۇزدىكسىز قولشىنىپ، نيمۋ اۋداندىق حالىق شيپاحاناسى كاسىپتىك، تەحنيكالىق قىزمەتكەرلەر كوپتەپ باۋلىپ، ٴبولىم-كەڭسەلەر قۇرىلىسى مەن دارىندىلاردى كوبەيتۋ قىزمەتىن دەمەپ قانا قويماي، بۇل ارادعى شيپاگەرلەرگە مەديتسينا قىزمەتكەرى بولۋدىڭ تاڭداۋلى ۇلگى- ونەگەسىن كورسەتىپ، ستيلىن ۇيرەتىپتى. مۇنىڭ ىشىندە ەڭ كورنەكتىسى تۋت ٴبولىمى كاسىپتىك قابىلەتىنىڭ جوعارىلاۋى بولىپتى.

شيزاڭدا جالعاسىپ كەلە جاتقان نەكە ٴتۇزىمى مەن تۇرمىس داعدىسى سەبەبىنەن، زاڭزۋ قاۋىمىنىڭ تازالىق ادەتى توتەنشە ناشار

بولعان، ايەلدەردىڭ اۋرۋ-سىرقاۋ بولۋ سالىستىرماسى نەداۋىر جوعارى. تالاي ۋاقىتقا دەيىن اۋەلى نيمۋ اۋداندىق شيپاحاناسىندا ناركوز ٴبولىمى مەن دايىن قان قورى بولماپتى، وپەراتسيا جاساۋعا مۇمكىندىگى جوق كۇي كەشىپتى، لحاسا قالاسى اۋدانىنان نەداۋىر الىس، نەشە ساعات جول جۇرۋگە تۋرا كەلەتىن، شۇعىل اۋرۋلاردى جەتكىزۋگە وتە قولايسىز ەدى، سوندىقتان بۇل اۋداندا اۋىراياق ايەلدەردىڭ ٴولىم-ٴجىتىمى مەن نارەستەلەردىڭ شەتىنەۋى وزگە جەرلەردىكىنەن كوپ جوعارى بولىپ كەلگەن. دەنساۋلىق ساقتاۋ تانىمى تومەن، بالىنيتسادا جاتىپ بوسانۋ سالىستىرماسىنىڭ از بولۋى دا جوعارىداعىداي ەكى ٴتۇرلى ٴولىم-ٴجىتىمنىڭ كوبەيۋىنە مۇرىندىق بولعان. بەيجيڭنەن كومەككە كەلگەن شيپاگەرلەردىڭ ماقساتى — ٴدال وسى ەكى ۇلكەن ٴولىم-ٴجىتىم مولشەرىن مۇمكىندىگىنشە تىزگىندەۋ ەدى.

2007-جىلى وسى ارادىعى تۇت بولىمىنە بەيجيڭدىك ساۋ تۇڭ شيپاگەر كەلەدى، ول العاشقى قادامدا دەنساۋلىق تەكسەرۋگە كىرىسكەندە-اق، ەگىنشى-مالشى ايەلدەرىنە بالىنيتسادا جاتىپ بوسانۋدىڭ پايدالى جاقتارى مەن ۇيدە بوسانۋدىڭ كىناراتتارىن ۇگىتتەپ، زاڭعزۋ ايەلدەرىنە بالا تۋۋ ٴۇشىن شيپاحانادا جاتۋ قاراجاتىن تۇگەل ۇكىمەت تولەيتىنىن، ەمدەلۋ اقىسىن دا وزدەرى تولەۋىنىڭ كەرەگى جوقتىعىن ۇگىتتەپ، ولاردى ۋايىمنان ارىلتادى. اۋىل-قىستاقتارعا ٴتۇسىپ، دەنساۋلىق تەكسەرگەندە دە كەڭ كولەمدە ۇگىت-تاربيە جۇرگىزىپ، اۋىراياق ايەلدەرگە تولعاعى كەلۋ ۋاقىتىن ەستەرىندە بەرىك ساقتاپ، الدىن الا ساقتىق جاساپ، ويلاماعان قىرسىقتارعا تاپ بولىپ قالماۋعا ناسيحاتتايدى.

نيمۋ اۋدانىنا قاراستى كەيبىر اۋىل-قىستاقتار اۋدان ورتالىعىنان نەداۋىر قاشىق جەرلەردە ەدى، كەيدە تولعاعى ۇستاعان ايەلدەردى شيپاحاناعا اكەلۋگە ۇلگىرمەي قالاتىن. وسىنى كوزدە ۇستاعان ساۋ تۇڭ اۋىل-قىستاق ەمكوستەرىن بوساندىرۋ جونىنەن

باۋلىپ-تاربيەلەپ، ەرتەرەك بالنيتساعا جاتىپ، بوسانۋدىڭ دايىندىعىن ىستەۋدى ۇگىتتەدى. اۋىل-قىستاق ەمكوستەرىنىڭ باسىم كوپ بولىمىنە اۋىراياق ايەلدەردى كۇنى بۇرىن تەكسەرۋ جانە بوساندىرۋ تەحنيكاسىن ۇيرەتىپ، بوساندىرۋ بۇيىمدار قالتاسىن تاراتىپ، قولما-قول جەتەكشىلىك ەتتى.

ساۋ تۇۋ كەلگەننەن كەيىن، نيمۋ اۋداندىق شيپاحانانىڭ تۋىت ٴبولىمى رەسمي دەربەس ٴبولىنىپ شىقتى دا، كاسىپتىك باۋلىۋدان وتكەن تۋىت شيپاگەرلەرىنەن بەسەۋىنە مىندەت ٴبولىسىن جاسادى، ولاردىڭ ەكەۋى زاڭىزۋ، ۇشەۋى حانزۋ قىزمەتكەر بولىپ، تۇگەل كاسىپتىك، تەحنيكالىق ٴبىلىم العاندار ەدى. ٴبىراق ولار اماليات بارىسىندا جۇمىسقا جەتىك ەمەس، ٴىستى جۇيەلى ورىستەتە المايتىن-دى. ساۋ تۇۋ باستاپتا ولارعا باستاماشىلىق ەتىپ، تۋىت ٴبولىمىن ۇيىمداستىرىپ قۇرىپ، بالنيتسانى ارالاۋ، كەزەكشىلىكتى وتكىزىپ بەرۋ-الۋ، تىزىمدەۋ، ايلىق قورتىندى شىعارۋ سەكىلدى ٴبولىمدى باسقارۋدىڭ ەرەجە-ٴتۇزىمىن شىعارادى. قاعيدا-تۇزىمدەردى جۇيەگە ٴتۇسىرۋ جانە جۇيەلى اتقارۋ ٴۇشىن اپتا سايىن كاسىپتىك ٴبىلىم نازارياسىنان ساباق ٴوتىپ، الۋان ٴتۇرلى اپپاراتتار مەن اسپاپتاردى، جابدىقتاردى قولدانا ٴبىلۋ، اۋرۋلارعا بىرلەسىپ دەگنوز قويۋ، ناتيجەسىن سالىستىرۋ، جوبا-جوسپار جاساۋ، قولدا بار بارلىق قۇرىلعىلاردان پايدالانۋ بىلىمدەرىن ۇيرەتىپ، شيپاحانانىڭ اۋىراياق ايەلدەردى قابىلداۋ، شۇعىل ەمدەۋ شارت-جاعدايىن نەداۋىر كەمەلدەندىرەدى.

نيمۋ اۋداندىق شيپاحاناسىنداعى شيپاگەرلەردىڭ ۇيرەنۋ ىنتاسى كۇشتى بولعاندىقتان، يگەرگەن تەحنيكالىق بىلىمدەرى تەز جوعارىلايدى. ايتسەدە دەنساۋلىق ساقتاۋ شارت-جاعدايىنداعى جەتەرسىزدىكتەردەن بولمالەردى ديزەنفەكسيالاۋ، وڭاشالاۋ ٴتۇزىمى كەمەلدى بولماي، جۇقپالى اۋرۋلاردىڭ تارالۋ مولشەرى نەداۋىر جوعارى كورسەتكىشتە تۇرعان، باۋىر اۋرۋى مەن سۋ شەشەككە

شالدىعاتىندار ٴجيى كەزدەسەتىن. سونىمەن ساۋ تۇلك تۋت ٴبولىمىنىڭ بولمەلەرىن ديزەنفەكسيالاۋ، وڭاشالاۋ ٴتۇزىمىن بەلگىلەپ، جۇقپالى اۋرۋلار مەن ولاردىڭ تارالىمىن مۇمكىندىگىنشە ازايتتى.

2009-جىلى، بەيجيڭ دوستىق شيپاحاناسىنىڭ شيپاگەرى ۋاڭ تاۋران نيمۋ اۋدانىنا كەلگەندە، شيپاحانانىڭ تۋت ٴبولىمى قالىپتى اينالىمعا كەلگەن بولاتىن، ايتسەدە وزىق تەحنيكانى وسى ارادا ماڭگىلىك قالدىرۋ ٴۇشىن ٴبىر تىرەكتى ەمدەۋ قوسىنىن تاربيەلەپ شىعۋعا ٴزارۋ بولادى. ۋاڭ تاۋران ٴوزى ۇلگى-ونەگە كورسەتىپ، ٴار كۇنى ٴبولىم شيپاگەرلەرىن باستاپ، بالنيتسانى ارالايدى، الدىمەن اۋرۋدىڭ جايىن، بارىسىن ەگجەي-تەگجەيلى سۇراپ ۇعىسىپ، شيپاگەرلەردىڭ اۋرۋ تاريحىنا قاداعالاي ٴمان بەرۋدەي جاقسى ادەت قالىپتاستىرۋىنا مۇمكىندىك جاساپ، دەنساۋلىق تەكسەرۋدىڭ ٴادىس-امالدارىن بەتپە-بەت ۇيرەتىپ، جۇيەگە تۇسپەيتىن قىلىقتاردى تۇزەتەدى. اۋرۋ تاريحىنا تالداۋ جاساۋ ارقىلى دەنساۋلىق تەكسەرۋ ناتيجەسىنە ۇشتاستىرىپ، دەگنوز قويۋ مەن ونىڭ ناتيجەسىن پارىقتاۋدىڭ دۇرىس تا جۇيەلى ادىسىنەن ۇلگى كورسەتىپ، جەرگىلىكتى ورىنداعى شيپاگەرلەردىڭ اۋرۋ-سىرقاۋعا دۇرىس دەگنوز قويۋ، شيپاشاق جازۋ قابىلەتىن جوعارىلاتىپ، ولارعا جۇيەلى ەم-دوم جاساۋدىڭ جوباسىن يگەرتەدى.

نيمۋ اۋداندىق شيپاحانانىڭ وپەراتسيا جاساۋ شارت-جاعدايى پىسىپ-جەتىلمەگەن ەدى، ۋاڭ تاۋران تولعاعى اشتى ايەلدەردى جەڭىلدەتۋ قابىلەتىن جوعارىلاتىپ، انا-بالانىڭ اماندىعىن ساقتاۋدى قىزمەتىنىڭ ٴتۇيىنى ەتەدى. جەرگىلىكتى شيپاگەرلەردىڭ تولعاعى اۋىر ايەلدەردە ٴجيى كەزدەسەتىن نارەستەنىڭ ورنى قوزعالۋ، تەرىس كەلۋ جايتتارىن ٴبىر جايلى ەتۋدى بىلمەۋ احۋالىنا مەڭزەس، ۋاڭ تاۋران سابىرلىلىقپەن ولارعا ۇتىمدى ٴادىس-امالداردى ۇيرەتىپ، شيپاگەرلەردىڭ اماليات بارىسىندا كىرىسىپ ىستەۋىنە جول

سلتەپ، ٴونمدى تەحنيكالاردى يگەرتەدى.

2012-جىلى 4-ايدىڭ ٴبىر كۇنى اۋرۋى قاتەرلى ٴبىر اۋرىاياق ايەل شيپاحاناعا جەتكىزىلەدى. بالنيتساعا الۋدان بۇرىن تەكسەرۋدە، ىشتەگى نارەستەنىڭ جۇرەك سوعۋى مينۋتىنا 70 تاقىلعا تومەندەپ كەتكەنى انىقتالادى. ىشتەگى نارەستەنىڭ ادەتتە قالىپتى جۇرەك سوعۋى مينۋتىنا 120 دا 160 تاقىلعا دەيىن بولادى ەكەن دە، مۇنداي احۋال نارەستەنىڭ كەز-كەلگەن ۋاقىتتا شەتىنەپ كەتۋ حاۋپى بارىنان دەرەك بەرەدى.

مۇندايدا ايەلدىڭ ٴوزى بوسانۋىن توقتاتىپ، وپەراتسيا جاساپ، نارەستەنى الۋ ەڭ ۇتىمدى ٴادىس ەسەپتەلەتىن، ٴبىراق بۇلاي ىستەۋ نيمۋ اۋداندىق شيپاحاناسىنىڭ قولىنان كەلمەيتىن، تۋىت بولىمىندە بوساندىرۋعا كەرەكتى جابدىقتار اتىمەن جوق-تى. الحاسا قالالىق شيپاحاناعا الىپ جۇرسە، وعان ەكى ساعاتتان ارتىق ۋاقىت كەتۋشى ەدى، وندا نارەستەنىڭ جولدا اناسىنىڭ ىشىندە شەتىنەۋى ابدەن مۇمكىن-دى.

— دەرەۋ تۋىت بولىمىنە اپارىڭدار، ىشتەگى تۇنشىققان نارەستەنىڭ تىنىسىن كەڭەيتۋگە دايىندىق كورەيىك، — دەيدى جوپەلدەمەدە قاتتى ابدىراعان شيزاڭعا كومەككە كەلگەن شيپاگەر شاڭ ۋىنجين.

نارەستەنىڭ جۇرەك سوعۋىن باقىلايتىن اسپاپ بولماعان سوڭ، شاڭ ۋىنجين تىڭداعىش كىنوپكانى اۋرىاياق ايەلدىڭ قارنىنا قويىپ، دوپلەر اسپابىمەن نارەستەنىڭ جۇرەك سوعىسىن ساناي باستايدى. اۋرىاياق ايەل جاتىرىنىڭ ٴار ەكى مينۋتتا ٴبىر رەت جيىرىلۋىنا بايلانىستى، شاڭ ۋىنجين قولىمەن ايەلدىڭ كەۋدە تۇسىنان باسىپ تۇرادى دا، ٴبىر مينۋت وتكەن سايىن ٴبىر قويا بەرىپ، قايتا باسادى. 4-ايداعى نيمۋ اۋدانىندا كۇن ٴالى دە سۋىق بولسا دا، شاڭ ۋىنجيننىڭ ماڭدايىن تەر باسىپ كەتەدى.

ول وسىنداي ارەكەت جاساعان قيمىل-قوزعالىسىن ٴبىر ساعاتتان

ارتىق ۋاقىت جالعاستىرادى، اقىرى بالا دۇنيەگە كەلەدى.

قالايشا ىڭگالاعان داۋىس جوق؟ تۋىت ٴبولىمىن ٴبىر ٴسات اۋىر ۇنسىزدىك باسادى، نارەستەنىڭ قىبىر ەتپەي سۇلىق جاتقانىن كورگەن شاڭ ۋىنجىنىنىڭ ٴجۇزى بوزارىپ كەتەدى، باسىنان شىپ-شىپ ەتىپ تەر تامشىلاي باستايدى. ول ٴبىر تۇتىكشەنى اكەلىپ، ونىڭ ٴبىر ۇشىن اۋا قالتاسىنا سۇعىپ، ەندى ٴبىر ۇشىن نارەستەنىڭ اۋزىنا تىعىپ، تۇتىكشە ارقىلى بالانىڭ اۋزىنداعى شارانا ٴسولىن سىمىرەدى، ٴارى نارەستەنىڭ جۇرەگىن سىرتىنان ۋقالايدى.

3 مينۋتتاي ۋاقىت وتكەندە، نارەستە ىڭگالاپ جىلاي باستايدى دا، تۇتاس دەنەسى قىزارىپ شىعا كەلەدى.

تۋىت بولىمىندە 18 جىل ىستەگەن وسى شيپاگەر جۇمىستان قايتقان سوڭ، دوستارىنا تەلەفون جالعاپ:

— مەن بيىك ٴۇستىرتتى وڭىردە ٴبىر رەت عۇمىر عاجابىنا كۋا بولدىم، — دەيدى. ال ماعان تان شىنچۋان:

— وسى اراعا كەلگەن ەكى ايدان بەرى شاڭ مۇعالىمنىڭ دەنە سالماعى 15 كيلو جەڭىلدەپ كەتتى. ٴوزىنىڭ ايتۋىنشا بەيجيڭدە قانشا ارپالىسسا دا، سالماعىن تۇسىرە الماعان كورىنەدى، — دەدى.

بۇعان قاتتى تولقىعان شاڭ ۋىنجىن تان شىنچۋانعا:

— تان باستىق، ەندى دەرەۋ وپەراتسيا جاساۋ بولمەسىن قۇراتىن شىعارسىز، — دەدى كۇلىپ.

سۇيەك سىرتقى اۋرۋلار ٴبولىمىنىڭ شيپاگەرى لي جينليانڭ شيزاڭعا كومەككە كەلگەن بەيجيڭ يانچيڭ اۋداندىق شيپاحاناسىنىڭ ورىنباسار باستىعى بولاتىن، 2012-جىلى بۇل اراعا جەتكەنىنەن كەيىن، نيمۋ اۋداندىق شيپاحانانىڭ ناتيجە-ونىمدىلىكتى باعالاۋ جوباسىن، كوپ ٴتۇرلى باسقارۋ تۇزىمىنە سەلبەسىپ كەمەلدەندىردى. ونىڭ كومەگىندە، قۇرىلعانىنان كەيىنگى وپەراتسيا جاساۋ بولمەسىن لايىقتى جوبالاۋ جۇمىسى ٴجۇرىلىپ، جابدىق ساتىپ

الۋ جوباسى دايىندالدى، ٴارى وپەراتسيا جاساۋ بولماسىن ميكروپسىزداندىرۋ جانە مەڭگەرۋ سيستەماسى بەلگىلەندى.

2013-جىلى بەيجيڭنەن 7-توپتا نيمۋ اۋداندىق شيپاحاناعا كومەككە كەلگەن 3 شيپاگەردىڭ ىشىندە، لي مي بەيجيڭ شاڭدي شيپاحاناسىنان بولىپ، تۇۋت ٴبولىمىنىڭ اعا شيپاگەرى ەدى؛ لي شياڭمي بەيجيڭ حايديان رايوندىق انالار مەن بالالار دەنساۋلىعىن ساقتاۋ ەمحاناسىنان بولىپ، بالالار اۋرۋى ٴبولىمىنىڭ جاۋاپتى شيپاگەرى ەدى؛ شۇي مىڭزى بەيجيڭ حايديان رايوندىق شيپاحانادان كەلگەن بولاتىن. ۇشەۋى بۇل اراعا كەلە سالا، شىت جاڭا سالىنعان نيمۋ اۋداندىق حالىق شيپاحاناسىنىڭ ەڭسەلى عيماراتىنىڭ الدارىندا تۇرعانىن كوردى. شيپاحانا باستىعى تان شىنچۋاننىڭ ۇشەۋىنە بولعان مىندەتى — وپەراتسيا جاساۋ بولماسىن جۇيەگە ٴتۇسىرۋ، وپەراتسيا جاساۋعا قاجەتتى بۇيىمدار مەن جابدىقتاردى دايىنداۋ، ٴدارى-دارمەك، وتا جاساۋ اسپابى سەكىلدىلەردى ساتىپ اكەلۋ بولادى.

شيپاحانانىڭ ۇنەمى پايدالاناتىن ٴدارى-دارمەكتەرى مەن اسپاپ-جابدىقتارىنىڭ قاجەتتى بويىنشا، لي مي ٴبىر كەستە ٴتۇزىپ شىعادى. ەكى اي ىشىندە ٴار الۋان ٴدارى-دارمەكتەر مەن اسپاپ-جابدىقتار دايىن بولادى. لي مي ىشتەي ٴوزىنىڭ بۇل اراداعى تۇڭعىش جاسايتىن وپەراتسياسى قاي ۋاقىتتا بولاتىنىن ويلاپ جۇرەدى.

ەكى كۇن وتكەننەن كەيىنگى 10-ايدىڭ 24-كۇنى تۇستەن كەيىن جۇمىسقا شىعا سالا، لامي شيپاگەر ونى ىزدەپ كەلىپ:

— لي مۇعالىم، مىنا اۋراياق ايەلدى كورىڭىزشى، — دەيدى.

بارىپ قاراسا، نيمۋ اۋدانىنىڭ پۋسوڭ اۋىلىنان كەلگەن، بۇدان ىلگەرى 4 بالا تۋعان، 33 جاستاعى چۇيجي اتتى كەلىنشەك ەكەن، بۇل جولعىسى 5-بالاسى بولسا كەرەك. جۇكتى بولىپ بالا كوتەرگەنىنە 39 اپتا بولىپتى، ەكى اياعى ٴىسىپ كەتكەندىكتەن

136

تۇستەن بۇرىن نيمۋ اۋداندىق حالىق شيپاحاناسىنىڭ امبالاتورياسىنا كەلىپ تەكسەرىلىپتى. تەكسەرۋشى شيپاگەر وعان دەگنوز قويۋ ٴۇشىن قان قىسىمىن تەكسەرسە، جوعارى قىسىمى 150، تومەنى 120 بولىپ شىعىپتى؛ نەسەپ بەلوگىن ىشكەرىلەي تەكسەرسە، ونىڭ ارتىپ كەتكەنى بايقالىپتى، بۇل ىشتەگى نارەستەنىڭ بۋلىعۋىنىڭ بەلگىسى ەدى. امبالاتوريا شيپاگەرى بۇعان جەڭىل-جەلپى قاراۋعا بولمايتىنىن اڭعارىپ، دەرەۋ شيپاگەر لازوڭعا حابارلاسىپ، چۇيجيدى شيپاحاناعا قابىلداپتى.

مۇنداي اۋرۋدان اۋىر كەتسە، اۋىراياق ايەل قۇرىسۋ، تارتىسۋ، مي قان تامىرى جارىلۋ، بۇيرەك قىزمەتى السىرەۋ، جۇرەگى شانشۋ، جاتىرى تۇلەۋ، بالا جاتىردا تىنىسى ٴۇزۋ، تۇنشىپ ٴولۋ، ايەلدىڭ كوز پەردەسى ٴتۇسۋ، ٴتىپتى ٴولىپ قالۋ حاۋپى تۋىلادى. ونان دا سوراقىسى، مۇنداي اۋرۋدى ەمدەپ جازسا دا، كەيىن قالدىق دەرت تۋىندايدى، ايەلدىڭ جوعارى قان قىسىم، قانتتى نەسەپ، قان قۇرامى بۇزىلۋ سياقتى اۋرۋلارعا دۋشار بولۋ حاۋپى ۇدەيدى.

شيزاڭ وڭىرىندە ەگىنشى-مالشىلاردىڭ ٴوزىن كۇتىمدەۋ تانىمى تومەن بولعاندىقتان دەر كەزىندە تەكسەرىلمەيدى، سونىمەن اۋرۋى كوبىنەسە اسقىنعاندا عانا بايقالىپ جاتادى.

لي مي چۇيجي قازىرشە ٴالى قۇرىسۋ دارەجەسىنە جەتپەسە دە، سولاي بولۋ مۇمكىندىگى زور ەكەنىن بىلە قويادى. ٴداستۇرلى ەمدەۋ ٴادىسى بويىنشا، مۇنداي اۋرۋدى ەمدەۋدىڭ ەڭ قولايلى ٴادىسى بۋلىعۋدى توقتاتىپ، قان قىسىمىن تومەندەتۋ، سونان كەيىن جاتىر وپەراتسياسىن جاساپ، انا مەن بالانىڭ حاۋىپسىزدىگىنە كەپىلدىك ەتۋ ەدى.

لي مي ٴوزى باسقاراتىن ەمدەۋ قىزمەتكەرلەرىنە دەرەۋ:

ــ كۇكىرت قىشقىل ماگني ەرتىندىسىنەن 15 گرامىن قان تامىرىنان اسپالى ۋكولمەن قۇيىپ، قۇرىسۋدىڭ الدىن الۋ، ازوت قىشقىلدى بەنزولدان 10 ميلليمەتردى اۋزىنان تامىزىپ، قان

قىسىمنىن تومەندەتۋ كەرەك، — دەپ ورنالاستىرۋ جاسايدى، سەسترالارعا قان قىسىمدى قاداعالاي باقىلاۋدى جانە بالانىڭ جۇرەك سوعۋىن بايقاۋدى تاپسىرادى. سونان تۋىت ٴبولىمىنىڭ مەڭگەرۋشىسى ياڭ جيننەن:

— مۇنداي احۋالدى بۇرىن قالاي ٴبىرجايلى ەتىپ كەلىپ ەدىڭىز دەر؟ — دەپ سۇرايدى.

— وپەراتسيا جاساۋ شارت-جاعدايىمىز دەرلىكتەي بولماعاندىقتان، لحاسا قالاسىنداعى شيپاحانالارعا اپارىپ جاساتاتىنبىز، ەرتەڭ قان قىسىمى ورنىقسا، تىكەلەي جوتكەيىك، — دەيدى.

لي مي ٴبىر مەزەت وپەراتسيا جاساۋ بولمەسى قۇرىلدى عوي، ٴىشتى اشىپ نارەستەنى الۋعا شەبەرلىگىم دە بار، سوندا دا اۋرۋ ايەلدى نيمۋ اۋدانىندا ٴبىرجايلى ەتۋگە بولماي ما؟ وستىسەك، وپەراتسيا دا جاسايمىز، اۋرۋ ايەلدى باسقا شيپاحانا سۇيرەلەۋ ازابىنان دا قۇتىلدىرامىز ەمەس پە دەپ ويلاپ، ٴارى-ٴسارى بوپ تۇرىپ قالادى.

لي مي گۋ چيگە تەلەفون جالعاپ، نيمۋ اۋدانىندا تۇڭعىش رەت وپەراتسيا جاساپ، بالانى ٴىشتەن الۋ باستاماسىن كوتەرۋ ويى بارىن جەتكىزەدى. سىرتقى اۋرۋلار وپەراتسياسىن جاساۋ تاجىريبەسى مول گۋ چي:

— ٴساتتى جاساۋعا سەنىمىڭ كەمىل مە؟ — دەپ سۇرايدى.

— اسپاپ ارقىلى ٴىشتەگى نارەستەنىڭ سالماعىن دولبارلادىق، شامامەن 5 تە 6 جىڭ كەلەتىن سەكىلدى، ونشا ۇلكەن ەمەس كورىنەدى، مەنىڭشە ٴساتتى بولاتىنىنا سەنىم بار، — دەپ جاۋاپ بەرەدى لي مي.

— حاۋىپ-قاتەرى شى؟ سەنىڭشە قاتەرى قاي تۇسىندا؟

— اۋرۋ ايەلدىڭ قانى O ٴتيپتى RH ٴبولىمدى قان ەكەن، قاندى تولىقتاۋ قيىنداۋ، وپەراتسيادان كەيىن جاتىر تەز جيىرىلماي

قان كوپ كەتىپ، ومىرىنە قاتەر تونە مە دەپ الاڭدايمىن. وپەراتسيا بارىسىندا قان كەتىرمەۋگە ەرەكشە كوڭىل ٴبولىپ، ٴدارى جاعۋ ارقىلى جاتىردىڭ جيىرىلۋىن تەزدەتۋگە قارمانساق قانا بولادى.
— مۇنداي قان ٴتۇرى تىم سيرەك كەزدەسەتىن مىسىق ايۋ قانىنا ۇقساس قوي، لحاساداعى قان قويمالارىنان تابىلا قويۋى ەكىتالاي، سەنىڭشە، قان كەتۋ مۇمكىندىگى قانشالىق؟
— تۇسپالداۋىمشا ونشا جوعارى بولا قويمايدى، ايتسەدە وسى وپەراتسيانى جاساعىم كەلەدى، قانشا ايتقانمەن كەيىنگە ٴبىر ۇلگى كەرەك قوي.
— وسىنداي سەنىمگە كەلسەڭ، جاساي بەر. وپەراتسيا جاسايتىن كۇنى لي حۇڭشيا، داڭ شاۋلين ٴبارىمىز بارىپ، وپەراتسيا جاساۋىڭا مەدەت بەرەيىك، — دەيدى گۋ چۇي كۇلىپ.
لي ميدىڭ كوڭىلى ورنىعا تۇسەدى. شيپاحانا باستىعى تان شىنچۋانعا بارىپ، ٴوزىنىڭ ويىن جەتكىزەدى. شيپاحانا باستىعى نيمۋ اۋداندىق دەنساۋلىق ساقتاۋ مەكەمەسىنىڭ باستىعى زاشيدەن نۇسقاۋ سۇرايدى، ٴارى احۋالدى اۋداندىق پارتكومىنىڭ شۋجيى فان يۇڭحۇڭعا مالىمدەيدى.
فان يۇڭحۇڭ مەن اۋداندىق پارتكومىنىڭ تۇراقتى مۇشەسى، ۇنەمىلىك ىستەرگە جاۋاپتى ورىنباسار اكىمى پىڭ سوڭتاۋ، ورىنباسار اكىم لي كۇنپىڭ ٴبارى بەيجيڭنەن شيزاڭعا كومەككە كەلگەن كادرلار ەدى، شيزاڭعا كومەكتەسۋ قولباسشىلىق شتابىنىڭ ورنالاستىرۋى بويىنشا، ولار مەن لي مي، ليۋ شياڭمي، شۇي مىڭزىلار تۇگەل شتاپتىڭ 6-پارتيا ياچەيكاسىنا قارايتىن، ٴبىرىن-ٴبىرى جاقسى تانيتىن. ويلانا كەلىپ، فان يۇڭحۇڭ دا لي ميدەن وپەراتسيا جاساۋعا قانشالىق سەنىمى بارىن سۇرايدى. لي مي ٴوزىنىڭ دولبارىن وعان ايتادى، گۋ چي سەكىلدى شيپاگەرلەردىڭ كەلىپ، مەدەت بەرمەكشى بولعانىن باسا اتاپ وتەدى. سانىن ٴبىر شاپالاقتاعان لي يۇڭحۇڭ:

— ٴدال ايتتىڭ، قاندايدا بولماسىن، ٴبىر ۇلگى كەرەك قوي، دايىندالا بەر. مۇنان قاۋىپ-قاتەر تۋىنداسا، اۋداندىق پارتكوم مەن ۇكىمەت موينىنا الادى. ۆپەراتسيا جاسايتىن كۇنى پىلىڭ اكىم، لي اكىمدەر بار ٴبارىمىز بارىپ، ساعان مەدەت بەرەمىز، ەمدەۋ جونىندە ٴجون كورسەتە الماساق تا، رۋحاني دەمەۋ بولامىز! — دەيدى شاتتانا.

فان يۇڭحۇڭنىڭ بۇلايشا سەنىم ارتۋى لي ميدى قاتتى جەلپىندىرەدى، شيپاحاناعا قايتىپ بارعانىنان كەيىن، ۆپەراتسيا جاساۋ دايىندىعىنا كىرىسەدى. وسى كەزدە لازۇڭ تۋىت ٴبولىمى ماڭىنان چۇيجيدىڭ تۋىستارىن تاۋىپ، ۆپەراتسيا جاساۋعا ماقۇلدىق بەرگىزىپ، قول قويدىرماقشى بولعاندا، ولار ەكى ۇداي بوپ قالادى، الدىمەن بۇدحاناعا بارىپ، حوفودان اقىل سۇراۋدى العا قويادى.

بۇل لي ميدىڭ مۇلدە ەسىنە كەلمەگەن جاعداي ەدى، ول سوندا بارىپ، بۇل ارانىڭ بەيجيڭنەن مۇلدە پارىقتى ەكەنىن، زاڭعۇ باۋىرلاستاردىڭ كوبى بۇددا دىنىنە سەنەتىنىن، ٴدىنىنىڭ بۇل وڭىردە وراسان زور كۇشكە يە ەكەنىن اڭعارادى.

كانادانىڭ مەديتسينا ماماني ۆيلليام وسەللدە: «شيپاگەر جونىنەن ايتقاندا، قانداي ٴبىر ادامنىڭ اۋرۋعا شالدىققانىن ٴبىلۋ، كەيدە ونىڭ قانداي اۋرۋعا دۋشار بولعانىن بىلۋدەن دە ماڭىزدى بوپ جاتادى» دەگەن ايگىلى اقىلياسى بار-دى.

لي ميدىڭ تۇسىنىگىنشە، نيمۋ اۋداندىق شيپاحاناعا وزىنە كەلگەن اۋرۋ-سىرقاۋلاردى جاقسى ٴتۇسىنۋ سىندى وسى ٴبىر ەڭ ماڭىزدى ٴىستى ورىنداۋ اسا قيىن سەكىلدى. لي مي چۇيجي مەن ونىڭ تۋىستارىنان اۋرۋعا شالدىعۋ جاعدايىن ٴتۇسىندىرۋدى سۇراماقشى بولعانىمەن، ولار جانىزۋشا ايتىپ بەرە المايدى، لي مي لاجىسىز ٴۇمىتتى ياڭ جينگە ارتادى.

ياڭ جين مۇنى زاڭعۇ تىلىندە چۇيجيگە قايتالاي ۇعىندىرادى، ول لي ميدى نۇسقاپ تۇرىپ:

— بۇل كىسى بەيجيڭنەن كەلگەن شيپاگەر، ٴبىلىمى مول ادام،

سەنى ەمدەپ ساۋىقتىرا الادى، — دەيدى.

چۋيجيدىڭ تۋىستارى سوندا دا بۇدحاناعا بارىپ، حوفودان اقىل سۇراپ كەلەدى، شيپاحاناعا ورالعان سوڭ، وپەراتسيا جاساۋعا ماقۇلدىق بەرىپ، قول قويادى.

سوندا عانا ۋٴھ دەگەن لي مي ىشتەي مەيلى شيپاگەر بولسىن، الدە شايحى بولسىن، ٴبىز ٴبارىمىز ٴومىردى قادىر تۇتامىز عوي دەپ ويلايدى.

ەرتەسى ويلاماعان جەردەن تاعى اۋرەشىلىك تۋىلادى.

گۋ چيلەر نيمۋعا جەتىپ بولىپ، لي مي مەن ليۋ شياڭمي كەڭسەدە وپەراتسيا جاساۋدا كوڭىل بولۋگە ٴتيىستى ىستەردى كەڭەسىپ وتىرعاندا، ناركوزدەۋشى ۋجوۋ كىرىپ كەلىپ:

— لي مۇعالىم، چۋيجيدىڭ تۋىستارى ناركوزدەۋگە قول قويمادى، وتا جاساتۋدان تاعى تايساقتادى، — دەيدى.

بۇل تاعى نە قىرسىق دەگەن لي مي ابدىراپ كەتەدى.

ٴاسىلى ۋجوۋ چۋيجيدىڭ تۋىستارىنىڭ الدىنا بارىپ، ناركوزدەۋگە ماقۇلدىق بەرىپ، قول قويۋىن وتىنگەندە، ناركوزدەۋدىڭ قاتەرى مەن وتا جاساۋدىڭ حاۋىپىن ولارعا زاڭعزۋشا ايتىپ بەرگەن ەكەن، مۇنشالىقتى حاۋىپ-قاتەرى بارىن سەزىپ تىكسىنگەن چۋيجي وتا جاساتۋعا قوسىلماي قويىپتى.

ويلانىپ تۇرۋعا مۇرشاسى كەلمەگەن لي مي ياڭ جيندى ەرتىپ، بالنيتساعا قايتا كەلىپ، چۋيجينگە ٴناسيحات ايتىپ، جۇباتپاقشى بولادى. ايتسەدە ٴتىل جاعىنان اۋىس-كۇيىس جاساۋعا مۇمكىندىگى بولماي، ياڭ جيننىڭ ولارعا اقىل ايتقانىنا قۇلاق ٴتۇرىپ تۇرادى، كەلبەتى كەلىسكەن وسى ٴبىر حۋاناندىق ايەلزاتى تەك كۇلىمدەپ قانا ىزگى نيەتىن بىلدىرەدى.

تەرەزەدەن تۇسكەن كۇن ساۋلەسى بالنيتسانى جارىقتاندىرىپ، بولمە ٴىشى نۇرلانىپ كەتەدى. وسى ساتتە ول چۋيجيننىڭ موينىنا اسىپ العان بۇد سۋرەتى ىزناگىن كورىپ قالادى دا، ونىڭ الدىنا

كەلىپ، ەكى الاقانىن جۇپتاپ، بۇد سالىنعان ىزناگىن مەڭزەپ، چۇيجينگە جىلى جۇزبەن كۇلىمدەي قارايدى.

شالقالاپ جاتقان چۇيجي لي ميدىڭ ىزگى تىلەگىن اڭعارعانداي بولىپ، ٴوزى دە قوس الاقانىن جۇپتاپ، باسىن كوتەرە لي ميگە جاۋتاڭدايدى.

چۇيجي اقىرى وپەراتسيا جاساتۋعا قوسىلادى.

— لي مۇعالىم، راسىندا كەرەمەت ەكەنسىز، — دەيدى وۋجوۋ. بۇعان لي مي جىميىپ قانا قويادى. مىنا جەر بەتىندەگى سان مىڭداعان نارسەلەردىڭ بارلىعى وزگەرسە دە، تەك سۇيىسپەنشىلىك قانا ماڭگىلىك تۇراقتى بولسا كەرەك. مەديتسينا ۇستانىمى مەن ٴدىني تۇسىنىك پارىقتى بولعانىمەن، ولاردى تەك سۇيىسپەنشىلىك قانا بايلانىستىرا السا كەرەك.

بارلىق دايىندىق جۇمىستارى ٴبىتىپ، سول كۇنى ساعات بىردە لي مي گۋ چي، لي حوڭشيالاردىڭ سەرىك بولۋىندا وپەراتسيا جاساۋ بولمەسىنە كىرەدى، ليۋ شياڭمي جاڭادان دۇنيەگە كەلەتىن نارەستەنى ىڭعايلاۋعا ازىرلىك كورەدى، وپەراتسيا جاساۋ اقىرى باستالادى.

لي ميدىڭ وپەراتسيا جاساۋدان بىلگەرى مەجەلەگەنىندەي، وپەراتسيا جاساۋ بارىسىندا چۇيجيدەن 300 ميللي لەتر قان كەتەدى، ايتسەدە كوپ بولمايدى. جاتىرىنىڭ جيىرىلۋى جاقسى بولىپ، وپەراتسيا وتە ٴساتتى جاسالىپ، ٴبىر قىز نارەستە دۇنيەگە كەلەدى. ليۋ شياڭمي بوبەكتى شۇپەرەككە وراپ، وتا جاساۋ بولمەسىنەن شىعا كەلگەندە، قاتتى تىكسىنىپ قالادى دا، ارتىنان ساباسىنا ٴتۇسىپ، ٴماز بولادى. ۇيتكەنى اۋداندىق پارتكومنىڭ شۋجيى فان يوڭحوڭ، ورىنباسار شۋجي پىڭ سوڭتاۋ، ورىنباسار اكىم لي كۇنپىڭ، دەنساۋلىق ساقتاۋ مەكەمەسىنىڭ باستىعى زاشي، شيپاحانا باستىعى تان شىنچۋاندار وپەراتسيا بولمەسىنىڭ سىرتىندا قورالاي قورشاپ تۇرعان بولاتىن. ولار ليۋ شياڭميدىڭ بوبەكتى كوتەرىپ شىققانىن

كورگەندە، قۋانىشتارى قويىندارىنا سيماي، تەلەفوندارىن الىپ شىعىپ جايىرلاي راسىمگە تارتادى.

ليۋ شياڭمي بەيجيڭ حايديڭ رايوندىق انالار مەن بالالار دەنساۋلىعىن ساقتاۋ شيپاحاناسىندا ىستەيتىن، جاڭا تۋىلعان نارەستەلەردى قاراۋدىڭ كوپ جىلدىق تاجىريبەسى بار-دى. ول شيزاڭىنىڭ نەگىزگى ساتى شيپاحانالارىندا دارىگەرلەردىڭ دەنى جۇيەلى تاربيە الماعانىن، ەس جيدىرۋ جابدىقتارى كەمەلدى بولماۋ، جۇمىس ٴتارتىبى انىق بولماۋ، جۇمىس جۇرگىزۋگە قانىق بولماۋ سياقتى كوپتەگەن ماسەلەلەردىڭ ورىن تەۋىپ وتىرعانىن بايقايدى. شيپاحانا اۋىستىرۋ اۋرەشىلىگى مەن نارەستەلەردىڭ ٴولىم-ٴجىتىم مولشەرىن ازايتۋ ٴۇشىن، ول نيمۋ اۋداندىق شيپاحاناعا كەلگەن العاشقى اپتادا-اق ەمدەۋ قىزمەتكەرلەرىنە جاڭا تۋىپ تۇنشىققان نارەستەگە تىنىس الدىرۋ، تىنىسىن قالپىنا كەلتىرۋ، ازىقتاندىرۋ، بولمەلەردى دىزەنفەكسيالاۋ، وڭاشالاۋ شارالارى جونىندە لەكسيا جاسايدى، ٴارى ۇزاق ۋاقىتتان بەرى پايدالانىلماي قاڭىراپ بوس تۇرعان نارەستەلەر جىلى اينەك بەسىگىن قايتا پايدالانۋعا كىرىسىپ، جاساندى جولمەن تىنىستاندىرۋدىڭ قاجەتى جوق، ناۋقاسى ونشا اۋىر ەمەس ەرتە تۋىلعان نارەستەلەردى اينەك بەسىكتە ٴبىراز ۋاقىت باعادى، مۇنىڭ ىگىلىگىن كوپتەگەن زاڭىزۋ بوبەكتەرى كورەدى، سونداي-اق ۇزاق جول باسىپ، باسقا شيپاحاناعا سالپاقتاۋدان قۇتىلىپ، ەمدەۋ قاراجاتتارىن دا ىركىپ قالادى، سونىمەن ولار ليۋ شياڭميگە العىستارىن جاۋدىرادى.

ليۋ شياڭمي شيپاحانا باسشىلىعى تان شىنچۋانعا تاعى ٴوتىنىش بەرىپ، تىنىس جولىن تەكسەرۋ ايناسى، ەس جيدىرۋعا قاجەتتى اۋا قالتاسى سەكىلدى جابدىقتاردى دايىنداتىپ، تۋىت ٴبولىمى مەن بالالار اۋرۋى بولىمىنە بىردەن قويعىزىپ، ونى باسقاراتىن ارناۋلى قىزمەتكەر ورنالاستىرىپ، شۇعىل قۇتقارۋ جۇمىسىنىڭ ۋاقىتتان ۇتۋىنا شارت-جاعداي ازىرلەيدى.

جارىم جىل تەحنيكالىق باۋلۋدان ٴوتۋ جانە پراكتيكا جاساۋدىڭ ارقاسىندا، ەمدەۋ قىزمەتكەرلەرىنىڭ، اسىرەسە بالالار ٴبولىمى دارىگەرلەرىنىڭ نارەستەلەردى تىنىستاندىرۋ تەحنيكاسى نەگىزىنەن ولشەمگە جەتىپ، جاڭا تۋىلعان نارەستەلەردى قاتەردەن قۇتقارۋ ورەسى تىڭ بەلەسكە كوتەرىلەدى، ولار جاڭا تۋىلعان نارەستەلەردى تىنىستاندىرۋ تەحنيكاسى بويىنشا تۇنشىققان 10 نارەستەنى حاۋىپتەن اراشالاپ قالادى، تىنىس جولى تارايىپ، شەتىنەۋ جايتى نەگىزىنەن تۋىلمايدى.

شيپاحانادا قىزمەت بارىسىندا ليۋ شياڭميدى اقكوڭىل دە قاراپايىم زاڭزۋ باۋىرلاستاردىڭ ٴىس-ارەكەتى ۇنەمى تولقىتىپ، جانىن ەلجىرەتەدى. 2013-جىلى شۋەدۇن مەرەكەسىنەن كەيىن جۇمىسقا شىققان ٴبىرىنشى كۇنى وكپە اۋرۋى بار، جۇرەگى ٴالسىز ٴبىر قىز بالا شيپاحاناعا اكەلىنەدى، ونى تەكسەرگەن شيپاگەر وعان ۇلكەن شيپاحاناعا بارىپ كورىنۋگە كەڭەس بەرگەندە، بالانىڭ شەشەسى تيبەتشە بۇل اراعا بەيجيڭنەن شيپاگەرلەر كەلدى دەپ ەستىدىم، باسقا شيپاحاناعا بارعىمىز جوق، بەيجيڭدىك شيپاگەرلەرگە كورىنەمىز دەيدى.

ليۋ شياڭمي ونىڭ نە ايتىپ تۇرعانىن تۇسىنبەسە دە، ونىڭ كومەك تىلەپ، ٴمۇساپىرسىپ جاۋتاڭداعان جانارىنان وزىنە دەگەن ٴۇمىتتى مەن سەنىمدى سەزەدى، ونىڭ جانارىندا ىركىلگەن جاستى بايقايدى. مولدىرەگەن كوزىنە كوزى تۇيىلىسكەن لي شياڭمي ونان ارى شىداپ تۇرا الماي، «ٴجا، قولىمنان كەلگەنىنشە كومەكتەسەيىن» دەگەنىن ٴوزى دە سەزبەي قالادى.

تىنىشتاندىرۋ، وتتەگىن ٴسىمىرتۋ، جۇرەگىن قۋاتتاندىرۋ، نەسەپ جولىن ىركىلىسسىزدەندىرۋ، قان اينالىسىن جاقسارتۋ، اۋرۋعا قارسىلىق قۋاتىن ارتتىرۋ شارالارى قولدانىلعانان كەيىنگى 2-كۇنى قىز بالانىڭ تىنىستاۋى وڭالىپ، جۇرەگىنىڭ السىرەۋى تىزگىندەلەدى؛ 3-كۇنى وكپە قىزمەتى قالپىنا كەلەدى؛ 5-كۇنى بالا

ليۋ شياڭميگە «بەيجيڭنىڭ التىن تاۋىندا» اتتى ٴاندى شىرقاپ بەرىپ، ونىڭ قولىنان ۇستاپ، بەيجيڭگە بارۋ ٴۇشىن قانشالىق جىل ٴجۇرۋ كەرەك ەكەنىن سۇرايدى...

ەكىنشى تاراۋ وپەراتسيا پىشاعى — اۋرۋ الباستىسىن قياتىن قىلىش

حانزۋ ٴتىلى ستيلستيكاسىندا اۋرۋ-سىرقاۋدى ۇنەمى «اۋرۋ الباستىسى» تەڭەيدى، بۇل اۋرۋدىڭ ادامدى قينايتىنىنا قاراتىلعان. سىرتقى اۋرۋلار شيپاگەرلەرىنىڭ قولىنداعى وپەراتسيا پىشاعى قۇددى وتكىر قىلىش سەكىلدى اۋرۋدى قىرىپ-جويىپ جوعالتادى، سىرقات ادامدارعا ساۋ، اقاۋسىز ٴتان سىيلايدى. وي جەلىسى اشىق، كوڭىلى اق، نيەتى ىزگى بولۋ — سىرتقى اۋرۋلار شيپاگەرلەرىنىڭ كيلىنيكالىق قىزمەتىنىڭ ىرگەتاسى سانالادى.

145

1. بالالاردىڭ «جۇرەك» تىلەگىن ورىنداۋ

ادامنىڭ ٴومىرى — ۋاقىتقا بايلانىستى كۇشىن جوياتىن كەلىسىم-شارت قاعازى سىپەتتى، توتەنشە ٴالسىز، ٴارى قورعاۋعا بارىنشا مۇقتاج كەلەدى. ولەۋسىرەپ بارا جاتقان بالاۋىز شامدى قايتا الاۋلاتۋ، سارعايا باستاعان گۇلدىڭ جاپىراعىن قايتا جاسىلداندىرۋ، ٴولىم باتپاعىنا باتىپ بارا جاتقان جانعا قۇتقارۋ قولىن سوزۋ، قينالىپ تىعىرىقتا تىرەلگەن جان مەن تانگە ٴۇمىت ۇشقىنىن اكەلۋ بارىسىندا، مەديتسيانىڭ قۋنى بەينە، جەكە ادامنىڭ، ٴبىر توپتىڭ، ٴتىپتى اۋەلى بۇكىل ادامزاتتىڭ تۇتاس تىرلىگىمەن بارا-بار كەلەدى.

تۋما جۇرەك اۋرۋى — بىتكەن تۋما اۋرۋلار ىشىندەگى ەڭ حاۋىپتىلەرىنىڭ ٴبىرى، جاڭا تۋىلعان نارەستەلەردىڭ 6% تەن 9% ىندە وسىنداي اۋرۋ كەزدەسەدى. تەڭىز دەڭگەيىنەن جوعارى تۇرۋ،

وتەگى كەمشىل بولۋ سياقتى سەبەپتەردەن شيزاڭدا بالالاردىڭ تۋما جۇرەك اۋرۋى بولۋ مولشەرى ورتا، شىعىس بولەكتەگى رايونداردىكىنەن ەكى ەسە جوعارى كەلەدى. جوعارى ۇستىرتتە بولۋدان، وتەگى تاپشىلىعىنان قالسا، تازالىق شارت-جاعدايى، ازىقتانۋ دەڭگەيى، اۋىراياق ايەلدەردە ۆيتامين كەمشىل بولۋ، جاقىن تۋىستارىمەن نەكەلەنۋ سەكىلدى فاكتورلار دا شيزاڭ رايونىندا تۋما جۇرەك اۋرۋى تۋىنداۋ مولشەرىنىڭ جوعارى بولۋىندا سەبەپتەر سانالادى.

2012-جىلى 4-ايدىڭ باس شەنىندە شيزاڭ اۆتونوميالى رايونى لحاسا قالاسىندا ٴماجىلىس اشىپ، بالالاردىڭ تۋما جۇرەك اۋرۋىن مەديتسينالىق جولمەن ەمدەۋ قىزمەتىنە جۇمىلدىرىپ، ورنالاستىرۋ جاسايدى. ماجىلىستەن بىلگەرى العاشقى تەكسەرۋ ناتيجەسى بويىنشا، شيزاڭدا شامامەن تۋما جۇرەك اۋرۋى بار بالالاردىڭ سانى 9147 بولىپ شىعادى. شيزاڭ اۆتونوميالى رايوندىق دەنساۋلىق ساقتاۋ مەڭگەرمەسىنىڭ «شيزاڭ اۆتونوميالى رايونىنىڭ بالالار تۋما جۇرەك اۋرۋىن مەديتسينالىق جولمەن ەمدەۋ قىزمەتىن اتقارۋ جوباسى» بويىنشا، مەملەكەت بويىنشا شيزاڭعا باعىتتامالى كومەكتەسەتىن 17 ولكە-قالا مەن ورتالىقتىڭ 17 كاسىپورنى ٴار جىلى شيزاڭداعى تۋما جۇرەك اۋرۋى بار 100 بالانى تەگىن ەمدەيتىن، وسى ارقىلى ەكى جىل ىشىندە بالالاردىڭ جۇرەك اۋرۋىن ەمدەپ جازۋ نىساناسى بەلگىلەنەدى. بەيجيڭ قالالىق بالالار شيپاحاناسى مەن انجىن شيپاحاناسى لحاسا قالاسىنداعى تۋما جۇرەك اۋرۋى بار بالالاردى ەمدەۋگە جاۋاپتى بولادى.

شيزاڭعا كومەككە كەلگەن شيپاگەرلەردىڭ تولاسسىز قۇلشىنىس كورسەتۋىندە، شيزاڭداعى ٴنول جاستان 18 جاس ارالىعىنداعى 69 مىڭ 382 بالا العاشقى قادامدا تەكسەرىلىپ، ولاردىڭ 802 ىنىڭ تۋما جۇرەك اۋرۋى بار دەپ مولشەرلەنەدى، ال بۇلاردىڭ ىشىندەگى 54 ى بەيجيڭ قالاسى باعىتتامالى كومەكتەسەتىن لحاسا قالاسى

رايونىندا تۋراتىنى بەلگىلى بولادى. تۋما جۇرەك اۋرۋى بار بالالاردىڭ دەر كەزىندە ەمدەلۋىنە كەپىلدىك ەتۋ ٴۇشىن بەيجيڭ قالالىق بالالار شيپاحاناسى الدىمەن جۇرەك سەنتىرىنەن 5 ەمدەۋ قىزمەتكەرىن لحاساعا جىبەرەدى، لحاسا قالاسىنىڭ نيمۋ اۋدانى مەن داڭشيۇڭ اۋدانىنداعى بالالار ىشكەرىلەي جان-جاقتى تەكسەرىلىپ، وپەراتسيا جاساۋعا بولاتىن-بولمايتىنى انىقتالادى.

9-ايدىڭ 18-كۇنى، 28 T كەزەكتى بەيجيڭ-شيزاڭ جولاۋشىلار پويەزى بەيجيڭ باتىس پويەز ۆوكزالىنا باياۋ كەلىپ توقتايدى، جيىن لانجوۋ، ليۋ حۇي سەكىلدى شيپاگەرلەر سولاڭدوجي قاتارلى ەڭ سوڭىندا تۋما جۇرەك اۋرۋى بار ٴوسپىرىم ەكەنى ايقىن بەلگىلەنگەن 14 بالانى جانە ولاردىڭ اتا-انالارىن باستاپ، قۇشاق-قۇشاق گۇل كوتەرە پويەزدان ٴتۇسىپ، ونان جەدەل جاردەم كولىكتەرىنە ٴبولىنىپ وتىرىپ، بەيجيڭ انجەن شيپاحاناسى مەن بەيجيڭ بالالار شيپاحاناسىنا تارتادى.

وسى ەكى شيپاحانا بىردەي تۋما جۇرەك اۋرۋى بار بالالاردى قۇتقارۋ-ەمدەۋ قىزمەتىنە ەرەكشە ٴمان بەرىپ، شيپاحانانىڭ باسشىلارى باستى جاۋاپتى بولعان جەتەكشىلىك گرۋپپاسىن ارنايى قۇرادى، سونىمەن قاتار جۇرەك سەنتىرىنىڭ مەڭگەرۋشىسى، سەسترا، ەمدەۋ مامانى، كۇتىمدەۋشى تىرەكتى قىزمەتكەر، كومەكشى تەكسەرۋشى قىزمەتكەر سياقتىلاردان ۇيىمداسقان ەمدەۋ گرۋپپاسىن قۇرادى. اۋرۋشاڭ بالالاردى جاقسى قاراپ، قامقورلىق جاساۋ ٴۇشىن شيپاحانالار جۇرەك ٴبولىمىنىڭ جالعىز ادامدىق بالنيتسا بولمەلەرىن بوساتادى، ٴارى ولاردىڭ اس-سۋىن دايىنداۋعا ارناۋلى قىزمەتكەر ورنالاستىرادى. انجەن شيپاحاناسى زاڭگەرۋ اتا-انالارى مەن بالالارىنىڭ ازىقتانۋ ادەتىن ويلاستىرىپ، اسحانا بولىمىندەگى اسپازدارعا ارناۋلى سارماي الدىرىپ، اق شاي دايىنداتادى.

بەيجيڭ بالالار شيپاحاناسى جۇرەك سىرتقى اۋرۋلار ٴبولىمىنىڭ سەسترالار باستىعى ۋاڭ شۋەجيڭ بالالار كەلۋدەن بىلگەرى كوپتەپ

تۇكتى ويىنشىقتار ازىرلەپ، تۇسەكتەردىڭ باس جاعىنا ٴتىزىپ قويادى، توراپتان زاڭزۋ تىلىندەگى ىزگى تىلەك سوزدەرىن تاۋىپ، قاعازعا ۇلكەيتىپ باسىپ شىعارىپ، بولمەلەردىڭ قابىرعاسىنا جاپسىرادى، سونداي-اق ٴار بالانىڭ ەرەكشەلىگىنە قاراي، ەكىدەن سەستىرا ورنالاستىرىپ، ولاردى جۋىندىرادى.

3 جاستاعى لاجىن اتتى قىز بالا بەيجيڭ بالالار شيپاحاناسى جۇيەلى تەكسەرىپ شىققانىنان كەيىن، توقتالماي جىلايدى، جۇرەگىنىڭ بولىمشە ارالىق بولگىشى زاقىمدالۋ، كۇرە تامىردا قان توسىلۋ سەكىلدى ەكى ٴتۇرلى جۇرەك ماسەلەسىنەن سىرت، لاجىندا تاعى تۋمىسىنان ومىرتقا قيسىق ٴبىتۋ كىناراتى بارى انىقتالادى، جاسى كىشى، ٴوسۋ كەزىندە بولعاندىقتان ونىڭ بۇل ناۋقاستارى لحاسادا انىقتالماعان ەدى.

بالالاردا باستىسى، بولىمشە ارالىق بولگىش زاقىمدالۋ، قارىنشا ارالىق بولىك جىرتىلۋ، كۇرەتامىر بىتەلۋ سەكىلدى بىرنەشە ٴتۇرلى جۇرەك اۋرۋى كوپ كەزىگەدى. بولىمشە ارالىق بولگىش زاقىمدالۋدا وڭ، سول جۇرەكشەلەردە تەسىك پايدا بولادى؛ قارىنشا ارالىق بولىك جىرتىلۋ اۋرۋىندا وڭ، سول جۇرەكشەلەر اراسىندا قالىپسىز ساڭلاۋ اشىلادى.

كۇرەتامىر اسىلىندە نارەستە كەزىندە بالانىڭ وكپە قىزىل تامىرى مەن قولقا اراسىنداعى قالىپتى قان اعىس جولى سپەتتى بولادى، ىشتەگى نارەستەنىڭ وكپەسى دەم تارتپايدى، سوندىقتان وڭ جۇرەكشەسىندەگى وكپە قىزىل تامىرى كۇرەتامىرداعى قاندى تومەندەتسە، سول جۇرەكشەسىندەگى قان تامىر قولقاداعى قاندى ورلەتىپ تۇرادى، كۇرەتامىر نارەستە كەزىندە بالانىڭ قانىن ەرەكشە اينالىسقا تۇسىرەتىن قاجەتتى فورما. نارەستە تۋىلا سالا، وكپەسى كەڭيە باستايدى، ٴارى اۋانى اۋىستىرۋ قىزمەتىن اتقارادى، وكپە قان اينالىسى مەن دەنەدەگى قان اينالىسى ٴوزدى ٴوزىنىڭ رولىن اتقارادى. كۇرەتامىر ارتەريا ٴوز رولىن توقتاتىپ. اۋزى وزدىگىنەن

جابىلىپ قالادى، ال ۇزاققا دەيىن جابىلماسا، كۇرەتامىر اۋزىنىڭ اشىق قالۋ جايتى تۋىلىپ، وكپە قان تامىرىنا اۋىر قىسىم تۇسەدى دە، اۋىر بولسا، جۇرەك قىزمەتىن السىرەتەدى.

مۇنداي اۋرۋدى قالىپتاستىراتىن باستى سەبەپ جوعارى قىسىم مەن وتتەگىنىڭ كەمشىل بولۋى. بالالار مەن ولاردىڭ اتا-انالارى باستابىندا تىنىستاۋ قيىندىعى، وكپە شانشىپ اۋرۋى سەكىلدى بەينەلەردى بيىك ٴۇستىرتتىڭ قالىپتى اسەرى دەپ ٴبىلىپ جۇرە بەرەدى، شيپاحاناعا جاتىپ ەمدەلۋ دەگەن كاپەرىنە كىرىپ شىقپايدى.

— جىلاما، بالاقاي، تەكسەرىپ انىقتاۋ دەگەن جاقسى ٴىس قوي، ٴبىز سەنى ەندى ەمدەيمىز، — دەيدى ليۋ حۇي بالانىڭ شاشىنان سيپاي كۇلىمسىرەپ.

جۇرەك سىرتقى اۋرۋلار ٴبولىمىنىڭ مەڭگەرۋشىسى لي شاۋفىڭنىڭ سايكەستىرۋىندە، ولار سۇيەك سىرتقى اۋرۋلار بولىمىندەگى شيپاگەرلەرمەن بىرلەسە وتىرىپ، لاجىنعا وپەراتسيا جاساماقشى بولادى. بالانىڭ جاسى وتە كىشى بولعاندىقتان سىرتقى اۋرۋلار ٴبولىمىنىڭ دارىگەرى ومىرتقا سۇيەگىنە 5 جاستان اسقانىنان كەيىن وپەراتسيا جاساۋعا بولادى، قازىر العاشقى قادامدا بولىمشە ارالىق بولگىشتىڭ زاقىمدالۋ جانە كۇرەتامىر اۋزىنىڭ جابىلماۋ سىرقاتىنا عانا وپەراتسيا جاساۋعا بولادى دەپ ۇسىنىس بەرەدى.

تۇمسىنان ومىرتقانىڭ قيسىق ٴبىتۋى كوكىرەك قۋىسىنىڭ ورنىن قالىپسىز كۇيگە ٴتۇسىرىپ، وپەراتسيا جاساۋعا بەلگىلى قيىندىق اكەلەدى. ونىڭ ۇستىنە مۇنداي بالالار وتتەگى شالاڭ وڭىردە جاساپ كەلگەندىكتەن بەيجىڭ سەكىلدى وتتەگى تولىق رايونعا كەلگەندە، وكپەسىنىڭ تىنىس تارتۋى ۇدەپ، اۋا سيىمدىلىعى جەتىسپەي قالادى، سونىمەن جۇرەك ۇنەمى انىق كورىنبەي، وپەراتسيا جاساۋعا بەلگىسىز جايت تۋىنداۋ كۇمانىن اكەلەدى.

سىرتقى اۋرۋلار شيپاگەرىنىڭ وپەراتسيا جاساۋداعى شەبەرلىگى، ارىنە، ماڭىزدى، اسىرەسە ميكرو جاراقاتقا نەمەسە اينامەن عانا

كورەتىن جاراقاتقا وتا جاساۋ سولاي بولادى. ايتسەدە مامانداردىڭ تالداۋ جاساۋ ناتيجەسى دە كەمەلدى وپەراتسيا جاساۋدا، شەبەرلىكتىڭ تەك 25% ۇلەستى ۇستايتىنىن، قالعان 75% ۇلەس شەشىم جاساۋعا بايلانىستى ەكەنىن ايعاقتاعان.

وپەراتسيا جاساۋدان بىلگەرى جۇرەك سىرتقى اۋرۋلار بولىمىندەگى شيپاگەرلەر وپەراتسيا جاساۋدان بىلگەرگى تالقىنى ورىستەتتى. ليۋ حۇي پىشاق تيگەننەن كەيىن قان كەتۋىنەن الاڭداپ، سىرتتان قان تامىرىن اشۋ جولىن تاڭدادى. سان قان تامىرىنان تۇتىكشە سۇڭگىتىپ، بوگەۋىش جىبەرىپ، بولىمشە ارالىق بولگىش پەن كۇرەتامىر اراسىنداعى ساڭىلاۋدى جابۋدى كوزدەدى. ٴبىراق بالانىڭ قان تامىرى وتە جىڭىشكە، تۇتىكشە جۋانداۋ بولعاندىقتان بوگەۋىش ٴدال ورنىنا جەتپەي، باسقا قان تامىرلارىن بىتەپ قالسا، ٴىستىڭ سوڭى ناسىرعا شاباتىن ەدى.

ليۋ حۇي جۇمىستىڭ ٴارقانداي ٴبىر بۋىنىن ۇمىت قالدىرمايىن دەپ قايتا-قايتا پراكتيكا جاساپ، جاتتىعا بەرەدى.

جۇرەك اۋرۋى بار دانىڭجۋوگا دا جان-جاقتى تەكسەرىلىپ، وپەراتسيا جاساتۋعا دايىندالادى. وعان جۇرەك سىرتقى اۋرۋلارى ٴبولىمىنىڭ مەڭگەرۋشىسى لي شاۋفىڭنىڭ ٴوزى وپەراتسيا جاساماقشى بولادى. لاجىنعا جاسالاتىن وپەراتسياعا قاراعاندا، دانىڭجۋوگاعا جاسالاتىن وپەراتسيا ٴتىپتى كۇردەلى ەدى.

— ادەتتە ٴبىز مۇنداي وپەراتسيانى جارىم جاسقا كەلگەن بوبەكتەرگە عانا جاساعان بولاتىنبىز، مۇنداي ورەنگە جاساپ كورمەگەنبىز. ونىڭ جۇرەگىندە 4 ٴتۇرلى قالىپسىزدىق بار ەكەن، تورتەۋىن بىردەن وڭاۋعا قىرۋار ۋاقىت كەتەدى. ونان قالسا، مۇنداي جۇرەك اۋرۋىنا شالدىققاندار تۇگەل ۇساق بالالار بولادى، ٴبىراق دانىڭجۋوگانىڭ جاسى ۇلكەيىپ قالىپتى، 12 گە كەلىپتى، ونىڭ وكپەسى قالاي بىتكەنىن دە بىلمەيمىز. ونان دا قورقىنىشتىسى، ۇساق جۇرەك تامىرلارى وكپەگە قان جىبەرۋ تامىرىنىڭ ورنىن

باسقان بولسا، وكپەگە قان تولادى، باققا جاراي، مۇنداي جايتتەر سوڭىندا جارىققا شىققان جوق، ـ دەيدى لي شاۋفىڭ.

دانزىڭجۋوگاعا وپەراتسيا جاساۋ ۋاقىتى بەس ساعاتقا سوزىلادى. لي شاڭفىڭ وپەراتسيا بولمەسىنەن شىققاندا ونە-بويى تەرگە مالشىنعان-دى. سول جولعى وپەراتسيا جاساۋدى ەسىنە العاندا، ول كوپ سويلەمەيدى، تەك ارقاسىنداعى اۋىر جۇكتەن بوساعانداي، باياۋ عانا كۇلىپ قويدى.

ەندى ٴبىر جاقتا، لي حۋيدىڭ لانجىنعا جاساعان وپەراتسياسى دا ٴساتتى بولادى. ادەتتە وپەراتسيا جاسالعان بالا بايقاستاپ كورۋ بولمەسىندە باقىلاۋعا الىنادى، ەڭ ۇزاعاندا 4 كۇن، قىسقا بولعاندا، ٴبىر كۇن جاتادى. وسىلايشا شيزاڭنان كەلگەن جۇرەك اۋرۋى بار 14 بالاعا جاسالعان وپەراتسيا تۇگەل ٴساتتى بولادى.

دانزىڭجوۋگا بايقاستاپ كورۋ بولمەسىنەن شىققاندا، بوزارعان ەرىندەرى قىزارىپ، 10 نەشە جىلدان بەرگى جۇدەۋ بەينەسى عايىپ بولىپ، ٴجۇزى جايناپ كورىنەدى. قىزىل-جاسىلدى كيىمدەر كيىپ، فوتو سۋرەتكە ٴتۇسىپ، ٴماز-مايران بولادى.

سەسترالار باستىعى ۋاڭ شۋەجيڭ بالالارعا سۋرەت سالۋ داپتەرى مەن سۋ بوياۋلى قارىنداشتار دايىندايدى. كىشكەنتاي جۇگەرمەك ۇل بالا سولاڭدوجي شيپاگەر اپاي-اپايلارىنىڭ سۋرەتىن سالادى. اۋەلى ٴوزىنىڭ ۋكول قويىپ جاتقانداعى كۇلىمدەپ جاتقان بەينەسىن اينىتپاي سىزىپ شىعادى.

شيپاگەرلەر قولدارىنداعى قياق پىشىندەس پىشاقتارىمەن «اۋرۋ الباستىسىن» قىرىپ الاستاپ، جاندى قۇتقارىپ، بالالار ٴۇشىن باسقا ٴبىر عۇمىر جولىن اشادى.

2012-جىلدان 2014-جىلعا دەيىن، بەيجيڭ قالاسىنىڭ، جياڭسۋ ولكەسىنىڭ جانە جۇڭحۋا قايىر-ساحابات باس قوعامىنىڭ بارىنشا قولداۋى مەن قالتقىسىز كومەگىندە، لحاسا قالاسى تۋما جۇرەك اۋرۋى بار دەپ كۇمان تاعىلعان بالالاردان 222 مىڭ 321 ىن

تەكسەرىپ، 391 بالانى ايقىن تۇراقتاندىرادى، ولاردىڭ ٴبارى تەگىن ەمدەپ وپەراتسيا جاساۋعا ورنالاستىرىلادى.

2013-جىلى بەيجيڭ ميىۋن اۋداندىق شيپاحاناسىنان شيزاڭعا كومەككە كەلگەن شيپاگەر ليۋ شاۋحۋا جۇرەك اۋرۋى بار بالالاردى بەيجيڭگە باستاپ اپارۋدىڭ جالپى بارىسىنا جاۋاپتى بولادى. وپەراتسيا جاسالىپ بولعانىنان كەيىن، ليۋ شاۋحۋا بالالار مەن ولاردىڭ اتا-انالارىن، زاڭزۋ شيپاگەرلەردى ەرتىپ، تيان-انمىن الاڭىنا، بادالىڭ ۇلى قورعانىنا اپارىپ سەيىلدەتەدى. ٴىشىن جوندەپ، اشەكەيلەپ جاتقاندىقتان ٴتورالعا ماۋ زىدۇڭ ەسكەرتكىش سارايىنىڭ ٴىشىن كورە الماعانىنا ارماندا قالسادا، بالالاردىڭ قاتارلاسىپ الىپ، ەسكەرتكىش سارايىنا باس ٴيىپ، تاعزىم ەتۋى ليۋ شاۋحۋانى قاتتى اسەرلەندىرەدى.

2. سارى ٴتۇستى حادا

بارىمىزدە ەكى قول، ەكى اياق بولعانىمەن، اركىمگە ونىڭ قاي-قايسىسى دا باعالى ەكەنى قانىق. بەيجيڭ شۇن-ي رايوندىق شيپاحاناسىنان شيزاڭعا كەلگەن شيپاگەر گاۋ جىشۇە ٴوزىنىڭ سۇيەك اۋرۋلارى سىرتقى ٴبولىمىن تاڭداعاندا، مەرتىككەن ادامداردىڭ دەنە مۇشەسىنىڭ قىزمەتىن قالپىنا كەلتىرۋ بارىنەن ماڭىزدى ەكەنىن قانىق بىلگەن-دى.

2013-جىلى 7-ايدىڭ ٴبىر سەيسەنبى كۇنى گاۋ جىشۇە بالنيتسادان ناۋقاس ادام يشيدى تاعى كەزىكتىرەدى. وعان تاڭدانىپ، قاسىن ٴبىر كەرەدى دە، باسىن بۇرىپ، سول كۇنى كەزەكشى بولعان شيپاگەر لۋ جىنگاڭنان:

— ول ٴالى باسقا شيپاحاناعا جوتكەلمەگەن بە؟ — دەپ سۇرايدى.

— ۇيىندەگىلەر ونى باسقا شيپاحاناعا اپارۋدى تالاپ ەتكەن جوق، — دەيدى لۋ جىنگاڭ باسىن شايقاپ.

گاۋ جىشۋە ۇستىنە جامىلىپ جاتقان ىشىدىڭ ادىالىن اشىپ، ونىڭ باسىنان باقايشىعىنا دەيىن كوز جۇگىرتىپ شىققاندا، ىشىدىڭ وڭ اياعىنىڭ تەرىسى قارايىپ كەتكەنى كوزگە انىق كورىنەدى.

گاۋ جىشۋە بۇرىلىپ، بالنيتسادان شىعىپ، داڭشيوڭ اۋداندىق حالىق شيپاحاناسىنىڭ كاسىپتىك قىزمەتىن باسقاراتىن ورىنباسار باستىعى زاڭشيسىرىندى تاۋىپ:

— بۇل ادامعا دەرەۋ وپەراتسيا جاساۋ كەرەك، بولماسا ونىڭ اياعىن ساقتاپ قالۋ مۇشكىل بولادى، — دەيدى كۇدىگىن جاسىرماي ايتىپ.

— سونشالىقتى سالماقتى ما؟ قالايشا ونى لحاسا قالاسىنداعى شيپاحانالارعا اپارمادى ەكەن ٴا، — دەپ زاڭشيسىرىن ورنىنان اتىپ تۇرادى.

— كەشە مەن بۇل ناۋقاس ادامدى كورگەم، ۇيىندەگىلەرگە تەزىرەك باسقا شيپاحاناعا اپارىڭدار دەپ تە ايتقام، ولار ٴارى-ٴسارى بولىپ، كەشە الىپ كەتپەپتى، بۇگىن دە جاتىر ەكەن، اۋرۋى اسقىنىپ بارا جاتقان كورىنەدى، — دەيدى گاۋ جىشۋە نالىعانداي.

28 جاستاعى يشي ناچۋي رايونىنان كەلگەن بولاتىن، نەشە كۇننىڭ الدىندا موتوسيكلدەن ۇشىپ كەتىپ، وڭ اياعىن جاراقاتتاپ الىپتى، وڭ تىزەسىنىڭ سۇيەگى نەشە جەردەن سىنىپ، ٴپىشىنى اۋىر دارەجەدە وزگەرىپتى، وڭ اياعىنىڭ تەرىسى سىدىرىلىپ، قانى كوپ اققان كورىنەدى. زاقىمدالعانىنان كەيىن، ناچۋيدە جاراقاتى جەڭىل عانا ٴبىر جايلى ەتىلىپتى دە، دوڭگەلەكتى ورىندىققا تاڭىلىپ، وسىندا الىپ كەلىنىپتى.

شۇعىل اۋرۋلار بولىمىندە ونى تەكسەرگەن شيپاگەر دەرەۋ جاراقاتىن ديزەنفەكسيالاپ، وراپ تاڭىپ بەرىپتى، ٴبىراق تىكپەپتى، تاياقشامەن ەكى جاعىنان بەكەمدەپ، باقىلاۋ بولمەسىنە جەتكىزىپتى. ەرتەسى شيپاگەر لۋ جىنگاڭ ونىڭ جاراقاتى نەداۋىر سالماقتى ەكەنىن اڭعارىپ، ۇيىندەگىلەرگە ونى دەرەۋ لحاساداعى ۇلكەن

شيپاحانالاردىڭ بىرىنە اپارۋ جونىندە كەڭەس بەرىپتى. ولار ەكى ۇداي بولىپ تۇرعاندا، شيزاڭعا كومەككە كەلگەن شيپاگەر گاۋ جىشۋەگە كەزدەسكەن ەكەن. گاۋ جىشۋە ٴدال سۇيەك اۋرۋلارى مامانى ەدى.

لۋ جىنگاڭ وعان اياعى زاقىمدالعان ادامنىڭ نەگىزگى احۋالىن تانىستىرادى، گاۋ جىشۋە بۇعان قاداعالاي ٴمان بەرىپ، X اپپاراتىنا تۇسىرىلگەن لەنتاسىن قۇنتتاپ كورىپ، قاي تۇسى سىنعانىن دەرەۋ انىقتايدى. لۋ جىگاڭنىڭ اۋدارماشى بولۋىندا، ول يشيدىڭ حال-كۇيىن سۇرايدى. يشي اياعىنىڭ شىداتپاي قاقساپ اۋىرىپ تۇرعانىن ايتادى. گاۋ جىشۋە ونىڭ اياعىن ارى-بەرى اۋدارىپ-توڭكەرىپ كورىپ، جاراقات العان تۇسىنىڭ كوگەرىپ، ٴىسىپ، قانتالاپ تۇرعانىن بايقايدى.

— قان اينالىسى جاقسى ەمەس، ەتىنىڭ كوگەرىپ كەتكەنى سوندىقتان، سۇيەك جارقىشاقتارىنىڭ بازدانۋى مۇمكىن، — دەيدى ول لۋ جىنگاڭعا.

— وتە قىسىپ تاڭىپ تاستاعاندىكى ەمەس پە؟

— سولاي بولۋى دا مۇمكىن، وراعان شۇپەرەك پەن داكىنى شەشىڭدەر.

شۇپەرەك پەن داكى شەشىلەدى، گاۋ جىشۋە ونىڭ بالتىر تەرىسىنىڭ قارايىپ كەتكەنىن بايقايدى، بۇل تەرىنىڭ ولەتتەنگەنىن ٴتۇسىندىرۋشى ەدى. ول باسىن بۇرىپ لۋ جىنگاڭعا:

— ەندى جاراقاتتىڭ اۋزىن دەرەۋ ٴبىر جايلى ەتىپ، الدىمەن سىرتقى جارانى تىزگىندەۋ ٴتيىس. سىنعان سۇيەكتەرىنىڭ ٴبىتۋ وزگەرىسىن انىقتاپ، قازىرشە ەمدەيتىن سۇيەكتى بەلگىلەپ الۋ، ٴارى بازدانۋىنىڭ الدىن الىپ، ىسىكتى قايتارۋ كەرەك. ۇلپا تىكاندارىنىڭ شارت-جاعدايى پىسىپ-جەتىلگەن سوڭ، وپەراتسيا جاساۋدى ويلاسايىق. ەگەر باسقا شيپاحاناعا جەتكىزۋگە تۋرا كەلسە، دەرەۋ جولعا شىقسىن، ۋاقىتىن كەشىكتىرۋگە مۇلدە بولمايدى، — دەيدى.

سول كۇنى تۇستەن كەيىن گاۋ جىشۋە اۋداندىعى ٴبىر جيىنعا

قاتىناسىپ، شيپاحاناعا قايتىپ بارمايدى. ەرتەسى كەلگەندە يشيدىڭ ٴالى كەتپەگەنىن بايقايدى، قارايعان وڭ اياعى گاۋ جىشۋەنىڭ كوزىنە تۇسەدى. گاۋجىشۋە:

— شاتاق! اياقتىڭ بۇلايشا قارايىپ كەتۋى قان اينالىسىنىڭ وتە قيىن ەكەنىن، وتتەگىنىڭ جەتپەي جاتقانىن تۇسىندىرەدى، تۇتاس ٴبىر اياقتىڭ سالدانىپ قالۋ حاۋپى دە بار، — دەيدى.

ول زاشيسىرىندى ەرتىپ، بالنيتساعا قايتا كەلىپ، يشيدىڭ وراۋلى اياعىن تاعى اشىپ كورەدى، ايتقانداي بالتىرىنداعى جاراقاتتىڭ اۋزى دارىلەنىپ تىگىلمەي، قۇر داكىمەن وراپ قانا قويىلعاندىقتان قان اينالىسىنىڭ مۇشكىل كۇيگە ٴتۇسىپ، اياقتىڭ قارايعانى، ٴىسىپ كەتكەنى، تىرسەگىنىڭ جالپايىپ، احۋالدىڭ ناسىرعا شاۋىپ بارا جاتقانى بەلگىلى بولادى.

بۇعان تىقىرشىعان گاۋ جىشۋە باسىن كوتەرە زاشيسىرىنعا:

— باسەكە، بۇعان وپەراتسيا جاساساق قايتەدى؟ — دەيدى.

زاشيسىرىن بۇرىن ناركوزدەۋشى شيپاگەر بولعان، تۇتاس داڭشيوڭ شيپاحاناسىنىڭ الدىڭعى شەپتەگى تىرەگى ەدى، سىرتقى اۋرۋلار وپەراتسياسىن نەگىزىنەن سول ىڭعايلايتىن. ول قاسىن ٴبىر ٴتۇيىپ، ٴبىر جازىپ:

— ٴبىزدىڭ بۇل ارادا سۇيەك وپەراتسياسى جاسالىپ كورمەگەن، قاجەتتى جابدىقتارى دا تولىق ەمەس، وپەراتسيا جاساۋعا بولار ما؟ — دەيدى.

وسى تۇستا مۇنان حابار تاپقان شيپاحانا باستىعى باساك دا بالنيتساعا جەتىپ، يشيدىڭ حالىن بىلگەن سوڭ:

— گاۋ مۇعالىم، وپەراتسيانى ٴسىز ۇيىمداستىرساڭىز، جاراي ما؟ — دەيدى.

گاۋ جىشۋە سەلك ەتە تۇسەدى، بۇل كەز ونىڭ بەيجيڭنەن شيزاڭعا، ونان داڭشيوڭ شيپاحاناسىنا كەلگەنىنىڭ ەكىنشى اپتاسى ەدى.

ول ٴبىر ٴسات ويلانىپ تۇرىپ قالادى، ايتسەدە ارتىق ٴارى-ٴسارى بولماستان توتەسىنەن:

— مۇنداي وپەراتسيانى تەك سۇيەك كەمىگىن شەگەلەۋ نەمەسە سىرتىنان بەرىكتەۋ جولىمەن عانا جاساۋعا بولادى، شيپاحانامىزدا كەمىك شەگەسى بار ما؟ — دەپ سۇرايدى.

— شيپاحانامىزدان تىگەتىن ينە تابىلادى، ٴبىراق تارتۋ دوعاسى، تارتۋ بالعاسى جوق، — دەيدى ويلانىڭقىراپ بارىپ زاشيسىرىن.

— گاۋ مۇعالىم، ٴبىزدىڭ بۇل ارادا 10 نەشە جىلدان بەرى ٴبىر رەت تە سۇيەك وپەراتسياسى جاسالىپ كورگەن جوق، سۇيەكتى ۇلكەيتىپ كورسەتەتىن اپپارات تا اتىمەن جوق، وپەراتسيا جاساۋ بارىسىندا سىنعان سۇيەكتىڭ ورنىن ٴدال تاباتىن امالىڭىز بار ما؟ — دەيدى باساڭ.

بۇلار حانزۋشا سويلەپ، كەڭەس قۇرىپ تۇرادى، بىراق توسەكتە ولارعا جاۋتاڭ-جاۋتاڭ قاراپ جاتقان يشي ٴسوزدى تۇسىنبەسە دە، كوزدەرىنەن ٴۇمىت ۇشقىنىن الاۋلاتادى، ۇيتكەنى بۇل تۇستا ول انا ورتادا تۇرعان ۇزىن بويلى، كوزىلدىرىكتى كىسىنىڭ بەيجيڭنەن شيزاڭعا كومەككە كەلگەن مىقتى مامان دەگەندى ەستىگەن، بەيجيڭنەن كەلگەن مامان، ارينە، كەرەمەت بولادى دا دەپ ويلاعان بولاتىن.

گاۋ جىشۋە يشيدىڭ وزىنە سەنىممەن قاراپ جاتقانىن اڭعارىپ، وعان كۇلىمدەي باس يزەپ، باساڭعا:

— قيىنشىلىقتى امالداپ جەڭۋگە بولار، قويماداعى بار جابدىقتاردى الىپ شىعايىق تا، دەرەۋ ديزەنفەكسيالاۋعا كىرىسەلىك، — دەيدى.

وپەراتسيا جاساۋشى — گەنەرال، قالعان كومەكشىلەرى — قوسىنىڭ مۇشەلەرى. وپەراتسيا جاساۋدىڭ ٴوزى ٴبىر رەتكى شايقاس، جەتەكشىنىڭ العىر، شيراقى بولۋى شارت. كىبىرتىكتەپ، نايقالىپ-جايقالىپ تۇرۋ شيپاگەردە بولۋعا ٴتيىستى مىنەز ەمەس.

بايلام جاسالعان ەكەن، دەرەۋ كىرىسۋ كەرەك. گاۋ جىشۋە قويمادان الىپ كەلگەن، ۇزاق تۇرىپ قالعان جابدىقتارعا كوز جۇگىرتىپ، سەسترالارعا ولاردى ديزەنفەكسيالاۋعا بۇيىرادى.

گاۋ جىشۋەنىڭ جوباسى بويىنشا، وپەراتسيا بولمەسىندە الدىمەن يشيدىڭ وڭ اياعىنىڭ سىرتقى جاراقاتىن تازالاپ، اۋزىن تىگۋ؛ ونان كەيىن سىنعان سۇيەكتى ءبىرجايلى ەتۋ كوزدەلەدى، ەگەر سۇيەكتى تارتىپ، ورنىنا كەلتىرىپ، تىگىپ تاستاۋعا مۇمكىندىك بولسا، كەيىن قايتا اشىپ، وپەراتسيا پىشاعىن تيگىزىپ، ەم-دوم جاساۋدىڭ قاجەتى جوق دەپ ەسەپتەيدى.

گاۋ جىشۋە شيپاگەرلەر مەن سەسترالاردى باستاپ، قاجەتتى شارتتاردى ازىرلەپ، جاراقاتتى ديزەنفەكسيالاپ، تۇگەل ورنىنا كەلتىرە تىگىپ، وراپ تاڭىپ تاستايدى، سونىمەن سىرتقى جاراقاتتى ءبىرجايلى ەتۋ جۇمىسى اياقتايدى. وپەراتسيادان ىلگەرگى تۇسپال وڭتايلى بولعانىمەن، كەمىكتەردىڭ تۇسىن بەرىكتەپ تىگەتىن يەنەنى تات باسىپ كەتكەنىن كورگەندە، گاۋ جىشۋە ءوز كوزىنە ءوزى سەنبەي تۇرىپ قالادى.

مۇنان باسقا يەنەنىڭ بار-جوعىن سۇراعاندا، سەسترالار وسىنىڭ ءورىن زورعا تاپقاندىقتارىن ايتادى. زاشيسىرىن بۇل يەنەنىڭ شاماسى وتكەن عاسىردىڭ 70-جىلدارى شيزاڭعا كومەككە كەلگەن قىزمەت اترەتىندەگىلەردەن قالعان مۇرا سەپەتتى يەنە ەكەنىن جەتكىزەدى.

بىرەۋ بولسا دا، جوقتان بار بولعانىنا شۇكىر دەپ بىلگەن گاۋ جىشۋە يەنەنى سپيرتتى تاباقشاعا سالىپ، 40 مينۋتتاي شىلايدى. وسى تۇستا ول ەگەر يەنەدە ميكروپ قالدىعى قالىپ، تىككەن جەرلەردى كەيىن شىرىتسە قايتەمىز، سپيرتكە ۇزاق شىلاعانىمەن، يەنەنىڭ ۇشىنداعى ميكروپتار جوعالا قويا ما دەپ ۋايىمدايدى. سوسىن ەندى ورتا جولدا وپەراتسيانى توقتاتۋعا بولمايدى، وپەراتسيا جاساۋدىڭ ءوزى شايقاس جاساۋمەن بىردەي ەمەس پە، شايقاستا ورتا جولدان توقتاپ قالسا، كىم بولسا دا جەڭىلىس تاپپاي ما دەگەن بەكىمگە

كەلىپ، ديزەنفەكسيلاۋ تاباعىنىڭ قاقپاعىن اشىپ، ىشىندەگى سپىرتكە شاقپاقپەن وت تۇتاتىپ، لاۋلاتىپ جاندىرىپ جىبەردى. لاپىلداپ جانعان وت ىنەگە بايلانعان ميكروپ اتاۋلىنى كۇيدىرىپ جوعالتتى-اۋ دەگەن ساتتە تاباقتاعى ىنەنى ارى-بەرى اۋناتىپ:

— وسىلاي بولعاندا عانا سپىرت تولىق جانىپ بىتەدى، — دەپ كۇلىمدەيدى.

وپەراتسيا جاساۋ بولمەسىنە جينالعان سەستىرالار، دارىگەرلەر، پراكتيكانتتار بەيجىڭنەن كەلگەن شيپاگەردىڭ سۇيەك وپەراتسياسىن جاساۋ بارىسىنا قادالاي قاراپ، گاۋ جىشۋەنىڭ توسىن كەزدەسكەن احۋالدى ٴبىرجايلى ەتكەنىنە قايران قالادى. ديزەنفەكسيالاپ بولعانىنان كەيىن، گاۋ جىشۋە زاشيسىرىنعا:

— زا باستىق، ەندى ناركوز جاسايىق، — دەيدى.

الدە قاشان دايىن تۇرعان زاشيسىرىن 100 ميلليلەترلىك ناركوز ۋكولىن يشيدىڭ تامىرىنا جالعاي قويادى. ونىڭ دەنەسىنەن كورىلەتىن وزگەرىستى باقىلاپ، ٴدارى مولشەرىن بىرتىندەپ تەڭشەپ تۇرادى. الدىڭعى كەزەكتى دايىندىقتار ٴساتتى ورىندالىپ، ولار ەندى ٴبىرقاتار شەشۋشى جۇمىستارعا كىرىسەدى.

قالىپتى وپەراتسيا جاساۋ ٴتارتىبى بويىنشا، قولمەن ارەكەتتەندىرىلەتىن بۇرعى ارقىلى سۇيەكتەن تەسىك تەسىپ، ونان كەيىن ىنە جۇگىرتىپ تىگۋگە بولاتىن-دى، ٴبىراق وپەراتسيا جاساۋ جابدىقتارىنىڭ ىشىندە سۇيەك بولىمىندە جيى پايدالانىلاتىن مۇنداي بۇرعى جوق بوپ شىعادى، گاۋ جىشۋە لاجىسىز باسقا امال قاراستىرۋعا ٴماجبۇر بولادى.

ول ٴبىر شيپاگەردى ارتقى شەپ قامداۋ بولمىنە بارىپ، جۇمىسشىلاردان رەمونتقا پايدالانىلاتىن ٴبىر بالعا سۇراپ اكەۋگە جىبەرەدى، بالعا اكەلىنگەن سوڭ، ونى ابدەن ديزەنفەكسيالاپ تازالاعان گاۋ جىشۋە كەڭ تىنىستاپ الادى دا، قولىنداعى سۇيەك تۇتاستىرعىش ىنەنى وكشەگە تۋرالاپ، بالعامەن اقىرىن تىقىلداتىپ

ۋرىپ، ەكى ۋشىن بىردەي ەتىپ سىرتقا شىعارادى، وعان سىنعان سۇيەكتەردى بىرىكتىرۋ ٴۇشىن قىسىپ تارتاتىن تىستەۋىك تارتقى جوق بولعاندىقتان، بۋعىش داكىنى ٴورىپ ىنەنىڭ ەكى باسىنا بايلاپ، سەستىرالارعا ٴبىر كەسەك تاس الدىرىپ، ونى سالماعىمەن تارتىپ سۇيەكتى ورنىنا تۇسىرەتىندەي ەتىپ ورىلگەن داكىنىڭ ورتاسىنا مىقتاپ بايلايدى. وسىلايشا يشيگە جاسالعان وپەراتسيا اقىرى ٴساتتى اياقتايدى.

ەرتەسى گاۋ جىشۋە يشيدىڭ وڭ اياعىنىڭ قان ايىنالىسى بىرتىندەپ جاقسارا باستاعانىن بايقايدى. ٴبىر اپتادان سوڭ، وپەراتسيا جاسالعان تۇستاعى جاراقات ٴبىتىپ، يشيدىڭ دەنەسى قىزۋ سەكىلدى قالىپسىز جايتتەر دە بايقالمايدى. قان قۇرامىندا دا اق قان كىلەتكاسى كوبەيۋ احۋالى بولمايدى. گاۋ جىشۋە سوندا بارىپ، كەۋدەسىن باسقان ۋايىم تاسى الىنعانداي ۇھ دەپ كەڭ تىنىس الادى، ۇيتكەنى وسى جولى تاۋەكەلشىلدىكپەن جاساعان وپەراتسياسىنىڭ تابىستى بولعانىنا كوزى جەتكەن ەدى.

ونان كەيىنگى ٴبىر ايدا شۇەدۇن مەرەكەسى، نامۋسو كولىن اينالا جۇگىرۋ سپورت قيمىلى وتەدى، ٴاسىلى گاۋ جىشۋە دە قيمىلعا كەلۋشىلەردى ەمدەۋ جاعىنان قامتاماسىز ەتۋ جۇمىسىنا قاتىناسۋعا ٴتيىستى ەدى، ٴبىراق ول يشيدىڭ جاعدايىن ويلاپ، جولعا شىعاردىڭ الدىندا، سەستىرالارعا ۋاقتى بويىنشا ٴدارىسىن اۋىستىرىپ تۇرۋدى تاپسىرادى. بارلىق جۇمىس ونىڭ العاشقى جوباسى بويىنشا ٴجۇرىلىپ، يشيدىڭ تەرىسىندەگى ۇلپا تىكانداری دا بىرتىندەپ جەتىلەدى. گاۋ جىشۋە زاشيسىرىنەن اقىلداسا كەلىپ، يشيدىڭ اياعىنا گيپس قاتىرىپ، ونى ۇيىنە بارىپ جاتۋعا، ارالىقتا شيپاحاناعا كەپ تەكسەرىلىپ تۇرۋعا بۇيىرادى. جارىم جىلداي ۋاقىتتان كەيىن، ونىڭ سىنعان سۇيەگى بۇكىلدەي ساۋىعادى، ول ٴبىر اياعىن امان الىپ قالۋمەن بىرگە، وپەراتسيا جاسالعان جەرىندە ەشبىر مۇگەدەكتىك تە قالمايدى.

بۇل — گاۋ جىشۋەنىڭ شيزاڭعا كومەكتەسۋ كەزىندە جاساعان تۇڭعىش وپەراتسياسى ەدى، ول جونىنەن ايتقاندا، مۇنىڭ ماڭىزى اسا زور بولاتىن. ونىڭ وپەراتسيا جاساۋ جولىندا ۇشىراتقاندارىمەن سالىستىرعاندا، بۇل ەشقانداي الابوتەن وپەراتسيا ەسەپتەلمەيتىن، بەيجيڭدە جاساعان كۇردەلى وپەراتسيالارىنىڭ قاسىندا جاي ٴبىر پراكتيكا قيمىلى سيپەتتى كورىنەتىن ەدى، ٴبىراق ول شىنىمەن-اق داڭشيۋىڭ اۋداندىق حالىق شيپاحاناسىنىڭ تۇڭعىش سۇيەك وتاسى بولىپ تاريحقا جازىلادى. يشىگە وپەراتسيا جاساعاندا، تۇتاس شيپاحاناداعى شيپاگەرلەر مەن سەستىرالار مۇلدە كورمەگەن وپەراتسيانى كورىپ، كوز ايالارىن كەڭەيتەدى.

گاۋ جىشۋەنىڭ وسى ەمدەۋ قىزمەتكەرلەرىنە قالدىرعان تەرەڭ اسەرى شارت-جاعداي بولماعاندا، شارت-جاعداي دايىنداپ، اۋرۋ ادامنىڭ قامىن الدىمەن ويلاۋ رۋحى بولادى. ٴساتتى شىققان وسى وپەراتسيادان كەيىن، شيپاحانا باستىعى باساڭ گاۋ جىشۋەگە ٴتىپتى سەنىم ارتىپ، ونىڭ وسى اۋداندىق شيپاحانانىڭ سۇيەك بولىمىندەگىلەردى ونەرگە جەتىك قىپ تاربيەلەپ كەتۋىن تىلەيدى.

شيزاڭنىڭ 7-ايى ادامدى ەڭ جەلپىندىرەتىن مەزگىلى. تاۋ بوكتەرلەرىندەگى قىشى اتىزىندا مايسالار سارى تەڭىز سۋىنداي تولقىسا، تاۋدان قۇلاپ اعاتىن بۇلاقتار اق كۇمىستەي كۇنگە شاعىلىپ جىلتىلدايدى. چيرۋي ماركالى كونەتوزداۋ كولىكپەن گاۋ جىشۋە ەكەمىز ونىڭ جۇمىس جاسايتىن ورنى بولعان داڭشيۋىڭ اۋداندىق حالىق شيپاحاناسىنا تارتىپ بارامىز. ول رولدا، مەن قاسىندا وتىردىم دا، ونىڭ اۋرۋ-سىرقاۋلار جونىندە شەرتكەن اڭگىمەسىنە قۇلاق ٴتۇردىم.

داڭشيۋىڭ اۋداندىق حالىق شيپاحاناسىندا جالپى 74 قىزمەتكەر بار ەكەن، ولاردىڭ جەتەۋى سىرتقى اۋرۋلار شيپاگەرى كورىنەدى، شيپاحانا باستىعىن قوسقاندا، اعا شيپاگەر بىرەۋ، شيپاگەرلىك تولىمدىلىق كۋالىگىن العانى ۇشەۋ سياقتى. شيپاحانانىڭ ورىنباسار

باستىعى زاشيسىرىن سىرتقى اۋرۋلار ٴبولىمىنىڭ مەڭگەرۋشىسى مىندەتىن قوسا وتەيتىن، وپەراتسيا جاسايتىن، سونىمەن قوسا ناركوزدەۋگە جاۋاپتى بولىپتى. سىرتقى اۋرۋلار ٴبولىمى سوقىرىشەك، بىتەۋ جارانى جارۋ سەكىلدى ۇساق-تۇيەك وپەراتسيالار جاساعانى بولماسا، سۇيەك وپەراتسياسىن مۇلدە جاساپ كورمەپتى، بۇرىن سۇيەك اۋرۋىنا شالدىققاندار جەرگىلىكتى ەم-دوم جاساتۋ جولىمەن ەمدەلىپ كەلگەن ەكەن، مىقتاعانى لحاساداعى ۇلكەن شيپاحانالارعا بارىپ، وپەراتسيا جاساتىپتى.

گاۋ جىشۋەنىڭ داڭشيوڭ سەكىلدى تەڭىز دەڭگەيىنەن بيىك جەرگە ورنالاسقان اۋداندا يشىگە ٴساتتى وپەراتسيا جاساپ، ونى ساۋىقتىرعان حابارى كەڭ تارالىپ، گاۋ جىشۋەنىڭ اتاعى شىعىپ، ونى ىزدەپ كەلەتىندەردىڭ قاراسى كوبەيە تۇسەدى.

ٴبىر ايدان كەيىن، زاڭزۋ توبەتى قاۋىپ العان 87 جاستاعى ٴبىر كەمپىر ونىڭ الدىنا اكەلىنەدى، كەمپىردىڭ بىلەك تەرىسى سىدىرىلىپ، ۇلپا تكاندارى ٴۇزىلىپ، تالاي جەرىنىڭ بۇلشىق ەتى جىرتىلعان ەكەن، گاۋ جىشۋە جاراقاتتى جۋۋ ماشيناسى مەن وراپ تاڭۋ جابدىعى بولماعان احۋالدا دا، وعان ٴساتتى وپەراتسيا جاسايدى. وسى تۇستا ونىڭ ايەلى بەيجيڭنەن ونى كورۋگە كەلگەن-دى. ٴبىراق ول بالنيتساعا جيى كەلىپ، ٴدارى اۋىستىرۋ جۇمىسىنا جەتەكشىلىك ەتەدى. 10 كۇننەن كەيىن، كەمپىر بۇكىلدەي ساۋىعىپ، بالنيتسادان شىعادى، بىلەگىندە ەشقانداي تىرتىق قالمايدى.

— اتتان جىعىلعان ٴبىر 8 جاسار بالا كەلدى، الدىندا سۇيەگى جاي عانا شىققان سەكىلدەندى، ۇيتكەنى بالا اپپاراتپەن تەكسەرۋگە سايكەسپەي، ناتيجەسى جاقسى بولماي قالعان ەدى. وعان وپەراتسيا جاساۋ بارىسىندا عانا سۇيەگىنىڭ ۇگىتىلە سىنعانىن بىلدىك، باققا جاراي، الدىن الا جان-جاقتى دايىندىق كورىپ ەدىك، ايتەۋ ۇلكەن شاتاق شىقپادى.

— شيپاحانادا زاشي شيپاگەرگە سايكەسىپ، سوقىرىشەك

قابىنۋ، ىشەك جولى توسىلۋ سەكىلدى وپەراتسيالاردى تالاي-تالاي جاسادىق. بۇرىن ادامنىڭ ىشكى اعزاسىن اشىپ تەكسەرۋگە باتىلدىق ەتپەۋشى ەدى، قازىر جاۋاپكەرشىلىكتى ەكەمىز بىرگە ارقالايتىن بولدىق، سونىمەن ول وپەراتسيا جاساۋعا باتىل بوپ كەتتى، جاساعان وپەراتسياسى دا كوبەيدى، — دەپ كۇلدى گاۋ جىشۋە.

ونىڭ كەڭىرەك دولبارلاۋىنشا، ءبىر جىلدا ول ۇلكەندى-كىشىلى وپەراتسيانى 120 نەشە رەت جاساپتى، جاساعان سۇيەك اۋرۋى وپەراتسياسىنىڭ ءوزى 40 تان اسىپتى.

داڭشيۇڭ شيپاحاناسىنىڭ باستىعى باساڭ گاۋ جىشۋەنىڭ اتى اۋىزعا الىنا قالسا بولعانى، جەلپىنە:

— گاۋ مۇعالىم با، ول ەكەمىز جانقيار دوس بوپ كەتتىك، — دەيدى.

ىبىراز ۋاقىتتىڭ الدىندا بولعان ءبىر وپەراتسيانى اۋىزعا العاندا، باساڭ قىزعانىشىن بىلدىرە قالجىڭداي:

— مەنىڭ شيپاگەر بولعانىما 18 جىل تولدى، الگە دەيىن ءبىر رەت تە سارى حادا الىپ كورمەدىم، بۇل اراعا كەلگەنىنە ءبىر جىل تولماي جاتىپ، ول سارى حاداعا يە بولدى، — دەپ كۇڭكىلدەدى.

قۇرمەتتەپ حادا سيلاۋ — زاڭىرۋ باۋىرلاستاردىڭ ءداستۇرلى ادەت- عۇرپى. ولار حادا تارتۋ ەتۋ ارقىلى شيزاڭعا كومەككە كەلگەن شيپاگەرلەرگە العىستارىن بەينەلەپ جاتادى. حادا ادالدىقتىڭ، شىنشىلدىقتىڭ، ءىلتيپات سەزىمىنىڭ سيمۆولى دەپ بىلەتىندىكتەن، حادا سيلاۋدى قۇرمەتتىڭ ەڭ جوعارى بەينەسى دەپ سانايدى.

حادانىڭ دەنى اق ءتۇستى شۇپەرەك بولادى، ول پاكتىك پەن ىزگىلىكتىڭ سيمۆولى. ايتسەدە سارى ءتۇستى حادا بۇدان پارىقتى، ول بەس ءتۇستى حادالار توبىنا جاتادى. بەس ءتۇستى حادالار كوك، اق، سارى، جاسىل، قىزىل بولىپ بولىنەدى دە، كوك ءتۇس كوگىلدىر اسپانعا، اق ءتۇس قازباۋىر بۇلتتارعا، سارى جانە جاسىل

ٴتۇس وزەن-كول سۋىنا، قىزىل ٴتۇس كەڭىستىك تاڭىرىنە ۋاكىلدىك ەتەدى. زاڭزۋدان تاراعان بۇددا تاپسىرىندە بەس ٴتۇستى حادا — بۇرحاننىڭ كيىم-كەشەگى دەپ ايتىلادى، سوندىقتان ٴتۇستى حادالار بۇتحاناعا بارىپ، ٴتاۋاپ ەتۋ سەكىلدى الابوتەن جاعدايدا عانا سيعا تارتىلادى، سوندىقتان زاڭزۋلار ونى ەڭ جوعارى دا سالتاناتتى سي دەپ ۇعادى.

گاۋ جىشۋەنىڭ سارى حاداعا يە بولعانىنا زاڭزۋ شيپاگەر باساڭىنىڭ قىزىعا دا، قىزعانا دا قاراۋى تەگىن ەمەس-تى.

شيزاڭعا تەحنيكالىق جاقتان كومەككە كەلگەن كادرلاردىڭ، شيپاگەرلەردىڭ كومەكتەسۋ ۋاقىتى ٴبىر جىل ەدى، كەتەتىن ۋاقىتى تايانعاندا، گاۋ جىشۋە تاعى ٴبىر بەكىم جاساپ، پارتيا ۇيىمىنا ٴوتىنىش بەرىپ، ٴوزىن داڭشيۇڭ اۋداندىق شيپاحانادا تاعى ٴبىر جىل تۇرعىزۋدى تالاپ ەتەدى.

سول شيپاحانادا مەن ونىڭ بالنيتسانى ارالاۋىنا سەرىك بولعان ەدىم، بالنيتسا جاتاقتارى مەن وپەراتسيا جاساۋ بولمەسى تۇگەل 4-قاباتتا ەكەن، توك ۇنەمدەۋ ٴۇشىن توكساتى ىسكە قوسىلماعان ەكەن. ەكەمىز 4-قاباتقا جاياۋ تارتتىق، 2-قاباتقا شىققاندا، ول بۇلعىپ كەتكەندەي ايالداپ، كەڭ تىنىستاپ تۇرىپ قالدى. سوندا مەن:

— كۇيىڭ مۇنداي ەكەن، قالايشا تاعى ٴبىر جىل تۇرعىڭ كەلىپ ٴجۇر؟ — دەپ سۇرادىم.

ٴاسىلى گاۋ جىشۋەنىڭ تاعى ٴبىر جىل وسىندا قالۋىن باساڭ الدىمەن تىلەسە كەرەك. ول گاۋ جىشۋەگە:

— گاۋ مۇعالىم، تاعى ٴبىر جىلعا قالىپ، سۇيەك ٴبولىمىن جانداندىرساڭ قايتەدى؟ شيپاحانانىڭ سىرتقى جاراقاتتى ەمدەۋ سەنتىرى عيماراتى دا جىل سوڭىندا سالىنىپ بىتەدى، ٴبىر جىل ايالداپ، ەشكىم ەشقايدا الىپ كەتە المايتىن ەمدەۋشىلەر قوسىنىن تاربيەلەسەڭ؟ — دەپ قولقا سالادى.

گاۋ جىشۋە باستابىندا بۇعان ٴارى-ٴسارى بولىپ قالادى، ۇيدەن الىستاعانىما دا ٴبىر جىل بولدى، ۇيدە جاس بالا، كارى-قۇرتاڭ اكە-شەشەم بار، ٴۇيدىڭ بار سالماعى جۇبايىما ٴتۇستى، ول بۇعان قالاي قارار دەپ قيالداپ، وي سوقتى بولادى.

وسى مەزگىلدە ەكى سىرقات ادامدى ەمدەۋ مىندەتى گاۋ جىشۋەنىڭ اقىرى قالۋعا بەل بايلاۋىنا مۇرىندىق بولادى.

ونىڭ الدىنا تاۋدان قۇلاعان دىجىن اتتى ٴبىر جاس كەلىنشەك كەلەدى، كۇيەۋى قىستاق دوقدىرى ەكەن، ولار تەڭىزدەڭگەيىنەن 5000 مەتر بيىك كەلەتىن تاۋدا جۇمىس ىستەپ، تۇرمىس كەشەدى ەكەن، دىجىن جارالانعانىنان سوڭ، شيپاحاناعا تەكسەرتۋگە بارماپتى، كۇيەۋى جەرگىلىكتى ورىنىنىڭ امالى بويىنشا جاي عانا ٴبىر جايلى ەتىپتى، سۇيەك سىنعان، وراپ-تاڭىپ تاستاسا، ەشتەڭە ەتپەيدى، ٴبىتىپ كەتەدى دەپ تون ٴپىشىپتى. ٴبىراق ٴبىر جىل وتكەن سوڭ، بۇكىلدەي ساۋىعىپ كەتتىم دەپ جۇرگەن دىجىن يىق، شىنتاق بۋىندارىنىڭ سىرەسىپ قاتىپ قالعانىن، يىعىن قوزعالتۋعا، بىلەگىن جازۋعا بولماي قالعانىن بايقايدى، ەگەر جوعارى جاققا بارىپ، جاقسىراق ەمدەتپەسە، اۋەلى ٴبىر بىلەگى جانسىزدانىپ قالۋ حاۋپى دە بىلىنەدى. سونىمەن داڭشيۇڭ اۋداندىق شيپاحاناعا بەيجيڭنەن مىقتى شيپاگەرلەر كەلىپتى دەگەندى ەستي سالا، تىزگىن ۇشىمەن وسىندا جەتىپتى.

گاۋ جىشۋە ەم-دوم جاساۋ بارىسىندا، دىجىنىنىڭ سۇيەگى سىنعانىنان كەيىن، شىنتاعىنىڭ ٴپىشىنى وزگەرىپ، قيسىق بىتكەنىن انىقتايدى. سونىمەن ول دەرەۋ وپەراتسيا جاساپ، قيسىق بىتكەن شىنتاق سۇيەگىن ورنىنا ٴتۇسىرىپ، ۇزىلگەن سىڭىرلەرىن جالعاپ، اسا بايىپتىلىقپەن مىقتاپ تاڭىپ بەرەدى. وپەراتسيادان كەيىن-اق دىجىن بىلەگىنىڭ يكەمگە كەلىپ، جەڭىلدەپ قالعانىن سەزەدى.

اتى چۇيجىن دەگەن 31 جاستاعى تاعى ٴبىر ناۋقاس مالشى ايەل

شيپاحاناعا كەلەدى، ونىڭ اۋرۋ جاعدايى دىجىندىكىنە ۇقساپ كەتەدى، ول دا جىعىلىپ مەرتىككەننەن كەيىن، سۇيەگى قيسىق ٴبىتىپ، قولىن قوزعالتۋ وتە مۇشكىل كۇيگە تۇسەدى. ٴبىراق وعان جاسالاتىن وپەراتسيانىڭ قيىندىعى دىجىنعا جاسالعان وپەراتسيادان الدە قايدا كۇردەلى دە ۇلكەن بولاتىنداي سەزىلەدى.

تالايعا دەيىن ٴارى-ٴسارى بولىپ ويلانىپ قالعان گاۋ جىشۋە اقىرى وعان وپەراتسيا جاساۋعا بەكىدى. وپەراتسيا جاساۋ بارىسىندا ول تەرىس، قيسىق بىتكەن سۇيەكتى ٴۇزىپ، قايتادان دۇرىستاپ جالعاپ ٴوسىرۋ امالىن قولدانىپ، شىنتاق سۇيەگىنە جاساندى بۋىن سالادى دا، گيپسپەن سىرتىنان ۋاقىتشا قاتىرىپ تاستايدى.

وپەراتسيادان كەيىنگى اپاراتقا ٴتۇسىرۋ ناتيجەسىنەن چۇيجىنىڭ سىنعان سۇيەكتەرى دۇرىس ورنىنا تۇسكەنى اڭعارىلادى. گاۋ جىشۋە قارا قاعازداعى بىلەك سۇيەگىنە قاز-قاتار قاعىلعان شەگەلەردىڭ قارايعان سۇلباسىن نۇسقاپ تۇرىپ:

— كوردىڭدەر مە، مىنا شەگەلەردىڭ ۇزىندىعى بىركەلكى ەمەس، ٴبىزدىڭ بۇل ارادا شەگە تاپشى ەكەن، كەيبىرەۋى وتە ۇزىن، كەيبىرەۋى ٴالى جاڭالانباپتى، سوندىقتان شەگەلەۋ ناتيجەسى وسىلاي شىقتى، — دەيدى.

وپەراتسيادان كەيىن چۇيجىنىڭ وڭ بىلەگىن قوزعالتۋ احۋالى كورنەكتى جاقسارىپ، بۋىندارى ورنىقتى بولىپ، شىنتاق قىزمەتى دەرلىكتەي قالپىنا كەلەدى.

ٴوزى وپەراتسيا جاساعان وسى ەكى ناۋقاس ادامنىڭ اڭگىمەسىن ايتىپ بولعاننان كەيىن، گاۋ جىشۋە تولقىپ، تەبىرەنە سويلەپ كەتتى:

— داڭشيۇڭ اۋدانى سەكىلدى مالشىلىق وڭىردە كوپشىلىك، شالعاي قىرات-قىرقا، جون-جوتالاردا تىرشىلىك ەتەدى، سۇيەگى سىنعان ادامدار كوبىنەسە شيپاحاناني الىسسىنىپ نەمەسە بارۋعا ەرىنىپ، تۇرعان جەرلەرىندە ٴوز بىلگەندەرىنشە ەم-دوم جاسايدى.

دەنە مۇشەلەرى قىزمەتىن جويايىن دەگەن شاقتا عانا شيپاگەر ىزدەپ شاپقىلايدى دا، كەشىگىپ قالىپ جاتادى. بۇل وڭىردە دەنە مۇشەسىنىڭ بىرەۋىنەن ايرىلۋ ەڭبەك جانە تۇرمىس تىرەگىن جوعالتۋمەن بىردەي، وسىدان سول وتباسىنىڭ باسىنا كۇن تۋادى. سۇيەك سىنۋ دەرتىن ابدەن كەشىكتىرىپ بارىپ ەمدەتۋ جايتى ىشكى ولكەلەردە تىم سيرەك كەزدەسەدى. بۇرىنعى سىنىپ، قيسىق بىتكەن سۇيەكتى قايتا قالپىنا كەلتىرۋ تاقىرىبىندا زەرتتەۋ جۇرگىزۋ ويىم بار. تاعى ٴبىر جىل تۇرىپ، كوبىرەك وپەراتسيا جاساپ، وسى ارادا ٴعى شاكىرتتەرىمدى دە وپەراتسيا امالياتىنا كوبىرەك قاتىناستىرىپ، مەرتىككەن، دەنە مۇشەسىن قالپىنا كەلتىرۋگە زار بولعان اناعۇرلىم كوپ ادامنىڭ تىلەگىن ورىنداسام دەيمىن.

ٴۇشىنشى تاراۋ وىمىردەگى مانچالو

زاڭعىزۋدان تاراعان بۇددا دىنىنە سەنۋشىلەر ٴدىني سالت وتكىزگەندە، «مانچالو» دەپ اتالاتىن، سيمولدىق سيپات الاتىن ٴبىر ٴتۇرلى سىزبا ورنەكتى قولدانادى. «مانچالو» دەگەن اتاۋ «اسپان تۇعىرى» دەگەن ۇعىم بەرەدى، بۇددا دىنىندە مۇنداي جەرگە بۇددا پەن بۇرحاندار جينالادى دەپ ەسەپتەلەدى، سوندىقتان جاماعات ونداي جەردى جان مەن تان قۋات الاتىن كيەلى جەر دەپ بىلەدى.

شيپاگەرلەردىڭ ادام دەنەسى جونىندەگى «جاساۋ، جوندەۋ، ٴبۇلدىرۋ» ٴىس-قيمىلى ولارعا ٴومىردىڭ وزىندە جان مەن ٴتاندى جوندەپ تازارتاتىن سەنىم قۋىرىپ بەرگەندەي ەدى.

شيپاگەرلەردىڭ ٴتان ساۋلىقتى قورعاۋى، قيلى-قيلى، كۇردەلى اۋرۋلاردى تەكسەرىپ، ەمدەپ-جازۋى ٴشىن ماڭىندەگى «مانچالونى» قالىپتاستىردى.

1. ىشكى اۋرۋلاردى ەمدەيتىن ماماندار توبى

جاي ادامداردىڭ تۇسىنىگى بويىنشا، ۇنەمى كەزدەسەتىن، وپەراتسيا جاساپ ەمدەۋگە بولاتىن كەيبىر اۋرۋلاردى سىرتقى اۋرۋلار؛ ال ٴدارى بەرىپ، ۋكول قويىپ ارقىلى ەمدەۋگە بولاتىن اۋرۋلاردى ىشكى اۋرۋلار دەپ بولۋگە بولادى.

شىنتۋايتىنا كەلگەندە، بۇلاي بولا بەرمەيدى، مەديتسينانىڭ دامۋىنا بايلانىستى، بۇرىن وپەراتسيا جاساۋ ارقىلى عانا ەمدەۋ كەرەك دەلىنەتىن اۋرۋلاردى قازىر وپەراتسيا جاساماي-اق ەمدەۋگە بولادى؛ بۇرىن وپەراتسيا جاساۋعا بولمايدى دەلىنگەن اۋرۋلاردى قازىر كەلىستىرىپ وپەراتسيا جاساپ ەمدەۋ رەالدىققا ايلاندى. ىشكى اۋرۋلار تىنىس جولى، اس قورتۋ، جۇرەك قان تامىرلارى، جۇيكە-نەرۆ، ىشكى سەكراتسيا، قان، جۇقپالى اۋرۋلار ت. ب. دەپ بولىنەدى، بۇعان اۋرۋ تۇرلەرىنىڭ دەنى قامتىلادى دەۋگە بولادى. سوندىقتان ىشكى اۋرۋلاۋ — باسقا بارلىق كلينيكالىق مەديتسينانىڭ نەگىزى دەگەن تالاس جۇرمەيتىن ۇعىم قالىپتاسقان، بۇل كوبىنەسە بارلىق ىشكى اۋرۋلارعا قاراتىلعان.

بەيجيڭنەن شيزاڭعا كومەككە كەلگەن 78 شيپاگەردىڭ ىشىندە ىشكى اۋرۋ شيپاگەرلەرى ۇشتەن ٴبىر ۇلەسىن ۇستايدى، ولار كوكتەمدە كۇننىڭ كۇركىرەۋى سەكىلدى جىلدام كىرىسىپ، تەز ارەكەت جاسايتىن سىرتقى اۋرۋ شيپاگەرلەرى سەكىلدى ەمەس، سەبەزگىلەپ جاۋعان اق جاڭبىر سياقتى اسقىپاي، قۇنتتاپ تەكسەرىپ، بايىپپەن ەم-دوم جاسايدى. سىرتقى اۋرۋلار ٴبولىمىنىڭ قىزمەتىن وتكىر پىشاق جۇزىندە بيلەنەتىن ونەرگە تەڭەسەك، ىشكى اۋرۋلار ٴبولىمىنىڭ قىزمەتىن اۋرۋ-سىرقاۋلاردى دەنەسىنە پىشاق تيگىزبەي-اق بي ونەرىنە جاتتىقتىرۋ بارىسىنا ۇقساتۋعا بولادى.

قارابايىر تەوريادا: انديس تاۋى سىلەمىندەگى ٴبىر كوبەلەك قاناتىن قاقسا، بومبايدا قويىن تۇرادى دەگەن تەڭەۋ بار. مۇندا

ەلەپ-ەسكەرمەگەن ۇساق-تۇيەك ىستەر اۋەلى وراسان زور وزگەرىس تۋدىرۋى مۇمكىن دەگەن وي ايتىلعان. ادام دەنەسىندەگى ىشكى-سىرتقى فاكتورلاردىڭ جان-جاقتى ىقپالىندا، كوزگە كورىنبەيتىن، مولەكۋلا دەڭگەيىندەگى گەن وزگەرىسى دە كوبەلەكتىڭ قاناتىن ٴبىر قاققانداي اسەر تۋدىرادى، باسقاشا ايتقاندا، اۋرۋ دا العاشقى مەرزىمىندە وقتا-تەكتە شاڭ بايقاتىپ، سىبىس بىلدىرەدى. مۇنداي العاشقى بەلگىلەر دەر كەزىندە بايقالماسا، ۇنەمى قاتەرلى «قۇيىن» سوقتىرۋى ابدەن مۇمكىن.

2010-جىلى 9-ايدىڭ 22-كۇنى شيزاڭعا كومەككە كەلگەن شيپاگەر ۋ دوڭفاڭ لحاسا قالالىق حالىق شيپاحاناسىندا كەزەگى بويىنشا بالنيتسالاردى ارالاپ جۇرەدى. ول شيزاڭعا كومەككە كەلەردەن ىلگەرى، بەيجيڭ چاۋياڭ رايوندىق شيپاحاناسى اس قورىتۋ ٴبولىمىنىڭ تەتە اعا دارىگەرى بولاتىن دا، مىندەتپەن لحاسا قالالىق حالىق شيپاحاناسىنىڭ ورىنباسار باستىعى بولىپ تاعايىندالعان.

بالنيتسالاردى ارالاپ ٴجۇرىپ، ۋ دوڭفاڭ بايمادانىڭمەن تۇڭعىش رەت جۇزدەسەدى.

بايمادانىڭ شيزاڭ داشۋەسى زاڭعۇ ٴتىل-ادەبيەت فاكۋلتەتىنىڭ ستۋدەنتى ەكەن، مەكتەپتە ساباقتاستارىمەن فۋدبول جارىسىنا ٴتۇسىپ، مەكتەپتىڭ اعا جۇلدەگەرلىگىن جەڭىپ الىپتى. ساباقتاستارىمەن بىرگە قۋانىشتى الاقايلاپ قۇتتىقتاۋ بارىسىندا، قايراتى تاسقىنداپ، كوڭىلى تاسىپ تۇرعان وسى جىگىت كەنەت تۇلا بويىنىڭ جايسىزدانعانىن سەزىپتى، ەسىنەن تانۋعا دا شاق قالىپتى. سونىمەن ساباقتاستارى مەن وقىتۋشىلارى ونى دەرەۋ وسى شيپاحاناعا جەتكىزىپتى.

ۋ دوڭفاڭ بايمادانىڭدى العاش كورگەندە، ٴوڭ-ٴتۇسىنىڭ قالىپسىز ەكەنىن سەزىپ، ارتىنا بۇرىلىپ، كەزەكشى شيپاگەردەن:

— مىنا جىگىت نەندەي اۋرۋعا شالدىققان ەكەن؟ — دەپ سۇرايدى.

— كەشە امبالاتورىيادا جاتاقتا جاتقىزۋ ۇيعارىلعان، العاشقى تەكسەرۋدە قان ازدىق دەپ دەگنوز قويىلدى، — دەيدى كەزەكشى شيپاگەر.

قان ازدىق دەيدى دەپ قاسىن ٴبىر كەرگەن ۋ دوڭفاڭ بايمادانىزىڭدى بالنيتساعا قابىلداۋدا جازىلعان اۋرۋ احۋالى داپتەرىن شولىپ شىعادى، جىگىتتى شالقاسىنان جاتقىزىپ، كەۋدە سۇيەگىن جەڭىل عانا باسىپ، ٴۇستىپ باسسام، اۋىرا ما دەپ سۇرايدى، بايمادانىزىڭ باسىن يزەيدى. ۋ دوڭفاڭ ونىڭ دەنەسىنە ٴۇڭىلىپ، ليمفا تامىرلارى مەن باۋىرىنىڭ تۇسىن سيپالاپ، كوزىنىڭ ٴىشىن اشىپ قاراعاندا، بويىن كەنەت ٴبىر جاماندىقتىڭ نىشانى كەرنەپ كەتەدى.

— قان رايىن، قان تيۋىن تەكسەردىڭدەر مە؟ — دەپ سۇرايدى ۋ دوڭفاڭ كەزەكشى شيپاگەردەن.

— شيپاحاناعا كەلگەندە تەكسەردىك، گەماتوحرومى تومەن شىقتى، سوندىقتان قان ازدىق دەپ تۇجىرىم جاسادىق، — دەيدى كەزەكشى شيپاگەر.

— قايتا تەكسەرىڭدەر، قان رايىنان سىرت، قان شىققان، قان قاتقان ۋاقىتىن انىقتاڭدار، سۇيەك كەمىگىن دە تەكسەرىڭدەر.

— ٴسىز ٴسىرا الگىندەي اۋرۋدان كۇماندانىپ تۇرعان جوقسىز با...

— ٴبىلايىم، مەنىڭ كۇدىگىم قاتە، جاڭساق بولسا ەكەن دەيمىن.

بالنيتساداعى ەمدەۋ قىزمەتكەرلەرى دەرەۋ قيمىلداپ، سول كۇنى تۇستەن كەيىن، حيميالىق اناليز ناتيجەسىن ۋ دوڭفاڭنىڭ الدىنا اكەلەدى. جىگىتتىڭ قان كلەتكاسى جانە قان پلاستينكاسى ازايعان، اق قان كلەتكاسى كوبەيگەن، جىلىك مايى كوبەيگەن، ٴتۇر سالىستىرماسىندا اۋلگى كلەتكا كورنەكتى ارتقان بوپ شىعادى.

ۋ دوڭفاڭ اۋىر كۇرسىنەدى. بەلگىسىنە قاراپ، ٴمانىن ٴبىلۋ ىشكى اۋرۋلاردىڭ باستى ەرەكشەلىگى ەدى، دەنە سىرتىنداعى

وزگەرىستەرىنە قاراپ ٴوزىنىڭ ٴدال ۇستىنەن تۇسكەنىن اڭعارادى. بايمادانىڭ قان ازدىق اۋرۋى ەمەس، اق قان كلەتكاسى اۋرۋىنا شالدىققان بوپ شىعادى!

— دەرەۋ اۋرۋعا قاراي ەمدەۋ شارالارىن قولدانىڭدار، تاباندا ونىڭ اكە-شەشەسىنە حابارلاڭدار، — دەيدى ۋ دۇڭفاڭ كەزەكشى شيپاگەرگە.

تىزگىن ۇشىمەن سۋىت جەتكەن اكەسى لادۇن ۋ دۇڭفاڭ شيپاگەردىڭ ايتقانىن ەستىگەندە توبەسىنەن جاي تۇسكەندەي مەلشيىپ تۇرىپ قالادى. لادۇن ديڭجيە اۋداندىق پارتيا مەكتەبىنىڭ ٴبىر وقىتۋشىسى ەكەن، ول بالاسىنا جابىسقان اۋرۋدىڭ نەدەن دەرەك بەرەتىنىن بىلەدى.

ول قارلىققان ۇنمەن ۋ دۇڭفاڭ شيپاگەردەن:

— ۋ شيپاگەر، قۇتقارىپ قالاتىن امال بار ما؟ — دەپ سۇرايدى.

— ٴسىز تىم ساسىپ كەتپەڭىز، بۇل مەنىڭ العاشقى تۇجىرىمىم، بۇل ارانىڭ ەمدەۋ شارت-جاعدايى شەكتى، ۇلكەن شيپاحانالارعا اپارىپ، تەكسەرتۋگە تۋرا كەلەدى. ٴدال وسى اۋرۋ بولعان كۇندە دە، قازىرگە دەيىن ەمدەلىپ جازىلعاندار از ەمەس، ولار ۇزاق جاساي دا الادى. بالاڭىزدىڭ اۋرۋ جاعدايى نەداۋىر ەرتە بايقالدى، ەمدەپ ساۋىقتىرۋدان ٴۇمىت بار، — دەيدى لادۇندى جۇباتقان ۋ دوڭفاڭ.

لادۇنعا قاجەتتى جۇمىستى ايتقان سوڭ، بايمادانىڭدى قايتادان ەگجەي-تەگجەيلى تەكسەرەدى. 9-ايدىڭ 30-كۇنى تاڭەرتەڭ ەرتە بەيجيڭ چاۋياڭ رايوندىق شيپاحاناسى قان، وسپە اۋرۋلارى بولىمىندە سەسترالار باستىعى بوپ ىستەيتىن ايەلى زو ليحۇڭعا تەلەفون جالعايدى. تىم الىستان حابارلاسىپ تۇرسا دا، امان-ساۋلىق سۇراسپاستان:

— ٴبىر زاڭزۋ ستۋدەنتتىڭ قان رايىن تەكسەرۋ ناتيجەسىنەن ونىڭ شۇعىل حارەكەتەرلى اق قان اۋرۋىنا شالدىققان با ەكەن دەپ

كوماندانىپ تۇرمىن، بۇل ارادا ىشكەرىلەي تەكسەرىپ انىقتايتىن شارت-جاعداي جوق سەكىلدى، بەيجيڭگە بارىپ ەمدەلۋىنە تۋرا كەلىپ تۇر، بولماسا ومىرىنە حاۋىپ ٴتونۋى مۇمكىن، سەن كومەكتەسىپ، شيپاحاناعا الدىرۋ جاعىن قاراستىر، — دەيدى.

زو ليحوڭ شيپاحانا باستىعىنان دەرەۋ نۇسقاۋ سۇراپ، بالنيتسادا جاتىن ورىن جەتىسپەي جاتقان جاعدايدا دا، بايمادانزىڭعا الدىن الا توسەك دايىنداپ قويادى.

10-ايدىڭ 4-كۇنى بەيجيڭنىڭ شيزاڭعا كومەكتەسۋ قىزمەتىنە قولباسشىلىق ەتۋ شتابىنىڭ سايكەستىرۋىندە، بايمادانزىڭ اكەسى ەكەۋى تۇڭعىش رەت استانا بەيجيڭگە كەلەدى، چاۋياڭ شيپاحاناسى ولارعا ارنايى جەڭىلدىك جاساپ، بالنيتساعا جاتۋ راسمياتىن تەز ارادا وتەپ بەرەدى. تەكسەرۋ ناتيجەسى ۋ دۇڭفاڭ تۇجىرىمداعانداي شۇعىل حارەكتەرلى اق قان اۋرۋى بولىپ شىعادى.

لادۇنىنىڭ ايلىعى ٴبارىن قوسقاندا 4000 نەشە يۋان ەكەن، ۇيىندەگىلەر تۇگەل وسى ايلىققا سۇيەنىپ، كۇن كورەتىن سياقتى. بايمادانزىڭنىڭ ۋنيۆەرسيتەت بىتىرگەنىنە ۇزاق بولماعان اعاسى ٴالى جۇمىسقا ورنالاسپاپتى.

بەيجيڭگە جاڭا بارعاندا اكەلى-بالالى ەكەۋى ٴبىر عانا سومكا كوتەرىپ، ەلدەن قارىزعا 100 مىڭ يۋان سۇراپ، جيىپ اكەلەدى. ٴبىراق مۇنداي «قوماقتى سوما» لادۇنىنىڭ جۇرەگىن ورنىقتىرا المايدى، ۇيتكەنى ول بالاسىن تۇبەگەيلى ەمدەتىپ جازۋ ٴۇشىن مۇنان الدە قايدا كوپ قاراجات كەرەكتىگىن جاقسى بىلەتىن ەدى.

وسى تۇستا ۋ دۇڭفاڭ بايمادانزىڭعا رۋحي جاقتان مەدەت بەرىپ قالماستان، شيزاڭعا كومەككە كەلگەن شيپاگەرلەردى وعان جىلۋ اتاۋعا ۇندەيدى. بايمادانزىڭ شيپاحانادا جاتقان تۇستا بەيجيڭ قالاسىنان 6-توپتا شيزاڭعا كومەككە بارعان كادرلاردىڭ جەتەكشىسى جيا موۋي مەن ەمدەۋشىلەر قوسىنىنىڭ جاۋاپتىسى شيە شاڭحۇي بايمادانزىڭنىڭ اۋرۋ جاعدايىنا جانە ەمدەلۋ احۋالىنا

قاداعالاي كوڭىل ٴبولىپ، تالاي رەت بەيجيڭگە جيىنعا بارۋ ورايىنان پايدالانىپ، شيپاحاناعا جەتىپ، ونىڭ كوڭىلىن سۇرايدى، ٴارى بەيجيڭنەن كومەككە بارعان كادرلار اتاعان جىلۋدى ونىڭ قولىنا تابىستايدى.

قوعامنىڭ ٴار سالاسى دا ىركەس-تىركەس جىلۋ اتايدى، اتى-ٴجونىن ايتۋدى قالاماعان ٴبىر ىزگى نيەتتى كىسى ٴوزى اقسىن تولەپ، بايمادانزىڭنىڭ ۇيىندەگىلەرگە شيپاحانانىڭ ماڭىنان ەكى اۋىزدى ٴۇيدى جالعا الىپ بەرىپ، ولاردىڭ جاتىپ-تۇرۋ قيىنشىلىعىن شەشەدى. چاۋياڭ رايونىنىڭ جاستار وداعى كوميتەتى، پارتكوم كەڭسەسى، جۇمىسشىلار ۇيىمى سەكىلدى تاراۋلار بۇكىل رايون كولەمىندە بايمادانزىڭعا جىلۋ اتاۋ تۇرالى ۇندەۋ شىعارادى، سونىمەن قىسقا عانا نەشە كۇندە 80 مىڭ يۋان جىلۋ اقشا جينالادى. ٴبىراق 400 دە 500 مىڭ يۋان قاراجات جۇمسالاتىن كەمىك كوشىرۋ وپەراتسياسى جونىنەن ايتقاندا، بۇل اقشا ازدىق ەتەدى. سونىمەن چاۋياڭ رايونى ٴار الۋان قايىر-ساحابات قوعامدارىنا حابارلاسادى، باققا جاراي، بايمادانزىڭ قىزىل كرەست قور قوعامىنىڭ جىلۋ اقشاسىنا يە بولادى، ياڭگۋاڭ قور قوعامى كەمىك كوشىرۋ وپەراتسياسىنا جۇمسالاتىن قوماقتى قاراجاتتىڭ كوبىن ۇستىنە الۋعا دايىن ەكەنىن بىلدىرەدى.

6 رەتكى حيميالىق جولمەن ەمدەۋدىڭ ارقاسىندا، بايمادانزىڭنىڭ اۋرۋى نەداۋىر جەڭىلدەيدى، ٴارى اعاسىنىڭ سۇيەك كەمىگى ونىكىمەن بىردەي شىعادى.

1-ايدىڭ 21-كۇنى لحاسادان بەيجيڭگە قايتقان ۋ دۇڭفاڭ شارشاپ-شالدىققانىنا قاراماستان، سومكاسىن ۇيىنە قويا سالا، دەرەۋ بايمادانزىڭنىڭ كوڭىلىن سۇراۋعا تارتادى.

بايمادانزىڭنىڭ ۇيىندەگىلەر ۋ دۇڭفاڭدى الدە قاشان قۇتقارۋشى جۇلدىزدارىنداي كورىنىپ كەتكەن-دى. بايمادانزىڭ ونى كورگەن جەردەن تەبىرەنە كوزىنە جاس الىپ:

— ۋ اعاي، ٴمۇبادا ٴسىز بولماساڭىز، وسى كۇنگە دەيىن سۋ ىشەرلىگىم بولماس ەدى، — دەيدى.

— سەندەرگە ٴۇمىت باعىشتاعان مەن ەمەس، قايتا سەن مۇنداي اۋرۋدى جەڭەمىن دەيتىن كوڭىلدە بولعاندىقتان وسى كۇنگە كەلدىڭ، — دەيدى ۋ دۇڭفاڭ بايمادانىزىڭنىڭ قولىن قىسىپ تۇرىپ.

— سونشاما كوپ ىزگى نيەتتى جاندار دەم بەرىپ تۇرعاندا، مەن اۋرۋ الباستىسىن جەڭبەي قويمايمىن، — دەيدى بايمادانىزىڭ كامىل سەنىممەن.

2011-جىلى 5-ايدا بايمادانىزىڭعا كەمىك كوشىرۋ وپەراتسياسى جاسالىپ، تولىق ساۋىعىپ، شيپاحانادان شىعادى.

ۋ دۇڭفاڭ اس قورىتۋ ىشكى اۋرۋلارى ٴبولىمىنىڭ تەتە اعا دارىگەرى بولاتىن، اماليالتا ونىڭ ارتىقشىلىعى ىشكى مۇشەلەر دۇربىسىمەن تەكسەرۋدە ەدى، مەملەكەت بويىنشا ىشكى مۇشەلەر ٴدۇربىسى تەحنيكاسىن قولدانۋدىڭ مايتالمان ماماني بولىپ، داڭقى شىققان.

ىشكى مۇشەلەر ٴدۇربىسى — ۇشىندا جارىق لامپاسى بار تۇتىكشە، ونى ادام دەنەسىنىڭ تابيعي ىنتەتىن ساڭلاۋلارىنا جۇگىرتۋ نەمەسە وپەراتسيا جاساپ، ساڭلاۋ اشىپ، ادام دەنەسىنە جۇگىرتۋ ارقىلى X اپپاراتى كورسەتە المايتىن اۋرۋ وزگەرىستەرىن كورۋگە بولادى. مەديتسينا تەحنيكاسىنىڭ دامۋىنا بايلانىستى، كوپ رولدى ىشكى مۇشەلەر ٴدۇربىسى دە جاسالدى، ونىڭ باقىلاۋ رولىنان سىرت، ادام دەنەسىندەگى تابيعي ساڭلاۋلارمەن ٴجۇرىپ وتىرىپ، جارىق ٴتۇسىرۋ، وپەراتسيا جاساۋ، جۋىپ-تازالاۋ، سورۋ سەكىلدى قىزمەتتەر دە اتقارا الادى. ىشكى مۇشەلەر ٴدۇربىسى ارقىلى ناۋقاس ادامنىڭ سىرقاتىن دۇرىس تۇجىرىمداپ قانا قالماي، ونىمەن ەم-دوم جاساپ، ناۋقاس ادامنىڭ ٴتان ازابىن جەڭىلدەتىپ، جاراقات اۋزىن تەز ساۋىقتىرۋعا دا بولادى.

لحاسا قالالىق حالىق شيپاحاناسىنىڭ ىشكى اۋرۋلار دۇربىسىمەن تەكسەرۋ-ەمدەۋ ورتالىعى 2008-جىلى شاڭىراق كوتەرسە دە، ٴبىراق

تەحنيكا وتكەلىن مەڭگەرۋ جەتىك بولماعاندىقتان ىشكى مۇشەلەر ٴدۇربىسىن قولدانۋ قىزمەتى شاراسىز توقتاپ قالعان ەكەن. 2010-جىلى ۋ دوڭفاڭ ىشكى اۋرۋلار ٴدۇربىسى ارقىلى ۇيقى بەزىن تەكسەرۋ تاجىريبەسىن جاسايدى، بۇل لحاسا قالالىق شيپاحانادا تۇڭعىش رەت جاسالعان تاجىريبە بولىپ قالادى.

ىشكى اۋرۋلار شەبى ۇزىنسۇنار كەلەدى، كەڭىردەكتەن انۇسقا دەيىنگى اس قورىتۋ جولى، باۋىر، ٴوت، ۇيقى بەزى سەكىلدى ٴبىر-بىرىمەن تىعىز بايلانىستى اعزالار تۇگەل ىشكى اۋرۋلار ٴبولىمىنىڭ تەكسەرۋ كولەمىنە قامتىلادى، ٴبىر ٴتۇرلى اۋرۋعا دەگنوز قويۋ ٴۇشىن ونىڭ سيپاتىن انىقتاۋعا تۋرا كەلەدى. وسىلاي بولعاندىقتان ىشكى اۋرۋلار ٴدۇربىسى شيپاگەرلەردىڭ قولىندا جۇرەتىن وتكىر «قارۋىنا» اينالعان، ەگەر اۋرۋدى كەڭ دالاعا كومىلگەن ٴبىر مينا دەسەك، اس قورىتۋ ىشكى اۋرۋلارى ٴبولىمىنىڭ شيپاگەرى قولىنا بارلاعىش اسپاپتى الىپ، ابايلاپ، اقىرىن-اقىرىن جەر تىمىسكىلەيتىن تەحنيككە ۇقساپ كەتەدى.

شيزاڭدا باۋىر قاتايۋشىلار كوپ بولادى، ال اس قورىتۋ جولىنان قان شىعۋ دا جيى ۇشىرايدى، تالايلاعان اۋرۋ ادامدار، اسىرەسە جاستار اۋرۋى اسقىنۋدان كوز جۇمادى. مۇنى بىلگەن ۋ دۇڭفاڭ ىشتەي قاتتى قايعىرادى، اناعۇرلىم كوپ زاڭزۋ باۋىرلاستى اجال قۇرىعىنان اراشالاپ قالۋ ٴۇشىن ول ىشكى ولكەدەن ٴدارى-دارمەك، وقۋلىق، لازەر تاباقشاسى سەكىلدىلەردى اكەلىپ، شيپاحانا باسشىلارىنا ىشكى اۋرۋلار ٴدۇربىسى ارقىلى تەكسەرۋ مەن ەمدەۋدىڭ تيىمدىلىگىن ٴتۇسىندىرىپ، كوپشىلىكتىڭ ماقۇلدىعىن الىپ، ىشكى اۋرۋلار ٴدۇربىسى ورتالىعىنىڭ قىزمەتىن جانداندىرۋعا بەل بايلايدى.

2011-جىلى 5-ايدا ۋ دۇڭفاڭ لحاسادا كوپ رولدى ىشكى مۇشەلەر ٴدۇرىسى ارقىلى اۋرۋ-سىرقاۋلاردىڭ ىشەك-قارىنداعى سىرقاتتاردى ەمدەۋ شاراسىن قولدانىپ، باۋىر قاتايۋ، اس قورىتۋ

جولىنان قان شىعۋ دەرتىن ەمدەپ جازادى، سونىمەن وعان تەكسەرۋشىلەر اۋەلى شاننان، ىركازى سەكىلدى جەرلەردەن دە ات ارىتىپ كەلەدى.

ۋ دۇڭفاڭ توق ىشەك ٴدۇربىسىن جالعىز مەڭگەرىپ قولدانا الۋ تەحنيكاسىن بەلسەنە جالپىلاستىرىپ، ىشكى اۋرۋلار بولىمىندەگى شيپاگەرلەردىڭ بۇل تەحنيكانى دەربەس قولدانا ٴبىلۋ ونەرىن ۇشتايدى، سونىمەن ولار ٴبىر جىلدا 30 نەشە رەت توق ىشەك ٴدۇربىسى ارقىلى ەم-دوم جاساپ، تابىسقا جەتەدى. سونىمەن قاتار ول اسقازان دۇربىسىمەن تەكسەرۋ قىزمەتىن دە ورىستەتىپ، لحاسا قالالىق حالىق شيپاحاناسىنىڭ اۋرۋ- سىرقاۋلاردى تەكسەرىپ انىقتاۋ رەت سانى مەن ەمدەۋ دەڭگەيىنىڭ ايتارلىقتاي جوعارىلاۋىنا مۇمكىندىك تۋدىرادى.

مىندەتتى ەم-دوم جاساۋ، شىنتۋايتىنا كەلگەندە، بەيجيڭنەن شيزاڭعا كومەككە كەلگەن شيپاگەرلەردىڭ قالىپقا تۇسكەن داعدىلى مەيىر-شاپاعات قيمىلىنا اينالىپ كەتكەن-دى. قاربالاس جۇمىستان قولدارى بوساعاندا، مەرەكە-مەيرام، دەمالىس كۇندەرىندە ولار ەمدەۋ جابدىقتارىن، ٴدارى-دارمەكتەرىن، ۇگىت ماتەريالدارىن الىپ، لحاسا قالاسىنا قاراستى 7 اۋدان مەن ٴبىر رايونعا جانە ەگىنشىلىك، مالشىلىق وڭىرلەرىنە بارىپ، مىندەتتى دەگنوز قويىپ، تەكسەرۋ جۇرگىزىپ، ەم-دوم جاساپ، ۇنەمى كەزىگەتىن اۋرۋ-سىرقاۋلارعا ەم بولاتىن دارىلەردى تەگىن تاراتىپ، قاۋىمعا قولايلىلىق جاسادى.

مىندەتتى ەم-دوم جاساۋ بارىسىندا شيپاگەرلەر ىلعيدا وزدەرى مۇلدە ويلاماعان ىستەرگە جولىعىپ تا وتىردى.

2007-جىلى 11-ايدىڭ ٴبىر كۇنى بەيجيڭ تيانتان شيپاحاناسى ىشكى اۋرۋلار ٴبولىمىنىڭ تەتە اعا دارىگەرى گو ۋي نيمۋ اۋدانىنىڭ قيىر شەتتەگى پاپۋ قىستاعىنا بارىپ، مىندەتتى ەم-دوم جاساۋ جۇمىسىمەن شۇعىلدانادى. ٴجۇزىن اجىم باسقان ٴبىر زاڭزۋ قاريا ارپادان اشىتقان ٴبىر توستاعان شاراپتى كوتەرىپ كەلىپ، گو ۋيدىڭ

ٴىشىپ جىبەرۋىن شىن پەيىلمەن وتىنەدى. ٴبىراق سول تۇستا قاربالاس بوپ جاتقاندىقتان، ونىڭ ۇستىنە بيىك ٴۇستىرت اسەرىنەن قارياعا باسىن شايقاپ، ىشپەيتىنىن بىلدىرەدى. دەسى قايتقان قاريا سۇلكىنى تۇسە قايتىپ كەتەدى.

مىندەتتى ەم-دوم جاساۋ قيمىلى باستالعاندا، گو ۋي دەگنوز قويىۋ، دەنساۋلىق تەكسەرۋ، ٴدارى جازۋ... سياقتى جۇمىستارمەن ابىگەر بولىپ جاتىپ، ٴبىر ۋاقىتتا باسىن كوتەرسە، الگى قاريا توستاعانىن كوتەرىپ تاعى الدىندا جىميا قاراپ تۇرادى. ويىندا ەشتەڭە جوق گو ۋي ول كىسىگە دە كۇلىمسىرەپ قويىپ، جۇمىسىن جالعاستىرا بەرەدى. قاريا بۇدان شابىت السا كەرەك، كوپتىڭ الدىندا توستاعانىن كوتەرىپ، گو ۋيعا ۇسىنادى، قاريانىڭ كوزى جاساۋراپ كەتەدى. ماڭىندا كەزەكتە ٴالى تالاي ادام تۇرعانىن بىلەتىن گو ۋي شاراپتى ىشۋدەن تاعى باس تارتادى، قاريا جىلامسىراي كەتىپ قالادى.

قيمىل اياقتاعاننان كەيىن، قالىڭ ادام تارايدى، تەك شاراپ قۇيىلعان توستاعانىن قولىنا ۇستاعان باعاناعى قاريا اناداي جەردە كولەڭكەسىن ۇزارتا كەشكى شاپاقتا قاراۋىتىپ كورىنىپ، بەيشارا كۇيگە تۇسكەندەي مولتەڭدەيدى. گو ۋي الدىنا بارىپ، زاڭزۋ شيپاگەردىڭ اۋدارماشى بولۋىمەن قاريادان نە شارۋاسى بارىن سۇرايدى. ٴاسىلى بۇل قاريا گو ۋي ەمدەپ جازعان كوپ اۋرۋ ادامنىڭ ٴبىرى ەكەن، كەزىندە كەسەلى اسقىنىپ، ۇيىندەگىلەر تۇگەل ٴبىر جاعىنان ونىڭ ارتقى ىستەرىنە دايىندىق كورە باستاپتى، اۋداندىق شيپاحاناعا بەيجيڭنەن شيپاگەر كەلگەنىن ەستىپ، اتپەن گو ۋيدىڭ تەكسەرۋىنە الىپ بارىپتى.

گو ۋيدىڭ ەسىنە سوندا عانا ەكى ايدىڭ الدىندا بولعان ٴىس تۇسەدى، ٴبىر كۇنى كەشتە ول جاتاعىندا اس-سۋىن ٴىشىپ وتىرعاندا، كەزەكشى شيپاگەردەن: «گو مۇعالىم، اۋرۋى سالماقتى ٴبىر ادام كەلدى» دەگەن تەلەفون كەلەدى. تاماعىن قويا سالعان گو ۋي تىزگىن ۇشىمەن توتە شيپاحاناعا جەتەدى، ول سونادايدان

شيپاگەر گىساڭ بار، بىرنەشە ادامنىڭ اتتان ٴبىر كىسىنى ٴتۇسىرىپ جاتقانىن بايقايدى. قارت ەسىنەن اداسقان ەكەن، كەۋدەسى قىسىپ، تىنىسى تارايىپ، قىرىلداپ جاتادى. گو ۋي دەرەۋ بۇل ادامنىڭ سوزىلمالى وكپە اۋرۋى بار ەكەنىن، وكپە، جۇرەك قىزمەتىنىڭ ۋاتىنان ايرىلىپ بارا جاتقانىن سەزە قويادى.

گو ۋي مەن ساپتاستارىنىڭ دەن قويا ەمدەپ-دومداۋىندا، قاريا اجالدان قالادى، سونىمەن ورايىن تاۋىپ، گو ۋيعا العىسىن بىلدىرمەك بولىپ جۇرگەن ەكەن. قاريانىڭ وزىنە جالىنىشتى بەينەدە قاراعان بەينەسىن كورگەندە، گو ۋيدىڭ دا كوزىنە جاس تولىپ كەتەدى.

وسى تۇستا ول بيىك ٴۇستىرت اسەرى جانە دەنساۋلىق دەگەندەردى تاس ۇمىتىپ، زاڭزۋلاردىڭ «ٴۇش ۇرتتاپ تاۋىسۋ» داعدىسى بويىنشا، توستاعانداعى شاراپتى سارقا ىشەدى. بوساعان توستاعانعا قاراعان قاريا بەت تەرىلەرى بەيبەرەكەت موڭكىپ، قارقىلداپ كۇلىپ كەتەدى. كەنەت اياق-استىنان قوس الاقانىمەن بەتىن شەڭگەلدەپ، ەڭىرەپ جىلاپ تا جىبەرەدى. جالما-جان الدىنا وتكەن گو ۋي قاريانىڭ كوز جاسىن سۇرتەدى.

وسى ساتتە ونىڭ ٴون-بويىن ىستىق جالىن شارپىپ، ەڭبەگىنىڭ جانعانىنا ٴسۇيىنىپ، ەلجىرەپ، ماقتانىش سەزىمىنە بولەنەدى.

2002-جىلى جىل باسىندا بەيجيڭنەن شيزاڭعا كومەككە كەلگەن ەمدەۋشىلەر اترەتى ٴبىر بۇدحاناعا مىندەتتى ەم-دوم جاساۋ قيمىلىن ورىستەتۋگە بارادى. جولدا بۇدحانا باسقارۋ قوعامىنىڭ قىزمەتكەرى اترەت باستىعى شى شۇيبونىڭ قولىنان الىپ تۇرىپ:

— تاۋداعى ٴمىناجات ەتۋشىلەر وڭشالانعان بۇدحانانىڭ بىرنەشە شايحىسى اۋىرىپ قالىپتى، بارىپ تەكسەرىپ كورۋىڭىزگە قولىڭىز تيەر مە ەكەن؟ — دەيدى.

ول تاباندا تاۋعا بارۋعا كەلىسەدى. ول اراعا الىپ باراتىن ٴبىر عانا

كۇدىر سۇرلەۋ عانا بار ەكەن، شى شۇيبو ٴبىر ساعاتتان ارتىق جول باسىپ، تەڭىز دەڭگەيىنەن 4700 مەتر بيىك تەكشەگە كوتەرىلەدى، تاۋدا ىزعىرىق جەل گۋلەپ تۇرادى. مۇنداي جەردە قانشالىقتى قالىڭ كيىنىپ الساڭ دا، ادام توڭباي قويماۋشى ەدى.

زاڭزۋدان تاراعان بۇددا ٴدىنىنىڭ ٴتاپسىرى بويىنشا، بۇدحانا جابىق كەزىندە شايىحىلاردىڭ سىرتتان ادام قابىلداۋىنا تيىم سالىناتىن. اۋرۋىن كورسەتۋگە تۋرا كەلسە دە، وڭاشالانعان شايىحىلاردىڭ ٴدىني جوسىنىنا قۇرمەت ەتىلەتىن. ۇيتسەدە قان قىسىمى، جۇرەك سوعۋى سياقتى ەڭ نەگىزگى تەكسەرىلۋ ٴتارتىبىن وتەۋ قاجەت ەدى. مۇنداي تەكسەرۋ ٴتارتىبىنىڭ قالىپتى ورىستەتىلۋىنە كەپىلدىك ەتۋ ٴۇشىن قالىڭ شۇپەرەك تارتىلعان ەسىكتىڭ ساڭىلاۋىنان قولىن ارى جۇگىرتىپ، تامىر ۇستايدى جانە دەگنوز قويادى.

بۇل شى شۇيبونىڭ شيپاگەر بولعالى 20 جىلدان بەرگى تۇڭعىش رەتكى عاجاپ ەم-دوم جاساۋى ەدى.

اۋرۋ-سىرقاۋ احۋالىمەن تانىسۋ بارىسىندا، حانزۋشانى شالا-پۇلا سويلەيتىن شايىحىنىڭ تۇسىندىرۋىمەن شي شۇيبو 5 ساعاتتان اساتىن ۋاقىتتا 16 شايىحىنى زورعا تەكسەرىپ بولادى. بىرەۋىنىڭ ارقا تەرىسى قىشىپ شىداتپاي تۇرعانى بەلگىلى بولادى، ٴبىراق شى شۇيبو ونىڭ ارقاسىن سيپاي العانىمەن، تەرىسىن كورە المايدى، بۇددا دىنىندە شايىحىنىڭ ٴتانىن كورسەتۋىنە تيىم سالىناتىن-دى. بۇعان شي شۇيبو شاراسىز قالادى دا، امالسىز باسقا شايىحىلارعا ونىڭ جالاڭاش ٴتانىن قالقالاتىپ تۇرىپ، قىشيتىن تۇسىن سۋرەتكە ٴتۇسىرىپ الادى. قايتىپ بارعان سوڭ، وعان جاقسىلاپ تالداۋ جاساپ، انىقتاعان سوڭ، ٴدارى جازباقشى بولادى.

جارىم كۇن تىنىم تاپپاي ابىگەرلەنگەن ول تاماق ىشۋگە دە مۇرشاسى تيمەي، ٴارى اشىعىپ، ٴارى توڭىپ، ابدەن قالجىرايدى. ايتسەدە ٴار شايىحىنى تەكسەرىپ بولعان سايىن، ولار شي شۇيبونىڭ

الاقانىن قولىمەن ىسقىلاپ قارىمجى قايتارىپ تۇرادى.

— ولاردى كوره الماسام دا، ولاردىڭ ماعان العىس جاۋدىرعان اق كوڭىلىن سەزىندىم، — دەيدى ول.

قايتارىندا شايحىلار تەرەزە پەردەسىن اشىپ، ٴبىر-ٴبىر كىشكەنە بۋىنشاقتارىن بەرەدى. ونىڭ ىشىنەن زاڭعۇشا تىلەك سوزدەر جازىلعان سارى قاعازدار مەن شۇپەرەككە تۇيىلگەن ٴبىر-ٴبىر ۋىس ارپا شىعادى. جەرگىلىكتى ادامداردىڭ ايتۋىنشا، بۇل ەڭ جوعارى العىس جاۋدىرۋعا ۋاكىلدىك ەتەتىن كورىنەدى. شي شۇيبو ىركەس-تىركەس ساڭلاۋدان شىعارىلعان بۋىنشاقتاردىڭ كەيبىرەۋىن الۋعا دا ۇلگىرمەيدى.

بيىك ۇستىرتتە تىرشىلىك ەتەتىن زاڭعۇ باۋىرلاستار عاسىرلار بويى اسا ىستىق تا، ماي قۇرامى وتە جوعارى اس-سۋ تۇتىنۋ ادەت-عۇرپىن ساقتاپ كەلەدى. ەت، سارماي سەكىلدى تاعامداردى ۇزاق ۋاقىت جەي بەرسە، باۋىر مايلانۋ، قانداعى ماي قۇرامى جوعارى بولۋ، نەسەپ قىشقىلى ارتۋ سەكىلدى اۋرۋ-سىرقاۋلار كوپ تۋىندايدى. تۇرلىشە سەبەپتەر سالدارىنان جايشىلىقتا اۋرۋ ابدەن اسقىنعان سوڭ عانا شيپاحاناعا بارىپ كورىنۋ زاڭعۇلاردا جوسىنعا اينالعان، بۇل كوبىنەسە اۋرۋدىڭ ۇدەپ، بەلگىلى كۇردەلى شەك پەن دەڭگەيگە كوتەرىلگەنىن ٴتۇسىندىرىپ جاتادى.

اۋرۋدان ساقتانۋ، ونىڭ الدىن الۋ تانىمى تاياز بولۋداي قاساڭ جاعدايدى وزگەرتۋ ٴۇشىن، بەيجيڭنەن شيزاڭعا كومەككە كەلگەن ەمدەۋشىلەر اترەتى مىندەتتى ەم-دوم جاساۋ قيمىلىن ورىستەتۋمەن قاتار، دەنساۋلىق ۇگىت-تاربيەسىن دە كۇشەيتىپ، اۋەلى زاڭعۇ باۋىرلاستاردىڭ ۇيلەرىنىڭ الدىندا بەيجيڭ شيپاگەر-ماماندارىنىڭ ەم-دوم جاساۋ تەكشەسىن اشادى.

ەمدەۋ اترەتى ٴار رەت قىر-قىستاقتارعا تۇسكەن سايىن، ٴدارى-دارمەك الا بارادى، تۇرعىلىقتى قاۋىم ۇنەمى باس بارماقتارىن شىعارىپ:

— بەيجيڭدىك مىنبالار، يۋگۋدۋ (بەيجيڭدىك شيپاگەرلەر جارايدى!) — دەپ جاتادى. قاشاندا وتتەگىن تولتىرىپ الىپ جۇرەتىن قۇتى-قۇمىرالارى بار بەيجيڭدىك مىنبالاردى ولار «ادالا» (تۋعان جاقىنىمىز) دەيدى.

ساناققا قاراعاندا، 7 جىلدا ەمدەۋ اترەتى ەگىنشى-مالشىلار ٴۇشىن 10 نەشە مىڭ ادام-رەت مىندەتتى ەم-دوم جاساپ، ولارعا قۇنى ٴبىر ميلليون تۇراتىن ٴدارى-دارمەك، دەنساۋلىقتى ساقتاۋقا قاتىستى ۇگىت ماتەريالىنان 100 مىڭ نۇسقاسىن تاراتىپ بەرگەن.

شيزاڭعا كومەككە بارعان شيپاگەرلەردىڭ تىندىرعانى تەك اۋرۋدى ەمدەۋمەن عانا شەكتەلمەيدى، جەرگىلىكتى ورىندارعا وزىق تەحنيكا ۇيرەتۋمەن دە تىنىپ قانا قالعان ەمەس، ولار شيزاڭ رايونىنداعى شيپاحانالاردىڭ ەمدەۋ-دەنساۋلىق ىستەرىنىڭ جاڭا جولگەسىن جيناقتاۋعا جانە قۇرىپ شىعۋعا زەيىن-زەردەلەرىن دە جۇمساپ، جەرگىلىكتى ورىنىنىڭ ەمدەۋ شارت-جاعدايىن تۇبىرىنەن جاقسارتتى.

2009-جىلى 9-ايدا بەيجيڭ قارتتار شيپاحاناسى اس قورتۋ ٴبولىمىنىڭ جاۋاپتى دارىگەرى جىڭ ي دۇيلوڭدىچيڭ اۋداندىق شيپاحاناعا ەكى اي كومەكتەسكەننەن كەيىن، لحاساعا بارعەلەس موجۋگوڭكا اۋدانىندا بۇرىن شيزاڭ وڭىرىندە كورىلمەگەن A تيپتى جۇقپالى اۋرۋ تاراعانىن بايقايدى. ول بەيجيڭ قارتتار شيپاحاناسى «سارستى» ەمدەيتىن تۇراقتى شيپاحانا بولىپ تۇرعان كەزدە، تىنىس جولى ارقىلى جۇعۋدىڭ الدىن الۋدا جيناقتاعان تاجىريبەلەرىنە ساي، بىلەتىندەرىن جەرگىلىكتى ەمدەۋ قىزمەتكەرلەرىنە سارقا ۇيرەتىپ، لحاسا رايونىنداعى شيپاحانالاردىڭ ساقتىق جوباسىن جاساۋىنا سەلبەسەدى، ٴارى بارلىق ەمدەۋ قىزمەتكەرلەرىن سارستەن ساقتانۋ جانە ونى ەمدەۋ بىلىمدەرىنە باۋلىپ، ولاردىڭ جۇقپالى اۋرۋلاردىڭ الدىن الۋ-ەمدەۋ قابىلەتىن جوعارىلاتىپ، كۇشتى جۇقپالى اۋرۋلاردى ٴونىمدى تىزگىندەپ، تىنىس جولى اۋرۋىنا شالدىققان ەشقانداي ادام

قالدىرماي ەمدەۋگە، ولاردى ەمدەۋ قىزمەتكەرلەرىنە جۇقتىرماۋعا كەپىلدىك ەتەدى.

دۇيلوڭدىچيلىك اۋداندىق شيپاحانادا اۋرۋ-سىرقاۋلار ونشا كوپ بولمايدى، كۇنىنە ىشكى اۋرۋلار بولىمىنە تەكسەرىلگەلى كەلەتىندەر ون نەشەدەن اسا قويمايدى، سونىمەن ولاردىڭ تۇرمىس، قىزمەت ريتمى باياۋلاڭقىراپ قالادى. جىلدىڭ ي مۇنداعى ۋاقىتتى قاپى جىبەرمەي، جەرگىلىكتى ورىنعا كوپتەپ ناقتى ىستەر تىندىرىپ بەرۋدى ويلايدى. سونىمەن ول لحاسا قالالىق اۋرۋلاردى تىزگىندەۋ ورتالىعىمەن حابارلاسىپ، شيزاڭنىڭ وي مەن قىرىنداعى تۇرعىنداردىڭ جوعارى قان قىسىم سەكىلدى سوزىلمالى اۋرۋلارىنىڭ تۋىنداۋ مولشەرىنە قاتىستى ساناق ماليمەتىن سۇراپ الىپ، «لحاسانىڭ وي مەن قىرىنداعى تۇرعىنداردىڭ جوعارى قان قىسىم اۋرۋىنىڭ احۋالى جانە وعان ىقپال كورسەتەتىن فاكتورلاردى تەكسەرۋ»، «لحاسا قالاسىنىڭ الەۋمەتتىك وكپە تۋبەركۋلەزدەن ساقتانۋ بىلىمدەرىن يگەرۋ احۋالى جانە وعان ىقپال كورسەتەتىن فاكتورلاردى تەكسەرۋ» دەگەن ەكى تاقىرىپتا زەرتتەۋ جۇرگىزەدى. ايتسەدە جىلدىڭ ي احۋالدارمەن تانىسۋ بارىسىندا عانا لحاسا قالالىق اۋرۋلاردى تىزگىندەۋ ورتالىعى جونىنەن ايتقاندا، سوزىلمالى اۋرۋلاردى قاداعالاۋ سالاسى ٴالى شيكى ەكەنىن، ەشقانداي كەمەلدى سان-ساناق ماليمەتى جوعىن اڭعارادى. عىلمي زەرتتەۋدەگى وسى اقتاڭداقتىقتىڭ ورنىن تولتىرۋ ٴۇشىن نەداۋىر ۇزاق ۋاقىت جانە الدىڭعى مەرزىمدىك دايىندىق جۇمىستارىن ىستەۋ قاجەت ەكەنىن سەزەدى. ەكونوميكاسى دامىعان رايوندار مەن ەكونوميكاسى كەنجەلەپ قالعان رايونداردىڭ، ەگىنشىلىكپەن شۇعىلداناتىن اۋداندار مەن مالشىلىقپەن اينالىساتىن اۋدانداردىڭ جان-جاقتى فاكتور ولشەمى بويىنشا، لحاساعا قاراستى 7 اۋدان مەن ٴبىر رايوننىڭ ىشىنەن كەز-كەلگەن ٴۇش اۋدان، ٴبىر رايوندى تاڭداپ الىپ، ۇلگى الىپ تەكسەرۋ وبيەكتىسى ەتەدى.

ونان كەيىن جىڭ ي شيزاڭعا كومەككە كەلگەن باسقا ون نەشە شيپاگەردى قامتىعان ٴبىر تاقىرىپ بويىنشا زەرتتەۋ گرۋپپاسىن ۇيىمداستىرادى، ٴار جولى بەس-التى شيپاگەردى قىستاقتارعا ٴبولىپ ٴتۇسىرىپ، ٴوزى دە ٴبىر قىستاققا بارىپ، جەرگىلىكتى ورىنداعى شارۋالاردى جوعارى قان قىسىمعا قاتىستى سۇراۋلارعا جاۋاپ بەرگىزۋ سەكىلدى فورمالار مەن شارالار قولدانىپ، قاتىستى ساندىق ماليمەتتەردى جينايدى. شيزاڭنىڭ قىر-قىستاقتارىنىڭ 94% تى زاڭزۋ تىلىندە اۋىس-كۇيىس جاسايتىندىقتان ٴار جولى بىردەن جانزۋشا بىلەتىن زاڭزۋ شيپاگەرلەرىن اۋدارماشى بولۋعا ەرتىپ الادى.

دۇيلوڭدىچيڭ اۋداندىق شيپاحانانىڭ قاراجاتى تاپشى بولعاسىن، تاقىرىپتىق زەرتتەۋگە كەتەتىن قارجىنى جىڭ ي ٴوز قالتاسىنان شىعارادى. كەيبىر اۋداندار قالادان الىس قيىر شەتتە بولعاندىقتان اۆتوكولىكپەن بارۋعا تۋرا كەلەتىن، شيپاحانا جەدەل جاردەم كولىگىن پايدالانۋعا بەرگەنىمەن، وعان كەرەكتى جاعارمايدىڭ اقىسىن تۇگەل جىڭ ي تولەپ وتىرادى. ٴار قىستاقتان تولىق ساندىق ماليمەت جيناپ بولعانشا ەكى-ٴۇش كۇن ۋاقىت كەتەدى. سول تۇس X تيپتى جۇقپالى اۋرۋ تاراي باستاعان كەز-دى، ٴبىر قىستاقتان اۋەلى تىشقان وباسى تاراۋ نىشانى بايقالادى، جىڭ ي مەن ساپتاستارى سوندا دا ەشنارسەدەن قورقىپ الاڭداماي، ساقتىق شارالارىن قولدانىپ، قىستاقتاردى 8 ايدا تەگىس ارالاپ تەكسەرىپ، مىڭنان استام ۇلگى جيىپ، نەگىزدىك ساندىق ماليمەتتى توپتاۋ قىزمەتىن ورىندايدى. تەكسەرىپ-زەرتتەۋ بارىسىندا ول لحاسانىڭ وي مەن قىرىنداعى تۇرعىنداردىڭ جوعارى قان قىسىم سەكىلدى اۋرۋلار جونىندەگى تانىم-تۇسىنىگى توتەنشە شەكتى ەكەنىن، جۇرتتىڭ دەنى مايلى تاعام، تۇزى كۇشتى اس-سۋدىڭ قان قىسىمىنا ىقپال جاسايتىن نەگىزگى ساۋاتتان دا حابارى جوعىن انىقتايدى. تاقىرىپتىق زەرتتەۋ جۇمىسى اياقتاعانان سوڭ، ٴوزى

ۇيىمداستىرعان تاقىرىپ گرۋپپاسىنىڭ ساندىق مالىمەتىن جەرگىلىكتى ورىنداعى اۋرۋدى تىزگىندەۋ ورتالىعىنا بەرەدى، سونداي-اق ولاردىڭ جوعارى قان قىسىم سەكىلدى سوزىلمالى اۋرۋلاردى باقىلاۋ-تىزگىندەۋ، مىندەتتى تۇردە ەمدەۋ قىزمەتىنە كومەكتەسىپ، لحاسا قالاسىنىڭ كەيىن كەلە سوزىلمالى اۋرۋلاردىڭ الدىن الۋ جانە ولاردى ەمدەۋ قىزمەتىنىڭ جاقسى ىستەلۋىنە ساندىق مالىمەت نەگىزىن قالاپ بەرەدى.

2. ەمدەۋشىلەردىڭ سەنىمى بارىنەن ماڭىزدى

ا ق ش اقىنى روبەرت فروستىڭ ٴبىر ولەڭىندە: «ورمانىنان مەن كەڭ سوزىلعان ەكى جولدى اڭدادىم، سونان ايتەۋ ٴىز از تۇسكەن سوقپاق جولدى تاڭدادىم» دەگەن ەكى جول بار.

شيپاگەر بولۋ جولىن تاڭداۋ، ونان كەيىن عۇمىر جولىنىڭ ٴبىر كەزەڭىندە شيزاڭعا كومەكتەسۋدى تاڭداۋ ولاردىڭ مۇلدە جۇمباق كوپتەگەن قيىنشىلىقتارعا كەز بولاتىنىنان دەرەك بەرۋشى ەدى.

ٴار كەزەكتى شيزاڭعا كومەكتەسەتىن كادىرلار ۇشاققا شىعاتىن كۇنى بەيجيڭ قالالىق پارتكوم ۇيىمداستىرۋ ٴبولىمىنىڭ باستىقتارى، كومەككە باراتىن شيپاگەرلەردىڭ مەكەمە باستىقتارى تۇگەل ولاردى اتتاندىرىپ وتىردى، قىزۋ ىنتالى شابىت، رياسىز ٴۇمىت، ۇيىندەگىلەردىڭ تاپسىرماسى استانا اۋەجايىنىڭ كەزەك كۇتۋ زالىن مەرەيگە شومدىرىپ جاتتى. شىنىن ايتقاندا، شيزاڭعا كومەككە اتتانعالى جاتاتىن شيپاگەردىڭ بارىندە ٴوز مۇڭى، ٴوز ۋايىمى، قيماس سەزىمى بار-دى، كەيبىرىنىڭ اكە اتانعانىنا ون شاقتى كۇن بولسا؛ كەيبىرەۋىنىڭ ايەلى ەمحانادا ەمدەلىپ جاتقان-دى، كۇيەۋىنىڭ قارايلاسۋىنا تۇتەنشە ٴزارۋ ەدى؛ كەيبىرەۋىنىڭ اكە-شەشەسىن سىرقات مەڭدەتىپ، وپەراتسيا جاساۋعا دايىندالىپ جۇرگەن، ولاردىڭ ارتى قالاي بولارى بەلگىسىز

ەدى... وسى جاس كەزەڭىندەگى شيپاگەرلەردىڭ ٴبارىنىڭ ۇيىندە شاۋ تارتقان كارىلەر مەن ۇساق بالالار بار-دى، وتباسى مەن قوعامدىق جاۋاپكەرشىلىك ٴبىر باستارىنا شوعىرلانعان بولاتىن، مۇندايدا كىم ٴۇي جايىن ويلاماسىن دەيسىز؟ ايتسەدە شيزاڭعا كومەكتەسۋ سىندى اۋىر دا ابىرويلى مىندەتتى ارقالاعان ولار ۇيىندەگىلەرگە قوش ايتىپ، ادال ىنتا-پەيىلدەرىمەن ۇشاقتا الاڭسىز شىعىپ، قارلى ۇستىرتتەگى شاھارعا ۇشىپ جەتتى.

شيپاگەر بولعان سوڭ، قۇرمەتكە بولەنۋدىڭ ەڭ توتە فورماسى دا تابيعي تۇردە اجالدان اراشالاپ، اۋرۋدان ايىقتىرۋ بولسا كەرەك. شيپاگەرلىك — بورىشتىلىق سەزىمدە بولاتىن ٴبىر ٴتۇرلى كاسىپ. بورىشتىلىق سەزىمى كۇشتى شيپاگەرلەر عانا ەم-دوم جاساۋ جاۋاپكەرشىلىگىن اناعۇرلىم جاقسى ارقالاي الادى. شيپاگەرلىك دەگەن كاسىپتى تاڭداعان ەكەن، اركىمدەر دە ۇلكەن جاۋاپكەرشىلىكتى ارقالاۋعا ٴتيىس.

ما لي شيپاگەر استانا مەديتسينا داشۋەسىن بىتىرگەن، كەيىن ماگيستر، دوكتور اتاعىن العان، ونىڭ ۇستازى ەلىمىزدىڭ اتاقتى جۇرەك قان تامىرلارى اۋرۋى مامانى اتانعان حۋ داي پرافەسسور بولاتىن. كەزىندە حۋ پرافەسسور شيزاڭنىڭ جاراتىلىستىق شارت-جاعدايى ەڭ سۇركەيلى الي ايماعىندا ەكى جىلدان استام ۋاقىت تۇرعان. شاكىرتتەرى مەن ونى بىلەتىن كاسىپتەستەرىن تاڭ قالدىرعانى، اۋەلى ىشكى ولكەدەگىلەر تىكسىنگەندە جاعاسىن ۇستايتىن بيىك ٴۇستىرتتى وڭىردە حۋ پرافەسسوردىڭ مىندەتتى ەم-دوم جاساۋ قىزمەتىنەن سىرتقى ۋاقىتتارىندا مەديتسيناعا قاتىستى اسا قالىڭ تومدى كوشىرىپ جازىپ شىققانى. ۇستازىنا دەگەن قۇرمەت سەزىمى تاسىعان ما لي بەيجيڭدە تانتيان شيپاحاناسىنان جۇمىلدىرۋ بۇيرىعىن تاپسىرىپ الا سالا شيزاڭعا كومەككە بارۋعا تىزىمدەلەدى. ۇستازىنىڭ كەزىندە الي ايماعىنا كومەكتەسكەن كەزدەگى ٴىزىن جالعاستىرۋ ٴۇشىن كومەك بەرۋ

قوسىنىنا قوسىلادى. شيزاڭعا بارىپ، قىزمەتكە ارالاسقانىنان كەيىن كوپ وتپەي، ما ليدىڭ كاسىپتىك جۇمىسقا شوگەلدىگى مەن ەلدەن ەرەك ەمدەۋ تەحنيكاسى اۋرۋ-سىرقاۋلار مەن كاسىپتەستەرىنىڭ قۇرمەتىنە بولەنەدى.

2012-جىلى 8-ايدا لحاسادا ساياحات جاندانا تۇسەدى. سىرتتاعى كوشە دىر-دۋ، ازان-قازان بولىپ جاتسا، لحاسا قالالىق حالىق شيپاحاناسى تۋىت ٴبولىمىنىڭ بالنيتسالارى جىم-جىلاستىقتا شومادى. ەكىنشى بالاسىنا جۇكتى بولعان 35 جاستاعى ٴبىر كەلىنشەكتىڭ بوساناردان بىلگەرگى تەكسەرۋدە جوعارى قان قىسىم، بەلوكتى نەسەپ سىقىلدى اۋرۋى بارى بايقالادى. سونىمەن اۋىراياق بولعانىنا 32 اپتا بولعان كەلىنشەكتىڭ ىشىندەگى نارەستەنى وپەراتسيا جاساۋ جولىمەن الۋعا تۋرا كەلەدى. بىراق كەلىنشەكتىڭ تۇتاس دەنەسى ٴىسىنۋ، دومىعۋ، بەلوك قۇرامى تومەندەۋ، قانداعى كاني، ناتري ازايۋ، اعزالارىنىڭ قىزمەتى السىرەۋ سەكىلدى بەينەلەر جارىققا شىعىپ، ەسى اۋىسىپ، ٴتىلى كۇرمەلەتىنى انىقتالادى. اۋرۋ تاريحى مەن ەمدەلۋ بارىسىن ەگجەي-تەگجەيلى سۇراۋ ارقىلى ما لي بۇل ادامعا قان جەتىسپەۋ جايتى اۋىر بولعاندىقتان اعزالارىنىڭ قىزمەتى السىرەگەن ەكەن دەپ تۇجىرىم جاسايدى. سونىمەن ول تۋىت بولىمىندەگى شيپاگەرلەرمەن بىرگە ونىڭ اۋرۋ جاعدايىن مۇقيات اقىلداسىپ، قانداي دارىلەردى قانشالىق قۇيۋدى ەسەپتەپ، ەلەكتروليت جانە اق بەلوك تولىقتاپ، نەسەبىن تازالاۋ، جولىن اشۋعا ۇشتاستىرا ەمدەيدى. بيىك ٴۇستىرتتى وڭىرگە اياق باسقانىنا كوپ بولماعان سول تۇستاردا ما لي ٴار كۇنى بيىك ۇستىرتتىك اسەرگە، شارشاپ-شالدىعۋعا، ۇيقىسىزدىققا قارسى كۇرەسىپ جۇرسە دە، تۋىت بولىمىنە كۇنىنە ەكى رەت بارىپ، سول كەلىنشەكتىڭ جايىن ۇعىسىپ تۇرادى، ونىڭ بويىنداعى وزگەرىستەرگە ساي، ەمدەۋ جوباسىن كەز-كەلگەن ۋاقىتتا رەتتەيدى. ەمدەۋشىلەر مەن اۋرۋ ادامنىڭ بىردەي قۇلشىنۋىندا، ناۋقاستىڭ اقىل-ەسى قالپىنا

كەلەدى، دەنەسىندەگى ىسكتەر قايتىپ، ىشكى اعزالارىنىڭ قىزمەتى بىرتىندەپ تاۋىرلەنەدى. حالى اۋىرلاپ، جاعدايى مۇشكىلدەگەن وسى كەلىنشەكتىڭ بەتى اقىرى بەرى قاراپ، امان-ەسەن بوسانىپ، شيپاحانادان شىعادى. شيپاحانادا بەيجيڭنەن كەلگەن مىنبا ما ليدىڭ داڭقى شىعىپ، ونى حادالار مەن العىس سوزدەرى جاۋىپ كەتەدى. تەگىنىنەن تومسىرايىپ ٴۇنسىز جۇرەتىن ما لي شيپاحانادا جۇرسە، كەز-كەلگەن ۋاقىتتا ونى سيلاپ امانداساتىن اۋرۋ-سىرقاۋلاردىڭ، ولاردىڭ ۇيىندەگىلەردىڭ قاراسى كوبەيەدى، ارينە، ەمدەۋ قىزمەتكەرلەرى دە وعان امانداسىپ وتپەيدى. باسقا بولىمدەردەگى شيپاگەرلەر دە دايىم وزدەرى كەزدەسكەن كۇندەلىكتى اۋرۋلار جونىندە ما ليدى ىزدەپ كەلىپ، ودان كەڭەس الىپ تۇرادى. البەتتە، اۋرۋ ادامدار مەن كاسىپتەستەرىنىڭ وڭ باعاسىن الۋ شيپاگەر بولعان ونى ەڭ شاتتاندىراتىن ٴىس قوي.

شيزاڭدا جۇرگەندە ما ليدى ۇلى ياڭياڭنىڭ قامى ەڭ الاڭداتاتىن ەدى. تەلەۆيزيانىڭ ٴبىر جولعى «شيزاڭ ۇستىرتىندەگى اق حالاتتى پەرىشتەلەر» دەگەن ايدارداعى سۇحباتىندا ياڭياڭ: «بىلتىر ىشكى موڭعۇلدا بولعان، بيىل شيزاڭعا كەتتى، شەشەم نەگە مەنەن الىستاي بەرەدى؟» دەپ تاڭىرقاعان ول سوڭىنان شەشەسىنىڭ شيزاڭداعى ىزگى ىستەرىن ٴبىلىپ تەبىرەنىپ، جىلاپ قويا بەردى. مەكتەپ وسى باعدارلامانى ٴمورال تاربيەسى وقۋلىعى ەتىپ، وقۋشىلاردى ونى كورۋگە ۇيىمداستىرادى، سونىمەن ياڭياڭ ٴبىر جولدا-اق مەكتەپتەگى «ايگىلى ادامعا» اينالادى. سونان باستاپ ول تەنتەكتىگىن، ەركەلىگىن قويادى، وقۋ ناتيجەسى دە بارىنشا جوعارىلايدى. ٴوزىنىڭ سوزىمەن ايتقاندا، «ايگىلى ادام» اتانعان اتاعىنا داق تۇسىرمەۋگە تالپىنادى. بۇل شيزاڭدا جۇرگەن شيپاگەر ما ليگە تيگەن توسىن سيعا اينالادى.

شيپاگەرلەر ادامداردىڭ تۋلۋدان جەر قويىنىنا كىرگەنگە دەيىنگى بارىسىنا سەرىك بولادى، جانىن قورعايتىن پەرىشتە بولۋ رولىن

اتقارادى، عۇمىرعا ساياتىن جاۋاپكەرشىلىكتى ارقالايدى. وسىنداي جاۋاپكەرشىلىگى بولعاسىن، شىرت ۇيقىدا جاتقان شيپاگەردى ٴتۇن جارىمىندا انا مەن بالانىڭ اۋرۋ حالى وياتىپ جىبەرەدى؛ ناۋقاستاردىڭ شۇعىل وزگەرىسى كەيدە جايشا ٴبىر ۋاق تاماقتىنىڭ ٴوزىن جاقسى جەگىزبەي، قايتا-قايتا ارى-بەرى دەدەكتەتەدى؛ ٴولىڭ-ٴتۇسى سۋىق، كوڭىلى استاڭ-كەستەڭ بولعان اۋرۋ ادامداردىڭ حال-جاعدايى ۇيقىسىن قاشىرادى؛ قىزمەتتە جارىققا شىققان كەي ماسەلەلەر باسىن قاتىرىپ، بالتىرىن سىزداتادى، شيپاگەرلىك دەگەنىنىڭ ٴوزى جۇمسايتىن زەيىن-زەردە، كۇش-قۋات كوپ، حاۋىپ-قاتەرى زور، تۇسەتىن قىسىمى اۋىر بولاتىن، بىراق بەرەتىن كىرىسى شامالى كاسىپ...

2010-جىلى 11-ايدىڭ 26-كۇنى، نيمۋ اۋدانىنداعى ورتا، باستاۋىش مەكتەپ وقۋشىلارىنىڭ 339 ىندا تۇرلىشە دارەجەلى كۇركىلدەپ جوتەلۋ جايتى جارىققا شىعادى. مۇنان حابار تاپقان بەيجيڭنەن شيزاڭعا كومەككە كەلگەن لحاسا قالاسىنىڭ ۇنەمىلىك ىستەرگە جاۋاپتى ورىنباسار باستىعى چىن ۋىن مەن قالانىڭ ورىنباسار باستىعىنىڭ ٴبىرى ما شينميڭ قالالىق پارتكومىنىڭ، ۇكىمەتتىڭ تۇسقاۋى بويىنشا، تىزگىن ۇشىمەن ناۋقاس تارالعان جەرگە بارىپ، شۇعىل قۇتقارۋ-ەمدەۋ قىزمەتىن ۇيىمداستىرىپ، دەرتتىڭ ونان ارى ۇدەۋىنىڭ الدىن الۋ شارالارىن قاراستىرادى. نيمۋ اۋدانىنا بەيجيڭنەن كومەككە كەلگەن شيپاگەرلەر ۋاڭ جۇن، چىن يىڭ، جاڭ چيۋشىڭدار اتويلاپ الدا جۇرەدى، دەرتتىڭ تۋىلۋ سەبەبى ٴالى تولىق انىقتالماعان، ساقتىق جاساۋ شارت-جاعدايى توتەنشە ناشار بولعان احۋالدا دا، ولار ٴوز باستارىنا تونەر قاتەردى ەلەپ-ەسكەرمەي، شۇعىل قۇتقارۋ جۇمىسىنا كىرىسەدى.

شيپاحانادا توسەك ورىن شەكتى بولعاندىقتان ولار 12 وقۋشىنى عانا قابىلدايدى، قالعان وقۋشىلار ٴالى سالىنىپ بىتپەگەن جاتاق عيماراتىندا وڭاشالانادى. ٴتۇن ورتاسى بولعاندا، تەمپەراتۋرا ٴنول

گرادۋسقا تومەندەيدى، شيپاگەرلەر سوندا دا جەيدەشەڭ ٴجۇرىپ، تۇنىمەن كوز ىلمەي، جۇمىس جاسايدى. ٴۇرتىس 20 نەشە ساعات ۇزىلىسسىز ەم-دوم جاساعان شيپاگەرلەر بالالاردىڭ جوتەلى باسىلىپ، تولىق ساۋىعىپ، قاتەرلى جۇقپالى اۋرۋ كۇدىگى كۇشىنەن قالدىرىلعانىنان كەيىن بارىپ ۇھ دەيدى.

— ەشقانداي ماتەريالدىق شارت-جاعدايى كەلمەيتىن، بارلىق نارسەسى كەم ورتادا جۇمىس ىستەندىرۋدىڭ ٴوزى ۇلكەن تابىس بولادى ەكەن، — دەيدى بەيجيڭ شىجيڭشان شيپاحاناسىنان شيزاڭعا كومەككە كەلگەن شيپاگەر حۋ كۇن.

2012-جىلى اقپان ايىنىڭ سوڭىندا حۋ كۇن ىشكى كيمىنىڭ سول جاعىنان قان داعىن بايقايدى، ىراق كۇندە قان جۇقتان نارسەلەردى كورىپ جۇرەتىن ول مۇنى كاپەرىنە الا قويمايدى.

ٴبىر اي وتكەن سوڭ، ٴىش كيىمىندەگى سارعىش داقتار كوبەيە بەرەدى، سونىمەن انىقتاپ قاراسا، سول جاق ومىراۋىنا ديامەترى 2 سانتيمەتر كەلەتىن بورتكەن شىققانىن بايقايدى. جەرگىلىكتى شيپاگەرلەر وعان ساقتىق ٴۇشىن بەيجيڭگە بارىپ ەمدەلۋگە كەڭەس بەرەدى.

ول بەيجيڭدە ومىراۋىنا وپەراتسيا جاساتقان كەزىندە، قىزمەت اترەتىنىڭ باستىعى شى شۇيبو ول جاقسىلاپ ەمدەلسىن دەپ وعان تەلەفون شالمايدى. شىلدە ايىندا ولاردىڭ كومەكتەسۋ ۋاقتى تولاتىن-دى. كەرىسىنشە حۋ كۇن باستىقتارىن جۇباتىپ:

— وقاسى جوق، مەن دەرەۋ قايتىپ بارىپ، جۇمىسىمدى جالعاستىرام، مەنەن الاڭداماڭىزدار، — دەيدى.

وپەراتسيادان كەيىن جاراقاتىنىڭ اۋزى بۇكىلدەي بىتپەسە دە، حۋ كۇن ٴوزىنىڭ شيزاڭدا بولعاندا، قاراستى رايونداعى اۋرىاياق ايەلدەردى بوسانۋدان ىلگەرى جاپپاي تەكسەرىپ شىعۋ جوسپارىن ورىنداۋدى ويلاپ، شيزاڭعا قايتا بارادى.

ٴوزىنىڭ جاراقاتى جازىلماي جاتىپ، شيزاڭعا كەتىپ قالعانىن

كۇيەۋى بىلسە، دەرەۋ قايت دەپ سوگەرى انىق ەدى. ول مۇنىسىن كۇيەۋىنە بىلدىرمەي، وپەراتسيا جاسالعان جەرىنىڭ ٴدارىسىن دەر كەزىندە اۋىستىرىپ، جۇمىسىن جالعاستىرا بەرەدى، كۇندەر وتە كەلە اۋرۋى ادا-كۇدە ساۋىعادى. بىراق شيزاڭنان قايتاتىن ۋاقتى تولىپ كەتەدى. لحاسادان اتتاناردا حۇ كۇن بارماعىن تىستەپ، قاراستى رايونداعى جۇكتى ايەلدەردىڭ دەنساۋلىعىن ٴبىر رەت جاپپاي تەكسەرىپ شىعۋ جوسپارىن ورىنداي الماعانىنا قاتتى وكىنەدى، مۇنىسى وعان ارمان بوپ قالادى.

مىندەتپەن لحاسا قالالىق دەنساۋلىق ساقتاۋ مەكەمەسىنىڭ ورىنباسار باستىعى بولىپ تاعايىندالعان شيە شاڭحۇي، بيىك ٴۇستىرتتى وڭىردە 3 جىل قىزمەت ىستەيدى. ٴوزىنىڭ تىندىرعان ىستەرىن اۋىزعا الماي، ٴازىل-شىنى ارالاس:

— قان قىسىم جوعارىلادى، جۇرەك سوعىسى تەزدەدى، شاش اعاردى، قۇلاق اۋىرلاپ، كوز ناشارلادى، ەستە ساقتاۋ قۋاتى تومەندەدى، ىشەتىن ٴدارى-دارمەك مولشەرى ارتتى، — دەيدى.

2010-جىلى 7-ايدا ول لحاساعا اتتانۋعا دايىندالىپ جاتقاندا، بەيجيڭ قالاسىنىڭ چۇڭۆىن رايونىنان شيزاڭعا 5-توپتا كومەككە بارعان كادر چىن بيشىنىڭ مىنا توسىن قان قۇيىلىپ، قۇتقارۋ ٴونىم بەرمەي، قۇربان بولعان ەدى. ۆسىنى ەڭزەگەن ساپتاستارى شيە شياڭحۇيدان:

— سەنىڭ حال-كۇيىڭ ۇيلەسە مە؟ — دەپ سۇرايدى. ٴبىراق ول ٴلام دەمەيدى.

قىزمەت ورنىنان تاپجىلماي جۇمىس جۇرگىزگەن جالعىز ول ەمەس-تى، شيزاڭعا كومەكتەسۋ كەزىندە ٴوز دەنەسىنەن اقاۋ شىعىپ، وپەراتسيا جاساتقانىنان كەيىن، لحاساعا قايتىپ بارعان دا جالعىز حۇ كۇن ەمەس-تى.

2011-جىلى شاعاندا شيزاڭعا كومەككە بارعان شيپاگەر ۋ دۇڭفاڭ بەيجيڭگە ورالىپ، دەنساۋلىعىن تەكسەرتكەندە، ولڭ بۇيرەگىندەگى

گامارتوما نەداۋىر ۆلكەيىپ كەتكەنى بايقالادى، نەسەپ جولى ٴبولىمى شيپاگەرىنىڭ ۆسىنىسىمەن وپەراتسيا جاساتادى، ٴبىراق وپەراتسيا جاساۋ كەزىندە قىرۋار قان كەتىپ، تالاي قاتەردى باسىنان كەشەدى. ۋ دوڭفاڭ سىرقاتى ٴسال ٴتاۋىر بولعانىنان سوڭ، لحاساعا، ٴوزىنىڭ كۇندەلىكتى قىزمەت ورنىنا قايتادى. شيزاڭعا كومەكتەسۋ قىزمەت مىندەتى ورىندالىپ، بەيجيڭگە قايتاتىن تۇسىندا، شيزاڭنىڭ بەيبىت جولمەن ازات بولعاندىعىنىڭ 60 جىلدىعىن قۇتتىقتاۋ قيمىلىن جاقسى وتكىزۋگە ەمدەۋ جاعىنان كەپىلدىك ەتۋ مىندەتىن تاپسىرىپ العان ول، ەشقانداي كەيىس بىلدىرمەستەن شيزاڭدا تاعى ٴبىر جىل تۇرادى.

2011-جىلى 11-ايدا دەنساۋلىق تەكسەرتۋ كەزىندە، شيزاڭعا كومەككە بارعان ەمدەۋ اترەتىندەگى شيپاگەر فان جيۋچيڭنىڭ قالقانشا بەزىنە وسپە شىققانى بايقالادى، مۇنداي وسپە ەكى ايدان كەيىن تاعى ۆلكەيىپ كەتەدى.

بۇل ٴبىر جاماندىقتىڭ نىشانى ەدى. 40 جاستاعى بۇل ادام لحاساعا بارعانىنان كەيىن، جات جەردە جالعىزسىراپ زەرىككەن كوڭىل كۇيىن باسۋ ٴۇشىن ٴومىرى تارتپاعان تەمەكىگە ۇيرەنەدى. قىزمەتتەستەرى وعان قوي تارتپا، قايتەسىڭ، مۇنداي جاسقا كەلگەندە تارتساڭ، وسپە شىعادى دەپ قالجىڭدايدى. ايتقانداي بۇل رەتكى تەكسەرىلۋدە وعان قاتەرلى وسپە شىققانى بەلگىلى بولادى.

شيپاحانا وعان دەرەۋ بەيجيڭگە قايتىپ، تەز ارادا وپەراتسيا جاساتۋ جونىندە بۇيرىق بەرگەندەي بولادى. 2012-جىلى 5-ايدىڭ 4-كۇنى وپەراتسيا جاساتۋ ارقىلى قالقانشا بەزىن ٴبىر-اق الدىرتىپ تاستايدى. وپەراتسيادان كەيىن ونىڭ تاماعىندا ۇزىن ٴبىر تىرتىق قالادى. دەنەسىندەگى گورمونىنىڭ تەپە-تەڭدىگىن ساقتاۋ ٴۇشىن ول ٴار كۇنى ٴدارى ىشۋگە ٴماجبۇر بولادى. 6-ايدىڭ 11-كۇنى ارادا ٴبىر اي ۋاقىت وتكەن سوڭ، ول لحاساعا قايتا بارادى. سول كۇنى شيزاڭعا كومەككە بارعان بىرنەشە ساپتاسى كوڭىلىن كوتەرۋ ٴۇشىن

وعان داستارقان جايىپ، قوناق ەتەدى.

شۇي حۇڭفي وعان ٴبىر رومكا توست ارناپ: «لاۋفان، لحاسا سەنى قارسى الادى» دەپ قالجىڭدايدى. بۇل ەكەۋى وزدەرى كومەك بەرەتىن داڭشيوڭ اۋداندىق شيپاحانادا ىستەۋشى ەدى، شۇي حۇڭفي ٴبىر ولىمنەن قالعان ادامنىڭ كوڭىل كۇيىن جاقسى تۇسىنەتىن. 2011-جىلى قىستا شۇي حۇڭفيعا سۇۋىق ٴتيىپ، شيپاحانادان جاتاعىنا كەلە سالا قالجىراعاندىقتان ورنىندىققا وتىرا كەتىپ، تۇسىنىنان ەسىنەن اداسىپ قالادى. باقتا جاراي، ىرگەلەس جاتاقتاعىلار مۇنى بايقاپ، دەرەۋ شيپاحاناعا جەتكىزەدى. ول ەسىن ارەڭ جيعاندا، ٴوزىنىڭ لحاسا بالنيتساسىندا جاتقانىن ٴبىر-اق بىلەدى.

— سوندا مەنى شيپاحاناعا اپارماساڭدار، بۇل كۇندە قالاي بولارىمدى كىم ٴبىلسىن؟! — دەيدى ەكى كوزى قىزارا. مەيلى قانداي ويلاماعان ىستەر تۋىلسىن، جۇمىس كەزىندە ول داڭشيوڭ اۋداندىق شيپاحاناداعى قىزمەت ورنىنان ٴبىر قادام دا الىس كەتپەگەن-دى.

جالعىزسىراۋدان ٴىشى پىسىپ، سۇلكىنى ٴتۇسۋ — وزگە جەردى جاتسىنعان ادامدا بولاتىن سەزىم، اسىرەسە تۇنگى جىم-جىرتتىقتا ۇيقى كەلمەي جاتقاندا باسقا كەلەتىن سەزىم.

مۇنداي كۇي شيزاڭعا كومەككە بارعان شيپاگەرلەردىڭ بارىندە بولعان، سوندىقتان، مۇنداي تاقىرىپتى شيزاڭعا كومەككە بارعان كوپتەگەن كادىرلار اۋىزعا العىسى كەلمەيدى. بيىك ٴۇستىرت اسەرى ۇنەمى ولاردىڭ ۇيقىسىن قاشىردى، از-كەم كوز شىرىمىن الۋدىڭ ٴوزى كەيدە قول وڭاي جەتە بەرمەيتىن ارمانعا اينالادى. وتتەگى كەمدىگىن جەڭۋ ٴبىر ٴتۇرلى قالىپتى داعدىعا اينالعان، ٴبىراق ەڭ قيىنى جالعىزسىراۋدان قۇتىلۋ، جابىعۋعا ٴتوزۋ ەدى.

شيزاڭعا كومەككە بارعان شيپاگەر ليۋ شاۋحۋانىڭ ٴبىر ەستەلىگىندە مىنانداي دەپ جازىلعان.

... شيزاڭدا قاقاعان اياز، وتتەگى تاپشىلىعى مەن جالعىزسىراپ

جابىعۋ جۇبىن جازباي، بىرگە جۇرەتىن اعايىندىلار سەكىلدى. شيزاڭعا كومەككە بارۋ جولىن تاڭداساڭىز، جالعىز سىراۋ، جابىعۋ دەرتىنە شىداۋىڭىز شارت. بۇل ارادا تەلەۆيزور، كومپيۋتەر، اۋەلى ەلەكتر جارىعى دا جوق... بالاۋىز شامىنىڭ تۇبىنە بايلانىپ وتىرىپ، ۇزاق سارى تاڭدى زورعا اتىراسىز. ساعىنىش زارىعى اسقىنىپ، جالعىز ٴوزىڭىزدى عانا ەمەس، وزگەلەردى دە شارپيدى، بىرەۋدىڭ قىزى مەن كەلىنى ەسەبىندە، اكە-شەشەڭىزدىڭ، اتا-ەنەڭىزدىڭ كۇتكەن جەرىنەن شىعا الدىم با، جوق دەپ قامىعاسىز؛ بىرەۋدىڭ جۇبايى رەتىندە، كۇيەۋىمە دەگەن سۇيىسپەنشىلىگىمدى ارناي الدىم با، جوق دەيسىز، بىرەۋدىڭ شەشەسى ەسەبىندە، ۇعان مەيىر-شاپاعاتىمدى توگە الدىم با، جوق دەپ مۇڭعا باتاسىز... مىنە بۇل — مەنىڭ قازىرگى تۇرمىس جانە رۋحي كۇيىم. ٴار كۇنى قاس قارايعاندا، اسپانعا قاراپ تەلمىرەم، اۋىلعا ساعىنىشىم ۇدەپ، تاماعىما اشتى زاپىران كەپتەلگەندەي بولىپ، كەڭسىرىگىم اشىپ كەتەدى، كوزىمە جاس ىركىلەدى...

كوزدەرىن اشقاندا، الدە قاشان جەرگە جارىق ٴتۇسىپ كەتەدى. ولار كوڭىل كۇيلەرىن ورنىقتىرىپ، ٴوزدى-ٴوزىنىڭ قىزمەت ورىندارىنا بارىپ، ۇزدىك-سوزدىق كەلىپ تۇراتىن زاڭعىز باۋىرلاستاردى قىزۋ ىنتا-پەيىلمەن قابىلداپ، تەكسەرىپ، ەم-دوم جاساۋعا كىرىسەدى. ٴار جولى ٴبىر ادامنىڭ سىرقاتىن ەمدەپ جازعان، ٴبىر رەتكى وپەراتسيانى ٴساتتى جاساعان، ٴبىر بوبەكتى جارىق دۇنيەگە امان-ەسەن اكەلگەن سايىن، ولاردىڭ بويىن باقىت سەزىمى كەرنەيدى.

«مۇنداي باقىت سەزىمى — ٴىس جۇزىندە ٴبىر ٴتۇرلى كۇشتى جاۋاپكەرشىلىك سەزىمى! ٴدال وسى سەزىم بيىك ٴۇستىرت كەرى اسەرىنىڭ ازابىنان قۇتىلدىردى، وتتەگى سيرەكتىگىنەن تۋىنداعان ٴتان قۋاتىنا مەدەت بولدى، اۋىلدان الىستاعانداعى ساعىنىش سارىعىن باستى. ٴبىز ٴوزىمىزدىڭ مۇنداي باقىت سەزىمىمىز ٴۇشىن

ماقتانامىز!»
مىنە بۇل شيزاڭعا كومەككە كەلگەن شيپاگەرلەردىڭ ورتاق تىلەگى ەدى.

سوڭعى ٴسوز

لحاسادا قازباۋىر بۇلتتار قالىقتاعان كوگىلدىر اسپان استىندا، ٴموپ-ٴمولدىر بوپ تولقىپ جاتقان كول بويىندا، كۇمىستەي جارقىراعان قار-مۇزدى جون-جوتالاردا، بىردە جاسىلدانىپ، بىردە سارعايىپ كەڭ كوسىلە جاتقان سايىن دالادا زاڭىزۋ تۇرعىندارى ۇيلەرىنىڭ توبەسىندە جەلبىرەپ تۇراتىن بەس جۇلدىزدى قىزىلتۋلاردىڭ ٴتۇرلى-ٴتۇستى لەنتالارمەن ماتاسا جەلبىرەگەنىن كوردىم.

تىلشىلىك بارىسىندا شيپاگەرلەردىڭ الدىنا اۋرۋىن كورسەتكەلى كەلگەن زاڭىزۋ باۋىرلاستارعا تۇگەل «قاراپايىم ادامدار عوي» دەپ باعا بەرگەنىن ەستىدىم. ولاردىڭ بايىپتىلىقپەن بۇلايشا باعا بەرۋىنىڭ سەبەبىن دە جاقسى ٴتۇسىنۋشى ەدىم، ۇيتكەنى ولار لحاسادا شيپاگەرلەرمەن اۋرۋ ادامدار اراسىندا داۋ-شار تۋىلعانىن ەشقاشاندا كەزدەستىرىپ كورمەگەن ەدى. مىنە بۇل ەكەۋىنىڭ اراسىندا تابيعي بايلانىس بار.

كومەككە بارعان شيپاگەرلەردىڭ شيزاڭداعى ەڭ ۇلكەن تابىسى، مەنىڭشە، ولاردىڭ زاڭىزۋ باۋىرلاستاردىڭ شەكسىز سەنىمىنە بولەنگەندىگى ەدى. بۇل ارادا ولار كوپ ويلانىپ جاتپايدى، بىردەن-ٴبىر ويلايتىن ماسەلەسى مەديتسينا باعدارلاماسى بويىنشا، الدىنا كەلگەن ٴار ٴبىر اۋرۋ ادامدى قالاي ەمدەپ ساۋىقتىرۋ. ەگەر زاڭىزۋ باۋىرلاستار ولارعا شارتسىز سەنىم ارتپاسا، شيپاگەر گاۋ جىشۋەنىڭ سۇيەك وپەراتسياسىنىڭ مۇنشالىقتى ٴساتتى دە تابىستى بولۋى ەكىتالاي ەدى.

دۇنيە جۇزىلىك مەديتسينا قوعامى 1948-جىلى جەنەۆاداعى جينالىسىندا «جەنەۆا جارناماسىن» قابىلداعان ەدى، سونان باستاپ ول ٴار ەلدىڭ شيپاگەرلەرىنىڭ وسى سالاعا كەلۋدەگى سەرتىنە اينالدى. مازمۇنى قىسقالاۋ بولعاسىن، وسى جارنامانىڭ مازمۇنىن تۇيىندىمىنىڭ سوڭىندا شيزاڭعا كومەككە بارعان قادىرمەندى شيپاگەرلەردىڭ ىزگى ىستەرىن ەسكە الۋ ٴۇشىن قوسا بەرە كەتۋدى ٴجون كوردىم:

«مەن مەديتسينا ىستەرىنىڭ ٴبىر مۇشەسى بولىپ قابىلدانعان ەكەم، عۇمىرىمدى ادامزاتقا قىزمەت وتەۋگە ارناۋعا سەرت بەرەمىن.

مەن كاسىپتىك جۇمىسىمدى ار-ۇجدانىممەن، ىزەت-قۇرمەتىممەن اتقارامىن. مەن ەمدەيتىن اۋرۋ ادامنىڭ دەنساۋلىعىن ەڭ الدىمەن ويلاسامىن. اۋرۋ ادامنىڭ ماعان تاپسىرعان قۇپيالىعىن ساقتاۋعا قۇرمەت ەتەمىن. مۇمكىندىكتىڭ بارىنشا مەديتسينا كاسىبىنىڭ داڭقى مەن اسىل ٴداستۇرىن ساقتايمىن. مەنىڭ كاسىپتەستەرىم — مەنىڭ اعا-باۋىرلارىم.

مەن ٴدىنىنىڭ، مەملەكەت تاۋەلدىلىگىنىڭ، ساياسي توپتاردىڭ نەمەسە ٴمانساپ-مارتەبەنىڭ كاسىپتىك جاۋاپكەرشىلىگىمە، مەنى مەن اۋرۋ ادام اراسىنداعى قاتىناسقا كيلىگۋىنە ىرىق بەرمەيمىن.

مەن ادامنىڭ عۇمىرىنا جارىق دۇنيەگە كەلگەن كۇنىنەن باستاپ ەڭ جوعارى قۇرمەتپەن قارايمىن، قانداي قوقان-لوقى بولسا دا، مەديتسينا بىلىمدەرىن ادامگەرشىلىك قاعيداسىنا قايشى كەلەتىن ىستەرگە استە قولدانبايمىن.

مەن جان دۇنيەممەن جانە ار-ۇجدانىممەن وسىنداي ايبىندى كەپىلدىك بەرەمىن.»

(«بەيجيڭ ادەبيەتى» جۋرنالىنىڭ 2016-جىلعى 8-سانىنان)

ٴبىر ٴتىلشىنىڭ تۇعىز جىلدىق ۇزاق جورىعى

اي پيڭ

اۋدارعان: كادىربەك بورتورە ۇلى

2011-جىلى شينحۋا اگەنتتىگى اگەنتتىك قۇرىلعاندىعىنىڭ 80 جىلدىعىن ەسكە ٴتۇسىرۋ قيمىلىن وتكىزگەندە، «شينحۋا اگەنتتىگىنىڭ ٴبىرىنشى دارەجەلى ەڭبەك وردەنى» دەگەن ٴسوز ناقىشتالىپ جازىلعان ٴبىر ادەمى وردەن جاساعان-دى. 2011-جىلدان 2015-جىلعا دەيىن، بۇل وردەن شينحۋا اگەنتتىگىنىڭ قىزمەت عيماراتىنىڭ بەلگىلى بولمەسىندە وسى اتاق-داڭققا ساي كەلەتىن ادامىنىڭ جارىققا شىعۋىن كۇتىپ ساقتالىپ تۇردى. سودان بىرنەشە جىل وتكەن سوڭ، شينحۋا اگەنتتىگىنىڭ اعا ٴتىلشىسى، اگەنتتىكتىڭ ىشكى موڭعۇل بولىمشەسى رەدەكسيا القاسىنىڭ مۇشەسى، ساياسي ماقالالار ٴبولىمىنىڭ مەڭگەرۋشىسى تاڭ جي «شينحۋا اگەنتتىگى — 001» دەگەن جازۋ جازىلعان وسى وردەنگە يە بولىپ، شينحۋا اگەنتتىگىنەن 84 جىلدان بەرى وسى وردەنگە قول جەتكىزگەن بىردەن-ٴبىر تىلشىگە اينالدى.

2015-جىلى 1-ايدىڭ 22-كۇنى، شينحۋا اگەنتتىگى بەيجيڭدەگى باس اگەنتتىگىندە ماداقتاۋ-سيلاۋ جينالىسىن اشتى. اگەنتتىكتىڭ باستىعى، پارتگرۋپاسىنىڭ شۋجيي ساي ميڭجاۋ جينالىستا ٴسوز سويلەپ بىلاي دەدى: «اگەنتتىگىمىزدىڭ ۇزاق ۋاقىت قۇلشىنۋىندا، 2014-جىلى 12-ايدا ىشكى موڭعۇل اۆتونوميالى رايوندىق جوعارى حالىق سوتىنىڭ قايتا-قايتا تەكسەرۋى

ارقىلى 18 جىلدىڭ الدىندا ٴولىم جازاسىنا ۇكىم ەتىلگەن حۋگىجيلتۋدىڭ بۇرىنعى ۇكىمى كۇشىنەن قالدىرىلىپ، قىلمىسسىز دەگەن ۇكىم شىعارىلدى. 2005-جىلى 4-ايدىڭ 9-كۇنگى باسقىنشىلىق جاساپ ادام ٴولتىرۋ دەلوسىندا حۋگىجيلتۋعا قاتە ۇكىم شىعارىلعاندىعى جونىندەگى ماڭىزدى دەرەك تابىلعان سوڭ، شينحۋا اگەنتتىگىنىڭ ىشكى موڭعۇل بولىمشەسىنىڭ ٴتىلشىسى تاڭ جي ٴوزىنىڭ تۋما كاسىپتىك تالانتىمەن قوعامدىق ادىلدىكتى جاقتاپ، قاجىماي-تالماي تىلشىلىك ىستەپ، باس اگەنتتىك پەن بولىمشە اگەنتتىكتىڭ تابانىدىلىقپەن قولداۋىندا جانە ورتاق قۇلشىنۋىندا، ناقتىلى، دۇرىس، بەدەلدى حابار ماقالالارى ارقىلى ماسەلەنىڭ شەشىلۋىنە پارمەندى تۇردە دەم بەرىپ، اقىرى بۇل وبالدى دەلونىڭ انىق-قانىعىنىڭ اشىلۋىنا مۇمكىندىك جاسادى».

تاڭ جي سىلىق العانداعى اسەرىن سويلەگەندە: «مەن شينحۋا اگەنتتىگىنىڭ ٴتىلشىسى بولعان 30 نەشە جىلدان بەرى اگەنتتىگىمىزدىڭ ساقا باسشىسى مۋ چيڭنىڭ ‹حالىقتى ەستەن شىعارماۋ كەرەك›، دەگەن ٴتالىمىن جادىما ساقتاپ كەلەمىن» دەدى.

2005-جىلى قىستىڭ باس شەنى، تاڭ جي تىلشىلىك بابىمەن تۇڭلياۋدا جۇرگەن ەدى، ٴبىر كۇنى مەكەمەسىنىڭ ماتەريال بولىمىندە ىستەيتىن ٴبىر قىزمەتتەسى وعان تەلەفون شالىپ وسى ٴىستى تانىستىرادى. كوپ وتپەي تاڭ جي حۋگىجيلتۋدىڭ اكە-شەشەسى — لي سانرىن، شاڭ ايۋندەرمەن ايىرىم كەزدەستى، سودان باستاپ ول حۋگىجيلتۋ وبالدى دەلوسىنىڭ باسىن اشۋدىڭ 9 جىلدىق سارپالداڭ ساپارىن باستادى.

1

1996-جىلى 4-ايدىڭ 9-كۇنى كەشتە، كوكحوت تەمەكى زاۋودىندا ىستەپ جۇرگەن حۋگىجيلتۋ كەشكى كەزەكشىلىك قىزمەتكە ورنالاسادى. كەشكى استا ول قىزمەتتەس دوسى يان

فىگمەن بىرگە ازىراق اراق ىشەدى دە، اسحانادان شىققان سوڭ جاي-جايىنا كەتەدى، كىلتىن الىپ الماق بولىپ ۇيىنە قاراي كەلە جاتقان ول جولدا ٴبىر دارەتحاناعا دارەتكە وتىرۋعا كىرەدى. ول كەزدە جاستىق دەلەبەسى باسىلماعان جاس جىگىت — حۋگىجيلىتۋ داۋالدىڭ ۇستىنە اسىلىپ، ايەلدەر دارەتحاناسىنا ۇڭىلەدى دە، ىشىندە ٴبىر ايەلدىڭ سۇلاپ جاتقانىن بايقايدى. الگى ازىراق شاراپتىڭ جەلىگىمەن ول بۇل ايەلدىڭ ٴولى-ٴتىرىسىن بىلمەك بولىپ ايەلدەر دارەتحاناسىنا كىرەدى، ارينە، ول قولىمەن بۇل ايەلدىڭ ولىگىن تۇرتكىلەپ كورگەن بولسا دا كەرەك. قورىققانىنان جۇرەگى تاس توبەسىنەن شىققان ول ارتىنا قاراي قاشا جونەلەدى، سەحقا كەلگەن سوڭ، ول مۇنى قىزمەتتەس دوسى يان فىگعا ايتادى، سونىمەن بىرگە، يان فىگدى ەرتىپ الگى دارەتحاناعا بارىپ، ونىڭ ىشىندە راسىندا ٴبىر ايەلدىڭ ٴولىپ جاتقاندىعىن تۇراقتاندىرادى. ونان سوڭ، ولار بىرگە بارىپ ساقشىعا مالىمدەيدى، ٴبىراق ساقشىعا مالىمدەگەن كەزدە، ساقشىلار حۋگىجيلىتۋعا كۇماندى كوزبەن قارايدى، زارە-قۇتى ۇشقان ول ٴىستىڭ ٴمان جايىن تۇسىندىرە الماي قيسىنسىز الباتى سويلەيدى، سونىمەن ساقشىلار ونى ۇستاپ الىپ قالادى، ونىڭ ايتقان ٴار ٴبىر اۋىز ٴسوزى بارا-بارا مىڭ قۇبىلىپ، تەرگەۋشىلەر ٴۇشىن تابىلمايتىن قىلمىس پاكتىنە اينالادى. مىنە بۇل ٴبىر مەزگىل ەل-جۇرتتى دۇرىلدەتكەن «4-ايدىڭ 9-كۇنگى» دەلو بولىپ تابىلادى.

حۋگىجيلىتۋ قوعام حاۋىپسىزدىگى مەكەمەسىنە اپارىلىپ 48 ساعات وتكەن سوڭ، ساقشى جاق حۋگىجيلىتۋ ادام ولتىرگەن ٴناپسىقور قىلمىستى، ول ايەلدەر دارەتحاناسىندا بۇل ايەلگە بۇزاقىلىق ىستەگەندە، ونى قىلقىندىرىپ ولتىرگەن دەگەن قورتىندى شاعارادى.

سول جىلى 6-ايدىڭ 5-كۇنى، اتاپ ايتقاندا، دەلو تۋىلعان سوڭ 57 كۇننەن كەيىن، ىشكى موڭعۇل جوعارى حالىق سوت مەكەمەسى

مەن كوكحوت قالالىق ورتا حالىق سوت مەكەمەسى حۇكىمجيلىكتۇ بوزاقىلىق قىلمىسىن، قاساقانا ادام ٴولتىرۋ قىلمىسىن وتكىزگەن دەپ ۇكىم شىعارادى. 5 كۇننەن كەيىن، حۇكىمجيلىكتۇعا شىعارىلعان ٴولىم جازاسى اتقارىلادى، سونىمەن 18 جاستاعى جازىقسىز جاستىڭ ٴومىرى زاڭنىڭ اتىمەن قىرشىنىنان قيىلادى.

ودان 10 جىل وتكەن سوڭ، كۇنى بويى قايعى-قاسىرەتتەن كوز اشپاعان لي سانرىن مەن شاڭ ايىۇن ساقشىلار ٴبىر اۋىر قىلمىس وتكىزگەن قىلمىستىنى سول جىلعى الگى ايەلدەر دارەتحاناسىنا اپارىپ، دەلو تۇدىرعان ناق مايداندى كوزىنە كورسەتىپتى دەگەن ٴبىر تاڭقالارلىق حاباردى ەستيدى. ولاي بولسا، سول جىلى قىلمىس وتكىزگەن ناعىز جەندەت تابىلعان بولدى ما؟

ناق مايداندى كورسەتۋگە اپارىلعان قىلمىستىنىڭ اتى جاۋ جىحوڭ، ول ايەلدەرگە باسقىنشىلىق جاساپ ادام ولتىرگەن كانىگى قىلمىستى ەدى. ول قولعا تۇسكەننەن كەيىن، 27 رەت قىلمىس وتكىزگەنىن، مۇنىڭ الگى ايەلدىڭ ولىگى بايقالعان «4-ايدىڭ 9-كۇنگى» دەلونى دا قامتيتىنىن مويىنداعان.

لي سانرىن مەن شاڭ ايىۇن سول جىلى دەلونى ٴبىر جايلى ەتكەن كوكحوت قالاسىنىڭ سايحان رايونىدىق بولىمشە قوعام حاۋىپسىزدىگى مەكەمەسىنە كەلىپ اقۋالدى ۇعىسپاقشى بولادى، احۋالدان حابارسىز ەكەندىگىن بىلدىرگەن بولىمشە مەكەمە، ولاردى كوكحوت قالالىق قوعام حاۋىپسىزدىگى مەكەمەسىنەن سۇراڭدار دەپ جولعا سالادى. قالالىق قوعام حاۋىپسىزدىگى مەكەمەسىنىڭ جاۋاپتى ورىنباسار باستىعى تىم قاربالاستىق تانىتىپ، ٴبىر جاعىنان قولفونىمەن جاعالاسىپ، ەندى ٴبىر جاعىنان: «بۇل ٴىس تۋرالى مەنى ىزدەمەڭدەر، مەن بىلمەيمىن» دەيدى ولارعا.

لي سانرىننىڭ ٴبىر تۇسقانى ولارعا سوتقا ارىزدانىپ، ادىلدىكتى زاڭمەن قولعا كەلتىرىڭدەر دەپ اقىل كورسەتەدى. مۇنى ەستىگەن ولار: «دۇرىس، سۇيتەيىك. قانشا كەدەي بولساق تا، باسىمىزداعى

ٴۇيىمىزدى ساتساق تا، قاتىقسىز قارا كوجە ىشسەك تە ٴبىر جاقسى ادۋوكات تاۋىپ، ارزىنى اقتاپ شىعايىق!» دەيدى. ارزى حۋگىجيلىنتۋدىڭ جاناما اتى ەدى. 9 جىلدا بۇل ۇتىباسىنان «ارزى» دەگەن ٴسوزدى اۋىزعا الۋعا ەش كىمنىڭ ٴداتى بارمايتىن، ەندى مىنە ارزىنى اقتاۋ بۇكىل ۇتىباسىنداعىلار كوڭىل-ٴتۇنى باس قاتىراتىن ماسەلەگە اينالدى.

ەرلى-بايلى ەكى قارت حى سۇيشىڭ ادۋوكاتتىڭ الدىنا جىعىلىپ، ۇدان ۇبالدى كەتكەن بالاسىن اقتاپ بەرۋدى جىلاپ-ەڭىرەپ ٴوتىندى.

حى سۇيشىڭ تاجىريبەلى ادۋوكات ەدى. كوپ جاقتان اقۋال يەلەۋ ارقىلى ول بۇل دەلو تۋىلعان سوڭ اينالاسى 62 كۇن ىشىندە تەكسەرۋ، دەلونى تۇراقتاندىرۋ جانە اتقارۋ بارىسىنىڭ تۇگەلدەي ورىندالىپ بولعانىن، مۇنداي تەزدىكپەن بىتكەن دەلودان ماسەلە شىقپاۋعا كەپىلدىك ەتۋدىڭ مۇمكىن ەمەس ەكەنىن اڭعارادى. ونىڭ سىرتىندا، بۇل دەلونىڭ تۇرعىزىلۋىنا تىرەك بولعان فاكت ايىپكەردىڭ اۋىزشا مويىنداماسى عانا، ونىڭ ۇستىنە، بۇل اۋىزشا مويىنداما تىم قاراپايىم، تىم انىق، زاڭ سالاسىندا ۇنەمى قولدانىلاتىن سوزبەن ايتقاندا «تازا» ەكەن. دەلوعا كوپ ارالاسىپ جۇرگەن ادۋوكاتتاردا اۋىزشا مويىنداما قانشا «تازا» بولعان سايىن سولعۇرلىم ماسەلە بولادى، بۇل اۋىزشا مويىنداماسىنىڭ تالاي رەت وزگەرتىلگەنىن تۇسىندىرەدى دەيتىن ٴبىر ورتاق تانىم بار ەدى. بۇل دەلو تۋىلعالى كوپ جىل بولعان، 1- جانە 2-تەرگەۋگە قاتىناسقان سۋديالاردىڭ ٴبارى ٴوسىپ باستىق بولىپ كەتكەن، سول جىلى دەلونى ٴبىر جايلى ەتكەندەر دە ەڭبەك ٴسىڭىرىپ سيلانعان، سوندا ادۋوكاتتىڭ بۇل دەلونىڭ باسىن اشۋى وڭايعا سوقپايدى. بۇل تۋرالى كوپ ويلانعان ادۋوكات لي سانىرىن مەن ونىڭ ايەلىنە: «بۇل دەلونى قالىپتى ارىزدانۋ تارتىبىمەن وڭاۋ قيىنعا سوعاتىن سياقتى، ادۋوكاتپەن دە ٴبىتىرۋ قيىن، ونىڭ بىردەن-ٴبىر جولى — اقپارات

مەديالارىن ىزدەۋ. ادەتتەگى اقبارات مەديالارىن ىزدەۋمەن دە بىتە قويمايدى، كوكحوتتا شينحۋا اگەنتتىگىنىڭ ىشكى موڭعۇل بولىمشەسىنىڭ ٴتىلشىسى تاڭ جيدەن عانا بولىمسىز ٴۇمىت بار» دەپ ۇسىنىس بەرەدى.

2

شينحۋا اگەنتتىگىنىڭ ساياسي زاڭ ٴتىلشىسى تاڭ جي 30 جىلعا تاياۋ مىندەت اتقارعان، ٴوزىنىڭ وتكىر قالامىمەن قاراپايىم حالىقتىڭ مۇڭ-زارىن ەستەلىككە الىپ، قوعامنىڭ ادىلدىگى مەن ادىلەتتىلىگىن جاقتاپ، نە ٴبىر قىزعىلىقتى حيكاياعا تولى ٴومىر ەستەلىگىن جازىپ قالدىرعان، سونداي-اق ٴادىلياعا قاتىستى كاسىپتىك بىلىمدەر مەن تاجىريبەلەردى مولىنان توپتاعان ادام بولاتىن.

مىنا ەكى شاعىن اڭگىمەدەن تاڭ جيدىڭ باستان-اياق ۇستانعان كاسىپتىك پوزيتسياسىن بايقاي الامىز.

باۋتۋداعى ٴبىر قالامشا باقشاسىندا قىزمەت ىستەيتىن بالاۋسا قىز يۋە-يۋە كوڭىل قوسقان جىگىتىمەن بىرگە كوشە ارالاپ جۇرگەندە، يگىلىك لاتاريا بەلەتى ساتىلىپ جاتقانىن كورەدى دە، ٴوز اقشاسىمەن ٴبىر بەلەت ساتىپ الادى. ويلاماعان جەردەن بەلەتكە مول سيلىق اقشا شىعىپ، باجىسىن تاپسىرعان سوڭ وزىندە 380 مىڭ يۋان ناق اقشا قالادى. بۇعان قاتتى قۋانعان يۋە-يۋە بۇل اقشانى جىگىتىنىڭ بانكە كارتوچكاسىنا ساقتاپ قويادى.

كوپ وتپەي ۇل جاقتىڭ ٴۇيى ەكەۋىنىڭ «اجىراسۋىن» تالاپ ەتەدى، يۋە-يۋە بۇعان امالسىز ماقۇل بولادى. ول الگى كارتوچكانى بانكەگە اپارىپ، سيلىققا شىققان اقشانىڭ تەڭ جارتىسىن شىعارىپ الادى. مۇنى ولار سيلىقتى بەلەت سۋىرعاندا كەلىسىپ العان بولاتىن، سوندىقتان مۇندا ەش قانداي داۋ-دامايى جوق ەدى. دەسەدە، بۇعان مويىنسال بولماعان جىگىت جاقتىڭ اتا-اناسى قوعام

حاۋىپسىزدىگى مەكەمەسىنە بارىپ دەلو مالىمدەپ، يۋە-يۋە بالامىزدىڭ اقشاسىن ۇرلاپ اكەتتى دەپ ارىزدانادى. ولار سول كەزدە باۋتۋ قالاسىنىڭ كۇنچۇي رايونىنداعى ٴبىر مانساپتى ارقىلى قىلمىستىق ىستەر ساقشىلارى 2-اترەتىنىڭ جەتەكشىسى شيە فاميليانى تابادى. ۇقىق بارىنەن زور دەپ سانايتىن شيە فاميليالى باستىق تاپسىرعان ٴىس دەگەندى ەستىگەندە، ٴوسۋدىڭ ورايى كەلىپ قالعان ەكەن دەيدى دە، بۇل ٴىستى ٴوز بىلگەنىنشە ىستەي باستايدى.

ٴبىر كۇنى كەش ەدى، شەشەسى ىشكى ۇيدە تاماق ٴىشىپ، يۋە-يۋە ٴتور ۇيدە تەلەۆيزور كورىپ وتىرعان. ٴبىر اۆتوكولىك وسى ٴۇيدىڭ الدىنا كەلىپ توقتادى، ودان ۇستىلەرىنە بۇقاراشا كيىم كيگەن، تۇستەرى سۋىق التى بىردەي اتپال ازامات سەكىرىپ ٴتۇستى دە، بۇزىپ-جارىپ يۋە-يۋەنىڭ ۇيىنە كىرىپ، يۋە-يۋەنى شاشتان الىپ ٴبۇرىستىرىپ جەرگە الىپ ۇردى. بۇدان قاتتى شوشىعان شەشەسى توناۋشى كەلگەن ەكەن دەپ، سىرتقا جۇگىرىپ شىعىپ: «اتتان، اتتان اۋىلداستار! قاراقشىلار كەلدى!» دەپ اتتان سالادى.

مۇنى ەستىگەن اۋىلداستار يۋە-يۋەنىڭ ٴۇيىنىڭ اينالاسىنا تۇس-تۇستان جينالادى.

قىستاقتىڭ اماندىق قورعاۋشى مەڭگەرۋشىسى: «زاڭ اتقارعالى كەلسەڭدەر كۋالىكتەرىڭدى كورسەتپەيسىڭدەر مە؟» دەيدى ٴجونىن ايتىپ.

ٴىشى قۋىس، ايتارى جوق شيە فاميليالى كۋالىگىن شىعارۋعا باتپايدى. جينالعان جۇرت ولاردى جىبەرمەي ٴتۇن ورتاسىنا دەيىن قارىستى، سونىمەن ولار ەكى ادامىنىڭ كۋالىگىن عانا كورسەتتى، قالعانىندا كۋالىك جوق بولىپ شىقتى. بۇعان قىستاق كوميتەتى دە، جينالعان جۇرت تا كونبەدى، جينالعان ادام 2-3 جۇزدەن استى. امالى تاۋسىلعان شيە فاميليالى ەرىكسىز قوعام حاۋىپسىزدىگى مەكەمەسىنە تەلەفون بەردى. كۇنچي رايوندىق قوعام حاۋىپسىزدىگى مەكەمەسىنىڭ جاۋاپتى ورىنباسار مەكەمە باستىعى جانە قىلمىستىق

ىستەر ساقشىلارى ۇلكەن اترەتىنىڭ باستىعى كەلىپ بۇقاراعا قايتا-قايتا تۇسىنىك جاساپ، مۇنىڭ راسمياتسىز جەكە-دارا دەلو بىتىرگەندىك ەكەنىن، دۇرىس ەمەس ەكەنىن ايتتى.

ٴبىراق قايتىپ بارعان سوڭ، شيە فاميليالى ەش قانداي جازاعا تارتىلمادى، ونىڭ ۇستىنەن قارايتىن باستىق بۇل ىستى قىردىڭ بارا-بارا باسىلىپ قالۋىن ويلاپ ۋاقىت ۇزارتۋدىڭ قامىن جاسادى. يۋە-يۋەنىڭ شەشەسى ىشكى موڭعۇل اۆتونوميالى رايوندىق حالىق قۇرىلتايى تۇراقتى كوميتەتىنە بارىپ اقۋالدى ايتتى. ونىڭ قىزمەتكەرلەرى وعان: ٴسىز مىنا ىرگەمىزدەگى اۋلاداعى شينحۋا اگەنتتىگىنىڭ ىشكى موڭعۇل بولىمشەسىنە بارىپ، تاڭ جي دەگەن ٴتىلشىنى تابىڭىز، ول سىزگە ٴسوزسىز كومەكتەسەدى، — دەپ اقىل كورسەتتى.

تاڭجي مەن ونىڭ كومەكشىسىنىڭ الدىندا جالاڭاياق وتىرعان يۋە-يۋەنىڭ كوز جانارى سولعىنداپ، شاشى قوبىراپ، كيىمى القام-سالقام، ساتپاق-ساتپاق بولىپ، ٴوزىن-ٴوزى مەڭگەرۋ قابىلەتىنەن ايىرىلعان ەدى.

ودان اقۋال يەلەگىنەن كەيىن، تاڭ جي كومەكشىسىن ەرتىپ، باۋتۋ قالالىق قوعام حاۋىپسىزدىگى مەكەمەسى مەن باۋتۋ قالاسىنىڭ كۇنچۋي رايوندىق پروكۋراتۋرا مەكەمەسىنە بارىپ اقۋال يەلەپ، يۋ-يۋەنىڭ شەشەسىنىڭ ارىزدانۋ ماتەريالىنىڭ بۇكىلدەي شىندىق ەكەندىگىن راستادى.

سول كەزدەگى قوعام حاۋىپسىزدىگى مەكەمەسىنىڭ ٴبىر قاتىستى جاۋاپتى ادامى تاڭ جيدى ىزدەپ بارىپ: «تاكە، بۇل ٴىستى حابارلاماي-اق قويساڭىز قايتەدى، حابارلاساڭىز دابىرا بولىپ كەتەدى عوي!» — دەدى تاڭ جيگە.

— مەن حابارلاماسام مۇنداي سۇرقيالاردى كىم سۇرايدى؟ انا بەيشارا بالانىڭ ٴسوزىن كىم سويلەيدى؟ ونىڭ ۇستىنە، مۇنداي ادامدار ٴبىر جايلى ەتىلمەي، ساقشى كيىمىن كيىپ الىپ كۇنى بويى

قوقاڭداسا قاراپايىم حالىق ساقشىلاردى نە دەپ ۋيلايدى؟ ــ دەدى تاڭ جي ونىڭ بەتىنە قايتارىپ.

بەتىڭ-جۇزىڭ دەمەيتىن تاڭ جي ٴبىر ىشكى ماتەريال جازىپ، وعان ناق مايداننىڭ سۋرەتىن قوسىپ جوعارىعا جولدادى. ەڭ جوعارى حالىق پروكۋراتۋراسىنىڭ باس پروكۋرورى جيا چۋنۋاڭ وعان بۇل ٴىستى تەكسەرىپ ٴبىر جايلى ەتۋ جونىندە بۇرىشتاما جازدى. سونىمەن باۋتۋ قالالىق پروكۋراتۋرا مەكەمەسى شيە فاميليانى تەكسەرە باستادى، ال ول ىستەيتىن مەكەمە بۇل ٴىستى جىلى جاۋىپ قويۋدىڭ امالىن قاراستىردى، سونىمەن ارادا ٴۇش اي ۋاقىت ٴوتىپ كەتتى. بۇل ٴىس وسىمەن جابىلعان شىعار دەپ ويلاعان شيە فاميليالى قوناق شاقىرىپ، ٴىشىپ-جەپ كۇلىپ-ويناپ قايتادان كەردەڭدەي باستادى. ارادا بىرەۋ تاڭ جيگە: «تاڭ ۇستاز، اناۋ ٴالى ەشتەمە بولماي كەردەڭدەپ ٴجۇر عوي، قاراعاندا، وعان جوعارىنىڭ شاماسى كەلمەيتىن سياقتى» دەدى.

ــ وعان ەشتەمە بولماعان بولسا، مەن ونى تاعى دا اشكەرەلەيمىن. ونى ٴبىر ىسكە تاقاماي قويمايمىن، ــ دەدى اشۋلانىپ تاڭ جي.

ۋاقىتشا كەردەڭدەگەنىمەن، شيە فاميليالى پروكۋراتۋرا مەكەمەسى جاعىنان اقىرى تەكسەرىلدى.

تاعى ٴبىر اڭگىمەگە كەلسەك، ول چيفىڭ قالاسىنداعى سانزۋوديان سۋ قويماسىنا قاتىستى توپتىق وقيعا ەدى. چيفىڭ قالاسىندا ينجين وزەنى دەيتىن ٴبىر وزەن بار، وزەننىڭ ەكى جاعى اڭعارلى جازىق جەر، سوناۋ شالعايداعى ادىر-ادىر تاۋلارمەن تۇتاسىپ جاتاتىن بۇل جەردىڭ ەڭ نەگىزگى شارۋاشىلىعى ەگىن شارۋاشىلىعى بولاتىن. ول كەزدە كەيىن كەلە مەرزىمسىز قاماق جازاسىنا ۇكىم ەتىلگەن جەمەڭگەر مانساپتى شۋي گويۋاننىڭ چيفىڭ قالاسىنىڭ ۋاقىتتىق باستىقتىعىنان قالا باستىعى بولعانىنا نە بارى 10 نەشە كۇن بولعان ەدى، ول وزەندى بوگەپ ٴبىر سۋ قويماسىن سالدىرماق بولىپ جاتقان. سانزۋوديان قىستاعى سۋ قويماسى سالىناتىن جەرگە تۋرا

كەلگەندىكتەن، قۇرىلىس سالاتىن جاق بۇكىل قىستاقتى كوشىرۋدى تالاپ ەتكەن. سۋ قويماسى سالىناتىن جەرگە بەرىلەتىن تولەم تىم تومەن ەدى، ونىڭ ۇستىنە، چىڭىڭ قالاسى ونى 1992-جىلعى ولشەم بويىنشا اتقاراتىن بولعان، ونىڭ سىرتىندا ول كەزدە كوشىرىلەتىن تۇرعىندار ورنالاساتىن جەردەگى ولشەمدى ۇيلەر دە سالىنىپ بولماعان بولاتىن، سونىمەن ودان كوشپەي قويعان قىستاق تۇرعىندارى قۇرىلىستى سالعىزباي قويعان.

ٴبىر كۇنى ول كەزدە شىنحۋا اگەنتتىگىنىڭ ىشكى موڭعۇل بولىمشەسىنىڭ باستىعى بولىپ تۇرعان باستىق كەڭسەسىندە كەزەكشىلىك مىندەت وتەپ وتىرعان ەدى، كەنەت باسى-كوزىنىڭ ساۋ تامتىعى قالماعان ٴبىر ەر ادام ەسىكتەن كىرىپ كەلىپ ونىڭ الدىنا جىعىلدى. ونى سۇيەپ تۇرعىزعان باستىق: «بۇيتپە، بۇيتپە، جۇمىسىڭ بولسا وتىرىپ ايت» دەدى. بۇل ادام سانزۋوديان قىستاعىنان قاشىپ شىققان قىستاق تۇرعىنى بولاتىن، ٴاسىلى سانزۋوديان قىستاعىنداعى جاستار مەن ورتا جاستاعىلاردان 47 ادام ۋاقىتشا قامالعاندا، ول قىستاقتا كوپتى كورگەن ادام بولعاندىقتان، قالىڭ ادامدى ۇستاپ جاتقاندا ەبىن تاۋىپ قىستاقتان قاشىپ شىعىپ، پويەزعا جارماسىپ كوكحوتقا كەلىپ، شىنحۋا اگەنتتىگىنىڭ ىشكى موڭعۇل بولىمشەسىنە تىكە تارتقان.

قاسىنا ەكى ٴتىلشى ەرتكەن تاڭ جي 9 ساعات جول باسىپ چىڭىڭعا كەلدى. شۋي گۋو يۋانمەن كەزىگە الماعان ولاردى، چىڭىڭ قالاسىنىڭ ٴبىر قاتىستى جاۋاپتىسى قابىلداپ، وزدەرىنىڭ ۇستانعان كوزقاراسى بويىنشا اقۋالدى تانىستىرا باستادى، پالەنىڭ ٴبارىن تۇرعىندارعا جاپقان ونىڭ سوزىنە تاڭ جي العاشىندا شىداپ وتىردى، بارعان سايىن تاقاتى تاۋسىلعان تاڭ جي اقىرى: «بولدى، كوپ سويلەمەي ەرتەڭ ٴبىزدى ناق مايدانعا اپارىڭىز، تەزىرەك ورنالاستىرىڭىز!» دەدى توتەسىنەن.

ەرتەسى كوز ۇشىندا كەلە جاتقان بىرنەشە اۋتوكولىكتى كورىپ

زارەسى ۇشقان قىستاق تۇرعىندارى بالاسىن كوتەرىپ، كەمپىر-شالىن جەتەلەپ تاۋعا قاراي تىرىم-تىراقاي قاشتى. تاڭ جي كولىكتەن دەرەۋ ٴتۇسىپ: «اۋىلداستار، مەن شينحۋا اگەنتتىگىنىڭ اداممىن، قاشپاڭىزدار، سىزدەردىڭ قىستاقتاعى بىرەۋ بىزگە اقۋالدى ايتتى، ٴبىز تەكسەرگەلى كەلدىك» دەپ داۋىستادى.

جاسى جەتپىستەن اسىپ كەتكەن ٴبىر كەمپىر ۇياتتى دا قايىرىپ قويىپ، ومىراۋىنداعى جاراقاتتى تاڭ جيگە اشىپ كورسەتتى. اسىرەسە جاسى سەكسەننەن اسقان، كەزىندە امەريكاعا قارسى تۇرىپ، چاۋشيانعا كومەكتەسۋ شايقاسىنا قاتىناسقان ٴبىر ساقا جاۋىنگەردىڭ دە تاياق جەگەنى تاڭ جيدىڭ جانە ونىڭ ساپتاستارىنىڭ زىعىردانىن قايناتتى. ول: «مەن امەريكاعا قارسى تۇرىپ، چاۋشيانعا كومەكتەسۋ شايقاسىنان امان كەلىپ ەدىم، بۇل جولى مىنا دويىرلاردىڭ قولىنان ولە جازدادىم...» دەدى.

كوزىنىڭ جاسىن تيا الماعان تاڭ جي تىزەرلەپ جاتقان تۇرعىندارعا ٴبىر-بىردەن سۇيەپ تۇرعىزىپ: «كەشىرىڭىزدەر، ٴبىز كەشىگىپ قالىپپىز» دەدى.

تاڭ جي جاتاتىن جەرىنە كەلگەندە، كەشكى ساعات 8-9 بولىپ قالعان ەدى، قاماۋدا جاتقان تۇرعىندارى تەز ارادا شىعارىپ الۋ ٴۇشىن، ول ورتالىققا جىبەرەتىن ٴبىر ىشكى ماتەريال جازىپ، ونى تۇندەلەتىپ بەيجيڭدەگى باس اگەنتتىككە جولدادى. تاڭ جي قالا باستىعىمەن كەزىگۋدى تالاپ ەتتى، ٴبىراق وقيعانىڭ باسىن باستاعان شۇي گۋويۋان سول كەزدە وسى چيفىڭدا بولعانىمەن پەردە ارتىندا تۇرىپ، بەت-ٴجۇزىن كورسەتپەي قويدى. سونىمەن تاڭ جي قاسىنداعى ەكى ساپتاسىمەن اقىلداسىپ: ادامداردى قويابەرمەسە، قىستاق تۇرعىندارىنىڭ اقشاسىن بەرمەسە، ٴبىز دە بۇل جەردەن كەتپەيىك، — دەگەن جەرگە كەلدى.

شۇي گۋويۋاننىڭ تاپسىرۋىمەن، سول كەزدە سۇڭشان رايونىنىڭ باستىعى بولىپ تۇرعان ۋاڭ يۇيلياڭ تاڭ جيلەردى قابىلدادى.

ٴمانسابىم وسسه ەكەن دەپ ومەشەگى ٴوزىلىپ تۇرعان، ال ما گۇويۋانىنىڭ قولىنان ٴبارى كەلەتىنىن ابدەن بىلەتىن بۇل ادام سوزىندە ما گۇويۋانعا شاڭ جۇتپاي، ونىڭ تاسىن تورتتەن قويدى. تاڭ جي سۇراستىرا كەلىپ ونىڭ ٴبىر ساقا ساپتاسىنىڭ جيەنى ەكەنىن بىلەدى دە: «مەن ساعان ايتىپ قويايىن، قاشان دا جاقسىلىققا جاقسىلىق، جاماندىققا جاماندىق، بۇيتسەڭدەر جۇرتشىلىققا زيان جەتكىزەسىڭدەر، وزدەرىڭ دە مارقادام تاپپايسىڭدار...» دەپ اقىل ايتتى.

سانزۋوديان سۋ قويماسى وقيعاسى كوپ وتپەي ورتالىقتاعى باسشىلاردىڭ جانە اۆتونوميالى رايوندىق پارتكوم مەن ۇكىمەتتىڭ نازارىن اۋداردى، شۇي گۇويۋان قاتارلىلاردىڭ قاتە ٴىس-ارەكەتى تۇزەتىلىپ، قاماۋدا جاتقان ديحاندار بوساتىلدى، سانزۋوديان قىستاعىنان كوشىرىلەتىن تۇرعىندارعا بەرىلەتىن تولەم دە جوعارىلاتىلاتىن بولدى، تاڭ جي قىزمەتتەستەرىمەن بىرگە چيفىڭنان قايتتى.

تاڭ جي تىلشىلىك ومىرىندە مۇنداي ىستەردىڭ تالايىن كورگەن، دەسەدە ونىڭ ٴبارى حۇگىجيلىتۇ دەلوسىنداي قيىنعا سوقپاعان ەدى، ۇيتكەنى بۇل دولونىڭ جاعدايى توتەنشە كۇردەلى، ۋاقىتى سونشا ۇزاق، شارپيتىن ادامى كوپ، كەزىگەتىن كەدەرگى زور بولدى.

3

تاڭ جي لي سانرىن مەن ونىڭ كەمپىرىنىڭ ٴسوزىن ەستىگەن سوڭ، قولما-قول ەشتەڭە دەمەگەنىمەن، ىشتەي قاتتى نازالاندى. بۇل دەلودا ٴبىر كادىك بار، ٴبىر قىلمىستى ەكى ادامنىڭ موينىنا الاتىنى قالاي؟ بۇل نەنى تۇسىندىرەدى؟ ونىڭ بىرەۋىنىڭ وبالدى بولعانى ٴسوزسىز دەگەن ويعا كەلەدى تاڭجي.

تاڭ جي بولمىشە اگەنتتىكتىڭ پارتگرۋپپاسىنا بۇل ٴىستى مالىمدەيدى. اگەنتتىكتىڭ باسشىلارى بۇل ٴىس ادامنىڭ ومىرىنە

قاتىستى ٴىس، دەلونىڭ ٴمان جايى كوردەلى، تاڭ جيدىڭ بول جونىندە تىلشىلىك ىستەۋىن قولداۋ كەرەك دەپ قارايدى، سونىمەن بىرگە، جەدەل حابارلاپ، شينحۋا اگەنتتىگىنىڭ ٴتىلشىسىنىڭ بورىشىن مۇقيات وتەۋى كەرەكتىگى تۋرالى نۇسقاۋ بەرەدى.

وسىدان كەيىن تاڭ جي كوكحوت قالالىق قوعام حاۋىپسىزدىگى مەكەمەسىنىڭ ورىنباسار باستىعى حى فىڭعا تەلەفون بەرىپ، «4-ايدىڭ 9-كۇنگى» دەلونى موينىنا العان تاعى جەندەتتىڭ، ياعني تاياۋدا عانا تورعا تۇسكەن، كوپ رەت باسقىنشىلىق جاساۋ دەلولارىن تۋدىرعان قىلمىسكەر جاۋ جىحۋڭنىڭ پايدا بولعانىنان حابار تابادى. 27 رەت دەلو تۋدىرعان بۇل قانقۇيلى قىلمىسكەر بالكىم ٴوزىنىڭ ٴولىم جازاسىنا ۇكىم ەتىلەتىن قىلمىس وتكىزگەنىن بىلگەندىكتەن، جەڭىلىرەك جازالانۋ ٴۇشىن، نەمەسە ٴوزىنىڭ ىشكى قورقىنىشىن باسەڭدەتۋ ٴۇشىن، ساقشى جاق يگەرە الماعان «4-ايدىڭ 9-كۇنگى» دەلوداعى قىلمىسىن وزدىگىنەن موينىنداعان بولسا كەرەك.

تاڭ جي ىشكى موڭعۇل اۆتونوميالى رايونىدىق قوعام حاۋىپسىزدىگى مەڭگەرمەسىنىڭ «4-ايدىڭ 9-كۇنگى» دەلونى تەكسەرەتىن ارناۋلى دەلو گرۋپپاسىن قۇرىپ، حۇگجيلتۋ دەلوسىن قايتادان تەكسەرۋگە كىرىسكەنىن، دەسەدە كەدەرگىنىڭ نەداۋىر زور بولىپ جاتقانىنان دا حابار تابادى.

وسى اقۋالدارعا قاراي، تاڭ جي «ىشكى موڭعۇلدا ٴولىم جازاسىنا ۇكىم ەتىلگەن ٴبىر قىلمىستىنىڭ اكە-شەشەسى ساقشى جاقتان 10 جىلدىڭ الدىنداعى وبالدى دەلونى انىقتاۋدى ٴوتىندى» دەگەن ٴبىر ىشكى حاباردى جازىپ، 2005-جىلى 1-ايدىڭ 23-كۇنى شينحۋا اگەنتتىگىنىڭ باس اگەنتتىگىنە جولدايدى، پارتيا ورتالىق كوميتەتى جانە اۆتونوميالى رايوندىق پارتكوم مەن ۇكىمەت وعان باسا مان بەرەدى. 2006-جىلى 3-ايدا، ىشكى موڭعۇل اۆتونوميالى رايوندىق پارتكومىنىڭ ساياسي زاڭ كوميتەتى زاڭ ماماندارى مەن شارلاپ

تەكسەرۋشى مامانداردان ادام شىعارىپ، ساياسي زاڭ كوميتەتىنىڭ ورىنباسار باستىعى سۇڭ شيدى گرۋپپا باستىعى بولعان «حۋگىجيلىتۋدىڭ بۇزاقىلىقپەن ادام ولتىرۋ دەلوسىن» تەكسەرۋ گرۋپپاسىن ۇيىمداستىرىپ، كوپ جىل جىلى جاۋىپ قويىلعان وسى وبالدى دەلونى تەكسەرە باستايدى.

تاڭ جي سول كەزدە «كوكحوت كەشكى گازەتىندە» جاريالانعان «4-ايدىڭ 9-كۇنگى دەلونىڭ اشكەرەلەنۋ ٴمان-جايى» دەگەن ٴبىر ادەبي حاباردى تەكسەرىپ كورەدى. وندا بىلاي دەپ جازىلعان: 1996-جىلى 4-ايدىڭ 9-كۇنى كەشكى ساعات 8 دە كوكحوت قالاسىنىڭ جاڭا قالا رايوندىق قوعام حاۋىپسىزدىگى بولىمشە مەكەمەسىنىڭ قىلمىستىق ىستەر ساقشى اترەتى: «شيلين وڭتۇستىك كوشەسى مەن نوحىمۋلى ۇلكەن كوشەسىنىڭ تۇيىلىسكەن جەرىنىڭ شىعىس سولتۇستىك بۇرىشىنداعى ٴبىر ەسكى ايەلدەر دارەتحاناسىنان دەرلىك تىرداي جالاڭاش جاتقان ٴبىر ايەلدىڭ ولىگى بايقالدى» دەپ مالىمدەگەن ٴبىر تەلوفوندى قابىلداعان. دەلونى مالىمدەگەن كوكحوت قالالىق وراۋلى تەمەكى زاۋودى 2-سەحىنىڭ جۇمىسشىسى حۋگىجيلىتۋ مەن يان فىڭ ەكەن. سونىمەن ساقشى جاق دەرەۋ ناق مايدانعا بارعان.

ورىنباسار مەكەمە باستىعى جاڭ تيە چياڭ (وزگەرتىلگەن اتى) دەلونى مالىمدەگەندەرمەن بىرنەشە اۋىز سويلەسكەننەن كەيىن-اق ٴىستىڭ سىرىن ىشتەي سەزگەن.

قاعيدا بويىنشا، دارەتحاناعا كىرگەن ادامنىڭ وندا ٴبىر ايەلدىڭ ٴولىپ جاتقانىن كورۋى تاڭعالارلىق ٴىس ەمەس تە شىعار. الگىمە ونى كىمنىڭ كورىپ، كىمنىڭ مالىمدەگەندىگىندە بولىپ وتىر، ايتپەسە مىنا تۇرعان ەكى ەر ادام ايەلدەر دارەحاناسىندا ٴبىر ايەلدىڭ ولىگى جاتقانىن قايدان بىلەدى؟

ورىنباسار مەكەمە باستىعى جاڭ تيەچياڭ، اترەت باستىعى ليۋ شۇي قاتارلىلار ٴالى دە وزىنىكىن ٴجون ساناپ تۇرعان ەكەۋىنە

208

تەسلە قاراپ، ىشتەي ويىندارىڭدى ەندى دوعاراتىن شىعارسىڭدار دەگەن ويعا كەلەدى.

قوعام حاۋىپسىزدىگى كادر-ساقشىلارىنىڭ تىنىم تاپپاي ارى-بەرى جۇگىرىپ قاتتى قاربالاس جۇرگەنىن، قالىڭ ادامنىڭ جينالىپ كەتكەنىن كورگەن ەكى ەر ادام ەندى ەبىن تاۋىپ زىتپاق بولدى. ٴبىراق وعان قايدا، ولاردىڭ الدى-ارتىندا ساقشىلار قالت جىبەرمەي قاراپ تۇرعان ەدى.

ٴبىز بۇل ايەلدىڭ ٴولىپ جاتقانىن كورىپ، دەلونى مالىمدەدىك، سوندا ٴبىز قىلمىستى بولامىز با؟ — دەدى دەلونى مالىمداۋشىلار ٴوزىن اقتاپ.

… … …

بۇل ادەبي حاباردا دەلونى بىتىرۋشىلەر اسقان ەرەك، ەرجۇرەك ٴارى پاراساتتى ادامدار رەتىندە سۋرەتتەلگەن ەكەن. دەسەدە تاڭ جي اسىقپاي زەرتتەۋ ارقىلى بۇل ماقالانىڭ تالاي جەرىندە كادىك بار ەكەنىن، ياعني سول جىلى بۇل دەلونى ٴبىر جايلى ەتكەندە دەلونىڭ شىنايى، دۇرىس، ادىلدىكپەن ٴبىر جايلى ەتىلمەگەنىن، اۋەلى كۇماندى جەرلەرى دە بار ەكەنىن اڭعارادى.

ماقالادا بىلاي دەپ جازىلعان: قاراپايىم تىلدەسكەن سوڭ، ارناۋلى دەلو گرۋپپاسىنىڭ باستىعى جاڭ تيەچياڭ بۇل ەكى ەر ادام ايەلدەر دارەتحاناسىنىڭ ىشىندەگى ولىكتى قالاي كورەدى؟ دەگەن ويعا كەلەدى دە، وسى كۇمان بويىنشا اناليز جاساي باستايدى، ٴامالياتتا ىشكى جاقتان بۇل دەلوعا قانداي قورتىندى شىعارۋدىڭ بەتالىسىن دا تۇراقتاندىرىپ بولعان ەدى.

ماقالادا ايتىلعان ول كەزدە كوكحوت قالالىق قوعام حاۋىپسىزدىگى مەكەمەسىنىڭ ورىنباسار باستىعى بولىپ تۇرعان ۋاڭ XX تىڭ بەرگەن نۇسقاۋى دا «دالەل-سىپات تاۋىپ حۇگجىلتۇدىڭ اۋزىن جابۋدىڭ» امالىن قاراستىرۋ كەرەكتىگىن، قىلمىستىڭ حۇگجىلتۇعا جابىلا باستاعانىن اڭعارتادى. وسىدان كەيىنگى تەرگەۋ

فاكتىنىڭ انىق-قانىعىنا جەتۋ ٴۇشىن ەمەس، قايتا وزدەرىنىڭ كۇدىك-كۇمانىنا دالەل تابۋ ٴۇشىن بولدى.

الگى ماقالادا تاعى اۋىزشا مويىنداما «ولارعا وقيعانىڭ بارىسىن جازدىرعان 48 ساعاتقا دەيىنگى بارىستا» قامتىلعان. «حۋگىجيلىتۋدى تەرگەۋ بارىسىندا ونىڭ قۋلىق-سۇمدىعى سەبەپتى دەلونىڭ باسى اشىلۋ بارىسى تىم ٴساتتى بولا قويماعان» دەپ جازىلعان. ەگەر راسىندا ولارعا تەك وقيعانىڭ بارىسىن عانا جازدىرعان بولسا، وندا وعان مۇنشالىق ۇزاق ۋاقىت كەتپەگەن بولار ەدى. بۇل ارالاقتا جاڭ تيەچياڭدار تەگى نە ىستەدى؟ ولاردىڭ زاڭسىز شارا قولدانىپ زورلىقپەن مويىنداتپاعانىنا كىم كەپىل؟

ماقالانىڭ ەڭ سوڭىندا: «قالالىق قوعام حاۋىپسىزدىگى مەكەمەسىنىڭ تەحنيكا كەڭسەسى مەن ىشكى موڭعول اۆتونوميالى رايوندىق قوعام حاۋىپسىزدىگى مەڭگەرمەسى قاتاڭ علمي ساراپتاۋ ارقىلى، ەڭ سوڭىندا حۋگىجيلىتۋدىڭ تىرناعىنىڭ استىندا قالعان قان ۇلگىسىنىڭ الگى ولگەن ايەلدىڭ قانىمەن بىردەي شىققانىن سپاتتادى. ادام ولتىرگەن قىلمىستى حۋگىجيلىتۋدىڭ ٴدال ٴوزى ەكەن» دەگەن قورىتىندى جاسالعان. ال تاڭ جي قان تيۆنە تاجىريبە جاساۋ DNA تاجىريبەسىن جاساۋمەن ۇقسامايدى، بەلگىلى توپتىڭ عانا بىردەي ەكەنىن دالەلدەي الادى، جەكە ادامنىڭ بىردەيلىگىن دەلەلدەي المايدى، مۇنى شەشۋشى دالەل ەتۋگە بولمايدى دەپ قارادى.

4

تاڭ جيدىڭ كوزى ٴوزى قانىق جاڭ تيەچياڭ دەگەن اتقا تەسىلە قاراپ الدە قانداي ٴبىر ويعا شومدى.

1988-جىلى جاڭا قالا رايونىندا ٴبىر كىسى ٴولتىرۋ دەلوسى تۋىلعان ەدى، سوندا قىلمىس كوماندىسى بارلاۋشى ساقشىلار ۇلكەن اتىرەتىنىڭ تەرگەۋ بولىمىندە ويلاماعان جەردەن «توك سوعىپ ولگەن» بولاتىن. كەيىن سول دەلوعا جاۋاپتى بولعان بارلاۋشى

ساقشىلار ۇلكەن اتىرەتتىنىڭ باستىعى جاڭ تيەچياڭ مىندەتىنەن قالدىرىلىپ، قاراپايىم ساقشى بولعان، 1994-جىلى، ول جاڭا قالا رايوندىق قوعام حاۋىپسىزدىگى مەكەمەسىنىڭ ورىنباسار باستىعى بولىپ جوتكەلىپ كەلىپ، بارلاۋ قىزمەتىنە جاۋاپتى بولعان.

تاڭ جي جاڭ تيەچياڭدى 1989-جىلى تۇڭعىش رەت كورگەن بولاتىن. مۇندا تاڭ جي جاڭ تيەچياڭ انىقتاپ شىققان ٴبىر دەلو تۋرالى تىلشىلىك بابىمەن وعان بارعان. سوندا ول ٴسوزدى توتەسىنەن ايتاتىن كەسكىن ادام بولعانىمەن، ىشكى ەسەبى كۇشتى، ٴوز قىزمەتىنە «پىسىق» ادام سياقتى كورىنگەن ەدى. ٴبىراق، كەيىن ۋلى ەسىرتكىمەن اينالىساتىن ٴبىر ايەلدى تەرگەگەندە جاڭ تيەچياڭ وعان تىم دورەكىلىك ىستەيدى، مۇنى كورگەن تاڭ جي وعان قاتتى تاڭ قالادى.

ول كەزە جاڭ تيەچياڭ مۇلدە باسقا ٴبىر ادامعا اينالىپ، الگى قۋشيعان ٴالجۋاز ايەلدى جەلكەسىنەن سىعىپ دەدەكتەتىپ تاڭ جيدىڭ الدىنا اكەلەدى.

ۋلى ەسىرتكىنىڭ «قۇدىرەتىمەن» قۋرايداي بولىپ ارىقتاپ، كوزى شۇڭىرەيىپ، بەت-ٴجۇزى كوگەرىپ كەتكەن بۇل ايەلدىڭ قۋ سۇلدەرى عانا قالعان ەدى.

— بۇرىن قانداي قىزمەت ىستەگەن ەدىڭ، — دەيدى. تاڭ جي الگى ايەلگە.

— ساۋدا ىستەگەمىن.

— ٴيا، وندا قالتالى قوجايىن بولعان ەكەنسىڭ عوي!

— ساۋدا ساريىنان 4 زات سورەسىن العامىن، تاعى ٴبىر قوناق ٴۇي اشقامىن.

— و، وندا كۇنىڭ مەنەن كوپ جاقسى ەكەن، — دەيدى تاڭ جي اڭگىمەنىڭ تيەگىن اعىتا ٴتۇسۋ ٴۇشىن ادەيى ازىلدەپ.

— تاپقانىم شەگىمدىكىپەن جوق بولدى، — دەيدى ايەل.

— جاقسى كەلە جاتىر ەكەنسىڭ، ول پالەگە قايدان جولىقتىڭ؟

ايەل باسىن سالبىراتىپ ٴسال ويلانادى دا: «قازىر ودان تاس ٴتۇيىن تيلدىم» دەيدى.

ٴسوزدىڭ تيەگى ەندى-دەندى اعىتىلىپ كەلە جاتقاندا، ايەلدىڭ الگىندەگى «قازىر ودان تاس ٴتۇيىن تيلدىم» دەگەن ٴسوزىن «مەنى مىنا ساقشى بوسقا ۇستاپ وتىر» دەپ بىلدىمە كىم ٴبىلسىن، ايتەۋ جاڭ تيەچياڭ الگى ايەلدى شاپالاقپەن ٴبىر سالىپ: «تيىلدىم دەۋىن قاراي كور! تيىلساڭ نەگە ساتىپ ٴجۇرسىڭ ونى» دەپ دۇرسە قويا بەردى.

تاڭ جي دەنەسى زور بولعانىمەن، كوڭىلى جۇمساق ادام ەدى، الگى جاعدايدى كورگەن ول ەندى تىلشىلىگىن دوعارىپ، اسىعىس جولىنا ٴتۇستى.

وسىدان سوڭ تاڭ جي جاڭ تيەچياڭدى 2002-جىلى تاعى ٴبىر رەت كورگەن ەدى. ول كەزدە ىشكى موڭعۇل اۆتونوميالى رايوندىق مەملەكەت باجى مەكەمەسىندە مىناداي ٴبىر ٴىرى دەلو تۋىلعان بولاتىن: مەملەكەت باجى مەكەمەسىنىڭ تەكسەرۋ باسقارماسىنىڭ باستىعى ايەل ادام ەدى، ول ٴبىر كۇنى كەڭسەسىندە جازۋ جازىپ وتىرعاندا، بىرەۋ ونى بالعامەن باسىنا ٴبىر قويىپ ٴولتىرىپ كەتكەن. سوندا قانىنەن-قاپەرسىز وتىرعان بۇل ايەل سول وتىرعان بويى قاتىپ قالعان.

بۇل ٴبىر ٴىرى دەلو بولعاندىقتان، تاڭ جي بۇل مەكەمەگە تىلشىلىك ىستەي بارعان. ول بارعاندا قىزمەت عيماراتىنىڭ استى-ۇستىندە ساقشىلاردىڭ ارى-بەرى ساپىرىلىسىپ جۇرگەنىن، ٴتىپتى قالىپتى قىزمەتتىڭ دە جايىندا قالعانىن كورەدى. سەبەبى، بۇل كەزدە كوكحوت قالالىق قوعام حاۋىپسىزدىگى مەكەمەسىنىڭ سايقىن بولىمشەسىنىڭ باستىعى جاڭ تيەچياڭ ٴبىرسىپىرا ادامىن باستاپ كەلىپ بۇل دەلونى تەكسەرىپ جاتقان ەدى، سول جەردە جاتىپ، سول جەردە تاماقتانىپ، سول جەردە قىزمەت ىستەپ جاتقان ولاردىڭ بارلىق شىعىنىن مەملەكەت باجى مەكەمەسى ۇستىنە العان.

جاڭ تيەچياڭ تاڭ جيگە بۇل دەلونىڭ وڭاي-وسپاق اشكەرەلەنە قويمايتىنىن، كىلەڭ DNA تەكسەرۋىنىڭ وزىنەن 500 دەن استام ادامنىڭ تەكسەرىلگەنىن، وعان قىرۋار اقشا جۇمسالعانىن، سوندا دا قۇندى دەرەك تابىلماي جاتقانىنىن ايتادى.

قوعام حاۋىپسىزدىگى مەكەمەسىندەگىلەردىڭ دەلونى انىقتاۋدا سول جەردە جاتىپ، سول جەردە تاماقتاناتىنى قالاي؟ ٴاسىلى، ايەل باسقارما باستىعى ٴولتىرىلۋ بارىسىندا، جاڭ تيەچياڭ بەيجيڭدىك ساۋداگەر يان فۋلۇڭنىڭ مەكەمە باستىعى شياۋ جانبيڭمەن بال جالاسقان اعايىن ەكەنىن، اۋتونوميالى رايوندىق مەملەكەت باجى مەكەمەسىنىڭ قۇرىلىسىن كوبىندە سول كوتەرمەگە الاتىنىن، كوكحوتتا 4 ميلليون 600 مىڭ يۋان حالىق اقشاسى، 40 مىڭ امەريكا دوللارى بار ەكەنىن بايقايدى دا ونى ۇستاپ اكەلىپ تەرگەۋگە الىپ، بۇل اقشانىڭ قايدان كەلگەنىن سۇراعان، ايتپاسا ۇرىپ-سوققان، تاياققا شىداماعان يان فۋلۇڭ بۇل اقشانىڭ وزىنىكى ەمەس، مەكەمە باستىعى شياۋ جانبيڭدىكى ەكەنىن مويىنداعان.

شياۋ جينبيڭنىڭ ولەر جەرىن ۇستاپ العان جاڭ تيەچياڭ مۇنى ەشكىمگە ايتپاي ىشىنە ساقتاپ، مەملەكەت باجى مەكەمەسىندە جالعاستى «دەلو تەكسەرىپ» شياۋ جينبيڭگە قاساقانا قىسىم تۇسىرگەن. بۇل كەزدە ەندى عانا وسى مىندەتكە وتىرعان شياۋ جينبيڭ جاڭ تيەچياڭدى بويىنا توعىتپاي اۋتونوميالى رايوندىق قوعام حاۋىپسىزدىگى مەڭگەرمەسى مەن كوكحوت قالالىق قوعام حاۋىپسىزدىگى مەكەمەسىنىڭ قاتىستى باسشىلارىنا تىكەلەي تەلەفون سوعىپ، ادامدارىن شەگىندىرىپ اكەتۋدى تالاپ ەتكەن.

بۇيرىققا باتىل بويسۇناتىن ادام باستانعان جاڭ تيەچياڭ ەسەپتى ىشتەي سوعىپ، ٴلام-مەم دەمەي ادامدارىن ەرتىپ قايتىپ كەتكەن، سونىمەن شياۋ جيانبيڭ ٴبىر پالەدەن قۇتىلعانداي بولعان.

كوپ وتپەي جاڭ تيەچياڭ تاڭ جيگە تەلەفون بەرەدى، جاڭ تيەچياڭنىڭ شياۋ جانبيڭنىڭ قىلمىسىن اشكەرەلەگەلى جاتقانىن

قايدان ٴبىلسىن، العاشىندا تاڭ جي الگى ايەل باستىعىنىڭ دەلوسى ٴپاش بولعان ەكەن دەپ بىلەدى. جاڭ تيەچياڭ تولەفوندا سويلەگەن سوزىندە باستان-اياق ٴبىر كوپشىل، ٴادىل ادامنىڭ كەيپىن كەلتىرەدى. سودان كوپ جىل وتكەن سوڭ، تاڭ جي جاڭ تيەچياڭنىڭ ٴبۇيتىپ مونتانسۋىنىڭ استارىندا تالاي قۋلىق-سۇمدىق جاتقانىن اڭعاردادى. تاڭ جي ىشتەي بىلاي تالداۋ جاسايدى: الدا-جالدا شياۋ جانبيڭ جاڭ تيەچياڭنىڭ ناعىز ماقساتىن ەرتەرەك سەزىپ، ونىڭ قۇلقىنىنا 1 — 2 ميلليون اقشا تىعىپ جىبەرگەن بولسا، وندا ٴىس مۇنداي بولمايتىن ەدى، شياۋ جانبيڭ تورعا تۇسپەي قالتارىستا قالىپ، باياعىداي سايران سالىپ جۇرە بەرگەن بولار ەدى.

5

بولىمشە اگەنتتىك ونىڭ قىزمەتىن قولدايتىنىن بىلدىرگەن سوڭ، تاڭ جي ٴارقانداي بوداۋ بەرۋدەن تايىنبايى حۋگىجيلىتۋ دەلوسىن ىشكەرىلەي تەكسەرۋگە بەل بايلايدى. ول كومەكشىسى لي زىبيڭدى تەمەكى زاۋودىنا جانە دەلو تۋىلعان ايەلدەر دارەتحاناسىنا بارىپ، ناق مايداندى تەكسەرۋگە جىبەرەدى، سونىمەن بىرگە، الەۋمەتتىك ايپتاۋ كەزىندە، ياعني 1996-جىلى 5-ايدىڭ 7-كۇنى كەشكى ساعات 9 دان 20 مينۋت وتكەندە، كوكحوت قالالىق پروكۋراتۋرا مەكەمەسىنىڭ ەكى پروكۋرورىنىڭ حۋگىجيلىتۋدى سۇراققا العانىن، سوندا ولاردان ٴبىر سۇراققا الۋ ەستەلگى قالعانىن يەلەيدى. وندا بىلاي دەپ جازىلعان: «بۇگىنگى ايتقانىمنىڭ ٴبارى راس، تۋ باستا ايتقانىم دا راس بولاتىن... ٴبىراق ولار مەنى وزدەرىنىڭ ايتقانى بويىنشا ايتۋعا زورلادى، ٴتىپتى تۇزگە وتىرۋىما دا جول قويمادى... ادامدى مەن ولتىرگەمىن دەسەڭ بولدى، دارەتكە شىعارامىز دەدى، ولار تاعى ول ايەل ٴالى ولگەن جوق، ونى مەن ولتىرگەمىن دەسەڭ بولدى. ۇيگە قويا بەرەمىز دەدى... سول كۇنى كەشتە مەن يان فىڭدى ول ايەلدىڭ ولگەن-ولمەگەنىن كورىپ كەلۋ

ٴۋشىن دارەتحاناعا ەرتىپ بارعامىن، كەيىن مەن ونىڭ راسىندا ٴولىپ قالعانىن ٴبىلدىم دە، دەرەۋ ساقشىعا جۇگىردىم، ونىڭ كيىمىن مەن ەربىكسىز جورامالداپ ايتقامىن، ول ايەلگە جۇعىسقامىن جوق...» دەپ قايتا-قايتا قاقسادى حۋگنجيليتۋ.

حۋگنجيليتۋدىڭ العاشقى «مويىنداماسىنان» بۇتىندەي جالت بەرۋى، ارناۋلى دەلو گرۋپپاسىنداعىلاردىڭ ونى زورلاپ مويىنداتۋ ويى بار ەكەنىن اڭعارتادى. وكىنەرلىگى سول، حۋگنجيليتۋدىڭ بۇل سوزدەرى دەلونى تەكسەرگەن پروكۋروردىڭ «وتتاپسىڭ» دەگەن سياقتى سوزدەرىمەن دوعارىلعان.

لي سانرىن مەن شاڭ اي-يۇن تاڭ جيگە 1996-جىلى 5-ايدىڭ 23-كۇنى كوكحوت قالالىق ورتا حالىق سوت مەكەمەسىنىڭ بۇل دەلونى سوت اشىپ تەكسەرىپ ٴبىر جايلى ەتۋ بارىسىن ەگجەي-تەگجەيلى باياندادى. تەمەكى زاۋودىندا ىستەپ جۇرگەندە كيەتىن ەسكى كيىممەن سوتقا شىققان، قۋ سۇيەگى عانا قالعان بالاسىنىڭ سوتتا قاتتى قارسىلىق كورسەتىپ تۇرعانىن ولار ٴوز كوزىمەن كورگەن. ولار بالاسىنىڭ سول كەزدە سويلەگەن ٴار ٴبىر ٴسوزىن تۇك قالدىرماي جاتتاپ تا الىپتى. بالاسى اراق ٴىشىپ العاندىقتان، ايەلدەر دارەتحاناسىنا كىرگەنىن، ٴبىراق ادام ولتىرمەگەنىن ايتقان.

بالاسىن باستان-اياق كورسەتىپەي، اقتاۋشى ادۆوكاتتى سوت اشىلاردان ٴبىر كۇن بۇرىن ارەڭ تاپقاندىقتان، بۇل ادۆوكات العاشىندا حۋگنجيلىتۋدى قىلمىسسىز دەپ اقتاسادا، كەيىن كەلە نە سەبەپتەن ەكەنى بەلگىسىز، «ونىڭ قىلمىسىن مويىنداۋ پوزيتسياسى جاقسى، ٴوزى از ۇلت، جاس بالا» دەگەن سوزدەردى ايتىپ، سوتتان جەڭىلىرەك جازالاۋدى تالاپ ەتكەن.

سوتشىلار كەڭەسى ارادا 4 — 5 مينۋتتاي ٴۇزىلىس جاساي اقىلداسقان سوڭ، سۋديا سوتتا «قاساقانا ادام ٴولتىرۋ قىلمىسى» جانە «بۇزاقىلىق قىلمىسى» بويىنشا حۋگنجيلىتۋدىڭ ٴولىم

جازاسىنا ۇكىم ەتىلگەندىگىن جارىيالايدى. شاڭ اي-يۇن: «سوت بالامىنان جوعارىلاپ ارىزداناسىڭ با؟ دەپ سۇراعاندا بالام، ارىزدانام، ارىزدانام دەدى قاتتى داۋىسپەن، بۇل سوزدەن بالامىنىڭ وبالدى بولعانى شىعىپ تۇر» دەدى.

حۋگىجيلىتۋدىڭ ارىزدانۋىمەن ەش كىمنىڭ قاقىسى بولمايدى، ارادا نە بارى ەكى اپتا وتكەن سوڭ، ياعني، 6-ايدىڭ 5-كۇنى ىشكى موڭعۇل جوعارى حالىق سوت مەكەمەسى 2-سوتتا «بۇرىنعى ۇكىم كۇشىنە يە» دەپ كەسىم جاسايدى، بۇل ٴولىم جازاسىن ەڭ سوڭعى رەت تەكسەرىپ بەكىتۋ كەسىمى بولعان ەدى.

ىشكى موڭعۇل جوعارى حالىق سوت مەكەمەسىنىڭ، كوكحوت قالالىق حالىق سوت مەكەمەسىنىڭ ۇكىمناماسى نە بارى 155 ارىپتىك ۇكىمناما بولاتىن، تاڭ جي ونى سان قايتالاپ كورىپ، سوت مەكەمەسىنىڭ حۋگىجيلىتۋدىڭ بۇزاقىلىق قىلمىسىن، قاساقانا ادام ٴولتىرۋ قىلمىسىن تۇراقتاندىرا قوياتىنداي شەشۋشى فاكتىنىڭ ونىڭ قاي جەرىندە جۇرگەنىن، حۋگىجيلىتۋدىڭ قىلمىسىن تەگى قالاي تۇراقتاندىرعانىن تابا المايدى.

كوپ جىلدىق اقپاراتتىق تەكسەرۋ تاجىريبەسى تاڭ جيگە ٴار قانداي ىسكە جەڭىل-جەلپى تۇجىرىم جاساۋعا، بىرەۋدىڭ ايتقانىنا سەنە سالۋعا بولمايتىنىن، قايتا ٴبىرىنشى قول ماتەريالعا يە بولۋ كەرەكتىگىن ۇعىندىرعان ەدى.

كوپ وتپەي قوعام حاۋىپسىزدىگى ورگانىنىڭ تەرگەۋ ەستەلىگىنىڭ 4 نۇسقاسى تاڭ جيدىڭ قولىنا تۇسەدى.

جاۋ جىحۇڭ باسقىنشىلىق جاساپ، ادام ٴولتىرۋ نەمەسە توناۋشىلىق ىستەپ، باسقىنشىلىق جاساۋ دەلولارى بويىنشا ٴوزى تۋدىرعان 27 دەلونى مويىندايدى. 1996-جىلعى «4-ايدىڭ 9-كۇنگى» دەلو ونىڭ تۇڭعىش رەتكى ادام ٴولتىرۋ دەلوسى بولاتىن، سوندىقتاندا ول بۇل دەلونى تۋدىرۋ بارىسىن ۇمىتا قويمايدى، ول دەلونىڭ بارىسىن نەگىزىنەن تولىق باياندايدى:

1996-جىلى 4-اي بولاتىن، ناق قاي كۇنى ەكەنى ەسىمدە قالماپتى. تەمەكى زاۋودىنىڭ قاسىنان ٴوتىپ بارا جاتقاندا، سيگىم كەلىپ كەتىپ، دارەتحاناعا بۇرىلدىم. دارەتحانانىڭ ىشىنەن ٴبىر ايەلدىڭ تىق-تىق باسىپ شىعىپ كەلە جاتقانىن سەزدىم دە، ونىڭ جاس ايەل ەكەنىن ٴبىلىپ، توتەسىنەن ايەلدەر دارەتحاناسىنا كىرىپ باردىم. ايەل مەنىڭ قارسى الدىمنان شىعا كەلدى، مەن ونى ىتەرىپ تامعا شاپتاپ تۇرىپ ەكى قولىممەن كەڭىردەگىنەن قىستىم، ول ەكى اياعىمەن تىرەپ قاتتى تىربىڭدى. 5 — 6 مينۋتتان كەيىن ونىڭ دىمى ٴوشتى.

مەن ونى ولىك قولىممەن قولتىقتاپ اپارىپ، دارەتحانانىڭ ىشكى جاعىنداعى دارەت سىندىراتىن جەرگە اپارىپ...

ول ەتى جۇمساق، جاس ايەل ەكەن. مەنىڭ بويىم 1 مەتر 63 سانتيمەتر، ول مەنەن الاسا ەكەن، شاماسى بويىنىڭ بيىكتىگى 1 مەتر 55 دە 1 مەتر 60 سانتيمەتر، دەنە سالماعى 80 — 90 جىڭ اينالاسىندا.

مەن 40-ٴنومىرلى اياق كيىم كيەمىن، اياعىمداعى اياق كيىمنىڭ تابانى رەمەن رازەنكەدەن جاسالعان.

بۇل 4 ەستەلىكتى 4 گرۋپپاداعى ساقشىلار تۇرلىشە ۋاقىتتا، تۇرلىشە ورىندا ونى سۇراققا تارتقاندا جازىپ قالدىرعان. ولاردى سالىستىرىپ كورگەن سوڭ، تاڭ جي ولاردا پالەندەي پارىق جوق ەكەنىن، ونىڭ ۇستىنە، بىرىنەن-ٴبىرى انىق جازىلعانىن، ونداعى ورىننىڭ، ۋاقىتتىڭ، اينالاسىنىڭ اقۋالىنىڭ، قاستاندىققا ۇشىراۋشىنىڭ دەنە تۇرقىنىڭ، تاعى باسقا دا ٴمان جايىنىڭ ساقشى جاق يەلەگەن اقۋالمەن بىردەي شىققانىن بايقايدى. تاڭ جي ەگەر دەلو تۇدىرۋشى مويىنداماسىن جالعاننان جاساعان بولسا، وندا بۇل 4 ەستەلىكتىڭ بىردەي شىعۋى مۇمكىن ەمەس ەدى، ٴتىپتى ٴبىر-بىرىنە قايشى كەلەتىن جەرلەرى دە بولار ەدى دەگەن ويعا كەلەدى.

ماسەلە تىم اۋىر! تاڭ جي دەرەۋ تەلەفون سوعىپ، مۋ فىڭسۋنمەن بايلانىس جاسايدى.

مۋ فىڭسۋن ــ ىشكى موڭعول اۆتونوميالى رايوندىق قوعام حاۋىپسىزدىگى مەڭگەرمەسىنىڭ ٴىرى، ماڭىزدى دەلولار بولىمشە اترەتىنىڭ جاۋاپتىسى، سونداي-اق جاۋ جىحوڭ ارناۋلى دەلوسىن باسقارعان ساقشى. ول وقىعان-توقىعان، تاجىريبەسى مول، تاڭ جيمەن جۇلدىزى جاراسقان جاقسى دوس ادام بولاتىن.

مۋ فىڭسۋن: جاۋ جىحوڭنىڭ «4-ايدىڭ 9-كۇنگى» دەلوسىنداعى ادام ولتىرگەن ناعىز جەندەت ەكەنىن مويىنداعانىن ەستىگەندە، باسىمىنىڭ ٴتۇتىنى شىعىپ كەتتى. سول جىلى بۇزاقىلىقپەن ادام ولتىرگەن قىلمىستى حۋگجيلىتۋ اتىلىپ كەتپەدى مە؟ وندا مىناۋ قايدان شىقتى؟ يا بولماسا، قىسىمعا توزە الماعان جاۋ جىحوڭ اۋزىنا كەلگەنىن ايتىپ تۇر ما؟

مۋ فىڭسۋن قول استىنداعىلارعا جاۋ جىحوڭدى دالاعا الىپ شىعىپ، ازىراق سەرگىتىڭدەر دەپ تاپسىرادى.

دالاعا الىپ شىققاندا، جاۋ جىحوڭ ٴوزىنىڭ ٴسوزىنىڭ راس ەكەنىن دەلەلدەۋ ٴۇشىن، ادام ولتىرگەندىگى جونىندەگى تاعى ٴبىر دەلونى اشكەرەلەيدى: ەكى ايدىڭ الدىندا، ول اۆتوكولىكپەن كەلە جاتىپ 18 ــ 19 جاسارداعى ٴبىر قىز بالانى كولىگىنە سالىپ الادى دا، ونى باسقىنشىلىق جاساپ ٴولتىرىپ، مۇردەسىن كوكحوت قالاسىنداعى شياۋ حيحى وزەنىنىڭ جاعىسىنداعى ورمانىنىڭ اراسىنا كومىپ تاستايدى.

مۇنى ەستىگەن مۋ فىڭسىن ونى دەرەۋ ناق مايدانعا الىپ بارادى، ايتىپ ايتپاي ول جەردەگى تومپەشىك توپىراقتىڭ استىنان الگى قىزدىڭ مۇردەسى تابىلادى. بۇدان قاراعاندا، جاۋ جىحوڭ ساقشىلارعا وتىرىك ايتپاعان سياقتى.

مۋ فىڭسۋن الدىندا تىشقانداي بولىپ سۇمىرەيىپ تۇرعان جاۋ جىحوڭدى جەككورگەندە جەپ جىبەرە جازدايدى. بىلاي بولعاندا،

قىرشىن جاس حۋگىجيلىتۋ بەيشارا زاڭىنىڭ اتىمەن بەكەرگە وبالدى كەتكەن بولدى عوي!

شياۋ حيحى وزەنىنىڭ بويىنان قايتىپ كەلگەندە، تاڭ اعارىپ اتىپ كەلە جاتقان ەدى، بۇل كەزدە تاڭ جي ۇيىقتاي الماي توسەكتە ارى-بەرى دوڭبەكشىپ، سوڭىنان ارناۋلى دەلو گرۋپپاسىنداعىلار جاتقان قوناق ٴۇيدىڭ اۋلاسىنا شىعىپ، سەيىلدەپ جۇرگەن بولاتىن. وسى كەزدە كوزەتشى وعان جاڭ تيە چياڭنىڭ وسى جەرگە كەلگەنىن ايتادى.

مۇنى ەستىگەن تاڭ جي: «ول نەگە كەلىپتى مۇندا؟» دەيدى وعان تاڭعالىپ.

مۋ فىڭسۇن: جاۋ جىڭجۇڭدى رۇقساتسىز ٴوز الدىنا تەرگەۋگە كەلىپتى، — دەيدى تاڭ جيگە.

مۇنى ەستىگەن تاڭ جي: ۇيتسە قايتىپ بولادى ەكەن! جاڭ تيەچياڭ سول جىلعى ارناۋلى دەلو گرۋپپاسىنىڭ باستىعى بولعان، حۋگىجيلىتۋ دەلوسىنىڭ قالاي ٴبىر جايلى ەتىلگەنى ونىڭ كوكەيىندە سايراپ تۇر. قازىر ونىڭ قولىندا ۇقىق بار، ونىڭ بۇل كەلىسى تەگىن ەمەس. بىرىنشىدەن، بالكىم ول ٴوزى ٴبىر جايلى ەتكەن سول دەلونىڭ قازىر قالاي بولىپ جاتقانىن ٴبىلىپ قايتپاق شىعار؛ ەكىنشىدەن، الدا-جالدا كۇندەردىڭ بىرىندە جاڭ جىڭجۇڭنىڭ «ويلاماعان جەردەن ٴولىپ» قالاما، جوق مويىنداماسىنان جالتاراما، بۇل جاعى بەلگىسىز، دەپ ويلادى ىشتەي.

مۋ فىڭسۇن تاڭ جيگە: كوكحوت قالالىق قوعام حاۋىپسىزدىگى مەكەمەسىنىڭ ورىنباسار باستىعى حى فىڭ بۇل اقۋالدان حابار تاپتى. ەش كىمنىڭ كەسە كولدەنەڭ بولماۋىنا كەپىلدىك ەتۋ ٴۇشىن، قازىر جاۋ جىڭجۇڭ ىشكى موڭعۇل قىلمىستىق ىستەر ساقشىلارى باس اترەتىنىڭ ٴيىسشىل ٴيت باعىپ تاربيەلەۋ بازاسىنا اپارىلدى، ونى قارايتىن بۇرىنعى ساقشىلاردىڭ ورنىنا باسقادان 10 ساقشى قويىلدى، جاڭ تيەچياڭنىڭ ول اراعا بارۋى دا شەكتەلدى، — دەدى

بەرتىنگى احۋالدى تانىستىرىپ.

كانگى قىلمىستى جاۋ جىحۇڭ قولعا تۇسكەن سوڭ، ىشكى موڭعۇل اۆتونوميالى رايوندىق قوعام حاۋىپسىزدىگى مەڭگەرمەسى كوپ جىلدان بەرى باس قاتىرىپ كەلگەن ءبىر ءىستىڭ سوڭىنا شىققانداي بولىپ ەدى، ءبىراق ءبىر دەلوعا ەكى قىلمىستىنىڭ «تالاسقانى» ولاردىڭ باسىن تاعى قاتىردى. ولار جارتى جىل ىشىندە قوعام حاۋىپسىزدىگى مينيستىرلىگىنەن ىلگەرىندى-كەيىندى بارلاۋ قىزمەتىنە جەتەكشىلىك ەتەتىن 3 مامان ۇسىنىس ەتەدى. ونىڭ بىرەۋى قوعام حاۋىپسىزدىگى مينيستىرلىگىنىڭ 1-زەرتتەۋ ورنىنىڭ پروفەسسورى ياڭ چىڭشۇن بولاتىن، ول ەلىمىزدىڭ تۇڭعىش رەتكى جالعان سويلەۋ ولشەگىشىن تاپقىرلاعان مامان، ول ەڭ وزىق پسيحولوگيالىق ولشەۋ-تەكسەرۋ اسپابىمەن جاۋ جىحۇڭعا تەكسەرۋ جۇرگىزگەن. بۇل مارتەبەلى مامان ءوزىنىڭ تەكسەرۋ ناتيجەسىن جارياالاعاندا: «جاۋ جىحۇڭنىڭ ايتقانى راس ەكەن، الگى بالا وبالدى بولىپتى» دەيدى قاتتى تاڭدانىپ. ول بۇل ءسوزدى ايتقاندا، بەتىن باسقان ساۋساقتارىنىڭ اراسىنان كوزدەن اققان جاس تامشىلاپ تۇرعان ەدى.

كەزىندە حۇگجيلتۋ مەن جاۋ جىحۇڭ دەلوسىنىڭ ءمان جايىن تالاي رەت سالىستىرىپ كورگەن مامان ۇ گوچيڭ، ءوزىنىڭ بۇل دەلو جونىندەگى كوزقاراسىن ايتقاندا: «مەنىڭ پوزيتسيام وتە ايقىن، قوعام حاۋىپسىزدىگى مينيستىرلىگى مەن ورتالىقتاعى باسشىلارعا دا مالىمەت بەرگەمىن، ءبىر دەلونى باسقا-باسقا ەكى قىلمىستىنىڭ مويىنداۋى تاڭعالارلىق اقۋال، مۇنداي بولعاندا ونىڭ بىرەۋىنىڭ وبالدى بولاتىنى ءتابيعي» دەدى توتەسىنەن.

اۆتونوميالى رايوندىق، كوكحوت قالالىق قوعام حاۋىپسىزدىگى مەكەمەلەرىنەن اقۋال يەلەگەن سوڭ، تاڭ جي اۆتونوميالى رايوندىق ساياسي زاڭ كوميتەتىنە بارىپ، ونىڭ ورىنباسار شۋجيى، ارناۋلى دەلو تەكسەرۋ گرۋپپاسىنىڭ ورىنباسار باستىعى حۋ ي-فىڭنان

اقۋال يەلەدى. حۋ ي-فاڭ: «تەكسەرۋ گرۋپپاسى دەلونىڭ اۋەلگى ٴمان-جايىن قالپىنا كەلتىرۋ ٴۇشىن، سول جىلعى قاتىستى ادامداردىڭ ٴبارىن شاقىرىپ دەلو تۋىلعان ناق مايدانىنىڭ ناقتى اقۋالىن قايتا-قايتا الەستەتتى. حۋگىنجيلىنتۋدىڭ سول جىلعى مويىنداماسىنداعى قولدانعان ٴتاسىلى ٴبىر-بىرىنە ۇقساماعانىمەن، تەكسەرۋشىلەر سونىڭ ٴبارىن ايتقانى بويىنشا قايتادان ٴبىر-بىردەن ىستەپ كورىپ، ونىڭ ايتقان ٴارقانداي ارەكەتىنىڭ ادام ولتىرە قوياتىنداي بولماعاندىعىن دالەلدەيدى. سونىمەن، سول جىلى ٴولىم جازاسىنا ۇكىم ەتىلگەن حۋگىنجيلىنتۋدىڭ ٴولىم جازاسىنا ۇكىم ەتىلۋ فاكتىنىڭ اۋىر دارەجەدە جەتەرسىز ەكەندىگى تۇجىرىمدالادى.

ٴبىراق سوتتا تەرگەۋ جۇرگىزىلگەندە، جاۋ جىحۇڭنىڭ 10 رەتكى ادام ٴولتىرۋ دەلوسىنىڭ توعىزىنا عانا ايىپتاۋ جۇرگىزىلەدى دە، توقىماشىلىق زاۋودىنداعى دارەتحانادا تۋىلعان «4-ايدىڭ 9-كۇنگى» باسقىنشىلىق جاساپ، ادام ٴولتىرۋ دەلوسى ايىپتاۋسىز قالادى. سوت اشىلعان كۇنى قىلمىسكەر جاۋ جىحۇڭ الەۋمەتتىك ايىپتاۋشىدان: «مەن ون ادام ٴولتىردىم، سىزدەردىڭ توعىز ادام ٴولتىردى دەيتىندەرىڭىز قالاي؟ بىرەۋى قالىپ قالدى عوي!» دەيدى سوت ۇستىندە. حۋگىنجيلىنتۋ دەلوسىن قايتادان تەكسەرۋ ارناۋلى دەلو گرۋپپاسىنىڭ سوتقا تىڭداۋشى بوپ سىرتتاي قاتىناسقان مۇشەلەرى مۇنى ەستىپ قاتتى قايران قالادى. ەگەر «4-ايدىڭ 9-كۇنگى» دەلوسىنا شاعىم ايتىلماي، جاۋ جىحۇڭ ٴولىم جازاسىنا ۇكىم ەتىلىپ اتىلىپ كەتەتىن بولسا، وندا حۋگىنجيلىنتۋ دەلوسى سول بەتى انىقتالماي كەتەدى عوي! سونىمەن ولار بۇل ماڭىزدى ماسەلەنى دەرەۋ تاڭ جيگە جەتكىزەدى.

ٴىس مۇنداي تىم كۇردەلى ساتتە تۇرعاندا، تاڭ جي قولىنا قالامىن الماي تۇرا المادى. ۇيتكەنى ول فاكتى تولىق كوپتەگەن يمفورماتسياعا يە بولدى، بۇل ونىڭ ەڭ ۇتىمدى قارۋى. سونىمەن ول «كوكحوت قالاسىندا تۋىلعان جەلىلەس ادام ٴولتىرۋ دەلوسىنىڭ

بىرەۋىنە شاعىم ايتىلماۋى كۇدىكتى بولدى» دەگەن تاعى ٴبىر ىشكى حاباردى جازىپ شىعادى. بۇل حاباردى كورگەن ەڭ جوعارى حالىق سوت مەكەمەسى جاڭ جىحۇڭ دەلوسىنىڭ استارىنداعى كۇردەلى جاعدايدان حابار تاۋىپ، بۇل دەلو جونىندەگى 1-تەرگەۋ قازىرشە ٴۇزىلىس جاساي تۇرسىن دەپ نۇسقاۋ بەرەدى.

6

تاڭ جيدىڭ حۇگىجيلىتۋ دەلوسىنا قاتىستى يمفورماتسيالارعا تەكسەرۋ جۇرگىزىپ جاتقاندىعى جونىندەگى حابارلار قۇلاقتان قۇلاققا جەتتى، ەڭ كەمىندە كوكحوت قالاسى مەن ىشكى موڭعول اۆتونوميالى رايونىنىڭ ٴادىليا ٴجۇيەسى ٴۇشىن پالەندەي قۇپيا ٴىس بولۋدان قالدى. بۇل كەزدە تاڭ جي دە، ونىڭ سىرالعى تانىسى جاڭ تيەچياڭ دا ماجىلىستەردە، داستارقاندا كەزدەسىپ قالعاندا، ٴبىرىن-ٴبىرى الا كوزبەن اتىپ، ىشتەي ٴبىرىن-ٴبىرى ٴبىلىپ وتىراتىن. جاڭ تيەچياڭ تاڭ جيدىڭ حۇگىجيلىتۋ دەلوسىن اقتاپ شىقپاق بولىپ، قالامىن سايلاپ جۇرگەنىن ابدەن بىلەتىن، ٴبىراق تاڭ جيگە مۇنى بىلدىرمەيتىن، ال تاڭ جي جاڭ تيەچياڭنان بويىن اۋلاققا سالىپ جۇرەتىن، ۇيتكەنى ول ٴوزىنىڭ جازعان ماقالالارىنىڭ كۇش-قۋدىرەتىمەن بۇل دەلونىڭ قايتادان تەكسەرىلۋ مۇمكىندىگىنىڭ بارعان سايىن ارتىپ بارا جاتقانىن، ادىلدىك تاڭىنىڭ ٴالى-اق اتاتىنىن بىلگەن. سونىمەن قويشى، وسى 9 جىل بارىسىندا، ەكەۋىنىڭ اراسىنداعى استىرتىن كۇرەس اشىققا شىقپاي كەلگەن ەدى.

لي سانرىن مەن شاڭ ايحۋا دا تاڭ جيگە وزدەرىنىڭ باقىلاۋدا جۇرگەنىن، كەرەك-جاراعىن العالى بازارعا بارسىن، الدە تۋىستارىنىڭ ۇيىنە امانداسا بارسىن، بىرەۋدىڭ ارتتارىنان قالماي ەرىپ جۇرەتىنىن ايتقان بولاتىن.

تاڭ جي تەكسەرۋ بابىمەن ٴار جولى بارعان سايىن، وزگەلەر وعان

اق كوڭىلدىكپەن ەسكەرتۋ بەرگەن كەزدە دە، الدە قانداي ٴبىر سوۋق كوزدىڭ وعان قادالىپ جۇرگەنىن سەزەتىن. ول كۇنى بويى قورقىپ جۇرەتىن ايەلىنە: «قورقاتىن نە تۇر، مۇندايدىڭ تالايىن كوردىك قوي» دەيتىن. راسىندا سولاي، بىرەۋلەردىڭ قورقىتۋى تاڭ جي ٴۇشىن تاڭعالارلىق ٴىس بولۋدان قالعان. ول حۋگجيلىتۋدىڭ قاتە ٴولتىرىلۋ دەلوسىن تۇزەتۋ ٴۇشىن تىنىم تاپپاي ارى-بەرى شاپقىلاپ قىزمەت ىستەپ جۇرگەندە، اگەنتتىك وعان تاعى ەكى ٴىرى دەلونى حابارلاۋ مىندەتىن جۇكتەيدى، ال بۇل ەكى مىندەتتىڭ ەكەۋى دە حاۋىپ-قاتەرى اسا زور مىندەت ەدى.

2008-جىلى، تاڭ جي اگەنتتىكتىڭ تاپسىرۋىمەن قايتا-قايتا تەكسەرۋ ارقىلى «بۇل ون مىڭ شاقىرىم جەرگە ورمان وتىرعىزعاندىق پا، الدە جۇرتشىلىقتى زياندىعاندىق پا؟» دەگەن تاقىرىپتا جەلىلەس حابار جازادى، وتكىر تىلمەن جازىلعان بۇل حابار ٴبىر مەزگىل ۇلكەن دابىرا تۋدىرعان، شىعىس تەرىستىكتەگى رايونداردى تەگىس شارپىعان، تەرەڭ ەگۋگە قارجى قوسۋدى جەلەۋ ەتكەن «ون مىڭ شاقىرىم جەرگە ورمان وتىرعىزۋ» ٴۇشىن قارجى جيناۋ الدامكوستىگى اشكەرەلەنىپ، قاتىستى ٴادىليا تاراۋلارى بۇل تۋرالى دەلو تۇرعىزىپ تەكسەرىپ، الدانىپ قالعان ادامداردىڭ زاڭدى ۇقىق مۇددەسىن زاڭ تاسىلىمەن قورعاۋعا قۇزىرعا قۋزاعان. ٴبىراق ون مىڭ شاقىرىم جەرگە اعاش ەگۋگە قارجى توپتاۋشىلار بۇعان مويىنسال بولماي، توراپتا اۋزىنا كەلگەنىن ايتىپ سوگىس ايتۋمەن بىرگە، شينحۋا اگەنتتىگىنىڭ ىشكى موڭعۇل بولىمشەسىنىڭ قاقپاسىنىڭ الدىنا جينالىپ سويقان شىعارىپ، «ٴبىر ميلليون يۋان اقشا شىعارىپ تاڭ جيدىڭ باسىن الامىز» دەپ داۋرىققان. بۇل كۇنى اگەنتتىكتىڭ ىشىندە سىرتتان كەلگەن قوناقتارمەن بىرگە بولعان تاڭ جي اگەنتتىكتىڭ باسشىلارى مەن قىزمەتتەستەرىنىڭ قورعاۋىمەن قوناقتارمەن بىرگە ەپتەپ سىرتقا شىعىپ كەتكەن، ايتپەسە نە بولارىن كىم ٴبىلسىن؟ سوڭىنان تاڭ جي ٴوزىنىڭ بلوگىندا الگى

سويقان شىعارۋشىلارعا: «مەن ٴبىر جاقسى ادام بولۋدى قالاعان ەكەنمىن، ەندەشە بۇقارا زيان تارتىپ جاتسا قاراپ تۇرا المايمىن! مەنىڭ بىلوگىمداعى تۋىندىلارىمنىڭ كوبى مەن ساياسي حاۋىپ-قاتەردە قالعان، اۋەلى ٴولىم حاۋپىنە دۇشار بولعان جاعدايدا جازىلعان. ەگەر مەن ٴبىر ٴوز باسىمنان اسا المايتىن ەز ادام بولسام، وندا وسى بەرتىنگى جىلدارى قارالىقتى اشكەرەلەيمىن، جاۋىزدىقتى جازالايتىن، وبالدى بولعان جۇرتشىلىقتىڭ كوڭىلىنەن شىعاتىن جاقسى حابارلاردى جازباعان بولار ەدىم» دەپ جاۋاپ قايتارادى.

2005-جىلى 3-ايدا، ۋاڭ فاميليالى ٴبىر اعاشى شياڭگاڭدىق ساۋداگەرمىن دەگەن اتپەن كوكحوتقا كەلىپ، قالالىق حالىق ۇكىمەتىندەگىلەردى قويياردا قويماي اينالدىرىپ ٴجۇرىپ توقتام جاساسىپ، ساۋدانىڭ ەڭ قايناعان قان بازارىنان «ەلىمىزدىڭ باتىس تەرىستىگىندەگى رايوندار بويىنشا ەڭ بيىك عيمارات — جينيك حالقارالىق CBD عيماراتىن» سالامىن دەپ بوسەدى. سونىمەن سالىنعانىنا ٴتورت-اق جىل بولعان كوكحوت قالالىق قوعام حاۋىپسىزدىگى مەكەمەسىنىڭ قولباسشىلىق ورتالىعى عيمارتى مەن كوكحوت قالالىق ۇكىمەتتىڭ ەسكى عيماراتى جانە باسقا دا عيماراتتار ىركەس-تىركەس شاعىلادى دا، جالعان شياڭگاڭدىق ساۋداگەر كوكحوت قالاسىنىڭ تاق ورتاسىنداعى باتىس جوڭشان كوشەسىنەن وڭاي-وسپاق قولعا تۇسپەيتىن 50 نەشە مۇ جەردى قاعىپ الادى.

كوكحوت قالاسىنىڭ قالىپتان تىس ٴتيىمدى ساياساتىنان ىگىلىكتەنگەنىمەن، الگى «قارىمى قاپتال جەتەتىن» جالعان شياڭگاڭدىق ساۋداگەر قارجى قوسپاق تۇگىل قاراسىن كورسەتپەي كەتەدى دە، الگى ايتىلمىش «باتىس تەرىستىك بويىنشا ەڭ بيىك عيمارات» اتسىز-اياقسىز قالعان قۇرىلىسقا اينالادى. سونىمەن، جالعان شياڭگاڭدىق ساۋداگەر كوكحوت قالاسىندا حالىقتان زاڭسىز

قارجى جيناۋ قيملىمەن شۇعىلدانادى، سوڭىنان اقپارات مەدييالارى مەن ساقشى جاق بۇعان نازار اۋدارىپ تەكسەرۋ جۇرگىزەدى.

كوكحوتتاعى كەيبىر ۇكىمەت قىزمەتكەرلەرى مەن قالا تۇرعىندارى بۇل جاعدايدى ەستىگەن سوڭ، شينحۋا اگەنتتىگىنىڭ ىشكى موڭعۇل بولىمشەسى باس اگەنتتىككە بۇل اقۋالدى مالىمدەپ نۇسقاۋ سۇرايدى، باس اگەنتتىك ىشكى موڭعۇل بولىمشەسىنەن ٴوز مىندەتىن اتقارۋدى تالاپ ەتەدى، بولىمشە اگەنتتىك پارتيا گرۋپپاسى بولىمشە اگەنتتىكتىڭ باستىعى ۋ-گوچيڭنىڭ قولباسشىلىق ەتۋىندە، تاڭ جيدىڭ باس بولۋىندا بۇل دەلونى تەكسەرۋدى ۇيعارادى.

بۇل كەزدە تاڭ جي ارالاسقان حۋگىجيلتۋ دەلوسىن قايتادان تەكسەرۋ قيىن كەزەڭگە ٴدۇپ كەلگەن ەدى. جالعان شياڭگاڭدىق ساۋداگەردىڭ زاڭسىز اقشا جيناۋ دەلوسى وعان قاباتتاسىپ قالعاندىقتان، تاڭ جي دۇيىم جۇرت تىگەتىن «قوس تۇيىنگە» اينالدى. قولىنداعى قالامىنىڭ كىمگە جاعىپ، كىمگە ٴتيىپ جاتقانىن تاڭ جي ابدەن بىلەدى، سوسىن دا بولار، تاڭ جي الۋان دايىندىق جاساپ، العان بەتىنەن قايتپاي ىلگەرىلەي بەردى.

تاڭ جي قالالىق قوعام حاۋىپسىزدىگى مەكەمەسىنىڭ قىزمەت عيماراتى مەن كوكحوت قالالىق پارتيا — ۇكىمەت قىزمەت عيماراتىنىڭ شاعىلعان قيراندىلارىنىڭ قاسىنا كۇندە تاڭەرتەڭ كەلىپ، ونداعى جۇمىسشىلارمەن اڭگىمەلەسىپ ٴجۇردى. قاراي گور، مىنا ۇزىنتۇرا شينحۋا اگەنتتىگىنىڭ ٴتىلشىسى ەكەن! انە، شينحۋا اگەنتتىگىنىڭ ٴتىلشىسى كەلە جاتىر! نەسىن ايتاسىڭ، بىرەۋ شينحۋا اگەنتتىگىنىڭ الگى جالعان شياڭگاڭدىق ساۋداگەردىڭ سازايىن قايتىپ بەرەرىن كورگىسى كەلسە، بىرەۋلەۋ الدانىپ قالعان پارتيا-ۇكىمەت باسشىلارىنىڭ قالاي وماقاسقانىن كورگىسى كەلەدى؛ ارينە، شينحۋا اگەنتتىگىنىڭ تەكسەرۋىن قالاي توسارىن بىلمەي قاڭعىلەستەپ جۇرگەندەر دە جوق ەمەس... سونىمەن شينحۋا اگەنتتىگىنىڭ ىشكى موڭعۇل بولىمشەسى ٴار الۋان قوعامدىق

كۇشتەر ارباساتىن جەلدىڭ وتىندە قالادى، كەيىن كەلە ارسىزدىقپەن اباقتىعا جابىلعان، سول كەزدە كوكحوت قالاسىنىڭ باستىعى بولىپ تۇرعان تاڭ ايجۇن اگەنتتىكتىڭ باستىعى ۋ-گوچيڭدى كەڭسەسىنە شاقىرىپ الىپ، تۇرلىشە سەبەپ كورسەتىپ، ونى تەكسەرۋدى دوعارۋعا قىستايدى. سوندا تاڭ جي ناق مايداندا پايدا بولىپ: ٴبىز پارتيانىڭ ٴتىل-جاعىمىز، بورىشىمىزدى وتەۋ ٴۇشىن ىستەيتىن ٴىسىمىزدى سوڭىنا دەيىن ىستەيمىز، — دەپ ايقىن پوزيتسيا بىلدىرەدى.

ۋ-گوچيڭ مەن تاڭ جيدىڭ ارت-ارتىنان جازعان 9 ىشكى ماتەريالى مەن اشىق جازعان حابارلارىنىڭ قىزاۋىندا، الگى جالعان شياڭگاڭدىق ساۋداگەر زاڭ تورىنا تۇسەدى. ولار كوكحوت قالاسىنداعى كادرلار مەن جۇرتشىلىقتىڭ تالابىنا ساي، سول كەزدە قىزمەتتە جاۋاپكەرسىزدىك ىستەگەن ٴماناساپتىلارعا دا تەكسەرۋ جۇرگىزىپ، سول كەزدەگى دەلو جونىندە ىشكەرىلەي حابار جازادى. بۇل كەزدە، اشىقتان-اشىق قورقىتۋ دا بولعان، اۋەلى شينحۋا اگەنتتىگىنىڭ ٴتىلشىسىن قورقىتۋعا سول كەزدە كوكحوت قالاسىندا كادىمگىدەي ۇلكەن ماناپ ۇستاپ وتىرعان بىرەۋ تىكەلەي اتسالىسقان. ۋ-گوچيڭ بۇل ٴماناساپتىنىڭ ٴوزىن قوناققا شاقىرعانىن تاڭ جيگە ايتادى، تاڭ جي «ول تەگىن شاقىرىپ وتىرعان جوق، اباي بول» دەيدى وعان. ۋ-گوچياڭ: «تال تۇستە مەنى نە قىلادى دەيسىڭ؟ كانە، مەن ولاردىڭ ويىنىن ٴبىر كورەيىن» دەيدى تاڭ جيگە. اراق-شاراپقا باسپايتىن، تەمەكى شەكپەيتىن ۋ-گوچيڭ قوناق داستارقاندا تەك جىلى شىراي تانىتىپ قانا وتىردى، ولاردىڭ ايتقانىنىڭ بىرەۋىنە دە ماقۇل بولمادى. قوناق يەسى بولىپ وتىرعان بەلگىلى ماناپتى تاقاتى تاۋسىلىپ اشۋىن سىرتىنا شىعارا الماي ارەڭ وتىردى، سوڭىندا ۋ-گوچيڭدى جەتكىزىپ قويماق بولىپ جولدا كەلە جاتقاندا، ول: «سەن تاڭ جيگە ايتىپ قوي، ەندى جازاتىن بولسا، مەن ونى قولعا العىزامىن» دەيدى ۋ-گوچيڭگە.

مۇندايدىڭ تالايىن كورگەن ۋ-گوچيڭ: «توقتات ماشيناڭدى!» دەدى اشۋلانىپ.

ماشينادان تۇسكەن سوڭ، ۋ-گوچيڭ الگى مانساپتىعا تەسىلە قاراپ: «وندا مەن دە ساعات ايتىپ قويايىن، سەن تاڭ جيگە تيىسكەن كۇن ٴوز تۇبىڭە ٴوزىڭ جەتكەن كۇن بولىپ جۇرمەسىن!» دەيدى دە ارتىنا بۇرىلىپ ٴجۇرىپ كەتەدى.

7

«ادىلەتتىگە كومەك كوپ» دەگەن وسى ەكەن. تاڭ جيدىڭ حۋگىجيلىتۋ دەلوسىنىڭ قايتادان تەكسەرىلۋىنە دەم بەرگەن 2-رەتكى ىشكى ماتەريالى بەرىلگەن سوڭ 7 كۇننەن كەيىن، ورتا جاستاعى بىرەۋ ونىڭ كەڭسەسىنە كەلەدى.

ۇستىنە قاراپايىم بۇقاراشا كيىم كيگەن، سۇڭعاق بويلى بۇل كىسىدەن الدە قانداي ساقشىنىڭ قىراعىلىعى ٴبىلىنىپ تۇر. بۇل كىسى كەڭسەدە ادام بار ەكەنىن كورگەنسوڭ ٴتىل قاتپاي، ٴبىر قولىن جانقالتاسىنا سالىپ كىدىرە تۇردى، ونى كورگەن تاڭ جي سويلەسىپ وتىرعان ٴبىر وقۋشىسىنىڭ جۇمىسىن ٴبىتىرىپ جولىنا سالدى.

قانشا ايتقانمەن، بۇل كەز توتەنشە سەزگىرلىكتى قاجەت ەتەتىن كۇردەلى مەزگىل ەدى، تاڭ جي: «ساقشىسىز عوي دەيمىن، كانە كەلىڭىز» دەدى.

— ٴيا، سولاي تاڭ جي ۇستاز، كورەگەن ەكەنسىز، مەن تۇرمە ساقشىسىمىن، — دەدى دە الگى كىسى جانقالتاسىنان ساقشىلىق كۋالىگىن الىپ تاڭ جيگە كورسەتتى،ونان سوڭ ول تاعى ٴبىر پارشا ماتەريالدىڭ كوبەيتىلگەن نۇسقاسىن الىپ شىعىپ تاڭ جيگە بەردى.

ونى قولىنا الىپ كورگەن تاڭ جي بۇعان قاتتى قۋاندى. بۇل ساقشى اكەلگەن قاعاز جاۋ جىحۇڭ تۇرمەدە جاتقاندا بەرگەن «قۇن تولەۋ ٴوتىنىشىنىڭ» كوبەيتىلگەن نۇسقاسى ەدى. مۇنداي كۇردەلى

جاعدايدا بۇل ٴوتىنىشتىڭ باستىقتىڭ قولىنا تيمەي قالۋىنان الاڭداعاندىقتان، ول مۇنى كوبەيتىپ باسىپ الىپ تاڭ جيگە اكەلىپ بەرگەن بولاتىن. تاڭ جي بۇل مەتەريالدى كورىپ بولعانشا، ول ٴالام-مەم دەمەي كەتىپ قالادى. تاڭ جي ىشتەي بۇل كىسىنىڭ حاۋىپ-قاتەرگە قاراماي وسىلاي ىستەگەنىن سەزەدى.

جاۋ جىحۇڭنىڭ «قۇن تولەۋ وتىنىشىندە» بىلاي دەپ جازىلعان.

قۇرمەتتى جوعارى حالىق پروكۋراتۋرا مەكەمەسىنىڭ پروكۋرورلارى:

مەن «2-ايدىڭ 25-كۇنگى» جەلىلەس ادام ٴولتىرۋ دەلوسىنىڭ قىلمىسكەرى جاۋ جىحۇڭمىن، مەنىڭ بۇل دەلوم 2006-جىلى 11-ايدىڭ 28-كۇنى سوت اشىلىپ تەكسەرىلىپ بولعان. مۇندا قالاي ەكەنى بەلگىسىز، 1996-جىلى 4-ايدىڭ 18-كۇنى (دۇرىس ۋاقىتى 4-ايدىڭ 9-كۇنى) تۋىلعان كوكحوت قالالىق ٴبىرىنشى توقىماشىلىق فابريكاسىنىڭ تۇرعىندار اۋلاسىنداعى الەۋمەتتىك دارەتحانادا ادام ٴولتىرۋ دەلوسى تۋرالى الەۋمەتتىك ايىپتاۋ جۇرگىزگەن ورگان ٴبىر اۋىز ٴسوز سويلەمەدى. زاتىندا بۇل دەلونى مەن تۋدىرعامىن. ٴارى زياندالۋشى ولگەن بولاتىن.

مەن قولعا الىنعانان كەيىن، ۇكىمەتتىڭ تاربيەسى ارقىلى ادامدىق ار-ۇجداندى ٴبىلدىم. «قولىممەن ىستەگەندى موينىممەن كوتەرۋگە» بەكىندىم، ۇكىمەتتىڭ تۇبەگەيلى تەكسەرىپ انىقتاۋىنا بەلسەنە سەلبەستىم! مەن سوتتارىڭىزدان ارناۋلى ادام جىبەرىپ بۇل دەلونى قايتادان تياناقتاندىرىپ، تۇبەگەيلى تەكسەرۋلەرىڭىزدى وتىنەمىن! بىلاي بولعاندا، ولگەن ادام ٴۇشىن، وبالدى كەتكەن ادام ٴۇشىن، زاڭ ٴۇشىن، ەستىگەن قۇلاق ٴۇشىن ادىلدىك بولعان بولار ەدى! وندا مەنىڭ ٴومىرىمنىڭ ەڭ سوڭعى نۇكتەسىندە ەش قانداي وكىنىش قالماعان بولار ەدى!

سوت باسشىلارىڭىزدىڭ بۇل ىسكە نازار اۋدارۋىن، سونداي-اق ونى بەكىتىپ، بارىنشا قولداۋىن ٴۇمىت ەتەمىن!

وسىنى ەرەكشە وتىنەمىن

راقمەت!

كوكحوت قالالىق ٴبىرىنشى تۇرمە 2ـ ورتا اترەتى 14ـ ٴنومىرلى قىلمىسكەر جاۋ جىحۇڭ

2006ـ جىلى 12ـ ايدىڭ 5ـ كۇنى.

تاڭ جي جاۋ جىحۇڭ جازعان بۇل نارسە مەيلى قانداي ماقساتپەن جازسىن، ايتەۋ «4ـ ايدىڭ 9ـ كۇنگى» دەلوسىنداعى اقپاراتتىق ىستەر جونىنەن الىپ ايتقاندا، تاعى ٴبىر ماڭىزدى دەرەك بولىپ تابىلادى دەپ قارايدى. ولاي بولسا، ول شىنحۋا اگەنتتىگىنىڭ ٴتىلشىسى بولعاسىن، مۇنى ٴسوزسىز دەر كەزىندە جوعارىعا مالىمدەۋى كەرەك! دەسەدە، بۇل جونىندەگى ىشكى ماتەريالدى قالاي جازۋ كەرەك؟ تاڭ جي ويلانىپ-تولعانۋ ارقىلى اقىرى جاۋ جىحۇڭنىڭ بۇل «قۇن تولەۋ ٴوتىنىشىن» جوعارىعا سول بەتى ۇسىنۋعا بەكىنەدى دە، وعان ازعانتاي عانا تۇسىنىك جازىپ ، وعان «ادام ولتىرگەن قاندى قول جاۋ جىحۇڭ اباقتىدا جاتىپ قۇن تولەۋ ٴوتىنىشىن بەردى» دەگەن تاقىرىپ قويىپ، وعان حاۋ جىحۇڭنىڭ اۋەلگى ٴوتىنىشىن قوسىپ باس اگەنتتىككە جولداپ بەرەدى. تۇسىنىك سيپاتتى بۇل ماقالا تىم قاراپايىم ەدى، سوندا شينحۋا اگەنتتىگى ونى جاريالاي قويار ما؟ ناتيجەدە بولىمشە اگەنتتىكتەن باس اگەنتتىككە، رەداكتوردان باسشىعا دەيىن بۇل ماقالاعا جاسىل شىراق جاعادى دا، ەڭ سوڭىندا شينحۋا اگەنتتىگىنىڭ باس رەداكتورى حى پيڭنىڭ تىكەلەي قول قويۋىمەن بۇل ماقالا جاريالانىپ كەتەدى.

ارادا بىرنەشە كۇنىنەن كەيىن، ىشكى موڭعۇل حالىق پروكۋراتۋراسىنىڭ باس پروكۋرورى شيڭ باۋيۇي تاڭ جيگە تەلەفون شالىپ: «تاڭ جي، جاۋ جىحۇڭ ٴوتىنىشتى ماعان جازسا ساعان قايدان بارادى؟» دەيدى قاتاڭ ۇنمەن.

تاڭ جي ىشتەي بىلە قويادى: شيڭ باۋيۇي بۇل ٴوتىنىشتىڭ اۋەلگى نۇسقاسىن العان بولسا كەرەك ەدى، بىلاي بولعاندا ول ونى

الماعان بولدى، بۇل ورتالىقتاعى باسشىلاردىڭ بۇل ٴىس تۋرالى نۇسقاۋ بەرگەندىگىن، سونىمەن بىرگە، ونى اۆتونوميالى رايونعا جەتكىزگەندىگىن تۇسىندىرەدى.

تاڭ جي شيڭ باۋۋيگە: «مەندە اۋەلگى نۇسقاسى جوق، وسى كوبەيتىلگەن نۇسقاسى عانا بار» دەيدى.

وندا، بۇل ٴوتىنىشتىڭ اۋەلگى نۇسقاسى قايدا بولدى؟ تاڭ جي مۇنىڭ بايىبىنا بارا المادى.

تاڭ جي: «اۋەلگى نۇسقاسىن ٴالى تاپسىرىپ الماعان بولساڭىز، وندا انداعى سىزگە جەتكىزەتىن جەردە گاپ بار ەكەن!» دەيدى وعان.

وسى كەزدە تاڭ جي الگى ٴوتىنىشتى اكەلىپ بەرگەن ساقشىعا قاتتى رازى بولادى، ەگەر ول ونى اكەلىپ بەرمەگەن بولسا، ونىڭ ٴتۇپ نۇسقاسى دا، كوبەيتىلگەن نۇسقاسى دا ماڭگى عايىپ بولعان بولار ەدى.

ارادا ٴبىر ساعاتتان كەيىن، شيڭ باۋ يۇيدەن تاعى دا تەلەفون كەلەدى: «تاڭ جي، كەشىرىڭىز، اۋەلگى نۇسقاسى ماعان كەلگەن جوق، ماسەلە ٴبىزدىڭ وسى جەردە سياقتى» دەيدى تاڭ جيگە.

سونىمەن، ورتالىقتىڭ، ەڭ جوعارى حالىق سوتىنىڭ، ەڭ جوعارى حالىق پروكۋراتۋراسىنىڭ باسشىلارىنىڭ نازار اۋدارۋىندا، جاۋ جىحۇڭ حۋگىجيلتۋ دەلوسىنداعى شەشۋشى ايعاق رەتىندە الىپ قالىنادى.

كورىنىستە ٴىستىڭ ٴبارى ٴوز رەتىمەن ىستەلىپ جاتقان سياقتى كورىنىپ، حۋگىجيلتۋ دەلوسىنىڭ قايتادان تەكسەرىلۋىنە ساناۋلى عانا كۇن قالعان سياقتى سەزىلەدى.

حۋگىجيلتۋدىڭ ٴۇي ىشىندەگىلەر دە ٴىستىڭ سولاي بولۋىن ٴتورت كوزىمەن كۇتىپ، ساقاداي سايلانىپ تۇر. تاڭ جي دە اسىعىس، ولار ٴار كۇنى دوستارىنان، جولداستارىنان، باسشىلاردان كەلگەن تۇرلىشە سۇراقتارعا جاۋاپ قايتارىپ جاتادى، قوعامنىڭ ٴارقايىسى سالاسى دا بۇل دەلوعا كوز تىگىپ تۇر. ٴبىراق ولار دامەتكەن

سول تەلوفون كەلمەي-اق قويدى.

8

ارادا ٴبىر جىل وتە شىقتى، قايتا تەكسەرۋ باستالعاندى قويىپ، ٴىستىڭ اقىرى بۇلىڭعىرلانا باستادى.

تاڭ جي ەندى اۆتونوميالى رايوندىق ساياسي زاڭ كوميتەتىنەن اقۋال يەلەدى. حۋ ي-فىڭ وعان تەكسەرۋ گرۋپپاسىنىڭ بەلگىلى قورتىندى شىعارىپ بولعاندىعىن، ياعني زاڭ تىلىمەن ايتقاندا، سول جىلى حۋگىجيلىتۋعا بەرىلگەن ٴولىم جازاسىنىڭ فاكتى تولىق ەمەس، قاراپايىم حالىق تىلىمەن ايتقاندا، وبالدى دەلو بولعاندىعىن تەكسەرىپ تۇراقتاندىرعاندىعىن ايتتى. ٴبىراق ساياسي زاڭ كوميتەتىندە ۇكىمدى وزگەرتەتىن ۇقىق بولمايدى، ٴىستى زاڭ تارتىبىمەن ىستەۋگە تۋرا كەلەدى. تەكسەرۋ گرۋپپاسىنىڭ ورىنباسار باستىعى، اۆتونوميالى رايوندىق ساياسي زاڭ كوميتەتى باقىلاۋ-تەكسەرۋ كەڭسەسىنىڭ مەڭگەرۋشىسى جيان يانۋىن: «تەكسەرۋ گرۋپپاسى قىزمەتىن اياقتاتىپ، ايتاتىن پىكىرىن، شىعارعان قورتىندىسىن دايىنداپ بولدى، ٴبىراق بۇل ەڭ سوڭعى زاڭدىق قورتىندى ەمەس، زاڭدىق قورتىندى سوتتىڭ ۇكىمناماسى مەن كەسىمناماسىندا ايگىلەنۋى كەرەك» دەدى.

زاڭ تارتىبىمەن قايتادان جۇرۋ ٴۇشىن، ونى قوعام حاۋىپسىزدىگى، سوت، پروكۋراتۋرا — وسى ٴۇش جۇيەدەن وتكىزۋگە تۋرا كەلەدى. قوعام حاۋىپسىزدىگى جۇيەسى مەن پروكۋراتۋرا جۇيەسىنەن ماسەلە بولا قويماۋى مۇمكىن، ۇيتكەنى، اۆتونوميالى رايوندىق قوعام حاۋىپسىزدىگى مەڭگەرمەسى مەن كوكحوت قالالىق قوعام حاۋىپسىزدىگى مەكەمەسى جاۋ جىحۇڭ «4-ايدىڭ 9-كۇنگى» دەلوسىن تۋدىرعان ناعىز قىلمىستى مەنمىن دەپ مويىنداعاننان كەيىن، ارناۋلى دەلو گرۋپپاسىن قۇرىپ تەكسەرۋ جۇرگىزىپ، ونىڭ راسىندا ناعىز قىلمىستى ەكەندىگى، حۋگىجيلىتۋدىڭ ادام

ولتىرمەگەندىگى تۋرالى قورتىندى شىعارسا، ال اۆتونوميالى رايوندىق پروكۋراتۋرا مەكەمەسى حۋگىجيلىتۋ دەلوسىنىڭ فاكتىسى تولىق ەمەس، قايتادان ۇكىم شىعارۋ كەرەك دەگەن پىكىرگە كەلگەن.

زاڭدا بەلگىلەنگەن تارتىپپەن ٴجۇرۋ ٴۇشىن، الدىمەن پروكۋراتۋرا ورگانى حۋگىجيلىتۋ دەلوسى تۋرالى سوتقا قارسى شاعىم بەرۋى ٴتيىس، ياعني سوتتان قايتادان تەكسەرۋدى تالاپ ەتۋى ٴتيىس، بۇل پروكۋراتۋرا ورگانىنىڭ مەملەكەت اتىنان سوتقا جۇرگىزەتىن باقىلاۋ-تەكسەرۋ ۇقىعى. قارسى شاعىمدى جەڭىلتەكتىكپەن اتقارا سالۋعا بولمايدى، ۇيتكەنى الدا-جالدا سوت بۇرىنعى ۇكىم ساقتالادى دەپ قارسى شاعىمعا تويتارىس بەرسە، ولىمىزدىڭ ٴادىليا تارماقتارىنداعى بەلگىلەمە بويىنشا، ەكىنشى سوت بۇرىنعى ۇكىمدى ساقتاسا، وندا ول ەڭ سوڭعى ۇكىم بولىپ شىعادى. قازىرگى ماسەلەنىڭ تەتىگى اۆتونوميالى رايوندىق جوعارى حالىق سوت مەكەمەسىنىڭ سول جىلعى قاتەلىگىن قالاي تانىپ، قايتادان تەكسەرۋدى بەلسەنە، ىرىقتىلىقپەن الىا قويۋىندا.

ورتالىقتاعى باسشىلار، ەڭ جوعارى حالىق سوت مەكەمەسى، ەڭ جوعارى حالىق پروكۋراتۋرا مەكەمەسى بۇل دەلونى قايتادان تەكسەرۋ تۋرالى نۇسقاۋ بەرگەن، اۆتونوميالى رايوندىق پارتكوم مەن ۇكىمەت تە ايقىن پوزيتسيا بىلدىرگەن بولسا دا، ىشكى موڭعۇل جوعارى حالىق سوت مەكەمەسى قايتادان تەكسەرۋ تۋرالى شاعىم بەرمەدى. ۇيتكەنى بۇل دەلو قايتادان تەكسەرىلسە، سول كەزدە بۇل دەلونى ٴبىر جايلى ەتكەندەردىڭ جاۋاپكەرشىلىگى قۋزاستىرىلاتىندىعى ٴسوزسىز، ونىڭ ۇستىنە، اۆتونوميالى رايوندىق جوعارى حالىق سوت مەكەمەسى مەملەكەت تولەمىن تولەۋى كەرەك، سوندىقتان، اۆتونوميالى رايوندىق جوعارى حالىق سوت مەكەمەسىنىڭ سول كەزدەگى باسشىلارى ٴار جاعىنان الىڭداپ، كوپكە دەيىن تىرىپ ەتپەي جاتىپ الدى. تۇپتەپ كەلگەندە، ولار ىشىنارالىق مۇددەنى كوزدەپ، بۇل دەلو قايتادان تەكسەرىلمەسە، ونىڭ زيانىن تارتاتىن لي سانرىن

شاڭىراعى عانا ەمەس، دۋيىم جۇرتتىڭ زاڭعا بولعان سەنىمىنە، پارتيا مەن مەملەكەتتىڭ وبرازىنا دا زيان جەتەتىنىن ەسكەرمەدى.

سول جىلى حۇگىجيلىتۋ دەلوسىنا اشىلعان 2-سوتتىڭ باس سۋدياسى قىل اياعى حۇگىجيلىتۋ دەلوسىنىڭ ماتەريال جيناعىن دا كورمەي ٴبىر حاتشىسىنا ٴوزىنىڭ قولىن قويدىرىپ، حۇگىجيلىتۋدى جىمىقتىرا سالعان. بۇل اقۋالدان حابار تاپقان تاڭ جي: «ادام ٴومىرى ماڭىزدى دەيتىنىمىز قايدا، بۇل ٴبىر جاندى دەلو سەمەس پە؟» دەيدى اشۋلانىپ.

اقيقاتتىڭ دا وزىندىك لوگيكاسى، جەكە ناپسىنىڭ دە وزىندىك جولى بولادى. اۆتونوميالى رايوندىق سايási زاڭ كوميتەتى ٴار جولى حۇگىجيلىتۋ دەلوسىن اقىلداسۋ تۇرلى بىرلەسكەن ٴماجىلىس اشقان سايىن اۆتونوميالى رايوندىق جوعارى حالىق سوت مەكەمەسى ٴاسىلى بۇل جيىنعا قاتىناستىرىلماۋعا ٴتيىستى الگى باس سۋديانى جىبەرىپ تۇرادى. بۇل ادام اۆتونوميالى رايوندىق جوعارى حالىق سوت مەكەمەسىنىڭ قىلمىستىق ىستەر 1-سوتىنىڭ سوت باستىعى بولىپ ٴوسىپ العاندىقتان، ول اۆتونوميالى رايوندىق جوعارى حالىق سوت مەكەمەسىنىڭ باسشىسى اتىنان حۇگىجيلىتۋ دەلوسىن اقىلداسۋ جونىندەگى ماجىلىسكە قاتىناساتىن، ماجىلىستە وزگەلەر دۇرىس پىكىر ايتقاندا، ول ٴتۇرلى تاسىلمەن ورىندى پىكىردىڭ ٴۇنىن ٴوشىرىپ، قاتەلىگىن تانۋدان جالتارىپ، دەلونىڭ ٴبىر جايلى ەتىلۋىنە اۋىر نۇقسان جەتكىزگەن.

لي سانىرىن مەن شاڭ ايىۇن اۆتونوميالى رايوندىق جوعارى حالىق سوت مەكەمەسىنە ارىزدانىپ بارىپ، تورۋىلداپ ٴجۇرىپ مەكەمە باستىعىن ارەڭ تاپقاندا، ول الگى باس سۋديانى شاقىرىپ الىپ ولاردى ەپتەپ جولعا سالماق بولادى. بۇل باس سۋديانى كورگەندە، شاڭ ايىۇن قاتتى اشۋ شاقىرادى. ول: «مىناۋ سەنىڭ تۋىسىڭ با، الدە نەڭ؟ ونى نەگە سونشا قورعاشتاي بەرەسىڭ؟ سەن ارالاستىرماۋ ٴتۇزىمىن بىلەسىڭ بە؟ سول جىلى مەنىڭ بالامدى قاتە ولتىرگەن

ادام ٴدال وسى، سەن ونى نەگە شاقىراسىڭ؟» دەپ ۇستەلدى ٴبىر قويادى.

ايدان انىق فاكتى الدىندا، سوت مەكەمەسىنىڭ تۇرلەشە كەدەرگىلىك جاساپ، سىزگە كەرەگىن سونشا الشاقتاتا بەرگەنىن بايقاعان تاڭ جي سەن تىپتى ەتپەگەنىڭمەن، مەن سەنى الەۋمەتتىك پىكىر ارقىلى تىپتى ەتكىزەيىن دەگەن جەرگە كەلەدى ەشتەي.

2006-جىلدىڭ سوڭىندا، تاڭ جي حۋگىجيلىتىۋ دەلوسىنا قاتىستى ماتەريالداردى قايتادان ٴبىر رەت رەتتەپ جيناستىرادى دا، «ٴولىم جازاسىنا ۇكىم ەتىلگەن قىلمىسكەر قاتە ولتىرىلدى مە؟ — كوكحوت قالاسىندا تۋىلعان ‹4-ايدىڭ 9-كۇنگى› بۇزاقىلىقپەن ادام ٴولتىرۋ دەلوسىنا تالداۋ) 1-ٴبولىمى)»، «ولگەن ادامنىڭ ٴتىرى ادامعا قويعان سۇراعى: كىم ناعىز قىلمىسكەر؟ — كوكحوت قالاسىندا تۋىلعان ‹4-ايدىڭ 9-كۇنگى› بۇزاقىلىقپەن ادام ٴولتىرۋ دەلوسىنا تالداۋ) 2-ٴبولىمى)» دەگەن ەكى ادەبي حابار جازىپ، ونى شينحۋا اگەنتتىگىنىڭ ىشكى جۋرنالىندا جاريالايدى. «قاراۋىل» اقپارات اپتالىق جۋرنالىنىڭ باس رەداكتورى فەي بين ونى كورگەن سوڭ، بۇل ٴبىر تيۋتىك مانگە يە ٴادىليالىق وقيعا كورىنەدى، ەگەر اشىق جاريالاناتىن بولسا، بۇكىل ەلىمىزدىڭ ٴادىليا ىستەرىنىڭ العا باسۋى مەن جۇرتشىلىقتىڭ زاڭ تانىمىنىڭ جوعارىلاۋىنا بەلسەندى ىقپال كورسەتەدى دەپ قارايدى دا، ساياسي ماقالالار رەداكسيا ٴبولىمىنىڭ مەڭگەرۋشىسى شى شياڭجوۋعا: سەن تاڭ جيگە تەلەفون بەر، زاڭ ماماندارىنان بىرنەشەۋىن شاقىرىپ ىشكەرىلەي زەرتتەپ، ٴبىر ماقالا ازىرلەپ، ونى «قاراۋىل» جۋرنالىندا اشىق جاريالايىق، — دەيدى. «قاراۋىل» جۋرنالى رەداكسيا ٴبولىمىنىڭ قاتىستى قىزمەتكەرلەرى تەز ارادا ٴبىر قانشا زاڭ مامانىمەن سۇقپات وتكىزىپ، تاڭ جيمەن بىرگە «كۇماندى قىلمىسكەر ‹قۋ تولەۋ ٴوتىنىشىن› بەرىپ، ون جىلدىڭ الدىنداعى وبالدى دەلوعا سۇراۋ قويدى» دەگەن ماقالا جازادى دا، ونى 2007-جىلى 1-ايدىڭ 9-كۇنى

اشىق جارىيالايدى.

بۇل ماقالادا حۋگىجيلىتۋ دەلوسىن قايتادان تەكسەرۋدىڭ ٴۇش ٴتۇرلى ٴۇتىمدى جولى مامانداردىڭ كوزقاراسىمەن العا قويىلعان، سونىمەن بىرگە، ول ٴار دارەجەلى سوت مەكەمەلەرىنە ەڭ جوعارى حالىق سوت مەكەمەسىنىڭ سول جىلى 1-ايدىڭ 1-كۇنى قايتارىپ العان ٴولىم جازاسىن تەكسەرىپ بەكىتۋ ۇقىعىن ويداعىداي تياناقتاندىرىپ، ٴولىم جازاسىنا ۇكىم ەتۋدە اباي بولۋ پرينسيپىن امالياتتا ايگىلەۋدى ەسكەرتكەن. زاڭنىڭ ٴبىر ادامنىڭ ٴومىرىن ماقۇرىم ەتۋ بارىسى قانشا كۇردەلى بولسا، ول داۋلى ادامنىڭ زاڭدى ۇقىق مۇددەسىنىڭ ەڭ زور دارەجەدە ادىلدىككە يە بولاتىنىنان، وبالدى، جالعان، قاتە دەولاردىڭ تۋىلۋ مولشەرىنىڭ ەڭ تومەنگى شەككە تۇسەتىنىنەن دەرەك بەرەدى. قاتاڭ ٴادىليا تارتىبىنە قۇرمەت ەتۋ جانە ونى قامتاماسىز داندىرۋ، زاڭ ٴتارتىبىنىڭ وزىندىك قۇنىن قورعاۋ — وبالدى دەلولاردىڭ تۋىلۋىنان بارىنشا ساقتانۋدىڭ ٴتۇبىرلى جولى، سونداي-اق جۇڭگونىڭ مەملەكەتتى زاڭمەن باسقارۋعا بەت تۇزەۋىندەگى ٴتابيعي تالعام.

حۋگىجيلىتۋ دەلوسى مىنە وسىلايشا ىشكى جاقتان بىرتىندەپ اشىققا شىققان. ەل قۇلاعى ەلۋ دەمەكشى، بەينە باس رەداكتور فەي بين ويلاعانداي دۇيىم جۇرت «حۋگىجيلىتۋ دەلوسىنان» حابار تاۋىپ، توراپتا قىزۋ تالقى ٴجۇرىلىپ، مەديالار ونىڭ سوڭىنا تۇسە باستادى، تاڭ جي مەن لي سانىرىنگە ٴار كۇنى كوپتەگەن تەلەفون كەلىپ، توراپتا تۇرلىشە ٴسوز قالدىرىلاتىن بولدى، تۇس-تۇستان قولدايتىن ٴۇن كوبەيدى.

جاۋ جىحۇڭ دەلوسىنىڭ 1-سوت مەرزىمى الدە قاشان ٴوتىپ كەتتى، بەلگىلەمە بويىنشا، 2-سوتتا باياعىدا ۇكىم شىعارىلىپ بولۋى كەرەك ەدى.

قوعامدىق الەۋمەتتىك پىكىردىڭ كوبەيۋىمەن ٴادىليانىڭ دارمەنسىزدىگىن مىنەيتىن «دەلونى مالىمدەگەن جىگىت وبالدى

كەتتى، ادام ولتىرگەن الباستى ٴالى ٴتىرى» دەگەن سياقتى سوزدەر دە شىقتى. ارادا لي سانرىن مەن شاڭ اييۇن ۇسىنىس ەتكەن ادۆوكاد مياۋ لي: «حۋگىجيلىتۋدىڭ قاتە ولتىرىلگەن — قاتە ولتىرىلمەگەندىگىن جاۋ جىحوڭنىڭ «4-ايدىڭ 9-كۇنگى» دەلوسىنداعى ناعىز جەندەت بولۋ-بولماۋىمەن تۇراقتاندىرۋدىڭ كەرەگى جوق. ەگەر جاۋ جىحوڭنىڭ «4-ايدىڭ 9-كۇنگى» دەلوسى جونىندەگى مويىنداماسى قاتىستى تاراۋلاردى حۋگىجيلىتۋدىڭ ٴولىم جازاسىنا ۇكىم ەتىلۋ ۇكىمىن قايتادان تەكسەرۋگە قۋزادى دەسەك، ەندەشە قازىر قايتادان تەكسەرۋدىڭ ناتيجەسى دە شىعىپ بولدى، سول جىلى حۋگىجيلىتۋدىڭ ٴولىم جازاسىنا ۇكىم ەتىلۋىنىڭ فاكتىسى تولىق ەمەس ەكەنى بەلگىلى بولدى. ەندەشە حۋگىجيلىتۋ دەلوسىن قايتادان تەكسەرۋ كەرەك» دەپ ۇندەۋ تاستايدى.

لي سانرىن مەن شاڭ اييۇن ەرلى-زايىپتى ەكەۋى 2006-جىلدىڭ سوڭىندا-اق قاتىستى زاڭ ماتەريالدارىن اۆتونوميالى رايوندىق جوعارى حالىق سوت مەكەمەسىنە تاپسىرىپ بەرگەن، ٴبىراق ودان ەش قانداي جاۋاپ الا الماعان، ولاردىڭ ادۆوكادى اۆتونوميالى رايوندىق جانە كوكحوت قالالىق سوت مەكەمەلەرىنەن دەلو ماتەريالدارىن كورۋدى تالاپ ەتكەندە دە ٴتۇرلى سەبەپ كورسەتىپ، ونى كورسەتپەگەن.

اقۋال يەلەپ، جاڭا جول تابۋ ٴۇشىن، تاڭ جي ٴوزىنىڭ ٴبىر كونە دوسى كوكحوت قالالىق ورتا حالىق سوت مەكەمەسىنىڭ باستىعىنان اقىل سۇرايدى. بۇل باستىقتىڭ ٴوزى دە ٴبىر زاڭ مامانى بولاتىن. ول: سوت قوعام حاۋىپسىزدىگى مەكەمەسى جاۋ جىحوڭنىڭ دەلو تۋرعاندىعىن دالەلدەيتىن زاتتىق دالەل-سپات كورسەتە الماي وتىر، ولاردا بارى تەك قانا ونىڭ اۋىزشا مويىنداماسى عانا دەپ قارايدى. زاڭعا نەگىزدەلگەندە، جالاڭ اۋىزشا مويىنداماەن عانا دەلونى تۇراقتاندىرۋعا بولمايدى. وسى لوگيكا بويىنشا بولعاندا، دەلونى تۋدىرعان جاۋ جىحوڭ ەمەس، حۋگىجيلىتۋ بولىپ شىعادى... مىنە

بۇل كەيبىرلەۋلەر وسى كەزدە ٴۇمىت ەتىپ وتىرعان ناتيجە، — دەپ تۇسىندىرەدى تاڭ جيگە.

زاتتىق سپات، كۋاگەر كەرەك بولعاسىن، تاڭ جي قوعام حاۋىپسىزدىگى مەكەمەسىنە بارىپ، كاسىپتىك ادامداردان اقىل سۇراپ، حۋگىجيلىتتۋ دەلوسىنا قاتىستى بارلىق يمفورماتسيالاردى جينايدى. باسقىنشىلىق جاساۋ دەلوسىنا كەرەكتى ەڭ نەگىزگى دالەل — باسقىنشىلىق جاساعان ادامنىڭ ۇرىعىنىڭ ۇلگىسى. دەلو تۋىلعاندا، ايەلدىڭ مۇردەسىنىڭ تومەنگى جاق جارتى دەنەسى اشىق جاتقان، مۇنىڭ باسقىنشىلىق جاساۋ دەلوسى ەكەنىندە كۇمان جوق. ولاي بولسا، مۇندا ەڭ الدىمەن ىستەۋگە ٴتيىستى ٴىس ۇرىقتىڭ ۇلگىسىن الۋ بولسا كەرەك ەدى، ەگەر الىنعان بولسا ول قايدا بولدى؟

سوت مەكەمەسى ەندى قوعام حاۋىپسىزدىگى مەكەمەسىنەن وسى دالەلدى بەرۋدى تالاپ ەتتى.

احۋالدان حابارى بار ادامداردىڭ ايتقاندارى ٴار ٴتۇرلى بولدى. كەيبىرەۋى ناق مايداندا ۇرىق ۇلگىسى الىنعان جوق دەسەدى؛ كەيبىرەۋى الىنعان، ٴبىراق قىزمەتكەرلەردىڭ مۇقياتسىزدىعىنان جوعالعان دەسەدى؛ كەيبىرەۋى ول كەزدە قاتاڭ، تەز بولۋ تالاپ ەتىلگەندىكتەن، ونىڭ ۇستىنە، قاراجات تاپشى بولعاندىقتان، دەلونى ٴبىر جايلى ەتۋشىلەر باسقا دالەل-سپات تا جەتەدى دەپ قاراپ، ۇرىقتىڭ ۇلگىسىن تەكسەرتپەگەن دەسەدى؛ تاعى كەيبىرەۋى ۇرىقتىڭ ۇلگىسى الىنعانىنان كەيىن، ول حۋگىجيلىتتۋدىكى ەمەس، باسقا بىرەۋدىكى بولىپ شىققاندىقتان تاستاي سالعان دەيدى تۇتەسىنەن. تاڭ جي بۇل تۋرالى تەكسەرۋ جۇرگىزەدى، ٴبىراق ساقشى جاق ۇرىقتىڭ ۇلگىسىن العامىز، ونان سوڭ ونى پروكۋراتۋرا جاققا تاپسىرىپ بەرگەمىز دەسە، پروكۋراتۋرا جاق ٴبىز ونداي ەش نارسە تاپسىرىپ العامىز جوق دەيدى. ٴتۇزىم بويىنشا، زاتتىق دالەل-سپاتتى تاپسىرىپ بەرۋ-تاپسىرىپ الۋدىڭ وتەيتىن راسمياتى بولادى، ەندەشە ونى كىم قول قويىپ تاپسىرىپ العان؟ بۇل جونىندە

تەكسەرەر دەرەك جوق.

ەڭ شەشۇشى زاتتىق دالەل وسىلايشا ماڭگى جوعالعان.

بۇل جايلى تاڭ جي ويعا شومادى: ساقشى جاق ۇرىقتىڭ ۇلگىسىن الىپ پروكۋراتۋا مەكەمەسىنە تاپسىرىپ بەرگەنىن مويىنداعان ەكەن، ەندەشە بۇل ونىڭ ءبىر باسقىنشىلىق جاساۋ دەلوسى ەكەنىن تۇسىندىرەدى، ولاي بولسا، ەڭ سوڭىندا حۋگىجيلىتۋ نە ءۇشىن بۇزاقىلىقپەن ادام ولتىرگەن قىلمىستى بولادى؟ ولگەن ايەلگە باسقىنشىلىق جاسالعانىنان نە ءۇشىن جالتارادى؟ بۇل سۇراق «ۇرىق ۇلگىسىنىڭ حۋگىقيلىتۋدىكى ەمەس، باسقا بىرەۋدىكى بولىپ شىعادى» دەگەن سوزبەن قابىسادى. وندا بۇل جەردە تەگى قانداي قۇپيالىق بار؟ تاڭ جي مۇنىڭ بايىبىنا بارا المايدى.

ەكىنشى دالەل ــ قان توبى. تاڭ جي دەلوعا قاتىستى ماتەريالداردى كورە الماعاندىقتان، حۋگىجيلىتۋدىڭ قان توبىن بىلمەيدى، ونىڭ قان توبى ولگەن ادامدىكىمەن بىردەي بولعان كۇنىنىڭ وزىندە دە، قان توبى بىردەي ادامدار تولىپ جاتىر، مۇنىمەن حۋگىجيلىتۋدىڭ قىلمىستى ەكەنىن تۇراقتاندىرۋعا بولمايدى.

ءۇشىنشى دالەل ــ قايىزعاق. تاڭ جي حۋگىجيلىتۋ ول كەزدە اراق ءىشىپ قىزىپ العاندىقتان، ونىڭ ۇستىنە، دەلەبەسى قوزىپ تۇرعان جاس جىگىت بولعاندىقتان، تامعا اسىلىپ ايەلدەر دارەتحاناسىنا قاراعاندا، وندا ءبىر ايەلدىڭ قىبىر ەتپەي سۇلاپ جاتقانىن كورىپ، دارەتحاناعا كىرىپ، ونى ءتۇرتىپ كورگەندە، ونىڭ ءولىپ قالعانىن بايقاپ، شوشىپ كەتكەن بولسا كەرەك. دارەتحانانىڭ تامىنا اسىلىپ قاراعانىن جاسىرۋ ءۇشىن، ول ايەلدەر دەرەتحاناسىنان بىرەۋدىڭ شىققانىن داۋسىن ەستىپ ايەلدەر دارەتحاناسىنا كىردىم دەگەن بولسا كەرەك. سونىمەن ول بۇل سوزدەن بۇلتارا الماي قالعاندىقتان، ول دەلونى ءبىر جايلى ەتەتىندەر ءۇشىن تاپتىرماس دەرەك بولعان بولسا كەرەك دەپ توپشىلاعان.

دەلو تۋىلعان ناق مايداندا باسقا دا زاتتىق دالەل بولسا كەرەك

ەدى، مىسالى، قىلمىستىنىڭ ٴىزى، ولگەن ايەلدىڭ كەڭىردەگىن سىققاندا قالعان قول تابى، شاش سياقتىلار. دەلونى ٴبىر جايلى ەتكەندەر مۇندايدان ەش نارسە الىپ ساقتاماعان. بۇل نە ٴۇشىن؟

ال، دەلونىڭ تۋىلعان ۋاقىتى تۋرالى تاڭ جي مۋ فىڭسۇنەن تاعى كەڭەس سۇرايدى. ول بىلاي دەپ تالداۋ جاسايدى: ۇكىمنامادا جازىلۋىنشا، حۋگىجيلىتۋ كەشكى ساعات 8 دەن 40 مينۋت وتكەندە دەلو تۋدىرعان. دەسەدە، ياڭ فىڭ ايعاق بولعان ەكى رەتتە دە كەشكى ساعات 8 دەن 45 مينۋت وتكەندە حۋگىجيلىتۋمەن بىرگە سىحقا بارىپ قىزمەتكە شىعاتىنىن، ولار ساعاتىنا قاراپ وتىرىپ تاماق ىشكەنىن، 8 دەن 40 مينۋت وتكەندە اسحانادان اتتانعانىن ايتقان. ال ولگەن ايەلدىڭ قىزمەتتەسى ولگەن ايەلدىڭ 7 دەن 40 مينۋت وتكەندە دارەتحاناعا كەتكەنىن ايتقان، دەمەك، حۋگىجيلىتۋدىڭ ساعات 8 دەن 40 مينۋت وتكەندە كورگەنى الدا قاشان ٴولىپ قالعان ايەلدىڭ ولىگى بولسا كەرەك. ولاي بولسا، سوت تۇراقتاندىرعان ۋاقىت پەن دەلو تۋىلعان ناقتى ۋاقىت اراسىندا ٴبىر ساعات پارىق شىعادى، بۇل دا حۋگىجيلىتۋدىڭ دەلو تۋدىرعان ادام ەمەس ەكەنىن دەلەلدەيدى. سوندا، دەلونى ٴبىر جايلى ەتكەندەر بۇل پارىقتى بىلمەگەن بە؟

ال، ەندى اۋىزشا مويىنداماعا كەلسەك، امالياتتا حۋگىجيلىتۋ سوتتاعى تەرگەۋدە العاشقى مويىنداماسىن تەرىسكە شىعارىپ، دەلونى ٴبىر جايلى ەتۋشىلەردىڭ قيناپ تەرگەۋ، زورلاپ مويىنداتۋ تاسىلدەرىن قولدانعاندىعىن ايتقان، مۇنداي مويىنداماناڭ سەنىمدىلىگى قايدان بولسىن، ونى دالەل-سىپات رەتىندە قولدانۋعا بولمايدى. كەرىسىندە، جاۋ جىحۇڭنىڭ مويىنداماسى لوگيكاعا ٴبىرشاما ۇيلەسەدى. مۇردەنى تەكسەرۋ قاعازى مەن الىنعان سۋرەتتەر دە ولگەن ايەلدىڭ شاشىنىڭ بۇيرالانعان كەلتە شاش ەكەنىن كورسەتكەن، ال حۋگىجيلىتۋ ونىڭ شاشىنىڭ بۇيرا شاش ەمەس، ارقاسىن جاۋىپ تۇرعان جايما شاش ەكەنىن ايتقان. جاۋ

جىحۇك ونىڭ بوينىنىڭ ۇزىندىعى ٴوزىنىڭ كەڭىردەگىنەن كەلەتىنىن، انىقىراق ايتقاندا، ٴبىر مەتر ەلۋ بەس تە ٴبىر مەتر الپىس ارالىعىندا ەكەنىن ايتقان، زاڭ دوقدىرى ولشەگەن مۇردەنىڭ ۇزىندىعى شىنىندا ٴبىر مەتر ەلۋ بەس سانتيمەتر بولعان، ال حۋگىجيلىتۋ ونىڭ بوينىنىڭ ۇزىندىعى ٴبىر مەتر الپىس بەس سانتيمەتر اينالاسىندا ەكەنىن ايتقان، بۇل ارينە قاتە. ەندى ٴبىرى، حۋگىجيلىتۋ الدىندا ولگەن ايەلمەن سويلەسكەنىن، ونىڭ ورتاق تىلدە سويلەيتىنىن ايتقان، ٴبىراق ونىڭ تۋىستارى مەن قىزمەتتەستەرى ونىڭ جەرلىك تىلدە عانا سويلەي الاتىنىن ايتقان... تاڭ جي دەلوعا قاتىستى ماتەريالدى كورگەن كوپتەگەن ساقشىلار مەن ماماندار دان كەڭەس سۇرايدى، ولار جالاڭ اۋىزشا مويىنداماسىنىڭ وزىمەن-اق حۋگىجيلىتۋدى اقتاۋعا بولادى دەپ قارايدى.

ٴبىراق سوت زاتتىق دالەل تابىلماسا بولمايتىنىن ايتىپ قاسارىسىدى.

10

قايتۋ كەرەك؟ تاڭ جي شيڭ جياۋيۋيدەن تاعى دا كەڭەس سۇرايدى. ول حۋگىجيلىتۋ دەلوسى تۋرالى «قاتە بولسا ٴسوزسىز تۇزەتۋ، شىندىقتى ٴىس جۇزىنەن ىزدەۋ» پوزيتسياسىندا بولاتىندىعىن بىلدىرەدى. ول حۋگىجيلىتۋ اقتالاتىن بولسا، ونىڭ حالىقتىڭ زاڭ جونىندەگى سەنىمىنىڭ جوعارىلاۋىنا سەپتىگىن تيگىزەدى دەپ قارايدى.

شين باۋ يۋي كەزىندە تاڭ جيعا مىناداي ٴبىر جول كورسەتكەن بولاتىن: سوت حۋگىجيلىتۋ دەلوسىنىڭ ناقتى زاتتىق دالەلى جوق دەپ قاتىپ الاتىن بولسا، وندا «كۇماندى قىلمىسقا امال جوق» وي جەلىسىمەن ماسەلەنى شەشۋگە بولادى. بىلاي بولعاندا، سوتتىڭ قازىرشە قاتىستى ادامداردى ٴبىر جايلى ەتپەۋىنە بولادى، قىسىم دا

ازايادى، بۇل بالا دا قىلمىستان اقتالادى. ابدەن اقتالعان سوڭ، مەملەكەت تولەمىن الۋدى نەمەسە قاتىستى ادامداردىڭ جاۋاپكەرشىلىگىن قۋزاستىرۋدى تالاپ وتەۋگە بولادى. ٴبىراق ول ەكەۋى ىشكەرىلەي پىكىرلەسكەن سوڭ، تاعىدا مۇنى حۋگىجىلتۋدىڭ ۇيىندەگىلەر قابىلداي قويمايدى عوي، اكە-شەشەسىنىڭ نەشە جىلدان بەرگى تۇلاسىز ارىز كوتەرۋىنىڭ ٴوزى بالالارىنىڭ قىلمىسسىز ەكەندىگىن دالەلدەۋ ٴۇشىن ەمەسپە دەپ تۇجىرىمدايدى.

تاڭ جي: «سىزدەردىڭ پروكۋراتۋرا مەكەمەلەرىڭىز نە ٴۇشىن قارسى شاعىم ايتپايدى، قارسى شاعىم ايتسا، سوت مەكەمەسى سوت اشىپ قايتادان قارايدى عوي؟» دەيدى شيڭ باۋ يۇيگە.

— ويتۋگە استە بولمايدى. سوت قازىر قايتەرىن بىلمەي وتىر، ەگەر مەن قارسى شاعىم ايتاتىن بولسام، ول اۋەلگى ۇكىمدى ساقتايتىن بولادى، زاڭدا قايتادان تەرگەۋدىڭ ەڭ سوڭعى ۇكىمگە جاتاتىندىعى بەلگىلەنگەن، اۋەلگى ۇكىم ساقتالاتىن بولسا، زاڭ ٴتارتىبى جاعىنان تۇراقتانىپ قالادى، وندا انا جاقتاعىلاردىڭ جاۋ جىحۇڭعا ٴولىم جازاسىن اتقارۋىنا بولادى، سونىمەن حۋگىجىلتۋ دەلوسى ماڭگى جۇمباققا اينالادى، — دەيدى شيڭ باۋيۇي.

شيڭ باۋ يۇي تاڭ جيگە ەسكەرتىپ: «شىنحۋا اگەنتتىگىنىڭ تاعى دا ماقالا جاريالاپ، ەڭ جوعارى حالىق سوت مەكەمەسىنە حۋگىجىلتۋ دەلوسىن وزگە ولكەلىك، قالالىق سوت مەكەمەلەرىنە اپارىپ رايون اتتاتىپ قايتادان تەكسەرۋ تۋرالى ۇسىنىس قويعانى ٴجون» دەيدى.

شيڭ باۋيۇيدىڭ بۇل ٴسوزى تاڭ جيگە مايداي جاقتى. ول قاتىستى ادۆوكاتتارعا، قوعام حاۋىپسىزدىگى سالاسىنداعى كادر-ساقشىلارعا، سوت مەكەمەسىنىڭ، ساياسي زاڭ كوميتەتىنىڭ باسشىلارىنا جانە زاڭ سالاسىنداعى قاتىستى قايراتكەرلەرگە تىلشىلىك ىستەپ، ولاردىڭ ورتاق تانىمىنا قول جەتكىزەدى. سونىمەن 2007-جىلى 11-ايدىڭ 28-كۇنى، 4-رەتكى ىشكى حابارى —

«ىشكى موڭعولدىڭ زاڭ سالاسىنداعى قايراتكەرلەر حۋگجيلىتۋ دەلوسىن وزگە ولكەلىك، قالالىق سوت مەكەمەلەرىنە اپارىپ رايون اتىناتىپ قايتادان تەكسەرۋدى ۇسىنىس ەتتى» دەگەن ماقالاسىن جولدايدى.

كوپ وتپەي ەلدىڭ جوعارى حالىق سوت مەكەمەسى ادام جىبەرىپ ىشكى موڭعول اۆتونوميالى رايوندىق جوعارى حالىق سوت مەكەمەسىمەن دەلونى وزگە جەردە قايتادان تەكسەرۋ تۋرالى اقىلداسادى، ٴبىراق بۇل تۋرالى حۋگجيلىتۋدىڭ اكە-شەشەسى الدىمەن تالاپ قويۋى كەرەك ەدى. ەش قانداي زاىرلەنبەگەن لي سانرىن مەن شاڭ ايىۇن اۆتونوميالى رايوندىق جوعارى حالىق سوت مەكەمەسى ٴبىر باستىعىن جىبەرىپ ولارمەن اڭگىمەلەسكەندە، ولار ىشكى موڭعولدا وسىنشاما كوپ ادام قولداۋ كورسەتىپ جاتقاندا وزگە جەردە نەمىز بار، ودان نەدە بولسا وسىندا ٴبىر جايلى ەتىلسىن دەگەن ويعا كەلەدى. سونىمەن لي سانرىن مەن شاڭ ايىۇن وزگە جەردە قايتا تەكسەرۋ ۇسىنىسىنان باس تارتادى.

وسىدان سوڭ، جوعارى دارەجەلى ورىندار مەن الەۋمەتتىك پىكىردىڭ قىسىمىندا، ىشكى مۇڭعول جوعارى حالىق سوت مەكەمەسى بۇل دەلونى ىشكى جاقتان قايتا تەكسەرە باستادىق دەگەنىمەن، ىسجۇزىندە قايتادان تەكسەرۋدى ٴالى دە باستامادى. سونىمەن ارادا اقۋالدا وزگەرىس بولىپ، حۋگجيلىتۋ دەلوسىن قايتادان تەكسەرۋ ٴىسى جىلدىق جىم-جىرتتىق مەزگىلگە قادام تاستايدى.

11

2008-جىلدان 2011-جىلعا دەيىنگى ارالىقتا، حۋگجيلىتۋ دەلوسىن قايتادان تەكسەرۋدى بەلسەنە قۋاتتاپ كەلگەن اۆتونوميالى رايوندىق ساياسي زاڭ كوميتەتىنىڭ شۋجيى دە، تەكسەرۋ گرۋپپاسىنىڭ باستىعى دا دەمالىسقا شىعادى، تۇراقتى ورىنباسار

شۇجيى حۋ ي-فىڭ اۆتونوميالى رايوندىق حالىق قۇرىلتايى تۇراقتى كوميەتەتىنىڭ باس حاتشىسى بولىپ الماسىپ كەتەدى، ساياسي زاڭ كوميتەتىنىڭ باس حاتشىسى، تەكسەرۋ گرۋپپاسىنىڭ ورىنباسار باستىعى دا قىزمەت ورنىنان الماسىپ كەتەدى، سونىمەن، بەلگىلى تۇجىرىم جاسالىپ بولعان دەلو، ٴاسىلى قىزىپ جاتقان جاماعات پىكىرى كۇندەردىڭ وتۋىمەن جۇرت نازارىنان قالا باستايدى.

لي سانىرىن مەن شاڭ ايىۇنىنىڭ ارىزدانۋ ٴۇشىن ارى-بەرى وتىرعان فويەز بەلەتى دە قالىڭداي بەرەدى، ولار دەلونىڭ نە بولىپ جاتقانىن ٴبىلۋ ٴۇشىن ىشكى موڭعۇل جوعارى حالىق سوت مەكەمەسىنە 90 نەشە رەت بارعان.

بارار جەر، باسار تاۋى قالماعان كەمپىر-شالدىڭ كوپتىڭ نازارىن اۋدارۋ ٴۇشىن اۆتونوميالى رايوندىق ەكى ٴماجىلىس اشىلىپ جاتقان جيىن زالىنىڭ سىرتىندا قولدارىنا كەرمە ۇستاپ ٴبۇرىسىپ تۇرعان كوندەرى دە بولعان.

ال مەملەكەت اپپاراتىنا ۋاكىلدىك ەتەتىن جاڭ تيەچياڭ ٴماجىلىس زالىنىڭ سىرتىندا حاۋىپسىزدىك قورعاۋعا قولباسشىلىق ەتەتىن. ٴبىر جولى ول لي سانىرىن مەن شاڭ اييۇندى كورەدى دە، قول استىنداعىلارعا يشارات بەرەدى، ولار شاڭ اييۇنىنىڭ قولىن ارتىنا قايىرىپ، «بىلاي اپارىپ سويلەسەمىز» دەپ اي-شايعا قاراتپاي الا جونەلەدى. سوندا شاڭ اييۇن «ارى-بەرى ٴوتىپ جاتقان ۋاكىلدەرگە قاراپ: «مەن بارمايمىن، بارسام سەندەر مەنى دە جىنقتىرا سالاسىڭدار...» دەپ ايعايلايدى.

تىلشىلىك بابىمەن سوندا جۇرگەن تاڭ جي مۇنى كورىپ قاتتى اشىنادى.

لي سانىرىن مەن شاڭ اييۇنىنىڭ سەنىمىن ارتتىرۋ ٴۇشىن، تاڭ جي ولاردى ٴبىرقانشا رەت كەڭسەسىنە شاقىرىپ اپارىپ، ولارعا ەلىمىزدە الدىلەت بار ەكەنىن، جۇڭگونىڭ زاڭ-ٴتۇزىم قۇرىلىسىنىڭ ۇزدىكسىز العا باساتىنىن، قالىپتى تارتىپپەن جالعاستى

اربزدانۋىن، رەتى كەلگەندە اۆتونوميالى رايوندىق جوعارى سوتقا بارىپ، قايتا تەكسەرۋدى قاشان باستايتىنىن ۇعىسىپ كورۋدى، زاڭعا قايشى ارەكەت جاساماۋىن، ەكەۋىنىڭ الەۋمەتتىك پىكىردىڭ قولداۋىنا يە بولۋىنا كومەك كورسەتەتىنىن ايتقان بولاتىن.

ٴبىر جولى ولار بەيجيڭدە حالىق سارايىنىڭ الدىندا تۇنالاڭ كەلگەن مەملەكەتتىك حالىق قۇرىلتايىنىڭ ٴبىر ديقان ۋاكىلىمەن كەزدەسىپ، وزدەرىنىڭ ٴداتىن ايتقان، حالىق قۇرىلتايىنىڭ ۋاكىلى اربىز ماتەريالىن الىپ، ماجىلىسكە الىپ كىرگەن؛ ولار بەيجيڭ «زاڭ-ٴتۇزىم گازەتىمەن» ۇزبەي بايلانىس جاساپ، دەلونىڭ جاعدايىنداعى وزگەرىستى ولارعا ايتىپ، بۇكىل ەلدى دۇرىلدەتكەن حۋگىجىلىتۋ دەلوسىنىڭ جۇرت نازارىنان قالىپ قالماۋىنا مۇمكىندىك جاساعان. اربىزدانۋدىڭ ۇزاق ساپارىندا ولار اۋەلى بارعان ساين ٴىستىڭ ٴجونىن ٴبىلىپ، قايراتىنا ٴمىنىپ، كوز اياسىن كەڭەيتىپ، اربىزدانۋعا ابدەن ىسىلىپ العان. ولار: ٴبىز بالامىزدى اقتاپ شىعامىز، مۇنداي وبالدى دولونىڭ ەندىگارى تۋىلماۋىن تىلەيمىز، مۇنىڭ ٴوزى جۇڭگونىڭ زاڭىنىڭ اشىق-جارقىن، ادىلدىگىن قورعاعاندىعىمىز، — دەيدى.

حۋگىجىلىتۋ دەلوسىنىڭ قايتادان تەكسەرىلۋىن ىلگەرىلەتۋدى ٴوزىنىڭ ومىرلىك بورىشى ەتكەن تاڭ جيگە قالتقىسىز كومەك كورسەتۋگە بەل بايلاعان تاعى ٴبىر سەرىك تابىلادى، ول قاشاندا ونىڭ ٴبىر جاعىنا شىعىسىپ كومەكتەسىپ وتىرادى، ول حى فىڭ ەدى. حى فىڭ ول كەزدە كوكحوت قالالىق قوعام حاۋىپسىزدىگى مەكەمەسىنىڭ ورىنباسار باستىعى بولاتىن، حۋگىجىلىتۋ دەلوسىن باستان-اياق تۇنشىقتىرىپ كەلگەن جاڭ تيەچياڭمەن بىرگە ٴبىر باسشىلىق القاسىندا قىزمەت ىستەيتىن، ول قىلمىستىق ىستەردى بارلاۋ قىزمەتىنە جاۋاپتى بولعان. جاۋ جىحۇڭ دەلوسىن ول ٴوزى باس بولىپ اشكەرەلەگەن جانە جاۋ جىحۇڭنىڭ موينىداۋىنا نەگىزدەلىپ، ساپتاستارىن ەرتىپ ناق مايدانعا بارىپ تەكسەرۋ جۇرگىزىپ، ونىڭ

ناعىز جەندەت ەكەنىن تۇراقتاندىرعان. ارناۋلى دەلو گرۋپپاسى قۇرىلعان سوڭ، سول جىلى دەلونى تەكسەرىپ ٴبىر جايلى ەتكەن جاڭ تيەچياڭنىڭ ٴجۇرىس-تۇرىسىنىڭ قالىپسىز ەكەنىن ەڭ الدىمەن بايقاعان، سونىمەن بىرگە، ونى دەرەۋ قوعام حاۋىپسىزدىگى مەڭگەرمەسىنىڭ باسشىلارىنا اڭىس ەتىپ، جاڭ تيەچياڭنىڭ ارناۋلى دەلو گرۋپپاسىنان كەتۋىنە سەبەپ بولىپ، قايتادان تەكسەرۋدىڭ ٴساتتى جۇرگىزىلۋىنە كەپىلدىك ەتكەن. دەلوعا قاتىستى ماتەريالدى قايتادان اقتارىپ تەكسەرگەندە، حۋگجىلتۋدىڭ العاشقى مويىنداماسىن تەرىسكە شىعارعاندىعى جونىندەگى ەستەلىكتىڭ قاساقانا بۇركەمەلەنگەنىن دە ول ەڭ الدىمەن بايقاعان؛ ساياسي زاڭ كوميتەتى، قوعام حاۋىپسىزدىگى مەڭگەرمەسى حۋگجىلتۋ دەلوسىنىڭ قاتە دەلو ەكەندىگى تۋرالى جۇجىرىم شىعارعانىمەن، ودان ارى ەش قانداي ىلگەرىلەۋشىلىك بولماعان جاعدايدا، ورىندى ٴتاسىل تاۋىپ، جوعارىعا اقۋالدى ەڭ الدىمەن اڭىس ەتكەن تاعى سول بولعان. 2012-جىلى جاڭ تيەچياڭ كوكحوت قالالىق قوعام حاۋىپسىزدىگى مەكەمەسىنىڭ ورىنباسار باستىعى بولىپ وسكەندە، ىشكى موڭعۇل اۆتونوميالى رايوندىق قوعام حاۋىپسىزدىگى مەڭگەرمەسىنىڭ باستىعى بولىپ تۇرعان جاۋ ليپيڭ (قازىر مىلتىقپەن ادام اتىپ ولتىرگەن قىلمىسكەر دەگەن كۇمانمەن قولعا الىنعان) ٴوز قولىمەن ارناۋلى جارلىق جازىپ، «جاڭ تيەچياڭنىڭ ‹حۋگجىلتۋ دەلوسىمەن› قاتىسى جوق» دەپ سىپاتتاعان، مۇنداي جاعدايدا باستىعىنىڭ قيتىعىنا تيۋدەن تايىنباي، جاڭ تيەچياڭنان كۇدىكتەنەتىنىن العا قويعان تاعى دا سول حى فىڭ بولاتىن.

ۇزىنىنان ۇزاققا سوزىلعان 9 جىل ىشىندە، تاڭ جي مەن حى فىڭ تالاي-تالاي بوران-شاشىندى باستارىنان كەشىرىپ، لي سانرىن مەن شاڭ ايىۇنىڭ جاناشىر جاقىنىنا اينالعان. حى فىڭنىڭ تاباندىلىعى العاشقى كاسىپتىك ارەكەتتەن بۇلتارتپاس جاۋاپكەرلىككە اينالعان ەدى.

2011-جىلى 1-ايدا، قاتىپ قالعان قالدىق مۇز ەرىگەندەي، الدە

قانداي كوكتەم لەبى ەسكەندەي بولدى، حۋ ي-فىڭ دەگەن بۇل ەسىم ولاردىڭ ەسىنە قايتا ورالدى. اۆتونوميالى رايوندىق ەكى ماجىلىستەن حۋ ي-فىڭ اۆتونوميالى رايوندىق جوعارى حالىق سوت مەكەمەسىنىڭ باستىعى بولىپتى دەگەن حابار تارالدى. شاڭ اييۇنىنىڭ ۇلكەن ۇلى جاۋلانگىتۋ وعان تەلەفوندا مۇنى جەتكىزگەندە، ول قۋانعانىنان: «بالام، ونى كىمنەن ەستىدىڭ، دۇرىس ەستىدىڭ بە؟ راسىندا حۋ ي-فىڭ باستىق بولىپ پا؟ الگى ساياسي زاڭ كوميتەتىنىڭ بۇرىنعى ورىنباسار شۋ جيى سول ەمەس پە؟» دەپ قايتا-قايتا سۇرايدى.

تاڭ جي حۋ ي-فىڭ سوت باستىعى بولعان سوڭ، ول قالايدا الدىلدىكتى جاقتايدى، حۋگىجيلىتۋ دەلوسىنىڭ قايتادان تەكسەرىلۋىنە مۇمكىندىك تۋىلادى دەپ قارايدى. ءبىراق ول ءمانساپقا وتىرعان جەردەن حۋگىجيلىتۋ دەلوسىن قايتادان تەكسەرۋدى قۋاتتاسا سوت مەكەمەسىندە بەلگىلى بوگەت بولۋى دا مۇمكىن، سوندىقتان ونىڭ ابدەن وڭتايلانىپ الىپ، ونان سوڭ بۇل ماسەلەنى اۋىزعا العانى دا ءجون ەدى دەپ ويلايدى.

تاڭ جي تاعىدا اتتانىسقا كەلەدى. تورلاپتىق مەديلاردىڭ كۇش-قۋدىرەتىنە ءسال قاراۋعا بولمايتىنىن ەسكەرگەن تاڭ جي، بولىمشە اگەنتتىكتىڭ تەلەۆيزيا تىلشىلەرى زۋۋ جيانپۋ، لين چاۋلاردى اتتانىسقا كەلتىرىپ، 2011-جىلى كوك شىبىق مەرەكەسى كەزىندە «15 جىلدىق ناقاق دەلونىڭ باسى نەگە اشىلمايدى» دەگەن ءبىر كەسكىندىك باعدارلاما ازىرلەيدى. مۇندا تاڭ جيدىڭ ءوزى جانە لي سانىرىن، شاڭ اييۇن جانە حي فىڭ تورتەۋى كەسكىنگە شىعادى.

«شينحۋا كوز اياسى» ايدارشاسى ىستەتكەن وسى كەسكىندەگى حي فىڭنىڭ سوزدەرى وتە ورىندى ايتىلعان بولاتىن — «بۇل ىستە بايىپتى بولۋ ءۇشىن، مەن قوعام حاۋىپسىزدىگى مەڭگەرمەسىنىڭ قاتىستى باسشىلارمەن بىرگە بۇل ەكى ماتەريالدى قوعام حاۋىپسىزدىگى مينيسترلىگىنە اپاردىم، سول كەزدە قوعام حاۋىپسىزدىگى مينيسترلىگىنىڭ قىلمىستىق ىستەر قىلمىستارىن

بارلاۋ مەكەمەسىنىڭ نەگىزگى باسشىسى ماتەريالعا تالداۋ جاساي كەلىپ، بۇل ەكى ماتەريالدىڭ مازمۇنىنان-اق بۇل دەلۋداعى ناعىز قىلمىسكەردىڭ جاۋ جىحۇڭ ەكەنىن تۇراقتاندىرۋعا بولاتىنىن ٴبىلدىردى».

«ول كەزدە حۋگىجيلىتۋعا قىلمىس تۇراقتاندىرعان زاتتىق دالەلدىڭ ٴبارى جوق بولدى، ەندى ولاردى تاۋىپ اكەلىپ جاۋ جىحۇڭنىڭ قىلمىسىن تۇراقاتاندىرۋ مۇمكىن ەمەس، ۇيتكەنى زاتتىق دالەلدىڭ ساقتالۋ مەرزىمى بولادى، مەرزىمى وتكەن سوڭ ساقتالمايدى».

«بۇل دەلو تىم شالاعاي ىستەلگەن، ەگەر سول كەزدە قوعام حاۋىپسىزدىگى ورگاندارى، پروكۋراتۋرا مەكەمەسى بۇل دەلونى مۇقياتتىقپەن، جاۋاپكەرلىكپەن قاراعان بولسا، وندا مۇنداي ماسەلە تۋىلماعان بولار ەدى...

كەسكىندە ٴتىلشى ىشكى موڭعۇل اۆتونوميالى رايوندىق جوعارى حالىق سوت مەكەمەسى مەن پروكۋراتۋرا مەكەمەسىنىڭ بىرنەشە جاۋاپتى ادامىنا ناق مايداندا تەلەفون بەرەدى، سوندا ولاردىڭ كەيبىرەۋى بۇل دەلونىڭ ٴالى تەكسەرىلىپ جاتقانىن ايتسا، ال ەندى بىرەۋلەرى بۇل احۋالدان حابارى جوق ەكەنىن ايتادى. ىشكى موڭعۇل اۆتونوميالى رايوندىق قوعام حاۋىپسىزدىگى مەڭگەرمەسىنىڭ قاتىستى باسشىسى: «4-ايدىڭ 9-كۇنگى» ادام ٴولتىرۋ دەلوسى ٴارقايسى جاق جۇعىسا المايتىن كۇردەلى ماسەلەگە اينالدى، بەرىلگەن ارىز ماتەريالدارى كوكحوت قالالىق قوعام حاۋىپسىزدىگى مەكەمەسىنەن كوكحوت قالاسىنىڭ سايحىن رايوندىق بولىمشەسىنە جوتكەپ بەرىلدى، ەڭ سوڭىندا تاعى قوعام حاۋىپسىزدىگى مەڭگەرمەسىنە قايتارىپ بەرىلدى، قازىر قوعام حاۋىپسىزدەگى مەكەمەسى، سوت، پروكۋارتۋرا مەكەمەلەرىنىڭ سايكەستىرۋ ٴماجىلىسىن اشۋىن كۇتىپ تۇر...» دەيدى ٴتىلشىگە.

باعدارلامانىڭ ەڭ سوڭىندا جۇرگىزۋشى: حۋگىجيلىتۋعا بەرىلگەن

ٴولىم جازاسىنىڭ اتقارىلعانىنا 15 جىل بولدى، ادام ولتىرگەن ناعىز قىلمىسكەردىڭ قولعا الىنعانىنا دا 6 جىلعا اياق باستى، بالاسىن اقتاۋ ٴۇشىن، اكەسى لي سانرىن مەن شەشەسى شاڭ ايۋن 15 جىل ٴورلى-قىرلى شاپقىلادى، ولاردىڭ ەندى قانشا شىدارىن كىم ٴبىلسىن؟» دەيدى.

بۇل باعدارلاما توراپتان توراپقا جولدانىپ، ٴتۇرتىلمى الدە نەشە جۇز مىڭعا جەتتى، شينحۋا اگەنتتىگىنىڭ ۇندەۋى بەلسەندى قۇپتاۋعا يە بولدى. تاڭ جي جاڭا اقپارات مەديالارىنىڭ كۇش-قۇدىرەتىن تەرەڭ سەزىندى، ول ٴدال وسى ورايدا «حۋگجيلتۋ دەلوسى 6 جىل قايتادان تەكسەرىلگەن سوڭ قاتىپ-سەمگەن كۇيگە ٴتۇستى، توراپتاستار ناعىز قىلمىستىنىڭ تەزىرەك زاڭ بوينشا جازالانۋىن ٴتورت كوزىمەن كۇتۋدە» دەگەن تاعى ٴبىر ىشكى حاباردى جازىپ جولدايدى، ورتالىقتاعى باسشىلار وعان تەز ارادا بەكىتپە جازادى.

ەڭ جوعارى حالىق سوت مەكەمەسى ىشكى موڭعۇل جوعارى حالىق سوت مەكەمەسىنە ارناۋلى ادام جىبەرىپ تەكسەرتەدى. بۇل تۇستا ابدەن ازىرلەنىپ بولعان حۋ ي-فىڭ حۋگجيلتۋ دەلوسىن قايتادان تەكسەرۋ گرۋپپاسىن قۇرىپ، وعان زاڭ عىلىمىنان ماگىسترلىقتان جوعارى اتاق العان 5 ىسكەر سۋديانى تاڭداپ قوسىپ، دەلوعا قاتىستى ماتەريالداردى قايتا-قايتا تەكسەرىپ، دەلونى ٴبىر جايلى ەتكەن ساقشىلار مەن پروكۋرورلاردان اقۋال يەلەپ، دەلونىڭ جاعدايىن تەز ارادا انىقتاپ شىعادى دا، وعان دۇرىس قورتىندى شىعارادى.

2012- جىلى بولاتىن، ٴبىر كۇنى تاڭ جي حۋ ي-فىڭنىڭ كەڭسەسىندە حۋگجيلتۋ دەلوسىنا قاتىستى قالىڭ-قالىڭ ماتەريالدار توپتاماسىن كورەدى. زاتىندا مەكەمە باستىعى حۋ ي-فىڭ ونى الدە نەشە قايتا كورىپ شىققان ەدى. ول تاڭ جيگە ونى ٴبىر كورىپ شىعۋدىڭ ورنىنە ٴۇش كۇن ۋاقىت جۇمساعانىن ايتادى. ەكەۋى دەلونىڭ ٴمان جايى تۋرالى كوپ اڭگىمەلەسكەن سوڭ، حۋ ي-فىڭ:

«تاڭ جي، ەندى جازباي-اق قوي، بۇل جەردە تەكسەرۋ گرۋپپاسى دا تەكسەرىپ جاتىر، مەن دە قاراپ جاتقامىن جوق» دەيدى تاڭ جيگە.

وسى جىلى جازدا، ٴبىر ماجىلىستە تاڭ جي حۋ ي-فىڭمەن كەزدەسىپ قالادى، ول تاڭ جيدى وڭاشا شاقىرىپ الىپ: «حۋگىجىلىتۋ دەلوسى قايتادان تەكسەرىلىپ بولدى، ەندى تۇبەگەلى اقتاۋعا ازىرلەنىپ جاتىرمىز» دەيدى ەش كىمگە ەستىرتپەي.

بارلىق ٴىس وڭىنا باسا باستايدى، دەسەدە حي فىڭعا تۇسكەن قىسىم ٴالى از امەس ەدى.

12

2012-جىلى 11-ايدىڭ 8-كۇنى، پارتيانىڭ 18-قۇرىلتايى اشىلىپ، جۇڭگونىڭ تاريحىندا ٴبىر جاڭا بەت اشىلادى.

جاڭا كەزەكتى اۆتونوميالى رايوندىق پارتكوم حۋگىجيلىتۋ دەلوسىن قايتادان تەكسەرۋگە قوسىلادى.

ۇزاق ۋاقىت تىم شارشاپ-شالدىققاندىقتان تاڭ جيدىڭ دەنساۋلىنان ماسەلە شىعادى. ٴبىر كۇنى ول بەيجيڭگە بارىپ دەنساۋلىعىن تەكسەرتۋگە اتتانعالى كەڭسەسىندە ونى-مۇنىسىن دايىنداپ جاتقاندا، ٴبىر توپ شال-شاۋقان اياق استىنان ساۋ ەتىپ كىرىپ كەلەدى. بەلى بۇكىرەيىپ، كارىلىك جايلاعان ولار شەتىنەن شەرلەرىن توگە باستادى تاڭ جيگە.

باعانا تاڭەرتەڭ عانا ايەلى وعان: تاڭ جي، سەن ٴبىر ۋاق ٴسوز تىڭداساڭشى، ەندى كوك بالالىق بولىپ شاپقىلاي بەرمەسەڭشى، شارشاعانىڭدى بىلمەيتىن بۇرىنعى جاس كەزىڭ كەتتى... دەگەن بولاتىن، ٴبىراق مىنا اق ساقال، كوك ساقالداردىڭ شەرىن ەستىگەندە، ول مۇنى ۇمىتىپ كەتتى، ول تاعىدا قالام-قاعازىن الىپ ولاردىڭ ايتقانىن ەستەلىككە الا باستادى.

1999-جىلى، ىشكى موڭعۇل ەگىن-مال شارۋاشىلىعى مەڭگەرمەسىنە قاراستى مەملەكەت مەنشىگىندەگى اۋىل شارۋاشىلىق

ماشينالارى سەرىكتەستىگى ۇلانشاپ ايماقتىق اۋىل شارۋاشىلىق ماشينالارى سەرىكتەستىگىنە قوسىلىپ، ۇلانشاپ ايماقتىق اۋىل شارۋشىلىق ماشينالارى جارنا سەرىكتەستىگى بولىپ قۇرىلعان ەدى. ۇكىمەت قوسىلعان سوڭ، بۇرىنعى ىشكى موڭعۇل ەگىن-مال شارۋاشىلىعى مەڭگەرمەسىنىڭ اۋىل شارۋشىلىق ماشينالارى سەرىكتەستىگىنەن دەمالىسقا شىققان 30 ساقا قىزمەتكەر تۇگەلدەي قوعامدىق قامسىزداندىرۋعا الىنىپ، ولاردىڭ قامسىزداندىرۋ قاراجاتىن ۇكىمەت تولەيتىن بولعان ەدى، بۇعان جىينى ەكى ميلليون يۋان قاراجات جۇمسالادى. ٴبىراق بۇل قارجى تيىناقتانباعاندىقتان، جۇمىستان بوساتىلعان بۇل ساقا قىزمەتكەرلەر ەكونوميكالىق كىرىسى بولماعاندىقتان، بالالارىنىڭ نەمەسە تۋىستارىنىڭ قولىنا قاراپ قالعان. ولار بۇرىن قىزمەت ىستەگەن ورنىنىڭ قىزمەت عيماراتىنىڭ قۇنى 20 ميلليون يۋان اينالاسىندا بولعان ەدى، ٴبىراق بۇل اقشا ۇلانشاپ ايماقتىق اۋىل شارۋاشىلىق ماشينالارى سەرىكتەستىگىنە تاپسىرىلعاندىقتان، ول باسقالاردىڭ مال-مۇلكىنە اينالىپ كەتكەن.

بۇل قارتتار ۇلانشاپ قالالىق ۇكىمەتكە تالاي رەت ارىزدانىپ بارىپ، وزدەرىنىڭ بۇرىنعى قىزمەت ورنىنداعى قىزمەت عيماراتىنىڭ اقشاسىن قوعامدىق قامسىزداندىرۋعا تاپسىرۋدى تالاپ ەتكەن، ٴبىراق ودان بەرى كوپ زامان ٴوتىپ، تالاي باستىق جاڭالانىپ، جاڭادان شىققان باستىقتار وزدەرىنە تىڭ ٴورىس اشۋمەن ابىگەر بولىپ جاتقاندىقتان، تاريحتان قالعان بۇل ماسەلەگە مويىن بۇرعان ەش كىم بولمايدى. سونىمەن، ارىزدانۋ ولاردىڭ تۇرمىسىنداعى ۇنەمىلىك قۇبىلىسقا اينالىپ قالعان، سول جىلى جۇمىستان بوساعانداعى ورتا جاستاعىلار اق ساقالدى شالعا اينالعان، ول كەزدەگى شالداردىڭ كوزى جۇمىلعان، ٴبىراق سودان بەرى ولار ەش قانداي ٴۇمىت ۇشقىنىن بايقاي الماعان.

تاڭ جي: ولاي بولسا، سوت ارقىلى سول عيماراتتى قايتارىپ الىپ

قايتادان ساتسا، قامسىزداندىرۋ قارجاتى شىقپاي ما؟ — دەيدى.

ەستۋىمىزشە، قىزمەت عيماراتى ۇكىمەتتىڭ مال-مۇلكى، سوتتىڭ ولاي ىستەۋىنە بولمايدى دەسە كەرەك باسشىلار، — دەيدى قارتتار.

تاڭ جي ٴتىلشى، ەلدىڭ ٴبارى ٴسىزدىڭ قالامىڭىز وتكىر، ەس قاتادى دەسەدى، وسىنى ٴبىر جازىپ جاريالاساڭىزشى! — دەپ جالىنادى ولار.

ەشقانداي بۇلتارعان راي بىلدىرمەگەن تاڭ جي ولاردى قىزمەت عيماراتىنىڭ سىرتىنا دەيىن ۇزاتىپ سالىپ، تەكسەرىپ-زەرتتەۋ ناتيجەسىن كۇتىڭىزدەر دەپ جولعا سالادى. ول بەجيڭگە بارۋدان ىلگەرى اۋرۋ ازابىنا شىداپ، ۇلانشاپ قالاسىنا بارادى. ول ايەلىنەن ٴبىر كۇن «رۇقسات» سۇراپ ەرتەڭ كەلەمىن دەپ كەتكەن ەدى، ناتيجەدە ەرتەڭ كەلگەن قايدا، قىزمەتتىڭ قىزىعىنا باتقان ول سول جۇرگەنىنەن ٴبىرقانشا كۇن جۇرەدى. ول تەكسەرە كەلىپ، قارتتاردىڭ ايتقانىنىڭ راس ەكەنىن، الگى قىزمەت عيماراتىنىڭ راسىندا جەكە سەرىكتەستىككە وزگەرىپ كەتكەنىنە كوپ جىل بولعان ۇلانشاپ اۋىل شارۋاشىلىق ماشينالارى سەرىكتەستىگىنىڭ قولىندا ەكەندىگىن، قالالىق ۇكىمەتتەگى بەلگىلى ٴبىر باسشى ارالاسقاندىقتان، پروكۋراتۋرا مەكەمەسىنىڭ 7 جىلدىڭ الدىنداعى بۇل دەلو تۋرالى ٴالى شاعىم ايتپاعاندىعىن، سوت مەكەمەسى بۇل عيماراتتى مەملەكەت مەنشىگىندەگى مال-مۇلىك دەپ ۇكىم شىعارعانىمەن، پروكۋراتۋرا مەكەمەسىمەن ٴبىر-بىرىنە يتەرىسىپ، ٴالى اتقارماي وتىرعاندىعىن انىقتايدى.

تاڭ جي پروكۋراتۋرا مەكەمەسىنە بارىپ، ولارعا سىن ايتىپ كەڭەس بەرەدى: سىزدەر بۇل دەلونى 7 جىل اسىپ قويىپ ايىپتاۋ جۇرگىزبەپسىزدەر، بۇلاردىڭ زاڭ تارتىبىنە اۋىر قايشىلىق جاساعاندىق، ەگەر مەن اشىق جاريالايتىن بولسام، ول ٴادىليا سالاسى ٴۇشىن ٴبىر ۇنامسىز حابار بولادى، سوندىقتان زاڭ بويىنشا تەز ارادا

شەشىم جاساۋلارىڭىزدى ۇسىنىس ەتەمىن.

تاڭ جى سوت مەكەمەسىنە دە بارىپ ٴوزىنىڭ پىكىرىن ايتادى: سىزدەر پروكۋراتۋرا مەكەمەسىمەن بىرگە الگى قاتىستى قالا باستىعىنا بارىپ اقۋالدى ايتىڭىزدار، مەن ۇسىنىس قويدى دەڭىزدەر، سوت مەكەمەسى ۇلانشاپ اۋىل شارۋاشىلىق ماشينالارى سەرىكتەستىگىنىڭ قولىنداعى عيماراتتى قايتارىپ الۋ ۇكىمىن دەرەۋ اتقارسىن، ونان سوڭ ونى باسەكەلەستىرىپ ساتىپ، ودان تۇسكەن قارجىمەن انا جۇمىستان بوساعان قىزمەتكەرلەردىڭ قامسىزداندىرۋ قاراجاتىن تاپسىرىپ، قالعانىن ۇكىمەتكە بەرسىن. سىزدەر وعان ايتىڭىزدار، ٴارقانداي ادامنىڭ ٴادىلياعا ارالاساتىن ۇقىعى جوق، سوتتىڭ ۇكىمدى اتقارۋى ولاردىڭ سۇعاناقتىق جاساۋعا بولمايتىن قاسيەتتى بورىشى، ەگەر ول كيلىگەتىن بولسا، مەن ونىمەن سوڭىنا دەيىن بەلدەسۋگە بارمىن.

بۇل ٴسوزدى ەستىگەن الگى ورىنباسار قالا باستىعى:

— مەن قاشان اتقارتپاي قويعان ەدىم، — دەيدى سەزگىرلىكپەن — كانە، قايسىلارىڭا ايتقان ەدىم، اتقارامىن دەسەڭىزدەر اتقارا بەرسەڭىزدەر بولدى عوي، ونى مەنەن سۇراپ قايتەسىزدەر...

سوت مەكەمەسىنىڭ باستىعى مەن پروكۋراتۋرا مەكەمەسىنىڭ باستىعى ٴبىر-بىرىنە تەسىلە قاراپ، ايتايىن دەگەن سوزدەرىن قايتادان ىشىنە جۇتىپ الادى. ٴبىراق مۇنىڭ ناتيجەسى جاقسى بولادى، سوت مەكەمەسى مەن پروكۋراتۋرا مەكەمەسى الگى عيمارات جونىندەگى ۇكىمدى اتقارۋدىڭ قامىن جاساي باستايدى.

وسى كەزدە، تاڭ جيدىڭ دەنساۋلىق تەكسەرۋ ناتيجەسى شىعادى، ونىڭ ىشەگىندە جامان حارەكتەرلى وسپە تىم ۇلكەيىپ كەتكەندىكتەن، ىشەكتى تەكسەرتىن ينەك ودان ارى جۇرمەي قويادى. وپەراتسيا جاسايتىن كۇنى، بەيجيڭ شيەحى شيپاحاناسىندا جاتقان ونىڭ كوكەيىنەن ۇلانشاپتاعى الگى قارتتار شىقپاي قويادى: ولار ارىزدانۋدى قاشان توقتاتار ەكەن، قاشان الاڭسىز تۇرمىس كەشىرەر

ەكەن...

كەنەت تەلەفون سىڭعىرلادى، ۇلانشاپ قالالىق ورتا حالىق سوت مەكەمەسى اتقارۋ مەكەمەسىنىڭ باستىعىنان تەلەفون كەلەدى. ول: ەرتەڭ الگى عيماراتتى قايتارىپ الۋ جونىندەگى ۇكىمدى اتقارامىز، بىرەۋلەر ٴىستىڭ ٴمان-جايىن بىلمەيتىن جۇمىسشى-قىزمەتكەرلەردى بىزگە توسقىندىق جاساۋعا ۇيىستىراما دەپ الاڭداپ وتىرمىز، ۇيتكەنى ۇلانشاپ اۋىل شارۋاشىلىق ماشينالارى سەرىكتەستىگىنىڭ بۇل عيماراتتان پايدالانعانىنا 10 نەشە جىل بولىپ كەتكەن، ەگەر ولار بەرگىسى كەلمەي قاسارىسسا وندا ۇكىمدى اتقارۋىمىز قيىنعا سوعاتىن سياقتى. سوندىقتان، ٴوزىڭىز باسى قاسىندا بولساڭىز قايتەدى، — دەيدى تەلەفوندا.

تاڭ جيدىڭ بىلەگىندە ۋكول شانشۋلى جاتقاندىقتان، ول ايەلىنە اگەنتتىككە تەلەفون جالعاتىپ الادى دا، ناق مايدانعا باراتىن تىلشىلەردى ورنالاستىرادى. ول: فوتو اپپاراتتارىڭدى الىپ زاڭ اتقارۋشى قىزمەتكەرلەردەن قالماي ىلەسىپ جۇرىڭدەر، ەگەر بىرەۋ-مۇرەۋ توسقىندىق جاساسا، وندا ول ٴادىلياعا كەدەرگىلىك جاساعاندىق بولادى. ەستەرىڭدە بولسىن، تۋىلعان اقۋالدى دەرەۋ ماعان جەتكىزىڭدەر، الدا-جالدا اقۋال تۋىلىپ جاتسا، مەن وپەراتسيانى كەشەۋىلدەتىپ، باس اگەنتتىككە دەرەۋ ماقالا جازامىن» دەيدى ناق مايدانعا باراتىن تىلشىلەرگە.

دەسەدە، ونىڭ سوڭعى جوباسى اتقارىلماي-اق، سوتتىڭ ۇكىمدى زاڭ بويىنشا اتقارۋى توتەنشە ٴساتتى بولادى.

تاڭ جي وپەراتسيا جاساتىپ بولىپ قىزمەتكە شىققان سوڭ بىرنەشە كۇننەن كەيىن، الگى قارتتار تاڭ جيگە راقمەت ايتا كەلەدى. قولدارىنا كەستەلى تۋ كوتەرىپ كەلگەن ولاردىڭ جۇزىنەن قۋانىش لەبى ەسەدى. ولار: شينحۋا اگەنتتىگى جاقسى، تاڭ جي ٴىنىمىز جاقسى ادام، ٴبىز ارىزدانعالى 14 جىل بولعان ەدى، شينحۋا اگەنتتىگى بىزگە ادىلدىك اپەردى، بۇعان مىڭدا ٴبىر العىس ايتامىز،

مۇنى ەستەن شىعارمايمىز... دەستى تۇس-تۇستان. مۇنى ەستىگەن تاڭ جي ىشتەي قۋانىپ، اۋرۋدان ٴتىپتى دە جازىلىپ كەتكەندەي بولدى. ول قارتتاردىڭ يعىنداعى تورسىلداقتى سىپىرىپ الىپ: بۇل شينحۋا اگەنتتىگى، بۇل جەردە تورسىلداق اتۋعا بولمايدى، سىزدەردىڭ كوڭىلدەرىڭىزگە راقمەت، — دەدى قارتتارعا بۇلاي بولارىن كىم ويلاعان، ٴدۇرىس-ٴدۇرىس ەتىپ شىققان داۋىستى ەستىپ ارتىنا قاراسا، بىرنەشە اقساقال وعان تىزەرلەي وتىرا قالىپ العىستارىن ٴبىلدىرىپ جاتىر ەكەن. مۇنى كورىپ ونىڭ كەڭىسىرىگى اشىپ، كوزىنەن جاس پارلايدى دا، دەرەۋ ولاردى سۇيەپ تۇرعىزادى.

13

شيپاحانادا جاتقان كۇندەرى تاڭ جي كۇندىز قىزعىلىقتى اڭگىمەلەردى ايتىپ، بالا-شاعاسىنىڭ كوڭىلىن كوتەرىپ، اۋرۋ ازابىن كوپ بىلدىرمەي ٴجۇردى. ٴبىراق، ول تۇندە ۇيقتاي الماي كوپ ويعا شومادى: اۋىل شارۋاشىلىق ماشينالارى سەرىكتەستىگىنەن جۇمىستان بوساعانداردىڭ قيىنشىلىعى شەشىلگەن بولدى، دەسەدە الگى لي سانىرىن مەن شاڭ اييۇن قارت ەندى قانشا شىدار ەكەن؟ بۇل دەلونىڭ جاعدايىن جاقسى بىلەتىن مەنەن باسقا كىم بار دەيسىڭ؟ ولارعا تىرەك بولاتىن شينحۋا اگەنتتىگىنەن باسقا كىم بار سەيسىڭ؟ ەگەر وسى كەزدە ولاردىڭ ٴبىر جاعىنان شىعىسپاسام، سوڭى نە بولارىن كىم ٴبىلسىن؟ ونان دا ماڭىزدىسى بۇل دەلونىڭ باسى اشىلاتىن بولسا، وندا ول جۇڭگودا ٴولىم جازاسىنا ۇكىم ەتىلگەن ناقاق دەلونىڭ قايتادان تەكسەرىلگەندىگى جونىندەگى تۇڭعىش دەلو بولادى، سونىمەن ونىڭ پارتيانىڭ 18-قۇرىلتايىنان كەيىنگى جۇڭگونىڭ ٴادىليا ىستەرىندەگى العاباسارلىقتىڭ ناقتى بەينەسى، مەملەكەتتى جاپپاي زاڭمەن باسقارۋ اياق الىسىنا سەپتىگىن تيگىزەتىن وڭ ەنەرگيا بولاتىنى ٴسوزسىز.

ادام بالاسىنىڭ دەنە قۋاتى السىرەپ كەتكەندە، وينا قاي-قايداعى

ورالاتىنى بار: قالاي ەكەنى بەلگىسىز، تاڭ جيدەك ويىنا سوناۋ بالا كەزىندە جاتتاپ العان ٴتوراعا ماۋ زىدۇڭنىڭ حالىق مۇددەسى ٴۇشىن قۇربان بولۋ، تايشان تاۋىنان دا قادىرلى دەگەن ٴسوزى ورالدى. ولاي بولسا، مەنىڭ بۇل دۇنيەدەن كوز جۇمار الدىندا حالىق ٴۇشىن ىستەي الاتىن ٴىسىم حۋگجيلتۋ دەلوسىن اقتاپ شىعارۋ بولماي ما؟ تاڭ جي ٴوزىن-ٴوزى قايراتقا شاقىرىپ، مەيلى قالاي بولسىن، قىزمەت ورنىنا قايتىپ بارىپ، الگى ەكى قارتتىڭ قاسىرەتتەن ارىلىپ، قۋانعان بەينەسىن ٴوز كوزىمەن كورۋگە بەل بۋدى.

وپەراتسيادان كەيىنگى تەكسەرۋدە تاڭ جيدەكتىڭ توق ىشەك راگىنا شالدىققانى الدىن الا بايقالعاندىقتان، حيميالىق جولمەن ەمدەۋدىڭ قاجەتى جوق ەكەنى، شيپاحانادان شىعىپ ۇيىندە ەمدەلۋىنە بولاتىندىعى تۇراقتاندى، بۇل ونىڭ بالا-شاعاسىنا ۇلكەن قۋانىش اكەلدى. تاڭ جيدەك قىزمەت ورنىنا قايتىپ بارعانىنان كەيىن تۇڭعىش رەت ىستەگەن ٴىسى حۋگجيلتۋ دەلوسىنىڭ قايتادان تەكسەرىلۋىنە جالعاستى دەم بەرۋ بولدى.

ول اۋتونوميالى رايوندىق جوعارى حالىق سوت مەكەمەسىنىڭ قايتا-قايتا تەكسەرۋ ارقىلى حۋگجيلتۋدى قىلمىسسىز دەپ تۇراقتاندىرعاندىعىنان حابار تاپتى. بۇل قورتىندىنىڭ تۇراقتانۋى العى شارتىندا، حۋگجيلتۋ دەلوسىن ەندى قانداي نەگىزبەن تۇزەتۋ تۋرالى ىشكى موڭعۇل اۋتونوميالى رايوندىق جوعارى حالىق سوت مەكەمەسى تاعى ٴبىر رەت تانىمدى بىرلىككە كەلتىرىپ، قايتادان تەكسەرۋ ۇكىمناماسىن حۋگجيلتۋدىڭ دەلو تۋدىرۋ فاكتى انىق ەمەس، دالەل-سيپاتى جەتەرسىز دەپ تۇراقتاندىرۋعا بەكىدى.

2014-جىلى 6-ايدا، اۋتونوميالى رايوندىق پارتكومنىڭ ساياسي زاڭ كوميتەتى قوعام حاۋىپسىزدىگى مەكەمەسىنىڭ، سوت مەكەمەسىنىڭ، پروكۋراتۋرا مەكەمەسىنىڭ باستىقتارى ٴماجىلىسىن اشىپ، حۋگجيلتۋ دەلوسىن اقتاۋدا ورنىقتىلىقتى ساقتاۋ جوباسىن جاسادى: حۋگجيلتۋ دەلوسىن اقتاۋ باسشىلىق

گرۋپپاسىن قۇردى، اۆتونومىيالى رايوندىق پارتكومىنىڭ ورىنباسار شۋجيى، قوسىمشا ساياسي زاڭ كوميتەتىنىڭ شۋجيى لي جيا گرۋپپا باستىعى بولدى، اۆتونومىيالى رايوندىق جوعارى حالىق سوت مەكەمەسىنىڭ باستىعى، پروكۋراتۋرا مەكەمەسىنىڭ باستىعى، قوعام حاۋىپسىزدىگى مەڭگەرمەسىنىڭ باستىعى ورىنباسار گرۋپپا باستىعى بولدى؛ ۇلكەن گرۋپپا ٴوز ىشىنەن 6 شاعىن گرۋپپاعا ٴبولىندى: ورىندىقتىلىقتى ساقتاۋ گرۋپپاسى، سوت گرۋپپاسى، ٴتالىم-تاربيە گرۋپپاسى، مەملەكەت تولەمى گرۋپپاسى، الاڭسىزداندىرۋ گرۋپپاسى، جاۋاپكەرشىلىكتى قۋزاۋ گرۋپپاسى. سونىمەن 9 جىلعا سوزىلعان حۋگىجيلىتۇ دەلوسىن قايتا قاراۋ جۇمىسى بەينە سفورتشىلاردىڭ اياعىمەن بىرەسە زىمىراپ، بىرەسە بايىرقالاعان پوتپول دويىنداي ٴتۇرلى توسقاۋىلداردان ٴوتىپ اقىرى پاراتور ەسىگىنە دە تايادى، تەك ەندى ٴبىر تەۋىپ قالسا ەسىككە كىرگەلى-اق تۇر!

جاقسى حاباردىڭ كەلۋى نەگە سونشا كەشىكتى؟ مىنە، مەملەكەت مەرەكەسى دە تاياپ قالدى، تاڭ جي بۇل ٴىستىڭ 2015-جىلعا اتتاپ كەتۋىن قالاماي قاتتى تىقىرشىپ ٴجۇردى.

كەڭسەسىندە تىقىرشىپ وتىرا الماعان تاڭ جي اقىرى شينجۋا اگەنتتىگى ىشكى موڭعۇل بولىمشەسىنىڭ ورىنباسار باس رەداكتورى ۋ- شيانمەن بىرگە، ىشكى موڭعۇل اۆتونومىيالى رايوندىق جوعارى حالىق سوت مەكەمەسىنىڭ باستىعى حۋ ي-فىڭنىڭ كەڭسەسىنە باردى.

تاقاتى تاۋسىلعان تاڭ جي: «ٴبىز حۋگىجيلىتۇ دەلوسىن قايتادان تەكسەرۋگە سەلبەسۋ ٴۇشىن كەلدىك، بىزگە دۇرىس جاۋابىڭىزدى بەرىڭىز، مانساپتىڭ ٴسوزىن ايتپاڭىز، ٴسوزىڭىزدى ماقالامىزعا كىرگىزەمىز» دەدى توتەسىنەن وعان.

ماقالا جازىلىپ بولعان سوڭ، تاڭ جي ونى حۋ ي-فىڭعا جولداپ بەردى، حۋ ي-فىڭ ونى كورىپ بولعان سوڭ جارىيالاۋلارىڭا بولادى

دەپ جاۋاپ بەردى.

11-ايدىڭ 4-كۇنى، ۋ-شيان مەن تاڭ جي جازعان ماقالانى شينحۋا اگەنتتىگى جاريالادى. سوڭىنان، «زاڭ-تۇزىم گازەتى» تاڭ جيدىڭ ۇسىنىسىمەن «حۋگىجيلىتۋ دەلوسى دەلو تۇرعىزىلىپ قايتادان قارالاتىن بولدى» دەگەن تاقىرىپتا سالماقتى حابار تاراتتى.

تاڭ جي ارادا ورتالىق تەلەۆيزياسىنىڭ «زاڭ-ٴتۇزىم ارناسى» باعدارلاماسىنداعىلارمەن بايلانىس جاساپ، ولاردى كوكحوتقا كەلىپ، حۋگىجيلىتۋدىڭ ناقاق ٴولتىرىلۋ دەلوسىنىڭ قايتادان تەكسەرىلۋى تۋرالى ارناۋلى تىلشىلىك ىستەۋگە شاقىردى.

تاڭ جي: «باسەكە، ەكەۋمىز دە كوممۋنيسپىز، ٴبىز قوزعالاتىن كەز كەلدى! مەن ايتارىمدى ايتتىم، ەندىگىسى سىزدە قالدى» دەيدى مەكەمە باستىعى حى فىڭعا. ول وسى ٴبىر اۋىز ٴسوزىنىڭ حى فىڭعا ناجاعايداي تيەرىن بىلەتىن ەدى.

«ەكەۋمىز دە كوممۋنيسپىز...» دەگەن وسى ٴسوزدى ايقاتقاندا، تاڭ جيدىڭ ٴوزى دە قاتتى تەبىرەنىپ كەتتى.

تەلەفوننىڭ انا باسىنان جوندى ٴۇن شىقپادى، حى فىڭ ايتەۋ بىردەڭەلەردى ايتقان بولدى.

بۇل جولى، كوپتەن بەرى اۋزىن اشپاي تىپ-تىنىش قالعان حى فىڭ، اقىرى باتىرلىقپەن ورتالىق تەلەۆيزياسىنىڭ باعدارلاماسىنان بوي كورسەتتى.

تولعاقتى تۋىندەر! تولعاقتى تۋىندەر! حۋگىجيلىتۋ دەلوسى سول تولعاقتى تۋىندەر تاسىلىمەن بارشا اتا-انالاردىڭ نازارىن اۋداردى، قوعامنىڭ ٴارقايسى سالالارىنىڭ قولداۋىنا يە بولدى، ادىلدىك پەن زاڭنىڭ كۇش-قۋدىرەتىن كورسەتتى. تاڭ جيدىڭ دەر كەزىندە دەم بەرۋىمەن، جاس ٴتىلشى زو جيانفۋ تۋراپتاعى قاتىستى الەۋمەتتىك پىكىرلەردى جيناستىرىپ، 6-رەتكى ىشكى حابار — «حۋگىجيلىتۋ دەلوسى جونىندەگى الەۋمەتتىك پىكىر ۇزدىكسىز قىزىپ كەلەدى، تۋراپتاستار تەز ارادا قايتادان تەكسەرۋدى ۇندەيدى»

دەگەن تاقىرىپتا تاعى ٴبىر ىشكى حابار جازادى. بۇل حابار 2014-جىلى 11-ايدىڭ 16-كۇنى ەڭ جوعارى حالىق سوت مەكەمەسىنىڭ باستىعىنا كوشىرىلىپ جولدانادى.

زاڭ بويىنشا ٴبىرقانشا تارتىپتەن وتكەن سوڭ، 2014-جىلى 12-ايدىڭ 13-كۇنى تۇستەن كەيىن، ىشكى موڭعۇل اۆتونوميالى رايوندىق جوعارى حالىق سوت مەكەمەسى ميكرو بلوكتا حۋگىجيلتۋ دەلوسىن قايتادان تەكسەرۋ ۇكىمىنىڭ جەتكىزىپ بەرىلەتىندىگىن حابارلايدى. شاڭ اييۇن دەرەۋ تاڭ جيگە تەلەفون بەرىپ، سوتتىڭ ۇكىمنامانى ۇينە جەتكىزىپ بەرەتىندىگىن ۇقتىرعاندىعىن ايتادى.

ونان سوڭ، تاڭ جي اگەنتتىككە تەلەفون بەرىپ، دەرەۋ تىلشىلىك جوباسىن جاساۋدى، مۇنى بۇكىل ەلگە ناق مايداندا تىكەلەي حابارلاۋدى وتىنەدى.

2014-جىلى 12-ايدىڭ 15-كۇنى، ىشكى موڭعۇل اۆتونوميالى رايوندىق جوعارى حالىق سوت مەكەمەسىنىڭ تۇراقتى ورىنباسار باستىعى جاۋ جيانپيڭ قول استىنداعى ٴبىرقانشا ادامىن باستاپ حۋگىجيلتۋدىڭ ۇينە كەلىپ، دەلونى قايتا قاراۋ ۇكىمناماۋسىن لي سانىرىن مەن شاڭ اييۇننىڭ قولىنا ۇستاتادى. ۇكىمنامانىڭ مازمۇنى: ٴبىرىنشى، ىشكى موڭعۇل اۆتونوميالى رايوندىق جوعارى حالىق سوت مەكەمەسى 1996-جىلى شىعارعان ەكىنشى سوتتاعى قىلمىستىق ىستەر ۇكىمى، كوكحوت قالالىق ورتا حالىق سوت مەكەمەسى 1996-جىلى حۋگىجيلتۋعا شىعارعان ٴبىرىنشى سوتتاعى قىلمىستىق ىستەر ۇكىمى كۇشىنەن قالسىن؛ ەكىنشى، ايىپكەر حۋگىجيلتۋ قىلمىسسىز دەپ جاريالانسىن.

ورىنباسار سوت باستىعى جاۋ جينپيڭ لي سانىرىن مەن شاڭ اييۇنگە ىشكى موڭعۇل جوعارى حالىق سوت مەكەمەسىنە مەملەكەت تولەمىن الۋ تۋرالى ارىز بەرۋىنە بولاتىندىعىن دا ۇقتىرادى. جاۋ جيانپيڭ: «مەن بۇل جولى سوت باستىعى حۋ ي-فىڭنىڭ تاپسىرۋىمەن، سونداي-اق اۆتونوميالى رايوندىق جوعارى حالىق سوت

مەكەمەسى اتىنان سىزدەردەن شىن جۇرەكتەن كەشىرىم سۇراعالى كەلدىم، كەشىرىڭىزدەر! ٴبىز بۇدان كەيىن بۇل ساباقتى قابىلداپ، بۇل دەلونىڭ ٴبىر جايلى ەتىلۋى بارىسىندا سوت مەكەمەسىندە ورىن تەپكەن ماسەلەلەرگە تەرەڭ وي جۇگىرتەمىز، حۋگىجيلىتۋ ترادەگياسىنىڭ ەندىگارى قايتالانۋىنا استە جول قويمايمىز» دەدى ٴيىلىپ كەشىرىم سۇراپ. جاۋ جيانپيڭ حۋگىجيلىتۋدىڭ اكە-شەشەسىنە تاعىدا 30 مىڭ يۋان حال سۇراۋ قاراجاتىن اكەلىپ بەرەدى.

لي سانرىن مەن شاڭ اييۇن زاڭدىق ۇكىمنامانى قولىنا العان سوڭ ونى قايتا-قايتا وقىپ شىعىپ قولدارىن قويىپ، بارماق ٴىزىن قالدىردى.

تاڭ جي قىزىل شاپان كيىپ، كوپشىلىكتىڭ اراسىندا ەكى قولىنىڭ ساۋساقتارىن بىرىنە-ٴبىرىن كىرگىزىپ، ٴۇنسىز تۇر. 9 جىلدىق كۇرەسپەن، تالاي ۋاقىتتى ارتقا تاستاپ، ول مىنە اقىرى اقيقاتتىڭ قايتا ورالعانىن، زاڭنىڭ جەڭىسكە جەتكەنىن كورىپ تۇر.

جۇمىستارى اياقتاپ جاۋ جيانپيڭ ادامدارىن باستاپ قايتىپ كەتتى. تىلشىلەر مەن ٴار سالانىڭ كۋاگەرلەرى دە قايتا باستادى. تاڭ جي دا ەندى قوزعالىپ قايتپاقشى بولىپ ەدى، لي سانرىن مەن شاڭ اييۇن كەنەتتەن ونىڭ الدىنا ۇشىرتا جەتتى، تاڭ جي كەڭ قۇشاعىن اشىپ، ولارمەن قۇشاقتاسا ٴتۇستى. ولار ەندىگى ارى وزدەرىن توقتاتىپ تۇرا الماي كوز جاستارىن كولدەتە جىلاپ، كوپكە دەيىن تىنىشتالا المادى.

سونىمەن تاڭ جي ٴبىر ٴتىلشىنىڭ 9 جىلدىق ۇزاق جورىعىن ساتىمەن اياقتاتتى.

2016-جىلدىڭ باس شەنىندە، حۋگىجيلىتۋ دەلوسىن قاراۋعا جاۋاپتى بولعان قاتىستى ادامداردان 27 ادام پارتيا ٴتارتىبى، اكىمشىلىك ٴتارتىپ بويىنشا جازالاندى. مۇنىڭ ىشىندە، قىلمىس

ٴادىلىالىق جاقتان تيەچياڭ جاڭ تاعىلعان كۇمان دەپ وتكىزدى تەكسەرىلۋ ۇستىندە.

تاڭ جيدىڭ كومەگىمەن، حۋگىنجيلىنتۋدىڭ يەن دالاعا كومىلگەن سۇيەك كۇلى جاڭا زيراتقا كوشىرىلدى.

1973 ـ جىلعى داشۋەدەن وقۋ ارمانى

ليۋ چياڭ

اۋدارعان: جايىربەك مۇحامەتحان ۇلى

ايتەۋىر ماعان 1973-جىلعى ۋ-حاننىڭ جازى تىم ەرتە كەلگەندەي سەزىلدى، 6-عا ىلىنە بەرە، بۇل قالانىڭ قاپىرىق ىستىق اۋاسى جالىنداپ، جانىپ كەتكەندەي بولدى.

جۇڭگودا، ٴسىرا، تونارداي ىستىق بولاتىن قانشا قالا بار؟ بىرەۋلەر تورتەۋ دەسە، بىرەۋلەر ۇشەۋ دەيدى، تاعى بىرەۋلەر بەسەۋ دەگەنگە توقتايدى، اڭىزداردا ايتىلاتىن، كۇنى تونارداي كۇيدىرەدى دەيتىن نانجيڭ، چۇڭچيڭ، جينان سياقتى قالالاردىڭ بارىنە ٴوز باسىم جازدا بارىپ كورگەم، دەنەمنىڭ سەزىنۋىنە بە، الدە سولاي ويلاعاندىكى مە، بىلمەيمىن، ايتەۋ ماعان ىستىق جالىنى تونارداي قارىتىن قالا تەك ۋ-حان سياقتانادى دا تۇرادى. بۇل ارادا كۇندىز، مەيلى تاڭەرتەڭگى كەز بولسىن، بولمە ىشىندە بايىزداپ تۇرا المايسىز، ورىندىقتا وتىرىپ كىتاپ وقىساڭىز دا، نەمەسە بىردەڭە جازساڭىز دا، دەنەڭىزدەن تەر بۇرق ەتىپ، سورعالاپ قالامىڭىزعا بارادى، ونان قاعازىڭىزعا تامادى، سونىمەن بۇ مونشادا جۇرگەندەي كۇيگە تۇسەسىز. سونان شاراسىز اۋلاعا اتىپ شىعىپ، تال-تەرەكتەردىڭ ساياسىندا سالقىنداپ وتىرىپ، كىتاپ وقىپ، جازۋ جازعىڭىز كەلەدى. ٴبىراق، ۋ-حاننىڭ اق تەڭبىل ماساسى مازا بەرمەيدى، ٴبىز ونى شىبار ماسا دەپ اتايمىز، مۇنداي ماسا ىلعي ادامدى كۇندىز كەپ شاعىپ تالايدى، جەلپۋىش الىپ، تولاسسىز

جەلىپىپ تۇرساڭىز دا، از-كەم عانا ارقانى كەڭگە سالساڭىز بولعانى، بىلەگىڭىزگە، بالتىرىڭىزعا، نەمەسە دەنەڭىزدىڭ كەز-كەلگەن ٴبىر اشىق تۇسىنا قادالادى دا، ىنەسىن سۇعىپ الادى، ونىڭ قادالعان جەرى دەمدە قىزارىپ ٴىسىپ شىعا كەلەدى، شاققان جەرى دومبىعىپ قانا قويماي، قىشىعاندا ايتپاڭىز، كوكەڭىزدى كوزىڭىزگە كورسەتكەندەي بولادى.

شىنتۋايتىنا كەلگەندە، سول جىلى ۋ-حاننىڭ اۋا رايىندا پالەندەي وزگەرىس بولماعانىمەن، ارالارىندا ٴوزىم دە بار، جاۋىنگەر سەرىكتەرىمنىڭ ابدەن الەككە تۇسكەنىن جاقسى بىلەمىن.

ٴبىزدى گو-ۋ-يۋاننىڭ قۇجاتى اپتىقتىردى، تاراتىپ ايتسام، 1973-جىلى 6-ايدا اسكەري ٴبولىمىمىز اتتانىسقا كەلتىرۋ جينالىسىن اشىپ، مەملەكەتتىك كەڭەستىڭ قۇجاتىن جەتكىزدى، ونىڭ ۇزىن ىرعاسى — سول جىلدان باستاپ مەملەكەت بويىنشا جوعارى مەكتەپتەر ەمتيحان الىپ، وقۋشى قابىلدايتىن بولىپتى، ەمتيحاندا تولىمدى بولعاندار داشۋەدە وقيدى ەكەن. قۇجاتتى جەتكىزگەن ورىنباسار كوميسسار جاۋىنگەرلەر جوعارى مەكتەپتى بىتىرگەننەن كەيىن، اسكەري قوسىنعا قايتا ورالسا، كادىر بولۋى ابدەن مۇمكىن ەكەندى دە قاداعالاپ ايتتى.

جوعارى مەكتەپتەردىڭ ەمتيحان الىپ، وقۋشى قابىلداۋ ٴۇردىسىنىڭ بۇرىن بولىپ كورىلمەگەن مادەنيەت زور توڭكەرىسىنىڭ كەسىرىنەن ٴۇزىلىپ قالعانىنا بەس-التى جىل بولعان-دى. مەملەكەت بويىنشا جوعارى مەكتەپتەردىڭ تابالدىرىعىنان جاڭا وقۋشىلاردىڭ اتتاماعانىنا دا بەس-التى جىل بولىپ ۇلگىرگەن، داشۋەلەر قاڭىراپ بوس قالۋداي تاريحي سۇمدىق تۋىنداعان. كەيىن كەلە سول ٴبىر تاريحي كەزەڭدى زەرتتەگەن مامانداردىڭ بولجاۋىنشا، 1973-جىلى جوعارى مەكتەپتەردىڭ وقۋشى قابىلداي باستاۋى قۇددى قارا تۇنەك تورلاعان اسپاننىڭ ٴبىر شەتىنەن ساڭلاۋ اشىلىپ، جەرگە جارىق ساۋلە تۇسۋىمەن بىردەي بولدى، بۇل ٴبىر عاجايىپ ٴىستىڭ

تۇلاتىندىعىن اڭعارتقانداي ەدى، ٴمۇبادا سول كەزدەگى «ەمتيحاندا اق قاعاز تاپسىرۋ» دۇرمەگى جارىققا شىقپاعان بولسا، مۇنداي سۇمدىق كۇنى بۇرىن اياقتايتىن ەدى...

ارينە، ٴوز باسىم ٴۇشىن ايتقاندا، بۇل دا ٴبىر عاجايىپ ٴىس بولدى. ورتالاۋ مەكتەپتە ٴبىر جىلدان ارتىقىراق وقىسام دا، ساباقحانادان كەتىپ، وقۋلىقتان الىستاعانىنان ەكى جىلدان استام ۋاقىت وتكەن سوڭ، ساباقحانانى سولعۇرلىم جاقسى كورەتىنىمدى، وقۋلىققا بارىنشا ىنتىزار ەكەنىمدى ويدا-جاقتا سەزىپ قالدىم... پوچتادان حات جىبەرىپ توسۋدى باياۋ سەزىنىپ، ۇلكەن اپەكەمە تەلەگرامما سالىپ، ورتالاۋ، ورتا مەكتەپ وقۋلىقتارىن العىزدىم. ماتەماتيكا، فيزيكا، حيميا وقۋلىقتارى قولىما تيگەندە، ەندى عانا باستاۋىش مەكتەپكە قابىلدانعان بالاداي كىتاپتاردىڭ سىرتىن قۇنىتتاپ قاپتاۋعا كىرىستىم.

سول تۇستا ساباقحانانى ۇناتاتىن، وقۋلىققا زار بوپ جۇرگەن جالعىز مەن عانا ەمەس ەدىم، اسكەري ٴبولىمنىڭ اتتانىسقا كەلتىرۋ جينالىسىنان كەيىن، ٴبىزدىڭ قوسىنىمىزدىڭ وزىنەن-اق نەشە ونداعان جاۋىنگەر ەمتيحان تاپسىرۋعا تىزىمدەلدى. ارينە، ولاردىڭ دەنى تەك داشۋەدە وقۋ ٴۇشىن عانا ەمەس، اسكەري بولىمدە كادىر بولىپ ٴوسۋ ٴۇشىن سولاي قامداندى.

ٴبولىمنىڭ اۋلاسىندا مادەنيەت ساباعىن پىسىقتاۋ تولقىنى كوتەرىلدى. الدىڭىزدا سونشاما كوپ باسەكەلەسىڭىز، باقتالاسىڭىز تۇرسا، قالايشا دەلەبە قوزىپ، دەگبىر كەتپەسىن، ٴبارىمىز ەرتە تۇرىپ، جاي جاتىپ، ٴسال مۇرسا ٴتيدى بولدى، ۇيرەنۋ ماتەريالىن كوتەرىپ، جايلى سالقىن جەر ىزدەپ دەدەك قاقتىق، سول تۇستا ەگەر بىرەۋ پالەن ارادا جانعا راحات، ادام سياتىن تۇلكىنىڭ ٴىنى بار ەكەن دەسە، مەن وعان كىرۋگە دە دايىن ەدىم.

اۋا رايى ىسي ٴتۇستى، كۇندىز قايتا كورىمدەۋ بولدى دە، شىبار ماسانىڭ تالاۋىنا شىداپ، اعاشتىڭ كولەڭكەسىندە زەيىنىڭدى

سابانىڭا بۇرىپ وتىرا بەرەسىڭ. ال ىمىرت ٴۇيىرىلدى بولدى، تەردەن اش دەنەڭە جابىسقان كيىممەن بولمەدە ارى-بەرى تىنىزداقتاپ، جاي ادامدار شىداي بەرمەيتىن تىمىرسىق ىستىققا شىدايسىڭ. كۇندەردىڭ بىرىندە تۇتاس دەنەمە ينەمەن ورنەك-بەدەر ويعانداي ونە-بويىم شاققىلاپ، اشىپ كەتتى، ىستىق جالىنعا جان توزگەنمەن، ٴتان توزبەيتىن ٴتارىزدى، دەنەمە شىمىرلاپ، شىمقاي بورتكەن قاپتاپ كەتتى.

بارىنەن قيىنى وسى بولدى. سۋعا جۋىنىپ، تالقان ٴدارى سەۋىپ، تەرىڭنىڭ دۋىلداپ اشىعانىن ٴبىر ٴسات باسۋعا جاعدايىڭ كەلگەنمەن، ٴىسىز بالىق قۇساپ كۇنى بويى سۋدا جۇرمەيسىز عوي، قايتا-قايتا وپا-دالاپ جاعىپ، سەرگۋگە مۇمكىندىك جوق ەمەس، ٴبىراق، اسكەر باسىڭمەن اقشام سايىن دەنەڭىزدەن كۇشتى ٴيىس بۇرقىراپ تۇرسا، وزگەلەر الاكوزبەن قاراماي قويىسىن با؟! دەسەدە ۇيرەنۋ، داشۋە قاقپاسىنان كىرۋ، ارمانىڭدى ورىنداۋ ٴۇشىن مۇنداي ازاپقا توزۋدەن باسقا لاج جوق ەدى.

ايتسەدە، ٴتىرى ادام قاشاندا تىرلىگىن جاساۋ كەرەك قوي، جاس جىگىتتەر تىپتەن ٴادىس-امال تاپپاي تىنباعانى ٴجون. ٴشىن باڭشيوڭمەن كوڭىلىم جاقىن-دى، ول گۋاڭدوڭدىق، قوسىنعا مەنەن ەكى جىل بۇرىن قابىلدانعان اسكەر-تىن، ۇستىمە شىبارتىپ قالىڭ بورتكەن قاپتاپ كەتكەنىن بايقاعان ونىڭ دا دەنەسى تىتىركەنىپ كەتتى.

— دەنەڭدەگى بورتكەندى جوعالتقىڭ كەلە مە؟ — دەپ سۇرادى ول مەنەن.

— كەلگەندە قانداي، — دەدىم مەن.

— بورتكەندى قۇرتاتىن ٴبىر امالىم بار، ول سەنىڭ جۇرەكتىلىگىڭە بايلانىستى.

— بورتكەننىڭ كوزىن جويساڭ بولعانى، ولتىرمەسەڭ بولدى باسقا ٴىستىڭ بارىنە شىدايمىن.

تەكتەن-تەك ادام ٴولتىرۋ قايدا، ول ٴبىر شەلەك سۋ كوتەرىپ كەلدى، قاراسام ىشىندە ون نەشە جىلانبالىق جاتىر ەكەن. ول ٴبىر ۇلكەن پىشاق، شەگە، ەنى جىلانبالىقتان كەڭ، بويى قىسقالاۋ تاقتاي دايىندادى، گۋاڭدۇڭدىق وسى جاۋىنگەر سەرىگىم جەر بەتىندەگى جان-جانۋاردىڭ، قۇرت-قۇمىرسقانىڭ ٴبارىنىڭ ٴدامىن تاتىپ كورگەن پالەكەت كورىنەدى، الدىمەن ساعان ۇلگى كورسەتەيىن دەدى دە، ٴبىر جىلانبالىقتى ىلىپ ەتكىزىپ قولىنا الىپ، باسىن تاقتايعا شەگەلەپ، دەنەسىن تاقتايعا تىرەي قوسا قىسىپ ۇستاپ تۇردى دا، پىشاقپەن قۇيرىعىن شورت كەسىپ جىبەردى، جانتالاسا شورشىعان شولاق قۇيرىق جىلان بالىقتى اۋزىنا سالىپ، تىستەپ تۇرىپ بار پارمەنىمەن قانىن سورا باستادى. الاسۇرىپ تۋلاعان جىلانبالىقتىڭ كەسىلگەن شولاق قۇيرىعى ونىڭ اۋزىنان شىعىپ كەتكەن سايىن، اتقاقتاعان قانى تامعا، ۇستەل-ورىندىقتارعا شاشىرادى، اسىرەسە ونىڭ بەتى-ٴجۇزىن، دەنەسىن بالىقتىڭ قانى بويادى... چىن باڭشيۇڭ جىلانبالىقتى قايتادان تاقتايعا تۇزۋلەپ قويىپ، كەسىلگەن قۇيرىعىن قايتا اۋزىنا سالىپ جىبەرىپ، شاماسىنىڭ بارىنشا تاعى سورا جونەلدى...

ۇستىمە جۇققان بالىقتىڭ قانىن سۇرتكىشتەپ، قاتتى شوشىعان مەن:

— بۇل قايتكەنىڭ؟ ۇرەيلى ويىنىڭ مادەنيەت ساباعىن ۇيرەنۋىمە كەسىرىن تيگىزەتىن بولدى عوي؟ — دەدىم قىنجىلا.

— مەنىڭ جاسايتىن ەم-دومىم مىنە وسى، جىلانبالىقتىڭ قانى سۋىق كەلەدى، ونىڭ قانىن ىشسەڭ، دەنەڭە بورتكەن شىقپايدى، ٴون بويىڭداعى بورتكەن جوعالادى، — دەدى ول ٴماز بولا.

— راس ايتىپ تۇرسىڭ با؟ — دەدىم عاجاپتانىپ.

— بۇل اتا-بابامىزدان جالعاسىپ كەلە جاتقان قۇپيا رەتسەپ.

ەڭبەكشى حالىقتىڭ اقىل-پاراساتى شەكسىز بولادى ەكەن-اۋ، چىن باڭشيۇڭنىڭ ٴجون سىلتەۋىندە، مەن دە نەشە جىلانبالىقتىڭ

قانىن ٴسىمىردىم. مۇنى ەستىگەن تاعى بىرنەشە جاۋىنگەر سەرگىممىز قاتارىمىزعا قوسىلدى، بورتكەندى تۇبەگەيلى جوعالتۋ، اشالاپ ايتقاندا، مادەنيەت ساباعىن جاقسىلاپ ۇيرەنىپ، ەمتيحانعا قاتىناساتىن كۇندى قارسى الۋ ٴۇشىن تولىپ جاتقان ساپتاستارىمىز دا جىلانبالىقتىڭ قانىن جۇتاتىندار توبىنا قوسىلدى، بالىق قانىن جالاپ-جۇقتاۋ كورىنىسى وتە قورقىنىشتى-تىن، ابدەن جاتتىقپاعاندىقتان جىلانبالىق موڭكىگەندە، اۋزىمىزدان سىتىلىپ جىعىپ كەتىپ، بەتىمىزدى وساتىن، قانى جان-جاققا شاشىرايتىن، ىشكى احۋالدى بىلمەيتىندەر كورىپ قالسا، ۇرەيلەنگەندە جاعاسىن ۇستايتىن. ٴبىزدى سىرتتاي بايقاعان ٴبىر جاۋىنگەر اۋلى كەزەكشىلىك بولمەسىنە تەلەفون جالعاپ، ۇلكەن سۇمدىق بولعانىن، كوپتەگەن اسكەردىڭ ٴۇستى-باسى قانعا بويالعانىن مالىمدەگەن. كەزەكشىلىك بولمەسىندەگى باسشى موتوسيكلمەن تىزگىن ۇشىمەن جەتكەن، جاعدايدى بىلگەن سوڭ، ىشەك-سىلەسى قاتا كۇلگەن جايت تە تۋىنداعان...

ارامىزدا نەداۋىر پىسىق، سۇڭعىلا جاۋىنگەرلەر دە بولدى. نە سەبەپتەن بولعانىن قايدام، ەكى قىز اسكەر ايتەۋ قوسىننىڭ قاتەرلى بۇيىمدار قويماسىن تاۋىپتى، مۇنداي قويما تەرەڭ جەر استىنا سالىنعاندىقتان قىستا جىلى، جازدا سالقىن تۇراتىن كورىنەدى، ونىڭ ۇستىنە ماساسى جوق، ساباق ۇيرەنۋگە اسا قولايلى جەر بولسا كەرەك. دەسەدە، جاي ادامداردىڭ وعان باس سۇعۋىنا قاتاڭ تىيىم سالىنادى ەكەن، قورعاۋشىلار بانى ارنايى كۇزەتىپ تۇرىپتى. شاماسى، ەكى قىز اسكەر كۇزەتشى جاۋىنگەرگە قيىلا جابىسىپ، جاعدايلارىن تۇسىندىرگەن سىقىلدى، كۇزەتشى جاۋىنگەر ەلجىرەپ، بوساپ كەتىپ، بۇل ەكەۋى تەمەكى تارتپايدى عوي، بۇلاردان كەلەر قاۋىپ جوق دەپ ولاردى ەنگىزىپ جىبەرىپتى. گۇزەتشى مەن قىز اسكەرلەر تۇسكى كەزەكشىلىك كەزىندە ولاردى قويماعا ەنگىزىپ جىبەرۋگە، كەشكى تاماق ۋاعىندا قويمادان شىعارۋعا كەلىسىپتى.

بۇل كوزەتشى جاۋىنگەردى ٴبىر جولى باسشىلارى ۋاقىتشا سىرتقا جۇمىسقا جۇمساپ جىبەرىپتى، بىرىتا زورعا ورالعان ول قاربالاستىقتا ەكى قىز اسكەردىڭ قويىمادا ەكەنىن ەسىنەن تارس شىعارىپ الىپتى. ەرتەسى تاڭەرتەڭ قويىمانىڭ قاقپاسىن اشىپ، اۋاسىن جاڭالاردا، اشتىقتان با، ۇرەيدەن بە، الدە تىنىسى تارىلعانىنان با، ەكى قىز اسكەردىڭ قويىما ىشىندە ەسىنەن تانا جىعىلىپ جاتقانى بايقالىپتى...

ٴبىر جەكسەنبى كۇنى تۇستە مەن حابارلاسۋ بانىنا پوچتا جولداماسىن الۋعا باردىم، بانىنىڭ قويماسىنا كىرىپ بارعانىمدا، قويمانىڭ ٴبىر بۇرىشىندا سۇمەك بولىپ، ۋاڭ شيانليدىڭ اسپالى مايكەمەن ساباق پىسىقتاپ وتىرعانىن كوزىم شالدى. ول مەنەن ٴبىر جىل بۇرىن قوسىنعا قابىلدانعان، جىنانىنىڭ شينياڭ قالاسىنان كەلگەن اسكەر-دى. ول ٴبىزدىڭ اسكەري بولىمدەگى اتى شۋلى «عاجاپ ادام» بولاتىن، ىستىقتى دا، سۋىقتى دا ەلەڭ قۇرلى كورمەيتىندىكتەن سولاي اتانىپ كەتكەن، قولى تيە قالدى بولدى، حابارلاسۋ بانىنىڭ قويماسىنا كەلىپ، كىتابىنا ۇڭىلەتىن. بۇل قويما حابارلاسۋ بانىنداعىلار وزدەرى سالىپ العان جاي بولمەتىن، باسقا جاۋىنگەرلەردىڭ سوزىمەن ايتقاندا، قويمانىڭ تەمپەراتۋراسى قىستا دالاداعىدان دا بەتەر سۋىتىپ، كۇشى دارەت جەرگە جەتەر-جەتپەس قاتىپ قالاتىنداي اياز بوپ كەتەتىن؛ ال جازدا سىرتتاعىدان ارتىق شىجعان ىستىق بولىپ، ٴبىر تەگەنە سۋىق سۋدىڭ ٴوزى دەمدە ىسىپ-قايناپ، جۇمىرتقانى پىسىرىپ جىبەرەتىندەي شىجعان ىستىق بولاتىن سياقتى. ۋاڭ شيانليدىڭ «عاجاپتىعى» دەنەسىندە تەمپەراتۋرا تەڭشەگىش قاسيەتى بار ما، الدە وزگەلەردىڭ تىنىشىن الۋدان قاشقالاقتاپ، وسى اراعا ادەيى تىعىلىپ وتىرا ما، ول جاعى ماعان جۇمباق. ارينە، بۇل ونىڭ «عاجاپ ادام» اتانۋىنىڭ ٴبىر دايەگى، باستىسى ول كۇندە ىلعي فيلوسوفيا كىتاپتارىن وقيدى، جاي ادامنىڭ ونداعى مازمۇندى ٴتۇسىنۋى ىىلاي تۇرسىن، كىتاپتا

اتالاتىن فيلوسوفتاردىڭ اتى-ٴجونىن بىلەتىندەردىڭ ٴوزى ساناۋلى ەدى. قالاي ايتساق تا، «عاجاپ ادامنىڭ» اتى «عاجاپ ادام» ەمەس پە، ول جىلانبالىقتىڭ قانىن اۋزىنا اپارمادى، تەرەكتىڭ ساياسىن پانالامادى، ٴتىپتى قاتەرلى بۇيىمدار قويماسىنا دا باس سۇقپادى. مەن ودان داشۋە وقىتۋشىلارى اسكەري بولىمگە كەلىپ، وقۋشى قابىلدايتىنىنان حاباری بار-جوعىن سۇراپ ەدىم، ول ارينە بىلەتىنىن، ٴبىراق مەكتەپتەردە فيلوسوفيا مەن ساياسات ٴپانى جوعىن، سوندىقتان بۇل ىسكە زاۋقى سوقپايتىنىن ايتتى.

40 نەشە جىلدىڭ الدىنداعى جوعارى مەكتەپتەردىڭ وقۋشى قابىلداۋ ەمتيحانى مەن قازىرگى جوعارى مەكتەپتەر ەمتيحانىنىڭ قيان-كەسكىلىگىن، قاتاڭدىعىن، كۇردەلىلىگىن سالىستىرۋعا كەلمەيدى عوي، ول ٴبىر توڭكەرىستىك ۇرانداردى تاماق قارلىققانشا شاقىراتىن، جالپى حالىق وڭ-سولىن پارىقتاي المايتىن جىلدار ەدى، ۇنەمى جاڭعىرتا ۇرانداعىسى كەلمەيتىن، ٴوز قۇلشىنىسى ارقىلى ارمانىنا جەتپەكشى بولسا دا، ٴبىراق باعدارىن تولىق ايىرا الماي جۇرگەن قاپتاعان قالىڭ «ۇرانشىلار» جونىنەن العاندا، وقۋشى قابىلداۋ ەمتيحانى ويدا-جوقتا قونعان باق ٴتارىزدى بولعان. سونىمەن وقۋشى قابىلداۋ ەمتيحانىن تاپسىرۋعا تىزىمدەلگەن جاۋىنگەرلەر قاتتى جەلپىندى، جەتى قابات جەر استىنان ىزدەسەدە، ورتالاۋ، ورتا مەكتەپ وقۋلىقتارىن تاۋىپ، كۇنى-تۇنىمەن پىسىقتاۋ جاسادى، شاماسى كەلگەندەر، كونە كوز زيالىلاردى شاقىرىپ، ولاردان ٴدارىس الدى...

ايتسەدە ولارعا نارازىلىق ٴبىلدىرىپ، وكپەسىن ايتقان ۇندەر دە ەمىس-ەمىس شىعىپ تۇردى. بىرەۋلەر جوعارى مەكتەپتىڭ وقۋشى قابىلداۋ ەمتيحانىنا قاتىناساتىن جاۋىنگەرلەردىڭ بۋرجۋازيالىق «استامشىلدىق» يدەياسى اسقىندى، جايشىلىقتاعى الەۋمەتتىك ەڭبەككە بەلسەندى ەمەس، ناراۋ، سالعىرت، ۇنەمى سىرتتان تاماقتانادى، اسكەري ٴبولىمنىڭ ەڭبەگىنەن قاشقالاقتايدى، ال

جەكەلىك ەمتيحان جۇمىسىنا كەلگەندە ەكپىندى، جىلانبالىقتىڭ قانىن دا سوردى، اكوپقا دا كىردى دەپ كۇڭكىلدەدى. ەندى بىرەۋلەر بورتكەندى ازايتامىز دەپ ٴجۇرىپ، جانىنان ايرىلا جازدادى، داشۋەدە وقۋ سونشالىقتى ماقتانىش پا ەكەن دەپ سوكسە؛ ٴباز بىرەۋلەر ٴبىز سەندەردەن باسقاشامىز، ٴبىز ازاتتىق ارميا دەگەن وسى مەكتەپتە-اق جاقسى ۇيرەنەمىز، ازاتتىق ارميانىڭ دومناپەشى ٴبىزدى شىڭداپ-شىنىقتىرىپ، پرولەتارياتتىڭ قايىسپاس جاۋىنگەرىنە اينالدىرادى دەپ پاڭداندى.

ٴبىزدىڭ ولشەۋ-سىزۋ قوسىنىمىز كاسىبي سيپاتى وتە ايقىن قوسىن ەدى، مۇنداي قوسىندا تابان تىرەپ تۇرۋ ٴۇشىن نە تەحنيكالىق دەڭگەيىڭىز جوعارى بولۋ كەرەك، سوندا عانا قوسىن سىزدەن قول ۇزە المايدى، يا بولماسا ەلگەزەك، شوگەل بولۋىڭىز شارت، كەيدە بولىمگە «قولقاناتتار» دا قاجەت-تى.

شىنتۋايتىنا كەلگەندە، سول تۇستا «قولقانات» جاۋىنگەرلەرگە ات ٴۇستى قاراۋعا دا بولمايتىن، ٴبىزدىڭ ولشەۋ-سىزۋ ٴبولىمىمىزدىڭ كاسىپتىك تەرميندەرىمەن بەينەلەسەك، ولار تۇمىسىنان ماڭگىلىك «بەتالىس سەزىمى» توتەنشە كۇشتى ادامدار، ولار ماڭگى باقي وزدەرىنىڭ تۇرعان ورنىن جاقسى بىلەتىندەر، قايسى باعىتپەن ٴجۇرۋدى ەڭ باياندى ماقسات تۇتقاندار. بانىمىزدا لي شان اتتى جاۋىنگەر بولدى، مەنەن ٴۇش جاس ۇلكەن بولعانىمەن، ٴبىراق قوسىنعا بىرگە قابىلدانعان ەدىك، ونىمەن بىرگە بولعاندا، ول ماڭگى مەنىڭ ۇلگى-ونەگەم بولاتىن ەدى، مەن ماڭگى ودان ٴتالىم الاتىن شاكىرت سياقتاناتىنمىن. ول تاڭعى جاتتىعۋدان كەلە سالا ەرىكتى تۇردە بىتكەن جاۋىنگەردىڭ جاتاعىن سىپىرىپ تازالايدى؛ جەكسەنبى كۇندەرى ٴبىر تىنىم الماي، ەگىس الاڭىنا بارىپ، شوشقالارعا جەم بەرەدى نەمەسە اسحاناعا كىرىپ كومەكتەسەدى؛ كادرلاردىڭ ٴۇيىنىڭ وتىن-سۋىن ساتىپ اكەپ بەرەدى؛ ٴوزى قىردان شىققاندىقتان اينا الاتىن 8 يۋان تۇرمىس قاراجاتىنىڭ 4

يۋانىن اۋلىنا جىبەرىپ تۇرادى، سۇيتسەدە قالتاسىندا ىلعي ٴتاۋىر تەمەكىلەر، اۋەلى جاي اسكەرلەرگە تيە بەرمەيتىن «داچيانمىن» ماركالى وراۋلى تەمەكى قاپشىعىمەن جۇرەدى، ارينە، تەمەكىنى ٴوزى كوپ تارتپايدى، ۇنەمى كادىرلارعا، كونە اسكەرلەرگە نەمەسە ٴوزى تولىمدى دەپ ەسەپتەگەن ادامدارعا الا جۇگىرەدى. ٴار كۇنى تاڭەرتەڭ ەلدەن 20 مينۋت بۇرىن ورنىنان تۇرادى دا، الدىمەن ٴوز جاتاعىنان نەشە ٴجۇز مەتر قاشىقتىقتاعى باسقا ٴبىر جاتاققا جۇگىرىپ بارىپ، ولاردىڭ دارەت شەلەگىن توگىپ تازالايدى. البەتتە، جاتاعىنا دارەت شەلەگىن قويۋ تولىمدىلىعى بارلار كادىرلار بولاتىن. سونان كەيىن ول سول جاتاقتاردىڭ تازالىعىن ىستەپ، ورىن-كورپەلەردى جيىپ-قاتتايدى، كىرلەگەن كيىمدەردى الا كەتىپ، قولى تيگەندە جۋادى. ٴبىر قىزىعى، سىرتقا شىعىپ، ولشەۋ-سىزۋ مىندەتىن اتقارۋعا كىرىسكەنىمىزدە، ونىڭ اپتەگى باسىلىپ، ٴجۇنى جىعىلىپ قالادى، ۇيتكەنى ول اسپاپ-جابدىقتاردى قولدانا بىلمەيدى، سان-سيفرلاردى ەستەلىككە الا المايدى، ايتەۋىر سوڭىمىزدان سالپاقتاپ، اسپاپ-جابدىقتاردى، جۇك-پۇك، سومكە - پومكالارىمىزدى كوتەرىسىپ جۇرەدى، كەيدە الدىمىزعا شاي-ٴپايىن كوتەرىپ كەلەدى، ەگەر ىشپەي قويساڭىز، ول تالايعا دەيىن ىشتەي قۇلازىپ مۇڭايىپ قالادى. مۇنداي تۇستا ول كادرلارعا قۇراق ۇشىپ قانا قالماستان، مەن سەكىلدى اسپاپ ۇستايتىندارعا دا جالپىلدايدى، قىسقاسى، كىم شارۋاسىنا شاقىرسا، ول جوق دەمەيدى، مىندەت وتەگەن شاقتا ونى ەڭ سۇيىكتى دە سۇيكىمدى ادام دەۋگە بولادى.

الايدا ونىڭ دا وسال جەرى بار-دى، ول مۇلدە كىتاپ-جۋرنال وقىمايتىن. ٴبىر جولعى ۇيرەنۋ كەزىندە جەتەكشىمىز بىزگە گازەت وقىپ بەرىپ وتىرعاندا، ونى ىزدەگەن تەلەفون كەلە قالدى دا، ول گازەتتى لي شانعا سەن جالعاستىرىپ وقي بەر دەپ شىعىپ كەتتى. ول گازەتتى قولىنا الىپ: «ا ق ش، قورعانىس مينيسترلىگى، لەي،

ر، دە...» دەپ ٴوزىپ-جۇلىپ وقىپ، تۇتىعىپ، مىڭقىلداپ قالعاندا، كوپشىلىك ونىڭ نە ايتقانىن تۇسىنبەي، گۋىلدەپ كەتتى. گازەتتى مەن وتكىزىپ الدىم دا: «ا ق ش-تىڭ قورعانىس مينيسترى لەرد بىلاي دەدى...» دەپ جەتكىزگەنىمدە، كوپشىلىك قارقىلداپ كۇلىستى، سونان باستاپ ول قولىنا گازەتتى الۋدى مۇلدە دوعاردى.

شاماسى، ەمتيحان 1973-جىلى 6-ايدىڭ سوڭىندا الىندى.

سول جولعى وقۋشى قابىلداۋ ەمتيحانىنا قاتىناسقان باسقا جاۋىنگەرلەردىڭ سول ۋاقىتاعى جاعدايىنىڭ ٴالى ەستەرىندە بار-جوعىن بىلمەيمىن، ايتەۋىر، ٴبىزدىڭ بولىمىمىزدەن جوعارى مەكتەپ ەمتيحانىنا قاتىناسقان ونداعان جاۋىنگەر قۇددى بۇگىنگى كەزدەگىدەي ەمتيحان الاڭىنا كىردىك، ەمتيحان ٴتارتىبى وقىلدى، ٴار بىرىمىزگە ەمتيحان سۇراۋ قاعازى تاراتىلدى. ەمتيحان تاپسىرۋعا كىرىسۋدەن ىلگەرى، مايداندىعى جاۋىنگەرلەرگە جايشا كيىنگەن ەكى ادام تانىستىرىلدى، ەسىمدە قالۋىنشا، بىرەۋى داليان ونەركاسىپ شۋەيۋانىنان كەلگەن دياۋ مۇعالىم، ەندى بىرەۋى چيڭحۋا داشۋەسىنەن كەلگەن مۇعالىم ەدى، ونىڭ فاميلياسى ەسىمدە قالماپتى. ەكى مۇعالىم الاڭدا ارلى-بەرلى ٴجۇرىپ، ٴبىزدى قاداعالاي باقىلاپ، ەمتيحان تاپسىراتىن جاۋىنگەرلەرگە نەداۋىر قىسىم ٴتۇسىردى.

مەكتەپتەن، وقۋدان بەزۋ ٴۇشىن اسكەرگە قابىلدانىپ، ەندى قايتا مەكتەپكە كىرۋ ٴۇشىن قان جىلىك بولا ۇيرەنىپ، ەمتيحان الاڭىنا كىرگەن مەن ەمتيحان سۇراۋ قاعازىن اشقانىمدا، قولدارىم دىرىلدەپ كەتتى...

ٴبىزدىڭ اسكەري بولىمىنەن جوعارى مەكتەپ ەمتيحانىنا قاتىناسقاندارعا ەكى بەت سۇراۋ قاعازى تاراتىلدى، ەسىمدە قالۋىنشا، ٴتىل-ادەبيەت ەمتيحانى قاعازىندا ابزاتستارعا بولىنگەن، تالداۋ جاسايتىن ٴبىر ماقالا بار ەكەن، ٴبىر ماقالا جازۋ سۇراۋى ورنالاستىرىلىپتى، ونىڭ تاقىرىبى ەسىمدە قالماپتى. ماتەماتيكا - فيزيكا - حيميا سۇراۋىنان جەتەۋى شىعارىلىپتى.

ٴبىرىنشىسى ماتەماتيكا سۇراۋى: 625 تىڭ...

ەكىنشىسى دە ماتەماتيكا سۇراۋى: ٴۇشبۇرىشتى فۋنكتسيا ارقىلى تىك بۇرىشتى ٴۇش بۇرىشتىڭ كاتەت تەورەماسىن دالەلدەۋ؛

ٴۇشىنشىسى دە ماتەماتيكا سۇراۋى: تاۋىق پەن قويانىنىڭ سانى 49، ٴجۇز اياق ٴجۇرىپ بارادى دەسەك، ولاردىڭ قانشاسى تاۋىق، قانشاسى قويان دەلىنىپتى؛

ٴتورتىنشىسى فيزيكا سۇراۋى: تومەندەگى زاتتاردىڭ قايسىسى وتكىزگىشكە جاتادى؟ a، قىش ىدىس؛ b، اسكەري تەمىر قۋتى؛ c، اعاش؛ d، رازينكە دەلىنىپتى؛

بەسىنشىسى دە فيزيكا سۇراۋى: ريچاكتىڭ جاي سحەما سۋرەتىن سىزۋ ەكەن؛

التىنشىسى حيميا سۇراۋى: سۋدىڭ حيميالىق ەلەمەنت فورمۋلاسىن سىزۋ بولىپ شىقتى؛

جەتىنشىسى دە حيميا سۇراۋى: تەمىردىڭ تات باسۋى حيميالىق وزگەرىس پە، الدە فيزيكالىق وزگەرىس پە؟ نەلىكتەن دەلىنىپتى.

بۇل ارادا مەن الدىمەن 70-، 80-، 90-جىلداردان كەيىن تۋىلعان وقىرمانداردىڭ ٴبىزدى سايقى-مازاق ەتە كورمەۋىن وتىنەمىن... بۇلار سەندەر باستاۋىش مەكتەپ وقىپ جۇرگەندە، اري كەتكەندە، ورتالاۋ مەكتەپتە ورىنداعان تاپسىرمالارىڭمەن بىردەي، ەمتيحان سۇراۋلارى سەندەرگە الىپپەدەي وڭاي بولۋى دا ابدەن مۇمكىن، ٴبىراق سول ٴبىر دۇربەلەڭ، ايعاي-سۇرەڭگە تولى جىلدارى باستاۋىش مەكتەپتەن ورتا مەكتەپكە دەيىن ٴبىز ٴجىبى ٴتۇزۋ ٴبىر سۇراۋ ورىنداپ كورگەمىز جوق، جوعارى داۋىستى لابادان كۇندە ايعايلاپ شاقىراتىن ۇراندار مۇعالىمدەردىڭ ساباق ٴوتۋ ۋاقىتىنان الدە قايدا ۇزاق بولاتىن ەدى، ازعانداي ۋاقىتتا ٴبىز تاۋىق پەن قويانىنىڭ سيراعى مەن اياعى قانشا ەكەنىن قايدان ەسەپتەي الايىق؟

باعىمىزعا جاراي، 1973-جىلعى جوعارى مەكتەپتىڭ وقۋشى قابىلداۋ ەمتيحانى تەك سول مەكەمە-ورىننىڭ ىشىنەن پۇراققا

شىعارۋ تۇزىمىندەگى ەمتيحان بولدى، باسقاشا ايتقاندا، وقۋشى جىبەرەتىن ورىن العان ٴنومىرى بويىنشا ىرىكتەپ تاڭدايدى، ٴبىزدىڭ اسكەري بولىمنەن ەمتيحانعا قاتىناسقانداردىڭ الدىڭعى ۇشەۋىنە جەكە-جەكە چيڭحۋا داشۋەسىنەن، بەيجيڭ 2-شەتەل ٴتىلى شۋەيۋانىنان، داليان ونەركاسىپ شۋەيۋانىنان شاقىرتۋ قاعازى كەلدى. كەيىن كەلە تاعى ٴبىر سان ارتتىرىلدى. اسكەري بولىمىمىزدەگى ٴبىر تەحنيكتىڭ جۇبايى ورتا جۇڭگو سىفان داشۋەسىندە بولاتىن، تەحنيك جۇبايىنا اسكەري بولىمىمىزدە فيلوسوفيانى ارناۋلى زەرتتەيتىن «عاجاپ ادام» بارىن ايتتى، داشۋە دارىندىنى قاستەرلەپ، ٴبىز تۇرعان جەرگە ارنايى قىزمەتكەر جىبەرىپ، ۋاڭ شيانلىيدەن ەمتيحان الدى. ايتۋلارعا قاراعاندا، سەگىز سۇراۋ شىققان، ۋاڭ شيانلي ولارعا تولىق جاۋاپ قايتارىپ قانا قويماي، اراسىنداعى ٴۇش سۇراۋدا شيكىلىك بارىن اتاپ كورسەتكەن، سونىمەن ەمتيحان الۋ عىلمي تالقى جيىنىنا اينالىپ كەتكەن، ەرەكشە قابىلدانعان وقۋشى رەتىندە ۋاڭ شيانلىيدىڭ ورتا جۇڭگو سىفان داشۋەسىنە كەتەتىنىنە ەشكىمنىڭ كۇمانى قالماعان.

اۋىزعا الار بولساق، راسىندا عاجاپ، بورتكەن تالقان ٴدارىسىنىڭ رولى ما، الدە جىلانبالىق قانىنىڭ شيپاسى ما، كىم بىلەدى، ايتەۋىر ەمتيحان مەزگىلىندە دەنەمدەگى بورتكەندەر ادا-كۇدە جوعالدى، ايەكەم پوچتادان جىبەرگەن وقۋلىقتاردى ٴبىر اي سەرگەك وتىرىپ شولىپ وقىپ شىقتىم، ايتقانداي جوعارى مەكتەپتەردىڭ اسكەري بولىمىمىزدەن العان ەمتيحانىندا سۇراۋلارعا ماردىمدى جاۋاپ جازىپ، جالپى ٴنومىرى بويىنشا 3-ورىندى يەلەدىم.

ىلە-شالا داليان ونەركاسىپ شۋەيۋانىنىڭ قابىلداۋ ۇقتىرۋ قاعازى دا جەتتى. وندا شاماسى بىلاي جازىلعان ەدى:

ليۋ چياڭ جولداس:

گو-ۋ-يۋانىنىڭ بەكىتىپ تۇسىرگەن «گو-ۋ-يۋان عىلىم-تەحنيكا، وقۋ-اعارتۋ گرۋپپاسىنىڭ جوعارى مەكتەپتەردىڭ

1973-جىلعى وقۋشى قابىلداۋ قىزمەتى جونىندەگى پىكىرىنىڭ» (1973-جىلعى 39-ٴنومىرلى قۇجات) رۋحىنا ساي، جۇڭگو حالىق ازاتتىق ارمياسى باس شتابىنىڭ **** ۇيىمداستىرعان وقۋشى قابىلداۋ ەمتيحانىندا ناتيجەڭىز ۇزدىك بولعاندىقتان مەكتەبىمىزدىڭ اۆتوماتتى ولشەۋ اسپابى فاكۋلتەتىندە كاسىپ ۇيرەنۋگە قابىلداندىڭىز. وسى ۇقتىرۋ قاعازىن الىپ، 1973-جىلى 8-ايدىڭ 30-كۇنى مەكتەبىمىزگە كەلىپ تىركەلەسىز. قاتىستى ۇيىمدىق تانىستىرۋ، استىق-ماي جوسپارى، ەڭبەكاقى قاراجاتى، مەكتەپ بىتىرگەننەن كەيىنگى ٴبولىس سياقتىلار گو-ۋ-يۋانىنىڭ (1973-جىلعى 39-ٴنومىرلى قۇجاتى) بويىنشا اتقارىلادى.

كەشىرىڭىز وقىرمان، مەكتەپكە قابىلداۋعا قاتىستى اۋەلگى ۇقتىرۋ قاعازى جوق بولعان-دى، ماعان ەڭ قۇندى سانالاتىن ۇقتىرۋ قاعازىنىڭ اۋەلگى نۇسقاسىن ماعان كورسەتكەن ادام جىرتىپ تاستاعان ەدى...

1973-جىلى 7-ايدىڭ سوڭىن الا ٴبىر كۇنى سايىاسي جەتەكشىمىز تەلەفون شالىپ، مەنى كەڭسەسىنە كەلىپ-كەتۋگە شاقىردى. ول ماعان ٴبىر كونۆەرتتى ۇستاتتى، سىرتىنا دالىيان ونەركاسىپ شۋەيۋانى دەگەن جازۋلار باسىلعان ەكەن. مەن تاعاتسىزدانا كونۆەرتتى اشىپ جىبەرىپ قاراپ ەدىم، الدىمەن كوزىمە مەكتەپتىڭ قىزىل تاڭباسى ٴتۇستى. سول تۇستا جانارىم جارق ەتىپ، تولقىعاندا نە دەرىمدى بىلمەي قالدىم. ٴبىر شەتتە تۇرىپ، يىعىمنان قاققان جەتەكشى:

— جاڭا ۇرپاق جوعارى مەكتەپ وقۋشىسى بولعانىڭدى قۇتتىقتايمىن. بۇل — مەملەكەتتىڭ، اسكەري ٴبولىمنىڭ قاجەتى، سەنىڭ ٴارى قىزىل، ٴارى مامان قابىلەت يەسى بولاتىنىڭا سەنەمىن، قايتا ورالعان سوڭ، اسكەري ٴبولىمنىڭ ولشەپ سىزۋ ىستەرىنە ەسە قوسىپ، ەڭبەك سىڭىرەرسىڭ، — دەدى.

سول كۇنى مەن ەكى جۇمىس ىستەدىم، الدىمەن اكە-شەشەمە حات

جولداپ، دالىيان ونەركاسىپ شۋەيۋانىنا قابىلداعانىمدى، جوعارى مەكتەپ وقۋشىسىنا اينالعانىمدى، مەكتەپ بىتىرگەننەن كەيىن، اسكەري بولىمدە كادىر بولاتىنىمدى جەتكىزدىم... اكەمنەن تەز ارادا جاۋاپ حات كەلدى، ول كىسى حاتىندا: جوعارى مەكتەپ وقۋشىسى بولعانىڭا قۋاندىم. داشۋەدە وقۋ سەنىڭ اسكەري بولىمدەگى كوندەرىڭدى تەككە وتكىزبەگەندىگىڭدى تۇسىندىرەدى، الايدا سەن ٴالى پارتياعا مۇشە بولماپسىڭ، بۇل ٴالى تولىمدى توڭكەرىسشىل جاۋىنگەر ەمەستىگىڭدى بىلدىرەدى. ازاتتىق ارمياىنىڭ ٴوزى ۇلكەن توڭكەرىستىك مەكتەپ، وسى مەكتەپتە سەن دۇنيەگە كوزقاراسىڭدى وزگەرتىپ، ەرتەرەك پارتياعا كىرۋىڭ كەرەك، — دەپتى.

ەكىنشى جۇمىسىم جاقىن وتكەن جاۋىنگەر سەرىكتەرىمەن ۋ-چاڭ قوناق ۇيىنە بارىپ، ۋ-چاڭ بالىعىن، قۇمالاق ەت قۋىرماشىن جەپ، جوعارى مەكتەپكە قابىلدانعانىمدى قۇتتىقتاۋ بولدى.

ٴبىر قىزىعى، جۇڭگولىقتاردىڭ ٴار ٴبىرى شاشى اعارىپ، ەگدە تارتقاندا شەتىنەن اقىلگوي بوپ كەتەدى، ۇيتكەنى ولاردىڭ ومىردەن الاتىن ساباعى تىم كوپ بولادى. مۇنداي قىرسىق قايدان قيالعا كەلسىن، ۇيدەگىلەرگە قۋانىشتى حابارىمدى حاتقا جازىپ جاتقانىمدا، شاراپ رومكاسىن قولىما الىپ، سويلەپ تۇرعانىمدا، مەملەكەتتە ساياسي ناۋقان داۋىلى كوتەرىلە باستاپتى. بۇل داۋىل اقىرى بۇكىل مەملەكەتتە ۇيتقىدى، اسكەري ٴبولىمىمىزدى دە شايقالتىپ، الىپ ۇشقان كوڭىلىمدى سۋ سەپكەندەي باسىپ، جىگەرىمدى قۇم قىلدى. ناۋقان داۋىلى باسىلعانىنان كەيىن، ٴوز باسىم جەر بەتىندە بولجاۋعا بولمايتىن تولقۋ ورىن تەبەتىنىن اڭعاردىم. ۋ-چاڭ قوناق ۇيىندە جەگەنىم جەلىم، ىشكەنىم ٴىرىڭ بولعانداي سەزىلدى، سول قوناق ۇيگە ەندىگارى اتتاپ باسپاۋعا، بالىعىن تاتپاۋعا، قۋىرماشىن يىسكەپ تە قويماۋعا انت ٴىشتىم.

تاريحشىلاردىڭ، ساياساتشىلاردىڭ سول 1973-جىلعى تاريحي كەزەڭدى زەرتتەگەندە، قانداي باعا بەرىپ، قالاي تون پىشەتىنىن

بىلمەيمىن، ٴمۇبادا 1973-جىلعى سول ٴبىر «اق قاعاز» تاپسىرعان مىرزا وقۋشى قابىلداۋ ەمتيحانى كەزىندە نە ٴۇشىن اق قاعاز تاپسىرعانىن بەتى بۇلك ەتپەستەن اقتاپ، ارىز حات جازباعان بولسا؛ ٴمۇبادا بۇل حاتتى «مۇرنى وتە ٴيىسشىل» ٴتىلشى جەردەن الىپ تاپقانداي «لياۋنيڭ گازەتىندە» جاريالاپ جىبەرمەگەن بولسا؛ ٴمۇبادا سول جىلدارى ٴالەم ٴبىر ۇلكەن كەيىپكەر قالىپتى-مۇلگىپ وتىرىپ الگى «لياۋنيڭ گازەتىندەگى» ماقالاعا دەن قويىپ، ونى «حالىق گازەتىندە» باستىرۋعا نۇسقاۋ بەرمەگەن بولسا... مەن سياقتى جىلانبالىقتىڭ قانىن سىمىرگەن، اكوپقا تۇسكەن، مۇرشاسى تيە قالسا بولدى ماتەريالدىق سىيلىقتى كوشىرمەلەپ جاتاتىن، ٴومىر جولى باسقاشا جازىلار ەدى-اۋ، اۋەلى تۇتاس جۇڭگونىڭ تاريحى دا باسقاشا بولار ەدى-اۋ.

تاريح ادامنىڭ ەركى بويىنشا بولمايدى دەگەندى، سوندا تولىق تۇسىنگەندەي بولدىم.

اسكەري ٴبولىمنىڭ تاعى سول ٴماجىلىسحاناسى، مىنبەدە تاعى سول ورىنباسار كوميسسار وتىردى، بىراق ول تەك «حالىق گازەتىنىڭ» باسماقالاسى مەن «قىزىل تۋ جۋرنالى» شولۋشىسىنىڭ ماقالاسىن، سوناۋ قيىرداعى شىعىس جۇڭگو وڭىرىندە جاتقان جاڭ تيەشىڭ دەگەن بىرەۋدىڭ جازعان حاتىن عانا وقىدى، ەسىمدە قالۋىنشا، ورىنباسار كوميسسار وقۋشى قابىلداۋ ەمتيحانىنىڭ كۇشىنەن قالدىرۋعا قاتىستى قۇجاتتى وقىمادى، الگىلەردى وقىپ بولعانىنان سوڭ، قولىنداعىسىن ٴبىر جەلپىپ، «جيىن تارادى» دەي سالدى.

1973-جىلى 8-ايدىڭ 10-كۇنى «حالىق گازەتى» جاڭ تيەشىڭنىڭ 1973-جىلعى وقۋشى قابىلداۋ ەمتيحانىنا قاتىناسقانان كەيىن، قاتىستى باسشىلارعا جازعان حاتىن جاريالادى، ونىڭ حاتىنان ٴوز باسىم پالەندەي كۇردەلى نارسەنى اڭعارمادىم، ول تەك ٴوزىنىڭ ساباق پىسىقتاۋعا ۋاقىتى شىقپاعانىن، ەمتيحاندى ٴبىر توپ

كىتاپپازدىڭ شەڭگەلدەپ العانىنا قاتتى نالىعان كورىنەدى. ول حاتىندا بىلاي دەپتى:

مەن 1969-جىلى قىر-قىستاققا تۇسكەلى اۋىل شارۋاشىلىعى ونىدىرىسىنە جان-تانىمەن بەرىلدىم، كۇنىنە 18 ساعاتقا تاياۋ قاربالاس ەڭبەك جانە قىزمەت ىستەيمىن، كاسىپتىك پىسىقتاۋ جاساۋىما جول بەرىلمەيدى. مەنىڭ قولىم 27-كۇنى ۇقتىرۋدى تاپسىرىپ العانىنان كەيىن عانا ٴتيدى، ەمتيحانعا تاياعاندا اسىعىس-ۇسىگىس كەيبىر ماتەماتيكا ماتەريالىن عانا شولدىم، الگەبرا سۇراۋلارى مەن بۇگىنگى ەمتيحان قاعازىنداعى فيزيكا-حيميا سۇراۋلارىنا قاراپ قانا وتىردىم، جاۋاپ بەرۋگە شامام كەلمەدى. سۇراۋلارعا وقۋلىقتا نەگىزى جوق وتىرىك جاۋاپ جازىپ، قاعاز تەكسەرەتىن باسشىنىڭ ۋاقتىن العىم كەلمەدى. سوندىقتان تارتىپكە بويسۇنىپ، باستان-اياق شىداپ وتىردىم دا، سوڭىندا اقىرىن شىعىپ كەتتىم. شىنىمدى ايتايىن، تالاي جىلداردان بەرى ٴجىبى ٴتۇزۋ جۇمىس ىستەمەي، زاڭ قۇرىعىنا تۇسپەي، كۇنى بويى كىتاپقا شۇقشيعاندارعا مويىنسال ەمەسپىن، ولارعا ىزعىردانىم قاينايدى، ەمتيحاندى وسىنداي داشۋە قۇمارلار مەڭگەرىپ الدى. (ولاردىڭ ەركىن تۇرمىسى مەن جەكە باستىق تىرىسشاڭدىعى مەنىڭ حالىق ٴۇشىن توككەن تابان ەت، ماڭداي تەرىم مەن اڭقىلداعان كوڭىلىمنىڭ ورنىن يەلەپ كەتتى. جۇرتشىلىق مەنى وسىندا جىبەرگەن سوڭ، تاعى نە ايتسام بولار؟ ٴوزىمدى ىلعي وبالدى بولعانداي سەزىنەم دە تۇرامىن). بۇل ارانىڭ جازعى جيىن-تەرىنى كەزەك كۇتتىرمەيدى، ٴوندىرىس شارۋاسىن قايىرىپ قويىپ، قارا باسىم ٴۇشىن كۇركەمە تىعىلىپ جاتىپ الۋعا ارىم كوتەرمەيدى، ۇيتسەم باس پايداشىل بولمايمىن با؟ ەگەر ۇيتسەم، كەدەي، تومەن، ورتا ديحاندارعا ارناعان جۇرەگىم مەن ٴوزىمنىڭ توڭكەرىسكە بەرىلگەن ار-ۇجدانىمنىڭ جازعىرۋىنا ۇشىرايتىن ەدىم، ٴوزىمدى جۇباتاتىن ٴبىر عانا ٴىسىم بار، اتاپ ايتقاندا، وسىعان بولا

كولـلـەكتيـۆتـنـڭ جۇمـسـىن ايـاقسـز قـالدىرعام جـوق. مەن اترەتتـە جاۋاپكەرشـلـكـتـى جان-جاقـتـى، بۇكـىـلـدەي ارقالايـمـىن. كـوكـتـەم جاڭبىرى سەبەزگىلەگەندە، ادامدار راسىندا قارباﻻستـىققا تۇسەدى، جەكە ادام مەن ٴارقانداي مۇددە تىكەلەي قايشى كەلگەن جاعدايدا، بـۇل ــ ٴبىر كەزەك كۇرەس بولادى. مەنىڭ قاپا بـولاتـنـىم دا وسىندا دەۋگـە بولادى، نەشە ساعاتتىق جازباشا ەمتيحان مەنىڭ مەكتەپكە قابىلدانۋ تولـىمدىلـعـىمدى سەلگـە كەتىرۋى مۇمكىن، ەنـدى مەن دە ەشتەڭـە ايتپايـىن، ايتەۋـىر راسىندا ەشـتـەڭە ايتـا المايتـىن سياقـتانامـىن، باﻻلىق شاقتاعى ارمانىمدى بۇكىلدەي ٴوزىمنىڭ جۇمىسىم شەتكە قاقـتـى، ونـىڭ ورنـىن باسـتـى، باسا قـاداعاﻻپ كـورسـەتـەتـىن بىردەن-ٴبىر سەبەبىم دە وسى.

«حالىق گازەتى» بۇعان توزە الماپتى دا، جاڭ تيەشىڭنىڭ حاتىنىڭ الدىنا مىناداي رەداكتور ەسكەرتپەسىن بەرىپتى:

«بۇل حات اعارتۋ شەبـىـندەگى ەكى لـۋشيانـىـڭ، ەكى ٴتۇرلى يدەيالىق كۇرەستىڭ ٴبىر باستى ماسەلەسىن العا قويىپتى، راسىندا ادامدى تەرەڭ ويعا شومدىرادى».

«قىزىلتۋ جۋرنالى» دا قاراپ قالماي، 1973-جىلعى وقۋشى قابىلداۋ ەمتيحانى ــ «كونە وقۋ ٴتۇزىمىن تىرىلتۋگە» قامدانعاندىق، «بۇرجۋازيانىڭ پرولەتارياتقا قايتا سوقتىعۋى»، «قايتا شابۋىل جاساپ، ەسەپ الۋعا» جانتالاسقاندىق دەپ جازدى. ونان دا سوراقىسى، كەيبىر ۇلكەن شەن-شەكپەندىلەر «اق قاعاز» تاپسىرۋ قىلىعىن اۋىز جاپپاي القاپ، جاڭ تيەشىڭدى «شىنىندا كەرەمەت ەكەن، ول ــ باتىر، اعىمعا قارسى جۇزۋگە باتىلدىق ەتىپتى» دەپ سوقتى.

جاڭ تيەشىڭنىڭ «اق قاعاز تاپسىرعان» حابارى مەن جازعان حاتى بۇكىل ەلدى شارپىدى، بۇگىنگى ەلەكتروندى حابارلاسۋداي تەز بولماسا دا، بىراق قالىڭ قاۋىمعا ٴمىردىڭ وعىنداي ٴتيىپ، ۇرەيىن ۇشىردى...

ەلەكتروندى ينفورماتسيا زامانىنان اينالىپ كەتەيىن، ارادا 40 نەشە جىل وتسە دە، ەش قينالماستان «اق قاعاز» تاپسىرعان مىرزانىڭ كەزىندە جازعان حاتىن وپ-وڭاي عانا تاۋىپ الدىم. اسكەري بولىمدەگى ورىنباسار كوميسساردىڭ «حالىق گازەتى» مەن «قىزىلتۋ جۋرنالىنداعى» ماقالالاردى جەتكىزگەنىن كەيىن، كوپ سويلەمەي جينندى نە ٴۇشىن تاراتىپ جىبەرگەنىن مەن دە قانىق ٴبىلۋشى ەدىم. شىنتۋايتىنا كەلگەندە، ارتىق اۋىز ساپىلداۋدىڭ تۋك قاجەتى جوق-تى، ول تۇستاعى ٴار ٴبىر ادامنىڭ ساياسي سەزگىرلىگى توتەنشە كۇشتى بولاتىن، «حالىق گازەتى»، «ازاتتىق ارميا گازەتى»، «قىزىلتۋ جۋرنالى» سىندى ەكى گازەت، ٴبىر جۋرنالدىڭ ماقالالارى بۇكىل جۇڭگوعا اۋقىمنىڭ باستى باعدارىن كورسەتەتىن. ورىنباسار كوميسسار «حالىق گازەتى» مەن «قىزىلتۋ جۋرنالىنداعى» ماقالالاردى جەتكىزىپ جاتقاندا، مەنىڭ تۇلا بويىم مۇزداپ سالا بەرگەن...

سۇيتسەدە ٴۇمىتتى ٴبىر-جولاتا ٴبىر-اق ۇزبەگەم، «اق قاعاز» تاپسىرعان جاڭ تيەشىڭ مىرزانىڭ حاتى ٴبىزدىڭ اسكەري ٴبولىمدى شارپىماسا ەكەن، ەمتيحانعا قاتىناسقان بىزدەر دە شىجىعان ىستىققا ٴتوزىپ، قينالىپ ٴجۇرىپ، ساباق پىسىقتادىق قوي، ونىڭ حاتىندا ايتىلعان ازاپتان ٴبىر كەم ەمەس جاپا تارتتىق ەمەس پە دەپ دامەلەنگەم...

1973-جىلى 8-ايدىڭ 25-كۇنى تۇستەن كەيىنگى ساعات ۇشتەر شاماسىندا جەتەكشىدەن ماعان تەلەفون كەلدى.

جەتەكشىنىڭ ۇستەلىندە جاتقان «حالىق گازەتىن» كورگەنىمدە، جۇرەگىم دۇرسىلدەپ كەتتى. جەتەكشى باياعىسىنشا كۇلىمسىرەي يىعىمنان قاقتى دا:

— سەنىڭ داشۋەگە قابىلدانعان ۇقتىرۋ قاعازىڭ كانە؟ قانداي ەكەن، كورەيىنشى؟ — دەدى.

جەتەكشىنىڭ كۇلىمدەۋىندە ەشقانداي جامان پيعىل جوعىن

بىلسەم دە، ٴبىراق ول داليان ونەركاسىپ شۋەيۋانىنىڭ ۇقتىرۋ قاعازىن وزىنە ۇستاتقان ماعان قاراپ تا قويماستان، قاعازدى دار ەتكىزىپ ەكىگە، ودان تورتكە ٴبولدى، وسىلايشا مەكتەپتىڭ قىزىل تاڭباسى باسىلعان شاقىرتۋ قاعازى كۇل پارشا بولدى... نە سۇمدىق بولعانىن بىلمەسەم دە، كوزىمە جاس ۇيىرىلە كەتتى، ٴالام دەپ ٴبىر اۋىز ٴسوز ايتپاستان جەرگە تىزەرلەي كەتىپ، شاشىلعان قاعاز قيقىمدارىن قولىمەن ٴبىر اراعا سىپىرعىشتاپ، جيناي باستادىم.

جەتەكشى مەنى ٴالى تۇكتى بىلمەگەن ەكەن دەپ ويلاپ:

— سەن تۇستەن بۇرىن ورىنباسار كوميسسار جەتكىزگەن قۇجاتتى ەستىمەدىڭ بە؟ الدىڭعى جولعى وقۋشى قابىلداۋ ەمتيحانى كۇشىنەن قالدى، ەندى ول كادەگە جارامايدى. مۇنان بىلاي وقيتىندىاردى باسشى مەڭزەپ، بۇقارا كورسەتەدى، باستىق بەكىتەدى...، — دەپ اقىردى.

مەن جاۋاپ قاتپاستان باسىمدى شايقاپ، قاعاز قيقىمدارىن جيناي بەردىم، كوز جاسىم بەتىمە سىرعىپ، ودان قيقىمدارعا تامدى... كەنەت ۇستەلدىڭ استىندا تاعى ٴبىر تال قاعاز قيقىمى جاتقانىن بايقاپ، جۇگىنە كەتىپ، تەرىپ الدىم... وسى كەزدە ەسىكتى كىم اشقانىن بىلمەيمىن، سىرتتان بۇرق ەتكەن جەل قولىمداعى قيقىمداردى ۇشىرىپ الا جونەلدى، ٴۇي ٴىشىنىڭ تاعانى قىلاۋلاپ جاڭا قار تۇسە باستاعانداي شىبارالا بوپ كەتتى، دەرەۋ قايتا سىپىرىپ تەرە باستادىم... جەتەكشى سىبىرتكى مەن قالاقشا اكەلدى دە، قيقىمداردى سىپىرىپ، قالاقشاعا سالدى، مەن سوندا دا جەردە تىزەرلەپ، ۇستەلدىڭ استىنا شاشىلعاندارىن تەرگىشتەدىم...

— بۇل دەگەن ساياسات، سەن بوتەن ويدا بولما، ۇيتسەڭ باسىڭا پالە تاۋىپ الاسىڭ، ەندى بارا بەر، — دەدى جەتەكشىم.

جەتەكشى كەڭسەسىنەن قۋىپ شىققانىنان كەيىن، بەت-باعدارسىز اسكەري ٴبولىمنىڭ كەڭ اۋلاسىندا سەندەلىپ ٴجۇردىم، قالايدان قالاي بولعانىن بىلمەيمىن، ٴبولىمنىڭ استرونوميا ستانسياسىنا

شىعىپ كەتىپپىن. ول ٴبولمەنىڭ اۋلاسىنداعى توبەشىككە سالىنعان-دى، وسى تۇستا كوكتەن سەبەزگىلەپ جاڭبىر جاۋا باستادى، كوز الدىم بۇلىڭعىر مۇنار، اۋىق-اۋىق ۇيتقىپ جەلەمىك سوعادى، سۋ پەردەسى اۋدارىلىپ-توڭكەرىلىپ جاتقانداي، تامشىلار كەپ بەت-جۇزىمە ۇرىلىپ جاتىر... كىيمدەرىم شىلقىلداپ سۋ بوپ شىعا كەلدى، شاپكىمنىڭ كۇنقاعارىنان سورعالاعان سۋ بەتىمە جايىلىپ، موينىما كىردى، قوينىما ەنىپ جاتقاندارى جاڭبىر سۋى ما، كوز جاسى ما، ونى پارىقتاي المادىم... دالا الاكولەڭكە تارتا باستادى، جاڭبىر توقتادى... سوسىن قايتا جاۋدى... مەن بىرەسە ستانسيانىڭ لاپاسىندا وتىرىپ، بىرەسە وعان تۇتاسقان كولبەۋ باسپالداق ساتىسىندا ارى-بەرى جۇرگىشتەدىم، ٴبىر باسپالداق باسقان سايىن ٴبىر ساناپ، ارى-بەرى سان مىڭ رەت شىعىپ-ٴتۇستىم، تاڭ اعاردى، ورنىنان تۇرۋ سىرنايى شالىندى، قۇلاعىمنىڭ تۇبىنەن كوپتەگەن ادامنىڭ كۇبىر-سىبىرى ەستىلدى، باسىمدى بۇرعانىمدا، نە بولعانىن بىلمەيمىن، باسپالداق ساتىسىنان ٴبىر-اق قۇلادىم...

ۋاڭ شيانليدىڭ ورتا جۇڭگو سىفان داشۋەسىنە قابىلدانعان ۇقىرۋ قاعازىنىڭ دا بىت-شىت بولعانى ٴشۇباسىز. ٴبىر رەتكى جينالىستا ٴبىزدىڭ ٴبولىمنىڭ ساياسي باسقارماسىنىڭ مەڭگەرۋشىسى اۋەلى ۋاڭ شيانليدى تيۋ ەتىپ، جينالىستا سىنداپ، كەلىستىرىپ سوكتى. ول:

— حابارلاسۋ بانىنىڭ ٴبىر جاۋىنگەرى حات-شەكتى قالايدان قالاي اناعۇرلىم تەز، اناعۇرلىم جاقسى جەتكىزۋدى زەرتتەمەي، قايداعى فيلوسوفيا دەگەندى تەكتەپ كەتكەنىن قاراي گور، الگى نە دەۋشى ەدى ٴوزى... — دەپ كەلە جاتىپ، ٴبىر ٴسات ۇلى ماركسكە وراسان زور ىقپال كورسەتكەن گەرمانيا فيلوسوفىنىڭ اتىن ايتا الماي، سول ارانى قىسقارتىپ، ٴسوزىن جالعادى. — الگى پەر... باحا. ۋاڭ شيانلي ٴتىپتى بۋحارينەدى وقىدى، ول وكتابر توڭكەرىسىنىڭ ساتقىنى

ەكەنىن ٴبىلۋى كەرەك قوي...

سونان ٴبىرتالاي ۋاقىتقا دەيىن جاۋىنگەرلەر ۋاڭ شيانلىيدى كورسە قالجىلداپ، ەي پەرباح، ەي بۇحارين، ٴتىپتى ەي ساتقىن دەپ شاقىرىپ ٴجۇردى.

ۋاڭ شيانلي قوسىنىنان مەنەن ٴبىر جىل بۇرىن شەگىندى. كەيىن انا ساياسي باسقارمامىزدىڭ مەڭگەرۋشىسى جەردەن الىپ، جەرگە سالعان حابارلاسۋشى جاۋىنگەردىڭ راسىندا لۋديۆس پەرباحتى زەرتتەۋشى بولعانىن، ٴبىراز جىلدان كەيىن بەلگىلى ۇلكەن داشۋەنىڭ فيلوسوفيا فاكۋلتەتىنە اسپيرانت بولىپ تۇتە قابىلدانعانىن، لۋديۆس پەرباح ونىڭ زەرتتەۋ بەتالىسىنا اينالعانىن ٴبىلدىم...

استرونوميا ستانسياسىنىڭ باسپالداعىنان سۇلاپ تۇسكەنىنەن كەيىن، وقۋشى قابىلداۋ قىزمەتى مەنىڭ دەنەمنىڭ كۇيىپ-جانعانىنا بولا توقتاپ قالمادى، مەن كۇيىپ-جانسام دا، بولىمدەگى باسقا جاۋىنگەرلەر «كۇيىپ-جانا قويماس» ەدى. ولار جوعارىنىڭ قاتىستى نۇسقاۋى بويىنشا، ٴبولىم باسشىسىنىڭ جەتەكشىلىگىندە، اشۋەگە باراتىنداردى كورسەتە بەردى.

ايتۋعا قاراعاندا، باستابىندا بىرەۋلەر مەنى دە كورسەتكەن ەكەن، تەحنيكاعا جەتىك، ىزدەنگىش، اقىلدى... دەپتى. ٴبىراق كوپ ۇزاماي مۇنداي ٴۇن ٴوشتى دە قالدى، ۇيتكەنى جەتەكشىنىڭ قولىنا مەنى پاش ەتكەن تالاي دومالاق قاعاز تۇسكەن ەكەن، ولاردا: ٴار جەكسەنبى كۇنى ٴبولىمنىڭ تاماق ۋاعىندا ول ىلعي كوشەدەگى اسپۇزىلعا بارادى، ٴبولىمنىڭ ٴىسساپارىندا ونىڭ قاراسى جيى كورىنبەيدى، بۇرجۋازيالىق تاكاپپارلىق پيعىلى اسقىنعان؛ مەكتەپكە قابىلداۋ ۇقتىرۋ قاعازىن تاپسىرىپ العانىنان باستاپ، داستارقان جايىپ، كەڭ كوسىلە شالقىعان، بۇل بۇرجۋازيا يدەياسى مەن جەكەشىلدىك نىسايدىڭ بەينەسى؛ جولداستارمەن ىنتىماقتاسۋدا ماسەلەسى بار، ەلدى كوزگە ىلمەيدى، پاڭ، وركوكىرەك... دەپ جازىپتى.

ايتقانداي لي شاننىڭ اسعى الشىسنان ٴتۇستى، ونىڭ ۇستىنە چيڭحۋا داشۋەسى مەحانيكا ونەركاسىبى فاكۋلتەتىنە كورسەتىلىپتى.

1975-جىلى جازدا ۋ-حاندا كۇن بۇرىنعىسىنداي جانىپ تۇردى. اۋا كۇن ىسعاندا توناردىڭ ىشىندەي قىزىپ، قاپىرىق جالىن دەنەنى قارىدى. قاراماي جولدار بالانىڭ ەگبەگىندەي بىلقىلداپ جاتتى، ادام اسپالى مايكە، شولاق ٴىش كيىممەن جۇرسە دە، دەنەسىن شىپ-شىپ تەر باسادى. تۇندە دە اۋا پىسىنايدى، كۇننىڭ كوزى كورىنبەي كەتسە دە، قارا جەردەن قىزعان پەشتەن شىققانداي ىستىق جالىن شىعادى، وتىرساڭ دا، جاتساڭ دا، مازاڭ كەتىپ، جايىڭ ٴبىر جاراسپايدى. تالاي جاۋىنگەر باسشىنىڭ ماقۇلدىعىن الىپ، توسەكتەرىن دالاعا اپارىپ جاتتى، بىراق سۇيتسە دە ماسالاردىڭ تالاۋىنا ٴتۇسىپ، دەنەلەرى تومپايىپ-تومپايىپ شىعا كەلدى... قىز اسكەرلەر دالاعا شىعىپ جاتا المادى، لاجىسىز پەردە تارتقان توسەكتەرىندە ارى-بەرى اۋناعىشىدى، دەنەلەرىن بورتكەن باستى...

مەن توسەگىمدى سىرتقا سۇيرەلەمەدىم، دەنەمە بورتكەن شىقپادى، جىلانبالىقتىڭ قانىن دا سىمىرمەدىم، اكوپقا تىپتەن جولامادىم، تەك باسقا جاۋىنگەرلەردىڭ ٴبىر-ەكىدەن داشۋەگە اتتانعانىنا قاراپ قانا وتىردىم، كوڭىلىم استاڭ-كەستەڭ بولدى.

كۇندەردىڭ بىرىندە اسكەري قوسىندا «ات كەكىلىن كەسىسۋ» اتتى جاڭا كينوفيلم قويىلدى. جاۋىنگەرلەر ساپ تۇزەپ، كىشكەنە ورىندىقتارىن كوتەرىپ، كينو قوياتىن الاڭعا كىردى. وزىمە تانىس بىرەۋدىڭ باسشىلارعا ورىندىق قويىپ ابىگەر بوپ جۇرگەنىن كوزىم شالىپ قالدى، بۇل بەينە ماعان وتە تانىس ەدى، چيڭحۋا داشۋەسىندە وقىپ جۇرگەن لي شان بوپ شىقتى. ول دا مەنى كورگەن سوڭ، قاسىما كەلىپ ەسەندەستى. بىرنەشە اۋىز عانا تىلدەسكەندەي بولدىق. مەنىڭ كوڭىل كۇيىم جابىرقاڭقى ەدى، ول داشۋەنىڭ 3-جىلدىعىندا وقىپ ٴجۇر، مەكتەپ بىتىرگەننەن كەيىن بولىمگە قايتىپ كەپ، كاسىبي كادر بولادى-اۋ دەپ تون ٴپىشتىم. كينو دەرەۋ باستالىپ

كەتتى، لي شان باسشىلارعا قىزمەت كورسەتۋگە كەتتى. ەسىمدە قالۋىنشا، ونىمەن كەزدەسكەنىمدە، ا دەگەندە مەن ودان جازعى دەمالىستا نەگە ۇيگە قايتپاي ٴجۇرسىڭ دەپ سۇراعانىمدا، ول اسكەري ٴبولىمدە مەنىڭ ٴۇيىم ەمەس پە دەپ جاۋاپ قايتارعان ەدى.

«ات كەكىلىن كەسىسۋ» فيلمى باستالدى. كينو مازمۇنى وتە قاراپايىم ەكەن، «داشۋە وقۋدىڭ تولىمدىلىعى، ٴسىرا، نەمەنە؟» دەگەن سىقىلدى كوپتەگەن لەبى كۇشتى ديالوگ-مونولوكتار بار ەكەن. ونان قالسا، ەر كەيىپكەردىڭ ٴبىر جىگىتتىڭ كون بولعان قولىن كوتەرىپ تۇرىپ: «مىنە، تولىمدىلىق دەگەن وسى» دەگەنى! ارينە، ەڭ كورنەكتى ساحنالىق ٴسوز قارت مىرزا گى سۇنجۋاڭنىڭ پرافەسسور ەسەبىندە كەيىپكەر بولىپ، وقۋشىلار سايقى-مازاق ەتىپ قىران كۇلكى بولىپ جاتسا دا، زور داۋىسپەن: «ات قۇيرىعىنىڭ رولى» دەپ ساباق وتكەنى بولدى.

بۇل كينوفيلم كەيىن تاعى نەشە رەت كورسەتىلدى، ٴار جولى قارت مىرزا گى سۇنجۋاڭ مىرزا قاباعىن ٴتۇيىپ، شىن پەيىلىمەن: «ات قۇيرىعىنىڭ رولى» دەگەندە، فيلمدەگى ارتيستەر كۇلىپ قانا قالماستان، الاڭداعى كورەرمەندەر دە جىرتىڭداپ كۇلىپ جاتتى.

لي شان جازعى دەمالىسىندا اۋىلىنا قايتپادى، الگى ماتەماتيكا سۇراۋى اسكەري بولىمدە كەشىنەن تارالعانعا دەيىن ٴجۇردى...

جازعى دەمالىسىندا تاراعان بالالاردى قارايتىن ادام بولمايتىن، وتە-موتە ۇل بالالار كەڭ اۋلادا ٴتۇز قويانى سياقتى ول جاقتان بۇل جاققا شورشىپ، تىنىم تاپپاي اسىر سالاتىن. اكە-شەشەسى تۇگەل بولىمدە كادىر بولعاندىقتان ولاردى قاراۋعا مۇرساسى تيمەيتىن، مۇندايدا لي شان بەلسەندى بولىپ كەتەتىن دە، تابيعي تۇردە بالالاردىڭ باستىعىنا اينالاتىن. وتاعاسىلار ٴبىر ستۋدەنت جاۋىنگەر ىرىقتى العا شىعىپ، بالالاردى تەككە قاراپ بەرۋگە، ولارعا اۋەلى ساباق پىسىقتاۋعا پەيىل بولسا، قۋانباي قايتسىن، بوركىن اسپانعا اتپاي ما... جەتەكشىمىزدىڭ ورتالاۋ مەكتەپتىڭ 1-جىلدىعىندا

وقيتىن ۋلى بار-دى، ول ماتەماتيكا سۇراۋىن كوتەرىپ، لي شانعا بارىپ:

— اعاي، بەستەن بىرگە بەستەن ٴبىردى قوسسا، قانشا بولادى؟ مۇنى قالاي ەسەپتەيدى؟ — دەپ سۇراسا كەرەك.

بالانىڭ الدىنا جەتىپ بارعان لي شان ونى شاپالاقپەن ٴبىر تارتىپ:

— ساباقتى نەگە دەن قويا تىڭدامايسىڭ؟ بەستەن بىرگە بەستەن ٴبىردى قوسسا، مىنادای بولماي ما، ۇستىندەگى بىرگە ٴبىردى، استىنداعى بەسكە بەستى قوساسىڭ، سوندا ونىان ەكى بولادى، قايتا قىسقارتساڭ، توقتا... ياي (شاندۇڭ ديالەكتىندە ايتىلاتىن وداعاي ٴسوز)، قالايشا تاعى بەستەن ٴبىر بولىپ قالدى...، — دەپ باسىن قاسىپتى.

ٴبىزدىڭ اسكەري بولىمدەگى بالالاردىڭ دەنى ۋ-حاندا تۋىلىپ وسسە دە، بىراق لي شاننىڭ بىرنەشە اۋىز ساندوڭ ديالەكتىندە سويلەگەن ٴسوزىن تەز جاتتاپ الدى، اسىرەسە الگى «ياي» دەگەندى اۋدىرماي ٴدال ايتاتىن بولىپ كەتتى.

(«ٴداۋىر ادەبيەتى» جۋرنالىنىڭ 2016-جىلعى 5-سانىنان الىندى)

دۋلۇڭجياڭداعى كەدەيلەردى سۇيەمەلدەۋ ەستەلىگى

يۇي چيۋشاڭ (ليسۋ ۇلتى)

اۋدارعان: كادىربەك بورتوره ۇلى

دۋلۇڭ ۇلتى ەلىمىزدەگى 22 جان سانى ٴبىرشاما از ۇلتتىڭ ٴبىرى، ٴارى يۇننان ولكەسىندەگى شەكارا اتتاپ قونىستانعان 16 ۇلتتىڭ ٴبىرى، جان سانى جاعىنان ەلىمىزدەگى 56 ۇلتتىڭ 51-ورنىندا تۇرادى. گۇڭشان اۋدانىنىڭ دۋلۇڭجياڭ اۋىلى — دۋلۇڭ ۇلتىنىڭ بىردەن-ٴبىر شوعىرلى قونىستانعان جەرى. تاريحي، جاراتىلىستىق فاكتورلاردىڭ شەكتەمەسىنە بايلانىستى دۋلۇڭ ۇلتىنىڭ ەكونوميكالىق، قوعامدىق دامۋى وزگە ۇلتتارمەن سالىستىرعاندا ٴبىرشاما پارىقتى. دۋلۇڭ ۇلتى شوعىرلى قونىستانعان ٴوڭىر — جۇڭگو مەن بيرمانىڭ، يۇننان مەن شيزاڭنىڭ تۇيىلىسكەن جەرى بولىپ، اۋىلعا قاراستى 6 قىستاق كوميتەتى 41 قىستاق تۇرعىندار گرۋپپاسى بار. دۋلۇڭ ۇلتىنىڭ 2014-جىلعا دەيىنگى ساناقتاعى اۋىل قىستاق نوپوسىندا 1068 تۇتىن بار بولىپ، جالپى جان سانى 4132 ادام. «دۋلۇڭدار ومىرىندە 3 رەت سۋعا قۇيىنادى، ياعني تۋىلعاندا، ۇيلەنگەندە جانە ولگەندە قۇيىنادى» دەيتىن ىرىم-ەتۇلار بولعان. بۇل قۇبىلىس قازىر جويىلعان بولسا دا، دۋلۇڭ ۇلتىن سۇيەمەلدەۋ قىزمەت اترەتىنىڭ قىستاق تۇرعىندارىن وزەنگە بارىپ سۋعا شومىلۋعا قۇزاۋ سالۋى، پارتيالاتقىش قويىپ، جيىن اشۋى سياقتى اڭگىمەلەردىڭ سىزدەرگە قاراتا تاڭدانىسقا تولى ياكي اسا قيىنسىز بولىپ سەزىلۋى مۇمكىن، ايتسەدە وسىنىڭ ٴبارى دە ٴبىزدىڭ جانىمىزدا تۋىلعان شىنايى اڭگىمە. ٴبىر ۇلتتىڭ

قارىشتاي دامۋىنىڭ ٴتۇرلى جولدارى بولۋى مۇمكىن، ايتسەدە وسىنىڭ بارىسى مەن ناتيجەسى تەك بىرەۋ قانا بولادى.

ٴداۋىر ۇلگىسى، كونەكوز اكىم گاۋ دىرۇك بىلاي دەگەن ەدى: دۋلۇك ۇلتى 3 رەت ازات بولدى، ٴبىرىنشى رەتتە، جاڭا جۇڭگو قۇرىلعاندا، دۋلۇك حالقى دەموكراتيالىق ساياسي ۇقىققا قول جەتكىزىپ، «جابايىلىقتان» قۇتىلدى؛ ەكىنشى رەتتە، دۋلۇڭجياڭ جولىنىڭ سالىنۋى دۋلۇك ۇلتىن توماعا تۇيىق مەشەۋلىكتەن قۇتىلدىرىپ، اشىق دامۋ ورتاسىنا باستادى؛ ٴۇشىنشى رەتتە، دۋلۇڭجياڭ اۋىلىن ٴبىرتۇتاس ىلگەرىلەتۋ، دۋلۇك ۇلتىنا ٴبىرتۇتاس كومەكتەسۋ كەدەيلەردى سۇيەمەلدەۋ جوسپارى دۋلۇك ۇلتىنىڭ كەدەيلىكتەن ارىلىپ، دوڭگەلەك داۋلەتتى قوعامعا قادام تاستاۋىنا مۇمكىندىك جاسادى. تومەندە ٴبىز دۋلۇك ۇلتىنىڭ وسى ٴۇشىنشى رەتتەگى قارىشتاي دامۋى جونىنەن اڭگىمە شەرتەمىز.

2009-جىلى 10-ايدىڭ 13-كۇنى، يۇننان ولكەلىك پارتكومىنىڭ سول كەزدەگى ورىنباسار شۋجيى لي جيحىڭ جولداس دۋلۇڭجياڭعا قىزمەت تەكسەرە كەلىپ، دۋلۇك جۇرتشىلىعىنىڭ بۇتا-بۇرگەندى ورتەپ ورنىنا قولمەن ەگىن سالىپ، العاشقى قوعامداعىداي تۇرمىس كەشىرىپ جاتقانىن، قىستاقتا توك، جول، حابارلاسۋ سەكىلدىلەرىنىڭ كەلمەگەنىن، مۇنداعى جۇرتشىلىقتىڭ قارنى اشقان كەزدەرى اعاش كەمىرىپ، ٴشوپ تامىرىن قازىپ جەپ ەرەكشە اۋىر كەدەي تۇرمىستا جان باعىپ جاتقانىن، جان باسىندىق كىرىسىنىڭ 700 يۋانعا جەتپەيتىنىن كوزىمەن كورەدى. اڭگىمە ٴماجىلىسى كەزىندە، لي جيحىڭ دۋلۇڭجياڭ اۋىلىنداعى كادر-جۇرتشىلىقتىڭ الدىندا «ساحاراداعى باتپاس كۇن» ٴانىن ايتىپ، كەدەيلىكتەن قۇتىلىپ اۋقاتتانۋدا «بىردە-ٴبىر باۋىرلاس ۇلتتىڭ قاتاردان قالۋىنا بولمايدى» دەيتىن بەكىم، سەنىمىن ايگىلەدى. ول الدىمەن مۇڭلى بەينەمەن، «ەگەر مەنەن سۇراساڭ مىناۋىڭ ٴوزى قاي جەر دەپ؟ مەشەۋ دە كەدەي دۋلۇڭجياڭ دەر ەدىم سىزگە ەگىلىپ»، دەپ ايتىپ

الدى دا، ونان سوڭ، «ەندى 3 تە 5 جىلدان كەيىن ٴبىز سۇراساڭ بۇل قاي جەر دەپ؟ ماقتانىشپەن مەن سىزگە بۇل گۇلدەنگەن، باقىتتى دۋلۇڭجياڭ دەر ەدىم دەپ كوڭىل سەمىرىپ ٴسوزىن ساباقتاي تۇسەدى. سونىمەن، نۋجياڭ وبلىسى گۇڭشان اۋدانى دۋلۇڭجياڭ اۋىلىن ٴبىرتۇتاس ىلگەرىلەتۋ، دۋلۇڭ ۇلتىنا ٴبىرتۇتاس كومەكتەسۋ، كەدەيلەردى سۇيەمەلدەۋ جوسپارى رەسمي باستالدى.

كەلەسى جىلى 1-ايدا يۇننان ولكەلىك پارتكوم مەن ولكەلىك ۇكىمەت دۋلۇڭجياڭ اۋىلىن ٴبىرتۇتاس ىلگەرىلەتۋ، دۋلۇڭ ۇلتىنا ٴبىرتۇتاس كومەكتەسۋ، كەدەيلەردى سۇيەمەلدەۋ قىزمەتىن رەسمي باستادى، سول ايدا نۋجياڭ وبلىستىق پارتكومى دۋلۇڭجياڭ سۇيەمەلدەۋ قىزمەت اترەتىن جىبەرىپ، دۋلۇڭجياڭ وڭىرىندە كەدەيلەردى جاپپاي سۇيەمەلدەۋ قىزمەتىن ىسكە قوستى.

ادامزات تاريحىندا كەدەيلىك پەن اشتىق بولماي قويعان جىق، دەسەدە ادامداردىڭ وعان قارسى كۇرەسى تىنباي ٴجۇرىلىپ جاتتى.

ەكىنشى، قارلى تاۋعا قوش ايتۋ

دالانى اپپاق كورپە قىمتاپ قالىپتى، اق ۇلپا قار ۇشقىندارى باياۋ قالقىپ بارادى. قالىڭ قار جولدى بوگەپ تاستاپ، 2 اۋتوكولىك ەندىگارى جۇرە الماي قالدى، ٴبىرى سانلىڭ ماركالى دالا اۋتوكولىگى، ەندى ٴبىرى پيكا بولاتىن. پيكاعا كورپە جاستىق جانە كەرەكتى بۇيىمدار تيەلگەن. 2 اۋتوكولىكتەن ۇستىلەرىنە ٴبىرىڭعاي ميسايفۋ كيىنگەن 8 ادام ٴتۇسىپ جاتتى، ولار اۋتوكولىكتەن ٴتۇستى دە پيكاداعى جۇكتەرىن ارقالاپ جاياۋلاپ العا تارتۋعا دايارلاندى.

ىرگە كەلە جاتقان قىزمەت اترەتىنىڭ ۋ ورىنباسار باستىعى شيۇڭ اترەت باستىعىنا: «اترەت باستىعى، الدىمىزدا قار قالىڭ ەكەن، جول بوگەلىپ قالسا، قايتا الماي قالاسىزدار-اۋ»، — دەدى.

شيۇڭ اترەت باستىعى پۋمي ۇلتى، زور دەنەلى، كوزىلدىرىك تاقىقان، دۋلۇڭجياڭدا قىزمەت ىستەگەن، دۋلۇڭجياڭنىڭ جاراتىلىستىق ورتاسىنا ابدەن قانىق ادام.

شيۇڭ اترەت باستىعى بايسالدى تۇردە: وسى جولى كەتكەنىمەن كەلەر جىلى 6-ايدا عانا كەزىككەلى وتىرمىز، نەدە بولسا شىعارىپ سالايىن.

بىرگە كەلە جاتقان ۋاڭ شينچىن دا شيۇڭ اترەت باستىعىنا قاراتا: شيۇڭ اترەت باستىعىنىڭ دارقان كوڭىلىن قابىل الدىق. الدىمىزدا قار قالىڭ، جول قاتەرلى، ونىڭ ۇستىنە اياعىمىزدىڭ سىرقاتى بار، ۋ ورىنباسار اترەت باستىعى ٴبىزدى باستاپ بارادى، ٴبىز ٴسوزسىز امان جەتەمىز، — دەدى. ۋاڭ شينچىن پۋمي ۇلتى، دۋلۇڭجياڭعا كومەكتەسۋ، سۇيەمەلدەۋ قىزمەت اترەتىنىڭ مۇشەسى، دۋلۇڭجياڭعا كومەكتەسۋ، سۇيەمەلدەۋ قىزمەت اترەتى كەڭسەسىنىڭ مەڭگەرۋشىسى، اترەت باستىعى شيۇڭ ەكەۋى ٴبىر ۇلت. دۋلۇڭجياڭعا كومەكتەسۋ، سۇيەمەلدەۋ قىزمەت اترەتىنىڭ مۇشەلەرىنىڭ ٴبارى دە ٴاربىر مەكەمە ورىننان رەتتەلىپ سىعايلانعان كادرلار، ولاردىڭ كەيبىرى وبلىستان، كەيبىرەۋى اۋداننان كەلگەن، ٴبارى دە نەگىزگى ساتىدا شىڭدالعان، تاجىريبەلى جولداستار، ولار حانزۋ، نۋزۋ ۇلتى، ليسۋ ۇلتى، ٴبايزۋ ۇلتى، پۋمي ۇلتتارىنان قۇرالعان، ولاردىڭ ٴبارى «ەشقانداي ٴبىر ۇلتتىڭ باۋىرلاسىن قاتاردان قالدىرۋعا بولمايدى» دەگەن سەنىممەن ٴبىر اراعا توعىسقان.

شيۇڭ اترەت باستىعى پۋمي تىلىندە ۋاڭ شينچىڭعا: وقاسى جوق، سەندەردى جەتكىزىپ قويامىن!، — دەدى.

ۋ ورىنباسار اترەت باستىعى دا شيۇڭ اترەت باستىعىنا ٴوزىنىڭ الاڭداۋلى كوڭىلىن جەتكىزدى: وسىنشاما كوپ جولداس سەرىك بولىپ كەلەدى، ٴبىز دۋلۇڭجياڭنىڭ كومەكتەسۋ، سۇيەمەلدەۋ قىزمەتىنىڭ ٴتۇرلى جۇمىستارىن كۇش سالا ويداعىداي ىستەيمىز، الاڭسىز بولىڭىز، قايتا بەرىڭىز، قىزمەت اترەتىندەگى جولداستاردى

امان-ەسەن الىپ قايتاتىن بولامىن، — دەدى. ورىنباسار اترەت باستىعى ۋ گوچيڭ قازىر دۋلوڭجياڭ اۋىلدىق پارتكومىنىڭ ورىنباسار شۋجيى، نۋزۋ ۇلتى، كەزىندە دۋلوڭجياڭ اۋىلىنىڭ ەگىن شارۋاشىلىعى تەحنيكا پۋنكتىندە 6 جىلدان اسا ۋاقىت تەحنيك بولىپ ىستەگەن، ول دۋلوڭجياڭعا قانىق.

شيوڭ اترەت باستىعى: بولدى، مەنى توسا بەرمەڭدەر، ەندى از كۇنەن سوڭ سەندەر تاۋدا قامالىپ قالاسىڭدار، دەنساۋلىق جاعدايىما بايلانىستى سەندەرمەن بىرگە بولا المايتىن بولعانىما ىڭعايسىزدانىپ تۇرمىن، سەندەردى جەتكىزىپ قويايىنشى!

اترەتتەگىلەردىڭ كوتەرگەن جۇگى ەرەكشە اۋىر كورىندى، قارلى تاۋدىڭ اش مويناعىنا قاراي ٴىلبىپ كەتىپ بارادى، جەر ٴتۇزىلىسىنىڭ تەڭىز دەڭگەيىنەن بيىك بولۋىمەن قوسا، ايازدى كۇن جاۋراتىپ بارادى، ولاردىڭ دەمى كورىنەۋ جەردەن اق بۋداق بولىپ كورىنەدى، 15 مينۋتقا تاياۋ ۋاقىت جاياۋلاتقانىنان كەيىن اش مويناقتاعى تۇنەلگە كەلىپ ۇلگىردى، تۇنەل اۋزىن قار قىمتاپ قالىپتى، تاجىريبەلىلەر كوزىنە قارا كوزىلدىرىك تاعىپ العان. شياۋ يۇي عانا كوزىنە كوزىلدىرىك تاقپاپتى، كۇنمەن شاعىلىسقان كوزىن اشا الماي، سىعىرايتا قارايدى. ول قىزمەت اترەتىندەگى جاسى ەڭ كىشى قىزمەتكەر، ەندى عانا داشۋە ٴبىتىرىپ كەلگەن، قىزمەت ورنى ٴاسىلى ونى تاڭداپ جىبەرمەگەن ەكەن، ول دۋلوڭجياڭعا بارۋعا ٴوز ەركىمەن تىزىمدەلىپتى.

تۇنەلگە كىرەر اۋىزعا كەلگەندە جولاۋشىلار ازداپ ايالدادى، ۋ ورىنباسار اترەت باستىعى كوتەرگەن سومكاسىن اشىپ ٴبىر بوتەلكە اراق الىپ شىقتى، ۋاڭ شيىنچيڭ دا دەرەۋ سايكەسىپ ۋ ورىنباسار اترەت باستىعىنىڭ سومكاسىنان قاعاز ستاكان الىپ، جولداستارعا ستاكان سايىن ازداپ اراق قۇيىپ ۇسىنىپ جاتىپ: قارلى تاۋعا كەلگەندە ازداپ اراق ىشسەڭدەر، وڭاي توڭبايسىڭدار، — دەدى.

شياۋ يۋي اۋزىنان ايازدى دەمىن بۇرقىراتىپ تۇرىپ: ۋ ورىنباسار اترەت باستىعى، مەن اراق ىشپەيمىن، بۇرىن دا ٴىشىپ كورمەگەم، قارلى تاۋدا ماس بولىپ قالسام بولماس.

ۋ ورىنباسار اترەت باستىعى وعان ەسكەرتىپ بىلاي دەدى: قارلى تاۋدا اراق ٴىشىپ السالاڭ وڭاي توڭبايسىڭ، ونىڭ ۇستىنە، مىناۋ اترەت باستىعىنىڭ قوشتاسارداعى اراعى، ٴوزىڭ ٴبىر ستۋدەنت بولا تۇرا وسىنداي جول-جوسىندى بىلمەگەنىڭ بە؟

مۇنى ەستىگەندە ٴوز ارەكەتىنىڭ ىڭعايسىزداۋ بولعانىن ەسكەرگەن شياۋ يۋي قولىن اراقعا سوزا بەردى.

شيۇڭ اترەت باستىعى داۋىسىن كوتەرە: سىزدەرمەن قوشتاسار ٴسات كەلدى، جۇمىستارىڭ ٴساتتى بولسىن، دەنساۋلىقتارىڭا كوڭىل بولىڭدەر، امان-ەسەن ورالۋلارىڭدى تىلەيمىن!، — دەدى دە، ۋ ورىنباسار اترەت باستىعىنا قاراپ: ەگەردە مىنا جولداستارىمنىڭ بىرەۋى بىرەر جاعدايعا ۇشىراسا ەسەبىن سەنەن الامىن،-دەدى.

ۋ ورىنباسار اترەت باستىعى زور داۋىسپەن: اترەت باستىعى الاڭسىز بولىڭىز، دۋلۇڭجياڭداعى قىزمەتتى تابىستى ورىندايتىن بولامىز ٴارى كەلەر جىلى وسى باۋىرلاستارىمدى امان-ەسەن الىپ قايتاتىنىما كەپىلدىك بەرەمىن، — دەدى.

شيۇڭ اترەت باستىعى ٴاربىر جولداس تۇنەلگە كىرىپ كەتكەنشە كوز الماي قاراپ، ۇزاتىپ سالدى دا شوفەر فىڭ شوەميڭگە: وسى كەتكەنىنەن كەلەر جىلى ٴبىراق ورالادى، مەنىڭ الاڭدايتىنىم جولداستاردىڭ دەنساۋلىعى، بىلتىر، ادام ولۋدەي ويلاماعان ٴىس تۋىلعان، ەندىگەدە باۋىرلاستارىمىزدان ايرىلىپ قالۋىمىزعا بولمايدى.

تۇنەل ۇزىن ەدى، تۇنەلدىڭ قارسى جاق كىرەر اۋزىنان تەك ٴبىر جارىق ساۋلە ٴتۇسىپ تۇر، اراسىندا جاڭبىر سۋى دا تامشىلايدى، كورگەن كىسىگە بەينە باعزى زامانداعى ۇڭگىرگە كىرگەندەي سەزىم بەرەدى.

ۋ ورىنباسار اترەت باستىعى: كوپشىلىك تىنىعىپ الىڭىزدار، يدەيادا بىرلىككە كەلەيىك، — دەپ ٴبىر توقتاعاندا ۇڭگىردىڭ ٴىشى جاڭعىرىپ سالا بەردى: ٴبارىڭ دە ٴاربىر مەكەمە ورىنىنىڭ ۇزدىك قىزمەتكەرىسىڭدەر، ايتسەدە دۋلۇڭجياڭنىڭ شارت-جاعدايى ول جەردەگىگە ۇقسامايدى، وتكەندە قىزمەت اترەتىنەن ادام جارالانىپ ولۋدەي ويلاماعان ٴىس تۋىلعان، وسى جونىنەن يدەيالىق جاقتا دايىندىعى بولماعان جولداستار ٴالى دە قايتىپ كەتۋىنە بولادى، مىنە قازىردىڭ وزىندە شيۇڭ اترەت باستىعىن قۋىپ جەتىپ الاسىڭدار.

ۋاڭ شينچيڭ دا ۋ ورىنباسار اترەت باستىعىنىڭ ٴسوزىن ساباقتاي ٴتۇستى: بىلتىر مەن ورىنباسار اترەت باستىعىنا ەرىپ تاۋعا بارعانمىن، دۋلۇڭجياڭ اۋىلىندا ويداعىداي ەمدەۋ مۇمكىندىگى بولماعاندىقتان، بىلتىر ٴبىر قىزمەتكەرىمىزدەن ايرىلىپ قالعانبىز.

جۇرت تەگىس تىنا قالدى، ۋ ورىنباسار اترەت باستىعى تاعى دا ەسكەرتۋ بەرىپ: الدىمىزداعى جول ەرەكشە جاپالى، جول قانشالىقتى جاپالى بولعان سايىن سونشالىقتى قايسارلىق تانىتا ٴبىلۋىمىز كەرەك، بۇل ٴبىزدىڭ جىگەرىمىزدى جاني تۇسەدى، سوندىقتان قيىنشىلىقتا ٴتوزىمدى دەپ بىزدەردى ٴدال وسى دۋلۇڭجياڭعا جىبەردى، جولداستار، بىرگە قۇلشىنايىق، بارلىقتارىڭىز اماندىق تىلەيمىن.

كوپشىلىك العا تارتا بەردى، قار بۇرقاسىنعا اينالدى، جولاۋشىلار ۇستىلەرىندەگى قاردى ٴالسىن-ٴالى قاعىپ قويادى، تەڭىز دەڭگەيىنەن بيىك جەردىڭ اۋاسى دا سيرەپ، جولاۋشىلاردىڭ تىنىس الۋى دا قيىنداپ بارادى، قاردىڭ قالىڭدىعى تىزەدەن استى دا، جاياۋ جۇرىستىڭ ٴوزى مۇڭعا اينالدى، اق قار جولدى ابدەن قىمتاپ الدى.

ۋ ورىنباسار اترەت باستىعى: سەندەرگە جول باستاۋشى، تاجىريبەسى مول، يۇي جولداس، ونان قالىپ قويماڭدار، ەشكىمنىڭ دە قاتاردان قالۋىنا، داملداۋىنا بولمايدى، ٴبىر ساتكە توقتاۋىنا بولمايدى، — دەدى. ونىڭ يۇي جولداس دەگەنى يۇي ماۋشياڭ، ليسۋ

ۇلتى، قازىر كوشپەلى تۇرعىندار مەكەمەسىنىڭ ورىنباسار باستىعى، ول 1-توپتاعى قىزمەت گرۋپپاسىنىڭ مۇشەسى بولعان، تاۋ جولىنا ابدەن قانىق، دۋلۇڭجياڭداعى دۋلۇڭ ۇلتىنىڭ كوشپەندىلەر قىزمەتىنە ۇنەمى قاتىناسىپ تۇراتىن.

شياۋ يۋي مۇنداي تاۋ جولىمەن تۇڭعىش ٴجۇرىپ كەلەدى، ونىڭ ۇستى باسى مالمانداي سۋ بولسا دا، بار كۇشىمەن العا جىلجىپ كەلەدى، ول جاۋ فۋيۋانىنان: جاۋ اعا، ەندى قانشالىقتى جۇرەمىز؟، — دەپ سۇراپ قويادى. جاۋ فۋيۋان گۇڭشان اۋداندىق ەگىن شارۋاشىلىعى مەكەمەسىنىڭ ورىنباسار باستىعى، كەزىندە دۋلۇڭجياڭدا قىزمەت ىستەگەن، قىزمەت اترەتىندەگىلەردىڭ ٴبارى دە ٴاربىر مەكەمە ورىنىنان سارالانىپ شىققان، نەگىزگى ساتى قىزمەت تاجىريبەسى مول باسشى كادرلار، شياۋ يۋي عانا جاسى ەڭ كىشى، ونىڭ ۇستىنە قىزمەتكە ەندى عانا قاتىناسقان ستۋدەنت بولاتىن، ۋ ورىنباسار باستىعى تۋنەل اۋزىنداعى باعاناعى ٴسوزدى شياۋ يۇيعا قاراتىپ ايتقان ەدى.

جاۋ فۋيۋان ەنتىگىپ كەلەدى: تاعى 10 مينۋت بار، شىداي ٴتۇس، اۋتوكولىككە تاياپ قالدىق.

جولاۋشىلار ابدەن قالجىراپ، ٴىلبي باسىپ كەلەدى، ارت جاقتا كەلە جاتقان ۋ ورىنباسار باستىعى كەنەتتەن: كوپشىلىك، تەز قاشىڭدار، قار كوشكىنى سىرعىپ كەلەدى، — دەپ ايعاي سالدى.

لەزدە جولاۋشىلاردىڭ قاشقانى قاشتى، قاشۋعا ۇلگىرە الماعانى قار كوشكىنىنەن بويىن تاسالادى، شياۋيۇي تاسالانۋعا ۇلگىرە المادى، قار كەسەگى ولڭ جاق بەتىن قاتتى ٴسۇرىپ، جاناپ ٴوتتى.

ۋ ورىنباسار گرۋپپا باستىعى اسىعا جۇگىرىپ كەلدى: شياۋ يۇي جارالانىپ قالدىڭ با؟

شياۋيۇي بەتىندەگى قان داقتارىن ٴسۇرتىپ جاتىپ: ەشتەمە ەتپەيدى، تەك بەتىمنىڭ تەرىسىن سىزىپ عانا كەتتى، — دەدى.

ۋ ورىنباسار گرۋپپا باستىعى: جارايدى، ەندەشە، شىداي ٴتۇس،

شياۋيۋي، ـــ دەدى دە كوپشىلىككە قاراتا: كوپشىلىك لاۋ يۋيدەن قالماي جۇگىرىڭدەر، ەندى 10 مينۋت شاماسىندا اۋىلدىق ۇكىمەتتىڭ كولىگى تۇرعان جەرگە جەتەمىز، قايراتتانىڭدار، تەز جۇگىرىڭدەر، ايتپەسە كوشكىنگە قالامىز، ـــ دەدى.

ەڭ الدىندا كەتىپ بارا جاتقان لاۋ يۋي: كوپشىلىك ماعان ىلەسە جۇگىرىڭدەر، جاڭاعى قار كوشكىنى ۇلكەن ءبىر كوشكىننىڭ نىشانى، تەزدەتىڭدەر-دەدى.

«تەزدەتىڭدەر، ماڭىزدى سانالماعان نارسەلەردى تاستاپ، تەز جۇگىرىڭدەر» دەدى جاۋ فۋيۋان.

شياۋيۋي جاعدايدىڭ قيىنداعانىن سەزدى، قار كوشكىنىنە قالسا بىتكەنى سول، جانىنان ارتىق نە بولسىن، ارقاسىنداعى ۇلكەن سومكەسىن تاستادى، وزگە جۇرت تا ءبىردى-جارلى تۇيىنشەك، بۋىنشاقتارىن تاستاپ، بار پارمەنىمەن جۇگىردى.

ءومىر مەن ءولىم ارپالىسىندا ادامعا وزگەشە ءبىر كۇش-قۋات پايدا بولادى ەكەن، جۇرتشىلىق بار دارمەنىمەن جۇگىرىپ 500 مەتردەي جەرگە السىتاپ ۇلگىردى، ءدال وسى كەزدە ماشينانىڭ گۇرىلىنەن اۋمايتىن ءبىر جويقىن داۋىس كەلىپ، تاۋداي ۇلكەن ءبىر كەسەك قار ولاردىڭ جاڭاعى جىلجىپ كەتكەن جەرىنە كەلىپ قۇلادى.

ۋ ورىنباسار گرۋپپا باستىعىنىڭ كوڭىلى جايلاندى: كوپشىلىك امان-ەسەن ءبىر حاۋىپتەن وتتىك، دەمالىپ الىڭىزدار، ءبىزدى اكەتەتىن كولىككە تاياپ قالدىق.

جولاۋشىلار جەردەگى قارعا جاتا كەتتى، ءبارىنىڭ دە سويلەۋگە شاماسى جوق.

شياۋيۋي ەنتىگىپ وتىر، كوزىنەن ءالسىن-ءالى پارلاپ اققان جاسىن قولمەن ءسۇرتىپ قويادى.

جاۋ فۋيۋان شياۋيۋيعا قاراپ: پو، مىنا ستۋدەنتتىڭ جىلاپ جاتىر! حا، حا، ـــ دەپ قارقىلداپ كۇلدى.

— حا حا!، جولاۋشىلار جابىلا كۇلىسىپ جاتتى.

«جۇرەيىك، كولىك الدىمىزدا عانا تۇر، شياۋيۇي، سەن شىداي ٴتۇس، سەن مىقتىسىڭ» دەپ ۋ ورىنباسار اترەت باستىعى شياۋيۇيدى شابىتتاندىرىپ قويادى.

جولاۋشىلار ابدەن قالجىراعان بويىندا العا تارتىپ كەلەدى.

ٴبىر كەزدە 2 سانلىق ماركالى اۆتوكولىكتىڭ قاراسى كورىندى، بۇل ارادا كوپ تۇرعانى بەلگىلى، كولىك ۇستىندەگى قار دا قالىڭداپ قالىپتى، 2 شوفەر دە كولىك ىشىندە مىزعاپ كەتىپتى. ۋ ورىنباسار گرۋپپا باستىعى كولىكتىڭ تەرەزەسىن قاعىپ، ولاردى وياتتى.

كوپشىلىك اۆتوكولىك تۇرعان جەرگە قورالانا قالىپ، تاڭدايلارىن ٴجىبىتىپ، تالعاجاۋ ەتتى.

شوفەر ابىرجي قالدى: سىزدەردىڭ دۇنيەلەرىڭىز شى؟

ۋ ورىنباسار اترەت باستىعى: قار كوشكىنىندە قالدى

شوفەر: جارالانعاندار بار ما؟

ۋ ورىنباسار اترەت باستىعى: جوق

شوفەر: سۋ ىشەرلەرىڭىز بار ەكەن، مۇنداعى كوشكىنەن جىلىنا 6، 7 ادام جازىم بولادى، — دەدى.

جۇرتشىلىق الدەنىپ الدى دا كولىككە شىقتى، شياۋيۇيدىڭ ٴوڭى بوزارىپ، تۇنجىراپ وتىر. ول ىشتەي: جانىمىزدان ايرىلا جازدادىق، امالداپ قايتىپ كەتسەم بولار ما ەكەن، — دەگەن ويعا كەلدى.

ۋ ورىنباسار اترەت باستىعى، جاۋ فۋيۋان، لاۋ يۇي، شياۋ يۇي تورتەۋى الدىڭعى كولىككە وتىردى، ۋ ورىنباسار اترەت باستىعى شوفەردىڭ جانىنا جايعاستى، شياۋيۇي ارتقى ورىندىقتا جاۋ فۋ يۋان مەن لاۋيۇيدىڭ ورتاسىنا وتىردى، اۆتوكولىك باتپاق جولمەن ىرعالىپ ارەڭ كەلەدى. شياۋ يۇي بولسا ٴالى تۇنجىراپ وتىر.

ۋ ورىنباسار گرۋپپا باستىعى: جاۋ فۋيۋان، اۋىلدىق ۇكىمەتكە بارعاسىن لوشيندى شاقىرىپ شياۋيۇيدى شيپاحاناعا ەرتىپ اپارىپ كورسەت، — دەپ تاپسىردى. لوشين دۋلۇڭ ۇلتىنان شىققان كادر،

وتباسى دۋلۇڭجياڭدا تۇرادى، سوندىقتان دۋلۇڭجياڭنىڭ جاعدايىنا ابدەن قانىق.

ۋ ورىنباسار اترەت باستىعى اسا ٴبىر مۇقياتتىلىقپەن بىلاي دەپ تاپسىرىپ جاتتى: بۇل ارا تاۋلى ٴوڭىر، سىرتقى دۇنيەمەن بايلانىس ۇزىلگەن جاعدايدا، ەشقانداي ٴبىر اۋرۋعا نەمقۇرايدى قاراۋعا بولمايدى، دەنساۋلىقتارىڭا كوڭىل بولىڭدەر، وتكەن جىلدارى وسىنداعى ٴبىر اسكەر سوقىر ىشەك بولىپ اۋىرعان، ادەتتە بۇل شاعىن وپەراتسيا جاسالىپ، ساۋىعىپ كەتەتىن ناۋقاس، ايتسەدە دۋلۇڭجياڭدا وپەراتسيا ىستەۋگە مۇمكىندىك بولماي، اقىرى كوز جۇمدى.

ىمىرت ٴۇيىرىلدى، اۆتوكولىكتىڭ جولعا تۇسكەن جارىعىمەن كەلىپ، كەشكى ساعات 9 دا اۋىلدىق ۇكىمەتكە جەتتىك. كوپشىلىك اشتىقتان بۇرالىپ كەتتى، ۋ ورىنباسار اترەت باستىعى: بارىڭ دە اشىعىپ قالدىڭدار، الدىمەن تاماقتانىپ الىڭدار، — دەدى.

اسحاناعا كەلدىك، ۇستەل ۇستىنە قۋىرماشتارمەن سورپا دايىندالىپتى، كوپشىلىك تاماققا وتىرا بەرگەندە، ورتا بويلى، سەمىزشە، كوزىلدىرىكتى، تاعى ٴبىر بويى انتەك بيىكتەۋ ەكى ادام كىرىپ كەلدى، ولار ەسىكتەن كىرە سالا ۋ ورىنباسار اترەت باستىعىنىڭ قولىن قىسا: جاپا شەكتىڭىزدەر، قينالدىڭىزدار-اۋ، — دەپ قۇراق ۇشا امانداسىپ جاتتى.

ۋ ورىنباسار باستىعى: قينالمادىق!— دەدى دە جۇرتشىلىققا: كوپشىلىك، تىنىشتالىڭىزدار مىنا كىسى دۋلۇڭجياڭ اۋىلدىق پارتكومىنىڭ پىڭ شۋجيى، مىنا كىسى ٴبىزدىڭ قىزمەت گرۋپپامىزدىڭ دۋان ورىنباسار اترەت باستىعى، بۇل كىسى وبىلىستىق تاس جول باسقارۋ پۋنكتىنىڭ باستىعى، بىزدەن بۇرىن دۋلۇڭجياڭعا كەلگەن.

دۋان ورىنباسار گرۋپپا باستىعى: سىزدەردىڭ امان-ەسەن كەلگەندەرىڭىزدى كورىپ، قۋانىپ قالدىم، تاۋ اسىپ، ۇزاق جول

باسىپ كەلدىڭىزدەر، گاۋ دىرۋك اكىم سىزدەردى كۇتىپ وتىر، ول كىسىنىڭ ۇيىنە بارىپ اۋناپ-قۋناپ جاتىڭىزدار، — دەدى. گاۋ دىرۋك قازىر دۋلۇڭجياڭدى سۇيەمەلدەۋ باسشىلىق گرۋپپاسىنىڭ ورىنباسار گرۋپپا باستىعى، نۋجياڭ وبلىستىق حالىق قۇرىلتايى كوميتەتىنىڭ ورىنباسار مەڭگەرۋشىسى، كەيىن دۋلۇڭجياڭدى سۇيەمەلدەپ قۇرۋ قىزمەتىنە بايلانىستى ٴداۋىر ۇلگىسىنە اينالدى، مۇنى اسقپاي ايتامىز.

ٴۇشىنشى، بارتالاتقىش جارىپ، ٴماجىلىس اشۋ

اعاش ٴۇيدىڭ ەسىگىنەن بولماشى ساۋلە ٴتۇسىپ تۇر، ٴۇي ىشىندە ٴبىرقانشا كىتاپ، بىرنەشە كيىم جاتىر، جاقىن ماڭىنان يتتەردىڭ شاۋىلداعان داۋىسى ەستىلەدى، ەسىك قاعىلىپ، ۋ ورىنباسار اترەت باستىعى: شياۋ يۇي، تۇرىڭدار، ازدان سوڭ اۋىلعا بارامىز، — دەدى.

جاڭاعى داۋىستان ويانعان شياۋيۇي دەرەۋ ورنىنان تۇرا بەرە ىشتەي ويلادى: نەدەگەن مازاسىز ادام، ەگەردە قالادا بولعاندا تۇرماس ەدىم، دۋلۇڭجياڭدا تۇر دەسە تۇرماسقا نە شارا، ەلەكتر جوق، سەگنال جوق، وتىن تاۋىپ تاماق ەتۋدىڭ بارىندە دە وسى ادامعا سۇيەنەمىز، شامداندىرىپ المايىن، — دەپ ويلادى.

تەك قانا بەلسەندى بەينە بايقاتقانىنان باسقا امال جوق، سونىمەن، ورنىنان تۇرىپ كيىمدەرىن كيىپ جاتىپ: اترەت باستىعى، مەن ەرتەمەن ويانىدىم، بۇگىن قاي اۋىلعا بارامىز؟

ۋ ورىنباسار اترەت باستىعى ٴبىر نارسەنى ەسكەرتە بىلاي دەدى: شياڭحۇڭ اترەتىنە بارامىز، جول ۇزاق، 4 كۇنگە جەتەتىن تۇرمىستىق بۇيىم دايىنداپ ال، ول ارادا ماسا-شىركەي، سۇلىك، ۋلى جىلان كوپ.

شياۋيۇي زورعا تاماقتانىپ وتىرعانداي تىجىرىنادى، ۋ ورىنباسار

اتىرەت باستىعى شياۋيۇيدىڭ مۇنىسىن بايقادى دا: ٴبىزدىڭ جەپ وتىرعانىمىز ەڭ جاقسى تاعامدار، بۇقارا استىق پەن قايناق سۋ ٴىشىپ قانا وتىر، بۇل ارانىڭ تۇرمىسىنا ۇيلەسۋدى ۇيرەنۋىڭ كەرەك، ايتپەسە تۇرمىستا قينالىپ قالاسىڭ.

شياۋيۇي ەداۋىر كۇدىكتى ويمەن: ولار كوكونىس ەكپەيتىن بولعانى ما؟ — دەدى.

ۋ ورىنباسار اتىرەت باستىعى: دۋلۇڭجياڭنىڭ اۋارايى كوكونىس ەگۋگە ۇيلەسپەيدى، سوندىقتان ەندىگى قادامدا ٴبىز كوكونىس قالتىقسىز جاسايمىز، ولارعا كوكونىس ەگۋدى ۇيرەتەمىز ٴارى كوكونىس ساتۋ، ساتىپ الۋدى ۇيرەتەمىز، مۇنىڭ ٴوزى دە دۋلۇڭ ۇلتىنا تۇتاس كومەكتەسۋ، سۇيەمەلدەۋدىڭ ٴبىر مازمۇنى سانالادى، — دەدى.

شياۋيۇي مۇنى شىنىندا تۇسىنبەگەندەي بەينە بايقاتتى، سوندا وسىنى دا ۇيرەتۋ كەرەك پە؟، — دەدى سۇراۋلى بەينەمەن.

ۋ ورىنباسار اتىرەت باستىعى: شياڭحۇڭ اتىرەتىنە بارىپ كەلگەننەن كەيىن بۇل سۇراقتى سۇرامايتىن بولاسىڭ، ٴوزىڭنىڭ وسى سۇراۋدى سۇراماۋىڭنىڭ كەرەكتىگىن شىنداپ بىلەتىن بولاسىڭ، — دەدى.

شياۋ يۇي مەن ۋ ورىنباسار اتىرەت باستىعى جولعا شىقتى، ۋ ورىنباسار اتىرەت باستىعى دىڭكيگەن ٴبىر ۇلكەن سومكانى ارقالاعان، ونىڭ ىشىنە نە سىقاپ العانىن تۇسىنۋگە بولمايتىن، ايتەۋىر بەلىنە ٴبىر چەداۋ اسىنىپتى دا ۇستىنە قۇبىلمالى رەڭدى شاپان كيىپتى، ۇزىن ۋاقىت دالادا ەڭبەكتەنىپ جۇرەتىن ادامداي كورىنەدى، ول كىسى شياۋيۇيدىڭ تىرتيىعان نيۋزاي شالبارىنا جاراتپاعان پىشىنمەن قاراپ قويادى.

جان جولدى ارام ٴشوپ باسىپتى، مۇقيات قاراعاندا عانا جولدى كورۋگە بولادى، ارىنە بۇل جولمەن كوپ ادام جۇرمەگەنى كورىنىپ-اق تۇر. ۋ ورىنباسار اتىرەت باستىعى: بۇگىن مەن ساعان نەنىڭ كەدەيلىك ەكەنىن كورسەتىپ قويارمىن، ٴوز باسىڭنان

وتكىزگەندە عانا نە ىستەۋ كەرەكتىگىن، ەنى وزگەرتۋ كەرەكتىگىن ويلانارسىڭ، كەيبىر نارسەلەردى كوزبەن كورىپ، ەت قۇلاعىڭمەن ەستىگەندە عانا شىنايى سەزىنە الاسىڭ، — دەدى.

بامبۇك ورمانىنان وتكەندە، بامبۇك اعاشى وتە ۇلكەن كورىندى، ٴبىراق، تىم بيىك ەمەس ەكەن، 3 تە 4 مەتر اينالاسىندا. بامبۇك بۇدىرماعىندا تىكەنەگى بار، كەيبىر بامبۇك اعاشىنىڭ ۇشىنا مۇك وسكەن، بايىرعى بامبۇك ورمانىنان اۋمايتىن. ۋ ورىنباسار اترەت باستىعى جول جاعاسىنداعى ٴبىر بامبۇك سىرىقتى ٴبىر مەتر شاماسىندا ەكىگە ٴبولىپ شياۋيۇيگە بەرىپ جاتىپ: وزەنىنەن وتەردە، ٴشوپ قاعۋدا ىستەتەمىز، ەندى ماڭايىڭا قاراي ٴجۇر، ۋلى جىلان كەزدەسىپ قالماسىن، — دەدى.

جىلان دەگەندى ەستىگەندە شياۋ يۇي الاڭداپ قالدى دا: جىلان كوپ پە سوندا؟، — دەدى.

ۋ ورىنباسار اترەت باستىعى: ۋلى جىلان وتە كوپ، اۋىلعا تۇسكەندە مىنانى ەسكە ساقتا، جانىڭنان تاياق تاستاما، جول جوق جەردىڭ ٴشوبىن قاعا ٴجۇر، دالادا دارەتكە وتىرساڭ دا جانىڭداعى ٴشوپتى قاعىپ ٴجۇر، وتكەندە وسىنداعى ٴبىر اۋىلداستى دارەتكە وتىرىپ جاتقانىندا جىلان شاعىپ الىپتى، — دەدى.

شياۋ يۇي ۋ ورىنباسار اترەت باستىعىنان: اۋىلداستار نەگە كورىنبەيدى، ٴبىز اداسىپ كەتكەن جوقپىز با؟ — دەدى.

ۋ ورىنباسار اترەت باستىعى: مەن دۋلۇڭجياڭدا 10 جىلدان اسا قىزمەت ىستەدىم، جول سوراپتارىنا ابدەن قانىقپىن، ماعان ىلەسسەڭ اداسامىن دەپ الاڭداما. قىستاق تۇرعىندارى 3 تە 4 ايدا عانا ٴبىر رەت تۇز، استىق العالى كەلەدى، سوندىقتان ادەتتە جولدا ادام كەزدەسپەيدى، — دەدى.

شياۋيۇي: ەندەشە ولار نەمەن ازىقتانادى؟

ۋ ورىنباسار اترەت باستىعى: بۇرىن استىق جوق كەزىندە تاۋدا اڭ اۋلاپ، وزەنگە بارىپ بالىق ۇستاپ، جابايى كوكونىس جەپ، ٴشوپ

تامىرىن قازىپ جەپ كۇنەلتىپ كەلگەن، قازىر ٴبىز نەگىزىنەن مۇنداي ارەكەتتەرگە تيىم سالدىق، وتباسىلارىنا استىق، كۇرىش تاراتىپ بەردىك.

بۇل ارانىڭ تابيعاتى ەرەكشە، ماڭايى جاپ-جاسىل جامىلعى، سىڭعىرلاپ اعىپ وزەن جاتىر. سۋ دەگەنىڭىز تۇپ-تۇنىق. ۋ ورىنباسار اترەت باستىعى: دەمالىپ ال، ۇستىمىزدەگى سۇلىكتىڭ كوزىن جوعالتايىق، وزەننەن سۋ ىشپە، ايتپەسە ٴىشىڭ وتەدى، — دەدى.

شياۋيۇي سىمىندا ٴبىر توپ نارسەنىڭ ورمەلەپ كەلە جاتقانىن كورىپ اتىپ تۇردى: نەدەگەن كوپ قۇرت مىناۋ!

«قوزعالما، سۇلىك دەگەن وسى» دەدى دە، ۋ ورىنباسار اترەت باستىعى جانقالتاسىنان تۇز الىپ شىعىپ شياۋيۇيدىڭ سىمىنا ىسقىلادى، شياۋ يۇي قورقىپ كەتىپتى. «دارداي جىگىت سۇلىكتەن قورقاما ەكەن، دۋلۇڭجياڭدا سۇلىكتەن، جىلاننان قورقامىن دەسەڭ، ەرتەرەك قايتىپ كەتكەنىڭ ٴجون»، — دەدى.

شياۋيۇيدىڭ ۇستىندەگى جۇزدەگەن سۇلىك جەرگە دومالاپ ٴتۇستى، ۋ ورىنباسار اترەت باستىعى سىمىن شەشە بەرگەنى سول، بالتىرىنان قان شىعىپ كەتىپتى: سەن دە كورشى، مىناۋ قانعا بوگىپ العان سۇلىكتەر، — دەدى. سىرتقى سىمىن شەشىپ كورسە، بالتىرىنىڭ ٴبىرقانشا جەرى قاناپتى، «سۇلىكشە سورىپتى» دەگەن وسى بولار، ٴبىرقانشا سۇلىك جارىلىپ ٴتۇستى، قاراپ تۇرا المايسىز.

ۋ ورىنباسار باستىق شياۋيۇيگە ٴبىر دوربا تۇز بەرىپ جاتىپ: دەنەڭنىڭ بارلىق جەرىن تۇزبەن ىسقىلا جانە سالقىنداتقىش ماي جاعىپ قويساڭ، سۇلىك كوپ جولامايدى، مۇندا ونان دا سوراقى ٴبىر قۇرت بار، ول تىستەگەن جەرىن ويىپ تۇسەدى، — دەدى.

سۇلىكتى ٴولتىرىپ تاستاپ تاعى دا جولعا شىقتى، تال ٴتۇس، كۇن ساۋلەسى ورمان اراسىنداعى بىتىك اعاش اراسىنان جەرگە

ءتۇسىپ ءتۇر، قۇستاردىڭ سايراعان داۋىسى ەمىس-ەمىس ەستىلەدى.

تۇستەن كەيىن، اعاش ۇيگە جەتتىك، ۇستىنە سابان توسەگەن، 4 دىڭگەك ورناتىلعان، كۇركەشە ۇيدىڭ جيەگىن ابدەن ىس الىپتى، 20 شارشى مەتر كولەمىندەگى 2 اۋىز ءۇي تۇر، ۋ ورىنباسار اترەت باستىعى دۇلۇڭ تىلىندە: ادام بار ما؟، — دەپ سۇرادى. ۇيدەن ورتا جاس شاماسىنداعى ەر ادام شىقتى، بويى الاسا، قاراتورى ادام، جالاڭاياق كورىندى، ۇستىندەگى كيىمى دە كونەتوز، كىر كورىندى، كوپتەن بەرى جۋىنباعان ادام سياقتى، كۇلىمسى يىسىنەن جانىنا تايانۋدىڭ ءوزى قيىن ەكەن، بەينە تەلەفيلىمدەردە كورىنەتىن قايىرشىلاردان اۋمايدى، دۇلۇڭ تىلىندە: امانسىز با، باسشى، — دەپ اماندىستى.

ۋ ورىنباسار اترەت باستىعى شياۋيۇيگە: مىنا كىسى شياڭحۇڭ قىستاعىنىڭ گرۋپپا باستىعى، شيۇڭ گرۋپپا باستىعى دەپ شاقىرارسىڭ، — دەدى.

شيۇڭ گرۋپپا باستىعى تارتىنشاقتاعان بەينەدە: حانزۋ تىلىندە تولىق سويلەي بىلمەيمىن، جاپا شەكتىڭىزدەر، — دەدى.

ۇيگە كىرىپ كەلگەندە كونە تاس قۇرال داۋىرىندەگى تۇرمىسقا كەلگەندەي سەزىنەسىز، ۇلكەندى-كىشىلى بولىپ 5 ادام سۇپىنى قورالانىپ وتىر، بالالاردا كيەر كيىم جوق، ۇستىلەرى كىر-قوجالاق، كەلگەن بوتەن كىسىلەردى كورىپ، ۇيالىپ جاسىرىنا قالدى دا، دۇلۇڭ تىلىندە بىردەمە دەپ كۇبىرلەپ كەتتى، شياۋيۇي ۋ ورىنباسار اترەت باستىعىنان: ءسىز دۇلۇڭ تىلىندە سويلەي الاسىز با، — دەپ تاڭدانا سۇرادى.

ۋ ورىنباسار اترەت باستىعى: مەن نۇزۋ ۇلتىمىن، قازىر، نۇزۋ تىلىندە، ليسۋ تىلىندە، زاڭزۋ تىلىندە سويلەي الامىن، — دەدى ماقتانىشپەن.

ءۇي يەسى كىشكەنە شارباقتا سالىپ وتقا قاقتالعان كارتوپ

ۇسىنىپ، ستاكانعا ٴشاي قۇيدى، شياۋيۇي ۋ ورىنباسار اترەت باستىعىنان: باسقا تۇرعىندار كورىنبەيدى عوي، مەن ٴاربىر قىستاقتىڭ تانىستىرۋىنان كورگەنىمدە، وسىندا 30 نەشە ٴتۇتىن بار سياقتى ەدى، — دەدى سۇراۋلى كوزىمەن.

ۋ ورىنباسار اترەت باستىعى: مۇنداعى ادامدار بىتىراڭقى ورنالاسقان، ٴبىر كەزەڭدە ٴبىر وتباسى عانا بار، بارلىعىن ٴبىر-بىرلەپ شاقىرۋعا تۋرا كەلسە ايشىلاپ جول جۇرۋ كەرەك بولار، سوندىقتان، كەشتە قاس قارايۋدان بىلگەرى 2 رەت پارتيالاتقىش اتۋدى جيىن اشۋدىڭ بەلگىسى ەتۋدى ۋادەلەسكەنبىز، ازدان كەيىن سەن وسىنداعىلاردىڭ اماندىعىنا جاۋاپتى بول، مەن پارتيالاتقىش ٴدارىنىڭ اماندىعىنا جاۋاپتى بولايىن، بىرەۋ-مىرەۋ جارالانىپ قالىپ جۇرمەسىن، — دەدى.

شياۋ يۇي تۇسىنبەگەندەي ٴتىل قاتتى: پارتيالاتقىش اتىپ، جيىن اشۋ دەگەنى نەسى؟ ال ونىڭ داۋىسىن بارلىق ەلدىڭ ەستي قويۋى مۇمكىن بە؟

ۋ ورىنباسار اترەت باستىعى: بارلىعى ەستي المايدى، دەسەدە ولاردىڭ ەستىگەندەرى باسقالارىنا جەتكىزەدى.

شياۋيۇي سوندادا تۇسىنبەگەندەي: ەندەشە پارتيالاتقىشتى قايدان الامىز؟

ۋ ورىنباسار اترەت باستىعى: پارتيالاتقىش ٴدارى تيىم سالىنعان نارسە، گرۋپپا باستىعىنىڭ ۇيىندە عانا بولادى، ەرتەرەكتە اۋىلدا ٴار جولى جيىن اشىلاردا، ٴاربىر وتباسى اعاشقا ويۋ ورنەكتەپ، ٴجىپ ٴتۇيىپ ٴبىلدىرىپ كوردى، ايتسەدە بىرنەشە ايعا دەيىن جيىن اشۋ قيىنعا سوقتى، سونىمەن جوعارعى ورىنداعى باسشىلارعا ٴوتىنىش ەتىپ، ماقۇلداتىپ الدىق.

شيۇڭ گرۋپپا باستىعى ۇيىنەن ٴبىر دوربا الىپ شىقتى، ونىڭ ىشىنەن ٴىس تۇتەك باسقان، وراۋىش قاعازدى ٴبىر-بىرلەپ اشتى، ون نەشە قابات قاعازدى اشىپ بولعانىنان كەيىن ۋ ورىنباسار اترەت

باستىعىنا تابىستادى، ول ەستەلىك داپتەردى كورىپ، ٴاربىر زاتتى مۇقيات كوردى، ەستەلىكتەردى ابدەن قارادى، ەڭ اقىرىندا قاعازعا قولىن قويىپ، شيۇڭ گرۋپپا باستىعىنا بەردى دە: بولادى، — دەپ يشارات ٴبىلدىردى.

پارتىلاتقىش ٴدارى ون نەشە مينۋت ارالىعىندا ەكى رەت اتىلدى، وتباسىنداعى بالالار بەينە مەرەكەلىك تورسىلداق اتىلعانداي قۋانۋلى، پارتىلاتقىشتىڭ دۇمپۋىنەن ٴۇي باياۋ سولقىلداپ كەتتى، وسىلايشا جيىن اشۋ ۇقتىرۋى تاراتىلدى.

كەشىندە شيۇڭ گرۋپپا باستىعى ٴبىر تاۋىعىن سويدى، بۇل دۇلۇڭ تاۋىعى ەدى، بوي تۇرقى دا تىم ۇلكەن ەمەس، ٴبىر كيلو شاماسىندا ەتى بار كورىندى، ۋ ورىنباسار اترەت باستىعى: شياۋيۇي، بۇل جولى وسىنشاما جاپالى جەرگە تۇڭعىش قادام تاستاپ وتىرسىڭ، بۇگىن تاۋىق سورپاسىنان كوبىرەك ٴىشىپ، ەرتەڭگى شارۋاعا دايىندالىپ ال، ٴبىز جيىن اشىپ بولعانىنان كەيىن بۇرسىكۇنى قايتامىز، — دەدى.

شياۋيۇي ۋ ورىنباسار اترەت باستىعىنان: جيىن اشقانعا ٴبىر كۇن ۋاقىت سارىپ ەتەمىز بە، ۇزاعاندا بىرنەشە ساعات بولۋ كەرەك عوي؟ — دەپ سۇرادى.

ۋ ورىنباسار اترەت باستىعى: بىلمەيسىڭ عوي، ولاردىڭ ٴبارى دە ساي-سالادا وتىرادى، ەرتە كەلدى دەگەن كۇندە دە وسىندا كەلگەنشە ٴبىرتالاي ۋاقىت كەتەدى، جيىنىمىز ساعات 5، 6 دا اياقتالۋى مۇمكىن.

شياۋيۇي وندا ولار قايتا الماي قالسا قايتەدى، — دەدى تۇسىنبەي.

ۋ ورىنباسار اترەت باستىعى: قايتەر دەيسىڭ، اترەت باستىعىنىڭ ۇيىنىڭ جانىنان شاتىر ٴۇي تىگىپ قونادى، وسىندا، — دەدى.

شياۋيۇي تاعى ٴبىر ساۋال قويايىن دەپ وقتالىپ بارىپ توقتاپ قالدى، ول: مىنالار راسىندا شالعايعا ورنالاسىپتى، ادام ٴوزىنىڭ

قايدا تۇرارىن ەشكىمدە بەلگىلەي المايدى، تاعدىرعا نە شارا، ەگەردە مەن وسىندا تۋعان بولسام وسى ۋاقىتتا اڭ اۋلاپ جۇرگەن بولارمىن، — دەپ ويلادى.

ۇيىقتايتىن ۋاقىتتا تاياعاندا ٴۇي يەسى ۇيىندەگى ەڭ جاقسى كورپەنى قوناقتارعا بەردى، ۇيدەگىلەر 20 شارشى مەترلىك اعاش ٴۇيدىڭ توسەنىشىنە قاتارلاسىپ جاتتى، شياۋ يۇي شىنىنداعى بايىرعى تۇرمىس وسى بولار دەپ ويلادى.

ەرتەسى تاڭەرتەڭ، ۋ ورىنباسار اترەت باستىعى ورنىنان تۇرىپ، وت جاعۋعا ىڭعايلاندى، ونىڭ دىبىسىنان وزگەلەردە ويانىدى، تەك شياۋ يۇي عانا ورنىنان تۇرماعان ەدى، ۋ ورىنباسار اترەت باستىعى: شياۋ يۇي، تۇر ورنىڭنان، — دەپ وياتىپ جاتتى.

شياۋ يۇي ۇيقىلى كوزىن زورعا اشتى، ونە بويىنىڭ اۋىرعانىن سەزدى دە: جول سوعىپ تاستاپتى،-دەدى.

ۋ ورىنباسار اترەت باستىعى: كەشە كوپ جول جۇردىك، اۋىراتىن ٴجونى بار، تۇرىپ ارەكەتتەن، كوندىگىپ كەتەسىڭ، — دەدى.

شياۋيۇي: اياعىم باستىرماي قالىپتى.

شياۋيۇيدىڭ اياق بۋىنى دومبىعىپ ٴىسىپ كەتىپتى.

ۋ ورىنباسار اترەت باستىعى شيۇڭ گرۋپپا باستىعىنا قاراتا (دۋلۇڭ تىلىندە): شياۋيۇيگە كومەكتەسىڭىزشى، — دەدى.

ولار شياۋيۇيدىڭ اياعىن ىسقىلادى، ونان سوڭ شياۋيۇيدى سۇيەپ تۇرعىزدى، ۋ ورىنباسار اترەت باستىعى: ەندى توقتالماي ارەكەتتەن، ايتپەسە ەرتەڭ ٴتىپتى دە ٴىسىپ كەتەدى، قايتا الماي قالامىز، اۋەلى، — دەدى.

شياۋ يۇي: جارايدى

قىستاق تۇرعىندارى جيىنعا ىلگەرىندى-كەيىندى جينالىپ جاتتى، ٴبارىنىڭ كيىمى دە توزىڭقى، ٴبىرقانشا جىل جۋىنباعانداي كورىنەدى، ٴبىر ٴتۇرلى كۇلىمسى ٴيىس شىعادى، ٴبىر تاۋىرى، ولار اراق، كۇرىش، جۇمىرتقا، اۋەلى بال، تاۋىق الا كەلگەن ەكەن، شياۋيۇي

مۇنى تۇسىنبەگەندەي؛ قىستاق تۇرعىندارىنىڭ جيىنعا وسىنداي نارسە الا كەلگەنى قالاي، — دەپ سۇرادى.

ۋ ورىنباسار اترەت باستىعى: جۇمىرتقا، بال، تاۋىقتى بىزگە الا كەلگەنى، ٴبىزدىڭ قىزمەت اترەتىمىزدەگىلەردىڭ جاپا شەگىپ جاتقانىن ٴبىلىپ، الا كەلگەنى، كەيبىرەۋى جول الىس بولعانىنان كەيىن قايتا الماي قالسا، وسىندا تاماق ىستەپ، قونىپ، ەرتەسى قايتادى، — دەدى.

ول تاعى دا شياۋيۋيگە ەسكەرتىپ: ەگەردە قىستاق تۇرعىندارى جۇمىرتقا، تاۋىق بەرىپ جاتسا، الىپ ال دا ولارعا اقشاسىن بەر، قىزمەت اترەتىمىزدىڭ ٴتارتىبى بويىنشا بۇقارادان ينە ساباق ٴجىپ الۋىمىزعا بولمايدى، — دەدى.

تۇستەن كەيىن كۇن نۇرى ماۋجىراي ٴتۇسىپ تۇردى، قىستاق تۇرعىندارى وتىزدان اسادى، بىرەۋلەرى قويىندارىنا تاۋىعىن قىسىپ الىپتى، كەيبىرى كۇرىش، جۇمىرتقا سياقتى نارسەلەردى الا كەلىپتى. شيۇڭ گرۋپپا باستىعى ولارعا جوقتاما جاسادى.

شيۇڭ گرۋپپا باستىعى اترەت باستىعىنا: جۇرت تەگىس كەلىپ ۇلگىردى، جيىندى باستاساق بولار ما ەكەن.

ۋ ورىنباسار اترەت باستىعى: بۇگىن سىزدەردى وسى اراعا شاقىرىپ اكەلىپ مىنادا ٴبىر ماڭىزدى ٴىستى وزدەرىڭىزگە ۇقتىرماقشىمىز، دۋلۇڭجياڭ اۋىلىن ٴبىرتۇتاس ىلگەرىلەتۋ، دۋلۇڭ ۇلتىنا ٴبىرتۇتاس كومەكتەسۋ، سۇيەمەلدەۋ جوسپارى پەردەسىن اشتى، سىزدەردى تاس جول بويىنا كوشىپ كەلۋگە شاقىرامىز، ٴۇي سالىپ بەرەمىز، ەگىنشىلىك تەحنيكالارى ۇيرەتىلەدى، ٴوندىرىس دامىتىلادى، — دەدى.

ۋ ورىنباسار اترەت باستىعى: وزدەرىڭىز بىلەسىزدەر، مۇندا تەلەۆيزور كورۋگە بولمايدى، تەلەفون دا ىستەتىلمەيدى، قىل اياعى، ٴبىر دوربا تۇز الىپ كەلۋگە دە 2 كۇن ۋاقىت كەتەدى، ٴبىز تاس جول بويىنا كوشىپ بارعاندا عانا اۋقاتتانا الامىز، سول اراعا كوشىپ

بارعاندا عانا، اۋقاتتانۋدىڭ جولى تابىلادى، — دەدى.

ۋ ورىنباسار اترەت باستىعى: كەلەسى ۇرپاقتارىڭىزدىڭ باقىتى ٴۇشىن، بۇل ارادان كوشۋ ٴىسىن كەشەۋىلدەتۋگە بولمايدى، — دەدى.

مۇنى ەستىپ كەيبىرەۋلەر اسا تەبىرەنگەنىنەن جىلاپ جىبەردى: ۇكىمەتتىڭ ٴبىزدى كوشىرگەنىنە العىس ايتامىز، بۇل ارادا ٴبىزدىڭ دە تۇرعىمىز جوق، نە توك، نە سىگنال جوق، وقۋ شارت-جاعدايى جوق، ٴبىز ەرتەدە-اق كوشۋ ويىندا بولعانبىز، ايتسەدە تاۋ ەتەگىندە جەر جوق بولعاسىن وتىردىق، — دەدى.

ۋ ورىنباسار اترەت باستىعى: ۇكىمەتىمىز سىزدەرگە سايكەستى ەگىستىك جەر، ورماندىق جەر ٴبولىپ بەرەدى، ٴۇي سالىپ بەرەدى، سىزدەردىڭ دە وزگە ۇلتتارمەن تەڭ قادامدا دوڭگەلەك داۋلەتتى ورەگە جەتۋلەرىڭىزگە مۇمكىندىك جاسايدى، — دەدى.

ٴدال وسى ٴسوزدى ەستىگەندە جۇرتتىڭ كوبى قاتتى تەبىرەنىپ: ٴبىز اقىرى وسى كۇنگە قول جەتكىزدىك، پارتياعا، ۇكىمەتكە العىس ايتامىز، پارتيا، ۇكىمەت بولماعاندا ٴبىزدىڭ وسى كۇنىمىزدە بولماق ەمەس ەدى، — دەستى.

ۋ ورىنباسار اترەت باستىعى كوپشىلىكتىڭ تەبىرەنىسىن كورىپ ٴسوزىن ساباقتاي ٴتۇستى: اۋىلداستار، تىنىشتالىڭىزدار، ەندى سىزدەر دۋلۇڭجياڭعا جاڭا كەلگەن قىزمەت اترەتىندەگى ستۋدەنتتىڭ وزدەرىڭىزدى سۇيەمەلدەۋ، كومەكتەسۋ ساياساتى جونىندەگى ۇگىتتى تىڭداڭىزدار، — دەدى.

شياۋيۇي اناۋ كۇنگى جيىن ەستەلىگىن اشا باستادى: دۋلۇڭجياڭ اۋىلىن ٴبىرتۇتاس ىلگەرىلەتۋ، دۋلۇڭ ۇلتىنا ٴبىرتۇتاس كومەكتەسىپ، سۇيەمەلدەۋ جوسپارىن اتقارۋ ساياساتى ولكەلىك پارتكوم، ولكەلىك ۇكىمەتتىڭ 3 تە 5 جىل جۇمساپ دۋلۇڭ ۇلتىن ٴبىرتۇتاس قارىشتاي دامىتۋدى ىسكە اسىرۋداعى سەرتى، بۇل «ەشقانداي ٴبىر باۋىرلاس ۇلتتى قاتاردان قالتىرۋعا بولمايدى»،

«ەشقانداي ٴبىر ۇلتتىق رايونىنىڭ مەشەۋ قالۋىنا بولمايدى» دەيتىن ايبىندى سەرتى...

اقىرىندا شيۇڭ اترەت باستىعى دۋلۇڭ تىلىندە: ساياسات سىزدەرگە ويداعىداي جەتكىزىلدى، سىزدەر بۇگىن جيىنعا كەلە الماعان اۋىلداستارىعا جەتكىزىپ قويىڭىزدار، ەندى تاماق ىستەۋگە دايىندالامىز، — دەدى.

جۇرتشىلىق قاربالاستىققا ٴتۇستى، بىرەۋلەر وتىن جارىپ، بىرەۋلەر وت جاعىپ قازان استى، ايەلدەر وزدەرى الا كەلگەن دۇنيەلەرمەن اس-سۋ دايىنداپ، جۇرتشىلىققا اراق ۇلەستىردى.

وسى كەزدە ۋ ورىنباسار اترەت باستىعى دۋلۇڭ تىلىندە: جول جاعاسىنداعى جەر قونىستانۋعا تاڭدالدى، سىزدەر قوسىلساڭىزدار، ٴبىز دەرەۋ ٴۇي سالۋعا كىرىسەمىز، بۇدان كەيىن قانداي قيىنشىلىقتارىڭىز بولسا دا بىزگە ايتىڭىزدار، كومەك كورسەتۋدەن ايانبايمىز، — دەدى.

ەرتەسى تاڭەرتەڭ، ۋ ورىنباسار اترەت باستىعى مەن شياۋيۇي بۋنشاق-تۇيىنشەكتەرىن دايىنداپ قايتۋعا ىڭعايلاندى، ۋ ورىنباسار اترەت باستىعى دۋلۇڭ تىلىندە شيۇڭ گرۋپپا باستىعىنا قاتىستى جۇمىستاردى تاپسىرىپ جاتتى: ٴسوزسىز، ٴبىز بەلگىلەگەن ۋاقىتتا جينالىپ، كوشۋگە كىرىسىڭىزدەر، بىزدە ٴۇي سالۋدى باستايمىز، وعان دەيىن سىزدەر اپاتتان قۇتقارۋ شاتىرىندا تۇرۋلارىڭىزعا بولادى، — دەدى.

شيۇڭ گرۋپپا باستىعى اسا تەبىرەنگەن بەينەدە ۋ ورىنباسار اترەت باستىعىنىڭ قولىن قىسىپ تۇرىپ: پارتيا مەن ۇكىمەت بولماعاندا بۇگىنگى كۇنىمىز بولماس ەدى، ٴبىز ٴدال قازىرگى ورايىمىزدى قاستەرلەپ، كوشۋگە سايكەسەمىز، ۇكىمەتىمىزگە سايكەسەمىز، — دەستى.

ٴتورتىنشى، اۋىلداستاردى وزەنگە جۋىنۋعا جىبەرۋ

اۋىلدىق ۇكىمەتكە قايتىپ كەلگەنىمىزدە وسىزاماندانۋدىڭ بەلگىسىن كورگەندەي بولادى، قايتكەن كۇندە بىرنەشە دۇكەن بار، بىرنەشە اسحانا بار، بىرنەشە ورىندا كوكونىس ساتۋ ورىندارى، مۇنداعى حالىقتىڭ كوكونىس ساتىپ العاندارى، كوشە، بازار ارالاعاندارى بار، جولاۋشىلار بار دەگەندەي، دۇلۇڭجيادا جالپى بەتتىڭ كولەمدى قۇرىلىس باستالعاندىقتان سىرتتان كەلەتىندەردىڭ قاتارى دا مولايىپ، دۇلۇڭ قالاشىعىنىڭ دۇمانى استى. شياۋيۇي جونىنەن، تىرشىلىك تىنىسى قانشالىقتى دۇماندى بولسا، ٴومىر سونشالىقتى ٴماندى سەزىلەتىن، ول ٴالى دە كوپ ادامەن كوپ ىستەر تۋرالى حابارلاسۋعا ٴتيىستىمىن دەپ قارادى. ۋ ورىنباسار اترەت باستىعى: وسىزامانعى جاڭالىقتاردى سەزىنبەگەلى كوپ بولدى عوي، ۇيىمىزگە دە حابارلاسىپ الايىق، — دەدى.

شياۋيۇي: بۇگىن تەلەفوندى ٴبىر توقتاماي بەزىلدەتەيىن، — دەدى كۇلىپ.

ۋ ورىنباسار اترەت باستىعى ودان: وسى رەتكى ساپارىڭدا نەنى سەزىندىڭ؟، — دەپ سۇرادى.

شياۋيۇي: مەن ٴوزىمدى العاشقى قوعامعا قايتقانداي سەزىندىم، اۋىلدىق ۇكىمەتكە قايتقاندا بەينە ٴوزىمدى وسىزامانعى ورتاعا قايتىپ ورالعانداي سەزىندىم، وزگەرىس وتە پارىقتى بولعاندىقتان، ٴوز-وزىمدى ورتاعا ۇيلەسە الماي قالعانداي بولدىم، — دەدى.

ۋ ورىنباسار اترەت باستىعى: بۇل اراعا ۇيرەنىپ العانىڭنان كەيىن ٴبارى دە قالپىنا تۇسەدى، تەلەفونىڭدى سوعىپ ال، — دەدى.

شاعىن جيىن زالىندا ٴارقايسى قىستاق كوميتەتىنەن اۋىلدىق ۇكىمەتكە تىنىعۋعا كەلگەن 10 نەشە قىزمەت گرۋپپاسىنىڭ ادامدارى جينالىپتى، ۋ ورىنباسار اترەت باستىعى، دۋان ورىنباسار اترەت باستىعى الدىڭعى قاتاردان ورىن الىپتى، ۋ ورىنباسار اترەت

باستىعى ٴسوز باستادى: بۇگىن شاعىن جيىن اشايىق، كوپشىلىك وسى ٴبىرقانشا ايدان بەرگى ٴوز سەزىنگەندەرىمىز جونىندە پىكىر الماستىرايىق، وسى ارقىلى بۇدان كەيىنگى قىزمەتىمىزدىڭ ٴتارتىپتى جۇرىلۋىنە نەگىز قالايىق، ٴبىر-بىردەن لەبىز بىلدىرىڭىزدەر، — دەدى.

ۋاڭ شينچيڭ بىلاي دەدى: ساپا قۇرىلىسىن كوتەرۋ جاعىندا قىسقا مەزگىلدە ٴونىم كورسەتە باستاعانى راس، دەگەنمەن بۇل جاعىن ۇزاق مەرزىمدى مەحانيزمگە اينالدىرۋدى ارنايى مىقتى يگەرىپ، ٴۇرتىس جالعاستىرۋ كەرەك، — دەدى.

ٴسوز كەزەگىن لاۋ يۋي بىلاي دەپ جالعادى: مەنىڭشە، دۋلۇڭ ۇلتىن اۋقاتتانۋعا باستاۋ ٴۇشىن، ولاردىڭ كوزقاراسى مەن تانىمىن،ٴسوزسىز، وزگەرتۋ كەرەك، بۇل قىزمەت ۇزاق مەزگىلدىك قىزمەت بولعاندىقتان، قول سالىپ ۇيرەتۋىمىز، ولارعا جاڭا دۇنيەنى تانىستىرۋىمىز ٴارى مۇنىڭ جاقسى دۇنيە ەكەنىن ۇعىندىرۋىمىز كەرەك، بۇل جاعىندا كوبىرەك ويلانىمىز ٴجون، — دەدى.

كوپشىلىك بىرىنەن سوڭ ٴبىرى لەبىز ٴبىلدىردى.

دۋان ورىنباسار اترەت باستىعى: جەردى كوپ ەگۋ، اراقتى ازىراق ٴىشۋ، تۇرمىستا ۇقىپتى بولۋ، ٴوز مەكەنىن ٴوزى قۇرۋ، ٴوز كاسىبىن گۇلدەندىرۋ سياقتى مازمۇنداردى كوبىرەك ۇگىتتەۋ كەرەك، ولار ٴوز كۇشىنە سۇيەنىپ، ٴوزىن-ٴوزى دامىتقاندا عانا اۋقاتتانۋ ٴىسى باياندى بولادى، — دەدى.

ٴبىر كۇنى تاڭەرتەڭ ۋاڭ شينچىن شياۋيۋيدى شاعىن دۇكەنگە ەرتە باردى، ونداعى دۇنيەلەر كوپ ەمەس، بولعاندا دا كوبى كۇندەلىكتى تۇرمىستا قاجەتتى دۇنيەلەر ەكەن. دۋلۇڭ الاشاسى، دۋلۇڭ مەشپەتى، دۋلۇڭ سومكاسى، شاعىن عانا دۇكەن بولعانىمەن، دۋلۇڭ ۇلتىنىڭ ەرەكشەلىگى وتە ايقىن ەدى. ۋاڭ شينچىن دۇكەنىنەن 20 ساۋىت سابىن، 20 ٴتىس شوتكىسىن، 10 قالتا پاراشوك سابىن، ورامال ساتىپ الدى. شياۋ يۋي مۇنى

تۇسىنبەگەندەي: مۇنشالىقتى كوپ ساتىپ الىپ قايتەسىز؟، — دەدى.

ۋاڭ شيەنچىن گرۋپپا باستىعى بىلاي دەدى: قىستاق تۇرعىندارى ۇزىن ۋاقىت سۋعا قۇيىنبايدى، بەت جۋمايدى، كيىم جۋمايدى، ٴتىس شوتكىلەمەيدى، بۇل ٴبىر ٴتۇرلى مادەنيەتسىزدىك، قىزمەت اترەتى بولعان ٴبىز كوپشىلىكتىڭ وسى جاعىن وزگەرتۋىمىز قاجەت، بۇل دا ٴبىزدىڭ دۋلۇڭ ۇلتىنا ٴبىر تۇتاس كومەكتەسۋ، سۇيەمەلدەۋ جوسپارىنداعى ساپانى كوتەرۋ قىزمەتىنىڭ ماڭىزدى ٴبىر ٴتۇيىنى سانالادى، — دەدى.

شياۋ يۇيدىڭ كوڭىلىندە ٴالى دە ٴبىر سۇراق تۇرعانداي: راسىندا، سولاي مۇنى مەندە بايقادىم، ٴىشىنارا تۇرعىندار جۋىنبايدى، كىر جۋمايدى ەكەن، دەسەدە مۇنى ولارعا ەسكەرتىپ قويساق جەتەدى عوي، نە ٴۇشىن تاعىدا ۇيىمداستىرامىز؟ — دەدى.

ۋاڭ شيەنچىن بىلاي دەدى: قىزمەت گرۋپپاسى ىستەي الاتىن جۇمىستى، ٴبىر-بىرلەپ ىستەۋىمىز، ولارعا وسىزامانعى تۇرمىس مادەنيەتىن ۇيرەتۋدى، ەڭ اۋەلى، جەكە تازالىقتان باستاپ مىقتى ۇستاۋىمىز كەرەك، — دەدى.

شياۋ يۇي: دۇرىس ايتاسىز، ەڭ اۋەلى، كوزقاراس وزگەرگەندە عانا وسىزامانعى مادەنيەتتەن يگىلىكتەنۋگە بولار، دەسە دە ولار وزگەرتە قويار ما؟

ۋاڭ شيەنچىن: بۇل ٴبىزدىڭ ەرىنبەي ەڭبەكتەنۋىمىزگە بايلانىستى، ارينە ولاردىڭ ٴوزى بەلسەندىلىكپەن وسىزامانعى مادەنيەتتى جىلى قابىلداعانى جاقسى عوي، — دەدى.

ۋاڭ شيەنچىن شياۋيۇيعا ٴبىر قالتا پاراشوك بەرىپ جاتىپ: سەندە ٴبىر قالتاسىن الىپ ال، — دەدى. ولار ٴبىر-ٴبىر بۋىنشاقتارىن اسىنىپ قىستاققا قاراي جول تارتتى.

تۇستە، پۋكاۋاڭ قىستاعىنىڭ تۇرعىندارى جينالىپ ۇلگىرىپتى، قىستاق تۇرعىندارى جەڭىل كيىنىپتى، كيىمدەرى كوپ ۋاقىت

جۋىلماعانى بەلگىلى، كەيبىرىنىڭ شاشتارى ٴورپيىپ تۇر، تەك كوزدەرى عانا جىلتىرايدى. ولارعا قاراساڭىز، ازاتتىق قارساڭىنداعى تۇرمىس ەسكە تۇسەدى.

ۋاڭ شينچين: بۇگىن جۇرتشىلىقتى جيناپ الۋداعى ماقساتىمىز، سىزدەرگە جەكە تازالىقتى، كوللەكتيۆ تازالىقتى قالاي ىستەۋ جونىندەگى مادەنيەتتى تۇرمىس تاربيەسىن ۇيرەتۋ، — دەدى ٴسوزىن باستاپ.

قىستاق تۇرعىندارى: ٴبىز اتا-بابامىزدان بەرى جۋىنباي، ٴتىس جۋماي-اق كەلەمىز، ەشقانداي اۋىرىپ-سىرقامادىق، بىزگە مۇنداي جەكە تازالىقتىڭ قاجەتى شامالى.

ۋاڭ شينچين بىلاي دەدى: سىزدەر ٴبىر مەشەۋ ۇلت بولۋدى قالايسىزدار ما؟ باسقالاردىڭ مۇسىركەۋىن قالايسىزدار ما؟ ەگەردە وسىزامانعى مادەنيەتكە ىلەسۋدى قالاماساڭىزدار، سىزدەردىڭ ۇرپاقتارىڭىز دا مەشەۋ بولىپ، زامان كوشىنىڭ سوڭىندا قالادى، سوندىقتان وسىزامانعى مادەنيەتكە قادام قويۋدا ەڭ قاراپايىم بەت جۋۋدان باستاعان ٴجون، — دەدى. ۋاڭ شينچين جۇرتشىلىققا، ول راسىندا ٴبىر رەت اسا تەبىرەنىستى لەكسيا جاسادى.

ۋاڭ شينچين جۇرتشىلىقتى اتتانىسقا كەلتىرە بىلاي دەدى: ەرتەڭنەن باستاپ، تاقتا گازەت ورنالاستىرامىز دا جۇرتشىلىقتىڭ اتىن سوعان جازامىز، اگاراكىم، تازالىق ىستەمەگەندەر بولسا سول تاقتاعا اتىن جازامىز، — دەدى دە ارتىنا بۇرىلا قاراپ: مىنا جىگىت قىزمەت اترەتىنە جاڭادان قوسىلعان شياۋ يۇي، ول ٴار كۇنى سىزدەردىڭ تازالىق ىستەگەن-ىستەمەگەندەرىڭىزدى باقىلايدى، ەگەردە تازالىق ىستەمەگەن بولساڭىز، ونىڭ ەستەلىك داپتەرىنە اتىڭىز تۇسەدى، اي سوڭىندا كىمدەردىڭ تازالىقتى جاقسى ىستەگەنى-ىستەمەگەنى ايقىندالادى، تازالىقتى جاقسى ىستەگەندەردى ٴبىر قالتا كۇرىشپەن سىيلايمىز، تازالىقتى جاقسى ىستەمەگەندەردىڭ ەسىمىن تاقتاعا جازامىز، — دەدى.

ۋاڭ شينچىن تاعى دا ٴسوزىن ساباقتادى: قازىر سىزدەرگە بەتتى قايتكەندە دۇرىس جۋۋعا بولاتىنىن كورسەتەيىن، شياۋ يۋي، ٴبىر تەگەنە سۋ اكەلشى، — دەي بەرگەنى سول ەدى، شياۋيۋي دەرەۋ سۋعا كەتتى، ول كوپشىلىككە: بەت جۋۋدان بۇرىن، ٴسوزسىز، قولدى تازا جۋۋىمىز كەرەك،-دەدى. ول جۇرتشىلىققا دۇرىس بەت جۋۋدى، ٴتىس شوتكىلەۋدى ۇيرەتتى، كوپشىلىك تە وعان ىلەسە ۇيرەندى. «قاراڭىزدارشى، مىنە، بەتتى تازا جۋىپ، ٴتىس شوتكىلەپ السالڭىز قانداي راحات، ٴوزىڭىز دە سەرگەك جۇرەسىز، كۇن سايىن وسىلاي جالعاستىرا بەرىڭىزدەر، تازالىقتى سۇيەتىن ادام بولاسىزدار، — دەدى.

ول تاعى دا: تازالىقتى سۇيەتىن ۇلت قانا العا باساتىن، داميتىن ۇلت سانالادى، سىزدەردىڭ بۇدان كەيىن وسى داعدىنى جالعاستىرۋلارىڭىزدى وتىنەمىن، بۇدان كەيىن تەكسەرىپ تۇرامىز، جاقسىلاردى سيلاپ، جامانداردى سىندايمىز، — دەدى.

ۋاڭ شينچىن جۇرتشىلىقتان قايىرىلا سۇرادى: سىزدەر سۋعا جۋىنىپ كوردىڭىزدەر مە؟ سۋعا قۇيىنعانىنان كەيىن ٴتىپتى سەرگىپ سالا بەرەتىنىن بىلەسىزدەر مە؟ — دەدى.

جۇرتشىلىق ٴبىر اۋىزدان: اتا-بابامىزدان جۋىنبايتىن حالىقپىز، جۋىنىپ تا كورمەگەنبىز، سوندا دا جاپ-جاقسى جاساپ كەلەمىز، جۋىنىپ قايتەمىز، — دەستى.

ۋاڭ شينچىن ولارعا تويتارىس جاسادى: سەندەر قانشا جاس جاسايسىڭدار، سىرتتاعىلاردىڭ سەندەردىڭ ورتاشا جاستارىڭ قانشا دەپ باعالايتىنىن بىلەسىڭدەر مە؟ جۇرتشىلىق بىلمەيتىنىن يشارالادى، ۋاڭ شينچىن ٴسوزىن ساباقتاي ٴتۇستى: ولار سەندەردىڭ ورتاشا جاستارىڭ 45 جاس دەپ بىلەدى، ال وزگە جۇرتتىڭ ورتاشا عۇمىر جاسى 70 جاس، سەندەردى وسىلاي دەپ باعالاۋىن قالايسىڭدار ما؟ سەندەر ٴوزى ٴبىر وزىق ۇلتسىڭدار، سولاي بولا تۇرا وزگەلەردىڭ كوزگە ىلمەۋىن قالايسىڭدار ما؟ سوندىقتان، تازالىق ىستەۋدى ۇيرەنۋ

كەرەك، جەكە تازالىقتى جانە كوللەكتيۆ تازالىقتى جاقسى ىستەگەندە ٴبىر عاسىر جاس جاساۋعا دا بولادى، — دەدى.

جۇرتشىلىق اسا تەبىرەنىستى كوڭىل كۇيمەن: ەندى ايتپاي-اق قويىڭىز، ەندەشە ٴبىز تازالىق ىستەۋدى قالايمىز، — دەستى.

ۋاڭ شينچين تاعى دا ٴسوزىن ساباقتادى: ەگەردە ۇزىن عۇمىر كورۋدى قالاساڭىزدار، وندا 2 گرۋپپاعا ٴبولىنىپ وزەنگە بارىپ شومىلۋعا دايىندالىڭىزدار، ايەلدەر گرۋپپاسىن ايەلدەر مەڭگەرۋشى باستايدى، ەرلەردى مەن باستايمىن، — دەدى.

قىستاق تۇرعىندارى: ەندەشە بىزگە سۋعا قۇيىناتىن ورىن سالىپ بەرىڭىزدەر، سوسىن كۇندە سۋعا تۇسەتىن بولامىز، — دەستى.

ۋاڭ شينچين بىلاي دەدى: ٴبىز بيىلعى جىلى مونشا سالۋدى جوسپارعا الىپ وتىرمىز، قازىرشە بۇل ورىندالمادى، سوندىقتان وزەنگە بارىپ جۋىنا تۇرايىق، — دەدى.

تۇپ-تۇنىق سۋدان سۋ تۇبىندەگى مالتا تاستارعا دەيىن انىق كورۋگە بولاتىن، كوپشىلىك وزەنگە قاراي اعىلدى. ۋاڭ شينچين: شياۋيۇي، سەن ولاردى وزەنگە باستا، مەن حاۋىپسىزدىكتى باقىلايىن، — دەدى.

ۋاڭ شينچين وزەنگە تۇسپەگەن اۋىلداستاردى وزەنگە سۋعا تۇسۋگە قۋزادى. جۇرتشىلىق جۋىنىپ بولىپ، قۋانىسا كۇلىسىپ جاتتى.

ۋاڭ شينچين شياۋيۇيگە: كەشتە مەن اۋىلدىقتاعى شيپاحانادان قىزىل ميا الىپ كەلەيىن دە ٴبىر قازانعا قايناتايىن، ٴبارىمىز شەيىك، جۇقپالى ناۋقاس تاراپ، اۋىلداستار اۋىرىپ قالىپ جۇرمەسىن، — دەدى.

شياۋ يۇي ۋاڭ شينچينعا: ٴسىز ٴبار جاعىن ويلاستىرعان ەكەنسىز، كەشتە مەن دايىندايىن، — دەدى.

سۋعا ٴتۇسىپ بولعاننان كەيىن كوپشىلىك تاعى دا ٴبىر اراعا جينالدى. «سۋعا تۇسكەن راحات بولاتىن شىعار».

كوپشىلىك: راسىندا، راحات ەكەن، — دەستى.

ۋاڭ شينچىن تاعى دا: بۇدان كەيىن شياۋيۋي اپتاسىنا ٴبىر رەت سىزدەردى وزەنگە ەرتىپ اپارادى، مەن سىزدەردىڭ وزدەرىڭىزدىڭ بەلسەندىلىكپەن بارۋلارىڭىزدى ٴۇمىت ەتەمىن، ٴبىز كوبىرەك ٴومىر ٴسۇرۋدى قالايدى ەكەنبىز، ەندەشە كوبىرەك سۋعا تۇسەيىك، كوپشىلىك سىزدەر مۇنى ورىنداي الاسىزدار ما؟،دەدى سۇراۋلى بەينەدە: جۇرتشىلىق تەگىس: ارينە، ورىنداي الامىز، — دەستى.

بەسىنشى، باس شۋجي شي جينپيڭنىڭ كەزدەسۋ

5 جىلدا دۋلۇڭجياڭ اۋىلىن تۇتاستاي ىلگەرىلەتۋ، دۋلۇڭ ۇلتىنا ٴبىر تۇتاس كومەكتەسىپ، سۇيەمەلدەۋ ىسىنە قۇرىلىسىنا ٴبىر ميلليارد 304 ميلليون يۋان قارجى قوسىلعان، ىلگەرىندى-كەيىندى وبلىس كوميتەتىنەن 118 ادام رەتتەپ دۋلۇڭجياڭنىڭ كەدەيلەردى سۇيەمەلدەۋ قىزمەتىنە جىبەرىلگەن، ولار دۋلۇڭجياڭ اۋىلىنداعى 6 اكىمشىلىك قىستاقتىڭ 26 تابيعي قىستاعىنا بارىپ، كەدەيلەرگە كومەكتەسۋ، سۇيەمەلدەۋ قىزمەتىن ورىستەتتى. ارينە، باسقا دا ىستەلگەن كوپ جۇمىستاردى ٴبىر-بىرلەپ ٴتۇسىندىرۋ قيىن. 5 جىلدىق قۇرىلىس ىستەرى دۋلۇڭجياڭ اۋىلىنىڭ ەكونوميكالىق قوعامدىق دامۋىن ايتا قالسىن تابىستارعا جەتەلەپ، قارىشتاپ دامىتتى، اتالعان اۋىلدىڭ نەگىزدىك قۇرىلعى قۇرىلىستارى بەكەمدەلىپ، حالىقتىڭ تۇرمىس ورتاسى جاقساردى، ەرەكشە شارۋاشىلىق ىستەرى گۇلدەندى، ساپا، قابىلەتى كوتەرىلدى، ٴيا، وسىنداي 6 جاقتا ۇلكەن وزگەرىستەر بارلىققا كەلدى، اسىرەسە، 2014-جىلى سالىنعان تۋنەل جولى دۋلۇڭ ۇلتىن جارتى جىل بويى قار باسىپ توماعا-تۇيىق جاتاتىن جاعدايعا قوش ايتتىردى.

2014-جىلى 11-ايدىڭ 3-كۇنى، يۇنان ولكەلىك كوميتەتىنىڭ شۋجيى لي جيجىڭ، ۋاقىتتىق ولكە باستىعى چىن حاۋ دۋلۇڭجياڭعا

تاعى ٴبىر رەت قىزمەت تەكسەرە كەلىپ، ساياحات قالاشىعىنداعى مەكتەپ، شيپاحانا، قارتتاردى كۇتىمدەۋ ورنى، مونشاحانا، دارەتحانا، مۇزەيحانا سياقتى قۇرىلعىلاردىڭ سايكەستى كەمەلدەندىرىلگەنىن كوردى، ۇلتتىق ەرەكشەلىككە يە تۇرعىندار قونىسىنىڭ ٴارى جارىق ٴارى كەڭ قۇرىلىستارىن، ەرەكشە ەكولوگيالىق ۇلتتىق ساياحات شارۋاشىلىعىنىڭ جاندانىپ، بارلىق اۋىلداستاردىڭ بەت-بەينەسىندەگى شىنايى وزگەرىستى كوردى.

كەش بولىسىمەن، دۇلۇڭ ۇلتى مادەنيەت الاڭىنداعى ٴبىر ۇلكەن داڭعارادا وت تۇتانىپ، الاۋ كەشى وتكىزىلگەن. جان تەبىرەنتەر تاماشا دۇلۇڭ مۋزيكا اۋەنىمەن قوسا كەشكى كونسەرت باستالدى. ولكەلىك پارتكوم شۇجيى مەن ۋاقىتتىق ولكە باستىعى بىردەي كەلەتىنىن ەستىگەن ٴار ۇلت جۇرتشىلىعى الاڭعا جينالىپ، ٴان ايتىپ بيگە باستى.

قورىتىندى جيىندا، لي جيحىڭ، چىن حاۋ باسشىلاردىڭ ورتاسىن الا وتىردى، وبلىس پارتكومىنىڭ شۇجيى، وبلىس باستىعى، اۋداندىق پارتكومىنىڭ شۇجيى، اۋدان اكىمى جانە شيۇڭ اترەت باستىعى سىندى 50 نەشە ادام قورىتىندى جيىنعا قاتىناستى.

لي جيحىڭ شۇجي ٴوزىنىڭ دۇلۇڭجياڭعا 5 رەت كەلىپ كەتكەندەگى سەزىنگەندەرى جونىندە اڭگىمە تيەگىن اعىتتى: بۇرىنعى جولدارى ىشتەي دۇلۇڭجياعا اسا ٴبىر اۋىر جۇك ارقالاپ كەلىپ، ارقالاپ قايتقانداي سەزىنەتىنىمىن، ول كەزدە بىرەۋلەر مەنەن ٴجون سۇراسا: «ساحارادىعى باتىپاس كۇن» ٴانىن ورىنداپ: ەگەر بىرەۋ سۇراسا مىناۋىڭ ٴوزى قاي جەر دەپ، مەشەۋ دە كەدەي دۇلۇڭجياڭ دەر ەدىم وعان ەگىلىپ. دەسەدە 2010-جىلدان كەيىن پارتيا ورتالىق كوميتەتى، مەملەكەتتىك كەڭەستىڭ شىنايى سۇيىسپەنشىلىگىنىڭ ارقاسىندا، مەملەكەتتىك قاتىستى مينيستر، كوميتەتتەرى جانە شاڭحاي قالاسى مەن قوعامدىق كۇشتەردىڭ بار كۇشپەن قولداۋىندا، ولكەلىك كوميتەت، ولكەلىك ۇكىمەت دۇلۇڭجياڭ اۋىلىن ٴبىرتۇتاس

ىلگەرىلەتۋ، دۋلوڭ ۇلتىنا ٴبىرتۇتاس كومەكتەسىپ، سۇيەمەلدەۋ جوسپارى قىزمەتىن رەسمي ىسكە قوسىپ، ٴبىر ميلليارد 115 ميلليون 500 مىڭ يۋان قارجى ٴبولىپ، تۇتاس ۇلتتىڭ قارىشتاپ دامۋىن ىسكە اسىردى. مەن قازىر سىزدەرگە «ساحارادائى باتباس كۇن» ٴانىن بىلايشا ورىنداپ بەرەمىن: ەگەردە قازىر بىرەۋ مەنەن بۇل قانداي جەر دەپ سۇراسا، اسا ٴبىر ماقتانىشپەن: بۇل جەر ٴجاناتى-دۋلوڭجياڭ» دەي الامىن.

لي جيحىڭ شۋجي ٴسوزىن ساباقتاي ٴتۇستى: دۋلوڭ حالقى كەدەيلىكتەن ارىلمايىنشا، قىزمەت گرۋپپاسى استە شەگىنبەيدى.

2015-جىلى 1-ايدىڭ 20-كۇنى، باس شۋجي شي جينپيڭ كۇنميڭدە دۋلوڭ ۇلتىنىڭ ۋاكىلدەرىمەن كەزدەسىپ، كەپتىرىلگەن بامبۋك سۇيرىگى، بۇلدىرگەن، تابيعي بال سياقتى دۋلوڭجياڭنىڭ ەرەكشە ونىمدەرىن بىر-بىرلەپ كورىپ شىقتى، ول گاۋ دىرۇڭنىڭ قولىنان ۇستاپ، بامبۇكتان توقىلعان ساپاعا وتىرىپ، دۋلوڭ ۇلتىنا كومەكتەسىپ، سۇيەمەلدەۋدەن كەيىنگى زور وزگەرىستەردى بەينەلەيتىن قىسقا فيلمدى جۇرتشىلىقپەن بىرگە تاماشالادى.

بۇتا-بۇرگەندى ورتەپ ورىنىنا قولمەن ەگىن سالۋدان كوپ ٴتۇرلى شارۋاشىلىققا دەيىن، وزەنىنەن سىرعىما ارقان ارقىلى وتۋدەن تاۋدى تەسىپ جول سالۋعا دەيىن، ٴشوپ كۇركەشە ۇيدەن كىرپىشتى ۇيگە دەيىنگى، جان باسىندىق ٴوز مەڭگەرۋىندەگى كىرىس 900 يۋاننان مولايىپ، 2 مىڭ يۋاننان اسقانى جونىندەگى قىسقا فيلمدەگى جاندى كورىنىستەر جاڭا جۇڭگو قۇرىلعان 60 جىلدان بەرگى وزگەرىستەردى، وتە-موتە، تاياۋ جىلداردان بەرگى دۋلوڭ ۇلتىنىڭ حالىق تۇرمىسىنداعى تەرەڭ وزگەرىستەردى بەينەلەپ، ٴدال وسىنداي شالعاي جەرگە ورنالاسقان، ەداۋىر مەشەۋ قالعان ۇلتتىڭ باسقا دا تۋىسقان ۇلتتارمەن بىرگە وسىزامانعى مادەنيەتكە قادام قويعانىن ايگىلەدى...

شي جينپيڭ قىسقا فيلمدى كورە وتىرىپ، جانىنداعى گاۋ

دىرۇڭ، نا اتايمەن پىكىرلەسىپ: ٴبىر ٴۇي سالۋعا قانشا اقشا جۇمسالادى؟ «بۇرىن وسى تاۋدان وتۋگە قانشالىقتى ۋاقىت كەتۋشى ەدى؟» دەپ اۋىق-اۋىق سۇراۋ قويىپ وتىردى. دۋلۇڭ ۇلتىنا كومەكتەسىپ، سۇيەمەلدەۋگە كەلگەن كادرلار قىسقا فيلم قويىلعان تەلەۆيزوردان كوز ايىرمادى، تەلەۆيزوردان باس شۋجي شي جينپيڭنىڭ گۇڭشانداعى از ۇلت كادرلارىمەن كەزدەسكەن كورىنىسى بەرىلىپ جاتتى.

باس شۋجي شي جينپيڭ بىلاي دەدى: مەن بۇگىن وسى ارادا گۇڭشان دۋلۇڭ ۇلتى، نۋزۋ ۇلتى اۆتونوميالى رايونىنىڭ ۋاكىلدەرىمەن جۇزدەسكەنىمە ايىرىقشا قۋانىپ وتىرمىن. دۋلۇڭ ۇلتى دەگەن وسى ەسىمدى، كەزىندە جوۋ زۇڭلي قويىپ بەرگەن ەكەن، سىزدەردىڭ جان ساندارىڭىز كوپ ەمەس، تەك 6900 ادام عانا بولساڭىزدار دا، جۇڭحۋا ۇلتى ۇلى شاڭىراعىنىڭ تەرەزەسى تەڭ ٴبىر مۇشەسىسىزدەر، جۇڭحۋا حالىق رەسپۋبليكاسىنىڭ قۇشاعىندا، جۇڭحۋا ۇلتى ۇلى شاڭىراعىندا ماقتانىشتى تۇردە، ابىرويلى تۇرمىس كەشىرىپ كەلەسىزدەر، جۇڭگو كوممۋنيستىك پارتياسىنىڭ باسشىلىعىندا، ٴار ۇلت حالقىمەن بىرگە قۇلشىنا قىزمەت ىستەۋلەرىڭىزدى، جاپپاي دوڭگەلەك داۋلەتتى قوعامدى قۇرىپ شىعۋ نىساناسى جولىندا جالعاستى قۇلشىنا كۇرەس جاساۋلارىڭىزدى ٴۇمىت ەتەمىن.

باس شۋجي شي جينپيڭ ٴسوزىن جالعاپ بىلاي دەدى: سىزدەر شەكارا وڭىردە، تاۋلى وڭىردە ٴارى كەدەي وڭىردە جاساپ جاتىرسىزدار، جاڭا جۇڭگو قۇرىلۋدان ىلگەرى بۇل ٴوڭىر العاشقى قوعامدىق تۇرمىستا تىرشىلىك ەتىپ كەلگەن. جاڭا جۇڭگو قۇرىلعاننان كەيىن پارتيا مەن ۇكىمەتتىڭ قامقورلىعىندا دۋلۇڭ ۇلتى العاشقى قوعامنان سوتسياليستىك قوعامعا قادام قويىپ، تۇڭعىش رەتكى قارىشتاپ دامۋدى ىسكە اسىردى؛ جاڭا عاسىر كەلگەلى ەكىنشى رەتكى قارىشتاپ دامۋعا قادام قويدى: ٴار ۇلت

حالقىمەن بىرگە دوڭگەلەك داۋلەتتى قوعامعا قادام تاستادى، وسى بارىستا، پارتيا مەن ۇكىمەت، تۇتاس ەلدەگى ٴار ۇلت حالقى ٴبىر نيەت، ٴبىر تىلەكتە بولا وتىرىپ، دۋلۇك ۇلتىنا جالعاستى كوڭىل بولەدى، قولدايدى، كومەكتەسەدى.

5 جىلدا بارلىق قىزمەت گرۋپپاسىنداعىلار تىعىز ىنتىماقتاسىپ، ەسەلى ەڭبەك كورسەتتى، قۇلشىنىستار جاسادى، قۇرباندىقتار بەردى.

ٴبىر ۇلتتىڭ دامۋ بارىسىندا، ۇقساماعان قوعامدىق فاكتورلار ارالاسىپ جاتادى، ونىڭ ىشىندە، جاقسىسى مەن جامانى قاتار جۇرەدى، مۇندا دۋلۇڭجياڭدى تۇتاس اۋىل بويىنشا ىلگەرىلەتۋ، تۇتاس ۇلت بويىنشا كومەكتەسىپ، سۇيەمەلدەۋ سياقتى، سىرتقى كۇشتىڭ اسا كۇشتى قۋزاۋى كەم بولسا بولمايتىنى راس. دۋلۇڭجياڭداعى كومەكتەسۋشى، سۇيەمەلدەۋشى قىزمەت اترەتى وسىنداي العا باسۋشىلارعا، قوزعاۋشى كۇش بولدى، ولاردى قارىشتاپ دامۋعا جەبەيتىن كۇش بولىپ، قيىندىقتاردى باستان وتكەردى، شارۋاشىلىق قۇرۋداعى جاپالى قيىندىقتاردى جەڭە ٴبىلدى، مۇنى باسىنان وتكىزگەندەر عانا ناقتى سەزىنە الادى، مەيلى تابىستار، ياكي ساتسىزدىكتەر بولسىن، مىنە قازىر ٴبارى دە تاريحقا اينالدى، ەندەشە مۇنى ۋاقىتتىڭ ٴوزى سىنىنان وتكىزەتىن بولادى!

«ۇلتتار ادەبيەتى» جۋرنالىنىڭ 2016-جىلعى 9-سانىنان

جيىچپو تاۋىنداعى جاڭا ٴورنەگى

حۋاڭ ليڭ (يزۋ)

اۋدارعان: جايىربەك مۇحامەتحان ۇلى

1

مەن ٴورنەك جازىپ وتىرعان جوق، قايتا ٴبىر شىنايى وقيعا جونىندە تولعانىپ جۇرگەم، ٴبىر توپ سۇيكىمدى دە ٴالگەزەك جيىچپو بالالارى مەنى ٴورەكشە باۋراپ الدى. مۇمكىن، قيالىڭدى قيىرلارعا قىدىرتاتىن جيىچپو تاۋى تەگىنىنەن ٴورنەگى تۋىندايتىن عاجايىپ جەر بولعانىنان دا شىعار. الىستان كوز جىبەرسەڭىز، ايىنالاسىن مۇنار تورلاپ جاتاتىن تاۋدىڭ توبەسى بۇلعيدا ادامعا ٴتىلسىم دە عاجاپ سەزىلەدى؛ ونىڭ باۋرايىنا جاقىن بارىپ، قۇلاق تۇرسەڭىز، توتى قۇس قۇيرىعى ىسپەتتى بامبۋكتىڭ سىلبىرى بەينە اۋرەيلەر ٴان سالىپ جاتقانداي بولادى.

ىمىرت ۇيىرىلە «بايتەرەك بالالار قيمىل ورتالىعىنا» باس سۇقتىم، بۇل ارا بەينە پەري-پەرىشتەلەر كىرىپ-شىعاتىن سايرانباق سەكىلدى كورىندى ماعان.

بۇل ٴورتەگىدە سۋرەتتەلەتىندەي ساراي سياقتى، وسىزامانىنىڭ بوگەناي-بەلگىسى مەن جيىچپولاردىڭ ناقىش-ورنەك ۇلگىسى ٴورەكشە جىمداسىپ ۇشتاسىپتى. كەڭ زالعا الۋان بوياۋلى مامىق توسەنىش توسەلىپتى، ونىڭ ۇستىندە ارى-بەرى اۋناپ-قۋناۋعا، كوشە بيىن بيلەۋگە بولاتىن كورىنەدى. ٴتورت قابىرعاسىنا بيىك كىتاپ سورەسى جاسالىپتى، ولاردا بالالاردىڭ وقۋىنا لايىقتى تۇرلىشە كىتاپ-جۋرنالدار قاز-قاتار ٴتىزىلىپتى. توبەسىنە ويىنشىق

مايمىل، قونجىق ٴبىلىنىپتى، ولار توبەڭدە ارى-بەرى تەربەلگەندە، ٴتىرى جانۋارلارداي ەلەستەپ كەتەدى ەكەن.

الاساسى مەن بيىگى قيۋلاستىرىلىپ سالىنعان قورىلىستىڭ قاڭقاسى، كەڭ-مول تەرەزە، جاپ-جارىق اس ٴۇي... ٴسىزدى جات ەل، جات جەردە جۇرگەندەي سەزىمگە بولەيدى. ال انا اينەك ورنىنا پايدالانىلعان بامبۋك شىپتالار، وعان سالىنعان جيڭپو ويۋ-ورنەكتەرى كوز جاۋىن الادى، بۇلار ٴارى ماتەريالى وسى ارادان-اق الىناتىن، ٴارى قورشاعان ورتاعا زالالسىز نارسەلەر ەكەن. تاڭەرتەڭ بامبۋك پەردەدەن قۇيىلعان نۇر، قۇستاردىڭ سايراعان سان الۋان ٴۇنى، الىستان تالىپ جەتكەن اتەشتىڭ شاقىرعان داۋسى، راسىندا، جيڭپو تاۋىنىڭ تىرشىلىك تىنىسىن كەڭەيتىپ، ومىرشەڭدىك كۇشىن اسىرىپ تۇراتىنداي.

وسى ٴۇي العاش كەنەتتەن كوزىمە تۇسكەندە، قاپەلىمدە جانارىم قادالىپ، ويىم سان-ساققا بولىنگەن-دى، ەسىك اشىلىپ، ۇيدەن ۇستىنە سالى ورانعان ناعاشى اپام نەمەسە سالپاڭ قۇلاق قوياننىڭ بىرنەشە پەرىسى جۇگىرىپ شىعىپ كەلە جاتقانداي، قاناتىن جايىپ جىبەرىپ، انگە باسقان بالاپان قۇستار زىمىراپ ۇشىپ شىققانداي ەلەستەگەن... ەسىك الدىنداعى كوگالدا شىنىمەندە ٴبىر توپ بالا ۋەلەسەپەد ٴمىنىپ، ويناپ جاتىپتى. ولار باستاپىتا ماعان تاڭىرقاي قاراستى، مەن ولارعا ەسەندىك ٴبىلدىرىپ، امانداسقانىمدا، ولار يمەنە تومەن قاراستى دا، اسىعىس-ۇسىگىس ۋەلەسەپەدتەرىنە قونىپ، جىراقتاۋ كەتتى، سونداي جەرگە باردى دا، قايتادان ارتتارىنا كۇلىمسىرەي كوز جىبەردى.

وڭدەرى قارالتقىم كەلگەن، بىتىمدەرى كەلىسكەن وسى بالالار ٴدال بايتەرەك قيمىل ورتالىعىنىڭ بالدىرعاندارى بوپ شىقتى. ولار قيمىلداسا، اساۋ تايداي اسىپ-تاسيدى، تىنىشتالىپ وتىرسا، كوزدەرىنەن مارالدىڭ بۇزاۋىنداي مۇلايىمدىلىك بايقالادى. ولار ايتسا ايتقانداي مىڭ قۇبىلاتىن ارتيىس، سۇيكىمدى بالدىرعاندار ەكەن.

جيگپو تاۋىنداعى كۇندەردە كوڭىلىم الىپ ۇشىپ، ۋيىم ەركىنسىزدەن ەرتەگىلەر دۇنيەسىنە قىدىرىپ، رەالدىق پەن قيالدىڭ الما-كەزەك اۋىسقان قىم-قۋىت كورىنىسى كوز الدىمدا شىر كوبەلەك اينالا بەردى.

2

بايتەرەك بالالار قيمىل ورتالىعىنىڭ يەلەرى ەسىك الدىنا كەلدى، بۇلار كەشىرمەلەرى تاڭعاجايىپ ءبىر ءجۇپ، كۇيەۋىنىڭ بويى ەڭگەزەردەي، قوڭقاق مۇرىن، شۇڭىرەك كوز، كەندىر رەڭدەس ۇزىن بۇيرا شاش قويىپتى، اتى يۋە اندۇڭ سىقىلدى، سوناۋ قيىرداعى نيدەرلاندتان كەلىپتى. جەرگىلىكتى تۇرعىندار ا دەگەندە، كەلگەن ەلىنىڭ حانزۋشا اتى «حىلان» دەپ اتالاتىندىقتان ونى حىنانىنان كەلگەن ەكەن دەپ تون ءپىشىپ، ىشتەي حىناندىقتاردىڭ ءوڭ-تۇرقى قايدان بۇلاي بولسىن دەپ ميى جەتپەي، ءدال بولسا كەرەك. كەلىنشەگىنىڭ دەنەسى تالدىرماش كەلگەن، تەرىسى اپپاق كورىنەدى، جيگپولارشا قىسقا جەڭدى اقشىل كوك كويلەك كيىپ، ۇزىن شاشىن شۇيدەسىنە وراپ، قىسقىشپەن قىسىپ قويىپتى. اتى لي ياڭ دەگەن بەيجيڭدىك ارۋ ەكەن. كەزىندە شەتەلدەرگە قاتىستى داۋ-شار ادۆوكاتى بولىپ، قورشاعان ورتا نىسانىن باسقاراتىن جوعارى دارەجەلى قىزمەتكەر مىندەتىن اتقارىپتى، ەندى بايتەرەك بالالار قيمىل ورتالىعىنىڭ ىسكەر يەسىنە اينالىپتى.

ولاردىڭ ماحاببات بايلاۋ بارىسى مەن ءومىر كەشىرمەسىنىڭ ءوزى ەستىگەن قۇلاققا ەرتەگىدەي سەزىلەدى ەكەن.

شالعايدا جاتقان ەلدە تۋىلىپ-وسكەن بۇل «شەتەلدىك» جيگپو مادەنيەتىنە وسىنشالىق قىزىعىپ، جيىرما نەشە جىلدىڭ الدىندا ۇزاق جول باسىپ، جۇڭگوعا كەلىپتى، جيگپو ءتىلىن ۇيرەنىپ، جەتە زەرتتەپ قانا قويماي، ارنۇلى كىتاپ شىعارىپتى، جيگپولارمەن ەركىن سويلەسىپ، «مۇناۋزۇڭ» بيىن بىرگە بيلەپتى. ال استانا

بەيجيڭدە وتكەن عاسىردىڭ 80-جىلدارى تۋىلعان بويجەتكەن وعان ىنتىق بولىپ، راحاتتى تۇرمىس ورايىن قيىپ، ارمانىن ورىنداۋ ٴۇشىن ونىمەن بىرگە قيىر قونىپ، شەت جايلاۋعا ٴبىرجولاتا بەل بۋىپتى.

رەال ومىردە جاساپ جاتقان سانسىز ادامدار جونىنەن العاندا، استاناداعىداي ٴسان-سالتاناتتى ورتانى، دۋماندى كۇندەردى قيىپ، شالعاي شەكاراداعى جيكپو تاۋىنا كەلىپ، وتاۋ تىگىپ، وتىن-سۋىن ٴوزى دايىنداپ، تىرلىك ەتەتىندەر، ارينە، كوپ شىعا قويمايدى. كىم جايلى شارت-جاعدايدان قول ٴۇزىپ، جيكپو تاۋىنداعى بالالارمەن بىرگە ٴوتۋ، ولاردىڭ ٴوسىپ-جەتىلۋى مەن ارمان-تىلەگىن ورىنداۋىنا سەرىك بولۋ ٴۇشىن تەكتەن تەك بۇل اراعا كەلە قويسىن؟ مىنالاردىڭ ٴبىرى كەزىندە دوكتور، پرافەسسور؛ ەندى بىرەۋى ادۆوكات، جوعارى دارەجەلى قىزمەتكەر بولىپتى، ىرعىن تۇرمىس كەشىپ، نۇرلى بولاشاقا تالپىنۋعا شارت-جاعدايى ەركىن جەتەتىن سياقتى، مۇنداي اتاق پەن كاسىپ سان مىڭداعان ادام قىزىعا دا، قىزعانا دا قارايتىن مارتە-داڭق ەمەس پە؟ ٴبىراق ولار جۇرەكتەرىنىڭ جەتەگىمەن، كوڭىلدەرىنىڭ تارتۋىمەن ٴبارىن تاستاپ، جيكپو تاۋىنىڭ باۋرايىنان وزدەرى قالاعان وتاۋلارىن تىگىپتى.

— ٴبىز ٴوزىمىز ۇناتقان ىسپەن عانا اينالىسىپ ٴجۇرمىز، — دەدى لي ياڭ كۇلىمسىرەي.

ەركىندىك، رياسىزدىق، ارمان ٴۇشىن ەشنارسەدەن ايانباۋ — مىنە بۇل ەرتەگىلەردە ايتىلاتىن ىستەر ەمەي نەمەنە؟

يۋە اندۇڭ مەن لي ياڭنىڭ اڭگىمەسى، ەرتەگىلەردە ايتىلاتىن كەيىپكەرلەر عانا قيىپ كەتە الاتىن ىرعىن تۇعىردى ەسكە سالاتىنداي، ولاردىڭ كەشىرمەسى رومانتيكاعا اسا كوركەم كورىنىسكە تولعانداي. ولار قازىر مەنىڭ الدىمدا بوياماسىز بەينەلەرىمەن مەنمۇندالايدى، قاپەلىمدە ٴوز باسىم ناعىز ەرتەگىلەر دۇنيەسىنە ەنىپ كەتكەندەي كۇي كەشتىم. اسىرەسە بالدىرعان بالالار

الاقايلاپ، ولاردىڭ اينالاسىنا جينالىپ، ٴۇيىرىلىپ ەمىرەنگەندە، جۇزدەرىنەن باقىت پەن شاتتىقتىڭ لەبى ەسەدى!

التىن تاباق كۇن ۇياسىنا وتىرىپ، كەشكى شاپاقتىڭ قىزعىلت نۇرى كولبەي تۇسكەندە، بايتەرەك بالالار قيمىل ورتالىعى شۇلەن شۇعىلاعا شومىلعانداي بولدى.

بۇل كورىنىس، راسىندا، وتە كوركەم ەدى...

3

جيڭپو تاۋىنداعى ٴبىر مەنى الدىلەپ، بارىنشا تەبىرەنتتى، ۇيتكەنى بيشىلەردىڭ تاسقىنداعان ٴورشىل رۋحىن سەزىپ، ولاردىڭ جۇرەك تۇكپىرىندەگى كۇش-قۋات پەن باتىلدىقتىڭ جاڭعىرىعىن ەستىگەندەي بولدىم. ويناقى مۋزىكا اۋەنىنىڭ ىرعاعىمەن كوتەرىلۋىمەن، ومىرىنىڭ ەڭ جايناعان كوكتەمىندە تۇرعان 13 تە 14 نەمەسە 15 تە 16 جاستارداعى جەتكىنشەكتەر بايتەرەك قيمىل زالىندا بيگە باستى. ولار قىلىشتارىن سەرمەپ، جيڭپونىڭ ۇلتتىق بوياۋى قانىق ٴبيىن بيلەپ، سۇلۋ بەينە تانىتىپ، اسا رەتتى قيمىلدارىمەن ٴسۇيىندىردى. الگىندە عانا ەسىكتىڭ الدىندا جىرتاڭداپ ويناپ جۇرگەن بالالار لەزدە جىم-جىلاس بولا قالىپ، بار زەيىن-زەردەلەرىمەن بيگە كىرىسىپ كەتىپتى. ولاردىڭ جەڭىل-جەلپى عانا ٴيىلىپ-بۇگىلگەن قيمىل-ارەكەتتەرىنەن، اتا-بابالارىنىڭ ۇزاق ۋاقىتتىق كوشىپ-قونۋ جولى مەن تار جول، تايعاق كەشۋلەرگە تولى تاريحىن ەلەستەتكەندەي بولدىم.

باتىس تەرىستىكتەن تەرىستىك تۇستىككە، تاريح قويناۋىنان بۇگىنگى كۇنگە جەتكەن ٴبىر بايىرعى ۇلتتىڭ جول جۇرگەندەگى اياق دىبىسى، مۋزىكادان سونشالىقتى انىق تا جاندى ەستىلەتىندەي. باسقاشا ايتقاندا، ولاردىڭ قارشادايىنان ەرەسەكتەردىڭ قالقاسىندا بيلەگەن «مۋناۋزۇڭ» ٴبيى كوڭىل اتىزدارىنا ۇلتىنىڭ تاريحى، مادەنيەتى، ٴداستۇرى جونىندەگى تۇقىمدى ەگىپ تاستايتىن

سەكىلدى. مۇنداي تۇقىم ولاردىڭ كوڭىل اتىزىندا كوكتەپ، بۇرشىكتەپ، بىيمەن بىرگە قاۋاشاق جارىپ، الۋان ٴتۇرلى گۇل اشاتىن كورىنەدى.

ونان دا قايران قالدىرعانى، وسى جيگىپو بالالارى اۋەلى كوشە بىينە دە شەبەر بوپ شىقتى.

مۇحيتتىڭ ارعى جاعالاۋىنان كەلگەن، جاستىقتىڭ جالىنىن تاستاتىن مۇنداي ٴبىر جيگىپو تاۋىنىڭ بوكتەرىندە بيلەنگەندە، كورەرمەندەردى ەرەكشە ەلىتىپ، ٴتانتى ەتىپتى. مۇزىكا ىرعاعى كەنەت تەزدەپ جاڭعىرا تۇسكەندە، سوناۋ الىستا قىبىر ەتپەي جاتقان ارۋاقتاردى دا سەرپىلتىپ، ورنىنان تۇرعىزىپ جىبەرەردەي كورىنەدى. قول-اياق سەرپۋى سۇلۋ دا ەركىن كەلەتىن مۇنداي ٴبىر ٴار كىمدەردىڭ ٴون-بويىنداعى شابىت پەن جاستىق وتىن مازداتارى انىق. باعانا وينالعان ۇلتتىق بيگە قاراعاندا، ولاردىڭ ٴوڭ-الپەتى اناعۇرلىم سابىرلى، قادام باسىسى اناعۇرلىم جەڭىل كۇيگە ويىسقانداي. شاپشاڭ قوزعالىس، جىلدام ارەكەت بارىسىندا مىڭ قۇبىلاتىن ادام ٴپىشىنى دومالاڭدانىپ جانعان وتتاي جالىنمەن كورەرمەندى باۋرايتىن سىقىلدى.

7 ــ 8 جاستارداعى جەتكىنشەكتەر دە ولاردىڭ سوڭىنان ىلەسىپ، قيمىل-ارەكەتىنە ەلىكتەپ، ۇيرەنىپ ٴماز.

يۋە اندۇڭ مەن لي ياڭ ولاردىڭ قاستارىنان تابىلىپ، ىلعيدا تۇراقتى كورەرمەنى بولىپ، ولارعا ٴسۇيىنىپ، ولاردىڭ شاتتىعىنان ٴلاززات الاتىن كورىنەدى. ولار بولماسا، مۇنىڭ ٴبارى شىرىن قيال، قول جەتپەس ارمان بوپ قانا قالار ەدى. ال قازىر بۇل بالالاردىڭ ٴبىر ونەرى الىس-جاقىنعا تانىلىپ، ٴار بالانىڭ عۇمىر جولى ٴبىر ارقىلى كەڭىپ، ٴوز ورتاسىندا جۇلدىزشا جارقىراي باستاپتى.

ول ەكەۋىنىڭ بالالار ٴۇشىن قانشالىقتى بوداۋ بەرگەن بارىسىن ٴوز كوزىمەن كورمەسەم دە، كوز الدىمداعى سۇبەلى ناتيجەسىنەن قانشالىقتى قۇندىلىقتى جۇمىس تىندىرعانىن جانىممەن

سەزىپ-ٴبىلدىم. لي ياڭنىڭ ايتۋىنشا، ٴبىر بيلەۋدى ۆيرەنۋدەن ىلگەرى، بۇل بالالاردىڭ كۇنى بويى كورسەتەتىن قىلىعى توبە قۇيقاڭدى شىمىرلاتاتىن ٴتارىزدى، ولار كىپ-كىشكەنتاي بولا تۇرسا دا اراق ٴىشىپ، تەمەكى تارتىپتى، توپتاسىپ توبەلەس شىعارىپتى، اۋەلى ەسىرتكى تۇتىنۋعا تاياپ قالعان ەكەن. ٴبىر بيلەۋ ولاردى بارىنەن ٴبىر جولاتا قۇتقارىپتى دەمەسەك تە، كەمىندە ولاردى وزگەرتىپتى، وسى ارەكەتتەن وزىنە سەنىم ورناتىپ، جاستىق وتىن لاۋلاتۋىنا مۇمكىندىك جاساپتى.

ٴبيدىڭ ٴوسىپ-جەتىلۋ كەزەڭىندەگى جەتكىنشەكتەرگە پايداسى كوپتىگى ماعان ٴمالىم ەدى، ايتالىق، ول ارقىلى زەيىندى شوعىرلاندىرۋعا، جىگەردى شىڭداۋعا بولادى، ميدىڭ ويلاۋ قابىلەتىن وسىرۋگە، جاسامپازدىق قابىلەتىن جەتىلدىرۋگە سەپتىگى تيەدى. جاستىق ىنتا-پەيىل تاسقىنىنىڭ اعۋىنا ٴوز ارناسى بولۋى كەرەك، توبەلەس شىعارىپ، اراق ٴىشىپ، تەمەكى تارتۋ — ٴبىر ٴتۇرلى ارنا بولسا، كوركەمونەر بەتالىسىنا تالپىنۋ — تاعى ٴبىر ٴتۇرلى ارنا سپەتتى. تەك كەيىنگىسى عانا كىسىلىك جولعا اناعۇرلىم ۇيلەسەتىن ارنا، ول ادامدى تابىس پەن جاسامپازدىققا جەتەلەي الادى.

بۇل بالالار كوشە بيىنە مايتالمان بولىپ قانا قويماي، سۋرەت سالۋ تالانتىمەن دە تاڭداي قاقتىردى. يۋە اندۇڭ مەن لي ياڭنىڭ تابان ەت، ماڭداي تەرىن توگىپ، كوپ قۇلشىنىس تانىتۋىنىڭ ارقاسىندا، بالالار بەيجيڭ، شاڭحاي قالالارىنا بارىپ ٴبىر بيلەپتى، كەيبىرەۋىنىڭ سالعان سۋرەتى بەيجيڭدە كورمەگە قويىلىپتى، ٴىشىنارالارى اۋەلى شەتەلدەردە كورسەتىلىپتى. عاجايىپ تابىس جولى گۇل سەكىلدى قاراڭعى تۇندە اشىلعان كەزدە، ادامدى قانداي اسەرلەندىرەدى دەسەڭىزشى.

بولماستى بولدىرعان بۇل داعى ٴبىر ەرتەگى عوي. سوندا وسى ەرلى-زايىپتىنىڭ قولىندا، ٴسىرا، تاستى التىنعا ايلاندىرا الاتىن، سيقىر تاياقتىڭ بولعانى ما؟ جيگىپو تاۋىنا باۋىر باسىپ، مۇنداعى

ەل-جەرگە سۇيسپەنشىلىگىن ارتتىرۋ ٴۇشىن ولار وتاۋىن وسىندا تىگىپ، وعان «بايتەرەك بالالار قيمىل ورتالىعى» دەپ ات بەرىپتى، بۇل تۇعىر ولاردىڭ جيڭپو بالالارىن يگىلىككە كەنەلدىرەتىن، ونەرىن ۇشتايتىن سايرانباعى سىقىلدى.

بىرتە-بىرتە نەلىكتەن 7 — 8 جاستان 17، 18 جاستار ارالىعىنداعى بالالاردىڭ سانى، جەكسەنبى كەلە قالدى بولدى، وسىندا ۇشىپ جەتۋگە اسىعۋىنىڭ سەبەبىن ٴتۇسىندىم. ۇيتكەنى ولاردىڭ كوڭىلدەرى ارماندارىنا قانات سەرمەيتىن كەڭ اسپانعا مۇقتاج.

4

ٴوڭى ىلعيدا جەرگىلىكتى ورىنداعىلاردىكىنەن اق، ولشەمدى حانزۋ تىلىندە سويلەيتىن ەرەكشەلىگىنەن سىرت، لي ياڭ جەرگىلىكتى مادەنيەتكە بالداي باتىپ، سۋداي ٴسىڭىپتى. ونىڭ كيىم كيىنىسىنەن، اس-سۋ داينىداۋ داعدىسىنان، جيڭپولاردىڭ تاريحي مادەنيەتىنە قانىقتىعىنان تارتىپ، جەرگىلىكتى قاۋىممەن ارالاس-قۇرالاستىعىنا دەيىنگى بارىسىنا زەر سالساڭىز، ونى كەزىندە بەيجيڭدە تۇرعان «ادۆوكات»، «اق جاعالى جوعارى دارەجەلى قىزمەتكەر» دەگەنگە سەنبەيسىز. ول ٴوزىنىڭ سالاۋاتىن بۇرىنعى كەشىرمەلەرىنە عانا قالدىرىپ، مۇندا تىڭ تىرلىگىن باستاپ كەتىپتى.

يۋە اندوڭ دا سولاي بولىپتى، نەشە جىل وتەر-وتپەستەن جەرگىلىكتى قاۋىم ونىڭ وزگەشە ٴوڭ-تۇرقىنا تاڭىرقايتىندى دوعارىپتى، جيڭپو تىلىندە تازا سويلەيتىن بۇل شەتەلدىكتى ٴوز تۋىستارىنداي كورىپ كەتىپتى. دوكتور، كوركەمونەرشى بولسا دا، نيدەرلاندتان قيىرداعى جوڭگوعا كەلسە دە، بەيجيڭ شەتەل تىلدەرى ينستيتۋتىندا پروفەسسور بولۋ سالاۋاتىن تاستاپ، ٴبىر شەتتەگى جيڭپو تاۋىنا كەلىپ ىرگە تەبۋىندەگى ماقساتى — جيڭپو ۇلتىمەن

تونىنىڭ ىشكى باۋىنداي جاقىنداسۋ، ولاردىڭ ٴبىر مۇشەسىنە ايلانۋ بولىپتى، بۇنى ەستىگەنىڭ جۇرەگىن ەلجىرەتەتىنى ٴشۇباسىز.

قازىر ولاردا جەرگىلىكتى بۇقارا سەكىلدى شارباقتارىن كوتەرىپ، بازارعا بارادى، جول بويىنداعى اسپۇزىلدان ٴبىر كەسەسى 7 يۋان تۇراتىن كۇرىش كەسپە جەيدى ەكەن. تۇرعىندار جاڭا باسپاناعا كوشىپ قۇتتىقتاعاندا، توي-تومالاق جاساعاندا، ولاردى دا قالدىرماي شاقىرادى ەكەن. ولار تاۋەلدى گۇڭيىن قىستاعى كەزىندە ولارعا ارناپ، «قىستاقتا تۇرعىن ەتىپ قابىلداۋ سالتىن» سالتاناتپەن وتكىزىپ، وسى ٴبىر الابوتەن ەرلى-زايىپتىنى رەسمي قابىلداپتى.

جەرگىلىكتى ٴبىر كەمپىر ماعان:

— ولار قىستاعىمىزدىڭ ادامى بولدى، ەندى ولاردىڭ ارۋاعى دا ٴبىزدەن الىستامايتىن بولادى، — دەدى.

دەسەدە، ولار جيڭپو تاۋىنا تامىر تارتقانىنان كەيىن، تەگى، نە ىستەيتىنىنە ادامنىڭ ميى جەتپەيتىن سىقىلدى.

تۇرلىشە بولجالدار، الىپ-قاشپا سوزدەر ولاردى بۇلت سەكىلدى وراپ تا العان ەكەن. بىرەۋلەر بۇلار باس ساۋعالاۋشىلار، انا شەتەلدىك كەلىنشەگىن وسىندا الىپ قاشىپ كەلىپ، پانالاعان بولۋى مۇمكىن دەسە، بىرەۋلەر شاماسى بايىپ العانان كەيىن، بۇل ارادان قاراسىن وشىرەدى دەسەدى. تاعى بىرەۋلەر بۇل ەكەۋىندە ەشكىم بىلمەيتىن ۇلكەن قۇپيا سىر بولۋى مۇمكىن دەپ سوقسا، ٴبازى بىرەۋلەر بۇلاردىڭ ەسى اۋىسقان، دەنى ساۋ ەمەس دەپ كوسىپتى.

وتكەنگى كەشىرمەلەرىن سۇراعانىمدا، لي ياڭ وزگەگە كۇلگەندەي ىشەك-سىلەسى قاتا كۇلدى.

كۇلكىسىن زورعا تيعان سوڭ، ٴسوزىن جالعاپ اكەتتى.

— شىنىن ايتسام، باستاپتا ٴوزىمنىڭ نە ىستەيتىنىمدى بىلمەدىم. بۇل ارانىڭ تاۋ-وزەنىنە، قاراپايىم ادامدارىنا قىزىعىپ قالدىم، جيڭپو مادەنيەتىن ۇناتتىم، وسى كوكوراي الاپتا ەمىن-ەركىن تۇرمىس كەشكىم كەلدى، مۇنان باسقا دانەڭە

ويلامادىم.

سۇيتسەدە كەيىن كەلە، ەرلى-زايىپتى وسى ەكەۋى ەرتەگىدە ايتىلاتىن اۋرەيلەر مەن عاجاپ ىستەردى بايقاعانداي جيىڭپو بالالارىن جاقتىرىپ قالىپتى، ولاردىڭ ەسەيىپ-ەرجەتۋ بارىسىندا تۇرلىشە قيىندىقتارعا تاپ بولعانىن اڭعارىپتى. ەرتەگىلەر الەمىندە دە ٴبارى باياندى بولمايدى ەمەس پە، بالا كەيىپكەرلەر ورمان-توعايدا جىرتقىش حايۋاندارعا جولىعادى، جىن-الباستىلارعا تاپ بولىپ جاتادى عوي. قۇددى سول سياقتى مۇنداعى بالالار دا شەكارا وڭىردەگى ەسىرتكى اتكەزشىلىگىنىڭ، ەسىرتكى تۇتىنۋدىڭ كەسىرىنە ۇشىراپتى. ٴوسىپ-ٴونىپ كەلە جاتقان ٴومىر جولىنىڭ وڭى مەن تەرىسىنىڭ ٴولاراسىندا تۇرعان ەكەن...

— وسىندا قالعىمىز كەلەدى، جيىڭپو تاۋىندا بالالاردىڭ جاقىن سىرلاسى، مۇڭداسى بولساق، ولاردىڭ جاستىقتىڭ كۇدىر سوقپاق جولىنان ٴساتتى وتۋىنە، كىسىلىك ٴومىر جولىن تابۋىنا، وزىنە سەنىم بايلاپ، ارمان ارقالاۋىنا سەرىك بولساق دەيمىز، — دەدى لي ياڭ. ونىڭ «سەرىك بولساق» دەگەن ٴسوزى ماعان قاتتى ۇنادى، بۇل — جاناشىرلىق بوياۋى قانىق اسا جاعىمدى دا اسەرلى ٴسوز ەدى.

ٴبىر بالانىڭ اكەسى ەسىرتكى تۇتىنىپ، سوڭىندا ەسىرتكىدەن ايىقتىرۋ ورنىنا قامالعانى، تاعى ٴبىر بالانىڭ شەشەسىنىڭ باسقا بىرەۋدىڭ ەتەگىنەن ۇستاپ، ۇشتى كۇيدە جوعالۋى، تاعى بىرەۋىنىڭ سىرت جەرگە جۇمىس ىستەۋگە كەتىپ، سونان ورالماۋى سەكىلدى جايتتار جەرگىلىكتى ورنىندا ٴبىر ٴتۇرلى مودىعا اينالىپ كەتكەن ۇقسايدى. سونىمەن ۇساق بالالار شاراسىز اتا-اپاسىنىڭ نەمەسە ناعاشى اتا-اپاسىنىڭ قولىندا قالىپ، «جۇرتتا قالعان ٴتىرى جەتىمدەرگە» اينالىپتى. ەسىرتكىگە جولاتپاۋ كوپتەگەن وتباسىلاردىڭ ەڭ زور تىلەۋى كورىنەدى. سوندىقتان ەسىرتكى تۇتىنۋمەن سالىستىرعاندا، ولار اراق ٴىشىپ، تەمەكى تارتۋدى، توبەلەسۋدى ونشا تەكتەپ كەتپەيتىن، وعان باس قاتىرمايتىن

بولىپتى. ٴبىر وتباسىنىڭ بالادان كۇتەتىن تىلەگىنىڭ تومەنگى شەگى وسى دەڭگەيگە دەيىن بارىپتى.

وسى اڭگىمەلەردى اۋىزعا العانىمدا، مىنەزى اشىق لي ياڭنىڭ ٴوڭىن كىربەڭدىك شالعانداي بولدى دا، داۋسى باسەڭ تارتتى. مۇمكىن ول دا ٴبىرلى جارىم ادامنىڭ ٴاۋپىرىم دەۋىمەن تۇتاس دۇنيە وزگەرىپ كەتپەيتىنىن جاقسى بىلەدى. سولايدا ٴىستى وزىنەن باستاپ، قارىم-قۋاتى جەتەتىن شامادا وزگەلەرگە شۋاق ٴتۇسىرىپ، ولارعا شاما-شارقى جەتكەن شارۋالاردى تىندىرىپ بەرۋ، ارينە، قولىنان كەلەدى.

جاستىق كەزەڭىن باسىپ وتكەندەردىڭ ٴبارى ٴوسىپ-تولىسۋ بارىسىندا تۇسەتىن جان جاراقاتىنىڭ كوبى وقشاۋلانىپ، كومەكسىز قالعان تۇستارداعى ومىردەن ٴتۇڭىلۋ ەكەنىن تۇسىنەدى. مۇنداي شاقتا ٴمۇبادا بىرەۋ ساعان مەيىرىن توگىپ، جاقسىلىق جاساسا، جاناشىرلىق بىلدىرسە يە بولماسا مۇڭىڭدى ٴبولىسىپ، سىرىڭدى تىڭداسا، ساعان ٴومىر قىمبات كورىنىپ، جەر باسىپ ٴجۇرۋ بارىنەن اسىل سەزىلەدى، سونىمەن عۇمىر جولىنداعى تالپىنىس بەتالىسى دا وزگەرەدى.

مەن كەنەتتەن بۇل ەرلى-زايىپتىنىڭ شىنتۋايتىنا كەلگەندە، اتى زاتىنا ساي تاباندى وپتيمىستەر ەكەنىن تانىپ جەتتىم. ولاردىڭ دارىپتەپ جۇرگەن «سەنىم جانە ٴوزىن تانۋ» ۇستانىمى جولدان جازىپ داعدارعان بالالارعا باعدارشام بولىپ، ولاردىڭ ەسەيۋ بارىسىنداعى نىساناسىن تاۋىپ، دۇنيەگە سەنىم ورناتۋىنا قول ۇشىن بەرۋ ەكەن. مىنە بۇل ولار ٴۇشىن ٴارى جاي، ٴارى كۇردەلى ينجەنەريا كورىنەدى، سونداي-اق جيڭپو تاۋىنىڭ باۋرايىندا بايتەرەك بالالار قيمىل ورتالىعىنىڭ شاڭىراق كوتەرۋىنە دە ٴبىر سەبەپ بولسا كەرەك.

5

كەيىن كەلە، كوز الدىمدا جانىمەن بەرلە بيگە باسقان ەرەسەكتەۋ بالالاردىڭ، ەسىكتىڭ الدىندا ۆەلەسەپەد ٴمىنىپ، اسىر سالعان ۇساق بالالاردىڭ ٴاماليااتتا قۇلان تازا كىرشىكسىز ەمەستىگىن اڭعاردىم. ٴار بىرىندە ٴوز جاس شاماسىنا «ساي كەلمەيتىن» ٴبىر-ٴبىر اڭگىمە بارىن، اۋەلى جانىڭدى سىزداتىپ، جانارعا جاس ۇيىرەتىن كەشىرمەلەرى بولعانىن ٴبىلدىم. راس، ەرتەگىلەر الەمى دە بۇكىلدەي شاتتىققا تولى ٴجانناتتاي سۋرەتتەلمەيدى عوي.

بىرنەشە جىل وتكەسىن، ولاردىڭ ەسەيىپ-ەرجەتۋ بارىسى جازىلعان ارحيپتەر لي ياڭنىڭ مىيىندا ساقتالا بەرىپتى. 2009-جىلى يۋە اندۇڭمەن تۇڭعىش رەت جيڭپو تاۋىنا اياق باسقانىنان بەرى ول وسى مەكەندە 6 جىل تۇرىپ، ٴوز وتاۋىن كوتەرىپ، وسى جيڭپو بالالارىمەن بىرگە جاساۋ ۋادەسىن ورىنداپتى. قازىر كەز كەلگەن ٴبىر بالانى كورسەتسەڭىز، ول ونىڭ اسەرلى اڭگىمەسىن جىر عىپ ايتىپ بەرە الادى ەكەن. «مەنىڭ بالالارىم» دەگەن ٴسوزدى دە قاپىسىز ايتىپ تا قالاتىن سەكىلدى.

ٴوڭ-شىرايى كەلىسكەن، ٴبيدى دە جاقسى بيلەيتىن گان دەگەن ٴبىر ەرەسەك ۇل بالا جولىقتى. بىراق اكەسىنىڭ ەسىرتكى تۇتىناتىنى، قارىزعا بەلشەسىنەن باتقانى ونىڭ ٴوسپىرىم شاعىنا ٴزىلماۋىر قيىندىق اكەلىپتى. ول كەزىندە اكەسىنىڭ كورسەتكەن «زۇلىمدىعىن» ايتىپ، شاعىنا جىلاپ، ٴسابي كەزىندە سونشاما قورمال اكەسىنىڭ قازىر ٴوزى مەن شەشەسىن ولتىرەم دەپ پىشاق الا جۇگىرەتىن بولعانىن، وتباسىنىڭ ويرانىن شىعارعانىن جەتكىزىپتى. لي ياڭ ونى جۇباتا:

— اكەڭ سول باياعى اكەڭ عوي، ونى تەك ولگەن مۇردە تىستەپ الىپ، ۆيروس جۇقتىرعان، سەن وزىڭە قورمال بولعان سول جاقسى اكەڭدى ەسىڭنەن شىعارۋشى بولما، قازىر ۋاقىتشا ۇرەيلى كۇيگە تۇسكەن اكەڭە جاردەم ەت، وعان كەكتەنبە...، — دەپ اقىل ايتىپ،

ٴتالىم بەرىپتى.

لي ياڭنىڭ ايتۋىنشا، وسى جيىڭپو بالالارىنىڭ دەنى زەرەك تە شيراقى، ەلپەك دە ەلگەزەك سەكىلدى، قارشادايلارىنان ٴوي شارۋاسىنا جەگىلىپ، تۇرمىستىڭ اۋىرتپالىعىن ەرەسەكتەرمەن بىرگە كوتەرگەن، ولاردىڭ ٴون-بويىنان دا كوپتەگەن جارقىن قۇندىلىقتاردى بايقاۋعا بولاتىن سياقتى. ولاردىڭ كوڭىلى تۋادا كريستالداي ٴمولدىر بولعان، تەك راقىمسىز تۇرمىس كۇيبەڭى كوڭىل تەرەزەلەرىن كىرلەتكەن. لي ياڭ مەن يۋە اندۇڭنىڭ ماقساتى وسى كريستالدىڭ بەتىندەگى شاڭ-توزاڭدى كەتىرىپ، بالالاردىڭ ساناسىنا ىزگىلىكتىڭ ساۋلەسىن ٴتۇسىرۋ بوپ تۇراقتانعان.

بايتەرەك بالالار قيمىل ورتالىعىندا ٴتورت-بەس جاستارداعى كىشكەنتاي قىز بالانى ۇشىراتتىم، بوتانىڭ كوزىندەي قوس جانارى، قالىڭ-قويۋ قاسى ادامعا سۇيكىمدى قۋىرشاق بالانى ەلەستەتەدى. الايدا زەيىنى ٴبىر ىسكە نەمەسە ٴبىر اۋىز ٴسوز ايتۋعا شوعىرلانا المايتىن، ىلعيدا باسقاعا اۋىپ، قۇبىلىپ تۇراتىن بوپ شىقتى. لي ياڭ ماعان سىبىرلاي، بۇل جەتكىنشەكتىڭ اكەسى ەسىرتكى تۇتىنعانىن، ۇيدە زورلىقتى كوپ كورسەتكەنىن؛ مىنا تينامداي بالانىڭ تالاي رەت اكەسىنىڭ قولىنا پىشاق الىپ، شەشەسىن اري-بەري قۋعانىن ٴوز كوزىمەن كورگەنىن، سونىمەن جانىنا ٴسابي كەزىنەن جاراقات تۇسكەنىن، بۇل بالانىڭ ٴوزى دە العاش وسى ورتالىققا كەلگەندە، باسقا بالالاردى ۇرىپ-سوققىشتاعانىن، قازىر نەداۋىر جاقسى بولىپ قالعانىن ايتىپ بەردى.

يۋە دەگەن جەتى-سەگىز جاستارداعى تاعى ٴبىر ۇل بالا مەكتەپتەن تاراعانان كەيىن، تاۋ جولىنىڭ جىراق، كۇدىر بولعانىنا قاراماستان وسىندا كەلگەن سوڭ، ۇيىنە قايتقىسى كەلمەي، اينالسوقتاپ ٴجۇرىپ الاتىن بولعان. ونىڭ دا كەشىرمەسى باسقالارعا ۇقساپ كەتەتىن سىڭايلى، اكەسى ەسىرتكى تۇتىناتىن بولعان سوڭ، شەشەسى ۇيدەن بەزىپ كەتىپتى، قازىر ناعاشى اتا-اپاسىنىڭ قولىندا تۇرادى ەكەن.

تۇرمىستىڭ تاقسىرەتى ارقاسىنا باتقان ناعاشى اپاسى كەيدە بۇلقان-تالقان بوپ، بالالاردى ياناتتاپ ۇراتىن بولسا كەرەك. بۇل بالا وقۋدان تاراعان سوڭ، ۇيىنە بارۋعا باتىلدىق ەتپەي، ۇيدە جىن بار دەپ زار قاعىپ، وسى ورتالىقتان كەتپەي قوياتىندى شىعارىپتى. بويى ءبىر مەتر توقسان سانتى كەلەتىن سىرىقتاي ۇزىن يۋە اندۇڭنىڭ مەيىربان اكە قۇساپ بالانىڭ الدىنا ەڭكەيىپ، ونى مۇسىركەپ، تاماق ىشكىزىپ، ونان مەكتەپكە الىپ جۇرگەنىن كورگەنىمدە، ىشتەي ەلجىرەپ-ەزىلىپ كەتتىم.

لي ياڭ ەكەۋى قازىرشە بالا سۇيمەپتى، پەرزەنت كورۋ ويلارى دا جوق ءتارىزدى. مۇمكىن، ولار جيڭپو تاۋىنداعى وسى بالالاردى ءوز بالاسىنداي كورگەندىكتەن دە سونداي بەكىمگە كەلگەن شىعار.

ءوز قامىن زارەدەي دە ويلاپ قويماي، مەيىر-شاپاعاتىن وزگەگە ارناعان بۇل قانداي دارقاندىق دەمەيسىز بە؟! ولاردىڭ بولمىسى ماعان شىن سۇيىسپەنشىلىكتە مەملەكەت شەكاراسى بولمايتىندىعىنا، ونىڭ ۇلتقا بولىنبەيتىندىگىنە شىنايى سەندىردى.

6

جاستىق كوكتەمگە سەرىك بولىپ جانە ونى ايالاپ قورعاۋ جەڭىل-جەلپى عانا ورىندالا سالاتىن ۋاعدا ەمەس. ول بوداۋ بەرۋدى تالاپ ەتەدى، ونى عۇمىردىڭ ەڭ الاۋلى شاقتارىن قيا وتىرىپ قورعاشتاۋعا، جان جاراقاتىن جانمەن بەرىلە ەمدەۋگە، ارماننىڭ جەلكەنىن بيىك كوتەرۋگە تۋرا كەلەدى.

ەڭگەزەردەي ەڭسەلى يۋە اندوڭ مەن تالدىرماش كەلگەن نازىك لي ياڭدى كورىپ تۇرىپ، جيڭپو بالالارىنىڭ ولاردى، «سالەمەتسىز بە اندۇڭ مۇعالىم»، «جاقسىمىسىز لي مۇعالىم» نەمەسە تۋتەسىنەن «ياڭياڭ» دەپ اتاعاندارىن ەستىگەندە، ىشتەي تولقىپ كەتتىم. وسى تۇستا تالاي ادام قالالارداعى ساناقسىز عيماراتتار اراسىندا اتاق-ابىروي، مۇددە-پايدا ءۇشىن سابىلىپ ءجۇر-اۋ، ال مىنالار

جيگپو تاۋىنىڭ باۋرايىندا قالىپتان تىس، اسا قوندى ىزگى ٴىس ىستەپ جاتىپتى دەگەن وي كەلدى.

تەگىندە يۋە اندوٗڭىنىڭ وٗلكەن ىستەر تىندىرۋى مەن اسقاق ارمان قۋۋىنا موٗمكىندىگى جەتىپ اساتىن، جوعارى مەكتەپتە شەتەل تىلىنەن ساباق وتۋىنە، ٴتىل زەرتتەۋىنە، سۋرەت سالىپ، مۋزىكا جازۋىنا، مامىراجاي ونەرپازدىق ٴومىر كەشۋىنە جاعدايى ابدەن كەلەتىن ەدى. لي ياڭىنىڭ دا استانادا ايىنا 30 مىڭ يۋان كىرىس تاباتىن ادۆوكات بولۋىنا شارت-جاعدايى بار-دى. ەلدىڭ دەنى ومىرلەرىن قايتىپ اناعوٗرلىم بايانلى، ماعىنالى وتكىزۋدى ويلايدى، ٴبىراق بوٗلار كەمەلدى دە كەلىسكەن ورتانى ارتقا قالدىرىپ، جيگپو تاۋىندا «وزدەرى وٗناتقان ىسپەن» شوٗعىلدانىپ، بالالاردىڭ ومىرگە سەنىم ورناتىپ، ٴوز ىنساناسىن تابۋىنا كومەكتەسۋگە بەل بايلاپتى.

بوٗل قانداي كىسىلىك عوٗمىر؟

ولاردىڭ اينا ٴتارىزدى عوٗمىرىنان ٴبىز اڭداۋسىزدا ٴوزىمىزدىڭ السىزدىگىمىز بەن ناشارلىعىمىزدى كورگەندەي بولدىق.

سوندىقتان، تالاي-تالاي ارمانشىل جاندار ولاردىڭ ٴىزىن باسپاقشى بولىپتى، ەرىكتىلەر وٗزدىك-سوزدىق «بايتەرەككە» كەلىپ، جيگپو تاۋىنداعى بالالارعا كومەك كورسەتىپ، كوڭىلىن بىلدىرمەكشى دە بولىپتى. لي ياڭىنىڭ ەمەۋرىنىنە قاراعاندا، ەڭ وٗزاعانى موٗندا ٴبىر جىل، ەڭ قىسقاسى ٴوٗش كوٗن توٗرىپتى. كەلىپ-كەتكەندەردىڭ ىشىندە شىن پەيىلىمەن جاقسىلىق جاساعىسى كەلگەندەر دە، دوٗرمەككە ەرىپ، دوٗركىرەيتىندەر دە بولىپتى. بىرەۋلەر بالالارعا بارىن ارناۋعا كەلسە، بىرەۋلەر جانى جابىرقاپ، كوڭىلىن موٗڭ باسقاندىقتان، تاۋدى ارالاپ، «ەمدەلۋ» ٴوٗشىن سالپاقتاپ جەتكەن سىڭايلى...

اقىر اياعىندا، وسىندا تابان تىرەپ قالعانى تاعىدا سول يۋە اندوٗڭ مەن لي ياڭ جانە ولاردىڭ ٴبىر توپ جيگپو بالالارى ەكەن.

بيىل 3-ايدا «بايتەرەككە» ٴبىر ەرەكشە قوناق — يوٗنان

ولكەلىك پارتكوم بىرلىكساپ ٴبولىمىنىڭ باستىعى حۋاڭ ي ات تۇمسىعىن تىرەپتى. ٴوزى جيڭپو ۇلتىنان شىققان حۋاڭ باستىق يۋە اندوڭمەن كەزدەسكەندە، جيڭپو تىلىندە شۇيىركەلەسىپ كەتىپتى. بالالار قيمىل ورتالىعىنىڭ جاعدايىن كورىپ-بىلگەننەن كەيىن، ول وسى جاس جۇبايلاردىڭ ەرلىككە بارابار باستاماسىنا ٴسۇيىنىپتى، ولاردىڭ جيڭپو مادەنيەتىن زەرتتەپ، ۇگىتتەپ، جيڭپو بالالارىنىڭ ەسەيىپ-ەرجەتۋىنە جاساعان قامقورلىعىن اۋىز جاپپاي الاپ، جوعارى باعا بەرىپتى.

بيىل 8-ايدا يۋە اندوڭ مەن لي ياڭ جان-جاقتى قۇلشىنىس جاساۋ ارقىلى ٴبىر ۇلكەن يگى جۇمىستى تىندىرىپتى، ولار جيڭپو بالالارىنان قۇرالعان 18 ادامدىق ۇيىرمەنى بەيجيڭگە باستاپ بارىپ، استانانى ارالاتىپتى، جەر جۇزىندەگىلەرگە ولاردىڭ ونەرىن ايگىلەپتى. بالالار تۇسىنە دە كەلمەگەن جەرلەردى كورىپتى، جۇرت جاپىرىلا قارسى العان جيڭپو بيىن بيلەپتى، كوشە بيىن بيلەگەندە، استانا كورەرمەندەرى قىر بالالارىنىڭ ونەرىنە تاڭداي قاعا تاماسانىپتى. ولار قاي اراعا بارسا دا، شولپاندارداي قارسى النىپتى.

مەن ىشتەي تابىس الدىندا يۋە اندوڭ مەن لي ياڭنىڭ كوڭىل كۇيى قانداي بولدى ەكەن ٴا دەپ قيالدادىم.

لي ياڭنىڭ ٴبىر اۋىز ٴسوزى مەنى قيال الەمىنەن رەالدىققا الىپ كەلدى.

— ەرجەتكەن بالالارعا ەندى جۇمىس ورىن كەرەك، ولار كاسىپتىك شەبەرلىككە تالپىنۋ مەن جۇمىستانۋ قامىنا كىرىسكەندە، مۇندا تاعى ۇساق بالالار كەلەدى، الدىمىزدان تاعى جاڭا مىندەت شىعادى. ولاردىڭ تابىسقا جەتكەن قۋانىشىنا ماساتتانۋعا مۇرسامىز دا تيمەيدى. كەلەسى قادامداعى شارۋالاردى قالاي ىستەيمىز دەگەن سۇراق ويىمىزدان ەكى ەلى شىققان ەمەس، — دەدى ول.

ومىرلەرىنىڭ ەڭ تەبىندى دە تەگەۋرىندى تولىسقان كەزەڭىن ەش سەبەپسىز جيڭپو بالالارىنا ارناۋ عانا ولاردىڭ تالعامى ەكەن. «وزدەرى

334

ۇناتقان ىسپەن» شۇعىلدانۋ ٴۇشىن توقتاۋسىز وسىلاي تارتا بەرمەكشى ىسقىلدى.

كەي-كەزدەرى بىردەڭە تىندىرۋدىڭ قيسىنى وسىنداي قاراپايىم دا جاداعاي بولىپ جاتادى.

«بايتەرەك» بالالار قيمىل ورتالىعى ەسىگىنىڭ الدىنداعى باسپالداقتا بالالاردىڭ ٴماز-مايرام بولا شۇرقىراسقانىن تىڭداپ وتىرعانىمدا، كەنەت ويىما ا ق ش جازۋشىسى سالىنگەردىڭ «ٴبيداي اتىزىنداعى كۇزەتشى» اتتى رومانىنداعى باس كەيىپكەر حورتونىنىڭ: «مەن كەيىن بيداي اتىزىندا كۇزەتشى بولامىن. ٴبىر توپ بالا كەڭ اتىزدا اسىر سالا ويناپ جۇرەدى. مەنەن باسقا سان-ساناقسىز بالانىڭ قاسىندا بىردە-ٴبىر ەرەسەك ادام جوق. مەن بولسام، اناۋ قارعىس اتقىر جارقاباقتىڭ شەتىندە تۇرامىن. مەنىڭ مىندەتىم كۇزەت. ٴمۇبادا قاي بالا جارعا قاراي بەتتەسە، ونى ۇستاپ الامىن، ايتەۋ بالالار تۇگەل سولاي قاراي جۇگىرەدى، ٴوزىنىڭ قاي باعىتقا بەزىپ بارا جاتقانىن دا بىلمەيدى. مەن قاي تۇستان شىعا كەلىپ، ولاردى ۇستاپ السام بولار؟ كۇنى بويى وسى ىسپەن اينالىسسام، تەك وسى ٴبيداي اتىزىنداعى كۇزەتشى بولسام دەيمىن» دەگەنى ەسىمە تۇسە كەتتى.

عۇمىر كۇزەتشىسى مەن جولسەرىگى بولۋ — دالا پەيىل، ٴدارياداي كەڭ كوڭىل بولعاندا عانا جالعاستىرۋعا بولاتىن قۇندىلىق. بايتەرەك بالالار قيمىل ورتالىعىنداعى ون نەشە كۇندە يۋە اندوڭ مەن لي ياڭنىڭ بالالارمەن بىرگە جىرعاپ، ارقا-جارقا بولىسقانىن نەشە رەت كوزىممەن كورىپ، بالالاردىڭ كوركەمونەرلىك قابىلەتىن جەتىلدىرۋگە جان-تانىمەن بەرىلگەنىنە قايران قالدىم. بالالاردىڭ كەزەك-كەزەك تاپ بولعان مۇڭ-مۇقتاجى قيناسا دا، جادىراپ جۇرەتىن قالپىنان جازباعانىنا ٴسۇيىندىم. بۇل ٴۇشىن ول ەكەۋى قانشاما تابان ەت، ماڭداي تەرىن توكتى ەكەن دەمەيسىز بە.

وسى ەكى جاس جۇبايدىڭ عالامداعى ەڭ قۇندى ىسپەن شۇعىلدانىپ

جۇرگەنىنە كامىل سەندىم.

كۇن نۇرى جيگپو تاۋىنداعى ورمان-توعايعا كولبەۋ ٴتۇسىپ، قۇستار ۇياسىنا قايتا باستادى، كوكجيەككە ىلىنگەن قازباۋىر بۇلتتار نەشە ٴتۇرلى تۇسكە بويالىپ، سان قۇبىلدى. بالالار قيمىل ورتالىعىنىڭ الدىنداعى الاڭدا وينىنىڭ قىزىعىنا باتۋدا، سىرىقتاي ۇزىن بويلى يۋە اندۇڭ مەن تاپەلدەۋ كەلگەن تالدىرماش لي ياڭنىڭ ٴوزى ٴبىر اسەم كورىنىس قالىپتاستىرادى. ولاردىڭ جانارلارى بالالاردىڭ قوزعالىسىمەن بىرگە قوزعالۋدا، بالالاردىڭ شاتتىعىنا شاتتانۋدا.

اڭگىمە بارىسىندا لي ياڭنىڭ ٴسابي كەزىندە بالالار ەرتەگىسىن جازاتىن جازۋشى بولىپ، ولاردىڭ وقۋىنا قىزىقتى ەرتەگى سيلاۋدى ارمانداۋشى ەدىم دەگەنى ەسىمدە قالىپتى. بۇل كۇندە ول يۋە اندوڭمەن بىرگە ارمانىن ورىنداۋ جولىندا العا تارتىپ بارادى، «بايتەرەك» ورتالىعى ٴدال ولاردىڭ جيگپو تاۋىنداعى بالالار ٴۇشىن سالعان سايرانباعى. ولار جان جالىنىمەن، مەيىرىم شۋاعىمەن جيگپو تاۋىندا كەرەمەت تارتىمدى جاڭا ەرتەگى جازۋدا.

«ۇلتتار ادەبيەتى» جۋرنالىنىڭ 2016-جىلعى 11-سانىنان الىندى.

باس شۋجي شي جينپيڭنىڭ ادەبيەت-ونەر تۋرالى ماڭىزدى ءسوزى

اۋدارعان: جايىربەك مۇحامەتحان ۇلى

2016-جىلى 10-ايدىڭ 15-كۇنى، باس شۋجي شي جينپيڭنىڭ ادەبيەت-كوركەمونەر قىزمەتى جونىندەگى اڭگىمە ماجىلىسىندە سويلەگەن ماڭىزدى ءسوزى جاريالانعانىنا ءدال ەكى جىلدىڭ ءجۇزى بولعان كۇن ەدى. سول جولعى ماجىلىستە، شي جينپيڭ «حالىقتى وزەك ەتەتىن جاساмпازدىق بەتالىسىنان جازباي، ءداۋىردىڭ قالاۋىنان شىعاتىن تاڭداۋلى تۋىندىلاردى كوپتەپ جازۋدى» ايقىن العا قويىپ، ادەبيەت-كوركەمونەر جاسامپازدىعىن كوركەيتۋدىڭ، دامىتۋدىڭ دابىلىن قاققان بولاتىن. ەكى جىلدان بەرى ادەبيەت-كوركەمونەر شەبەرلەرى شي جينپيڭنىڭ ماڭىزدى ءسوزىنىڭ رۋحىن مۇقيات ۇيرەنىپ، دايەكتىلەندىرىپ، ودان شابىت الا العا ۇمتىلىپ، سۇيىنەرلىك وزگەرىستەر تۋىلدى، ءبىر توپ تارتىمدى دا تاتىمدى كوركەم شىعارمالار بارلىققا كەلدى. ءبىز بۇگىن شي جينپيڭنىڭ ءسوزى ايتقان، كلاسسيكالىق كوركەم شىعارمالاردى بەرىلە وقۋ، ادەبيەت-كوركەمونەرگە ىنتىعۋ جونىندەگى كەيبىر اڭگىمەلەرىن جيناقتاپ جاريالاپ، وقىرماندارعا ۇسىنىپ وتىرمىز. بۇلاردان باس شۋجيدىڭ ماڭىزدى ءسوزىنىڭ يدەيالىق قۋاتىن سەزىنىپ، ونىڭ ادەبيەتكە بار ىنتا-ىقىلاسىمەن بەرىلگەنىن سەزىنە الامىز.

— رەداكتوردان

«ەل ٴۇمىتىن ادالدىقپەن اقتاۋ» ــ مەنىڭ ومىرلىك نىسانام

ٴوز باسىم كوركەم شىعارمالاردىڭ دەنىن جاس ٴوسپىرىم كەزىمدە وقىدىم، كەيىن كەلە وقىعاندارىمنىڭ كوبى ساياسي كىتاپتار بولدى. ٴالى ەسىمدە، ٴسابي شاعىمدا، شاماسى، بەس-التى جاستاعى كەزىم-اۋ دەيمىن، ٴبىر جولى شەشەم مەنى كىتاپ ساتىپ الىپ بەرۋگە ەرتىپ باردى. ول تۇستا شەشەم ورتالىق پارتيا مەكتەبىندە قىزمەتتە بولاتىن. ورتالىق پارتيا مەكتەبىنەن شيىۋان كوشەسىنە دەيىنگى جول بويىندا ٴبىر شينحۋا كىتاپ دۇكەنى بار بولاتىن. جولدا مەن ەرىنىپ جۇرمەي قويىپ ەدىم، شەشەم مەنى ارقاسىنا كوتەرىپ، يۋە فيعا قاتىستى سۋرەتتى كىتاپشالاردى ساتىپ الىپ بەرۋگە الىپ باردى. سول تۇستاعى باسىلىمى ەكى ٴتۇرلى بولاتىن، ٴبىرى، نىشىندە «اناسىنىڭ يۋەفيدىڭ ارقاسىنا پىسكىلەپ ٴارىپ جازۋى» دەگەن ٴبولىمى قامتىعان، كوپ بولىمنەن تۇراتىن «يۋە فيدىڭ ٴومىر بايانى» اتتى كىتاپشالار توپتاماسى ەدى دە؛ ەندى ٴبىرى، ەل ٴۇمىتىن ادالدىقپەن اقتاۋ جونىندەگى اڭگىمە ارناۋلى ايتىلاتىن باسىلىم بولاتىن، شەشەم ەكەۋىن دە ساتىپ الىپ بەردى. ۇيگە قايتىپ كەلگەن سوڭ، ول كىسى ماعان ەل ٴۇمىتىن ادالدىقپەن اقتاۋ، اناسىنىڭ يۋە فيدىڭ ارقاسىنا پىسكىلەپ ٴارىپ جازۋى تۋرالى اڭگىمەلەردى ايتىپ بەردى. مەن ارقاسىنا ٴارىپ جازعاندا قاتتى اۋىرتقان شىعار ٴا! دەدىم. شەشەم: اۋىرتۋى عوي اۋىرتادى، ٴبىراق ول ماڭگى كوكەيىندە قالادى دەدى. مەن سول كەزدەن قازىرگە دەيىن «ەل ٴۇمىتىن ادالدىقپەن اقتاۋ» دەگەندى ەسىمنەن ەكى ەلى شىعارماي كەلەمىن، ول ٴارى مەنىڭ ومىرلىك نىسانام دا بولىپ كەلەدى.

سول تۇستا تابىلاتىن ادەبي كلاسسيكالىق شىعارمالاردى قالدىرماي وقيتىنمىن

ٴبىزدىڭ زامانداستارىمىز قارشادايىنان تۇلىسۋ، تىزگىن ۇستاۋ، ەل باسقارۋ، جاھاندى تىنىشتاندىرۋ دەگەن ىدەيالاردىڭ ىقپالىنا ۇشىرادى. قىر-قىستاققا تۇسكەن تۇستا 15 جاستا ەدىم. مەن سول كەزدە تىزگىن ۇستاۋ، ەل باسقارۋ، جاھاندى تىنىشتاندىرۋ كەزەگى بىزگە ٴالى كەلە قويمادى، بىزگە كەرەگى ٴبىر-اق نارسە، ول — كىتاپ وقۋ، تۇلىسۋ دەپ ويلادىم. سونىمەن وزىمە «تۇك بىلمەگەن — ەڭ نامىس» دەگەن تالاپ قويدىم. ول شاقتا ەڭبەك ىستەۋدەن قالسا، نە بۇقارامەن بارىس-كەلىس جاسايتىن، نە بولماسا ول جەر، بۇل جەردەن كىتاپ ىزدەپ، كىتاپ وقيتىن ەدىك. ٴبىز ٴوندىرىس اتىرەتىنە ارالاسقان سول مەزگىلدە، كىتاپ دەگەنىڭ قولدان-قولعا وتە وقىلىپ جاتاتىن. مەن بەيجيڭ 1-تامىز ورتا مەكتەبىنىڭ تۇلەگى ەدىم، چيڭحۋا داشۋەسىنە قاراستى ورتا مەكتەپتىڭ، 57-ورتا مەكتەپتىڭ وقۋشىلارى دا بىرگە بارعان، وسى مەكتەپتەردەن بارعان كەيبىر وقۋشىلار وقىمىستى وتباسىلارىنىڭ جەتكىنشەكتەرى ەدى. ٴبارىمىز قىرعا كىتاپتارىمىزدى كوتەرە جەتكەمىز، كىتاپتى ٴوزارا اۋىستىرىپ وقيتىنبىز. سونداي ورتادا كىتاپ وقۋعا قۇنىعۋ سىندى وسىنداي سالت قالىپتاسقان-دى. سول ۋاقىتتا مەن قىر-قىستاق مۇعالىمدەرىندە دە «قىزىل مەن قارا»، «سوعىس جانە بەيبىتشىلىك» سەكىلدى ٴبىرتالاي قۇندى كىتاپتار، چيڭ ٴداۋىرىنىڭ وقۋلىعى، ميڭ ٴداۋىرىنىڭ وقۋلىعى سياقتى كونە ٴداۋىر وقۋلىقتارى بارىن دا بايقادىم. اسىرماي ايتار بولسام، سول تۇستاعى ادەبي كلاسسيكالىق شىعارمالاردىڭ تابىلعاندارىن تۇگەل وقىعان ەدىم، قازىر دە سول تۇستا وقىعاندارىم اۋزىما دەرەۋ ورالا كەتەدى.

«ٴۇش بايانداعى» كوپتەگەن اقىليالاردى جاتقا ايتا الامىن

«مادەنيەت زور توڭكەرىسى» كەزىندە، ٴۇيىمىز ورتالىق پارتيا مەكتەبىنە كوشىپ باردى. سول تۇستاعى تالاپ بويىنشا، ورتالىق پارتيا مەكتەبى كىتاپ بىتكەندى عىلىم زالىنا اپارىپ جينايتىن بولىپتى، كولىككە تيەۋگە جاۋاپتى اعايلار مەنى تانيتىن ەدى، ولار مەنى كىتاپ تاسىسۋعا شاقىرىپ تۇردى. كىتاپ تاسۋ بارىسىندا كەيبىر كىتاپتاردى تاڭداپ الىپ قالىپ وقىپ ٴجۇردىم. ول ۋاقىتتا كۇندە «ٴۇش باياندى» (ميڭ داۋىرىندەگى ادەبيەتشى فىڭ مىڭلۇڭ قۇراستىرىپ، وڭدەپ جازعان «الەمدى اڭعارتار اشىق بايان»، «الەمگە ەسكەرتەر جالپى بايان»، «الەمدى سەرگىتەر ماڭگى بايان» دەگەن كىتاپتار) پاراقتاپ وقيتىنمىن، ونداعى كوپتەگەن اقىليالاردى جاتتاپ تا العام.

فىڭ مىڭلۇڭ ٴوز تۇسىندا فۋجياننىڭ نيڭدى ايماعىنا قاراستى شوۋنيڭ اۋدانىنىڭ اكىمى بولىپتى. ول فۋجياننىڭ ەڭ قيىر مۇيىسىندەگى جەر، شوۋنيڭ اۋداندىق پارتكومىنىڭ شۋجيىن جۇرت «ولكە قۇيرىعىنىڭ ۇشىنداعى شۋجي» دەپ ازىلدەيتىن. ٴالى ەسىمدە، نيڭدىدا قىزمەت ىستەپ جۇرگەن كەزىمدە تاڭەرتەڭ جولعا شىعىپ، شوۋنيڭگە قاس قارايعاندا عانا زورعا جەتەتىنمىن. ول ارانىڭ جولى ٴبىر-قيىر تاۋ سوقپاعى بولاتىن، تاۋعا بارا جاتقاندا ەسىمە چي جيگۋاڭنىڭ «مەن ٴبىر جىلدىڭ ٴۇش ٴجۇز الپىس كۇنىندە، ات ۇستىندە ٴوتتىم ىلعي ساۋىت-سايمان ۇستىمدە» دەگەن ولەڭ جولى تۇسە كەتتى. شوۋنيڭعا جەتكەننەن كەيىن، اۆتوكولىكتەن تۇسەيىن دەپ ەدىم، ورنىمنان قوزعالا المادىم، جول بويى سىلكىنە-سىلكىنە بەلىم سىرەسىپ قالىپتى، وزگەلەر مەنى كولىكتەن كوتەرىپ ٴتۇسىردى، ەكىنشى كۇنى عانا ٴتاۋىر بولدىم. فىڭ مىڭلۇڭ سونشاما جاپا-ماشاقاتتى جەرگە بارۋ ٴۇشىن تاۋ اسىپ، تاس باسىپ، قىرات-قىرقا، جىرا-جىلعالاردان ٴوتىپتى، ەلدىڭ ايتۋىنشا، سول

تۇستا بىرنەشە اي جول جۇرگەن كورىنەدى. شوۋنيگگە بارعانىنان كەيىن، «شوۋنيگىنىڭ شاعىن شەجىرەسىن» جازىپتى، ول كەزدە اۋدان شەجىرەسى ٴالى جازىلماسا كەرەك. سوندىقتان ماعان فىلڭ مىڭلوگىنىڭ ىقپالى وتە تەرەڭ بولدى، كەيىن كەلە ونىڭ ايتقاندارىن ۇنەمى سيتاتقا الىپ ٴجۇردىم.

«نە ىستەۋ كەرەكتى؟» وقىپ شىققان سوڭ، توسەنىشسىز سۇپىدا جاتىپ، جىگەرىمدى شىڭدادىم

جاس كەزىمدە ورىس جازۋشىلارىنىڭ تۋىندىلارىن كوپ وقىدىم. الدىڭعى جولى سوچيدا رەسەي تەلەۆيزياسىنىڭ جۇرگىزۋشىسى مەنەن سۇحبات العاندا، ورىس جازۋشىلارىنىڭ قانداي شىعارمالارىن وقىعانىمدى سۇرادى. مەن وقىعان ورىس جازۋشىلارى شىعارمالارىنىڭ اتىن شۇبىرتا اتاعانىمدا، ول قاتتى تاڭعالىپ: ٴبىزدىڭ رەسەيدە مۇنشاما كوپ كىتاپتى وقىعاندار نەكەن-ساياق، — دەدى.

ٴبىزدىڭ زاماناستارىمىزعا ورىس كلاسسيكتەرىنىڭ ىقپالى وتە كۇشتى بولدى. پۋشكيننىڭ عاشىقتىق ليريكاسى «ەۆگەني ونەگيندى» وقىعام، كەيىن كەلە ودەسسادا دا باردىم، ول ارادا اقىننىڭ تالاي ٴىزى قالعانىن دا كوردىم. مەن لەرمەنتوۆتىڭ «زامانىمىزدىڭ قاھارماندارى» دەگەن تۋىندىسىن قاتتى ۇناتتىم، قاھارمان دەگەندە، ول قايسى قاھارمان ەكەن دەيمىز-اۋ؟ ٴار ٴداۋىردىڭ ٴوز قاھارمانى بولادى. سول تۇستا لياڭ جياحىداعى تاۋ اراسىندا ٴجۇرىپ، مۇنداي كىتاپتى وقۋدان العان اسەرىم توتەنشە كۇشتى بولعان ەدى. دوستويەۆسكي — شىعارماسى ەڭ تەرەڭ ماعىنالى ورىس جازۋشىسى، تولستوي — شىعارمالارى ەڭ كەڭ اۋقىمدى ورىس جازۋشىسى ەدى، ەكەۋىنىڭ ىشىندە ماعان تولستوي كوبىرەك ۇنادى. ونىڭ ۋاكىلدىك ٴۇش تريلوگياسىنىڭ ىشىندە «سوعىس جانە بەيبىتشىلىكتى» بارىنشا قىزىعىپ وقىدىم، ارينە،

«ٴتىرلىۋ» ادامدى رۋحي جاقتان قاتتى تولعاندىراتىن. شولوحوۆتى دا وته جاقتىرتتىم، ونىڭ «تىنىق دون» رومانى ۇلى ٴداۋىردىڭ وزگەرىستەرى مەن ادامنىڭ مىنەز-قۇلقىن، راسىندا، توتەنشە تەرەڭ بەينەلەگەن.

چەرنيۆچەۆسكي — دەموكرات توڭكەرىسشى، ونىڭ تۋىندىلارى بىزگە تالاي وي سالدى. ونىڭ «نە ىستەۋ كەرەك؟» دەگەن رومانىن مەن لياڭ جياحىداعى جەرۇيدە وقىدىم، سول كەزدە ىشتەي قاتتى تولقىعان ەدىم. كىتاپتاعى باس كەيىپكەر راحمەتوۆ كۇيزەلىس پەن جوقشىلىق مەڭدەتكەن تۇرمىس كەشەدى، جىگەرىن شىڭداۋ ٴۇشىن اۋەلى شەگەلەرىنىڭ ۇشى شىعىپ تۇرعان تاقتايعا ۇيىقتايدى، شەگە كىرگەن دەنەسى قان-جوسا بولادى. سول تۇستا ٴبىز جىگەردى شىڭداۋ ٴۇشىن وسىلاي شىڭدالۋ كەرەك ەكەن دەپ ٴبىلىپ، توسەنىش كورپەنى الىپ تاستاپ، جالاڭ تاقتاي سۇپىدا جاتقان ەدىك. جاڭبىرلى، قارلى كۇندەرى دالاعا شىعىپ، اۋناپ-قۋناپ، الىسىپ-جۇلىسۋ، جاۋىن جاۋعاندا سۋعا مالشىنۋ، قار جاۋعاندا ۇستىمىزدى قارمەن ىسقىلاۋ، قۇدىق باسىندا سۋىق سۋعا جۋىنۋ دەگەندەردىڭ ٴبارى وسى كىتاپتىڭ ىقپالى ەدى.

رەسەيدەن تاعى ۇلى مۋزىكانت چايكوۆسكي، ۇلى سۋرەتشى رەپين سياقتى الىپ ونەرپازدار شىققان. مەنى قالايشا رەپينگە سونشا ٴسۇيىندى دەسەڭىز، سول تۇستا قىر — قىستاقتا قولعا تيەتىن ٴبىر-ەكى اسەمونەر جۋرنالىنىڭ ٴوزى توتەنشە قۇندى ماتەريال ەسەپتەلەتىن، تاپقان جۋرنالداردى ٴبىر-بىرلەپ كورىپ-وقىپ تۇردىم. سولاردىڭ اراسىندا رەپيننىڭ يتجەككەنگە سۇرگىندەلگەن ٴبىر توڭكەرىسشىل ارداگەردىڭ توسىنىنان ۇينە قايتىپ كەلەتىن كورىنىسىن بەينەلەگەن، «ويدا-جوقتا ورالۋ» اتتى ماي بوياۋلى سۋرەتى بار-دى، سول سۋرەت ماعان قاتتى اسەر ەتتى، ماقالاسى دا جاقسى جازىلىپتى.

قىر ــ قىستاقتا جۇرگەنىمدە 30 شاقىرىم جول باسىپ بارىپ، «فاۋستتى» وقي تۇرعا سۇراپ العان ەدىم

گەرمانيانىڭ ادەبيەت-كوركەمونەر تۋىندىلارى كەڭ تىنىستى كەلەدى، ماسەلەن، گەتەنىڭ، شيللەردىڭ تۋىندىلارى سونداي. 14 جاسىمدا «بالا ۋەرتحەردىڭ نالاسى» اتتى كىتاپپەن تانىستىم، كەيىن كەلە «فاۋستتى» وقىدىم. سول تۇستا «فاۋستتىڭ» حانزۋشا ٴۇش ٴتۇرلى اۋدارماسى بار-دى. گەرمانياعا ساپارلاي بارعانىمدا، ولارعا سويلەگەن سوزىمدە اۋىزعا الىنعان سيتاتتاردى ەشكىم ماعان الدىن الا دايىنداپ بەرمەگەنىن، شىنىمەن ٴوزىم وقىعاندىعىمدى ايتتىم. ماسەلەن گەتەنىڭ «فاۋستىن» قىر-قىستاقتا جۇرگەنىمدە، 30 شاقىرىم جىراق كەلەتىن جەردە تۇراتىن ٴبىر زيالى جاستان الا تۇرىپ وقىعان ەدىم. ول بەيجيڭ 57-ورتا مەكتەبىنىڭ وقۋشىسى بولاتىن. الدىمدا ۇنەمى مەندە «فاۋست» بار دەپ ماقتاناتىن. سونىمەن ونى ىزدەپ بارىپ، وقي تۇرۋىما بەرە تۇرشى، قايتسەم دە قايتارىپ بەرەمىن دەپ قولقالادىم. العان سوڭ، سول تۇستا وعان قىزىققاندا قولىمنان شىعارىم كەلمەدى. ودان تاعات كەتىپتى، بازارعا شىعۋ ۋاقىتى تولدى بولدى، بىرەۋلەردەن ماعان كىتاپتى بەرىپ جىبەرسىن دەپ سالەم ايتىپ تۇردى. ٴبىراز ۋاقىتتان كەيىن، شىدامى تاۋسىلعان ول 30 شاقىرىم جول باسىپ، كىتابىن الۋعا ٴوزى كەلدى. مەن وعان: «كىتابىڭدى قايتىپ الۋ ٴۇشىن ەسىگىمنىڭ كوزىنە ٴوزىڭ كەلگەن ەكەنسىڭ، قايتارىپ بەرەيىن»، ــ دەدىم. «فاۋست»، راسىندا، وقىپ تۇسىنۋگە اۋىر كىتاپ ەدى، قيالداۋعا توتەنشە باي بولاتىن. مەن مەيكەل زۇڭليعا، گەرمانيانىڭ جۇڭگو تانۋ ماماندارىنا كەزىندە «فاۋستتى» وقىعاندا، تىم ٴتۇسىنىپ كەتپەگەنىمدى ايتىپ ەدىم، ولار سىزدەر تۇگىل، نەمىستەردىڭ ٴوزى دە ونشالىقتى ٴتۇسىنىپ كەتە المايدى دەستى. سوندا ولارعا: ەندەشە بۇل مەنىڭ تىم زەرەك بولماۋىممەن قاتىسسىز ەكەن عوي دەپ ازىلدەدىم.

حەمينگۋەيدىڭ جازۋ تۇراعىنا ەكى رەت باردىم

ا ق ش-تىڭ كوركەم شىعارمالارىن كوپ وقي المادىم. ۋيتمانىڭ شاشپا ولەڭدەر جيناعى «ٴشوپ جاپىراقتارىن»، ونان قالسا، مارك تۆەننىڭ تۋىندىلارىن وقىدىم، «شتات باستىعىن سايلاۋ باسەكەسى» اتتى اڭگىمەسىندەگى ابزاتستاردىڭ جاسايتىن اسەرى كۇشتى ەدى، «حۋكبەرري فيننىڭ عاجاپ كەشىرمەسى» دە تارتىمدى. ٴوز باسىم جون لوندوندى ۇناتام، ونىڭ «تەڭىز قاسقىرى»، «ساردالاداعى ساعىم»، «ٴومىردى ٴسۇيۋ» دەگەن شىعارمالارى كەرەمەت جازىلعان. «ٴومىردى ٴسۇيۋ» كىتابى لەنيننىڭ جاستىعىنا جاستاپ قويىپ وقيتىن تۋىندىسى بولىپتى، لەنين ناشارلاپ جاتقاندا دا بۇل كىتاپتى باسقالارعا داۋىستاپ وقىتىپ تىڭداپتى دەسەدى. حەمينگۋەيدىڭ «شال مەن تەڭىز» شىعارماسىنداعى الاسۇرعان داۋىل مەن نوسەرلى جاڭبىر، جال-جال تولقىن مەن كىشكەنە قايىق، قارت پەن اكۋلالار جونىندەگى سۋرەتتەۋلەر، ماعان تەرەڭ اسەر قالدىرعان ەدى. سوندىقتان كەزىندە حەمينگۋەيدىڭ وسى وقيعالاردى جازعانداعى رۋحاني دۇنيەسى مەن جۇرگەن-تۇرعان جەرىنىڭ جاعدايىن بىلۋگە اڭسارىم اۋا بەرگەن.

بۇرىن كۋباعا بارۋعا ەكى رەت جولىم ٴتۇستى، ٴبىرىنشى رەت فۋجياندا قىزمەت ىستەپ جۇرگەنىمدە باردىم. مەن حەمينگۋەيدىڭ سول كەزدە شىعارما جازعاندا تۇرعان ەسكى جۇرتىن كورسەك قايتەدى دەپ ٴوتىنىش ٴبىلدىردىم. سونان ول «شال مەن تەڭىزدى» جازعان شارباق كوپىردىڭ بويىنا باردىم، اينالاداعى كورىنىس پوۆەستتە سۋرەتتەلگەنىمەن ۇپ-ۇقساس ەكەن، بىرنەشە نەگىر بالالارى جاعادا سۋ شاشىپ ويناپ ٴجۇر، ماڭايدان ٴبىر قونالقى كورىندى، بۇل قونالقى ول شىعارما جازعان ورىن بوپ شىقتى. ٴبىز سول ارادا ارنايى تاماقتاندىق. مەملەكەتتىڭ ورىنباسار ٴتوراعاسى بولعانىمدا كۋباعا ەكىنشى رەت باردىم، ولار حەمينگۋەيدى بىلگىم بارىن

ەستىپ، حەمينگۋەي جيى ات تۇمسىعىن تىرەيتىن ٴبىر شاراپحاناعا ەرتىپ باردى. ول وسى شاراپحانادا شىعارما جازىپتى. ونىڭ ەڭ ٴسۇيىنىپ ىشەتىنى رۋم شارابىنا جالبىز جاپىراعى شىلاناتىن، مۇز بەن شەكەر قوسىلاتىن «موجيتو» سۋسىنى بولىپتى. «شال مەن تەڭىزدى» سۋرەتتەگەندەگى رۋح، راسىندا، ٴبىر ٴتۇرلى ماڭگىلىك رۋح ەدى.

حۋگونىڭ شىعارمالارى مەنى ەڭ تەبىرەنتكەن ەدى

جاس شاعىمدا فرانسيا مادەنيەتىنە قاتتى قىزىققانمىن، فرانسيانىڭ تاريحى، فيلوسوفياسى، ادەبيەتى، كوركەمونەرى مەنى ەرەكشە باۋرادى. ٴبىزدىڭ جاس كەزىمىزدە فرانسيانىڭ كوپتەگەن كىتاپتارى حانزۋشاعا اۋدارىلدى. ستەندالدىڭ «قىزىل مەن قارا» رومانى وتە ىقپالدى بولدى، ايتسەدە ٴومىردى سۋرەتتەۋدە، بالزاكتىڭ، موپاسساننىڭ تۋىندىلارىنىڭ، ماسەلەن، «ٴومىر كومەدياسى» سياقتىلاردىڭ ىقپالى ونان دا زور بولدى. مەنى ەڭ تەبىرەنتكەنى حۋگونىڭ شىعارمالارى، «قاسىرەتتى دۇنيە»، «1793-جىل» دەگەندەر تۇگەل زور توڭكەرىستى ارقاۋ ەتە جازىلعان. كىتاپتى وقىپ شاپىرو بوپتىڭ راننارانىدى ٴجىبىتىپ ەلجىرەتەتىن تۇسىنا كەلگەندە، شىنىمەن-اق تولقىپ كەتەسىڭ. ۇلى شىعارمالاردا جانىڭدى شىمىرلاتاتىن وسىنداي عاجاپ قۇدىرەت بولادى، قالام عالامدى بەينەلەي الادى دەگەن مىنە وسى. ونان قالسا، روميان روللاندىنىڭ «جون كرستوفەر» رومانى قىزىقتىردى. فرانسيادان مونەت، سەزاننە، دەگاس، مانەت سەكىلدى كوپتەگەن الىپ سىزۋشىلارىنىڭ؛ بيزەت، دەبۋسسي سىقىلدى ايگىلى مۋزىكانتتارىنىڭ ماعان ىقپالى تەرەڭ بولدى.

فلك اقساقال جىڭدىكدە رۋڭگوفۋ ورداسىن سالۋىما سەبەپ تاۋىپ بەردى

فلك اقساقال (فلك چييوك) «قىزىل ساراي ٴتۇسىن» زەرتتەۋشى وقىمىستى ەدى، ول كىسىمەن جىڭدىك اۋدانىندا پارتكوم شۋجيى بولىپ تۇرعانىمدا تانىسقان ەدىم. سول تۇستا «قىزىل ساراي ٴتۇسى» تەلەفيلىمىن ٴتۇسىرۋ گرۋپپاسىنداعىلار رۋڭگوفۋ ورداسىنىڭ (روماندا ايتىلاتىن وردانىڭ اتى) ەلىكتەمە قاڭقاسىن تۇرعىزباقشى بولدى دا، نەلىكتەن جىڭدىكدە سۇلباسىن تۇرعىزۋدىڭ دالەل-دايەگىن كورسەتۋگە تۋرا كەلدى. ٴبىراق ولاردا شىن مانىندەگى رۋڭگوفۋ، نيڭگوفۋ وردالارىنىڭ سىزباسى جوق بوپ شىقتى، ونى مەن تاۋىپ بەردىم. قايدان دەيسىز عوي، گۋگۇڭداعى مۇراجايدان تاپتىق. گۋگۇڭ مۇراجايىندا جىڭدىكدىق ۋاڭ پۋزى ەسىمدى مامان بار-دى، بىرەۋلەرگە تاپسىرۋ ارقىلى ودان سىزبانى الدىردىم. سونان فلك اقساقالدى ماعان نەلىكتەن جىڭدىكدە رۋڭگوفۋ ورداسىن سالۋعا بولاتىندىعىنىڭ سەبەبىن تۇسىندىرۋگە ۇسىنىس ەتتىم. «قىزىل ساراي ٴتۇسى» تەلەفيلىمىن ٴتۇسىرۋ گرۋپپاسىنداعىلارمەن جولىققانىمدا، ولارعا ٴبىزدىڭ بۇل ارانىڭ رۋڭگوفۋ سارايىن سالۋعا تولىمدىلىعى بار، ۇيتكەنى ساۋ شۋەچيىن جىڭدىكتىڭ ادامى دەپ ەدىم، ولار كۇلىپ كەتتى، تۇسىنىسەك بۇيىرماسىن، ساۋ شۋەچيىن قايدان جىڭدىكدىق بولسىن دەستى. مەن:

ساۋ شۋەچيىننىڭ اتا مەكەنى جىڭدىك دەپ فلك اقساقال ايتقان، ول كىسى «قىزىل ساراي ٴتۇسىن» زەرتتەگەن وقىمىستى، ساۋ شۋەچيىننىڭ تەگىن انىقتاپتى. ساۋ شۋەچيىننىڭ ارعى اتا-باباسى سولتۇستىك سوڭ پاتشالىعىنىڭ ىرگەسىن قالاعان تاي سانعۇن ساۋ بيىن ەكەن، ساۋ بيىن جىندىگىنىڭ ليڭشوۋ دەگەن جەرىنەن، سول جىندىك قازىرگى جىڭدىك اۋدانى، جىڭدىك اكىمدىگىنىڭ سول تۇستاعى اياسى حىبەيدىڭ ليڭشوۋ اۋدانىن قامتىپ جاتادى ەكەن،

ليڭشوۋ اۋدانى جىڭدىگىمەن ىرگەلەس، ــ دەپ ازىلدەي كەلىپ، وسى سەبەپتى كورسەتتىم. ەسىمدە قالۋىنشا، ٴبىز فىڭ اقساقالدان بۇل ٴىس تۋرالى 1983ـ، 1984ـجىلدارى اقىل سۇراعانبىز، ول كەز فىڭ اقساقالدىڭ قايراتى تاسىپ، اقىلى اسىپ تۇرعان شاعى بولاتىن.

ۋاڭ يۋانجيانىنىڭ ايتقان اڭگىمەسىنىڭ ماعان سەبى كوپ ٴتيدى

1982ـجىلى مەن حىبەيدىڭ جىڭدىك اۋدانىنا اۋىسىپ بارىپ، قىزمەت ىستەيتىن بولىپ جاتقانىمدا، كەيبىر تانىس-بىلىستەرىم مەنى اتتاندىرىپ قويۋعا كەلدى، ارالارىندا 1ـتامىز زاۋودىنداعى جازۋشى، درامماتۇرگ ۋاڭ يۋانجيان دا بار ەدى. ونىڭ ماعان سەبى كوپ ٴتيدى، نەگە دەيسىز عوي، ول ماعان ۇزاق جورىققا قاتىستى كوپتەگەن هيكايالاردى، ساقا گەنەرالدارعا ساياتىن تولىپ جاتقان اڭگىمەلەردى ايتىپ بەردى، ٴبىرىنشى توپتا اسكەري شەن بەرىلگەن ساقا گەنەرالداردىڭ باسىم كوبىمەن سۇحباتتاسىپتى. سول تۇستا ايتقان ٴبىر اڭگىمەسى مەنى ەرەكشە تولقىتقان بولاتىن. ۋاڭ يۋانجيان: ٴبىر جولى كەزىندە ٴشوپتىڭ تامىرىن، اعاشتىڭ قابىعىن جەگەن، مىڭ ٴولىپ، مىڭ تىرىلگەن كەشىرمەسى بار ساقا باسشىعا تىلشىلىك ىستەي باردىم. سويلەسىپ وتىرعانىمىزدا، قورعاۋشىسى كىرىپ كەلدى دە، ساقا باسشىعا، قولباسى، رىنسىن سورپاسى دايىن بولدى دەدى. ساقا باسشى تاتىپ كوردى دە، سۋىپ قاپتى دەپ ەدى، جاس قورعاۋشى ونى الىپ شىقتى دا، دالاعا توگە سالدى. مۇنى كورگەندە، كوڭىلىم ٴبىر ٴتۇرلى بولىپ كەتتى، كەنەت قازىر شارت-جاعدايىمىز جاقساردى، «قۋاتتاندىراتىن» دۇنيەلەر كوبەيدى دەگەنىمىزبەن، جۇڭگوشا شيپاگەرلىكتىڭ ايتىلىمى بويىنشا، ادام حورەكتىك تولىقتاۋدى عانا ٴبىلىپ، ىعىستىرۋدى بىلمەسە، دەنساۋلىققا زيان ەمەس پە، قازىر «ىعىستىراتىن» كەز جەتتى عوي دەپ ويلادىم، ــ دەدى. ول مۇنى العاشقى ۋادەنى، سوعىس

جىلدارىنداعى جاپا-ماشاقاتتى كەزدەردى ۇمىتپاۋ كەرەك قوي، شارت-جاعداي جاقسارعان كۇنده دە، بۇقارادان قول ٴۇزىپ قالۋدان بارىنشا اباي بولعان دۇرىس دەگەندى مەڭزەپ ايتتى. بۇل اڭگىمەنى ەستىگەننەن كەيىن، مەن دە قاتتى ويلاندىم. قازىر ورىستەتىلىپ وتىرعان جەمقورلىققا قارسى تۇرىپ، پاكتىكتى دارىپتەۋ تاربيەسىنە ۇشتاستىرىپ، نەگە وسىلاي ىستەمەسكە؟ سول شاقتا ۋاڭ يۋانجيان: جينپيڭ جولداس، باسقا ايتارىم جوق، سەن شىن مانىندە شارۋالار قاۋىمىمەن ارالاسىپ، ولاردىڭ تۇرمىسىن، جان دۇنيەسىن بىلسەڭ دەيمىن، بۇل ٴوزىڭنىڭ ساياسي قىزمەتپەن اينالىسۋىڭا كوپ سەبى تيەدى، — دەدى.

ادەبيەت-كوركەمونەر مەن ساياساتتىڭ «ارا جىگى بولەك ەكى تاۋ» سپەتتى بولعانىمەن، بىراق ۇقساپ كەتەتىن كەيبىر زاڭدىلىقتارى بولادى. ماسەلەن، ۋاڭ يۋانجيان ماعان ايتىپ بەرگەن ليۋ چيڭدى الايىق. ول: «ليۋ چيڭ شانشيلىك جازۋشى، 1952-جىلى شانشيدىڭ چاڭ ان اۋداندىق پارتكومىنىڭ ورىنباسار شۋجيى بولعان، كەيىن كەلە اۋداندىق پارتكومىنىڭ ورىنباسار شۋجيى مىندەتىنەن باس تارتىپ، تۇراقتى مۇشە مىندەتىن عانا ساقتاپ قالعان، ٴارى حۋاڭپۋ قىستاعىنا قونىستانىپ، سول ارادا تابانى كورەكتەي 14 جىل تۇرعان، ول «يگىلىك» اتتى رومانىنا قاجەتتى ماتەريالدىڭ دەنىن سول ارادان العان. ساعان مۇنى نەگە ايتىپ وتىرمىن؟ سەندەر تۇگەل ساياسات بەلگىلەۋشىلەر مەن اتقارۋشىلارسىڭدار، ليۋ چيڭ ورتالىقتان نەمەسە شانشي ولكەلىك پارتكومنان ٴبىر قۇجات تۇسسە، وزىنە ٴۇيىن جالعا بەرگەن كەمپىردىڭ بۇعان جىلارىن نەمەسە كۇلەرىن جاقسى ٴبىلۋشى ەدى. ەگەر حالىقتىڭ تالاپ-تىلەگىن ٴبىلۋ ورەلەرىڭ وسىنداي دەڭگەيگە جەتسە، بىلىك جۇرگىزۋلەرىڭە كومەگى تيمەي مە؟ — دەدى. مەن وعان: وتە جاقسى ايتتىڭىز، مەن مۇنى ٴسوزسىز جادىمدا بەرىك ساقتايمىن دەپ جاۋاپ بەردىم.

جيا داشاندى مەن قويار دا قويماي مادەنيەت مەكەمەسىنىڭ باستىعى ەتىپ تاعايىنداعان ەدىم

حىبەيدىڭ جىڭدىك اۋدانىندا قىزمەت ىستەپ جۇرگەنىمدە، جازۋشى جيا داشانمەن تانىستىم، سول كەزدە حىبەي ولكەلىك ادەبيەت-كوركەمونەرشىلەر بىرلەستىگىنىڭ ورىنباسار ٴتوراعاسى لين مان (تاعى ٴبىر اتى لي مانتيان) مىندەتتەپ جىڭدىك اۋداندىق پارتكومىنىڭ تۇراقتى مۇشەسى بولىپ تۇرعان-دى، مەنى جيا داشاننىڭ مادەنيەت سارايىنا سول كىسى ەرتىپ باردى. جيا داشان حالىقتى قىزۋ سۇيەتىن جازۋشى ەكەن، ونىڭ حالقىم دەگەندە ىشكەن استىن جەرگە قوياتىنى مەنى قاتتى ٴسۇيىنتتى. ٴوزى بۇقارا اراسىنان شىعىپتى، ٴمانساپتى بولۋدى قالامايتىن بوپ شىقتى، ونى مەن قولقالاپ ٴجۇرىپ، اۋداندىق مادەنيەت مەكەمەسىنىڭ باستىعى ەتىپ تاعايىندادىم. ول مۇنىڭ «ۇيرەكتى تۇعىرعا قوندىرۋمەن» بىردەي عوي دەدى. مەن: «ۇيرەك» بولساڭ، وندا وزگەرىپ كور، تۇعىرعا قوناقتاۋدى دا ۇيرەن دەدىم. ونى تاڭداۋىمنان ىلگەرى، شىجياجۋاڭ ايماقتىق ادەبيەت - كوركەمونەرشىلەر بىرلەستىگى ونى بىرلەستىكتىڭ ٴتوراعاسى بولۋعا شاقىرعان كورىنەدى. ول ماعان: ولاردىڭ ٴىلتيپاتىنا ەكى ۇداي بولىپ قالدىم، تۇستە ۇيگە كەلىپ، ٴبىر كەسە ساۋمالدىق كوجەسىن ىشكەننەن كەيىن، كوڭىلىمدە شىجياجۋاڭعا بارايىن-اق، ال سوندا ماعان مىنا ساۋمالدىق كوجەسىن كىم جاساپ بەرەدى دەگەن سۇراۋ تۋدى دا، بارماۋعا بەكۋدىڭ جاۋابىن تاپتىم، — دەدى. مەن: كورىم بوپتى وندا، ەندى وسىندا قالىپ، جۇمىسىڭدى كىرىس، — دەدىم. «بيلىكتىڭ باسىندا تۇرعاندا، حالىقتىڭ قامىن ويلاپتى؛ بيلىك باسىنان كەتكەن سوڭ، ٴبيىنىڭ قامىن ويلاپتى» دەگەندەي، ونىڭ مەملەكەت قامىن، حالىق قامىن جەيتىن دارقان پەيىلى ماعان تەرەڭ اسەر ەتتى. ايتا بەرسەك، جيا داشان كەيدە وتە «اڭعال» كورىنەدى، الدا-جالدا ٴوزى اقيقاتتى

بۇركەمەلەدى دەپ بىلەتىن ىستەردى ەستىسە بولعانى، دەگبىرى كەتىپ، ۇيقىسى قاشادى دا، مەنەن نەگە بۇيتەتىنىن سۇرايدى. وعان ٴتۇسىندىرىپ بەرسەڭ، قارىق بوپ قالادى. جيا داشان مەن جيا پيڭاۋدىڭ اتاق-داڭقى بىرگە شىقتى، ٴبىراق جيا داشان كەيىن كەلە كوپ شىعارما جاراتا المادى، كولەمدى نارسە جازۋمەن دە اينالىسپادى. كەزىندە ەكەۋىنىڭ تۇڭىندىلارىن قاتار قويىپ وقىپ جۇرگەنىمدە، بىرەۋلەر مەنى «ەكى جيا فاميليالى قالامگەردى زەرتتەپ ٴجۇر» دەستى.

جيا داشاندى اۋىزعا العانىمدا، ارامىزداعى بارىس-كەلىس جيى ەسكە تۇسەدى، كەشتە مەن قىزمەتىمدى ىستەپ بولعانىنان سوڭ، ادەتتە ساعات 11 دەن كەيىن، ول كەڭسەمە كەلەدى نەمەسە مەن ونىڭ ۇيىنە بارىپ، تاماق-پاماق ىشەم. ولار ۇيىندە ىلعي ساۋمالدىق كوجەسىن ىشەدى، كەيدە ول كوشەگە شىعىپ، جەرگىلىكتى ورىنداعى «ما اۋلەتى» پىسىرعان تاۋىق ەتىنەن ساتىپ اكەلەدى، «ورعيتىن ەت» دەپ اتالاتىن ٴتۇز قويانىنىڭ ەتى دە بار، ٴتۇز قويانى جۇيرىك كەلەدى ەمەس پە، ايتەۋ ەتى پىسىرعاندا قاپ-قارا بولادى ەكەن. سونان جىڭدىڭنىڭ وزىندە وندىرىلەتىن چاڭشان ماركالى شارابىنان ٴبىر قۇمىراسىنىڭ اۋزىن اشادى، جاڭىلماسام، باعاسى ٴبىر-ەكى يۋان عانا بولاتىن. تاماق ٴىشىپ بولعانىنان سوڭ، تاعى ٴبىر كەسە ساۋمالدىق كوجەسىن اكەلەدى. ول ماعان كەلگەندە، تۇسكى تاماققا ارنالعان ٴبىر قۇتى كونسەرۆانىڭ اۋزىن اشامىز، ىشەتىنىمىز تاعى سول چاڭشان ماركالى شاراپ.

ادەبيەت - كوركومونەر جاسامپازدىعىندا ناعىز ٴومىردى بەينەلەۋ كەرەك

يە شين جولداس (جۇڭگو جازۋشىلار قوعامىنىڭ ورىنباسار ٴتوراعاسى) ەكەمىز دە كەزىندە قىر-قىستاققا تۇسكەن زيالى جاس

بولعان ەدىك. ونىڭ ايتقان العاش اۋىل-قىستاقتى، شارۋالاردى كورگەندەگى سەزىمدەرىن قامتىعان اسەرى مەن كوڭىل كۇيىن مەن جاقسى تۇسىنەتىن ەدىم. ول گۇيجوۋدىڭ قىرىندا تۇردى دا، مەن تەرىستىك شانشيدىڭ سارى ۇستىرتىندە بولدىم. سول تۇستا جۇك اۆتوموبيلىمەن يان-اننان يانچۋان اۋدان ورتالىعىنا، ونان تاعى جۇك اۆتوموبيلىمەن يانچۋاننان ۋىن ان-ي گۇڭشاسىنا بارام، كولىكتەن تۇسكەن سوڭ، جاياۋ 15 شاقىرىم ٴجۇرىپ وتىرىپ، تۇراتىن قىستاعىما زورعا جەتۋشى ەدىم. بۇرىن بۇل جولدىڭ تopىراعى اياق باسساڭىز بۇرقىلداپ، شاڭى اسپانعا ۇشىپ جاتاتىن، ادامدى قازىرگى 2.5PM جۇتقاننان بەتەر مەزى ەتەتىن. كەيىن كەلە سول تۇستاعى كورىنىستى ەلەستەتسەم، ناعىز PM250 ەدى دەپ قالجىڭدايتىن ەدىم. كەشتە دالاعا شىعىپ، بوي جازايىن دەسەڭىز، سايدىڭ ەڭ كەڭ تەگىس جەر دەگەننىڭ ٴوزى 100 شارشى مەترگە جەتپەيتىنىن بايقايسىز، جەر ۇيلەردەن جىلت-جىلت ەتكەن كارەسىن شامداردىڭ جارىعىن كورەسىز، سول تۇستا مەن بۇل ٴوزى «ۇڭگىردە جاسايتىن ادامداردىڭ» تۇرمىسى ەمەس پە دەگەندەي ابەستەۋ ٴسوز ايتىپ قالعانىم دا بار. باستاپتا ول اراعا ۇيلەسە المادىم، جاتىرقاپ ٴجۇردىم. ٴبىراق كەيىن اۋىلداستارمەن تونىنىڭ ىشكى باۋىنداي ارالاسىپ كەتتىم. مەن تۇراتىن ۇيدە ۇزىن سۇپى بار-دى، سوڭىندا قالعان جالعىز زيالى جاس مەن عانا بولعان سوڭ، سول سۇپىدا اۋىل بالالارىمەن قاتار جاتتىم، بيت، بۇرگە دەگەندەر ادام تاڭداسىن با، كىم كورىنگەندى شاعا بەرەتىن. تۇندە سول ٴۇي وتكەن - كەتكەن اڭگىمەنىڭ كورىگىن قىزدىراتىن ورىنعا اينالادى، ٴسوزدىڭ تىزگىنى كوبىندە مەندە بولادى. سوڭىندا ولاردا مەنى سۇيىندىرەتىن كوپتەگەن ارتىقشىلىق بارىن بايقادىم. مەنىڭشە، مۇنداي قىستاقتىڭ ادامدارىن وسال ساناماۋ كەرەك، ولاردىڭ اراسىندا تالانتتىلار تولىپ جاتىر، ەگەر ولارعا ٴورىس، ورتا جاراتىپ بەرسەڭ، ولاردىڭ ٴبارى دە ٴبىر-ٴبىر «كەيىپكەر» بولىپ شىعا كەلەدى. كەزىندە وسىنداي

كەشىرمەمىز بولعاندىقتان، وسىنداي قۇبىلىستى كورۋدىڭ، ناعىز ٴومىر دەگەن مىنە وسى، مەنىڭشە، وسىنداي دۇنيەنى جازۋ عانا شىنايى ٴومىردى بەينەلەۋ بولادى.

اسكەري شەپ ادەبيەت ـ كوركەمونەرشىلەرىندە اسكەري پىراق، جاۋىنگەرلىك رۋح بولۋ كەرەك

مەن يان سۋ جولداستىڭ (قايتىس بولاردان بۇرىن، اۋە ارمياسى سايasi ٴبولىمى ادەبيەت-كوركەمونەر ۇيىرمەسىنىڭ 1-دارەجەلى سەناريستى بولاتىن) ايتقانىن قۇپتايمىن (ول ادەبيەت-كوركەمونەر قىزمەتى جونىندەگى اڭگىمە ماجىلىسىندە لەبىز بىلدىرگەندە، ارميانىڭ ادەبيەت ـ كوركەمونەرشىلەرىندە «جەل، گۇل، قار، اي» بولادى، ايتسەدە مۇنداعى جەل — «اسكەري ات ۇستىندەگى كۇزگى جەل»، گۇل — «شايقاس مايدانىنداعى سارى گۇل»، قار — «شايقاس كەمەسىندەگى تۇنگى قار»، اي — «شەت-شەكاراداعى ىزعارلى تۇنگى اي» بولعانى ولڭ دەگەن-دى). بۇل — ارميانى قۇدىرەتتەندىرۋدەگى «جەل، گۇل، قار، اي». وسى ٴسوز اۋىزعا الىنسا بولدى، بايىرعى زامان اسكەري سالا اقىندارى ەسكە تۇسەدى، ولاردىڭ ولەڭدەرى نەتكەن رۋحتى دەسەڭىزشى. ەگەر ازاتتىق ارميامىزدىڭ ادەبيەت ـ كوركەمونەرشىلەرىندە اسكەري پىراق، جاۋىنگەرلىك رۋح بولماسا، نەسىنە اسكەري كيىم كيىپ جۇرەدى؟ اسكەري سالاداعى ادەبيەت ـ كوركەمونەرشىلەرىمىز ارميانى قۇدىرەتتەندىرۋ نىساناسىن ارقاۋ ەتىپ، وزدەرى ىستەۋگە ٴتيىستى ىستەردى ىستەۋى ٴتيىس، بۇل داعى — ارميانىڭ ادەبيەت ـ كوركوونەر قىزمەتى ٴتۇزىلىس، مەحانيزم رەفورماسىنىڭ مۇنان بىلايعى ٴبىر بەتالىسى سانالادى.

وبراز سومداۋدا كەيىپكەردىڭ مىنەز - قۇلقىن جان - جاقتى يگەرۋ كەرەك

لي شۋەجيان جولداس (جۇڭگو ادەبيەت-كوركەمونەرشىلەر بىرلەستىگىنىڭ ورىنباسار ٴتوراعاسى، جۇڭگو كينوشىلار قوعامىنىڭ ٴتوراعاسى) وتە اسەرلى لەبىز ٴبىلدىردى (ادەبيەت - كوركەمونەر قىزمەتى جونىندەگى اڭگىمە ماجىلىستە لي شۋەجيان «كەيىپكەر مەن كورەرمەننىڭ ٴتىل تابىسۋى» دەگەن تاقىرىپتا ٴسوز سويلەپ، ياڭ شانجوۋ، جياۋ يۋيلۋ سياقتى تيپتىك كەيىپكەرلەردىڭ وبرازىن سومداۋدان العان اسەرىنە ايالداعان-دى). ول كوپتەگەن كينولاردا، تەلەفيلمدەردە كەيىپكەر بولدى، كەزىندە ول «ساعىنىش» تەلەفيلمىندە كەيىپكەر بولعانىندا، ونشا دەن قويماعان ەدىم، ٴبىراق ونىڭ سوڭ جياڭ وبرازىن سومداعان فيلمىن كورگەن سوڭ، كەيىپكەردى جاقسى تۇسىنگەن ەكەن دەپ ويلادىم؛ ول «جياۋ يۋيلۋ»، «ياڭ شانجوۋ» فيلمدەرىنە شىققاندا دا، ەكى كەيىپكەردىڭ وبرازىن ەركشە جاقسى سومدادى، كاسىپتىك سوزبەن ايتقاندا، وينەمەن قابىستى دەگەن وسى. «ٴومىر دەگەن هيكايا، هيكايانىڭ ٴوزى ٴومىر» دەگەن ايتىلىم بار ەمەس پە، ٴبىراق وسى ەكى فيلمدەگى هيكايا ونداي هيكايا ەمەس، شىن مانىندەگى ناعىز ياڭ شانجوۋدى، جياۋ يۋيلۋدى ايگىلەدى، ولار، مىنە، تاپ وسىنداي ادامدار بولاتىن، ٴبىزدىڭ كوركەم وبرازدارىمىز كەيىپكەرلەردىڭ مىنەز-قۇلقىن جان-جاقتى يگەرىپتى. شۋەجيان جولداستىڭ ايتقاندارىنان مەن ونىڭ ٴوزى سومدايتىن كەيىپكەرىمەن شىن مانىندە ٴتىل تابىسقانىن، شىنايى تۇسىنىسكەنىن اڭعاردىم. شۋەجيان جولداستىڭ «كوممۋنيستەردىڭ كاسىپتىك اۋرى ــ جاپا-ماشاقاتقا ٴوزى جەگىلۋ» دەگەنى ٴدال تاۋىپ ايتىلعان ٴسوز. جۇڭگو كوممۋنيستەرى بۇكىل ادامزاتتى ازات ەتۋدى ٴوزىنىڭ وسكەلەڭ نىساناسى ەتتى، جەكە باستىق مۇددەسى بولمادى.

ادەبيەت ـ كوركەمونەر تۋىندىلارىندا ساپا، دەرەكشەلىك بولۋ ٴتيىس

ادەبيەت-كوركەمونەر جاسامپازدىعىندا الۋان تۇرلىلىككە، ساپانى كوتەرۋگە كۇش سالۋ كەرەك. قازىر ٴبىر ٴتۇرلى «دۇرمەككە ەرگەن قورالى قوي ۇقساۋ» قۇبىلىسى ورىن تەۋىپ وتىر، مىنا جاقتا نەكەگە تىز يمدەۋگە قاتىستى باعدارلاما جاسالسا، جەر-جەردىڭ ٴبارى ماحاببات بايلاسۋ، باس قۇرايتىن سىڭارىن ىزدەۋ باعدارلاماسىمەن اينالىسىپ كەتەدى. كورەتىن بىرنەشە ونداعان تەلەارنالارى بولعانىمەن دە ارى-بەرى اۋىستىرىپ قاراساڭىز، ٴبارىنىڭ مازمۇنى ٴبىر سىدىرعى شىعادى دا، ادامعا جياڭ مىرزانىڭ دارىنى ازايعانىنداي اسەر بەرەدى. سوندىقتان ساپالى، دارالىعى بار دۇنيەلەر دايىنداۋ ٴتيىس. بىزدە فيلمگە تۇسىرەتىن تاريحي تاقىرىپ دەگەنىڭ تولىپ جاتىر عوي، ٴبىراق ٴبارى مۇڭعا باتىراتىن قايعى-قاسىرەتتى بولا بەرمەسىن، بىلعي جيا-ۋ جىلعى سوعىستا ويسىراي جەڭىلگەنىمىزدى ايتىپ زارلاي بەرمەسىن، فىڭ زىسايدىڭ جىنىنان قامالىنداعى زور جەڭىسى، چي جيگۋاڭنىڭ باسقىنشىلارعا قارسى تۇرۋى دەگەندەردى دە فيلمگە تۇسىرۋگە بولادى عوي. وي ٴورىسىن كەڭەيتۋ قاجەت، چي جيگۋاڭ، فىڭ زىسايدان باسقا دا تۇلعالار مەن اڭگىمەلەر بار ەمەس پە.

قازىرگى ماسەلە ـــ قالاي، قايتىپ جاقسى اڭگىمەلەپ بەرۋدە، اڭگىمەلەر اۋەل باستا تۇگەل جاقسى بولسا دا، كەيبىرەۋى ادەبيەت ـ كوركەمونەر تۋىندىسىنا ايلانعانان كەيىن، ومىرشەڭدىك كۇشىنەن ايرىلىپ قالىپ ٴجۇر. «ۋيحۋشان تاۋىن اقىلمەن الۋ» فيلمى كورىم تۇسىرىلگەن، بەينەلەۋ ٴادىس-امالى جاڭالانعاندىقتان، جاستار جاقتىرتىپ كورەدى، اسىرەسە قازىرگى جاستار مەن كەزىندەگى جاستاردى سالىستىرىپ، «اجەمنىڭ اڭگىمەسىن» ايتۋداي، وسى ٴبىر بايلانىستىرۋ تاسىلدەرىمەن جەتكىزۋ جاقسى بولعان. شىنتۋايتىنا كەلگەندە، بىزدە كوپتەگەن تارتىمدى اڭگىمەلەر بار،

ولاردى ەرەكشە كوركەمدەپ بەينەلەۋگە دە، كورەرمەنىن كوبەيتۋگە دە بولادى. «بايحۋ پولكىنە جاسالعان عاجاپ شابۋىل»، «قىزىل شىراق ەستەلىگى»، «شاجياباڭ» سياقتىلارداي «ٴۇشتى كورنەكتىلەندىرۋ» ادىسىمەن ەمەس، قايتا رەالدىقتا جاقىنداتۋ، اناعۇرلىم قىزىقتى ەتىپ كورسەتۋ ٴادىسى ارقىلى ٴتۇسىرىپ، دەتالدارىن يكەمدىرەك ەتىپ، تارتىمدى فيلم جاساعان ٴجون.

ماڭىزدى ٴۇي قۇرىلىستارىندا، وتە ـ موتە بەتكە ۇستار ۇي قۇرىلىستارىندا جۇڭگو ستيلى، جۇڭگو بوگەناي ـ بەلگىسى بولۋ كەرەك

ٴۇي قۇرىلىستارى دا تىنىس-تىرشىلىككە باي دۇنيە، ولار قاتىرىلعان ولەڭ، ٴپىشىندى سۋرەت، جەرگە جازىلعان سازدى مۋزيكا سەكىلدى ٴبىر قالانىڭ تىنىس-تىرشىلىگىنىڭ بەينەسى، ٴارى ادامداردىڭ ورتاق ەلەسى جانە سالاۋات تاڭباسى ٴتارىزدى. ٴبىز ٴۇي قۇرىلىسىنىڭ جاڭا ستيلىنە، سونى ۇلگىسىنە كەڭ قولتىق بولۋىمىز، دەسەدە استە قايداعى ٴبىر قۇبىجىق ٴۇي قۇرىلىستارىن سالالماۋىمىز كەرەك. قازىر كەيبىر جەرلەر قالانىڭ ەرەكشە بەت-بەينەسىن سومداۋعا ٴمان بەرمەيدى، كوپتەگەن ٴۇي قۇرىلىستارىنان تاريحي مادەنيەتتەن حابارسىزدىق پەن وعان جەڭىل قاراۋشىلىق مەن مۇندالاپ تۇرادى. سونىمەن تاريحي مادەنيەتتىڭ تامىرىنا بالتا شاپقان تالاي اقىماقتىق ىستەر بولدى. ٴبىز ٴداستۇرلى ٴۇي قۇرىلىستارىنىڭ ٴتىلىن قابىلداۋعا كوڭىل ٴبولىپ، ٴار ٴبىر قالانى وزىندىك بولەكشە قۇرىلىس دارالىعىنا يە ەتىپ، جۇڭگو ٴۇي قۇرىلىستارىنان «جۇڭگو بەت الپەتىن» اڭعارتۋىمىز كەرەك.

جىنجياڭ اسەمونەر سارايى شيحۋ كولىنىڭ جاعاسىنا سالىنعان. 2003-جىلى شاعان قارساڭىندا، مەن ٴالى جىنجياڭدا قىزمەت ىستەپ جۇرگەنىمدە، اسەمونەر سارايىن سالۋدىڭ ەكى ٴتۇرلى جوباسى

دايىندالدى، ٴبىرى چيانجياڭ جاڭا قالا رايونىندا سالۋ، ەندى ٴبىرى شيحۋ كولىنىڭ بويىنان سالۋ. كەيبىر جولداستار چيانجياڭ جاڭا قالا رايونىندا سالۋ كەرەك دەپ ەسەپتەسە، مەن شيحۋ كولىنىڭ بويىنان سالعان ٴجون، شيحۋ كولىنىڭ تابيعي كورىنىسى مەن اسەمونەر سارايىنىڭ گۋمانيتارلىق لەبىن تابيعي ۇندەستىرىپ، ٴبىر تۇلعاعا ايلاندىرعاندا عانا زامان لەبى ەسەدى، جۇڭگو ايباتىنىڭ سۇلۋلىعى كورنەكتىلەنەدى دەپ قارادىم. سول تۇستا شۋي جياڭ جولداسقا جىجياڭ اسەمونەر سارايىنىڭ قۇرىلىس ستيلى شۋي جياڭ جولداستىڭ قازىر كيىپ جۇرگەن مىنا جۇڭگوشا ۇلگىدەگى كيىمى سياقتى، جۇڭگو ستيلىنە يە بولۋى كەرەك دەگەنىم ٴالى ەسىمدە.

(«حالىق گازەتىنىڭ» 2016-جىلى 10-ايدىڭ 14-كۇنگى سانىنان الىندى)

سوڭعى ٴسوز

ەركەش قۇرمانبەك قىزى

جۇڭگو جازۋشىلار قوعامى اۋدارعان جانە قۇراستىرعان «جۇڭگو وسىزامان ادەبي تۋىندىلارىنان تاڭدامالىلار» اتتى بۇل كىتاپ — «جۇڭگو از ۇلتتار ادەبيەتىن كوركەيتۋ قۇرىلىسىنداعى» «حانزۋ تىلىندەگى شىعارمالاردى از ۇلت تىلدەرىنە اۋدارۋ ىسىنى». بۇل جيناقتا كىرىكتىرىلگەن شىعارمالار — جۇڭگو جازۋشىلار قوعامى ارناۋلى ماماندار گرۋپپاسىن ۇيىمداستىرىپ، بىلتىر ٴبىر جىل ىشىندە ەلىمىزدەگى باسىلىمداردا اشىق جاريالانعان حانزۋشا كوركەم شىعارمالاردان تاڭداپ ىرىكتەگەن تۋىندىلار، ٴبارى مازمۇنى اقاۋسىز، پارتيا مەن مەملەكەتتىڭ ۇلت، ٴدىن ساياساتىنا ۇيلەسەتىن، باسپا ۇقىعىنا داۋ جۇرمەيتىن، اۋتور مەن اۋدارماشى ۇلت شەكتەمەسىنە ۇشىراماعان شىعارمالار. بۇل شىعارمالاردى جۇڭگو جازۋشىلار قوعامىنىڭ ارناۋلى ماماندار گرۋپپاسىنداعىلار تولىق وقىپ، دەن قويا سارالاپ، تاڭداۋلى شىعارمالار ىشىنەن تاڭداپ العان ٴارى قاتىستى ٴتىل ماماندارىنىڭ جان - جاقتى قاراۋىنان، تالقىسىنان، اقىلداسۋىنان وتكىزىپ بەكىتكەن. جانرلىق جاقتان پوۆەست، اڭگىمە، ولەڭ، شالقىما، دەرەكتى ادەبيەت سياقتىلاردى ارقاۋ ەتكەن، مەملەكەت بويىنشا موڭعۇل، تيبەت، ۇيعۇر، قازاق، چاۋشيان سىندى بەس ۇلت تىلىنە ٴبىر تۇتاس اۋدارىلىپ، باسپادان شىعىپ وتىر.

رايونىمىزدا از ۇلتتار ادەبيەتىنىڭ گۇلدەنىپ - كوركەيۋى تۋسقان ۇلتتار ادەبيەت جاسامپازدىعىنىڭ يگى ىقپالىن قابىلداماي تۇرا المايدى. سوندىقتان، جۇڭگو جازۋشىلار قوعامى اتقارىپ وتىرعان «حانزۋ تىلىندەگى شىعارمالاردى از ۇلت تىلدەرىنە اۋدارۋ قۇرىلىسى» بويىنشا تاڭداپ بەكىتىلگەن بۇل بەس تومدىق كىتاپ رايونىمىزداعى از ۇلت جازۋشىلارى مەن وقىرماندارىنا حانزۋ ادەبيەتى جاسامپازدىعىن ٴتۇسىنۋ، ٴوزارا ۇيرەنۋ جانە سالىبەستىك ورناتۋداي ۇتىمدى وراي سيلاپ وتىر. بۇل شىعارمالاردى اۋدارىپ - قۇراستىرۋ بارىسىندا، ٴبىز مىنالاردى بايقادىق: تاياۋ جىلداردان بەرى، حانزۋ ادەبيەت جاسامپازدىعىنىڭ تاقىرىپ تاڭداۋ، كوركەمدىك ىزدەنىس جاساۋ، ٴومىردى بەينەلەۋ تەرەڭدىگى مەن اياسى جاقتارىندا ٴبىزدىڭ ۇيرەنۋىمىزگە، ۇلگى الۋىمىزعا تاتيتىن كوپتەگەن ارتىقشىلىقتار بار ەكەن. ٴبىز حانزۋ ادەبيەتىنىڭ تاياۋ جىلداردان بەرگى ادەبيەت جاسامپازدىعىنداعى ىزگى ىزدەنىستەرى مەن دامۋ دەڭگەيىن ٴبىلۋ ورايىنا يە بولىپ قانا قالماستان، رايونىمىزداعى كوپ ۇلت ادەبيەتىنىڭ ٴتول جاسامپازدىق ابزالدىلىقتارىن دا بايقادىق ٴارى بۇل جاعىنداعى جەتەرسىزدىكتەرىمىزدى دە اڭعاردىق. ارينە، كەيبىر ىزدەنىستەر بىزگە تاڭسىق سەزىلگەنىمەن، كەيبىر مازمۇندار بىزگە جات كورىندى. ماسەلەن، حانزۋ پوەزياسىندا بەرتىنگى جىلداردان بەرى كەيبىر اقىندار ولەڭ - جىر جازعاندا، ولەڭنىڭ فورمالىق قۇرىلىسىنا تىم جابىسىپ المااي، ىشكى مازمۇنىنا قاتىستى ىرعاق پەن ريتىمگە. ۇيقاسقا باسا ٴمان بەرەتىن بولىپتى. اۋەلى، تىنىس بەلگىلەرى جوق ولەڭدەر دە كەزدەسەدى. بۇل رايونىمىزداعى از ۇلتتاردىڭ پوەزياسىنداعى ٴداستۇرلى ستيلمەن ايقىن سالىستىرما جانە پارىق قالىپتاستىردى. سوندىقتان، كىتاپتاعى ولەڭدەردى قازاق، ۇيعۇر تىلدەرىنە اۋدارۋ بارىسىندا تاعى كەيبىر جاقتاردان

قيىندىق بولعانىنا كوز جۇمبايمىز. بۇل قالىڭ وقىرمان قاۋىمىنىڭ وقىپ تۇسىنۋىنە بەلگىلى قيىندىق الا كەلۋى دە مۇمكىن. دەسە دە، مۇنداي پارىقتار قازىرگى زامانعى حانزۋ پوەزياسىنا نازارىمىزدى اۋدارتۋمەن بىرگە، قازاق ولەڭدەرىنىڭ وزىندىك ٴداستۇرىن ساقتاپ قالۋىمىزعا، وسى زامانعى ولەڭدەردىڭ ٴومىردى بەينەلەۋ جاعىنداعى كەڭدىگى مەن تەرەڭدىگى جونىندە ىزدەنىس جاساۋىمىزعا ٴتيىمدى نەگىز قالايتىنى ٴشۇباسىز.

بۇل 5 كىتاپتاعى شالقىمالار دا نازار سالۋىمىزعا تاتيدى. وسى زامانعى حانزۋ شالقىما جاسامپازدىعىندا اۆتوردىڭ ومىرگە دەگەن تەرەڭ سۇيىسپەنشىلىگى مەن ناقتى تاجىريبەسىنە بارىنشا نازار اۋدارىلۋىمەن بىرگە، شالقىمانىڭ ٴبىلىم بەرۋ قۇرىلىمىنا انا عۇرلىم كوڭىل ٴبولىنىپ، شالقىما ٴتىلىنىڭ كەنەۋى مەن كوركەمدەۋ امالىنا ايرىقشا دەن قويىلىپ كەلەدى. ونىڭ ۇستىنە، حانزۋ شالقىما جازۋشىلارىنىڭ ستيلى دە ٴار الۋان. بۇل دا ٴبىزدىڭ وقۋ داعدىمىز بەن اۋدارمامىزعا وزىندىك قيىندىقتار الا كەلگەنى تاعى راس. بۇل شالقىمالاردا بەينەلەنگەن ناقتى ٴىس پەن شىن ۋاقيعا، تاريح پەن جاعراپيياعا قاتىستى ۇعىم - تۇسىنىكتەر، دەرەك - دايەكتەر اۋەلى اۋدارماشىدا مول ٴبىلىم قورى بولۋىن ٴارى سول مازمۇندى شالقىما جانرىنا ٴتان بوياۋ - مانەرىمەن جەتكىزە، بەينەلەي الاتىن جازۋشىلىق قابىلەت بولۋىن تالاپ ەتەدى. مۇنان تىس، بۇل كىتاپتارعا ەنگىزىلگەن دەرەكتى ادەبيەت تە رايونىمىزداعى از ساندى ۇلت قالامگەرلەرىنىڭ ۇيرەنۋى مەن ۇلگى الۋىنا تاتيدى. سالىستىرىپ ايتار بولساق، بىزدە دەرەكتى ادەبيەت جازۋمەن شۇعىلداناتىن جازۋشىلار نەكەن - ساياق، دەرەكتى ادەبيەتتى ادەبي حابار، جاي وچەرك جانرىمەن عانا شەكتەپ قويعان جايتكە مەڭزەس، وسى رەت باسپادان شىققان كىتاپتاعى شىعارمالار دەرەكتى ادەبيەت جازاتىن جازۋشىلاردىڭ باياناۋ، بايىمداۋ

شەبەرلىگى سەكىلدى جاقتاردا بەينەلەۋ ونەرىن ۇيرەنۋى مەن ٴوزىن تاربيەلەۋىنە ۇلگى بولارلىق تۋىندىلار دەۋگە ابدەن بولادى. اۆتورلارىمىزدىڭ اۋدارىلعان كوركەم دەرەكتى تۋىندىلارىنان بەلگىلى شابىت پەن ۇلگى الاتىنىنا سەنەمىز. ەندى ٴبىر جاعىنان، ٴبىزدىڭ وسى 5 كىتاپقا ىرىكتەپ ەنگىزىلگەن پوۆەستەر مەن اڭگىمەلەردەن حانزۋ ادەبيەتىنىڭ تاقىرىپ تاڭداۋ مەن كوركەمدىك جاعىنداعى تابىستارىنان ٴنار الارىمىزدا داۋ جوق.

ارينە، كەيبىر مادەنيەتتىك پارىقتىڭ ساقتالۋى جانە شىعارما تاڭداۋ مەن اۋدارۋ، رەداكسيالاۋ ۋاقىتىنىڭ تىم قىسقا بولۋى سەبەپتى، بۇل 5 كىتاپقا ەنگىزىلگەن بارلىق شىعارمالاردىڭ مازمۇنى رايونىمىزداعى قالىڭ قالامگەرلەر مەن وقىرمانداردىڭ قاجەتىن قاناعاتتاندىرىپ، ەستەتيكالىق ٴلاززات الۋ داعدىسىنا تولىق ۇيلەسە قويادى دەي المايمىز. اسىرەسە، كوركەم اۋدارما ساپاسىندا الا ـ قۇلالىق جوق ەمەس، اۋدارماشىلار اسا زور قۇلشىنىستار جاسادى دەسەك تە، ولاردىڭ بۇدان بىلايعى اۋدارما امالياتىندا بار زەيىن ـ زەردەسىن جۇمساپ، سارا تۋىندىلار جاسامپازداۋ ٴۇشىن تەر توگۋىن ٴۇمىت ەتەمىز، جۇڭگو جازۋشىلار قوعامىنىڭ حالىققا پايدالى ىشانىنىڭ يگىلىگىن كورۋىن كوكسەيمىز.

جاۋاپتى رەداكتور: لي يازى
ۆسىنىس ەتىلگەن رەداكتور: اقاي كادىرحان ۇلى
مۇقاباسىن جوبالاعان: مارىس بازاربەك ۇلى
تەح رەداكتور: بۇسارا سۇلتان قىزى

جۇڭگو وسىزامان ادەبي تۋىندىلارىنان تاڭدامالىلار (دەرەكتى ادەبيەتتەر جيناعى)

جۇڭگو جازۋشىلار قوعامى قۇراستىردى
جازۋشى باسپاسى شەكتى سەرىكتەستىگى باستىرىپ تاراتادى
بەيجيڭ چاۋياڭ رايونى نۇڭجانگۋان وڭتۇستىك جولى 10-ٴنومىر
پوچتا ٴنومىرى: 100125
بايلانىس ٴنومىرى:
(تاراتۋ، پوچتا ارقىلى ساتىپ الۋ ٴبولىمى)   86-10-65067186
(باس رەداكتور كەڭسەسى)   86-10-65004079
E-mail: zuojia@zuojia.net.cn
http://www.zuojiachubanshe.com
تاڭشان جيادى باسپا ىستەرى شەكتى سەرىكتەستىگى باستىردى
فورماتى: 170×240
باسپا تاباعى: 23.5
2023-جىلى 8-اي، 1-باسپاسى
2023-جىلى 8-اي، 1-باسىلۋى
ISBN 978-7-5212-2343-9
باعاسى: 40.00 يۋان

图书在版编目（CIP）数据

中国当代文学作品选粹·2016·哈萨克语卷·报告文学卷 / 中国作家协会编．-- 北京：作家出版社，2023.8

ISBN 978-7-5212-2343-9

Ⅰ.①中… Ⅱ.①中… Ⅲ.①中国文学-当代文学-作品综合集-哈萨克语（中国少数民族语言）②报告文学-作品集-中国-当代-哈萨克语（中国少数民族语言） Ⅳ.①I217.1

中国国家版本馆 CIP 数据核字（2023）第 103374 号

中国当代文学作品选粹·2016·哈萨克语卷·报告文学卷

编　　者：中国作家协会
责任编辑：李亚梓
特约编辑：阿海·卡德尔汗
装帧设计：玛力斯·巴扎尔拜克
排版设计：布莎拉木·素尔坦
出版发行：作家出版社有限公司
社　　址：北京农展馆南里 10 号　　邮　　编：100125
电话传真：86-10-65067186（发行中心及邮购部）
　　　　　86-10-65004079（总编室）
E-mail: zuojia@zuojia.net.cn
http: //www.zuojiachubanshe.com
印　　刷：唐山嘉德印刷有限公司
成品尺寸：170×240
印　　张：23.5
版　　次：2023 年 8 月第 1 版
印　　次：2023 年 8 月第 1 次印刷
ISBN 978-7-5212-2343-9
定　　价：40.00 元